Beatriz Williams

Die goldene Stunde

BEATRIZ WILLIAMS

Die goldene Stunde

Roman

Ins Deutsche übertragen
von Regina Schneider

blanvalet

Die Originalausgabe erschien unter dem Titel »The Golden Hour«
bei William Morrow, New York, 2019.

FSC www.fsc.org MIX Papier | Fördert gute Waldnutzung FSC® C083411

Klimaneutral* Druckprodukt ClimatePartner.com/14044-1912-1001

Penguin Random House Verlagsgruppe FSC® N001967

1. Auflage 2022

Redaktion: Angela Kuepper
Umschlaggestaltung und -motiv: © Sandra Taufer
LO · Herstellung: sam
Satz: KCFG – Medienagentur, Neuss
Druck und Einband: CPI books GmbH, Leck
Printed in the Czech Republic
ISBN: 978-3-7645-0751-0

www.blanvalet.de

Für all die Frauen und Männer auf der ganzen Welt,
die mit Depressionen leben.
Ihr werdet geliebt. Ihr werdet gebraucht.
Das Dunkel wird vergehen.

Teil I

Lulu

DEZEMBER 1943

London

Im Foyer des Basil Hotels in Cardogan Gardens macht ein Schild oberhalb der bräunlichen Tapete die Gäste darauf aufmerksam, dass die Nachtruhe *strikt* überwacht wird. Und ein weiteres Schild mahnt zur Vorsicht, weil der Feind mithört – wieder einmal. Die Tapete ist übersät mit blassroten Blümchen, die einmal tiefrosa gewesen sein dürften. Sie erinnern mich an eine Geschichte, die ich einmal gelesen habe, in der eine Frau so lange auf die Tapete in ihrem Zimmer stierte, bis sie den Verstand verlor (auf eine gelbe Tapete, wenn ich mich recht erinnere), aber davon bin ich wohl noch ein gutes Stück entfernt.

Ich blicke auf meine Armbanduhr. Fünfzehn Uhr zweiundzwanzig.

Draußen wird es schon dunkel. Eine Mischung aus Kohlenrauch, Dezembernebel und frühem Sonnenuntergang in diesen Breiten, als wären die Tapete, die Schilder an der Wand und die Schutthaufen auf der gegenüberliegenden Straßenseite nicht schon genug, um in düstere Schwermut zu versinken. Wieder geht mein Blick auf die Armbanduhr, fünfzehn Uhr dreiundzwanzig (ja, gibt's denn das?!), und begegnet dabei zufällig dem des Empfangschefs an der Rezeption. Er mustert mich über den Rand seiner locker sitzenden Lesebrille hinweg, weil ihm mein Aussehen von Anfang an wohl nicht gepasst hat. Warum auch?! Da taucht in deinem Londoner Hotel eine Frau auf, mitten im Dezember, mitten im Krieg, gebräunter Teint, amerikanischer Akzent, unverkennbar umgeben von einer Aura des Fremdländischen, bezahlt ihr Zimmer im Voraus und hat nichts weiter als einen kleinen Koffer dabei. Nun hockt sie da, in deinem dumpfigen Foyer von verblichener Eleganz, wartet auf irgendeine dubiose Verabredung, und du müsstest eigentlich zum Telefonhörer greifen und die Behörden benachrichtigen, einfach nur, um auf der sicheren Seite zu sein – und wahrscheinlich hast du das bereits getan.

Sein Blick huscht hinüber zum Fenster, dann auf die Uhr über dem Gesims hinter mir. Er entfernt sich ein paar Schritte vom Empfangstresen, um die Außenjalousien herunterzulassen und die schweren Chintzvorhänge zuzuziehen. Seine Gestalt ist schmächtig, sein Gang etwas steif, und sein Maßanzug scheint aus dem vorigen Jahrhundert zu stammen. Mit jeder Bewegung gerät sein weißes Haar leicht in Bewegung, und ich erschnuppere einen Hauch von Eau de Cologne, das mich an einen Friseurladen erinnert. Ich überlege, ob ich aufstehen und ihm zur Hand gehen soll. Oder ob er mich dafür umbringen würde?

Nun ja. Nicht *umbringen* im eigentlichen Sinne, als buchstäblicher Akt des Tötens. Aber irgendwie scheint das Töten von Menschen ständig in meinem Kopf zu kreisen. Muss am Krieg liegen. Der Krieg macht das Töten zu etwas Alltäglichem, zu etwas, das Menschen einander antun, jeden Tag, jeden Augenblick, ohne konkreten Anlass, allein, um nicht selbst getötet zu werden, sodass man anfängt, jederzeit und überall genau damit zu rechnen – ein Gedanke, der wie eine dunkle Wolke über einem hängt und sich wie ein Schatten um die Seele legt. Das finstere Tal der Todesschatten, das ist Krieg. Das Töten ohne konkreten Anlass. Wer im normalen Leben jemanden *umbringt*, hat in aller Regel einen verdammt guten Grund dazu, einen persönlichen, einen individuellen – aus Sicht des Mörders zumindest. Welchen Grund brauchte wohl ein Hotelmitarbeiter wie er, um jemanden umzubringen?, frage ich mich, während ich dem federnden Auf und Ab seiner Haare in der sacht bewegten Luft zusehe. Gut, wir alle haben unsere Belastungsgrenzen.

Eine Glocke ertönt. Die Eingangstür schwingt auf. Ein frischer Luftzug weht herein und mit ihm eine blasse Frau in einem abgetragenen Mantel und mit einem braunen Filzhut auf dem Kopf, der ein bisschen aussieht wie ein Männerhut. Sie wischt die regenfeuchten Ärmel ab, sieht sich um und entdeckt den Empfangschef, der durch das Foyer zurück zum Tresen eilt.

»Verzeihen Sie, werter Herr«, sagt sie in britischem Englisch, mit fester und ruhiger Stimme. Das Licht des Leuchters streift ihre Haare, die unter der Hutkrempe zu einem blonden Nackenknoten zusammengesteckt sind. Sie ist ungeschminkt bis auf einen zarten Hauch von Lippenstift vielleicht, wobei sie selbst den eigentlich gar nicht nötig hätte. Ein nordischer Typ wie sie braucht kein Make-up. Sie ist groß, blond, hat all die klassischen Attribute, die meine eigene italienische Mutter mir nicht mitgeben konnte, auch wenn ich sonst viel von ihr habe. Irgendwie kommt mir die Frau bekannt vor. Dieser Mund … diese geraden, vollen Brauen über den blauen Augen, das alles kenne ich doch, oder nicht?

Nein. Garantiert nicht. Das bilde ich mir bestimmt nur ein. Ich sehe eine Ähnlichkeit, weil ich eine sehen will. Nein, ausgeschlossen. Margaret Thorpe wird meinen Brief erst heute Abend erhalten, nach Feierabend, wenn sie aus ihrem Büro in irgendeinem Regierungsgebäude nach Hause kommt. Nein, sie kann es unmöglich sein, die Schwester meines Mannes, meine Schwägerin, auch wenn mein Herz beim Anblick ihrer Züge leicht aus dem Takt gerät. Ihr Kopf ist jetzt dem Empfangschef zugedreht, und vom Profil her jedenfalls sieht sie Margaret Thorpe überhaupt nicht mehr ähnlich, ganz und gar nicht. Wenn nicht …

Wieder ertönt die Glocke. Wieder schwingt die Eingangstür auf und lenkt meinen Blick ab. Wieder strömt ein Luftzug herein, und ein Mann in marineblauem Militärmantel und Offiziersmütze, auf der kleine Regentropfen glitzern, schiebt sich herein. Sein Gesicht ist pockennarbig, die einzige Auffälligkeit an ihm. Sein ausdrucksloser Blick schweift langsam durch das Foyer, als nähme er jedes Detail, jeden Strich auf der Tapete, jeden Fleck auf den Polstern in sich auf, und bleibt schließlich, wie zufällig, an mir hängen.

Die Frau befindet sich nach wie vor im Gespräch mit dem Empfangschef. Nimmt gar keine Notiz von uns. Ich stehe auf. »Mr. B …?«

Er tritt vor und streckt mir die Hand entgegen. »Sie müssen Mrs. Thorpe sein«, sagt er freundlich und ergreift meine Hand schwungvoll mit beiden Händen, als wären wir Vater und Tochter, die sich wie gewohnt zum Tee verabredet haben.

Statt im Foyer des Basil Hotels zu bleiben (wo der Feind mithört oder auch nicht, der Empfangschef aber auf jeden Fall die Ohren spitzt), steuern wir nach draußen in die Dunkelheit. Ich habe die Angewohnheit, zügig zu gehen, während Mr. B (seinen richtigen Namen kann ich nicht nennen, so leid es mir tut) eher behäbig dahinzockelt und es mir richtig schwerfällt, mich seinem Schritt anzupassen. Ich schiebe die Hände in die Manteltaschen und trommle von innen mit den Fingern gegen meine Oberschenkel. Eigentlich wäre es an ihm, das Gespräch zu beginnen. Immerhin ist *er* der Chef vom Dienst.

»Nun, Mrs. Thorpe«, sagt er schließlich. »Ich darf Ihnen gratulieren zu Ihrem Mut, Ihrer Entschlossenheit. Dass Sie den langen Weg nach London auf sich genommen haben, mitten im Krieg … dass Sie mit einer so ungewöhnlichen Anfrage an mein Büro herangetreten sind … Ja, das erlebe ich wahrlich nicht alle Tage.«

»Ich hoffe, Sie haben nichts dagegen.«

»Ob ich etwas dagegen habe? Wo denken Sie hin? Wenn wir eins in diesem Land bewundern, dann ist es Mut. Mut und Entschlossenheit, Mrs. Thorpe, und beides scheinen Sie im Übermaß zu besitzen. Wie lange waren Sie beide verheiratet?«

»Seit Juli.«

»Seit letzten Juli?«

»Ja. Seit dem siebten.«

»Kurz bevor er in Gefangenschaft geriet also. Wie entsetzlich!«

»Es hat Monate gedauert, ehe ich überhaupt davon erfahren habe. Zuerst dachte ich, er sei abberufen worden, auf eine weitere seiner … wie auch immer man es nennt.«

»Operationen?«

»Ja, Operationen. Als er dann aber nicht zurückkehrte …«

Wir halten an, um die Straße zu überqueren. Ich lasse ihn den Weg bestimmen, schließlich ist er der Ortskundige von uns beiden und wohnt hier in London, kennt die Straßen und Eigenheiten der Stadt. Mehrere Fahrräder nähern sich, eins nach dem anderen, und während wir warten, bis sie vorbeigefahren sind, spricht Mr. B weiter.

»Es war, wohlgemerkt, ein Verstoß gegen die Regeln.«

»Was? Was war ein Verstoß gegen die Regeln?«

Mr. B sieht mir nicht ins Gesicht, sondern knapp über meinen Kopf hinweg, die Straße hinunter, auf weitere herannahende Fahrräder. »Zu heiraten«, sagt er regungslos.

Die Fahrräder fahren vorbei. Wir gehen über die Straße und kommen auf einen nebelverhangenen Platz mit ziegelroten Pflastersteinen und weißer Steinumrandung. Ringsum fehlen mehrere Häuser, sind einfach nicht mehr da, wie Zahnlücken in einem Gebiss. Mr. B führt mich zu einer kleinen Grünanlage in der Mitte des Platzes, wo wir uns in gebührlichem Abstand nebeneinandersetzen, damit sich unsere Arme und Beine nur ja nicht berühren können. Der Knopf am Handschuh meiner linken Hand ist aufgesprungen, und ich versuche, ihn wieder zu schließen, aber meine Finger sind steif vor Kälte.

»Natürlich verstehe ich Ihren Kummer, Mrs. Thorpe«, sagt er in einem geradezu väterlich tröstenden Tonfall. »Genau aus diesem Grund legen wir Männern wie Thorpe eindringlich nahe, möglichst keinerlei persönliche Bindungen einzugehen. Von einer Heirat ganz zu schweigen.«

»Wir sind alle nur Menschen, Mr. B ...«

»Trotzdem, es ist nicht klug. Und Ihnen am anderen Ende der Welt, auf den Bahamas, dann auch noch Hinweise auf den Zweck seines Einsatzes zu geben ...«

»Oh, glauben Sie mir, darüber hat er nie ein Wort verloren. Ich war es, die eins und eins zusammengezählt hat. Ich verkehre in Insiderkreisen, verstehen Sie. Als eine Freundin der Windsors.«

»Ach ja, wirklich? Bemerkenswert. Wobei ich denke ...« Er greift in seine Manteltasche, kramt nach irgendetwas, während sein Ellbogen leicht meinen Arm streift. Dann zieht er ein mir wohlbekanntes weißes Briefkuvert hervor. Ich erkenne es sofort, denn ich habe es selbst mit mir herumgetragen, in einer Bauchtasche direkt am Körper, die ganzen neununddreißig Stunden, die meine Reise über den Atlantik gedauert hat, von Nassau bis London, in mehreren dröhnenden Fliegern, bevor ich besagtes Kuvert dann in der oberen rechten Ecke mit einer Briefmarke versehen und gestern Abend in einen roten metallenen Briefkasten eingeworfen habe. Schon komisch, wie ein Brief, den du eigenhändig frankiert hast, dir gar nicht mehr gehört, sobald er durch den Schlitz gefallen ist. Ich erhasche einen kurzen Blick auf meine eigene Handschrift, auf die Briefmarke, die ich selbst aufgeklebt habe, und es fühlt sich ein bisschen so an, als wäre dein inzwischen erwachsen und dir ein wenig fremd gewordenes Kind zu dir zurückgekehrt.

»Was denken Sie?«

Mr. B schlägt mit dem Briefkuvert auf seinen Schenkel. »Kommt ganz darauf an, was man unter *Freundschaft* versteht.«

»Nun, in Kriegszeiten kann Freundschaft alles Mögliche heißen, nicht wahr?«

»In der Tat. Ihre Nachricht, die mir meine Sekretärin heute Morgen auf den Schreibtisch gelegt hat ... nun, sie hat mich doch sehr erstaunt.«

»Aber Sie müssen davon gewusst haben, dass Thorpe gefangen genommen wurde.«

»Natürlich. Meine Agenten liegen mir sehr am Herzen, Mrs. Thorpe, und Mr. Thorpe, Ihr ... Ihr Gatte ... er ... nun ja ... wie soll ich sagen, er ganz besonders. Die Nachricht hat uns alle schwer getroffen. Sehr schwer. In Colditz, in Deutschland, mein Gott. Der arme Kerl. Ganz furchtbar.«

Er holt ein Zigarettenetui hervor, klappt es auf und hält es mir hin. Ich nehme mir eine Zigarette, dann nimmt auch er eine. Im Schutz seiner hohlen Hand reißt er ein Streichholz an. Zurückgelehnt sitzen wir nebeneinander auf der Bank. Schweigend. Rauchend. Der Wind streicht kalt um meine

Wangen, die Luft schmeckt nach Ruß, und der Himmel wird zusehends schwärzer. Ich brauche ein bisschen, bis ich merke, dass dieses Schwarz die vollkommene Abwesenheit von Licht ist. Kein noch so winziger Streif dringt aus einem der Fenster ringsum, kein einziger tröstlicher Schimmer. Es ist, als wären wir beide die einzigen Menschen in ganz London.

»Früher war das hier mit einem hohen Gitter umzäunt«, sagt Mr. B.

»Mit einem was?«

»Einem Gitter. Es lief um das ganze begrünte Karree. Um es privat zu halten, nicht öffentlich zugänglich. Man hat das Gitter dann entfernt und eingeschmolzen, um Eisen zu gewinnen.«

»Spricht für mehr Demokratie, wie ich finde.«

»Wohl wahr. Und nun sitzen wir hier, wir beide. Unbefugt sozusagen.«

»Genau dafür kämpfen wir doch, nicht wahr? Für Demokratie.«

Er strafft den Rücken gegen die Banklehne. »Na gut. Leonora Thorpe. Mutige junge Amerikanerin aus Übersee. Was machen wir jetzt mit Ihnen?«

»Ich verstehe nicht ganz …«

»Warum sind Sie hier? Verzeihen Sie, aber London ist dieser Tage nicht gerade der friedlichste Ort der Welt. Egal, woher man kommt …«

»Aus Nassau.«

»Genau, aus Nassau. Aber nicht dort gebürtig, richtig?«

»Stimmt. Ich bin in New York aufgewachsen. Auf die Bahamas kam ich vor ein paar Jahren, um den Gouverneur und seine Gemahlin für eine amerikanische Zeitschrift zu porträtieren.«

»Für welche Zeitschrift denn?«

»Für das *Metropolitan Magazine*. Kein anspruchsvolles

Blatt, hauptsächlich der neueste Klatsch und Tratsch aus der High Society. Die Gier der Amerikaner nach Geschichten rund um den Herzog und die Herzogin von Windsor ist einfach unersättlich.«

Mr. B zieht an seiner Zigarette. »Ich muss gestehen, ich bin verwundert. Was habt ihr Amerikaner nicht alles auf euch genommen, um euch von dieser reizenden kleinen Monarchie zu befreien.«

»Oh, die Klatschgeschichten über sie lieben wir trotzdem, wir wollen uns nur nicht von ihr regieren und beherrschen lassen.«

»Ich nehme an, Sie wurden fürstlich dafür bezahlt?«

»Ganz ordentlich, ja.«

»Ein Traumjob, Mrs. Thorpe, die Kriegszeiten in einem tropischen Paradies zu verbringen. Reichlich Nahrung. Reichlich Geld. Wieso sind Sie nicht dort geblieben?«

»Wieso? Liegt das nicht auf der Hand?«

»Aber was haben Sie davon, hierher nach London zu kommen? Sehen Sie sich um. Es ist mitten am Nachmittag und bereits dunkel. Anständiges Essen gibt es kaum. Und das Wetter ist einfach nur trist, wie Sie ja sehen. Von Luftangriffen und der ständigen Gefahr einer Invasion ganz zu schweigen. Sie hätten im Tropenparadies bleiben sollen, wo es wunderschön und sicher ist, und die weiteren Nachrichten abwarten.«

Ich drücke meine Zigarette auf der Armlehne der Bank aus.

»Aber das ist es ja gerade, Mr. B … Ich kann nicht untätig herumsitzen und abwarten. Aus genau dem Grund bin ich ja nach London gekommen.«

Nach London gekommen – ich sage das so leicht daher, als wäre es das Einfachste der Welt, einen Ozeandampfer zu besteigen, von Büfett zu Büfett zu spazieren, von Deckchair zu Deckchair, um eine Woche später wieder von Bord zu gehen und, *hopplahopp!*, in England zu sein. Und so einfach *war* es wahrscheinlich auch mal, zu einer anderen Zeit. Dieser Tage jedenfalls ist es das nicht. Im Meer wimmelt es nur so von Objekten, die einem nach dem Leben trachten. Wer London auf dem schnellsten Wege erreichen will, nun, der muss sich auf allerhand Komplikationen einstellen, denn es gibt nur eine Art, rasch über den Atlantik zu kommen, und die hat ihren Preis.

Doch du schaffst es, diese Mammutaufgabe zu meistern. Irgendwie. Du zahlst den erforderlichen Preis, notgedrungen, es bleibt keine andere Wahl. Und schon sitzt du festgeschnallt im unbequemen Rumpf eines B-24 »Liberator«, eines schweren Bombers, der startklar ist, um dich von diesem wunderschönen, sicheren, sonnendurchtränkten Flecken namens Bahamas zu trennen, dich mit viel Geschaukel und Geruckel durch die Lüfte zu tragen, um dich nach England zu bringen, an diesen dunklen Ort, den du nur vom Hörensagen kennst. Die Triebwerke beginnen zu beben und zu donnern, lauter und lauter, brummen in den Ohren, als würden sämtliche Hummeln der Welt eine einzige Rose bestäuben. Ringsum metallenes Scheppern und Klappern, unter dir kippt die Erde weg, die Luft erstarrt vor Kälte, und du sitzt da, mit geschlossenen Augen, flauem Magen, pfeifenden Ohren, klebrigem Mund … mit einem Rasseln in der Brust, keuchendem Atem und Nervenflattern, dein Herz rast, und du hättest dir gewünscht, dich gottverdammt noch mal in einen anderen Mann verliebt zu haben. In einen, von dem du sagen würdest, dass du auch sehr gut ohne ihn leben kannst.

Aber das kannst du nicht. Und hier bist du nun. In London. Ausgerechnet London. Du sitzt auf einer Parkbank mitten in dieser stockdunklen Stadt, neben dir der einzige

Mann auf der Welt, der dir weiterhelfen kann. Nur dass dieser Mann jetzt den Kopf schüttelt und dir kein Stück über den Weg traut.

»Nun sind Sie also hier, in London«, sagt er. »Wie, um Himmels willen, haben Sie das denn geschafft?«

»Ich habe es nur geschafft, weil ich nicht anders konnte. Ich würde alles tun, um meinen Mann freizubekommen.«

»Ihren Mann freibekommen? Das haben Sie vor?«

»Ich werde einen Teufel tun und mich in Nassau auf Partys tummeln, während mein Mann irgendwo mitten in Nazideutschland dahinvegetiert.«

Mr. B streckt den Arm aus, schnippt die Asche auf den kiesigen Boden. Seine Schuhe sind glanzpoliert, seine Hose hat Bügelfalten. Die Kleideretikette muss schließlich gewahrt werden.

»Mrs. Thorpe«, meint er. »Ich weiß nicht recht, wie ich es sagen soll.«

»Wie wäre es denn geradeheraus? Das ist uns Amerikanern am liebsten.«

»Dann fürchte ich, Sie haben Ihre Zeit verschwendet. Fällt einer unserer Männer in Feindeshand, warum auch immer, ist er auf sich allein gestellt. Thorpe wusste das. Wir können unmöglich das Leben weiterer Agenten für gefährliche Aktionen riskieren, die – verzeihen Sie mir – so gut wie keine Chance auf einen glücklichen Ausgang haben. Wir sind ohnehin schon am Limit. Kommen kaum hinterher.«

»Aber ich verlange doch gar nicht, dass Sie irgendwen in Gefahr bringen. Ich werde das selbst in die Hand nehmen.«

»Unmöglich. Thorpe ist gut ausgebildet. Er weiß, dass er eidlich verpflichtet ist zu flüchten, und ich habe keinerlei Zweifel, dass er alles daransetzen wird.«

»Das reicht mir nicht.«

»Tut mir leid, Mrs. Thorpe«, sagt Mr. B. »Es liegt mir fern, unfreundlich zu sein. Und ich verstehe, dass Sie leiden. Es ist eine wirklich schlimme Nachricht. Da hofft man auf das Beste. Und kämpft natürlich. Mehr kann man nicht tun, als immer weiterzukämpfen.«

»Klar, das ist großartig, wenn man die Möglichkeit hat, etwas Sinnvolles zu tun, anstatt Däumchen zu drehen.«

»Es gibt auch für Frauen viele Möglichkeiten, Kriegsdienst zu leisten, Mrs. Thorpe. Und ich kann Ihnen meine Zusicherung geben, dass wir alle – meine Sektion, ganz Großbritannien sowie die Streitkräfte, samt und sonders –, dass wir alle unser Bestes tun, um Deutschland zu besiegen und Ihren Mann sicher nach Hause zu bringen.«

Auf der anderen Straßenseite hasten zwei Frauen den Bürgersteig entlang, den Mantel bis oben hin zugeknöpft, einen schlichten Hut auf dem Kopf. Das Klackern der Absätze auf dem Pflaster hallt herüber, und mir fällt auf, wie still eine Stadt sein kann, wenn Benzin rationiert ist und Fahrten in Privatautos verboten sind. Man hört sogar einen Bus ein paar Straßen weiter, das schleifende Geräusch beim Anfahren, das Rumpeln, und mir wird klar, wie allein man ist, wie trostlos der Krieg ist.

Die Frauen biegen um die Ecke. Aus der entgegengesetzten Richtung kommt ein Mann, schleppend und hinkend, gebeugt unter dem Gewicht von Mantel und Hut. Er zieht an einer Zigarette. Wahrscheinlich ist er taub, denke ich. Aber ich spreche ohnehin leise. Leise, aber dennoch bestimmt.

»Ich verstehe Ihre Haltung. So ungefähr habe ich es erwartet. Ja, doch, ich verstehe Sie, sehr gut sogar. Aber Sie müssen bitte auch *mich* verstehen, Mr. B.«

Er wendet den Kopf, sieht mich an und hebt die Brauen. Seine Stimme klingt jetzt etwas kühl, so wie wenn Männer untereinander reden, unter ihresgleichen. »Ach? *Was* verstehen Sie, Mrs. Thorpe? Reden wir doch mal Klartext.«

»Also schön, Mr. B. Dann hören Sie jetzt genau zu. Während meiner Zeit in Nassau, in meiner Funktion als Journalistin, als enge Vertraute des Gouverneurs und seiner Gemahlin, sind mir gewisse Informationen zu Ohren gekommen. Ist damit klar, was ich meine?«

Schweigen. Er weiß es bereits, denke ich. Ich habe es in meinem Schreiben ja angedeutet. Und eigentlich habe ich angenommen, ich hätte mein Anliegen diskret formuliert, elegant und nuanciert, doch nun erscheint mir mein kleiner Brief eher wie ein Meisterwerk in Dilettantismus, über das Mr. B wohl herzlich gelacht hat, als er die Zeilen gelesen hat. Und wahrscheinlich müht er sich auch jetzt noch, sein Lachen zu unterdrücken. Sein Schweigen ist das Schweigen eines Mannes, der seine Belustigung darunter zu verbergen weiß.

Er stiert auf den glimmenden Stummel seiner Zigarette. »Welche Art von Informationen?«

»Das wissen Sie genau. Die Art von Informationen, die, gelinde gesagt, peinlich werden könnten, sollten sie öffentlich bekannt werden.«

Er lässt den Zigarettenstummel fallen und tritt ihn aus. »Peinlich? Für wen?«

»Für die britische Regierung. Für den König und die Königin.«

Mr. B greift in seine Jackentasche und holt eine weitere Zigarette aus dem Etui. Mit der gleichen Sorgfalt wie zuvor steckt er sie an – ein geräuschvolles Kratzen, ein Glimmen in der hohlen Hand.

»Mrs. Thorpe«, sagt er leise. »Ich fürchte, ich muss Ihnen etwas gestehen.«

»Ach ja?«

»Als ich eben sagte, Ihre Nachricht habe mich sehr erstaunt, entsprach das vielleicht nicht ganz der Wahrheit.«

Wir sitzen immer noch nebeneinander, nur jetzt leicht gedreht, einander zugewandt. Mr. B hat den Ellbogen nach hinten auf die Lehne gestützt. Da er mich nun direkt ansieht, liebevoll fast, muss ich mich gewaltig zusammenreißen, um einen möglichst kontrollierten Gesichtsausdruck zu bewahren. In meinen Fingern jedoch spüre ich ein leises Zittern. Auch das noch!

»Wie das?«

»Ich habe vor ein oder zwei Tagen eine Mitteilung erhalten. Von einem bestimmten Kabinettsmitglied als Reaktion auf ein Überseetelegramm, das ihm vom Government House, der offiziellen Residenz des Generalgouverneurs in Nassau auf den Bahamas, zugesendet wurde. Wir waren also vorgewarnt, wussten von Ihrer bevorstehenden Ankunft und konnten uns darauf einstellen.«

»Verstehe.«

»Trotzdem, Ihre Nachricht war ... nun ja, sie war sehr eloquent formuliert. Das lässt sich nicht anders sagen. Meine eigenen Leute hätten sie nicht besser formulieren können.«

»Sehr schmeichelhaft.«

Er beugt sich nach vorn, sodass ich seinen Zigarettenatem und einen leichten Hauch irgendeines Mittagessens riechen kann.

»Mrs. Thorpe, ich kann schlicht nicht zulassen, dass diese Informationen weiter die Runde machen. Verstehen Sie das?«

»Natürlich verstehe ich das. Und deshalb biete ich Ihnen an ...«

Er lässt seine Zigarette fallen und tritt sie mit dem Absatz aus. »Nein, meine Liebe. Ich glaube nicht, dass Sie das wirklich verstehen.«

Und erst jetzt erkenne ich, wie naiv ich doch gewesen bin – etwas, das ich mir schamvoll eingestehen muss. In diesem Moment komme ich überhaupt erst auf die Idee, mich zu fragen, warum Mr. B bis zum späten Nachmittag gewartet hat, um sich mit mir zu treffen und mich auf einen stockfinsteren Platz zu führen, vor einer Kulisse zahlloser abgedunkelter Fenster, wenn er meine Nachricht (in der ich Verrat auf höchster Ebene und sogar innerhalb der königlichen Familie angedeutet habe) doch schon am frühen Morgen bekommen hat!?

Eine gute Frage.

Ich stehe auf. »Also schön. Wenn Sie nicht kooperieren wollen, dann bleibt mir keine andere Wahl, als …«

Er springt auf, zieht eine kleine Pistole aus seiner Jackentasche und drückt den Lauf in meinen Mantel, knapp oberhalb der Gürtelschlaufe.

»Mrs. Thorpe, ich fürchte, ich muss darauf bestehen, mir jegliche Beweise auszuhändigen, an die Sie in dieser Sache gelangt sind.«

»Ich habe sie nicht, die Beweise. Nicht hier.«

»Wo dann?«

»Im Hotelzimmer.«

Er überlegt. Die Pistole drückt sich in meinen Bauch, bewegt sich mit jedem Schlag meines Herzens auf und ab. Obwohl meine Augen ihn unverwandt fixieren, nehme ich die Details am Rande meines Blickfelds wahr: die blattlosen Bäume, die Sträucher und Pflanzflächen – Schattengebilde vor dem nächtlichen Hintergrund, vor den finsteren Gebäuden ringsum. Dann noch einmal das ferne Rumpeln eines Busses, ein gedämpftes, bierseliges Johlen aus einem nahen Pub. Ob mich jemand hören würde, wenn ich schreie? Kann sein. Doch bis meine Schreie auf andere Ohren träfen, wäre ich längst tot.

»Alles gut versteckt«, fahre ich fort. »Ich könnte Ihnen eine Menge Ärger ersparen.«

Mr. B drückt die Pistole fester in meinen Bauch. »Na gut. Und jetzt vorwärts, schön langsam.«

Während ich mich zum Gehen wende, reiße ich spontan mein Knie hoch und ramme es mit voller Wucht in seine Leiste. Ein Schuss löst sich. Ich greife nach der Pistole, deren heißer Lauf mir die Hand verbrennt, ziehe sie ihm über den Schädel und treffe ihn direkt hinter dem linken Ohr. Er sackt zusammen, und ich nehme die Beine in die Hand und renne, hoffe bei Gott, dass ich nicht irgendwo eine Kugel stecken habe, hoffe bei Gott, dass ich ihn nicht nur nieder-, sondern auch k.o. geschlagen habe.

Während ich pfeilschnell über die Straße hechte, ertönt ein lauter Schrei. Ich bleibe nicht stehen, um auszumachen, woher er kommt oder von wem. Der Gehsteig ist menschenleer, die Straße dunkel. Es hat angefangen zu nieseln. Ich komme an einem roten Briefkasten vorbei, dem Haus mit dem großen Flügel im Fenster, der mir heute Morgen schon aufgefallen ist, nur dass ich den Flügel jetzt nicht sehen kann, dass ich überhaupt nichts mehr sehen kann – die ganze Welt ist dunkel und nass, und jede Tür birgt einen anderen Schatten. Ich überquere eine weitere Straße und noch eine, achte nicht auf den Verkehr – es gibt sowieso keinen, bei all den kriegsbedingten Einschränkungen (in einem verdreckten London, das weder Tod noch Teufel fürchtet), renne und renne, bis das vertraute weiße Schild mit dem markanten Schriftzug aus dem Nebel taucht – BASIL HOTEL.

Noch im Laufen drehe ich mich kurz um, völlig schockiert und durcheinander, und pralle plötzlich gegen eine menschliche Brust, eine weibliche Brust.

Hoppla!, höre ich eine Frau sagen, die mich am Arm packt. Ich hebe die Hände, um sie von mir zu schieben, und registriere einen Mantel, einen Hals, einen blonden Haarknoten.

Die Frau aus dem Hotelfoyer.

»Miss Thorpe?«, keuche ich.

Ihre Augen sind heller als die ihres Bruders, aber es ist die Form ihrer Augen, die geraden, dichten Brauen, die ich klar erkenne, auch wenn die ihres Bruders eher dunkelblond sind. Es ist das gleiche milchige Weiß der Haut, die gleichen Sommersprossen. Sie hat spitze Wangenknochen, einen breiten roten Mund, eine schmale Kinnlinie. All diese Details kann ich nur deshalb in mich aufnehmen, weil die ganze Welt und alle Uhren stillzustehen scheinen, weil kein einziges Lüftchen weht, kein einziges Staubkörnchen tanzt, weil alles scheinbar ruhig und reglos verharrt. Nur mein Blut pocht in den Adern, pulsiert heiß unter der verbrannten Haut meiner rechten Hand.

»Du musst Leonora sein«, sagt sie.

»Ja.«

Sie fasst mich am Ellbogen und zieht mich mit. »Komm, schnell. Meine Wohnung ist gleich um die Ecke.«

Und wie ich so hinter ihr herstolpere, muss ich daran denken, dass ihr Bruder einst auf genau die gleiche Weise in mein Leben trat. Aus heiterem Himmel, in einem fremden Land – wie ein Flaschengeist war er plötzlich da, kam wie gerufen, genau im richtigen Moment.

Lulu

JUNI 1941

Bahamas

Auf dem Titelblatt sitzt die Frau auf einem Rattansofa, der Mann auf dem Boden zu ihren Füßen. Er blickt nicht direkt in die Kamera, sondern voller Verehrung zu ihr auf. Mit einem sanften Lächeln erwidert sie seinen Blick, auf ihrem Schoß ein Buch (die erste Seite ist aufgeschlagen, das Frontispiz oder das Inhaltsverzeichnis vielleicht, obgleich sie nicht den Eindruck erweckt, als wollte sie das Buch tatsächlich lesen), in ihrem Haar ein schmuckes Band mit einer Schleife (und was für einer!) und rechts und links neben ihr ein paar prall gestopfte Sofakissen mit dem Union-Jack-Motiv. Eine traute, häusliche Szene. Ein glückliches Paar in einem stilvollen Heim. *Das Windsor-Team,* lautet die Bildunterschrift in kleinen, dezenten Buchstaben. Über dem Bild, in weißer Schrift auf einem roten Rechteck, prangt das Logo des Magazins: *LIFE.*

In einem fort hatte ich auf dieses Bild gestiert, auf der ganzen Reise zurück von New York. Die Zeitschrift selbst hatte ich mir für zehn Cent am Flughafen LaGuardia Field gekauft, an einem Zeitungskiosk im Terminal der Eastern Air Lines. (Es war die neueste Ausgabe – welch ein Zufall!)

Während jeder einzelnen Etappe der Reise, jedem Start und jeder Landung, hatte ich die Zeitschrift auf dem Schoß behalten – von Richmond über Savannah, später von Orlando im Sumpfland Floridas bis nach Miami, wo die Maschine um halb sechs am späten Nachmittag hart auf dem Boden aufgesetzt hatte. Im Taxi war es dann in ein schäbiges Hotel gegangen, am nächsten Morgen wieder im Taxi zurück zum Flughafen, und immer noch hatte ich das Gefühl gehabt, dieses Foto nicht ganz durchdrungen zu haben. Gut, ab und zu hatte ich die Zeitschrift auch aufgeschlagen und ein bisschen im dazugehörigen Artikel gelesen – die üblichen Ergüsse vom Leben auf der Sonnenseite –, aber die meiste Zeit hatte ich das Bild auf dem Titelblatt studiert. Alles war so sorgsam arrangiert, jedes kleine Detail am richtigen Platz. Die Union-Jack-Kissen zum Beispiel. *(Patriotischer geht es wohl kaum, nicht wahr? Du gute Güte! Wir sind so urbritisch wie der Nachmittagstee!)* Und dann dieses Haarband, diese Schleife. *(Das brave, anschmiegsame Weibchen, ganz wie die Hausfrau von nebenan.)* Die prunkvolle, juwelenbesetzte Brosche an ihrem gestreiften Blazer rechts auf dem Revers – *was sollte die überhaupt darstellen*? Die Form, meine ich. Egal, wie angestrengt oder aus welchem Winkel ich sie betrachtete, ich kam nicht dahinter. Sei's drum. Ich selbst könnte mir so eine Brosche ohnehin nie leisten, geschweige denn sie so prunkvoll tragen. *(Aber wir sind auch nicht die Hausfrau von nebenan, nicht wahr? Wir sind reicher, besser, königlicher. Auch wenn wir nicht königlich im klassischen Sinne sind. Also keine Royals der Definition nach. Aber immer noch royaler als du, Mrs. American Housewife.)*

Das Flugzeug begann zu schlingern und zu schaukeln. Ich spähte durch das Fenster hinaus auf den endlosen Horizont, auf das türkisblaue Meer, bekrönt von einem türkisblauen Himmel, und auch mein Magen – der wie immer jede

Bewegung mitmachte – schlingerte heftig hin und her. Nach meiner Uhr müssten wir in zwanzig Minuten in Nassau sein. Die einundzwanzig Sitze dieser modernen Linienmaschine der Pan American Airways waren bis auf den letzten Platz besetzt – amerikanische Touristen und Geschäftsleute, allesamt geschniegelt und gestriegelt und scheinbar ohne reisekrankes Rumoren im Bauch. Damit schien nur ich geschlagen. Oder rumorte es in meinen Ohren? Die Reisekrankheit hatte offenbar etwas mit dem Innenohr zu tun, mit dem großen Druck auf die Flüssigkeit im Innenohr und dem fehlenden Luftdruckausgleich, und wenn die Wahrnehmung von Bewegungen nicht übereinstimmte mit der Wahrnehmung der Bewegungen, die das Auge erfasste, dann fuhr der Magen eben Achterbahn. Eine schlüssige Erklärung, wie ich fand. Alle Probleme der Welt schienen aus Spannungen der einen oder anderen Art zu resultieren. Einer sturer als der andere, und keiner gab nach.

Und so legte ich die Arme auf der Zeitschrift übereinander, blickte hinaus in die Ferne (das sollte angeblich helfen) und kaute den Kaugummi, den eine aufmerksame Stewardess mir gereicht hatte. Inzwischen hatte sich das monotone Brummen der Flugmotoren in meinem ganzen Schädel breitgemacht. *Das hier? Nein, das hier ist gar nichts, meine Liebe*, hörte ich den Typ sagen, der gestern schon auf der kurzen Etappe von Richmond nach Savannah neben mir gesessen hatte, ein Geschäftsmann aus der Gegend. *Da hätten Sie mal die alten Drei-Zylinder-Motoren hören sollen, die haben richtig Lärm gemacht. Mann, war das ein Krach, sag ich Ihnen. Die Mädels mussten manchmal sogar durch ein Megafon sprechen, so laut war das. Aber diese Schrottkisten hier, mit ihrer Dämmung bis unter die Außenhaut. Sie wissen, was das ist, eine Dämmung? Macht einen Riesenunterschied, glauben Sie mir.* Dabei hatte er mit den Fingerknöcheln gegen die Bordwand geklopft. *Aber da kann man dämmen, wie man will, Ma'am, das Dröhnen der Pratt & Whitney Twin Wasp-Flugmotoren auf Hochtouren ist nicht totzukriegen. Das sind achthundert PS pro Triebwerk. Ein klasse Vogel, die DC-3. Sind Sie schon mal mit dem Nachtflieger geflogen? Transkontinental, in fünfzehn Stunden? Das ist schon was, phänomenal!* Und so weiter und so fort. Bis Savannah hätte ich liebend gerne einen Drei-Zylinder-Motor und ein Paar Ohrstöpsel gehabt.

Doch schlimmer ging immer. Der Dauerquassler aus Richmond war in Savannah ausgestiegen, und auf den frei gewordenen Sitz neben mir hatte sich ein verschwitzter Fettwanst im feinen Anzug gezwängt, mit stierem Blick und stumm wie ein Fisch, der nach Alkohol und Zigaretten gestunken hatte. Kaum hatten wir abgehoben, hatte er sich so richtig schön breitgemacht, den Oberschenkel gegen meinen gepresst, seine Pranke dabei immer wieder auf meinem Knie. Ein ums andere Mal hatte ich sie weggeschlagen und mir insgeheim den Quassler in seinem Karoanzug zurückgewünscht.

Und dann ... dann ... tauchte dieser verfluchte Fettwanst heute Morgen schon wieder auf, im PanAm-Flieger nach Nassau, seine Erscheinung noch widerlicher als tags zuvor – der feine Anzug zerknittert und voller Flecken, die Augen blutunterlaufen.

Er schob sich an den Sitzreihen vorbei, bemerkte mich Gott sei Dank nicht und setzte sich in die zweite Reihe. Und wie ich dem angeekelten Gesichtsausdruck der Stewardess entnahm, die in diesem Moment mit der kaffeeduftenden Thermoskanne in der Hand den Gang entlang an mir vorbeiwehte, hatte er wohl auch noch die Morgentoilette ausfallen lassen. Unsere Blicke kreuzten sich kurz, und ich signalisierte ihr mein Mitleid, so gut es ging, von Frau zu Frau, was sie im Vorbeieilen mit einem kurzen Nicken würdigte. Der Kaugummi in meinem Mund wurde langsam schal und hart. Da das dazugehörige Papierchen irgendwo verloren gegangen war, riss ich ein kleines Eck der Seite vierzehn im *LIFE*-Magazin ab und wickelte den ausgekauten Klumpen diskret darin ein.

Auf dem Sitz neben mir sah ein Herr von seiner Zeitung auf. Er war groß und schlank, hager fast, ein Strich in der Landschaft. Behände, mit einem kleinen Lederkoffer in der Hand, war er als Letzter die Gangway heraufgeeilt. Ich hatte ihn nicht groß beachtet, nur seine außergewöhnliche Haarfarbe war mir aufgefallen, die goldblonden Stirnfransen unter der Hutkrempe. Er trug eine Brille, und im Gegensatz zu meinen bisherigen Sitznachbarn hatte er mir ebenso wenig Beachtung geschenkt wie ich ihm, außer dass er ein höfliches »Guten Morgen« gemurmelt hatte, während er seinen Platz eingenommen und sich für die kleine Störung entschuldigt hatte. Er hatte endlos lange Beine, die er sorgsam übereinandergeschlagen hielt, damit sie auch ja nicht gegen meine stießen, und seine Zeitung schlug er nur so weit auf, dass die Seiten nicht über die Armstütze zu mir herüberragten. Den Kaugummi der Stewardess hatte er dankend abgelehnt, obwohl die tropischen Winde den Flieger ganz schön durch die Luft schaukelten. Davon völlig unbeeindruckt, las er seine Zeitung so dermaßen ruhig, blätterte und faltete die Seiten so dermaßen unmerklich, dass ich seine Anwesenheit fast vergaß.

Als die Stewardess vorbeikam, bog er den oberen Seitenrand ein Stück nach unten und inspizierte seinen Vordermann – in etwa so wie ein Vogelkundler, der, versteckt hinter seinem Sichtschirm, einen Vogel in freier Natur beobachtet. Ich weiß nicht, warum, aber irgendwie erregte er mein Interesse. Vielleicht war es die Ruhe, die er ausstrahlte. Indem ich so tat, als hielte ich nach der Stewardess Ausschau, gelang es mir, einen flüchtigen Blick von der Seite auf sein Gesicht zu werfen. Es war jünger, als ich dachte, leicht sommersprossig. Wie gesagt, es war nur ein flüchtiger Blick, aber Gesichter kann ich mir recht gut einprägen.

Wenig später faltete mein Herr Sitznachbar seine Zeitung zusammen, murmelte eine Entschuldigung und erhob sich. Seine Zeitung legte er auf dem Sitz ab, begab sich aber nicht etwa in den vorderen Teil des Flugzeugs, wohin er eben noch geblickt hatte, sondern in den hinteren, wohin auch die Stewardess verschwunden war. Das Flugzeug indes schaukelte unter dem Dröhnen der Propeller weiter auf und ab. Erneut blickte ich auf die Zeitschrift auf meinem Schoß – *Das Windsor-Team.* Was sollte das eigentlich heißen? Und was genau wollten die beiden damit sagen? Dann schaute ich wieder aus dem Fenster. Unter der Tragfläche zog eine Kette goldgelber Inseln vorüber, verlieh dem Meer einen noch intensiveren türkisblauen Glanz, sodass ich mein Magensausen und Schwindelgefühl fast vergaß, bis sich irgendwer neben mir hörbar auf den Sitz plumpsen ließ – wie ein nasser Sack. Mein Herr Sitznachbar …

Oh, nein, doch nicht. Es war ein anderer Herr. Hatte sich doch gleich so angehört. Er war dick und stank nach Schnaps. Sein Oberschenkel an meinen gepresst, seine Pranke auf meinem Knie …

»Behalten Sie gefälligst Ihre Hand bei sich«, raunzte ich ihn an.

Er neigte den Kopf und zischelte mir etwas ins Ohr, was mir der Anstand zu wiederholen verbot.

Ich holte aus, um seine Hand wieder wegzuschlagen, doch er war schneller und schnappte sich stattdessen meine. Meine andere Hand, meine rechte, ballte ich zur Faust, wenngleich ich bis heute nicht weiß, ob ich wirklich zugeschlagen hätte. Wahrscheinlich nicht. Im schlauchigen

Bauch des Fliegers war es stickig heiß, selbst in dreitausend Meter Flughöhe, was wohl an der gleißend warmen Junisonne lag, die durch die Fenster brannte und den ganzen Innenraum aufheizte, sodass auch die Hand des Mannes feucht und klebrig war vor Schweiß. Und plötzlich spürte ich ein brennendes Kloßgefühl im Hals, einen Würgereiz, einen Schleier vor den Augen, so als müsste ich mich jeden Moment übergeben. Bloß nicht, dachte ich, jetzt bitte bloß nicht auf das Titelblatt der Zeitschrift kotzen und das makellose Windsor-Team mit meinem morgendlichen Kaffee einsauen.

In diesem Moment kam mein eigentlicher Sitznachbar zurück. Er legte dem Schnapsbruder neben mir die Hand auf die Schulter und sagte mit klarer, leiser Stimme in unverkennbar britischem Englisch: »Ich glaube, Sie haben sich im Platz geirrt, Sir.«

Ohne meine Hand loszulassen, drehte sich der Schnapsbruder leicht nach hinten um und reckte den Hals, um zu sehen, wer ihn da angesprochen hatte.

»Und ich glaube, dass Sie das überhaupt nichts angeht, *Sir*!«

Seine Stimme klang zwar undeutlich und verwaschen, aber nicht so, dass man sie ordinär hätte nennen können. Vokale und Konsonanten kamen in der richtigen Reihenfolge, und im Wörtchen »Sir« lag gar eine bewusst gesetzte Ironie. Er sprach wie ein gebildeter Mensch, sturzbesoffen zwar, aber durchaus kultiviert. Man kann nie wissen, nicht wahr?

»Tut mir schrecklich leid«, sagte der Engländer, »aber ich fürchte, es geht mich sehr wohl etwas an. Schon allein, weil Sie auf meiner Zeitung sitzen.«

Er sprach, genau wie eben, leise und bestimmt. Und ich glaube nicht, dass die anderen Passagiere irgendetwas davon mitbekamen oder den Eindruck gewannen, dass diese beiden Herren gerade alles andere als ein paar höfliche Floskeln über das Wetter, die Brooklyn Dodgers oder Hitlers Bart wechselten. Mit keinem Blick schaute der Engländer dabei in meine Richtung. Auch der Schnapsbruder schien mich ganz vergessen zu haben. Sein Griff lockerte sich. Mit einem Ruck riss ich meine Hand los und griff tief in meine Handtasche, um nach einem Taschentuch zu kramen, während der Schnapsbruder sich umständlich verrenkte, um die zerdrückte Zeitung unter seinen Hinterbacken vorzuziehen – den *Miami Herald*, soweit ich den Titelkopf richtig lesen konnte.

»Bitte schön«, sagte er. »Und jetzt schwirren Sie ab!«

Der letzte Satz schien in der Wortwahl nicht recht zu ihm zu passen, er klang eher so, als hätte er ihn aus einem Film und nur darauf gewartet, ihn mal irgendwem hinrotzen zu können – in bester Rüpelmanier. Die hohle Hand auf seinem Knie zuckte in einem fort, zeigte saubere Finger, gepflegte Nägel und rosige Haut, bis auf eine hässliche, nässende, rissige Wunde auf einem der Fingerknöchel.

Der Engländer rückte seine Brille zurecht und beugte sich einen kleinen Tick tiefer nach vorn.

»Entschuldigen Sie. Da habe ich mich wohl nicht deutlich genug ausgedrückt. Ich wäre Ihnen sehr dankbar, Sir, wenn Sie sich zurück auf Ihren Platz begeben und mir erlauben würden, den meinen wieder einzunehmen.«

»Haben Sie mich nicht verstanden?«, rief der Schnapsbruder. »Schwirren Sie ab!«

Er sprach jetzt lauter, schrie schon fast und übertönte das Geräusch der Motoren. Die Leute drehten die Köpfe, schielten über ihre Zeitungen und Zeitschriften, um den Blick ebenso rasch wieder zu senken. Keiner wollte Ärger, schon gar nicht mit einem Betrunkenen. Er könnte ja ausrasten, wer wusste das schon. Und so flogen wir dahin, gut dreitausend Meter über dem Ozean, in einer aufgeheizten Metallröhre. Ich schwitzte am ganzen Körper. Unter einem Leinenblazer trug ich meine beste Bluse aus hellblauer Seide und spürte, wie mir der Achselschweiß an den Armen hinunterlief. Der Schnapsbruder wurde immer wütender, trotz – oder gerade wegen – des beruhigend versöhnlichen Tonfalls des Engländers. Seine Wut entbrannte wie ein Streichholz beim Zünden und *roch* auch so, klebte wie ein Hauch von Sprengpulver in Nase und Rachen. Meine Finger verkrallten sich in die Nähte meiner Handtasche.

»Bestimmt nicht«, sagte der Engländer.

Der Schnapsbruder sah aus, als wollte er etwas entgegnen. Er nahm sich zusammen, straffte den Rücken und drehte den Kopf. Seine Backen waren rot gefleckt. Der Engländer wich nicht von der Stelle, zuckte nicht einmal. Da öffnete der Schnapsbruder den Mund, rang kurz nach Luft, stoßartig, keuchend, schloss dann die Augen und sank vornüber, wie im Schlaf. Der Engländer nahm die Hand von der zusammengesackten Schulter, hob den schlaffen Arm des Schnapsbruders an und schwenkte ihn um seinen Hals.

»Ich begleite den Herrn kurz auf seinen Platz«, meinte er zu mir. »Bitte entschuldigen Sie die Unannehmlichkeit.«

Niemand sprach ein Wort. Niemand rührte sich. Die Stewardess stand im Gang, gegen eine Kopfstütze gelehnt, die Hand vor den Mund geschlagen, während der Engländer den bewusstlosen Mann auf die Füße zog und ihn in Richtung des leeren Platzes in der zweiten Reihe schleifte, ja regelrecht wuchtete. Urplötzlich geriet das Flugzeug in heftige Turbulenzen, fing an zu ruckeln und zu wackeln, sackte nach unten, stabilisierte sich kurz und sackte erneut ab. Der Engländer schwankte, fand Halt an der Lehne des Einzelsitzes in der dritten Reihe links von ihm, entschuldigte sich bei dem dort sitzenden Passagier und schlängelte sich weiter. Die Stewardess eilte herbei und half ihm, den sackschweren Schnapsbruder auf seinen Platz zu hieven, während die ältere Frau rechts daneben nur angewidert zuschauen konnte. (Ich reckte den Hals, um die Show auch ja beobachten zu können.)

Niemand wusste so recht, was er tun oder sagen sollte oder was genau er da gerade mit eigenen Augen gesehen hatte. Das Dröhnen der Turbinen war nach wie vor ohrenbetäubend, und der Flieger klapperte wie eine Donnerbüchse. Auf der anderen Seite des Ganges drehte ein Mann in einem hellen Tropenanzug aus feinstem Sommertwill den Kopf und vertiefte sich wieder in seine Zeitung. In der Reihe vor mir neigte sich eine Frau leise flüsternd ihrem Mann zu. Ich sah auf meine Armbanduhr. Vier Minuten nur waren vergangen, nicht zu glauben!

Bis der Engländer zurück auf seinem Platz war, war aus dem lauten Dröhnen der Motoren ein tiefes Brummen geworden – der schaukelnde Anflug auf Nassau hatte begonnen. Ein Wolkenstreif zog vorbei und war auch schon wieder verschwunden. Ich tat so, als wäre ich in meine Zeitschrift vertieft, während ich verstohlen nach links in Richtung meines Sitznachbarn schielte, der seinen Hut vom Boden aufhob (er war ihm während des Gerangels oder wie auch immer man es nennen mag, vom Kopf gefallen) und ihn im Gepäckfach verstaute. Sein Haar war nicht ganz so goldblond, wie ich gedacht hatte, sondern hatte einen leicht rötlichen Stich, war also eher rotblond. Ich blätterte eine Seite um. Er nahm Platz und griff nach der Zeitung, die ich inzwischen aufgehoben und in das Netz am Sitz direkt vor ihm gesteckt hatte. Es schien das Mindeste, was ich tun konnte, und außerdem kann ich es nicht leiden, wenn Sachen auf dem Boden herumliegen.

»Danke«, sagte er. »Ich hoffe, Sie haben sich nicht gestört gefühlt.«

»Keineswegs.«

Er sagte nichts darauf. Dabei hätte ich Hunderte Fragen gehabt, vor allem die, ob der Schnapsbruder noch lebte. Stattdessen blätterte ich im Sekundentakt durch meine Zeitschrift, bis ganz ans Ende, und klappte sie dann zu, sodass sie wieder mit der Titelseite nach oben auf meinem Schoß zu liegen kam – *Das Windsor-Team,* in holder Eintracht mit ihren Union-Jack-Kissen. Die Lautsprecher sprangen an, es knackte und rauschte, und eine Stimme krächzte irgendetwas von einer Landung in Kürze und dreiunddreißig Grad in Nassau – ach herrje!

Ich räusperte mich und fragte den Engländer, was ihn denn nach Nassau führe, berufliche oder private Gründe.

»Tatsächlich lebe ich hier«, sagte er. »Im Moment jedenfalls.«

»Oh! Dann waren Sie nur auf Besuch in Florida?«

»Ja, mein Bruder lebt dort, in Cocoa, ein Stück die Küste rauf, ein hübscher kleiner Ort, direkt am Meer. Und Sie?«, sagte er mit einem Nicken in Richtung der Zeitschrift auf meinem Schoß. »Bringen sich auf den neuesten Stand?«

»So ungefähr«, sagte ich. »Könnte man so sagen.«

»Aha.«

Das Flugzeug wackelte. Ich sah aus dem Fenster. Unter uns mattgrünes Land, weißer Sandstrand, anbrandende Gischt und ein Auto, das auf einer gewundenen grauen Straße hell in der Sonne blitzte. »Was für eine romantische Liebesgeschichte«, hörte ich mich sagen.

»Romantisch? Glauben Sie das wirklich?«

Ich drehte den Kopf und blickte in ein ernstes Gesicht, in fragende Augen hinter der gerahmten Brille. Die langen Arme waren vor der Brust verschränkt, das rechte Bein über das linke geschlagen, stilgerecht und kultiviert. Er sah nicht aus, als wäre er an körperlich harte Arbeit gewöhnt, geschweige denn so, als hätte er eben einen über zweihundert Pfund schweren schlaffen menschlichen Körper gehievt.

»Sie etwa nicht? Es ist die Liebesgeschichte des Jahrhunderts, haben Sie das nicht mitbekommen?«, fragte ich. »Ein König, der für die Frau, die er liebt, auf den Thron verzichtet.«

»Ist eine neumoderne Chose und hat mit Romantik überhaupt nichts zu tun.«

»Wieso das?«

Es rüttelte und rumpelte, die Maschine machte ein paar harte Hüpfer und setzte schließlich auf. Wir waren gelandet. Draußen leuchtende Farben, üppige Vegetation und flirrende Hitze. Ich sah einen kleinen Palmenhain und ein flaches, rechteckiges Gebäude.

Bis die Maschine vollständig ausgerollt und zum Stehen gekommen war, hatte ich die Frage, die noch zwischen uns hing, völlig vergessen. Und so war ich einigermaßen überrascht, als ich plötzlich wieder seine Stimme hörte – wobei, eigentlich hatte mich alles an ihm überrascht.

»Ein wahrer Romantiker hätte die Liebe für die Pflicht geopfert«, sagte der Engländer, »nicht andersherum.«

Der Flieger machte einen letzten harten Ruck und kam schließlich vollständig zum Stehen. Er stand auf, holte seinen Koffer und Hut aus dem Gepäckfach, nahm auch meinen Koffer herunter und setzte den Hut auf. Ich bedankte mich. Gern geschehen, meinte er, wünschte mir einen guten Tag und einen angenehmen Aufenthalt in Nassau, begab sich zum Ausgang und trat hinaus. Das Licht der Sonne blitzte in seinen Brillengläsern.

Als ich mich am Schnapsbruder aus Savannah vorbeischob, saß der noch immer zusammengesunken in seinem

Sitz, vom Sicherheitsgurt in Position gehalten. Ich hätte nicht wirklich sagen können, ob er tot oder lebendig war. Die Stewardess warf immer wieder besorgte Blicke auf ihn. Ich bedankte mich bei ihr für einen unvergesslichen Flug.

»Kann man wohl sagen«, meinte sie. »Ihnen einen angenehmen Aufenthalt in Nassau.«

Im Terminal, in der Warteschlange vor der Passkontrolle, schaute ich mich nach dem rotblonden Engländer um, entdeckte ihn aber nirgendwo. Er konnte überall hingegangen sein. Er konnte von überallher gekommen sein. Er war wie ein Dschinn, wie ein verzaubertes Wesen aus einem Märchen. Nur dass das hier kein Märchen war. Es war die Realität. Er war ein Mensch, ein gewöhnlicher Mensch aus Fleisch und Blut. Entstanden aus der Vereinigung zwischen einer Frau und einem Mann, die sich ineinander verliebt hatten oder auch nicht. Die geheiratet hatten oder auch nicht. Die ihr Leben lang jede Nacht zusammen verbracht hatten oder auch nur eine.

Und während ich vom Terminal hinaus auf die Straße trat, sinnierte ich darüber, dass sich hinter diesem Mann wohl eine lange Geschichte verbarg, die ich nie erfahren würde.

Elfriede

JULI 1900

Schweiz

Kurz nach Mittag kommt der Engländer im Sanatorium an. Dort, im großen Innenhof, sitzt Elfriede gerade mit Herrn Doktor Hermann zusammen und bespricht mit ihm ihren Traum der letzten Nacht. Wenn sie irgendwann, in Jahren oder Jahrzehnten, auf diesen Moment zurückblickt, wird sie nichts mehr von diesem Traum oder dem Gespräch erinnern, aber sie wird noch ganz genau jedes einzelne Geräusch in diesem Moment vernehmen können, das Rumpeln der Wagenräder und das Klappern der Hufschläge auf holprigem Kopfsteinpflaster, so als drehte sich im Innern ihres Kopfes eine Tonwalze, auf die sich diese Geräusche für immer eingeprägt haben. Sie wird sich an die Stimmen erinnern, die von der anderen Seite des alten Mauerwerks herüberdrangen, an den Geruch der rosafarbenen, halb wilden Kletterrosen und daran, wie die Sonne aus dem Schatten brach, um ihren Nacken zu wärmen und den ganzen Hof mit Licht zu erfüllen.

Nur kommt die Sonne in diesem Moment nicht wirklich heraus. Es ist eben so eine Sache mit der Erinnerung, sie spielt uns immer wieder einen Streich. Unser Gedächtnis sammelt fleißig Zutaten für die Erinnerung an ein Ereignis, ganz egal, ob diese Details zum relevanten Zeitpunkt tatsächlich vorhanden waren oder nicht. Aber spielt das überhaupt irgendeine Rolle? In Elfriedes Erinnerung jedenfalls geht just in diesem Moment, mit der Ankunft des Engländers, die Sonne auf. Ein Moment voll Sonnenschein und Rosenduft – so hat sie ihn in Erinnerung.

Einer der beiden spricht gerade, ob Elfriede oder Doktor Hermann, ist gleich, denn beide merken auf, als sie das Geklapper von Pferdehufen und die rollenden Wagenräder hören.

»Ein Neuzugang?«, fragt Elfriede nach einer kurzen Pause.

»Ja, ein Lungenpatient«, antwortet der Arzt. »Lungenentzündung.«

»Wie furchtbar.«

»Er wird selbstverständlich auf die Isolierstation gebracht. Keine Ansteckungsgefahr also.«

»Furchtbar für *ihn*, meinte ich.«

Doktor Hermann nickt und schreibt etwas in sein kleines Notizbuch. So macht er es immer während ihrer Sitzungen – den »Konversationen«, wie er sie nennt, als wären diese ein rein geselliges Beisammensein –, und Elfriede kommt sich manchmal vor, als wäre sie ein Forschungsobjekt, eine unbekannte Tier- oder Pflanzenart, irgendetwas Anormales. »Wie finden Sie das?«, fragt er, immer noch schreibend, und einen Moment lang weiß Elfriede nicht recht, was genau er damit meint – seine Notizen oder den neuen Patienten. Als sie mit ihrer Antwort zögert, ermuntert er sie.

»Wie soll ich das denn *finden*? Spricht doch nichts dagegen«, sagt sie. »Ich hoffe, er erholt sich schnell. Was sollte ich dagegen haben?«

»Ja, was?«

»Keine Ahnung. Aber Sie scheinen der Meinung zu sein, dass ich etwas dagegen haben könnte.«

»Wie kommen Sie darauf?«

Dass Doktor Hermann eine Frage mit einer Gegenfrage beantwortet, ist eine weitere Angewohnheit von ihm. Er will Elfriede möglichst ununterbrochen reden lassen, damit sie sich öffnet. Es ist die neueste Behandlungsmethode bei *Nervenleiden*, wie Elfriedes Diagnose lautet, und gar nicht mal die schlechteste. Doktor Hermann ist ein hochgewachsener Mann mit sanften Zügen und runden Schultern, der seine langen Gliedmaßen mühelos in normal große Stühle faltet, die eigentlich viel zu klein für ihn sind. Er hat etwas Weiches. Sogar sein braunes Haar scheint samtweich. Jahre später erst wird Elfriede auffallen, dass sie die Farbe seiner Augen nie bewusst wahrgenommen hat, ebenso wenig, wie sie sich an sein Gesicht erinnern kann. Lediglich der sanfte, gleichförmige Klang seiner Stimme, die ihr in einem fort Fragen gestellt hat, ist bei ihr haften geblieben.

Sie antwortet so klar und eindeutig wie möglich, damit er keine weitere Frage daraus ableiten kann. »Als ich eben meinte: ›Wie furchtbar‹, sagten Sie etwas von wegen ›keine Ansteckungsgefahr‹. Also sind *Sie* davon ausgegangen, dass *ich* Angst davor habe, mich anzustecken.«

Doktor Hermann rückt seine Brille zurecht. »Hatten Sie jemals Angst, krank werden zu können, Elfriede?«

»Nein.« Sie steht auf. »Ich gehe jetzt ein bisschen spazieren.«

Aufenthalte im Sanatorium sind freiwillig, und Elfriede steht es frei, zu kommen und zu gehen, wie sie will. Keinerlei Einschränkung der Bewegungsfreiheit. Keinerlei Verpflichtung zu bleiben.

Rein praktisch gesehen, ist dies allerdings kaum möglich.

Das Sanatorium nämlich liegt hoch oben auf einem Berg, umgeben von wilder Natur, und ist nur über eine einzige steile, holprige Straße zu erreichen. Bis Mitte des vorigen Jahrhunderts war es ein Franziskanerkloster, bis die letzten verbliebenen Mönche die ganze historische Klosteranlage mit sämtlichen Grundstücksflächen und Gebäuden praktisch umsonst an Doktor Hermann abtraten, unter der Bedingung, dass die maroden Gemäuer als ein Ort der Heilung und des Friedens erhalten blieben. Patienten schätzen die abgeschiedene Lage, die saubere und gesunde Luft, und sie sind aus den verschiedensten Gründen hier (Lungenleiden, Nervenkrankheiten, Gebrochenes-Herz-Syndrom, diskrete Schwangerschaftsabbrüche), immer aber auch, um eine Zeit lang fernab der Zivilisation zu sein. Doch ohne bergsteigerische Fähigkeiten oder fremde Hilfe kommt man hier nicht weg, und Elfriede hat weder das eine noch das andere. Außerdem hat sie kein Geld, keines jedenfalls, das sie eben mal aus der Tasche ziehen könnte. Sie steht also auf, spaziert vom Hof, durch den überwölbten Durchgang und an der alten Kapelle vorbei, lässt die Anlage schließlich hinter sich und erreicht einen von zartem Duft erfüllten, sonnenbeschienenen Hügel. Doch ohne einen Pfennig in der Tasche fällt es ihr gar nicht erst ein, den Fahrer der Kutsche anzusprechen, der gerade den Engländer abgesetzt hat, um ihn zu bitten, sie den gut dreißig Kilometer langen, steilen und holprigen Fahrweg mit hinunterzunehmen – oder einfach zu Fuß hinunterzulaufen. Wo wollte sie auch hin? Und zu wem sollte sie gehen?

Sie spaziert also nur ein Stück hinaus, um alleine zu sein. Das ist alles, was sie will. Alleine sein und ihre Ruhe haben.

Die Zimmer in diesem ehemaligen Franziskanerkloster sind so, wie man es sich vielleicht vorstellt – schmucklos und karg, gelinde gesagt. Elfriedes Zimmer gleicht einer Mönchszelle, im wahrsten Sinne des Wortes, oder besser gesagt zweien davon, aus denen man eine gemacht hat. Es enthält ein Einzelbett mit Rosshaarmatratze, einen Hocker, einen schlichten Kleiderschrank, in dem ihre drei Kleider hängen, eine Kommode sowie einen Schreibtisch und einen Stuhl. Bücherregale gibt es keine, dafür eine Bibliothek, aus der Elfriede jederzeit Bücher ausleihen kann, aber immer nur eines. Eigene Bücher von zu Hause mitzubringen oder sich welche nachschicken zu lassen ist nicht erlaubt. Man ermuntert sie aber zum Schreiben. Jede Woche liegt ein neuer Stapel Notizhefte auf ihrem Schreibtisch. Herr Doktor Hermann möchte gerne, dass sie ihre Gedanken, Erinnerungen und insbesondere ihre Träume aufschreibt und die Notizhefte dann zu den täglichen Konversationen mitbringt, um die Inhalte zu besprechen. Sind die Notizhefte einmal nicht bis zur letzten Seite vollgeschrieben, würde er seinen Ärger darüber niemals offen zeigen. Das wäre unprofessionell! Trotzdem spürt sie ihn, seinen Ärger, der wie ein Störsignal durch die Luft schwingt, seine Nasenflügel flattern und erröten lässt. Und deshalb schreibt sie täglich wie geheißen, manchmal stundenlang, um seinen Hunger nach ihrem Unbewussten zu stillen. Doch unter der Rosshaarmatratze liegt ein weiteres Notizheft – eines, das ihre wahren Gedanken enthält.

Abends oder tagsüber, wenn das Wetter schlecht ist, weiß Elfriede sich anderweitig zu helfen, um Ruhe zu finden. Sie begibt sich dann in den Musikraum, in den außer ihr sonst niemand geht, setzt sich dort ans Klavier und spielt von Notenblättern aus der Bibliothek. Manchmal spielt sie stundenlang, ein Stück nach dem anderen, von Bach über Haydn, Mozart, Beethoven, Schubert bis hin zu Chopin. Derlei Beschäftigung erfordert ein methodisches Vorgehen. Dann ist es Mitternacht, und während die letzten Töne verklingen, erfüllt eine weihevolle Stille den Raum, und es ist, als würden Tausende Ohren lauschen, Tausende verstorbene Seelen, und Elfriede kann fast, aber nur fast spüren, dass unter ihnen auch ihr Ehemann und ihr Sohn sind.

Zwei Wochen später sieht Elfriede den Engländer zum allerersten Mal. Auf einer kleinen Anhöhe hockt sie im Gras und sieht zu, wie ein Krankenpfleger ihn im Rollstuhl über einen der gepflasterten Gartenwege schiebt. Sie ist gerade von einer langen, einsamen Wanderung zurück, die klare Bergluft füllt ihre Lunge und belebt ihre Glieder, und das warme Sonnenlicht zaubert eine leichte Röte in ihr Gesicht. Sie sitzt im Gras, inmitten von Wildblumen, die Arme um ihre Beine geschlungen. Ein Stück unterhalb von ihr, am Ende des rechtwinkligen Gartenwegs, auf einem sonnenbeschienenen Fleckchen, halten sie an, der Krankenpfleger und der Engländer, die von hier oben aus betrachtet kaum größer und spektakulärer erscheinen als zwei Eichhörnchen. Der Pfleger zieht die Decke über dem Schoß seines Patienten zurecht, und die beiden wechseln ein paar Worte, die Elfriede nicht hören kann, da der leichte Wind sie mit sich fortträgt. Dann, mit einem letzten straffen Zug an der Decke, wirft der Pfleger einen Blick auf seine Armbanduhr, begibt sich zurück ins Haus und lässt den Engländer die Sonne genießen.

Eine ganze Weile sitzt er da, ohne sich zu rühren. Sein Rollstuhl steht so, dass sie sein Gesicht nicht richtig sehen kann, doch da Elfriede leicht kurzsichtig ist, könnte es auch gut sein, dass er eingenickt oder einfach nur zu schwach ist, um sich zu bewegen. Trotzdem, er muss das Schlimmste überstanden haben, andernfalls hätte man ihm den kleinen Ausflug in den Garten gewiss nicht erlaubt.

Den Proportionen von Mann und Rollstuhl nach zu urteilen, scheint er eher groß und schmal gebaut zu sein. Gut, Elfriedes Ehemann ist ein Riese, zwei Meter groß und breit wie ein Schrank, gegen den fast jeder schmächtig erscheint. Außerdem ist der Engländer gerade schwerkrank gewesen. Er trägt den hier üblichen weiten blauen Krankenhauspyjama. Sein Kopf ist rasiert, und die wenigen Bartstoppeln schimmern rötlich im Licht der Sonne. Elfriede robbt etwas näher heran. Die kurze, farbenfrohe Blütezeit der Bergblumen ist gerade angebrochen, und überall auf der Wiese leuchtet es herrlich rot, orange und violett; ein würziger Duft von Wiesensalbei zieht durch die Luft, hängt sich in Elfriedes Kleid, während sie sich im Gras noch ein Stückchen vorwärtsschiebt. Einen einzigen Blick nur will sie auf sein Gesicht werfen, nichts weiter, will unbedingt wissen, wie er aussieht, der Engländer. In ihrem ganzen behüteten Leben, in kleinen Dörfern auf dem Land, in Berlin (wo sie einmal war, um ihre Brautaussteuer zu kaufen), in Frankfurt und Zürich (Städte, die sie nur durch das Zugfenster kennt) ist sie noch nie einem Engländer begegnet.

Sie rutscht näher und näher heran, doch sein Gesicht kann sie einfach nicht erkennen. Sie blicken beide in dieselbe Richtung, zur Sonne hin, und Elfriede sieht ihn nur von der Seite, nur sein geschlossenes linkes Auge, mehr nicht. Er hat eine schöne Hautfarbe, ist blass, aber nicht schlohweiß oder fieberbleich, und zur Nase hin erkennt sie ein paar Sommersprossen. Seine linke Hand liegt auf der grauen Wolldecke, die Finger sind lang und feingliedrig; seine rechte Hand bleibt ihrem Blick verborgen.

Elfriede streckt ein Bein, um noch ein paar Zentimeter näher heranzurücken. Da fängt der Engländer plötzlich an zu sprechen, ohne die Augen zu öffnen, gut hörbar, aber nicht übermäßig laut. »Sie können auch rüberkommen und sich vorstellen.«

»Oh, ich wollte nicht …«

»Doch, wollten Sie …« Er schlägt die Augen auf, dreht den Kopf, um sie anzusehen, blinzelt kurz gegen die Sonne, und ein breites, elektrisierendes Lächeln geht über sein Gesicht, das ihr augenblicklich und mit voller Wucht alle Sinne verwirrt, ihre Fantasien beflügelt, bewusste wie unbewusste, und ihr das Blut bis unter die Haarspitzen treibt. »Mein Gott«, entfährt es ihm, lautlos fast, kaum hörbar über die Distanz zwischen ihnen, »was für eine Augenweide!«

»Hallo.«

»Was machen Sie hier? Krank sehen Sie nicht gerade aus.« Sein Blick streift ihre Körpermitte. »Oder sind Sie vielleicht in *anderen Umständen*?«

Elfriede versteht nicht gleich, was er damit meint, dann schüttelt sie den Kopf.

»Nervenleiden«, ruft sie ihm zu.

»*Leidend* sehen Sie aber nicht gerade aus.« Er schmunzelt, als er ihren irritierten Blick sieht. »Nichts für ungut. Nur Spaß. Ich war schon immer der Spaßvogel in der Familie. Mein Name ist Thorpe. Wilfred Thorpe. Ich würde Ihnen die Hand reichen, aber ich behalte meine Bazillen mal besser bei mir.«

»*Herr* Thorpe. Ich bin *Frau* von Kleist.«

»*Frau*, habe ich das richtig verstanden? Für eine verheiratete Frau sehen Sie unglaublich jung aus.«

Sie zögert. »Ich bin zweiundzwanzig.«

»*So* alt schon?«

»Und ich habe einen kleinen Sohn«, fügt sie ohne Not hinzu.

»Ach was! Nun, dann will ich Sie mit meinen Fragen nicht weiter in Verlegenheit bringen.« Er dreht den Kopf wieder in Richtung Sonne und schließt die Augen. »Schönes Wetter heute, nicht wahr? Wollen Sie sich zu mir setzen? Ich verspreche auch, dass ich Sie nicht anhusten werde.«

»Ich weiß nicht, ob das erlaubt ist.«

»Papperlapapp!« (Wieder so ein seltsamer Ausdruck.) »Ich nehme es auf meine Kappe, versprochen. Ich werde sagen, dass ich einen Hustenanfall hatte und Sie mir selbstlos wie Sie sind, zu Hilfe eilten.«

Sie lacht verlegen und erhebt sich. Bis nach unten zur kleinen Steinmauer, die den Garten umrandet, sind es noch ein paar Meter, und da es ihr albern und unnatürlich scheint, sich über diese Distanz hinweg zu unterhalten, genauer gesagt, hin und her zu rufen, läuft sie spontan darauf zu und setzt sich mit übereinandergeschlagenen Beinen auf den Mauersims, etwa einen Meter links von ihm.

»Viel besser so«, sagt er. »Und für meine Lunge viel leichter. Sie duften nach Wildblumen.«

»Ich habe auch mitten auf der Wiese gesessen. Sie sprechen sehr gut Deutsch.«

»Sie aber auch.«

Sie lacht erneut, ist dermaßen aus der Übung, was das Lachen anbelangt – aber sie kann nicht anders. »Ist meine Muttersprache. Und Sie … Sie sind Engländer, stimmt's?«

»Ja, bin ich. Ich hatte Deutsch in der Schule und einen zum Fürchten strengen Lehrer, der die Sprache fließend beherrschte. Jedes Mal wenn ich aus Versehen die informelle Anredeform verwendete und ihn mit *Du* ansprach, setzte es Stockhiebe.«

»Ist ja schrecklich.«

»Soll angeblich den Charakter bilden.« Er schlägt die Augen auf und blinzelt in die Sonne. Er sieht ganz anders aus als ihr Ehemann, nicht nur, weil er kleiner ist als er, knochendürr, nicht nur, weil er im Rollstuhl sitzt und ihr eigener Mann ein Riese ist, gesund und munter, ein Kerl wie ein

Baum. Herr Thorpe ist eigentlich recht unattraktiv – breitgesichtig und dicklippig, sommersprossig und rothaarig, und sein Funken sprühendes Lächeln kann über seinen extrem ausgezehrten und entkräfteten Zustand nicht hinwegtäuschen. Sie hält den Atem an, kann den Anblick seiner klapperdürren Gestalt und seiner farblosen Wimpern kaum fassen. Ein Schlaks im blauen Pyjama, aus dem ein rotblonder Stoppelkopf hervorguckt.

»Freut mich, dass es Ihnen besser geht«, sagt sie. »Mit einer Lungenentzündung ist nicht zu spaßen.«

»Oh, alles in Ordnung.«

»Man hätte Sie wohl kaum hierher ins Sanatorium gebracht, wenn es nicht ernst um Sie gestanden hätte.«

»Nun, wenn es wirklich so ernst gewesen wäre, wäre ich gar nicht erst in der Lage gewesen herzukommen. Ist eine verdammt lange Reise von Wien. Nein, die kritische Phase habe ich ganz gut geschafft, doch die Ärzte hatten Sorge um meine Lunge und schickten mich her, damit ich mich erhole und wieder zu Kräften komme. Und meine Eltern waren einverstanden, weil …«

»Weil?«

»Persönliche Gründe.«

»Ein Mädchen?«, fragt Elfriede forsch.

»Ja«, sagt er. »Ein Mädchen. Doch das scheint jetzt alles weit weg. Und Sie? Was führt Sie hierher?«

»Persönliche Gründe.«

»Lassen Sie mich raten. Man hat Sie gezwungen, irgendeinen alten Tattergreis zu heiraten, gegen Ihren Willen, Sie sind dabei halb verrückt geworden und abgehauen.«

»Wo denken Sie hin«, sagt sie.

»Dann unglücklich verliebt?«

»Nein.«

»Ein anderer schrecklicher Kummer?«

»Nichts allzu Schreckliches.«

Herr Thorpe trommelt mit den Fingern auf der Armlehne seines Rollstuhls herum. »Sind Sie schon lange hier?«

»Lange genug.«

»Ah. Dann können Sie meine Neugierde vielleicht in einer anderen Frage befriedigen. Spätabends, zur Schlafenszeit eigentlich, höre ich manchmal höchst außergewöhnliche Musik, die leise in mein Zimmer dringt. Klaviermusik. Stundenlang. Ich weiß nicht recht, ob sie von draußen durch das Fenster kommt oder vom anderen Ende des Korridors. Zuerst dachte ich, ich träume. Hören Sie sie auch, diese Musik?«

»Ich … nun, ich …«, hebt sie an und beißt sich gerade noch auf die Zunge, um ihn nicht anzuschwindeln, »… ich fürchte, die Pianistin, die bin ich.«

»*Sie?* Oh. Oh.«

»Tut mir furchtbar leid. Ich dachte nicht, dass mich jemand hören könnte. Kommt nicht wieder vor …«

»Nein, nein! Bloß nicht, wegen mir nicht!«

»Aber wenn ich Sie damit vom Schlafen abhalte …«

»Nein, die Musik stört mich überhaupt nicht, wirklich nicht. Sie ist bezaubernd. Gestern Abend … bei Chopin … diese Klänge, sie gingen mir richtig unter die Haut …«

»Wie bitte?«

»Nichts. Ich war verzaubert. Vollkommen verzaubert. Und das waren *Sie*? *Sie* haben diese Stücke gespielt, die ganze Zeit? Umso bezaubernder.«

Bei jedem anderen Mann hätte dieses Kompliment vielleicht platt geklungen. Doch Herr Thorpe spricht es mit einer so unbefangenen, intimen Verbundenheit aus, dass Elfriede unweigerlich lachen muss, und das Lachen tut so gut in ihrem Herzen, ihrer Seele, ihrem Kopf. Sie blickt hinunter auf ihre an den Knöcheln überkreuzten Füße und spürt, wie sie errötet.

»Was haben Sie denn in Wien gemacht?«, fragt sie hastig.

»Nun, was man in Wien eben so macht. Kunst. Kultur. Philosophie. Oper. Cafés. Was sich an unterhaltsamen Vergnügungen halt so bietet. Ich denke mal, ich wollte so etwas wie eine Bildungsreise unternehmen, eine Grand Tour, wie man so schön sagt, nur dass ich immer an irgendwelchen Orten hängen geblieben bin …«, er stockt, »… und so das Unvermeidliche nur aufgeschoben habe.«

»Das Unvermeidliche? Was war denn das?«

»Nach Hause zurückzukehren. Mein Vater hatte mir einen Platz organisiert, in den *Chambers*.«

»Was ist das, die *Chambers*?«

»Die Kammern bei Gericht. Ich soll Jurist werden.«

»Wie … wieso …?«

»Weil ich erwachsen bin«, sagt er. »Erwachsen und doch ganz schön naiv. Heiraten, Bart wachsen lassen, ein paar Bälger in die Welt setzen, und der ganze Kreislauf würde von Neuem beginnen.« Er stockt, als würde er gleich weitersprechen, muss stattdessen aber husten. Ein feuchtes, elendes Husten, das seinen Widerhall an den Mauern rings um den Garten und dem Spitalgebäude weiter hinten findet.

»Alles in Ordnung?«, fragt Elfriede besorgt. »Soll ich den Pfleger rufen?«

Er winkt ab. Der Hustenanfall legt sich, und er lehnt den Kopf nach hinten. »Ist nicht so schlimm, wie es klingt. Ist schon viel besser geworden, ob Sie's glauben oder nicht.«

»Dann sind Sie dem Tod wohl nur knapp von der Schippe gesprungen.«

»Ja, kann man so sagen. Denkbar ungünstig, sich im Sommer eine Lungenentzündung einzufangen. Aber kein Wunder bei meinem Lotterleben, wie meine Mutter sagt.«

»Lotterleben? Wirklich? Den Eindruck machen Sie gar nicht.«

»Für meine Mutter ist ein Glas Sherry am Abend schon Lotterleben genug. Sie stammt aus einer Familie schottischer Presbyterianer. Strenggläubig.« Und als er bemerkt, dass Elfriede mit schottischem Presbyterianismus offenbar nichts anzufangen weiß, fügt er hinzu: »Erzreligiös.«

»Dann haben Sie praktisch die Flucht ergriffen.«

»So ungefähr. Vor einem Jahr habe ich meinen Uniabschluss gemacht und dachte ... na ja, man hat nur diese eine Chance, ein ausschweifendes, sündhaftes Leben zu führen, ehe das sittsame Leben dann unweigerlich beginnt und die eigenen sündigen Begierden das Glück des anderen zerstören.«

»Wieso unweigerlich?«, sagt Elfriede. »Sie müssen ja nicht.«

»Was genau muss ich nicht? Nach Hause zurückkehren, Jurist und ein biederer Familienvater werden?«

»Ja. Sie könnten auch zurück nach Wien gehen. In die Großstadt, in die Cafés, zu diesem Mädchen ...«

»Frau von Kleist«, sagt er pathetisch. »Sie bringen mich ganz schön durcheinander mit Ihren rebellischen Gedanken. Ich bin ein kranker Mann, schon vergessen?«

»Nein, natürlich nicht.«

»Erst mal brauche ich eine lange Zeit der Genesung und kein Vergnügungsprogramm.«

»Wie lange ...«, sie räuspert sich und fährt dann fort, »... wie lange werden Sie voraussichtlich bleiben?«

»So lange es braucht. Ein bis zwei Monate vielleicht. Bis zum Herbst. Und Sie, Frau von Kleist? Wie lange denken Sie, dass Sie noch hier sein werden?«

Sie zuckt die Schultern. »So lange es braucht.«

»Ein bis zwei Monate vielleicht? Ich kenne mich mit Nervenleiden nicht so gut aus.«

»Möglicherweise noch länger.«

Ringsum herrscht eine eigenartige tiefe Stille, die Art von Stille, für die das Sanatorium so berühmt ist. Die friedvolle Stille der Berge senkt sich leise in Elfriedes Gemüt, dorthin, wo das starre Gefühl der Einsamkeit wohnt, das sie manchmal deprimiert und ihre Schwermut verstärkt, weil es ihr so vorkommt, als wäre sie der einzige Mensch auf der Welt, dabei sehnt sie sich verzweifelt danach, sich irgendwem zugehörig zu fühlen, fast egal wem. Elfriede riecht die Wildblumen, den feinen Duft einer köchelnden Speise aus dem Refektorium – es ist fast Mittag. Und sie nimmt noch etwas anderes wahr, einen seltsamen, undefinierbaren Geruch, Herrn Thorpes Eigengeruch, wie sie schnell bemerkt, ein Geruch, der sie für immer an die Berge erinnern wird, selbst später noch, inmitten einer lauten, verschmutzten Großstadt.

»Da kommt der Pfleger«, murmelt Herr Thorpe.

Elfriedes Blick wandert hinüber zum Gebäude, wo eine in weiße Krankenhaustracht gewandete Gestalt gerade in der Tür erscheint. Sie spürt einen Anflug von Panik in der Brust, so als käme jemand anmarschiert, um ihr Blut abzunehmen. Sie rappelt sich hoch und bleibt noch kurz auf dem Mauersims stehen.

»Ich muss gehen, Herr Thorpe …«, sagt sie.

»Wilfred.«

Sie zögert. »Elfriede.«

Ein breites Lächeln fliegt über sein Gesicht, ein kurzer, zwinkernder Blick. »Dann sind Sie praktisch noch genauso lange hier wie ich. Chancen auf ein Wiedersehen, was meinen Sie?«

»Wohl kaum.«

Wilfred presst die Hand an sein Herz. »Ist jetzt schon gebrochen. Werde ich Sie wiedersehen?«

Sie springt zurück auf die Wiese, die rund einen halben

Meter entfernt zu einem sanft gerundeten Hügel ansteigt. »Ich wüsste nicht, wieso. Wir sind in ganz verschiedenen Gebäudetrakten untergebracht.«

»Und doch sind Sie hier.«

»Ein Fehler!«, ruft sie ihm über die Schulter zu, während sie sich anschickt, den Hang wieder hinaufzusteigen.

Hinter ihr hallt Wilfreds Stimme durch die Luft. »Es gibt keine Fehler, schöne Elfriede! Nur Schicksal!«

Elfriede steigt zügig hinauf, während das Wörtchen *Schicksal* in ihren Ohren klingt, hauchfein und fern, außer Hörweite fast. Nein, es hallt, hallt in einem fort in ihrem Kopf, synchron zum pochenden Schlag ihres Herzens, während sie weiter den Hang hinaufsteigt. *Ist nur die körperliche Anstrengung, die dünne Luft, die Vorfreude auf die Aussicht vom Gipfel oben*, redet sie sich ein.

Lulu

JULI 1941

Bahamas

Jede Stadt hat ihre Kneipe, in der man sich bei ein paar Drinks zum neuesten Klatsch und Tratsch in geselliger Runde trifft. In Nassau war dieser Treffpunkt die Bar im Prince George Hotel. Das Hotel selbst war nicht zu übersehen. Wer hier im Nassauer Hafen anlandete, frisch ausgespuckt aus dem Bauch eines Passagierdampfers, und mit schweren Koffern auf den rauchverhangenen Docks in der prallen Sonne stand, eilte stracks hinüber auf die andere Seite der Bay Street in den Schatten und fand sich prompt unter dem großen Vordach des Prince George wieder. Da das Prince George jedem neu eintreffenden Gast den ersten Rumpunsch traditionsgemäß gratis ausgab, hatte die Bar schnell eine treue Stammkundschaft. Und so führte mein erster Weg auch diesmal in besagte Hotelbar, wenngleich ich per Flieger und nicht per Schiff angereist war. Der Punsch tat gut, rann weich die Kehle hinunter. Danach begab ich mich geradewegs zur Rezeption und buchte ein Zimmer.

Drei Wochen später hatte ich fast vergessen, dass ich jemals irgendwo anders gelebt hatte. Jeden Abend um Punkt sechs begab ich mich hinunter und setzte mich auf meinen Stammplatz, auf den dritten Barhocker von links, woraufhin der Barkeeper (nennen wir ihn Jack) mir einen Cocktail mixte, während ich mir eine Zigarette der Marke Parliament anzündete (die in New York City relativ selten ist, auf den Bahamas, der britischen Kronkolonie, jedoch weit verbreitet), die ich einem voll bestückten Etui entnahm. So begann auch mein zwanzigster Abend in Nassau:

Jack war die Sorte von Barkeeper, der einen Gast zuerst genau taxierte, um dann zu entscheiden, welchen Drink er ihm kredenzte. An diesem speziellen Abend, als die Bar nur spärlich besucht war und die spätnachmittägliche Sonne noch durch die Fenster schien, nahm er sich ein bisschen Zeit für einen Plausch mit mir.

»Einen Doppelten für Sie, Mrs. Randolph?«, fragte er. »Scheint, als hätten Sie heute pausenlos Bomben über Deutschland regnen lassen.«

»Na ja, ganz so aufregend war der Tag nicht für mich.« Ich legte die linke Hand flach auf das glanzlasierte, glatte Holz des Schanktischs und stierte auf den goldenen Trauring an meinem Finger. »War den ganzen Tag bei den Ladys vom Roten Kreuz.«

Jack ließ ein leises, lang gezogenes Pfeifen vernehmen. »Den ganzen Tag?«

»Seit heute Morgen, seit der nette Mensch, der Chefredakteur der Zeitschrift, mir reizenderweise gleich zum Frühstück ein Telegramm servieren ließ.«

»Ein erfreuliches wenigstens?«

»Hier, lesen Sie selbst.« Ich legte die Zigarette in den Aschenbecher, zog den gelben Umschlag aus meiner Handtasche, nahm den dünnen Papierstreifen heraus und breitete ihn vor mir auf dem Tresen aus. Wie ich die Farbe Gelb hasste!

GRATULATION STOPP ABREISE NACH NASSAU DREI WOCHEN HER STOPP UNKOSTEN FÜR VERLAG $ 803,22 STOPP EXKLUSIVBERICHTE ÜBER DIE WINDSORS NULL STOPP SOFORTIGE RÜCKKEHR NACH NEW YORK WIEDERHOLE SOFORT ZURÜCK STOPP ALLE ZAHLUNGEN AB SOFORT EINGESTELLT STOPP
S. B. LIGHTFOOT

Jack schielte zu mir herüber und ließ abermals ein spitzes Pfeifen vernehmen. Über unseren Köpfen kreiste ein Deckenventilator, schnurrte fröhlich vor sich hin und ließ die Spitzen meiner Haare fliegen. Jack schüttelte den Kopf und wandte sich wieder seinen Flaschen zu.

»Da sehen Sie es«, fuhr ich fort und steckte das Telegramm samt Umschlag zurück in meine Handtasche. »Meine Zeit in Nassau ist so gut wie vorbei.«

»Gefällt es Ihnen nicht bei uns, Mrs. Randolph?«

»Doch, sehr sogar. Aber ich kann nicht bleiben, wenn mir das Magazin die Zahlungen streicht.«

»Dann schreiben Sie diesem netten Menschen doch, was er haben will.«

»Diesem *netten* Menschen? Sie meinen Lightfoot?«, fragte ich mit einem Nicken in Richtung meiner Handtasche. »Ich soll ihm schreiben, was er haben will? Nett formuliert. *Was er befiehlt*, trifft es wohl besser.«

»Na und? Schreiben Sie ihm halt seine Story.«

»So leicht ist das nicht, mein Bester«, sagte ich. »In dieser Stadt, dieser bullig heißen, rückständigen, gottverlassenen Bastion, gibt es nur eins, worüber es sich zu schreiben lohnt, doch kein Mensch kann einfach so ins Regierungsgebäude spazieren, ins Government House, und ein Interview mit den Windsors ordern, und zwar sofort, *s'il vous plaît*!«

»Was soll ich sagen.«

»Ein Unding, ganz recht. Man muss sich seinen Weg in die Gesellschaft offenbar erst bahnen. Und für Neulinge wie mich heißt das, Mitglied zu werden beim örtlichen Roten Kreuz, wo die Herzogin als Schirmherrin fungiert, um dadurch Eingang in die High Society zu finden.«

»So schlimm?«

»Es war grauenvoll!«

Jack stellte mir einen Drink hin. Martini – wie ich nach dem ersten Schluck schmeckte. »Spendiert. Von einem Verehrer.«

»Einem *was*?«, sprudelte ich hervor.

»Einem Verehrer, wie gesagt. Mehr sage ich nicht dazu.« Mit zwei Fingern zog Jack einen imaginären Reißverschluss zwischen seinen Lippen zu.

Ich stellte das Glas ab und griff nach meiner Zigarette. Jack beobachtete mich interessiert, die dicken Brauen leicht hochgezogen. Nach einem zweiten Schluck schlug ich die Beine übereinander und ließ den Blick in einem großen Bogen durch die Bar schweifen. Der Raum selbst, mit vielen rustikalen Stühlen und Aschenbechern auf kleinen Tischen, bot reichlich Platz und auch reichlich Höhe unter dem mächtigen Gewölbe, das auf massiv gemauerten Pfeilern mit hübschen Holzvertäfelungen ruhte. Es waren kaum Gäste da, kein Wunder, wo es draußen noch sonnig und warm war. Bis auf einen älteren Herrn am Fenster, der in seine Zeitung vertieft war, und zwei Männer in Leinenanzügen, die in einer Nische beisammensaßen, war der Gastraum leer. Ich drehte mich wieder zu Jack.

»Doch nicht etwa von dem alten Herrn mit der Zeitung dort, wie ich hoffen will.«

»Er ist steinreich, Mrs. Randolph. Und Bettler dürfen bekanntlich nicht wählerisch sein.«

»Haben Sie mich gerade eine Bettlerin genannt?«

Jack zog eine Unschuldsmiene. Hinter ihm, über seinem Kopf, funkelten die Gläser, langstielige und kurzstielige, Champagnerschalen und Cognacschwenker, akkurat in Reih und Glied gestellt, ohne ein einziges Staubkörnchen.

»Nur ein altes Sprichwort, Mrs. Randolph«, sagte er. »Hat meine Mutter immer gesagt.«

»Ich habe meine Fehler und Schwächen, zugegeben. Aber nie in meinem ganzen Leben habe ich auch nur einen Cent von irgendwem erbettelt, und ich habe nicht vor, jetzt damit anzufangen.« Ich drehte den Kopf zum Fenster hin. »Schon gar nicht von einem alten Geldsack, der sein Glück in einer Hotelbar versucht.«

»Sie haben Ihre Ansprüche, schon verstanden.«

»Ja, ich habe meine Ansprüche.«

»Oh, dann nehme ich den Martini am besten wieder fort?«

Ich gab ihm einen Klaps auf die Hand. »Unterstehen Sie sich. Der arme Tropf darf mir gerne so viele Drinks spendieren, wie er will. Solange er nur weiß, dass er keine Gegenleistung dafür bekommt.«

»Oh, so schlecht sieht der gar nicht aus. Schauen Sie sich den armen Kerl doch mal an. Volles Haar. Schöner, gepflegter Anzug. Polierte Schuhe. Gut, seine Zähne kann ich jetzt nicht sehen, aber ich wette, er hat noch welche.«

»Na, wenn Sie das sagen.«

»Sie stellen sich aber auch an, wissen Sie das? Eine Menge junger Frauen würden sich nach einem so netten Kerl wie ihm, mit ordentlich Geld, die Finger lecken und sich gerne erbarmen. Für einen Freifahrtschein ins Glück!«

»Ich bin aber nicht *eine Menge junger Frauen*. Und außerdem weiß ich aus erster Hand, wo derlei Arrangements enden, nämlich bestimmt nicht im Glück, glauben Sie mir«, sagte ich und griff nach dem Aschenbecher.

Selbiger war ein antikes Stück aus Silber mit einem mittig aufgeprägten Motiv, das eine Wirtshausszene darstellte. Eingefasst war er mit einem umlaufenden Dekorband, das hier und da Vertiefungen zur Zigarettenablage aufwies. Ich schnippte etwas Asche hinein und spürte Jacks neugierig bohrenden Blick auf mir ruhen. Nein, ich nahm es ihm nicht übel. War nur Geplänkel und bestimmt nicht böse gemeint.

Hinter dem Tresen wogte Jacks schwarze Kellnerweste mit den weißen, gesteiften Ärmeln hin und her, während er die Ginflasche zurück ins Regal an der Wand stellte.

»Nun gut, wie Sie meinen. Aber ich denke nicht, dass er derjenige ist, der Ihnen den Drink spendiert hat.«

»Aber Sie sagten doch …«

»Ich nicht, *Sie.*« Jack drehte sich wieder zu mir um und grinste. »Ich bin nur darauf eingestiegen.«

»Na bravo, Hauptsache, Sie hatten Ihren Spaß.«

»Nicht sauer sein, Mrs. Randolph. Alles gut, ich bin zur Verschwiegenheit verpflichtet.«

»Sie veräppeln mich, stimmt's? Ich wette, Ihr herbeigeredeter Verehrer existiert gar nicht. Sie selbst waren das, Sie haben mir gerade den Drink spendiert und sich einen kleinen Spaß mit mir erlaubt.«

»Oh, er existiert sehr wohl. Er hat im Voraus bezahlt. Und er hat ein anständiges Trinkgeld gegeben.«

»Ist er noch da?«

»Hier, in diesem Raum?« Jacks Blick wanderte zur Tür, an den Wänden entlang, über Vertäfelungen und Mobiliar, dann an den sonnenbeschienenen Fenstern vorbei und schließlich wieder zu mir. »Ich fürchte, auch das kann ich Ihnen nicht sagen. Er ist wohl eher von der schüchternen Sorte, Ihr Herr Verehrer. Aber keine Sorge. Ich denke, er wird sich zu erkennen geben, sobald er sich traut und bereit dazu ist.«

Der Martini vor mir wirkte einladend kühl und frisch. Nichts, rein gar nichts trübte seine spiegelglatte Oberfläche. Ich sinnierte über die chemischen Eigenschaften von Flüssigkeiten, über die ins unendlich Kleine gehenden Bindungskräfte, welche die Moleküle in einer perfekten Ordnung zusammenhielten, wunderbare Moleküle, die unter dem Einfluss der Schwerkraft in meinem Glas absolut spiegelglatt gehalten wurden. Ein großes Rätsel, das sich mir wohl nie erschließen würde, auch jetzt nicht.

»Wie lange sind Sie schon Barkeeper, Jack?«, fragte ich.

»Wie lange überhaupt? Oder hier in dieser Bar?«

»Überhaupt.«

»Mal überlegen.« Er kniff ein Auge zu, schielte zur Decke hinauf. »Ich kam neunzehn-einundzwanzig nach Nassau, als kleiner Junge, half meinem Vater damals mit dem alten Schoner – Gott, was war das für ein klasse Schiff…«

»Ein Schmugglerschiff, meinen Sie wohl.«

»Ja, ganz gut für ein kleines Seehandelsgeschäft, Mrs. Randolph, um das Verlangen von euch armen, heimwehkranken Schluckern zu befriedigen. Hab den lieben langen Tag unzählige Kästen mit Spirituosen be- und entladen. Wie die Könige in Nassau haben wir damals gelebt. Es waren gute Jahre.« Er schüttelte den Kopf und wischte irgendwelche unsichtbaren Schlieren vom Tresen. »Doch irgendwann war der Handel mit Alkoholika wieder in staatlicher Hand.«

»Halleluja.«

»Für Ihre Landsleute in den Staaten vielleicht. Ich jedenfalls musste feststellen, dass mein Dad das ganze Geld aus jenen goldenen Zeiten verjubelt hatte, jeden einzelnen gottverdammten Penny, Mrs. Randolph. Er ließ mich hier in Nassau hängen, am Boden zerstört. Zum Glück hatte ich einen Kumpel, der damals eine Bar führte. Er nahm mich unter seine Fittiche, brachte mir alles über das Schankgewerbe bei. Und hier stehe ich nun.« Jack breitete die Arme aus. »Habe meinen Platz gefunden. Hier kommt keiner an mir vorbei, hier habe ich das Sagen, Mrs. Randolph, das sollten Sie sich merken. Wenn Ihnen irgendein Kerl hier zu nahe tritt und lästig wird, dann sagen Sie mir Bescheid.«

Jack war groß, ein Bär von einem Mann, und dennoch. Ich verspürte plötzlich den Wunsch, meine Arme um diesen fülligen Leib zu schlingen, seinen Brustkorb zu küssen. Beim Gedanken daran und bei dem Bild, das es in meiner Fantasie erweckte, lächelte ich versonnen in mein fast leeres Glas hinein.

»Warum mögen Sie mich eigentlich so sehr, Jack?«, fragte ich.

»Weil Sie eine ehrenwerte und gutherzige Lady sind, Mrs. Randolph.«

»Besagter Verehrer. Wäre der was für mich?«

»Niemand ist gut genug für Sie, Mrs. Randolph, meiner Meinung nach.« Er neigte sich etwas vor. »Und unter uns gesagt, es gibt viele Männer, die sich nach Ihnen erkundigen. Nach dieser hübschen Lady, die einsam und allein vor Ihrem Drink sitzt, ein trauriges Fräulein Rühr-mich-nicht-an. Aber besagter Verehrer ist der erste, dem ich gestattet habe, Ihnen einen Drink auszugeben.«

»Ein netter Zug von Ihnen.«

»Nun liegt es an Ihnen, Mrs. Randolph. Sie haben ein gutes Auge, da bin ich mir sicher. Aber seien Sie einfach nur vorsichtig, das ist alles.«

»Ich dachte, Sie hätten es ihm gestattet.«

»Oh, mit *vorsichtig* meinte ich nicht *ihn persönlich*.« Jack trat einen Schritt zurück und räumte das Glas weg. »Ich meinte das eher allgemein, alles und jeden auf dieser Insel, insbesondere aber die Herzogin und ihren Gemahl, diese beiden schillernden Blaublüter in ihrem abgeschotteten Palast, die sich um nichts und niemanden scheren außer um sich selbst. Passen Sie einfach nur ein bisschen auf sich auf!«

»Auf mich aufpassen? Weshalb? Wo ich mir anscheinend nicht einmal einen flüchtigen Blick in diesen Palast erkaufen kann. Den ganzen Vormittag habe ich in dem gottverdammten Hauptquartier verbracht, der Zentrale des Roten Kreuzes, habe Pakete gepackt, mich durch die langweiligste Ausschusssitzung meines Lebens gequält und bin halb durchgedreht, nur um eine Einladung für Samstag zur Party im Government House zu ergattern, bis sie dann schließlich auftauchte, die Herzogin. Und wissen Sie, was sie sagte?«

Jack fuhr sich mit der flachen Hand über die Kehle. »Kopf ab?«

»Schlimmer. *Sehr erfreut, Sie kennenzulernen, Mrs. Randolph.*«

»Das ist alles? Klingt doch gar nicht so übel?«

»Sie wissen ja nicht, wie das in diesen Kreisen läuft. Sie schaut dir intensiv in die Augen, als ob du die einzige Person im ganzen Raum wärest, die einzige Person auf dieser Welt, und Feenstaub glitzert um dich herum, während sie deine Hand nimmt und sagt: ›*Sehr erfreut, Sie kennenzulernen*‹, und du denkst dir: *Oh, sie mag mich! Sie ist sehr erfreut, sie hat es gerade selbst gesagt! Wir werden die allerbesten Freundinnen!* Dann lässt sie deine Hand wieder los, wendet sich der nächsten Frau zu, schaut *ihr* intensiv in die Augen, und du fühlst dich wie die letzte dumme Kuh. Nein, du *bist* eine dumme Kuh. Reingefallen, nach Strich und Faden.«

In meinem rechten Augenwinkel nahm ich eine Bewegung wahr. Irgendwer näherte sich der Bar. Ein Mann, groß, adrett (soweit ich das erkennen konnte), südeuropäischer Typ, Spanier oder Franzose vielleicht, der großspurig daherkam und sich ein paar Barhocker weiter niederließ. Jack hingegen schien ihn überhaupt nicht zu bemerken. Ich stützte die Ellbogen auf den Tresen und sagte: »Vielleicht sollte ich mich meinem Schicksal einfach fügen und aufgeben.«

»Aufgeben?«, sagte Jack. »Was reden Sie da für einen Unsinn?«

»Das ist kein Unsinn. Es ist realistisch.«

Sein Blick wanderte schließlich zu dem Neuankömmling an der Bar. »Entschuldigen Sie mich kurz, Mrs. Randolph.«

Mein Glas war leer. Ich drückte die Zigarette aus. Jack hatte die Bestellung des Neuankömmlings entgegengenommen und wandte sich dem Regal mit den Flaschen zu. Ich stand auf, etwas wackeliger auf den Beinen als gedacht, nach nur einem einzigen Martini, und kramte einen Bahamas-Shilling aus meiner Handtasche.

»Verzeihung«, sagte der Herr rechts neben mir. »Ich habe eben zwangsläufig mitgehört.«

»Ach ja!«

»Sie wollen doch nicht etwa schon gehen?«

»Oh doch, will ich.«

»Aber Sie haben noch gar nichts gegessen.«

»Vielleicht esse ich ja woanders.«

»Bestimmt nicht, Mrs. Randolph«, sagte der Mann langsam, »und das wissen wir beide.«

Bis eben hatte ich in die Luft gesprochen. Auf so eine Anmache stieg ich prinzipiell nicht ein, da war ich stur. Aber wie will man einen Mann, der dich mit Namen anspricht, ignorieren? Also drehte ich mich zu ihm um. Ich kannte ihn bereits vom Sehen. Er war einer der Stammgäste im Prince George, und abgesehen davon war er auch gar nicht zu *über*sehen – eine große, stattliche Erscheinung, frisch gebügelter Anzug, weißes Hemd, grüne Krawatte. Und auch wenn seine Nase etwas groß war und seine Kieferpartie nicht gerade markant, war er unbenommen ein außerordentlich attraktiver Mann, besonders wenn er einen mit diesem begehrlichen Blick aus seinen intelligenten Augen musterte. Zudem hatte er einen geschmeidigen Gang, federnd und leicht, athletisch fast.

»Entschuldigen Sie«, sagte ich. »Ich wüsste nicht, dass wir uns bereits bekannt gemacht hätten.«

Er streckte mir seine kräftige Hand entgegen. »Alfred de Marigny.«

»Der Name kommt mir bekannt vor.«

»Ja, ich fürchte, ich genieße hier einen ziemlichen Ruf.« In seiner Stimme schwang ein Hauch von Entschuldigung.

»Kann man wohl sagen. Sofern man all den Geschichten glauben mag.«

»Und? Tun Sie das?«

»Natürlich. Ich wette, diese sind hundertmal interessanter als die Wahrheit. Danke übrigens für den Drink.«

Er hob die Brauen, während er Jack ein Zeichen gab. »Nichts zu danken.«

»Ich sagte nicht, dass ich noch einen möchte.«

»Nicht? Aber setzen Sie sich doch bitte, Mrs. Randolph. Wir können Sie hier nicht einfach so stehen lassen. Und schon gar nicht einfach so *gehen* lassen.«

»Wieso nicht?«, fragte ich. Aber ich setzte mich.

Auch er nahm wieder Platz, sah mich an, einen Ellbogen auf den Tresen gestützt. »Was meinten Sie denn eben von wegen aufgeben? Was genau wollen Sie denn aufgeben?«

Ich kramte in meiner Handtasche nach dem Zigarettenetui, Hauptsache, meine Hände waren irgendwie beschäftigt, während der berühmt-berüchtigteste Playboy von ganz Nassau auf einem Barhocker neben mir saß und seine Aufmerksamkeit allein auf mich richtete. Ich suchte ein paar Fakten über ihn aus meinem Gedächtnis zusammen. Er war frisch geschieden, von einer schwerreichen Frau aus Manhattan, die für ihn ihren ersten Ehemann verlassen hatte. Er war Jachtsegler, ein sehr guter sogar. Und er war Ausländer mit irgendeinem Adelstitel, von dem niemand wusste, wie er ihn erworben hatte oder ob er ihn überhaupt rechtmäßig besaß. Kurzum, er war – wie sagt man noch gleich – ein *Prahlhans.* Was für ein schönes Wort – Prahlhans. Ich nahm eine Zigarette aus dem Etui und meinte: »Ach, habe ich das gesagt?«

»Ja, haben Sie. Ganz sicher. Wenn Sie erlauben …« Er zog ein Streichholzheftchen aus der Tasche, um mir Feuer zu geben, was ihm nach ein paar Fehlversuchen auch gelang: Streichholz ziehen, am Zündblatt reiben und endlich eine Flamme, die er von unten an die Zigarette hielt, bis der bläuliche Flammenkern das Zigarettenpapier erfasste und es kurz aufflammen ließ.

»Danke schön.« Ich klappte das Etui noch einmal auf und bot ihm auch eine an. Dankend nahm er eine Zigarette heraus. Inzwischen kam Jack mit unseren Drinks: einem zweiten Martini für mich, einem Whiskey für de Marigny.

Nachdem wir den ersten Schluck genommen hatten, sagte er: »Hoffentlich bin ich Ihnen nicht zu nahe getreten. Ich möchte nur gerne wissen, ob ich Ihnen vielleicht irgendwie behilflich sein kann.«

»Aus reiner Nächstenliebe?«

Er schlug sich mit der Hand gegen die Brust. »Ich bin ein Gentleman, Mrs. Randolph. Ich erwarte keine Gegenleistung.«

»Sicher? Nichts für ungut. Aber am Ende dreht sich alles immer nur um eines.«

»Und um was?«

»Um Gefälligkeiten.« Ich griff nach dem Aschenbecher. »Und bevor Sie fragen, ich bin Journalistin. Ich bin im Auftrag einer amerikanischen Zeitschrift hier, um unseren

Lesern in diesen spannenden Zeiten exklusive Einblicke in die Nassauer Gesellschaft zu geben.«

»Und mit Nassauer Gesellschaft meinen Sie bestimmt den Herzog und seine Gemahlin?«

»Na ja. Das gerade ist ja das Spannende in diesen Zeiten.«

»Verstehe.« Er drehte den Kopf leicht nach links, als würde sein Blick durch den Gastraum schweifen, der sich langsam füllte, zumeist mit Männern in hellen, feinen Anzügen, so wie auch de Marigny einen trug, nur dass sie allesamt kleiner und korpulenter waren als er, gewöhnliches Kaufmannsvolk mittleren Alters, *Bahamicus mercantilis vulgarii.* Dazwischen ein paar nicht zu übersehende amerikanische Touristen. »Was das anbelangt, kann ich Ihnen wohl kaum behilflich sein, Mrs. Randolph. Ich bin nicht gerade ein Liebling Seiner Königlichen Hoheit.«

»Ach du lieber Himmel. Warum denn das nicht? Ich dachte, es gehöre zu seinen hoheitlichen Pflichten, sich mit seinen Alliierten gutzustellen.«

»Alliierten?«

»Ihr Akzent ist leider nicht zu überhören, Monsieur de Marigny.«

»Ich bin gebürtiger Brite, Mrs. Randolph. Geboren wurde ich auf Mauritius, und das ist eine britische Kolonie, gleich rechts neben Afrika.«

»Verstehe«, sagte ich. »Wie unglaublich exotisch. Dann also *Mister* de Marigny.«

Er lächelte leicht. »Meine Freunde nennen mich Freddie.«

»Also gut, Freddie. Wie kommt es, dass so ein netter Kerl wie Sie beim Herzog in Ungnade gefallen ist?«

»Fragen Sie mich das als Journalistin, Mrs. Randolph, oder als Freundin?«

»Beides. Ich bin eine verzweifelte Frau, müssen Sie wissen. Jedes noch so winzige Detail könnte meine Karriere retten.«

»Dann habe ich keine Probleme damit, Ihnen rundheraus zu erzählen, dass der Herzog ein verlogener Heuchler ist, ein eitler, schwacher, verweichlichter Mann, total dominiert von seiner Frau und seiner eigenen Gier.«

Um seinen Mund spielte noch immer ein Lächeln, seine Stimme aber klang fest und bestimmt, keinesfalls gedämpft und leise, wie man es vielleicht erwartet hätte, bei so offenen Worten an einem derart öffentlichen Ort. Ich schnippte die Asche von meiner Zigarette in den Aschenbecher, und zwar möglichst ohne zu zittern, auch wenn mir ganz schön die Nerven flatterten.

»Donnerwetter. Sagen Sie ruhig, was Sie wirklich denken, Freddie.«

»Keine Sorge, ich nehme nie ein Blatt vor den Mund.«

»Oh, das stört mich nicht im Geringsten. Ist er ein Verräter?«

»Nein«, sagte de Marigny, »aber er macht sich zum Hampelmann der Nazis. Ich kenne ihn ein bisschen, von vor dem Krieg, als ich in London lebte. Es ist kein Geheimnis, dass er Hitler damals sehr bewunderte. Und soweit ich weiß, lag seine Gattin auf der gleichen Linie. Sie erinnern sich doch bestimmt daran, dass die beiden auf ihrer Hochzeitsreise auch Deutschland besucht haben?«

»Ja, ich erinnere mich. Was für eine Riesenshow! Paraden und Werksführungen und weiß Gott was alles. Immer in schönsten Kleidern, immer ein strahlendes Lächeln im Gesicht.«

»Er ist ein Idiot.« De Marigny zog an seiner Zigarette, während sein Blick versonnen auf mir ruhte, bis er sich abrupt verfinsterte, an meinem linken Ohr vorbeischweifte und irgendeinen Punkt dahinter fixierte. »Ich hatte einen Freund damals, er war Jude, gut aussehend, klug, ein netter Kerl. Er reiste zurück nach Berlin, um seine Familie zu überreden, das Land zu verlassen. Das war 1936, meine ich, nachdem diese furchtbaren Gesetze beschlossen worden waren. Seither habe ich nie wieder etwas von ihm gesehen oder gehört.«

»Glauben Sie denn, was manche Zeitungen berichten? Von Konzentrationslagern und so weiter? Oder ist das alles nur Propaganda, so wie die Tötung von belgischen Säuglingen mit dem Bajonett im Ersten Weltkrieg?«

Er kippte einen großen Schluck Whiskey hinunter und stierte auf die verbliebenen Eiswürfel am Glasboden. Die Luft war warm, so wie sie eben immer warm ist in Nassau, und man konnte das Schmelzen der Eiswürfel unter dem Gebläse des Deckenventilators förmlich hören. Seine Hand, die das Glas umschloss, war lang, und seine Finger sahen aus, als könnten sie Steine zermalmen. Ich wartete darauf, dass er weiterredete. Das tun die meisten, wenn man ihnen nur genug Zeit lässt. Schweigsame Pausen mag niemand.

»Ich habe eine Geschichte für Sie«, sagte er schließlich. »Ich denke, sie bringt den Charakter dieses Mannes ganz gut zum Ausdruck.«

»Bin ganz Ohr, dafür bin ich schließlich hier.«

»Vor ein paar Jahren, als ich das erste Mal auf die Bahamas kam, entdeckte ich auf der Insel Eleuthera auf einer kleinen Anhöhe einen hübschen kleinen Fleck, auf dem ich mir ein Haus bauen wollte. Ich hatte auf dem Londoner Rohstoffmarkt gutes Geld gemacht, und ich wollte nichts weiter als das, was alle wollen – mein eigenes Schloss.«

»Verstehe.«

Er wedelte den Zigarettenrauch beiseite. »Eleuthera ist eine schöne Insel. Lang gezogen, schmal, etwas hügelig – wie ein Streifen im Meer.« Er untermalte seine Worte mit einer fließenden Handbewegung. »Der nächste rosarote Korallensandstrand ist also nie weit entfernt. Eleuthera liegt rund achtzig Kilometer östlich von hier, ungefähr zwei Segeltage entfernt. Der Name kommt aus dem Griechischen und bedeutet ›Freiheit‹, wussten Sie das?«

»Nein, wusste ich nicht. Griechisch steht nicht unbedingt auf dem Lehrplan von amerikanischen Mädchenschulen.«

»Ja, klar. Egal, ich kaufte gut achtzig Hektar Hügelland, das zum Strand hin leicht abfiel, stellte sicher, dass es auf dem Grundstück auch eine Quelle mit ausreichend Frischwasser gab, und baute mir einen hübschen Bungalow.«

»Und was passierte dann? Wollte der Herzog das Land für sich beanspruchen?«

Im nächsten Moment platzte eine größere Gruppe herein, sechs oder sieben Leute, sie lachten und johlten, rochen nach Sonne und Schweiß. De Marigny beobachtete sie ein paar Sekunden lang, dann wandte er sich wieder zu mir und fuhr lächelnd fort. »Nicht ganz. Sehen Sie, im Dorf unterhalb des Hügels haben die Einheimischen kein eigenes Süßwasser. Die Frauen kochen das Meerwasser ab und sammeln Regenwasser in Eimern, oder sie laufen kilometerweit, um pro Schöpfkelle dann einen Penny zu bezahlen. Und wo ich schon mal dabei war, ein Haus zu bauen, dachte ich mir, ich könnte gleich noch ein Wassersystem anlegen, um Wasser aus meiner Quelle direkt hinunter ins Dorf zu leiten, wo die Bewohner nichts außer kargen Felsen und unfruchtbaren Boden hatten. Ich entwarf also dieses System und holte mir die Genehmigung vom Exekutivrat ein. Alles, was noch fehlte, war die eigenhändige Unterschrift des Gouverneurs.«

»Ach du liebe Zeit«, sagte ich.

Während er weiterredete, kam Jack stillschweigend auf uns zu, tauschte das leere Whiskeyglas gegen ein volles, während de Marigny sich mit einem beiläufigen Nicken bedankte und gleich einen Schluck nahm. Und obwohl das

Glas makellos sauber war, hielt er es mit gestreckten, leicht gespreizten Fingern. »Dann kommt diese Frau daher«, fuhr er fort. »Eine Frau namens Rosita Forbes. Schriftstellerin. Engländerin. Sportlicher Typ. Sie wissen, was ich meine.«

»Ich kann es mir ungefähr vorstellen. Gertrude Bell und die gute Queen Bess in Personalunion.«

Er lachte. »Ja, so in etwa. Sie kauft ein Stück Land, nicht weit von meinem, stellt ein großes, prächtiges Haus drauf … und was kommt jetzt? Genau. Sie hat keine Quelle, keine eigene jedenfalls. Diese dumme Kuh hat nicht daran gedacht, so wichtige praktische Dinge im Vorfeld zu klären, bevor sie ihr kleines Reich erworben hat.« Er zuckte mit den Schultern. »Ich schlage ihr also vor, Dachrinnen und Wasserauffangbecken zu bauen. Schließlich gibt es hier auf den Inseln reichlich tropische Regengüsse. Aber nein. Sie hat andere Vorstellungen. Unterdessen warte ich auf die Unterschrift des Gouverneurs, doch sie kommt und kommt nicht. Also segle ich zurück nach Nassau, vereinbare einen Termin im Government House, erkläre die Situation und dass die Dorfbewohner dringend auf ihr Frischwasser warten … Und wissen Sie, was er zu mir sagt? Er, der ein Jahr lang König von Großbritannien war, die Kolonien in Übersee regierte, der Kaiser von Indien war und so weiter … wissen Sie, was dieser Typ zu mir sagt?«

»Bin gespannt.«

»Er verlange, sagt er, dass das Wasser in diesen neu angelegten Leitungen – *mein* Wasser, wohlgemerkt, von *meinem* Grundstück – nicht ins Dorf, sondern zu Mrs. Forbes abgeleitet werden solle. Die Einheimischen, so sagt er weiter, seien es gewohnt, ihr Wasser in Eimern zu sammeln, sie hätten nie fließend Wasser gehabt, es mache für sie also keinerlei Unterschied, während Mrs. Forbes, diese großherzige Frau, mit ihrem riesigen Anwesen den Dorfbewohnern doch viel Arbeit und Geld bescheren würde, womit ihnen sehr viel mehr gedient und geholfen wäre.«

Ich drückte den Stummel meiner Zigarette im Aschenbecher aus, schob ihn mit einer kreiselnden Fingerbewegung einmal rundherum. De Marigny hatte zwei unterschiedliche Lippenformen, eine dünne Oberlippe über einer vollen, sinnlichen Unterlippe, von der das Lächeln verschwunden war. Er trank noch einen Schluck, einen kurzen, und als er das Glas wieder abstellte, starrte er mich an. Um uns herum lauter Krakeel. Irgendwie, auf geradezu mystische Weise, waren unsere beiden Stühle näher aneinandergerückt, standen in fast intimer Zweisamkeit zusammen.

»Und was haben Sie dazu gesagt?«, fragte ich.

»Ich habe mich natürlich gewehrt. Habe einige ziemlich unhöfliche Dinge gesagt, die ich jetzt nicht wiederholen werde und die er geflissentlich überhörte. Dann ging er aus dem Zimmer. Sein – wie sagt man – Adjutant war entsetzt. Am Ende tat er mir fast ein bisschen leid.«

»Wer? Der Adjutant?«

»Nein, der Herzog. Da bekommt er die ersten dreieinhalb Jahrzehnte seines Lebens zu hören, dass er quasi der Gott auf Erden sei. Klar glaubt er das! Doch das hier ist eine ganz andere Geschichte. Da spaziert eine attraktive Frau in seine Amtsstube, bettelt ihn huldvoll um eine wohlgefällige Gabe an, die er ihr natürlich gewährt – wie ein wahrer König, wie ein wahrer Kaiser –, ohne auch nur den kleinsten Gedanken daran, dass er gar nicht die Macht dazu hat, ihr diese Bitte zu erfüllen. Und nun? Sein Untertan pariert nicht. Sein Untertan trampelt dem kleinen Kaiser auf den schweren Kolonialstiefeln herum und erzählt ihm, dass er nichts weiter sei als der Gouverneur eines winzigen Fleckchens Erde am Arsch des British Empires.«

»*Das* haben Sie zu ihm gesagt?«

»So etwas in der Art.« Nun drückte auch er seine Zigarette aus. »Hören Sie. Als ich in London lebte, vor dem Krieg, habe ich ihn zweimal getroffen. Einmal in Ascot. Und einmal zu einer Jagdpartie in Schottland. Er reiste im eigenen Flieger an, noch dazu mit reichlich Verspätung, was für ein Arschloch, um uns in diesem Scheißflieger, der *Gypsy Moth,* in geselliger Runde dann beim Abendessen zu erzählen, was für ein feiner Kerl dieser Hitler sei, was für gute Ideen er hätte, dass Deutschland und England die besten Freunde werden und gegen die internationale Judenheit fest zusammenstehen sollten ... *Pah!* Die Hälfte von uns war entrüstet. Die andere Hälfte beklatschte ihn stürmisch dafür.«

»Interessant«, sagte ich.

»Ja, interessant. Genau so etwas wollten Sie doch hören, Mrs. Randolph. Egal, jetzt wissen Sie, was ich meine. Wenn Sie also vorhaben, enge Freundschaftsbande mit dem herzoglichen Paar zu knüpfen, um deren Geheimnisse herauszufinden und in Ihrer Zeitschrift darüber zu schreiben, dann erwähnen Sie meinen Namen besser nicht.«

»Verstehe.«

Er warf einen Blick auf seine Armbanduhr. »Entschuldigen Sie mich. Bin zum Abendessen verabredet und schon spät dran.«

»Oh, dann nichts wie los.« Ich streckte ihm die Hand entgegen. »War mir ein Vergnügen.«

Anstatt meine Hand zu nehmen, führte er meine Finger flüchtig an seine Lippen, ließ sie wieder los und hob eine Braue. »Aber vielleicht wollen Sie ja mitkommen? Wir sind nur ein kleiner Haufen, ein paar Segler vom Jachtclub.«

»Oh, da will ich nicht stören.«

Er lächelte. »Ach, woher denn?«

»Vielleicht ein andermal. Sie haben mir gerade schon genug Stoff zum Nachdenken gegeben.«

De Marigny kramte in seiner Hosentasche und zog ein dickes Bündel Geldscheine hervor. Ohne wirklich hinzusehen, blätterte er eine Fünf-Pfund-Note heraus, die er neben sein leeres Whiskeyglas auf den Tresen legte, was sich auf ein sattes Trinkgeld von vierhundert Prozent für Jack belief (wenn ich richtig rechnete)!

»Natürlich können Sie mit den Informationen anfangen, was Sie wollen«, sagte de Marigny und erhob sich. »Aber wenn ich Sie wäre, würde ich das, was ich Ihnen eben erzählt habe, nicht drucken, noch nicht jedenfalls, andernfalls werden Sie hier in Nassau kein einziges Wort mehr schreiben.«

»Was würden Sie mir denn raten?«

»Ganz einfach.« Er nahm seinen Hut vom Tresen und setzte ihn auf. Und da war es wieder, dieses Leuchten in seinen Augen, dieses charmante Lächeln um den Mund, und mir war, als schwenkten alle Köpfe im Raum wie abgesprochen herum, um über ihn zu lästern. Er schien es gar nicht zu bemerken. »Wer in den feinen Kreisen der Nassauer Gesellschaft verkehren will, Mrs. Randolph«, sagte er, »kommt am Roten Kreuz nicht vorbei. Das Hauptquartier liegt gleich um die Ecke, in der George Street.«

Zum Abendessen bestellte ich mir ein Schweinekotelett, das ich mir an der Bar bei einem Glas Rotwein schmecken ließ. Danach trat ich vor die Tür, tat ein paar Schritte und blieb dann stehen. Die Sonne versank langsam hinter den Hügeln, und der Himmel war von einer so überirdischen Färbung, dass mir der Atem stockte. Über mir kreischten zwei Möwen. Ich blickte nach Norden in Richtung Hafen und hinüber an die Ufer des silbrig grünen Paradieses namens Hog Island.

Nachdem ich die letzten zwei Jahre in irgendwelchen Kabuffs in billigen Pensionen in irgendwelchen amerikanischen Kleinstädten zugebracht hatte, konnte ich mich gar nicht so recht an diese Landschaft gewöhnen, an die Hitze, die Farben, die Klarheit, an dieses Übermaß an Blau, das so typisch ist für die Bahamas. Als ich vor drei Wochen aus dem Flieger gestiegen war und den Boden von Oakes Field zum ersten Mal betreten hatte, hatte ich geglaubt, ich sei in einem anderen Universum gelandet und befände mich auf einer völlig anderen Erde, in einem von einer ewigen Sonne beschienenen Paradies, befreit und erlöst von allem Alten, allem Düsteren. Das hatte ich zumindest gedacht, bis ich dann in der Realität angekommen war und rasch gemerkt hatte, dass man sich zwar in ein anderes Universum begeben, aber nicht aus der eigenen Haut kann.

Dennoch hatte ich den Sinn für das Unwirkliche nicht gänzlich verloren, erst recht jetzt nicht, als ich auf diese unendliche Linie des Horizonts blickte und sie vergeblich nach irgendeiner Wolke absuchte. Weiter hinten auf der West Bay Street erhob sich das British Colonial Hotel, leuchtend weiß – wie ein Schloss aus Hochzeitstorten. Vom Meer her wehte eine sanfte Brise, roch nach Salzwasser. Und dann der Sand – wie ich ihn vermisst hatte, diesen puderweichen, feinen Sand, der zwischen meinen Zehen rieselte. Ich steckte mir eine Zigarette an und blickte noch einmal hinüber nach Hog Island, das jetzt vom aufsteigenden Mond in einen goldenen Schein getaucht wurde. An der Westspitze der Insel blinkte der Leuchtturm. Das Land dort war im Besitz eines Schweden, der den Staubsauger und den Gefrierschrank erfunden hatte, Gott segne ihn! Er war aus Steuergründen auf die Bahamas gekommen, genauer gesagt wegen der absoluten Steuerfreiheit – und ja, warum auch nicht? Wer den elektrischen Staubsauger erfunden hatte, der hatte seinen Beitrag für die Menschheit geleistet. Der durfte gerne in Geld und Luxus schwimmen, sich eine friedvolle Insel im

Paradies kaufen und sie Shangri-La nennen. Der durfte gerne die größte Privatjacht der Welt besitzen und über die sieben Meere segeln. Wenner-Gren, so sein Name. Axel Wenner-Gren. Es gab auch eine Mrs. Wenner-Gren. Und Mrs. Wenner-Gren war zweifelsohne zu allen Gesellschaftspartys der Herzogin eingeladen. Und musste dafür nicht einmal selbst etwas erfunden haben! Nur den Mann heiraten, der den elektrischen Gefrierschrank erfunden hatte. Ich schnippte meine Zigarette in den Sand und machte mich auf den Weg zurück ins Prince George Hotel.

Als ich unten an der George Street stand, zögerte ich kurz. Anstatt weiter geradeaus zum Hotel zu gehen, bog ich nach links ab, folgte der Straße am Hauptsitz des Roten Kreuzes vorbei bis zu der langen, hohen Treppe, die hinauf zum Government House führte. Die Dunkelheit hatte das Bonbonrosa der Fassade geschluckt. Durch die Fensterreihen drang ein festliches Lichtermeer nach draußen. Ich konnte gerade so die strammstehenden Wachen vor dem Hauptportal ausmachen, den zarten Hauch nachtduftender Blüten, der aus den Gärten hinter den Mauern herüberstrich.

Zurück in meinem Zimmer im Prince George, schlüpfte ich in meinen Pyjama, putzte mir die Zähne, trank ein Glas Wasser und nahm eine Aspirin. Dann holte ich meinen Koffer vom Schrank und klappte ihn auf. Es klopfte an der Tür, nicht ganz unerwartet. Ich hatte an der Rezeption um die Rechnung gebeten, da ich am frühen Morgen abreisen wollte.

Doch es war nicht die Rechnung. Es war ein Umschlag, adressiert an Mrs. Leonora Randolph, in elegant geschwungener Handschrift. Darin eine Einladung des Herzogs und der Herzogin von Windsor zu einem Cocktailempfang am

Samstag um neunzehn Uhr, im Garten des Government House, im Rahmen einer Benefizveranstaltung zugunsten des bahamaischen Komitees der Internationalen Gesellschaft vom Roten Kreuz.

Elfriede

AUGUST 1900

Schweiz

Zwei Wochen nach ihrer ersten Begegnung mit Wilfred Thorpe im Garten des Sanatoriums stellt Herr Doktor Hermann ihr im Rahmen ihrer nachmittäglichen Sitzung eine ungewöhnliche Frage.

»Würden Sie sagen, Elfriede«, hebt er an, während er mit den Händen eine Brücke formt, »würden Sie sagen, dass Sie Ihren Ehemann lieben?«

Elfriedes Ehemann. Liebt sie ihn? Geheiratet haben sie vor vier Jahren. Nur einen Monat vor der Hochzeit hat sie ihren achtzehnten Geburtstag mit ihren Eltern, Brüdern und den jeweiligen Schwägerinnen in spe im kleinen Kreis gefeiert – und natürlich mit Gerhard (selbst Waise), damals dreiunddreißig. Gerhard, der große Baron von Kleist, der ihr die so außergewöhnliche Ehre erwiesen hat, sie zu ehelichen. Gewiss, sie war eine Schönheit. Weshalb sonst sollte ein Baron aus so altem Adelshause, mit einem derart beträchtlichen Vermögen und von so hohem Rang, sich herablassen, der Tochter eines einfachen Bürgers einen Heiratsantrag zu machen? Sie lernten sich beim Eislaufen auf dem Dorfteich kennen, ein Ort für ungezwungene Begegnungen. Elfriede war eine ausgesprochen gute Eisläuferin, bewegte sich grazil und fließend über das Eis. Gerhard nicht. Und ob Zufall oder Absicht, jedenfalls fuhr er in sie hinein, nicht wirklich heftig, sodass sie sich nicht verletzte, aber doch schwungvoll genug, um die Gelegenheit zu nutzen, sich überschwänglich zu entschuldigen und sie auf einen Apfelglühwein einzuladen. »Wieso, er hat sich halt in dich verliebt«, flüsterte ihre Mutter ihr am nächsten Tag aufgeregt ins Ohr, als der Baron nachmittags anrief, um sich nach Elfriedes Befinden zu erkundigen, und Elfriede – nun ja, Elfriede war viel zu überwältigt, viel zu geschmeichelt und viel zu beglückt, um zu wissen, ob sie seine Liebe erwidern sollte oder nicht. Gerhard von Kleist war nicht sonderlich attraktiv, aber er war groß und stattlich, gut gekleidet, belesen, hatte eine entwaffnend herzliche Art – und er war Gerhard von Kleist, ein Adliger, Erbherr auf Schloss Kleist, ein hoch angesehener Mann, Offizier im kaiserlichen Heer, der mit dem Kaiser höchstpersönlich oft zur Jagd ausritt. Im April waren sie verlobt, im Juni war das Aufgebot bestellt, und am 1. Juli fand die Trauung in der wunderschönen Dorfkirche statt, mit scheel blickenden Schwägerinnen auf der einen und begeistert-verzückten Eltern auf der anderen Seite, inmitten einer feierlich gestimmten Gemeinde, die viel zu tuscheln hatte angesichts eines Barons, dem es offenbar gar nicht schnell genug gehen konnte, die strohblonde Elfriede zu seiner rechtmäßig angetrauten Gemahlin zu nehmen.

Vor dem Gang zur Kirche, in der blumengeschmückten Kutsche, steckte die Brautmutter ihrer Tochter ein weißes Spitzentaschentuch zu. So war es Brauch. Das viereckige Stück Stoff aus weichem Linnen sollte Elfriede zum Trocknen ihrer Freudentränen dienen, um es in der Hochzeitsnacht dann hübsch zusammenzufalten und in der Schublade ihrer Kommode zu verwahren. Dort würde es bis zu dem Tag bleiben, da Elfriede sterben und das Tuch der Tränen ihr kaltes, totes Gesicht bedecken würde. So war es Brauch. Doch wie sich herausstellte, weinte Elfriede keine einzige Träne, weder während der feierlichen Zeremonie, als sie Gerhard das Jawort gab, noch in der Kutsche auf der Fahrt nach Schloss Kleist, während Gerhard im wallenden Weiß ihres Hochzeitskleids ihre Hand fest umschlossen hielt, und auch nicht während des Festbanketts im Großen Barocksaal des zweihundert Jahre alten Schlosses, der genauso schmuckvoll-opulent war wie die Hochzeitstorte selbst. (Am Abend, als ihre Mutter ihr vor der Hochzeitsnacht aus dem Kleid half und das unbenutzte, trockene Tuch der Tränen aus Elfriedes Mieder zog, entfuhr ihr ein leiser Schrei der Verwunderung.) Und auch als Gerhard das Brautgemach betrat, intensiv nach Seife riechend, im Pyjama und seidenen Schlafrock, vergoss sie keine einzige Träne. Sie hatte etliche Gläser Champagner getrunken, und ihr frisch angetrauter Ehemann erschien ihr wie im Nebel, als er sich dem riesigen Himmelbett näherte, auf dem sie saß. Er – der dreiunddreißigjährige Baron, der so stattlich war, so mächtig – sank vor ihr auf die Knie und bedeckte ihre Hände mit Küssen. Elfriede starrte hinab auf sein weizenblondes Haupt, auf ihn, der sie anbetete, und fühlte eine innige, liebende Wärme, die ihr Herz bewegte. Eine innige, wahre Verbindung mit Gerhard, der diesen Tag mit ihr geteilt hatte, der an ihrer Seite gewesen war – sie beide, fest vereint gegen all die schaulustigen Gäste und Gratulanten. »Ich werde ganz behutsam sein, meine Liebste«, versprach er und streifte ihr das Nachtgewand mit zitternden Fingern vom Leib, küsste ihren Mund, ihre Brüste und alles andere auch, und Elfriede, benommen und verletzlich, ließ sich langsam hintenüber in die bestickten Kissen sinken, während er sich auf sie schob …

und sie auch jetzt keine Träne weinte. Er band seinen Schlafrock auf und schüttelte ihn ab. Den Pyjama aber behielt er an, wohl um sie nicht zu verängstigen. Wie auch immer, er griff in seine Hose, holte sein Gemächt hervor, das steif war, aufgerichtet und bereit. Elfriede indes, zum ersten Mal in ihrem Leben leicht betrunken, stierte nur unverwandt auf dieses Ding, dieses Gebilde, von der Natur geschaffen, seinen Samen in ihren Schoß zu ergießen. Seit frühester Jugend hatte sie auf diesen Moment hingefiebert. Doch nun, da dieser Moment ganz real da war, schossen ihr beim Anblick der Erektion ihres Ehemannes schließlich doch die Tränen in die Augen. »Oh nein!«, rief sie, aber es war zu spät. Gerhards Gesicht war verzerrt vor rauschhafter Lust, während er bereits heiß vor Begierde zwischen ihren Beinen fummelte, um dieses Wunderhorn der Natur in Stellung zu bringen. (Sie hatte sich diesen Moment, der so gar nichts zu tun hatte mit den Darstellungen von harmlos-verspielt anmutenden Körpern auf klassischen Renaissancegemälden, weiß Gott anders vorgestellt.) Als er in sie eindrang, ihren Namen flüsterte und ihr seine Liebe beteuerte, während er ihr Innerstes zerriss, krallte sie sich in die Kissen und weinte – doch das Tuch der Tränen war bereits in der Schublade verstaut, unerreichbar und unnütz.

Ungewöhnlich ist Herrn Doktor Hermanns Frage nicht deshalb, weil sie so intim ist (sie haben bereits andere intime Themen gestreift), sondern weil sie so spezifisch ist. *Was empfinden Sie für Ihren Ehemann?*, hätte seine Frage eigentlich lauten müssen. Doch indem er das Wörtchen »lieben« für seine Frage gebraucht, gefährdet er die Ehrlichkeit ihrer Antwort.

Elfriede stiert auf die Brücke, die er mit seinen langen, ineinandergeschlungenen Fingern formt, dann auf sein

Gesicht, das leicht errötet scheint, obgleich das Wetter an diesem Tag alles andere als warm ist.

»Warum fragen Sie?«

»Weil es für mich als Ihr behandelnder Arzt wichtig zu wissen ist. Als Ihr Arzt muss ich all diese Details wissen, Elfriede, damit wir in Ihrer Behandlung Fortschritte erzielen können.«

Doktor Hermanns Fingernägel sind kurz und flach, fast so, als hätte man sie auf eine einheitliche Länge gekappt oder in eigenwilliger Weise gekürzt. Elfriede denkt an die winzigen Fingernägel ihres Sohnes, die sie an kleine Muschelsplitter erinnern; wie oft hat sie diese Zierlichkeit bestaunt, ehrfurchtsvoll und ergriffen zugleich, außerstande zu begreifen, dass ein so zartes Wesen mit so feinen Fingerchen aus ihr hervorgegangen ist. Aus ihrem Beischlaf mit Gerhard (wo der doch so große Pranken hat).

»Natürlich liebe ich meinen Mann«, sagt sie.

Doktor Hermann überlegt. »Sie sagen ›natürlich‹, Elfriede. Warum sagen Sie ›natürlich‹? Muss eine Ehefrau ihren Ehemann notwendigerweise lieben?«

»Eine Ehefrau, die einen Ehemann wie den meinen nicht lieben würde, wäre ein Unmensch und des Lebens nicht würdig.«

Herr Doktor Hermann spreizt die ineinandergeknoteten Finger schwungvoll auseinander, greift zu Notizbuch und Stift, der im Falz liegt, und schreibt etwas auf. Als er den Blick wieder hebt, sind seine Wangen noch röter als zuvor, ebenso wie seine Nasenspitze.

»Sind Sie ein Unmensch, Elfriede?«, fragt er. »Des Lebens nicht würdig?«

Elfriede erhebt sich von ihrem Stuhl. Da es draußen inzwischen ungemütlich windig ist, führen sie die Sitzung drinnen fort, in Doktor Hermanns Sprechzimmer, das mit bequemen Sesseln und einem Sofa ausgestattet ist. An der Wand hängt ein Gemälde, die Ringstraße in Wien mit ihren großen barocken Häusern, die Elfriede an Schloss Kleist erinnern.

»Entschuldigen Sie mich«, sagt sie. »Ich muss ein bisschen frische Luft schnappen.«

Ein *bisschen* frische Luft allerdings gibt es an einem Ort wie diesem nicht – in einer Klosteranlage, hoch oben an einem Hang in den Bergen, weitab von der Menschheit, dafür umso näher an Gott. Kaum aus der Tür, badet man quasi in frischer Luft, muss aufpassen, um sich nicht zu verschlucken und darin zu ertrinken, und manchmal gibt es so viel frische Luft, dass man sich mit dem Rücken zum Wind dreht, die Schultern hoch- und zusammenzieht, um gegen die geballte Ladung anzurudern.

Und heute ist so ein Tag. Ein Tag, der nicht weiß, dass eigentlich August und nicht Oktober ist. Man kann den Wind förmlich sehen, der zwischen den Gipfeln braust, dichte Wolkenfetzen mit sich zieht, sich anfühlt wie eine kraftvolle Meeresströmung. Er schlägt dich kalt und hart, zugleich schneidend scharf und nass, macht Wangen und Finger taub, jedes Stückchen Haut, das noch bloßliegt. Elfriede, in einer dicken, zugebundenen Wolljacke, aber ohne Mantel, Jacke oder dergleichen, genießt dieses widrige Wetter. Sie stapft den Pfad entlang, der hinunter zu einer kleinen Waldung führt und den sie in- und auswendig kennt, jede Biegung, jeden Stein. Die Blütenköpfchen der Wildblumen ducken sich, um sich zu schützen – so wie Elfriede. Die umliegenden Gipfel sind in den sturmgepeitschten Wolkenbergen nicht länger zu sehen. Nein, nicht nur die umliegenden Gipfel, auch ihr »Klosterberg« ist verschwunden, ebenso wie der Hang vor ihren Augen, und so geht sie auf gut Glück allein der Nase nach, die Hände in die Ärmel geschoben, um sie warm zu halten.

Dann flimmern die ersten Bäume durch die Nebelschwaden. Werden größer. Deutlicher. Mehr. Elfriede beschleunigt ihre Schritte. Sie erreicht die stämmigen Kiefern am Saum der Waldung und ist wenige Meter weiter mittendrin, von Bäumen umfangen – als hätte sie eine Kathedrale betreten. Der heulende Sturm verklingt zu einer sanften Brise. Sie findet einen umgestürzten Baumstamm, setzt sich erleichtert und lehnt den Kopf gegen einen rauen aufragenden Ast. Sie liebt den Geruch von Holz, Moder und Moos. Sie schließt die Augen und träumt von ihrem kleinen Sohn, dessen Züge verschwommen sind, dessen Herz jedoch sie tief in ihrer Brust schlagen fühlt – ob sie will oder nicht.

Obwohl die Bäume das Sturmgeheul dämpfen, ist der Wald nicht still und stumm. Es rauscht im Geäst, es pfeift durch die Kiefernnadeln. Ihrer Einsamkeit gewiss, hört Elfriede nicht den Klang der Schritte, die sich nähern, hört nur die Stimme, die sie plötzlich grüßt, sodass sie erst just in diesem Moment ein weiteres menschliches Wesen neben sich wahrnimmt.

»Frau von Kleist?«, fragt eine männliche Stimme auf Deutsch mit einem leicht englischen Akzent.

Elfriedes erste Begegnung mit dem Engländer im Garten des Sanatoriums ist gut zwei Wochen her. Sechzehn Tage und ein paar Stunden, um genau zu sein. Aber wer zählt das schon? Schlagartig öffnet sie die Augen und springt erschrocken auf. Da erblickt sie ihn – ein rotblondes Skelett, dick eingepackt in Norfolk-Jacke, Wollhosen, Ledergamaschen, dazu eine Jägermütze auf dem Kopf, die sein kürbisrotes Stoppelhaar bedeckt. Eigentlich fehlen nur noch die Pfeife im Mund und die Schrotflinte in der Armbeuge, um das Bild vom Jäger im Wald zu vervollständigen.

»Sie sollten bei diesem Wetter gar nicht draußen sein«, ruft sie.

»Ja, wahrscheinlich nicht. Aber hier bin ich. Man könnte sagen, die Berge haben mich gerufen. Erlauben Sie, dass ich mich setze? Bin immer noch ein bisschen kurzatmig.«

»Ja, natürlich.«

Er rührt sich nicht, steht einfach da, erwartungsvoll lächelnd, bis Elfriede schließlich begreift, dass er sich erst dann setzen wird, wenn sie wieder Platz genommen hat. Ein Gentleman. Sie setzt sich also auf den Baumstamm, während sich Herr Thorpe auf einem Felsblock daneben niederlässt. Unter dem Kragen seiner Jacke trägt er einen dicken Wollschal. Elfriede senkt den Blick, schaut auf den mit braunen Kiefernnadeln gepolsterten Waldboden.

»Sie sollten nicht draußen sein«, sagt sie noch einmal.

»Wissen Sie, genau das hat mir auch der Pfleger gesagt.«

»Dann hätten Sie mal auf ihn hören sollen.«

»Oh, solches Wetter bin ich gewohnt. Aus Schottland, wo ich mit meiner Mutter und Schwester die Sommer verbracht habe. Das Wetter dort ist schrecklich, die meiste Zeit jedenfalls. Aber wenn es dann mal schön war, war es der herrlichste Ort der Welt. Haben Sie etwas dagegen, wenn ich rauche?«

»Rauchen?«

Er ist bereits dabei, ein silbernes Etui aus seiner Jackentasche zu ziehen. »Wollen Sie mir auch noch sagen, dass ich besser nicht rauchen sollte?«

»Allerdings. Sie haben eine Lungenentzündung!«

»Da haben Sie natürlich recht. Ich mache ständig irgendwelche Dinge, die ich nicht machen sollte.« Er hebt ein Streichholz an und lässt es kurz wieder sinken. »Mit *etwas dagegen haben* meinte ich, ob Sie der Zigarettenrauch stört?«

»N-n-nein.« Elfriede überlegt, ob sie nicht eigentlich Ja sagen müsste, denn Tabakrauch ist bestimmt das Letzte, was seine lädierte Lunge jetzt braucht. Doch seine Lust, seine Vorfreude darauf ist so offensichtlich, dass sie es nicht fertigbringt dagegenzureden – ein Muster, das fortan all ihre gemeinsamen Tage prägen wird.

»Eigentlich haben Sie etwas dagegen, nicht wahr? Aber danke, höchst gütig von Ihnen. Wenn ich mich irgendwie revanchieren kann?« Er entzündet das Streichholz, steckt sich die Zigarette an, nimmt einen ersten langen Zug, schließt genussvoll die Augen und atmet den Rauch langsam aus, wobei er darauf achtet, nicht in Elfriedes Richtung zu blasen. Dann schlägt er die Augen wieder auf und sagt: »Ich kann Ihnen gar nicht sagen, wie froh und dankbar ich bin. Die erste Zigarette seit neun Wochen. Sagen Sie mir, wie ich das wiedergutmachen kann.«

»Indem Sie einfach aufhören und gut auf sich aufpassen, damit Sie keinen Rückfall erleiden.«

Herr Thorpe, der etwa einen Meter links von ihr sitzt, blinzelt. Es steht ihm gut, zaubert ein verschmitztes Lächeln in sein Gesicht, sodass sich kleine Fältchen um seine Mundwinkel bilden. »Das habe ich tatsächlich schon überlegt.«

»Das will ich hoffen.«

»Dabei habe ich mich insgesamt auffallend rasch erholt. Bin wohl mit einer echten Rossnatur gesegnet, hab ich von meiner Mutter. Es war dieser Tage sogar die Rede davon, ob ich nicht bald entlassen werden könnte.«

»Ist das nicht toll?«

»Na ja.« Er dreht sich zu ihr um, durchbohrt sie mit seinen Blicken, während ihr eine brennende Röte in die Wangen steigt. »Genau das ist die Frage, hm?«

»Ich glaube, da gibt es keine Frage. Natürlich müssen Sie sich noch auskurieren.«

»Aber muss ich das Sanatorium deshalb *verlassen*? Das ist doch die Frage.«

»Wollen Sie denn gar nicht entlassen werden? Zurück nach Wien, in Ihr vergnügliches Leben dort?«

Er sitzt nur da, rauchend, schweigend. Doch dieses Schweigen ist Antwort genug. Genau wie ihr Ehemann, der sich Hals über Kopf in sie verliebte – zumindest in ihr strohblondes Haar, ihre himmelblauen Augen, ihr rundlich kindliches Gesicht, ihre verträumte Weltvergessenheit. Er sah in ihr eine Art Traumfrau und war bestürzt, als er plötzlich die Realität erkannte.

»Ich bin nicht so, wie Sie denken.«

»Woher wollen Sie wissen, was ich denke?«

»Außerdem bin ich verheiratet. Ich bin verheiratet, und ich habe ein kleines Kind, einen Sohn, drei Jahre alt.«

»Ich fürchte, das haben Sie mir bereits erzählt. Ich bin im Bilde und weiß Bescheid. Außer das Alter Ihres Sohnes, das habe ich nicht gewusst. Drei Jahre alt! Ein richtiger kleiner Mann schon.«

»Das weiß ich nicht«, sagt sie. »Sie erlauben mir nicht, ihn zu sehen. Ich bin schon seit zwei … seit zwei Jahren hier.«

»Ach du liebes Mädel!«

Herr Thorpe drückt seine halb gerauchte Zigarette am Felsen aus. Elfriede verbirgt ihr Gesicht in den Händen und sieht nicht, wie er sich erhebt und über den Kiefernnadelteppich zwischen ihnen auf sie zutritt. Als er sich neben sie auf den Baumstamm setzt, spürt sie die Wärme seines Körpers durch die dicke Wolle.

»Schicken sie Ihnen keine Fotos?«, fragt er. »Ihre Leute?«

»Der Herr Doktor verbietet es. Er sagt, das würde zu einem Rückfall führen.«

»Herr Doktor?«

»Herr Doktor Hermann. Mein Psychoanalytiker. Er kennt sich sehr gut aus mit den neuesten … den neuesten Behandlungsmethoden bei psychischen Erkrankungen … wie meinen.« Elfriede kämpft mit den Tränen, hat alle Mühe, durch das Geflecht von Fingern vor ihrem Gesicht halbwegs verständlich zu klingen.

»Sie verzeihen, aber die Methoden des Herrn Doktor kommen mir ein wenig grausam vor.«

Elfriede ist so erstaunt, dass sie den Kopf hebt und direkt Herrn Thorpes klarem, starrem Blick begegnet. Seinen Sommersprossen. Seinen Augen, diesem fesselnden Blau.

»Aber er ist Arzt!«, keucht sie.

»Was heißt das schon? Nur weil er irgendeinen Wisch hat mit irgendeinem akademischen Titel in irgendeinem akademischen Fach, das sich in zehn Jahren oder so wahrscheinlich sowieso als völlig überholt erweist? Jeder Dummkopf würde es grausam nennen, eine Mutter von ihrem Kind fernzuhalten. Und dann noch nicht einmal ein Foto!«

»Sie haben ja keine Ahnung! Sie haben keine Ahnung!«

»Ahnung? Wovon? Von Ihrer psychischen Störung, wie Sie es nennen?«

»Ich bin nicht normal«, sagt sie. »Eine Rabenmutter.«

»Nun, was zum Teufel soll das heißen? Auf mich wirken Sie völlig normal.«

»Bin ich nicht, glauben Sie mir.«

Als Antwort fixiert Herr Thorpe sie mit einem derart mitfühlenden Blick, dass sie nicht anders kann, als wegzuschauen. Doch mit Wegschauen allein ist es nicht getan. Sein Mitgefühl schwingt in der Luft, senkt sich auf ihre Haut, sickert in ihr Fleisch, unentrinnbar. Sie starrt auf seine Schulter, und ihr Herz zerfließt. Angst? Oder Anziehung? Oder ist das vielleicht das Gleiche?

»Nachdem er geboren war, wurde ich verrückt«, sagt sie. »Eine extreme Form von Depression. Es ist eine spezielle Erkrankung und eines von Herrn Doktor Hermanns Spezialgebieten.«

»Dieser Hermann … kenne ich ihn?«

»Glaube ich nicht. Er arbeitet in der psychiatrischen Abteilung.«

»In der Irrenanstalt, meinen Sie wohl?«

Elfriede will nicht lachen, studiert stattdessen den Kragen seiner Jacke und den dicken Wollschal, zum Schutz von Hals und Brust gegen die feuchtkalte Luft. »Sie müssten jetzt eigentlich abgestoßen sein. Entsetzt sein.«

»Ich bin einfach gespannt, den Rest der Geschichte zu hören.«

»Es gibt keinen Rest der Geschichte.«

»Unsinn. Natürlich gibt es den. Viele frischgebackene Mütter entwickeln eine Wochenbettdepression, nachdem sie ihr Kind geboren haben. Auch meine Cousine hatte wochenlang schwer damit zu kämpfen, soweit ich weiß. Und ganz ehrlich, wer will Ihnen das vorwerfen. Ist doch klar, das ganze System befindet sich in einer Art Schock, einem körperlichen und emotionalen Ausnahmezustand, und plötzlich ist das Kind da, das man zu versorgen hat, dieses rätselhafte kleine Wesen, das einen rund um die Uhr auf Trab hält und so weiter.«

»Nein, so ist es nicht. Ich konnte nicht mehr … Ich kam nicht mehr aus dem Bett. Ich konnte nicht mehr … Es war, als hätte sich eine Art Schleier über mich gelegt. Ich dachte, ich würde verrückt werden, dabei hätte ich froh und glücklich sein müssen, und dankbar. Ich hatte einen reichen, liebenden Ehemann. Ich hatte einen wundervollen Sohn. Alles war vollkommen. Doch ich fühlte mich hundeelend und voller Angst. Wie in einer tiefschwarzen Wolke, dem Untergang geweiht. Ich kann nicht einmal beschreiben, wie tiefschwarz alles war. Ich sah in sein kleines Gesicht, sein kleines zerknautschtes Gesicht, und sah einen Fremden. Und ich dachte nur: *Ich liebe dich nicht, ich kenne dich nicht einmal, wer bist du?*«

»Arme Elfriede … mein kleines Mädchen … und niemand hat Sie verstanden …«

Elfriede blickt auf, sieht in sein sanftes, hageres Gesicht. Sie hält seinem Blick stand … seinem Mitgefühl … seinen Sommersprossen … seinen bleichen, rötlichen Brauen.

»Ich habe versucht, mich umzubringen«, schleudert sie ihm entgegen, den Blick unverwandt auf seine Wimpern gerichtet. »Ich dachte, ich bringe mich lieber um, da ich für mein Kind ohnehin völlig nutzlos bin. Ich war eine schreckliche Mutter, vergiftete es mit meiner eigenen bitteren Milch. Lieber bringe ich mich um, dachte ich, bevor ich mein eigenes Kind umbringe.«

Herr Thorpe gibt keine Antwort. Nicht mit Worten jedenfalls. Er hebt den Arm, legt ihn um ihre Schulter, und ihr Widerstand bröckelt. Sie gibt nach, schmiegt sich an ihn, an seine Rippen, seine eingefallene Brust, und plötzlich brechen alle Dämme, ein Schütteln überkommt sie, und die Tränen ergießen sich in einem einzigen Sturzbach in die linke Tasche seiner Norfolk-Jacke, in die, die sein Herz bedeckt. Es ist eine Schießsportjacke, Gott sei Dank, denn die sollte einiges mehr aushalten können. Seine Daumen wandern an ihrem Rücken entlang. Er sagt kein Wort. Sie riecht feuchte Wolle und den speziellen Geruch nach Seife und Salz, nach salziger Haut, seiner Haut, den sie zwei Wochen zuvor, im Garten des Sanatoriums, bereits wahrgenommen hat. Schließlich hebt sie den Kopf, dreht das Gesicht zur Seite und spricht weiter.

»Ich habe einen Monat im Krankenhaus verbracht, dann

haben sie mich nach Hause geschickt. Alle taten so, als wäre nichts passiert, als hätte ich mir nur eine schlimme Erkältung eingefangen oder so. Mit dem Kind allerdings ließen sie mich keine Minute allein. Meine Milch war versiegt. Alle waren sie so dermaßen zuvorkommend und so dermaßen kalt.« Sie stockt, überlegt und bekommt die Worte nur mühsam zusammen. »Und mein Ehemann … Gerhard … ich wollte nicht … ich hatte Angst, noch mehr Kinder zu bekommen …«

»Ach du meine Güte. Der arme Gerhard. Also hat man Sie hergeschickt, damit Sie zu Sinnen kommen.«

»Ja.«

»Und wann soll es wieder nach Hause gehen?«

»Dann, wenn ich geheilt bin«, sagt sie. »Wenn Herr Doktor Hermann befindet, dass ich wieder gesund bin.«

»Aha, schon wieder dieser Hermann. Wissen Sie, ich zeige nur ungern mit den Fingern auf andere, aber wie mir scheint, hatte er jetzt zwei Jahre Zeit, Sie zu heilen. Zwei Jahre! Ganz offensichtlich sind Sie bei Sinnen, keine Gefahr für irgendwen. Was vielleicht nachklingt, ist ein leises Schuldgefühl, womit eine liebende Familie aber in der Lage sein sollte umzugehen.«

»Vielleicht ist es besser, wenn ich nicht zurück nach Hause zurückkehre. Für meinen Sohn … meinen kleinen Johann … bin ich inzwischen bestimmt eine Fremde.«

»Redet Ihnen das dieser Hermann ein?«

»Nein. Er redet mir nichts ein. Er stellt nur Fragen, meistens jedenfalls.«

Herr Thorpe gibt ein Geräusch von sich, eine durch zu viel Scotch bedingte Beschwerde, wie Elfriede eines Tages erkennen wird. Sie liegt immer noch in seinen Armen, wohlig an seine Brust geschmiegt, dank seiner Wolljacke weich und sicher vor seinen spitzen Knochen. Sie will sich gar nicht bewegen. Hat nicht einmal die Kraft, sich zu rühren, sich von diesem Ort der Geborgenheit wegzubewegen. Seine Jacke – ihr Tuch der Tränen.

»Egal, er liebt mich auch gar nicht mehr«, sagt sie.

»Wer? Ihr Sohn?«

»Mein Ehemann.«

»Hat er das gesagt? Hat er gesagt, dass er Sie nicht mehr liebt?«

»Nein. Aber ich habe es ihm angesehen, nachdem ich aus dem Krankenhaus entlassen wurde. Ich war eine Fremde für ihn. Er dachte, er hätte einen Engel geheiratet, doch wie sich herausstellte …«

»Aus der Sicht des Mannes betrachtet«, sagt Herr Thorpe langsam, »und hierin sehe ich mich naturgemäß als ein Experte … Vielleicht war es etwas anderes.«

»Nein. Nein. Eine Frau spürt das. Eine Frau spürt, wenn ein Mann sie nicht mehr liebt.«

»Na gut, ich spekuliere jetzt nur, aber … wie will ich es sagen … Ein Mann, dessen Frau … Also ein Mann, dessen wunderschöne Frau ihm dieses einzigartige Privileg verwehrt, für das er sie einmal geheiratet hat …«

Elfriede richtet sich auf, um langsam von ihm abzurücken. Doch Herr Thorpe legt den Arm etwas fester um sie, nicht um sie festzuhalten, sondern um ihr zu bedeuten, dass sie gerne verweilen darf, wenn sie das möchte. So hält sie inne, nicht mehr direkt an seine Brust gelehnt, aber dicht davor.

»Es kann auch sein, dass er dachte, Sie würden *ihn* nicht mehr lieben. Und ein Mann, der glaubt, dass er die Liebe einer Frau verloren hat, dass er, verzeihen Sie, eine Frau wie Sie verloren hat, der könnte auch, wie ich behaupten möchte, fix und fertig sein.« Herr Thorpe zögert. »Das ist nur eine Vermutung, wohlgemerkt. Ich habe den glücklichen Herrn von Kleist ja nicht kennengelernt.«

»Ganz recht.«

Er drückt sie erneut leicht an sich. Und Elfriede gibt ihren Widerstand auf. Zu groß ist ihre Sehnsucht nach etwas Trost. Nach einem warmen, zwischenmenschlichen Kontakt. Nach warmen Armen, einer warmen Männerbrust. Alles Dinge, nach denen sie sich so lange verzehrt hat. Sie fühlt sich regelrecht ausgehungert nach Berührung.

»Danke für die Musik«, sagt Wilfred. »Ich hatte schon Angst, Sie hören damit auf.«

»Ich war mir nicht sicher, ob ich weiterspielen sollte. Ich wollte Sie nicht wach halten.«

»Mich wach halten? Mich lebendig halten, würde ich mal sagen.«

»Oh!«

»Und was hat Sie bewogen? Weiterzuspielen, meine ich.«

»Na ja, ich … nun, ich …« Eigentlich sollte sie das nicht sagen, aber sie muss einfach. Ihre wahren Gedanken kann sie vielleicht vor dem Herrn Doktor verbergen, nicht aber vor Wilfred. Oh, wie sie sein Herz an ihrem Ohr schlagen hört! »Der Gedanke, dass Sie meinem Spiel vielleicht lauschen würden.«

»Himmelherrgott«, sagt er leise.

»Was ist?«

»Nichts. Ein schlimmes Schicksal, wirklich wahr.«

»Erzählen Sie mir von diesem Mädchen«, sagt Elfriede.

»Mädchen? *Mädchen?* Ich fürchte, ich kenne keine anderen Mädchen.«

»Aber Sie haben mir erzählt, dass es da ein Mädchen gab.«

Ein Seufzer entringt sich seiner lädierten Lunge, der tiefer und schwerer ist, als Elfriede es für möglich gehalten hat. Dann ein Husten. Kein starker Husten. Und kein Vergleich zu dem von vor zwei Wochen.

»Ach ja. Die. Wissen Sie, sie ist das genaue Gegenteil von Ihnen. Älter als Sie und recht weltläufig. Geschieden, von einem berühmten Komponisten, den Namen werde ich nicht nennen. Die Art von Frau, die einen Grünschnabel wie mich verführt – einen hässlichen, unbeholfenen Kerl wie mich.«

»Und? Hat sie?«

»Ja.«

»Verzeihung«, sagt Elfriede und schmunzelt leicht, »aber Sie klingen nicht gerade begeistert.«

»Das liegt daran, dass …«

»Ja?«

»… dass ich demnächst wohl zu ihr zurückmuss. Und die Aussicht darauf ist nicht das, was sie mal war. Fragen Sie nicht, warum.«

»Warum?«

Da ist es wieder, dieses Geräusch. »Lassen Sie uns einfach noch eine Weile hier sitzen, wenn Sie möchten. Schadet ja niemandem, wenn wir nur hier sitzen.«

»Nein.«

»Ich bin ein ehrbarer Mann.«

»Klar.«

»Nicht wie dieser … dieser gemeine Hermann.«

»Sprechen wir nicht darüber«, sagt sie.

»Ein hässlicher, unbeholfener Kerl wie ich … ausgezehrt vom Fieber … ein Kopf wie ein Kürbis … Warum lachen Sie?«

»Weil es genau das ist, was ich dachte, als ich Sie das erste Mal gesehen habe – ein Kopf wie ein Kürbis.«

»Aha, na gut. Dann weiß ich jetzt wenigstens, woran ich bin.«

Elfriede blickt auf die Bäume gegenüber. Auf den dunklen Wald dahinter. Der Wind pfeift leise in den Kiefernnadeln. »Ich mag Ihren Kürbiskopf.«

»Aber Sie kennen meinen Kopf kaum.«

»Sie meinen auch nicht. Und? Ist das wichtig?«

Wilfred rührt sich etwas, um sich mit dem Rücken an den Ast zu lehnen, so wie sie, was für beide viel bequemer ist.

»Nein«, sagt er.

Lulu

JULI 1941

Bahamas

Am Samstagabend spazierte ich ins Government House, in meinem besten Sommerkleid aus schwarzblauer Organzaseide und mit hohen Peep-Toe-Pumps, die mir in einem Taxi deutlich lieber gewesen wären, hätte ich das nötige Kleingeld dafür gehabt. Dabei war es gar nicht mal so weit zu laufen. Aber die Stufen! Das Government House thronte, wie gesagt, am Ende der George Street auf seinem eigenen Hügel, damit der gewöhnliche Fußgänger auch ja schön verschwitzt und außer Atem beim Gouverneur ankam (so jedenfalls mein Eindruck).

Wie auch immer. Als ich das Kolumbus-Postament auf dem Treppenaufgang zum Government House passierte und weiter hinaufstieg, der berühmten, neoklassizistischen rosa-weißen Stuckfassade entgegen (ein himmlischer Anblick, ein bahamaisches Bilderbuchbild), konnte ich mich einer gewissen Neugier allerdings nicht erwehren. Wie jeder andere auch, kannte ich das Government House nur von außen, als normale Passantin. Ich hatte nicht die geringste Vorstellung, wie es drinnen aussah. Nun ragte der Portikus vor mir auf, rosafarben und weiß, getragen von römischen

Säulen, ausstellbare Bahama-Fensterläden, hell erleuchtete Fenster, Musik und Stimmen – ein einladendes, lebendiges Ambiente. Oben angekommen, hielt ich kurz inne, richtete meine Frisur und arrangierte meine Kunstperlenkette, um mich zu sammeln, als es plötzlich laut in meinen Ohren dröhnte. Ein riesiger Luxusschlitten brauste heran, bremste scharf ab und kam direkt unter dem Giebeldreieck vor dem Eingang zum Stehen. Wie angewurzelt und mit gebanntem Blick sah ich zu, wie ein untersetzter Mann in einem schlecht sitzenden Anzug sich aus dem Rücksitz des Wagens schälte und mit leicht klopfenden Handbewegungen über die Taschen seines Sakkos fuhr.

In all den Jahren, die ich jetzt schon auf den Bahamas lebe, habe ich gelernt, dass die Erinnerung ein launischer Geselle ist und umso unzuverlässiger, wenn wir ihr absolut vertrauen. Aber ich schwöre bei allem, was mir heilig ist, dass ich an jenem Abend, genau dort, auf dem Portikus des Government House, Sir Harry Oakes erkannt habe, und zwar mit fotografischer Präzision. Ich erinnere mich noch ganz genau an das ehrfurchtsvolle Gefühl, als ich still in mich hineinsagte: *Was? Das ist doch Harry Oakes.* Vielleicht lag es an der Limousine oder auch an der selbstbewussten Aura, die den reichsten Mann im British Empire unweigerlich umgab. Er war irgendwo in Kanada auf Gold gestoßen, nachdem er jahrelang vergeblich geschürft hatte, um dann einen der größten Goldklumpen zu entdecken, der jemals gefunden wurde. Und nun lebte er hier auf den Bahamas, aus steuerlichen Gründen. Ich denke mal, er war der Meinung, sein Soll erfüllt zu haben, so wie jener Schwede.

Der Wagen brauste röhrend davon. Ich verlangsamte meine Schritte, um mich hinter ihm zu halten, im Bewusstsein, dass ich keinen Partner an meiner Seite hatte, keine Begleitung, keinen Freund jedweder Art. Ich war allein, wie gewohnt, und wenn man alleine kommt, muss man sein Erscheinen zeitlich wohl abwägen, man muss einigermaßen souverän und sicher wirken, damit keiner deine Unsicherheiten erahnt. Vor dem Eingang stand ein Mann in Uniform, wechselte ein paar Worte mit Oakes, der nach wie vor planlos und zerstreut seine Sakkotaschen abtastete, während ich gemessenen Schrittes den Fahrweg überquerte und dabei wie beiläufig die Hüften schwang. Als ich den Portikus erreichte, hörte ich ein Fluchen, eine bärbeißige, raue Stimme mit amerikanischem Akzent, und ich blieb abrupt stehen, nur wenige Schritte entfernt. Vom Hörensagen wusste ich, dass er ein knallharter Kerl war, dieser Sir Harry Oakes, ein Hitzkopf, der mit dem Kopf durch die Wand ging – kein Wunder, dass er erst spät geheiratet hatte, als reicher, gemachter Mann. Und was hatte ich in Sachen Männer mit hitzigem Temperament gelernt? Auf Abstand bleiben, definitiv!

Oakes aber drehte sich um und sah mich kommen. Offenbar war er in einer seiner Sakkotaschen fündig geworden, denn er schwenkte mir die gleiche Einladungskarte entgegen, die auch ich in der Hand hielt. »Zum Garten!«, rief er mir zu. »Wir müssen hintenrum, verflucht, über den Westeingang!«

»Über den Westeingang?«

»Folgen Sie mir einfach.«

Er stapfte los (als hätte er ein Paar unsichtbare eiserne Stiefel an), während ich hinter ihm herstöckelte, denn wenn der reichste Mann im British Empire dir befiehlt, ihm zu folgen, dann tust du das brav – Hitzkopf hin oder her.

»Leonora Randolph«, traute ich mich zu sagen, als ich knapp hinter ihm war.

Er stockte und fuhr herum. Wie ein normaler Mensch umdrehen konnte er sich anscheinend nicht, aber er war ja auch kein normaler Mensch, nicht wahr? Er streckte mir die Hand hin. »Oakes«, sagte er nur, weil sein Name keiner weiteren Worte bedurfte.

Ich ergriff seine Hand und schüttelte sie kräftig. »Dachte ich mir schon.«

Immerhin musste er lachen. Wir gingen weiter, in einem für mich sehr viel angenehmeren Tempo. »Woher kommen Sie, Miss Randolph?«

»Mrs. Randolph. Aus New York. Meistens jedenfalls. Ich bin seit ein paar Wochen hier, um mal auszuspannen.«

»Um auszuspannen, aha. Nun, da sind Sie in Nassau goldrichtig.«

»Stimmt genau.«

»Ist Ihr Gatte auch dabei?«

»Mein Gatte ist tot, Sir Harry.«

»Verstehe.« – *Stapf! Stapf!* – »Tut mir wirklich leid.«

»Das muss es nicht. Er war ein Lump.«

»Ein Lump? Ein fauler Hund? Oder versoffen?«

»Suchen Sie sich was aus.«

»Hat er Sie geschlagen?«

»Oh, *geschlagen* würde ich das nicht nennen.«

Oakes ließ ein Grummeln vernehmen. »Dann ist ja gut, dass Sie ihn los sind, den Mistkerl. Und warum ausgerechnet Nassau?«

»Warum nicht Nassau?«

»Na ja, die Hitze. Ist verdammt heiß hier im Juli. Meine Frau ist mit den Kindern vor zwei Monaten nach Bar Harbor.«

»Die Hitze macht mir überhaupt nichts aus, Sir Harry. Allemal besser als Kälte.«

Inzwischen waren wir um die Ecke des herrschaftlichen Anwesens gebogen und gingen auf einem Weg, der vermutlich zum rückseitigen Garten führte. Musik und fröhliche Stimmen wurden lauter, wogten durch die warme, von Blütenduft geschwängerte Luft, die fächerförmig gespreizten Palmwedel. Oakes musste lauter sprechen, um gegen den Lärm anzukommen. »Kälte? *Kälte?* Ein New Yorker Winter ist nichts gegen das eisige Yukon, glauben Sie mir!«

»Nun, mir sind die Tropen allemal lieber, so oder so. Selbst im Juli.«

»Sie müssen verrückt sein. Niemand ist zu dieser Zeit hier! Nur Einheimische und niederes Volk. Wie ich!«, sagte er, klopfte sich mit der Einladungskarte auf den Oberschenkel und lachte.

»Und die Königlichen Hoheiten.«

»Und *die* wären auch nicht hier, wenn sie es sich aussuchen könnten. Wir sind da.«

Wir hatten ein schmiedeeisernes Tor erreicht, davor ein strammer Bursche, der in seiner blütenweißen Uniform und weißen Handschuhen tapfer Wache stand. Er begrüßte Oakes mit Namen. Und ehe ich mich versah, hatte Oakes mir meine Einladungskarte aus der Hand genommen und streckte sie dem Torwächter zusammen mit seiner eigenen hin. »Hier, bitte schön, Marshall. Das hier ist Mrs. Randolph, soeben per Schiff aus New York eingetroffen.«

»Per Flugzeug, um es genau zu sagen.«

»Ah, mit dem Flieger. Mit der PanAm, über die neue Route aus Miami, richtig?«

»Ganz recht.«

»Und ganz ohne Flugangst. Mutig. Darf ich vorstellen, Mrs. Randolph, das hier ist George Marshall, Butler im Government House und so etwas wie die gute Seele des Anwesens, nicht wahr, Marshall?«

Mr. Marshall schaute flüchtig auf meine Einladungskarte, dann wieder auf. Sein prüfender Blick streifte kurz mein blauschwarzes Organzakleid und ließ einen kühlen Schauer über meine Haut rieseln – nicht unangenehm. »Guten

Abend, Mrs. Randolph«, sagte er. »Willkommen im Government House.«

»Guten Abend, Mr. Marshall. Sehr erfreut.«

»Wie schmeckt denn der Rumpunsch heute Abend?«, fragte Oakes.

»Habe ich selbst gemixt, vor etwa einer Stunde, Sir.«

»Gut. Sehr gut. Und wo finde ich den Herzog?«

»Ich glaube, Ihre Königlichen Hoheiten sind noch drüben am Goldfischteich, um die Gäste zu begrüßen.«

Oakes hakte sich bei mir unter. »Kommen Sie, Mrs. Randolph. Ein bisschen Verstärkung kann nicht schaden, sage ich immer.«

Und so spazierten wir gemeinsam durch das Tor, dem munteren Stimmengewirr entgegen. So wie es klang, war die Party bereits in vollem Gange. Im Gegenlicht der abendlichen Dämmerung flackerte strahlend hell das Licht Dutzender Lampions, tauchte einzelne Ecken im Garten in einen goldenen Schein, durchflutete spitzstachelige Zwergpalmen, weiße Jasminsträucher und rosarote Bougainvilleen, erhellte eine schier endlose Schar an Menschen, die tranken, rauchten, lachten.

»Ich dachte, Sie sagten, niemand sei hier, nur Einheimische und niederes Volk«, raunte ich Oakes zu, den Kopf leicht zur Seite geneigt.

»Das *sind* die Einheimischen, Mrs. Randolph. Die Conchie Joes, wie wir sie nennen. Kaufleute von der Bay Street und ihre kleinen, molligen Frauchen. Sie werden ihre Bekanntschaft schon noch machen, glauben Sie mir. Zum Teich geht's hier entlang.«

Ich ließ mich von ihm über den Weg geleiten, hinunter zu einem Lichtermeer aus Lampions, das etliche, hell gekleidete Gäste angezogen hatte wie Mücken. Dort, an einem steinumrandeten Teich, warteten sie brav auf ihre Begrüßung. Oakes brummte vor sich hin, und ich fragte ihn, was er denn habe.

»Diese Defilees«, murrte er. »Ich kann sie nicht ausstehen.«

»Ich bin sicher, niemand würde merken, wenn Sie sich einfach vorbeimogeln.«

»*Ihre Königlichen Hoheiten*«, maulte er weiter. »*Sie* jedenfalls hat nichts *Königliches*. Aber das wissen Sie bestimmt, oder?«

Ich drehte den Kopf in seine Richtung, um ihn zu mustern, den reichsten Mann im British Empire – und dieser Mann ging gerade neben mir. Unfassbar, ich konnte es nicht glauben! Aber hier, mitten im Partygeschehen, war nicht die Zeit und der Ort, um über den unermesslichen Reichtum dieses Mannes an meiner Seite zu sinnieren. Und so stierte ich nur auf sein Profil, sein schütteres Haar, die finstere Miene und sagte: »Ja, weiß ich. Und ich weiß auch, dass es klüger ist, die Dinge zu nehmen, wie sie sind.«

Er blieb stumm. Ich mochte sein Gesicht, seine sanften Augen und auch seine ebenmäßigen und zugleich derben Züge mit den leichten Hängebacken. Gut möglich, dass ich mir die markige Rauheit in seinem Gesicht nur einbildete, diese erdig-holzige Anmutung, weil ich über ihn wusste, was ich eben wusste. Oder vielleicht weil die bahamaische Sonne so viel scheinen kann, wie sie will, die Spuren, die sich auf Goldsuche über ein halbes Leben lang eingegerbt haben, vermag sie nicht wegzubrennen.

Während wir näher kamen, rückte die Menschentraube weiter voran, gab den Blick frei auf ein wohlbekanntes, hinreißend schönes Paar, exakt gleich groß, sie dunkelhaarig, er blond. An den Palmen ringsum hing ein halbes Dutzend Lampions, die einen lichtvollen Glorienschein um das Paar herum zauberten. Was für ein Schauspiel, dachte ich. Was für ein unfassbar glanzvolles Schauspiel! Man mochte fast applaudieren.

Oakes neigte sich zu mir und sagte: »Sie müssen unbedingt meine Tochter Nancy kennenlernen. Sie werden sie mögen.«

»Ach ja?«

»Jemand wie Sie, ein paar Jahre älter, würde ihr guttun. Nehmen Sie sie gerne unter Ihre Fittiche.«

Ich lächelte. »Aber sie hat doch sicher auch eine ganz wunderbare Mutter?«

»Klar hat sie eine Mutter. Aber junge Mädchen in diesem Alter …« Er schüttelte den Kopf, und damit hatte es sich, denn inzwischen waren wir am Goldfischteich angelangt, vor uns die Herzogin und der Herzog, die mit ihrem freundlichen Lachen gerade einen kleinen, schwitzenden Mann begrüßten, der wie aus dem Nichts vor uns aufgetaucht war. Dann drehte sich das Haupt der Herzogin in meine Richtung. Sie trug ein Kleid aus blassblauer Seide. Ein kurzer Anflug von Missmut huschte über ihre Miene, und mir lief es kalt den Rücken hinunter – vielleicht hatte sich irgendwer schrecklich vertan, weiß Gott, wie und warum, und die Einladung war am Ende gar nicht für mich bestimmt gewesen. Doch ihr finsterer Blick verflog, als ich vor ihr stand. Vor der Herzogin höchstpersönlich! Schon komisch, in ihr Gesicht zu blicken, dieses Gesicht, das ich schon x-mal auf Papier gesehen hatte, und nun war es hier, ganz lebendig, direkt vor mir, und schaute mich an, *mich*! Diese stechend blauen Augen, dieser dunkle Haarkranz. Diese glatte Gesichtshaut, straffe Wangen, die definierte Kinnpartie – ein rundum ebenmäßiges, feines Bild. Um ihren Hals funkelte ein atemberaubendes Collier aus Diamanten und Rubinen, hob das Blau ihrer Augen und ihres Kleides noch mehr hervor. *Wie patriotisch von ihr, diese Farbwahl!* Sie ergriff meine Hand mit beiden Händen und drückte sie kräftig.

»Meine liebe Mrs. Randolph! *Und* … Sir Harry. Wie ich sehe, kennen Sie unser neues Mitglied bereits.«

»Mitglied?«, fragte er nach.

»Beim Roten Kreuz. Mrs. Randolph hat sich als freiwillige Helferin angeboten.«

»Beim Roten Kreuz? Wie zum Teufel das denn? *Sie?* Ein Rotkreuzmädel? So wirken Sie gar nicht auf mich.«

»Ich will mich nur ein wenig einbringen«, sagte ich.

»Aber Sie sind doch Amerikanerin. Und an diesem verfluchten Krieg noch gar nicht beteiligt.«

»Nun, Sir Harry«, sagte die Herzogin. »Es geht beim Roten Kreuz nicht darum, sich auf jemandes Seite zu stellen. Wir sind eine *humanitäre* Organisation.«

Bei diesen Worten verdrehte Oakes die Augen (wie man sich vielleicht hätte denken können), trat ein paar Schritte nach rechts, streckte die Hand aus und begrüßte den Herzog, nicht weniger grummelnd als dessen Gemahlin. Die Herzogin und ich wechselten ein verhaltenes, fast schon vertrautes Lächeln. Einer wie Oakes schaffte es eben im Nu, zwei Frauen zusammenzuschweißen. An ihren Ohrläppchen baumelten ein Paar Ohrringe, besetzt mit Diamanten und Rubinen, passend zum Collier. Ich dachte kurz, sie schiele nach der Kunstperlenkette um meinen Hals, aber wahrscheinlich bildete ich mir das bloß ein.

»Verzeihen Sie die Verspätung, tut mir schrecklich leid«, sagte ich, »aber ich habe den Eingang nicht gleich gefunden.«

»Aber nicht doch. Jetzt, wo ich alle begrüßt habe, können wir uns gleich etwas näher kennenlernen.« Sie schob ihren Arm unter meinen, der sich ebenso zartgliedrig und kraftvoll anfühlte wie ihre Hand eben bei der Begrüßung. Sie duftete nach Gesichtspuder und Parfüm. »Sie sehen bezaubernd aus in diesem Kleid!«

Ich brachte fast keinen Ton heraus, so bass erstaunt war ich. »Ach … na ja … dieses alte Teil?«

»Aber bei Ihrer Figur steht Ihnen doch jedes Kleid, Sie Glückliche. Kommen Sie. Ich möchte Ihnen jemanden vorstellen.«

»Mir jemanden vorstellen? Wen denn?«

Sie lachte. »David! David!«

David, ihr Gatte, stand in seinem blassblauen Anzug ein paar Meter neben ihr, sprach mit Oakes und dem anderen Mann. Sein Kopf schwenkte in ihre Richtung, und für einen kurzen Moment nur blitzten seine Augen fast verärgert auf. Die Lampions warfen ihr goldenes Licht auf das gewellte Haar des Herzogs, auf sein konsterniertes, zuckendes, hageres Gesicht. Die beiden Männer neben ihm, Oakes und der andere Mann, schienen sich in Luft aufgelöst zu haben – nicht wirklich natürlich, aber im Schein seiner Glorie waren sie praktisch unsichtbar. »Ja, meine Liebe?«, fragte der Herzog mit bemühter Höflichkeit, während er meine Gegenwart überhaupt nicht zur Kenntnis nahm.

»David, darf ich vorstellen, Mrs. Randolph.«

»Mrs. Randolph?«

»Ja, Mrs. Randolph. Du erinnerst dich?« Sie fasste mich am Ellbogen. »*Mrs. Randolph*, David. Ich habe dir von ihr erzählt.«

»Oh! Oh, ja. Natürlich.« Er streckte mir die Hand entgegen, und obwohl er sich in meine Richtung drehte und mir höflich ins Gesicht blickte, wirkte er irgendwie zerstreut, so als würde er mich gar nicht richtig ansehen. Er schaute zwar nicht an mir *vorbei*, also nicht so, als hielte er nach irgendwem Ausschau. Nein, sein Blick ging vielmehr in die genau andere Richtung, war nach innen gekehrt. »Herzog von Windsor«, sagte er, wobei er in das Wörtchen Herzog einen amerikanischen Akzent legte.

»Ihre Königliche Hoheit. Leonora Randolph. Es ist mir eine Ehre …«, erwiderte ich mit einem kleinen, angedeuteten Knicks.

»Hocherfreut.« Er ließ meine Hand los (sein Griff war ebenso schlaff wie reglos, leblos geradezu) und wandte sich der Herzogin zu. »Hast du Thorpe irgendwo gesehen?«

»Seit seiner Ankunft nicht mehr.«

»Oh, Mist.« Der nervöse Blick des Herzogs streifte die Palmen in den hinteren, dunklen Ecken des Gartens. »Ich auch nicht.«

»Was ist denn los?«, fragte sie, aber der Herzog stob bereits davon. Ich starrte ihm hinterher, zumindest bis seine helle Gestalt im Dunkel der Menge verschwunden war. Ungläubiges Staunen erfasste mich – hatte ich gerade wirklich und wahrhaftig die Bekanntschaft des früheren Königs von England gemacht? Was spielte es da für eine Rolle, ob er meine Gegenwart tatsächlich wahrgenommen hatte oder nicht? Noch in Gedanken spürte ich, wie mich die Herzogin leicht am Ellbogen zupfte.

»Mrs. Randolph, kennen Sie Mr. Christie?«, fragte sie.

»Ich fürchte, nein.« Ich streckte dem Mann neben Oakes die Hand entgegen. Er war schlicht gekleidet, hatte schütteres Haar, einen dicklichen Hals und grüne Augen. Auf seinen Schläfen glänzten Schweißperlen. Er war noch kleiner als Sir Harry Oakes, verschwand regelrecht neben dessen breitschultriger Statur. »Leonora Randolph«, sagte ich.

Der Mann ergriff meine Hand und lächelte. »Harold Christie. Sehr erfreut.«

Seine Hand fühlte sich schwitzig an, sodass ich die meine schnell wieder aus seinem Griff löste. Die Freude sei ganz meinerseits, erwiderte ich. »Ich habe schon so viele interessante Dinge über Sie gehört, Mr. Christie.«

»Aha.« Er warf einen flüchtigen Blick auf die Herzogin,

ob nervös oder verlegen, ich vermochte es nicht zu sagen. »Ich hoffe … ich hoffe … nur *gute* Dinge.«

»Sie sind praktisch das Haus-und-Hof-Unternehmen für Bauentwicklung auf den Bahamas. So hat man es mir jedenfalls zugetragen.«

»Oh, das stimmt«, sagte die Herzogin. »Mr. Christie hat für die Erschließung der Kolonie enorm viel getan.«

Mr. Christies Blick ging hin und her. »Wirklich sehr freundlich. Aber ich liebe die Bahamas und tue mein Bestes.«

»Wie großherzig von Ihnen«, sagte ich.

»Und ganz nebenbei verdient er damit eine hübsche Stange Geld«, warf Oakes ein. »Stimmt doch, Christie? Und ein bisschen was davon fällt auch für mich ab …«

»Wovon du nicht schlecht profitierst.«

»Was dich wiederum nicht abhält, dir Unsummen bei mir zu leihen, was, Christie? Für dein Lyford-Cay-Projekt etwa?«

»Für das du mir prompt ein Stück Land abgeschwatzt hast, wenn es dann mal fertig ist.«

Oakes drehte sich zu mir. »Brachland. Nutzloses Land am hintersten Zipfel der Insel, meilenweit entfernt von der Stadt. Wenn ich mir mein Geld wiederholen könnte, würde ich es tun. Ich muss betrunken gewesen sein, als du mich angepumpt hast, Christie.«

Christie lächelte. »Geschäft beiseite, mein alter Freund, wir wollen die beiden Ladys schließlich nicht langweilen.«

»Oh, ganz im Gegenteil …«

»Sagen Sie, Mrs. Randolph, was führt *Sie* hierher in unser kleines Paradies? In unsere Oase, weit weg von der verrückten Welt? Ich hoffe doch sehr, dass Sie eine Weile bleiben wollen?«

»Passen Sie bloß auf«, sagte Oakes. »Er wird Sie zum Trinken nötigen und versuchen, Sie in seine miesen Projekte hineinzuziehen.«

Wie der Zufall es wollte, kam just in dieser Sekunde ein Kellner, ein Tablett in der Hand, auf dem ein paar Champagnergläser im Licht der Lampions funkelten und glitzerten. Ich nahm mir eines, fasste es am Stiel und hob es an. »Wie nobel! Der erste Champagner seit meiner Abreise aus New York. Es geht doch nichts über das gute alte Frankreich!«

»Wir konnten noch ein paar Flaschen retten, bevor wir Paris Hals über Kopf verlassen mussten«, sagte die Herzogin, während sie sich ebenfalls ein Glas nahm, sanft lächelte und ich bildlich eine Crew von Hafenarbeitern vor mir sah, die unter dem Kommando eines rotgesichtigen und zur Vorsicht mahnenden Oberaufsehers an den Landungsbrücken von Prince George Kiste für Kiste entluden.

Ich erhob mein Glas. »Dafür gebührt Ihnen unser aller Dank.«

Natürlich war der Champagner von auserlesener Güteklasse. Zwar kannte ich mich in Sachen Spirituosen nicht sonderlich gut aus, aber ich wusste, dass bei den Windsors alles nur vom Allerfeinsten war – Speisen, Getränke, Kleidung. Und da sie diesen Schampus aus Frankreich herausgeschmuggelt hatten, als deutsche Truppen unaufhaltsam vorgerückt waren, war es in meiner Vorstellung der alleredelste Tropfen, den man mit seinem guten Namen bekommen konnte.

»Auf den Sieg! Möge er rasch kommen!«, rief Mr. Christie.

Ich stieß mit ihm an und weiß noch, wie ich dachte: *Klar, Harold Christie, ein Kriegsheld vor dem Herrn.*

Als der Herzog wieder erschien, hatte ich fast vergessen, dass er überhaupt existierte. Wie das eben auf Partys so ist, die Minuten fliegen dahin, Worte und Gesichter spinnen eine eigene Welt, in der man endlos um die eigene Achse kreiselt, jenseits von Raum und Zeit. Unmöglich, sich anschließend noch an die genaue Chronologie zu erinnern – wer was wann sagte oder wo wann was und wie passierte.

Und da tauchte er wieder auf, der Herzog, gerade als die Herzogin dabei war, mich zweien ihrer Gäste vorzustellen, einer flachsblonden Mutter und ihrer Tochter im Teenageralter. Er drängte uns auseinander, stand mit einem Mal vor ihr (wie ein Tennisspieler, der einem Ball hinterhergehechtet war) und unterbrach sie mitten im Satz. Eine dicke Strähne hing ihm in die Stirn.

»Darling, ich kann ihn nirgendwo finden«, keuchte er, völlig außer Atem.

»Wen?«

»Thorpe, Darling. *Thorpe.*«

»Wirklich? Wo steckt er bloß?«

»Gute Frage. Ich habe ihn überall gesucht.«

»Dann müssen wir wohl oder übel ohne ihn anfangen«, sagte die Herzogin. »David, Liebster, würdest du bitte um allseitige Aufmerksamkeit bitten?«

Davids Blicke – Verzeihung, die des *Herzogs von Windsor* – schweiften ringsumher, suchten wohl nach seinem verwaisten Cocktailglas, denn ehe ich mich versah, hatte er mir mein Champagnerglas aus der Hand geschnappt, hielt es am Stiel und brachte es durch ein kräftiges Anschlagen mit dem gepflegten Nagel seines Zeigefingers zum Klingen. Allerdings war der so erzeugte Ton nicht laut genug, woraufhin er mir das Glas zurückgab und in die Hände klatschte.

»Guten Abend!«, rief er. »Guten Abend, allerseits!«

Seine Stimme war nicht zu überhören, und augenblicklich war es still. Beeindruckend. Als hätten alle nur auf dieses eine Signal gewartet, selbst die Vögel, als wäre nichts und niemand wichtiger. Dutzende Gesichter drehten sich in unsere Richtung, und dem äußeren Anschein nach zu urteilen, war keiner mehr ganz nüchtern. Der Herzog lächelte. Ein wunderschönes, strahlendes Lächeln. Rote Lippen, blendend weiße Zähne. Er hatte es sein Leben lang geübt.

»Guten Abend, meine lieben Freunde. Wir, meine Gemahlin und ich, freuen uns sehr, dass Sie heute Abend hier in unserer bescheidenen Hütte so zahlreich erschienen sind …«, er legte eine kleine Kunstpause ein, räusperte sich ein paarmal, »… im Dienste einer wirklich fantastischen Angelegenheit. Ich bin einfach nur sprachlos vor Stolz angesichts der großartigen Arbeit, die meine Gemahlin als Schirmherrin der Gesellschaft des Roten Kreuzes hier auf den Bahamas geleistet hat und die wir ohne Ihre engagierte Mithilfe wohl kaum hätten vollbringen können. Doch meine Frau kann Ihnen dazu bestimmt noch mehr erzählen. Darling? Ihre Königliche Hoheit, die Herzogin von Windsor.«

Nicht der kleinste Laut war zu hören, niemand gab auch nur andeutungsweise zu erkennen, dass er wusste, dass die Herzogin von Windsor in Wahrheit *nicht* königlich war. So hatte es das Königshaus per Eildekret bekanntgegeben. Wallis selbst ließ sich gewiss nichts anmerken. Mit einem verhaltenen, wunderschönen Lächeln trat sie neben ihren Gemahl. Jetzt erst bemerkte ich die juwelenbesetzte Brosche an ihrer Brust, dieselbe Brosche wie auf dem Foto im *Life*-Magazin. Ein Flamingo. Sie hob die beringte Hand, winkte leicht. »Hallo, miteinander!«

Hallo!, kam es raunend zurück.

»Wie David schon gesagt hat … Dank an Sie alle, dass Sie heute Abend gekommen sind. In ein paar Minuten werde ich mit dem Spendenhut reihum gehen, und zwar hoffentlich mit dem Mann, der im Moment noch verschwunden scheint … Oh, endlich, da ist er ja!« Ihre Miene verwandelte sich, und ich bemerkte, dass sie zuvor gar nicht richtig gelächelt hatte, denn erst jetzt erhellte ein spontanes, echtes Lächeln ihr Gesicht. Sie blickte über meine rechte Schulter hinweg, wo mehrere Palmen den Steingarten begrenzten. »Mr. Thorpe! Wo haben Sie denn gesteckt? Mr. Benedict Thorpe, Ladys und Gentlemen, ein lieber Freund von mir und David, international geachteter Wissenschaftler und ein wahrer Patriot unseres British Empire.«

Sie begann zu klatschen, und die Menge, die sich reckte und streckte, um einen Blick auf diesen wahren britischen Patrioten zu erhaschen, brach in jubelnden Applaus aus. Auch ich stimmte ein, während ich den Blick keine Sekunde lang von der Herzogin abwandte. Was für ein Auftritt ... der sich für einen Wissenschaftler von internationalem Rang und Namen auch so gehörte, alles andere wäre unhöflich gewesen, oder etwa nicht? Zugegeben, ich selbst hatte damals kein gesteigertes Interesse an Wissenschaften, andere dafür umso mehr, was ich durchaus zu schätzen wusste. Wissenschaft bedeutete schließlich Zukunft. Hieß es zumindest.

»Mr. Thorpe, wir begrüßen Sie! Mr. Thorpe hat sich bereit erklärt, mich heute Abend beim Spendensammeln zu unterstützen, eine Sache, die uns beiden sehr am Herzen liegt, nicht wahr, Mr. Thorpe? Der Hut, der gleich reihum gehen wird, gehört Mr. Thorpe persönlich, seien Sie also nicht knauserig!« Sie hielt inne, erntete lachenden Beifall. Ihr Blick ruhte immer noch auf der Ecke des Gartens, aus der besagter Mr. Thorpe aufgetaucht war, was meine Neugier reizte – oder mich gar mit einer dunklen Ahnung erfüllte, wer weiß. Und so drehte ich mich schließlich um und versuchte einen Blick auf ihn zu erhaschen. Eine kleine Palme stand jedoch im Weg und versperrte mir die Sicht. Vor mir winkte die Herzogin Mr. Thorpe zu sich. »Kommen Sie, mein Guter. Nur nicht so schüchtern!«

Die Menge trat auseinander, machte ihm Platz. Auch ich wich ein Stück zur Seite. Er schwenkte an mir vorbei und hinterließ dabei eine feine Duftspur, die mir in die Nase stieg. Es roch nicht nach Zigaretten, Alkohol oder Schweiß, nein, das hätte schärfer gerochen, es war vielmehr ein dezenter Hauch von Seife, Kölnischwasser, Haaröl oder dergleichen, und ich glaube, ich schnappte keuchend nach Luft, so angetan war ich von ihm. Es gab Applaus und freudigen Jubel. Thorpe stellte sich neben die Herzogin, nahm schwungvoll seinen Hut ab, einen Zylinder aus Seide, und sein wunderschönes Haar kam zum Vorschein – kurz, glänzend, rotblond. Ich hielt mir die Hand vor den Mund. Seine Brille saß leicht schief.

Sein strahlender Blick wanderte über die Menge, ging hin und her und zu meiner großen Erleichterung über mich hinweg, obwohl ich direkt vor ihm stand, neben dem Herzog. Meine Wangen verspannten sich und taten weh, weil ich ihn die ganze Zeit anlächelte, auch wenn er gar nicht in meine Richtung blickte. Thorpe, dachte ich nur. Ein Mann mit Rang und Namen. *Thorpe.*

»Also schön, meine Herren«, sagte er. »Meine Damen. Sollen wir loslegen? Schnell und schmerzlos. Leeren Sie alle Ihre Taschen, damit ich Ihnen nicht die Pistole auf die Brust setzen muss.«

Bevor der Spendenhut an mir vorbeikam, stahl ich mich davon, schob mich zwischen den vielen Gästen hindurch und ging hinauf zum Haus, zur Residenz des Gouverneurs. Ich hatte nichts Besonderes im Sinn. *Nur etwas frische Luft schöpfen*, murmelte ich vor mich hin – *ja, frische Luft, die brauchte ich jetzt dringend!* Ich wollte durchatmen. Und kaum weg vom Rauch und Schweiß der Party, war sie da – die frische Luft. Ich bemerkte eine Balkontür, die offen stand und den Blick in eine Vorhalle eröffnete. Personal war weit und breit keines zu sehen.

Nun, ich führte bestimmt nichts Böses im Schilde. Ich

hatte nur gerade ein paar Schluck Champagner mit der Herzogin getrunken, empfand sogar Sympathie für sie, eine Zuneigung, die ich so nie erwartet hätte. Aber wenn eine Person dir so wohlwollend entgegentritt, dir Aufmerksamkeit und Interesse schenkt, kannst du gar nicht anders, als sie sympathisch zu finden. Und ich wollte auch bestimmt nicht respektlos sein, weder dem Herzog noch der Herzogin gegenüber, noch wollte ich in ihre Privatsphäre eindringen. Es war die reine Neugierde, die mich trieb, der Wunsch, der Party zu entfliehen, auch eine nicht ganz erklärliche Anwandlung von Übermut, der mich ab und an überkommt, sowie die einzigartige Gelegenheit (denn die Launen einer Herzogin können sich schließlich schnell wandeln), die sich mir so schnell wohl nicht wieder bieten würde, dieses Gebäude zu betreten und mir die Räumlichkeiten mit eigenen Augen anzusehen. Im Rückblick betrachtet, ist dies jedoch genau die Art von Logik, die vorwitzigen Mädchen Ärger einbrockt, sie in Liebschaften verstrickt und in fremde Häuser wie dieses führt.

Und so kam es, wie es kommen musste. Anstatt nur mal eben tief durchzuatmen, um dann zurück auf die Party oder in mein eigenes kleines Zimmer im Prince George zu gehen, trat ich ein. Ohne jegliches Zögern. Zögern ist fatal, sagte mein Vater immer zu mir (sofern er überhaupt mal mit mir sprach); du kannst reiflich überlegen, ja, aber hast du dich entschieden, dann zieh die Sache auch bitte schön durch. Und so lief ich forschen Schrittes durch besagte Vorhalle auf die Tür an der gegenüberliegenden Wand zu. Ich griff nach dem Türknauf und drehte ihn. Die Tür öffnete sich, und ich spähte in eine Art Bibliothek. Das private Arbeitszimmer des Herzogs vielleicht. Es gab einen Schreibtisch, einen Kamin, in dem noch die verglommenen Reste des letzten Feuers knackten. Die Möbel waren modern, die Sitzpolster wie neu. Der Duft der Herzogin hing in der Luft, umhüllte jede Fläche, jedes Detail, jedes Union-Jack-Kissen, jeden Sessel. Selbst in ihrer Abwesenheit besaß sie noch eine alles überwältigende Präsenz.

Mal sehen, was es hier so alles zu entdecken gibt, dachte ich bei mir.

Ich schlich an den Wänden entlang, studierte jedes Bild, als ginge ich durch eine Kunstgalerie oder ein Museum. Vielleicht, so stellte ich mir vor, würde ich ja irgendwelche Details entdecken, um dieser ureigenen Mystik, die diese beiden aus dem Hause Windsor umgab, auf die Spur zu kommen – dieses perfekt gekleidete, genusssüchtige, selbstgefällige Paar, das die Macht hatte, Millionen von Menschen in den Bann zu ziehen, selbst jene, die sich nicht das Geringste aus Mode, Luxus, Preziosen oder Partys machten. Dieses Gemälde: Hatte die Herzogin es wegen des Motivs und seiner Bedeutung ausgewählt oder nur deshalb, weil die Farben perfekt mit der Polsterung des modernen Sofas harmonierten? Ich strich mit der Hand die Rücklehne des Sofas entlang, bis hinüber zum Schreibtisch, der picobello aufgeräumt war, frei von störendem Papierkram, geschmückt mit Fotos von Wallis. Und bestimmt waren alle Schubladen in diesem Schreibtisch leer. Ich fühlte mich wie in einem Traum, sah mich die Schubladen öffnen, sah die Leere darin. So ein edler, polierter, formschöner Schreibtisch und nichts als leere Schubladen. Ob ich mal eine aufziehen sollte? Ich umschloss einen Messingknauf. Nein, ich hatte nicht vor, die Schublade aufzuziehen. Und selbst wenn, ihre Stimme hätte mich jäh gestoppt:

»Mrs. Randolph, meine Liebe. Suchen Sie etwas?«

Ich fuhr herum. Dort in der Tür, nicht in der, die zur Vorhalle ging, sondern in der an der gegenüberliegenden Wand, zur rückwärtigen Seite des Hauses, stand die Herzogin in ihrem wunderschönen blauen Kleid mit der juwelenglitzernden Flamingo-Brosche auf der Brust. Sie lächelte.

»Ich … ich glaube, ich habe mich verlaufen«, stammelte ich.

Sie trat auf mich zu. »Dies ist ein hübscher Raum, nicht wahr? Ich habe ihn umgestalten lassen. Wie das ganze Anwesen. Es war eine Bruchbude, als ich herkam.«

»Davon habe ich gehört.«

»Heruntergekommen, baufällig und so weiter. Unbewohnbar.«

»Sie haben wahre Wunder gewirkt. Es sieht fantastisch aus.«

Die Herzogin blieb an der diagonal gegenüberliegenden Ecke des Schreibtisches stehen, die Finger auf die Kante gestützt. »Es ist natürlich nicht ganz so, wie er es gewohnt ist. Ich habe mein Bestes gegeben, aber eigentlich gehört er in einen Palast, in eine viel größere Residenz. So wie er es gewohnt ist, wie er aufgewachsen ist. Stattdessen …«

Ich wusste nicht, was ich sagen sollte, hatte irgendwie das Gefühl, dass sie mich auf eine Art Probe stellte, dass meine Antwort über mein künftiges Verhältnis zum Hause Windsor entscheiden würde oder ob wir überhaupt irgendeine Art von Beziehung hätten. Ja, sie würde gar über die Grundlage meiner gesamten Existenz entscheiden. Mein anfänglicher Schock hatte sich gelegt, Gott sei Dank. Meine vor Aufregung heißen Wangen kühlten langsam wieder ab. Ich bog die Finger, holte tief Luft und atmete langsam aus.

»Sie beide leisten fabelhafte Arbeit«, sagte ich. »Was Sie für die Leute hier alles möglich machen, unglaublich.«

»Sehr freundlich.«

»Nein, wirklich. Das Rote Kreuz. So ein großartiger Erfolg. Mit all den vielen engagierten Frauen. Nur Sie konnten so viel Geld sammeln, alles so perfekt organisieren …«

Die Herzogin lachte und drehte den Kopf.

»Drink gefällig, Mrs. Randolph? David hat hier immer ein paar Flaschen parat. Es ist ihm untersagt, vor sieben Uhr zu trinken, aber kaum hat die Uhr geschlagen ...«

»Nein danke.«

Doch sie war bereits zugange, öffnete die Tür an einer Vitrine aus massivem glänzendem Holz, in der man eigentlich wichtige Papiere vermuten würde, die tatsächlich aber gut ein Dutzend verschiedener Flaschen alkoholischer Getränke, mehrere Gläser, eine Zapfflasche und einen Eimer enthielt.

»Eis gibt es keines, fürchte ich«, sagte sie. »Aber das macht Ihnen hoffentlich nichts aus, oder?«

»Nein.«

»Brandy? Ich trinke abends ganz gerne ein Glas Brandy.«

»Für mich lieber nicht.«

»Warum nicht?« Sie drehte sich zu mir um. »Sie sehen aus, als könnten Sie einen Drink vertragen.«

»Ich behalte lieber einen klaren Kopf.«

»Verstehe.« Sie schloss die Schranktür, stand etwa vier bis fünf Meter entfernt.

Ihre ganze Erscheinung war Eleganz pur, und ihre wohlgeformte Gestalt hätte wohl jedes Kleid optimal zur Geltung gebracht. Sie hatte die Figur eines Mannequins, war feingliedrig, superschlank; keine Schönheit im klassischen Sinne, aber von unwiderstehlichem Reiz. Wie alle südländischen Damen bewegte sie sich graziös und anmutig, versprühte Glanz und Charme. Ihr feines, volles tiefrotes Lächeln war elektrisierend. »Aber keine Angst«, sagte sie.

»Oh, die habe ich nicht.«

»Doch, haben Sie. Wie fast alle. Aber ich beiße nicht.«

»Oh, wenn Sie es doch tun, dann beiße ich zurück.«

Die Herzogin lachte. »Sie sind mir ja eine. Genau diese Antwort hatte ich zu hören gehofft.«

»Dann bin ich mehr als erleichtert.«

Sie machte eine Handbewegung Richtung Fenster. »Wollen wir uns einen Moment setzen? Ich habe eine Frage an Sie, Mrs. Randolph. Ein Angebot.«

Ich zögerte, kurz nur, um mich zu fangen. »Natürlich.«

Wir setzten uns. Das Fenster ging nach Norden, in Richtung der funkelnden Lichter, die das Küstenufer und jähe Schwarz des Meeres umsäumten. Die Sterne waren unsichtbar. Ich roch das Parfüm der Herzogin, ihre Zigaretten, umgeben von diesem wunderschönen Raum mit seinem maskulinen Ambiente, den Massivholzmöbeln und den Fotos, erfüllt von leiser Partymusik, die vom Garten her hereindrang. Ich faltete die Hände in meinem Schoß und betonte einmal mehr, wie wunderschön dieser ganze Ort war.

»Die Zeitungen hatten natürlich nur negative Dinge zu berichten«, erzählte sie. »Wie extravagant ich sei. Und wie abgehoben. Wen interessierte es da, dass dieses Haus – das Government House wohlgemerkt, Regierungssitz und Symbol des British Empire schlechthin – vor lauter Schimmel langsam auseinanderfiel. Jedenfalls haben wir viel von der Renovierung aus unserer eigenen Tasche gezahlt. Wirklich viel.«

»Das ist mir neu, das wusste ich nicht.«

»Klar, woher auch. Sind ja alle gegen mich. Bestimmt haben Sie in der Presse von unserer kleinen Reise diesen Herbst gelesen, die sich weidlich darüber ausließ, wie viele Gepäckstücke wir dabeihatten.«

»Oh, wie viele genau es waren, das weiß ich nicht mehr«, sagte ich leise.

»Einhundertsechsundvierzig, hieß es. Die Zahl war völlig

aus der Luft gegriffen; es waren allerhöchstens dreiundsiebzig, und die gehörten nicht einmal alle uns, sondern teils auch unserer Entourage wie zum Beispiel Miss Drewes, unserer Privatsekretärin, oder Major Phillips, Davids Adjutant … und so weiter. Aber jede einzelne Story, die in den Zeitungen steht, muss diesem … diesem *Bild*, das alle von mir haben, entsprechen. Und wie das aussieht, brauche ich Ihnen ja nicht zu erzählen. Das alles ist wirklich sehr belastend. Aber was soll ich tun? Ich kann versuchen, dagegen anzugehen, klar, aber das wirkt erst recht eingeschnappt und zickig.«

»*Die Dame, wie mich dünkt, gelobt zu viel*, wie es bei Shakespeare so schön heißt.«

»Ganz genau. Sie verstehen Ihr Geschäft, Mrs. Randolph.«

»Welches Geschäft?«

»Den Journalismus.« Ihre Miene verzog sich zu einem süffisanten Lächeln. »Sie sind doch selbst auch Journalistin, nicht wahr?«

Ich musste schlucken. »Journalistin?«

»Ja. Für das *Metropolitan Magazine*. Stimmt doch, oder nicht?«

»Ja. Also … nein. Das heißt, die Redaktion hat mich hergeschickt, um ein bisschen mehr Hintergrundinformation zu sammeln …«

»Nun, Mrs. Randolph …«

»Ich habe bislang kein Wort für dieses Blatt geschrieben. Kein einziges.« Ich stockte. »Woher wissen Sie das?«

»Oh, habe ich läuten hören. Es gehört für mich dazu, meine Ohren offen zu halten. Nicht um meinetwillen, Sie verstehen, sondern David zuliebe. All die Geschichten, die durch die Presse geistern, diese schrecklichen Dinge, die sie drucken, machen ihm schwer zu schaffen. Ich versuche, ihn zu schützen, klar, aber es ist unmöglich. Er liest sie *alle*.«

Ich war im Begriff aufzustehen, als mir einfiel, dass es sich nicht gehörte, sich in der Gegenwart der Herzogin unaufgefordert zu erheben. Dann aber sagte ich mir, dass ich als Amerikanerin diesen Vorschriften gar nicht unterlag, und stand auf. Fast hätte ich sie mit *Mrs. Simpson* angesprochen, konnte es mir aber gerade noch rechtzeitig verbeißen. »Ma'am«, sagte ich stattdessen. »Ich weiß nicht, warum Sie mir dies alles erzählen.«

»Oh, dafür weiß ich es sehr wohl«, erwiderte sie. »Sie haben hier einen Job zu erledigen. Als junge Frau muss man sich schließlich behaupten in dieser Welt. Ich hege zudem den Verdacht, dass es einen Mr. Randolph in Ihrem Leben nie gegeben hat. Liege ich richtig?«

Durch das Fenster drang heiterer Lärm, fröhliches Lachen, was die Herzogin gar nicht wahrzunehmen schien.

»Oh, mein Ehemann ist durchaus real«, sagte ich. »Zumindest *war* er real. Aber selbst noch ein toter Ehemann verschafft einer jungen, alleinstehenden Frau wie mir etwas mehr Respekt.«

»Natürlich. Zumal einer jungen Frau wie Ihnen, die niemand hat, der sich schützend vor sie stellt. Das verstehe ich voll und ganz. Über ein großes Einkommen oder Vermögen verfügen Sie nicht. Bekommen nur eine kleine Witwenrente, nehme ich an?« Sie neigte den Kopf, kniff verständig die Augen zusammen. »Oder vielleicht nicht einmal das?«

»Ich fürchte, das geht Sie nichts …«

»Mrs. Randolph.« Sie stand ebenfalls auf und trat vor mich hin. »Was halten Sie davon, eine *echte* Journalistin zu werden?«

»Eine *echte* Journalistin?«

»Mit einer eigenen Kolumne, wöchentlich oder monatlich, die Sie an alle Zeitschriften verkaufen oder auch exklusiv nur an das *Metropolitan Magazine*, ganz wie Sie wünschen.«

»Was denn für eine Kolumne?«

»Nun ja, Sie berichten direkt aus Nassau, aus erster Hand quasi, aus der Mitte der Gesellschaft, über all die kleinen Dinge, die wir hier so tun, die pikanten Leckerbissen, die vielen kleinen Details, die nur eine intime Freundin der Windsors kennen kann. Dafür würden sich die Leser in Amerika sicherlich brennend interessieren, meinen Sie nicht?«

Der genaue Farbton ihrer Augen war so speziell, so außergewöhnlich, ein so samtenes, strahlendes Lavendelblau, dass er einen eigenen Namen bekam: Wallis-Blau. Ihr Hochzeitskleid, so hatte man mir erzählt, sei exakt auf diesen Farbton abgestimmt gewesen. Und das wollte ich ihr gar nicht mal verübeln. Diese Augen, sie zogen dich in Bann, insbesondere wenn sie es wollte. Wenn sie durch diese Augen all ihren Charme versprühte und dich mitten ins Herz traf. An jenem Tag im Juli war mir die Herzogin genauso ein Rätsel wie jedem anderen, der nicht mit ihr verheiratet war, und ja, vielleicht sogar auch ihm, dem Mann, der ihr Ehegatte war. Für mich waren ihre moralischen Werte und Prinzipien etwas fragwürdig, ihre Denkweise etwas oberflächlich, ihre Kleidung etwas zu pompös, aber das war wohl das Interessanteste an ihr. Ich hingegen war ein blutjunges Ding von Mitte zwanzig, mit glänzendem dunklem Haar, guter Kinderstube, einem Höchstmaß an Selbstbeherrschung, geadelt durch eine ordentliche Schulbildung und ein Jahr auf dem College, gefolgt von einem temporeichen, brutalen Lernprogramm in der Welt dort draußen, das meine zartbesaitete Seele gestählt hatte. Ich dachte, ich wäre einer Frau wie ihr, der Herzogin von Windsor, der früheren Mrs. Ernest Simpson, der früheren Mrs. Earl Winfield Spencer, in jeder Hinsicht gewachsen – jener Frau, die so eindrucksvoll war, schmallippig, blauäugig, hohlwangig, die mit ihrer Willensstärke und Zielstrebigkeit die britische Krone fast ins Wanken gebracht hätte.

Die Sache ist nur die: Einen Menschen, dem man noch nie begegnet ist, kann man unmöglich kennen. Klar sieht man sie, die Herzogin, auf Tausenden von Fotos, in Hunderten von Wochenschauen, aber kennen tut man sie deshalb noch lange nicht. Die Person auf der Titelseite einer Illustrierten ist Darstellerin in einem Theaterstück, Protagonistin in einem Roman, eine selbstkreierte Figur der eigenen Fantasie, die in Wirklichkeit aber nicht mehr als nur eine flüchtige Ähnlichkeit mit dem Original besitzt. Wir dürfen also nicht vergessen, dass wir diese Person nicht wirklich kennen, sondern nur das faszinierende Bild, das wir uns von ihr machen. *Dafür würden sich die Leser in Amerika sicherlich brennend interessieren*, hatte sie gesagt.

»Ja, ganz bestimmt«, erwiderte ich.

Bis zu diesem Moment hatte ich die Anspannung in ihrem Gesicht gar nicht bemerkt. Ich hatte gedacht, ihre glatten, straffen Züge seien ganz natürlich. Nun aber wurde alles weich, ihre Augen, ihre Wangen, ihr Mund, ihre zarte Haut – wie Zuckerguss auf einer Torte. Sie sah fast menschlich aus.

Das gibt es doch gar nicht, dachte ich bei mir, das ist jetzt nicht wahr, sie macht mir dieses Angebot nicht wirklich. Die Sache musste einen Haken haben. Aber ihre Augen waren strahlend blau.

»Dann verstehen wir uns?«, sagte sie.

»Ich denke schon.«

»Gut.«

Sie streckte mir die Hand entgegen, und ich ergriff sie. Ihre Kühle erschreckte mich. Aber was erwartete ich? Ich schien immer schon etwas heißblütiger zu sein als andere

Frauen. Ich hob an, um weitere Einzelheiten und das genaue Prozedere zu erfragen, doch sie sprach zuerst.

»Kommen Sie, gehen wir zurück zu unseren Gästen. Ich möchte Sie gerne mit einigen bekanntmachen.«

Elfriede

SEPTEMBER 1900

Schweiz

»Wenn meinem Ehemann irgendetwas zustoßen würde«, sagt Elfriede, »was Gott verhindern möge, würde ich nicht wieder heiraten.«

»Nein, ganz bestimmt nicht. Wozu auch? Ich habe sowieso nie verstanden, warum Frauen sich auf die Ehe einlassen, außer vielleicht als eine Art geschäftliche Abmachung.«

Seine Antwort erstaunt sie dermaßen, dass sie sich aufsetzt und ihn anstarrt. Sie liegen nebeneinander in einer Wiese unweit des Sanatoriums, abgeschirmt durch die Bergkuppe und einen kleinen Hain. Und obwohl die Sonne lacht und es herrlich warm ist, sind die Wildblumen bereits dabei zu vergehen. Farbe und Duft sind dahin. Wie gut tut da die Sonne. Und die zaubert einen leuchtend herbstroten Schimmer in Wilfreds Haar, das wieder wunderbar wächst. Er liegt im Gras, die Arme hinter dem Kopf verschränkt, und erwidert ihren erstaunten Blick mit verzauberten Augen.

»Sie haben Gras in den Haaren«, sagt er.

Elfriede tastet über ihren Hinterkopf. »Wieso sagen Sie das? Das mit der Ehe?«

»Weil es ein rundherum schlechtes Geschäft ist, wie ich

finde. Vor allem für Frauen. Die meisten Ehefrauen, durchaus nicht alle, aber eben die meisten … erscheinen mir wie privates Besitzgut. Sie haben diesen stumpfen, stummen, willfährigen Ausdruck, der erkennen lässt, dass sie verlernt haben, eigenständig zu denken. Sie verrichten ihre endlos monotonen Arbeiten, halten sich irgendwie beschäftigt und … und vielleicht sind sie auch glücklich dabei. Aber es ist das verschleuderte Glück der Unterwerfung. Lieber würde ich ein unglückliches Dasein führen, als darin mein Glück zu sehen.«

In seinem Mundwinkel steckt ein langer Grashalm. Am Tag nach ihrer Begegnung im Wald erlitt Wilfred einen Rückfall – einen leichten nur, wie sich herausstellte, doch er musste eine Woche lang das Bett hüten. Danach waren Ausflüge an die frische Luft eine weitere Woche lang auf den Garten des Sanatoriums beschränkt, und Elfriede bat ihn, das Rauchen aufzugeben. Nein, nicht die halb gerauchte Zigarette im Wald sei schuld an seinem Rückfall, wandte er ein, sondern das feuchte Wetter, die restlichen Zigaretten aber warf er trotzdem weg. Stattdessen liegt er nun auf der Wiese und kaut an einem Grashalm. *Wie eine Kuh,* sagt sie. *Eher wie ein junger Ochse*, korrigiert er sie wehmutsvoll.

Er nimmt den Grashalm aus dem Mund. »Außerdem habe ich schon immer die Vermutung, dass die Ehemänner sich nicht sonderlich Mühe geben, um ihre Frauen im Bett glücklich zu machen.«

Elfriede formt den Mund zu einem »O«, dreht sich weg und lässt den Blick über die Gipfel der nahen Berge wandern. »Das ist nicht unbedingt immer der Fall«, sagt sie.

»Sprechen Sie aus Erfahrung?«

»Solch eine Frage sollten Sie nicht stellen.«

Wilfred gibt ein Geräusch von sich – nicht sein typisches Scotch-Geräusch, sondern ein anderes. Er hat eine ausgesprochen nuancenreiche Palette von Geräuschen parat, für jede Gelegenheit das passende. In den vergangenen Wochen hat Elfriede sie alle gehört und einzuordnen gelernt. Und dieses Geräusch gerade eben soll eine lockere, heitere Stimmung verbreiten, wohl temperiert mit einem Hauch flammender Sehnsucht.

»Sie können mich alles fragen, aber nicht *das*«, sagt Elfriede.

Tatsächlich war Gerhard *danach* geradezu rührend bemüht, sie glücklich zu machen. Nach ihrer für sie so schrecklichen Entjungferung. Er hatte in den Monaten nach ihrer Verlobung von nichts anderem geträumt, als die Ehe mit Elfriede endlich vollziehen zu können. Und eben danach, als er sein verschwitztes, strahlendes Gesicht vom Kissen neben ihr hob, erwartete er ganz offenbar, die eigene rauschhafte Verzückung auch im Gesicht seiner frisch angetrauten Frau zu sehen. Ihre Tränen verwunderten ihn. Ja sie entsetzten ihn gar! Erfüllten ihn mit tiefer Reue.

Nach außen hin, im Umgang mit Fremden und sogar mit seiner eigenen Familie (den beiden Schwestern, die eine verheiratet, die andere nicht) war Gerhard eher steif und förmlich. Im intimen Rahmen der Ehe jedoch war er die Sanftmut in Person. Zutiefst emotional, unterwürfig fast, dem Ideal der romantischen Liebe verbunden, einer einzigartigen, mystischen, allmächtigen Liebe zwischen Ehemann und Ehefrau, die ewig hält. Und als Romantiker, der er war, verehrte er auch die Natur. Er liebte es, mit Elfriede zusammen auf lange Spaziergänge zu gehen oder über einen See zu rudern, weg vom Schloss und den Gärten. Er sprach nie viel auf diesen Ausflügen, oft aber traten ihm Tränen in die Augen, wenn er sie ansah, insbesondere als sie schwanger war und der Bauch sich unter ihrem Kleid zu runden begann.

Er wich bald kaum mehr von ihrer Seite und hasste es, wenn ihn die Pflicht für ein paar Stunden in sein Arbeitszimmer rief. Wenn er jedoch nach Berlin oder Wien reiste (um seinem Kaiser die Ehre zu erweisen, seinen geschäftlichen Interessen nachzugehen, um Kunst für seine Sammlungen zu kaufen) und Elfriede gerne mitkommen wollte, lehnte er stets ab.

Nein, sagte er strikt. Sein Engel Elfriede dürfe auf keinen Fall vom Schmutz und Dreck der Stadt belastet werden. Er wusste sie lieber hier, auf dem Land, in sauberer Luft, die für ihr ungeborenes Kind im Mutterleib so viel gesünder sei. Außerdem, so sagte er immer, wenn er sie zum Abschied zärtlich auf die Stirn küsste, würde sie Berlin, wo es wimmelte von Kaufleuten, Künstlern und Juden, sowieso nicht mögen. Und am allerschlimmsten sei es in Wien, das langsam zu einem deutschen Chicago verkomme, was auch immer er damit meinte.

Zurück zur Hochzeitsnacht. Ja, die Nacht war ein tränenreiches Desaster. Aber Gerhard war um Besserung bemüht. In der zweiten Nacht war er umso vorsichtiger, verwehrte sich in selbstbeherrschter Manier gar das eigene Vergnügen, in sie einzudringen, erregte sie so lange zwischen den Beinen, bis er ihr den ersten Orgasmus ihres Lebens bescherte – irgendwann nach Mitternacht. Beflügelt von diesem Erfolg, strebte er fortan danach, den Höhepunkt mit ihr gemeinsam zu erleben, um mit ihr zusammen die erhabene, übersinnliche Verschmelzung zu erfahren, die er sich immer erträumt hatte. Er war in der Tat derart wild entschlossen, dass Elfriede, die zwar lustvoll, aber nicht endlos genießerisch bei der Sache war, schnell merkte, dass es mitunter bequemer war, den nahenden Höhepunkt einfach vorzutäuschen und Gerhard im guten Glauben zu lassen, sie befriedigen zu können beziehungsweise sie befriedigt zu haben.

Danach, benommen vom Gewicht seines Körpers, konnte sie einschlafen.

Sei's drum, sie kann mit Wilfred unmöglich über diese Dinge sprechen. Manches muss man für sich bewahren, denkt sie im Stillen. Früher oder später muss sie sowieso wieder zurück, zu Mann und Familie, sobald sie sich erholt hat und Herr Doktor Hermann beschließt, dass die Behandlung abgeschlossen sei. Wie soll sie Gerhard da ins Gesicht schauen können, wenn sie diese intimen Geheimnisse einem anderen Mann enthüllt hätte? Einem anderen außer ihrem Arzt, Herrn Doktor Hermann, versteht sich. (Doch auch mit ihm hat sie über derlei eheliche Erfahrungen nie gesprochen, obwohl er ihr oft genug sagt, dass eine erfolgreiche Behandlung gerade auf solchen Enthüllungen basiert. Und genau das ist ihr Dilemma – sie kann nicht zu ihrem Mann zurück, *bis* sie die Behandlung abgeschlossen hat; und sie kann nicht zu ihrem Mann zurück, *wenn* sie die Behandlung abgeschlossen hat.)

»Nichts für ungut«, sagt Wilfred. »Dann lassen wir das beiseite. Aber was würden Sie tun, wenn Sie nicht verheiratet wären?«

»Das kann ich mir nicht vorstellen. Ich weiß es nicht. Das ist so, als wünschte ich mir, er wäre tot.«

»Klar, aber nur rein theoretisch gefragt. Was wäre, wenn?«

Elfriede zieht die Knie unter ihr Kinn. »Vielleicht würde ich reisen.«

»Und wohin?«

»Überallhin. Zuerst würde ich das Meer sehen wollen. Früher habe ich oft davon geträumt, auf einem Passagierschiff übers Meer zu fahren und irgendwo in einem fremden, exotischen Land anzukommen, in Amerika zum Beispiel.«

Wilfred lacht. »Amerika ist gar nicht so exotisch, wie Sie denken. Gut, der Westen Amerikas vielleicht.«

»Waren Sie schon einmal dort?«

»Ich war mal im Sommer mit meinem Vater in Boston. Es war heiß, schmutzig und unpersönlich, und die Leute waren überraschend steif und prüde. Ich glaube, das liegt an ihren puritanischen Tugenden. Wir sind dann weitergereist, um ein paar Wochen in Cape Cod zu verbringen, wo es sehr viel schöner war. Die Halbinsel ragt bogenförmig ins Meer hinaus, ähnelt dem Schwanz eines Skorpions. Frühmorgens bei Sonnenaufgang sind wir in der Brandung geschwommen.«

»Paradiesisch«, sagt Elfriede.

Wilfred richtet sich auf, um dicht neben ihr zu sitzen. »Nicht ganz.«

»Warum nicht?«

»*Das hier* ist sehr viel paradiesischer, wenn Sie mich fragen.«

Eine leichte Brise streicht über sie hinweg, plustert Elfriedes Kleidung auf. Auch seine. Über dem Grün und Grau der Bergspitzen lacht der blaue Himmel, abgesehen von einer einzigen kleinen Wolke, die über dem höchsten Gipfel hängt. Die Luft riecht nach Wärme, nach ausgedörrtem Gras und ab und zu auch nach Wilfred.

»Ich verstehe nicht …«, sagt sie sachte.

»Was verstehen Sie nicht?«

»Warum *Sie* mich überhaupt so durcheinanderbringen, wo *er* mich doch so sehr geliebt hat. So wahnsinnig geliebt hat.«

»Ist verrückt, nicht wahr? Das mit uns.«

Sie lehnt den Kopf an seine Schulter. »Was sollen wir bloß tun?«

»Nichts.« Er streicht über ihr Haar. »*Nothing*«, sagt er noch einmal auf Englisch.

»*Nothing*«, wiederholt sie.

»No-*th*ing, *th-th–th*. Legen Sie die Zunge direkt unter die oberen Schneidezähne.«

»No-*th*ing.« Elfriede probiert es noch einmal und müht sich, das englische *th* korrekt zu artikulieren, was ihr in den letzten Wochen nie so richtig gelingen wollte. Um die bange Zeit zu überbrücken, in der Wilfred nach seinem Rückfall das Bett hüten musste, fing sie nämlich an, mithilfe von Büchern aus der gut sortierten Bibliothek des Sanatoriums Englisch zu lernen. Sie wollte ihn damit überraschen, sobald er wieder genesen war. *Good morning*, begrüßte sie ihn, als sie sich an der kleinen Steinmauer, die den Garten des Sanatoriums umrandet, endlich wiedersahen – genau dort, wo sie Wochen zuvor die ersten Worte gewechselt hatten. (Das Treffen war geschickt eingefädelt, indem sie dem Pfleger an jenem Morgen einen Zettel zugesteckt hatte, den dieser dann an ihn weiterreichte.) *I hope you are vell.* Sie weiß noch, wie er sich umdrehte, als sie von hinten über die Wiese auf ihn zukam, wie ihr beim Anblick seines schlohweißen, aber strahlenden Gesichts ganz schwindelig wurde, wie sein Lächeln immer breiter wurde und seine Augen erhellte, ja das ganze Universum. *Well*, sagte er. *W-w-w. Well.*

W-w-well, sagte sie noch einmal.

I am well, thank you. Are you well, my love?

I am wery vell.

Wery vell ist seither ein neckisches Wortspiel zwischen ihnen – wie *wery vell* sie sich beide in den schönen gemeinsamen Stunden miteinander fühlen; wie w*ery* v*ell* die Sonne scheint, wie *wery vell* die Luft duftet, der Boden sich anfühlt, die Haut schimmert. Wie *wery vell* sie Englisch lernt.

»*Nothing*«, sagt Elfriede betont. »*Nothing. Nothing. Nothing*. Wir tun *nothing*. Wie ist das möglich, das mit uns?«

»Ich werde entlassen«, sagt Wilfred auf Deutsch.

Aber ist nicht genau dies der Grund, warum sie sich ineinander verliebt haben, so plötzlich, so inniglich? Weil Wilfred nach Hause muss, sobald er genesen ist. Weil sie sich wieder trennen müssen, Elfriede und Wilfred. Weil es so leicht und so ungefährlich ist, sich ineinander zu verlieben, wenn alle Welt gegen einen ist. *Ich liebe dich, wir haben uns ineinander verliebt* – noch haben sie derlei Worte nicht offen gesagt, doch Elfriede hat nicht den leisesten Zweifel daran, dass sie durch Wilfreds Gedanken hallen, ebenso wie durch ihre.

I am wery vell, sagte sie laut, zur kleinen Gartenmauer gewandt. Übersetzung: *Ich liebe dich.*

Komm, lass uns ein paar Schritte gehen, erwiderte Wilfred und nahm sie an der Hand. Übersetzung: *Ich kann es nicht ertragen, ohne dich zu leben.*

So gingen sie Seite an Seite, waren eins miteinander, und indem sie Wilfreds Hand in der ihren spürte, malte sie sich auch den Rest seines Körpers aus. Sie setzten sich ins Gras, um etwas zu verweilen, während Elfriede auf ihrer beider Hände starrte, die Finger ineinander verschlungen, auf Wilfreds lange, bleiche Finger, und eine dunkle Ahnung der leidvollen Trauer erfasste sie. *Was werde ich nur machen, wenn du fort bist?*, flüsterte sie.

Lass uns nicht davon reden, sagte Wilfred, *noch ist der Tag nicht gekommen.*

Und dann ist er da. Der Tag der Tage.

»Was? Schon?«

»Ja, ich bin schließlich wieder ganz gesund.«

»Aber sie entlassen dich nicht zwangsläufig, die Ärzte. Du kannst so lange bleiben, wie du willst.«

»Nur mit dem nötigen Kleingeld, meine Liebe.«

»Aber ich könnte … wir könnten … Ich habe genügend Geld …«

»Du meinst, dein Ehemann hat genügend Geld.«

Elfriede senkt den Kopf, weil es die Wahrheit ist. Am anderen Ende der Wiese, etwa dreißig Meter entfernt, regt sich etwas im Gras. Irgendein Nager oder ein Hase, der sich jetzt im Herbst, wo die Sonne noch warm und von kühler Luft kein Hauch zu spüren ist, emsig auf den Winter vorbereitet.

»Wir haben noch bis Donnerstag«, sagt Wilfred. »Noch vier Tage.«

»Und dann? Was dann?«

»Nichts. Ich werde wieder meinem Leben nachgehen und so tun, als würde mein Herz nicht anderswo schlagen ... bei dir, in deiner Brust ...«

»Oh, nicht. Bitte, hör auf.«

Er hört auf, spricht nicht weiter. Und so sitzen sie da, so wie immer, so wie sie es die vergangenen Wochen getan haben, seit Wilfred das erste Mal nach draußen in den Garten des Sanatoriums durfte, wenn auch unter strikten Anweisungen, sich nicht anzustrengen und seine Brust warm zu halten.

Sie haben Glück gehabt, denn das Wetter hat es dieser Tage ausgesprochen gut mit ihnen gemeint. Ein glücklicher Zufall? Mag sein, aber vielleicht hat es eine höhere Macht auch so für sie bestimmt. Nebeneinander im Wiesengras sitzend, schauen sie der Sonne auf ihrer ewigen Bahn über den Himmel zu. Ab und an berührt er sie, so wie jetzt, streicht mit den Fingerspitzen über die Knöchel ihrer Hand.

»In Südfrankreich habe ich mal einen jungen Burschen kennengelernt, einen Maler. Weißt du, wie er diese Zeit des Tages bezeichnet hat? Die Zeit vor Sonnenuntergang?«

»Nein.«

»Die goldene Stunde.« Wilfred zeigt in Richtung Sonne, die jetzt nur noch knapp über den gezackten Gipfeln glüht, die den Horizont begrenzen. »Genau dann, so sagte er, kurz vor Sonnenuntergang, sieht alles am schönsten aus. Diese leuchtende Luft taucht alles in einen goldenen Schein. Am liebsten, so sagte er, würde er die ganze Welt so malen. Und dann ist es weg, dieses Licht, einfach so. Die Sonne geht unter. Die Nacht bricht herein.«

»Die goldene Stunde.« Elfriede starrt auf Wilfreds Haar, das tatsächlich golden geworden ist, glänzt wie reines Gold, wie die Sonne selbst – zum Weinen schön. Sie will es berühren, ihr Gesicht darin vergraben, das Gold von jeder einzelnen Strähne lecken, bevor es verrinnt. Bevor Wilfred geht und die Nacht sich niedersenkt.

»Was ist mit dir, Elfriede?«, fragt er. »Das ist mir das Wichtigste überhaupt. Was wirst du machen?«

»Ich weiß es nicht. Ich weiß nur, dass ich nicht mehr hierbleiben kann, wenn du fort bist.«

»Doch, du kannst.«

»Nein. Unmöglich. Es würde mich zu sehr schmerzen.«

»Nicht mehr als mich, wenn ich gehe.«

»Nein, sehr viel mehr. Du hast Wien, neue Anblicke, neue Eindrücke, nichts, was dich an mich erinnern wird. Aber diese Gebäude, die Berge, die Wiese, alles hier ist mit dir verbunden. Ohne dich ist alles leer.«

»Und das ist so unerträglich?«

»Ja. Und das weißt du.«

»Hmm.« Seine Fingerspitzen tanzen abermals Walzer auf ihren Handknöcheln. Einen Donauwalzer der Sehnsucht. »Ich dachte, du bräuchtest eine Entlassungserlaubnis von diesem Arzt, wenn du gehen möchtest. Bist du sicher, dass du ihn verärgern willst?«

»Er kann mich nicht aufhalten. Ich werde einen Weg finden, hier rauszukommen, so wie du.«

Einen Weg finden, hier rauszukommen. Einmal ausgesprochen und in die warme Luft entlassen, entfalten ihre Worte die Kraft des Möglichen. Die Welt dort draußen verliert in jeder Hinsicht ihren Schrecken gegenüber der Vorstellung, auch nur einen weiteren Tag ohne Wilfred im Sanatorium zu sein. Sie hat keine Angst mehr: nicht vor den engen Bergstraßen, den vollen Zügen, den fremden Blicken, nicht vor ihrem Ehemann, den sie enttäuscht hat, nicht vor ihrem kleinen Sohn, der sie nicht mehr kennt, nicht vor Herrn Doktor Hermann mitsamt seiner akademischen Bildung und Autorität. Ja, sie kann gehen. Schließlich ist sie die Gattin eines Barons. Sie kann sich jederzeit eine Kutsche organisieren und durch das Tor hinausspazieren. Wer will sie schon aufhalten?

Elfriede strafft den Rücken. Ihre Augen sind jetzt trocken, ihr Körper von einer wohligen Wärme durchströmt. »Ja. Ich kann unmöglich hierbleiben ohne dich. Ich werde gehen.«

»Gut«, sagt Wilfred. »Abgemacht. Aber wohin willst du gehen, mein Liebchen?«

Sie biegt die Finger unter seiner Hand im Gras, sodass sie komplett darunter verschwinden. Manchmal, wenn sie hier auf diesem Fleckchen Wiese in der Sonne sitzen, die sonnenwarmen, verwelkten Blumen riechen, vergisst sie alles ringsum, und es gibt nur noch sie beide, zwei ineinander verschmelzende Herzen.

Wohin will sie gehen? Es gibt nur einen Ort, wo sie hingehört. Nur ein weiteres Herz schlägt noch in ihrer Brust, ob sie will oder nicht.

»Zurück zu meinem kleinen Sohn«, sagt sie. »Vielleicht gehe ich zurück zu meinem Sohn und werde deine Sommersprossen vermissen. Alle sechsundzwanzig.«

Doch diese so qualvolle Entscheidung bleibt ihr am Ende erspart. Als Elfriede zurückkehrt ins Haus (über einen anderen Gartenweg als Wilfred, versteht sich), erwartet Herr Doktor Hermann sie bereits in seinem Sprechzimmer. Er nimmt ihre Hände.

»Es gibt schlimme Nachrichten, Elfriede«, sagt er. »Ich fürchte, Ihr Gatte ist sehr krank. Die Familie ruft Sie nach Hause, an seine Seite.«

Lulu

JULI 1941

Bahamas

Bis der Abend sich dem Ende zuneigte, hatte ich den Überblick über all die Namen und Gesichter verloren. Verschwommen zogen sie an mir vorbei, während die Herzogin mich im zarten Schein der Lampions durch den Garten geleitete, mich wie ein preisgekröntes Stutfohlen reihum vorführte, ich stolz paradierte, brav nickte, im richtigen Moment wieherte, halb benommen fast von diesem so außergewöhnlichen Aufstieg ins Glück. In den Monaten danach wusste ich nicht mehr so recht, wann genau ich Mrs. Gudewill und ihrer Tochter zum allerersten Mal begegnet war oder Fred Sigrist und den anderen Männern und Frauen, die in diesem bahamaischen Kapitel meines Lebens noch eine so wichtige Rolle spielen sollten. Ich wusste auch nicht mehr so recht, wann genau dieser eine Informationsschnipsel seinen Weg durch meine Ohren bis in mein Gehirn fand, um später aufgenommen und überprüft zu werden. Dafür wusste ich aber noch sehr genau, wie ich erneut im Arbeitszimmer des Herzogs stand und mich gerade mit Axel Wenner-Gren unterhielt (jawohl, mit *ihm*, dem schwedischen Großindustriellen, Besitzer von Hog Island; er gehörte in der Tat zu jener Sorte

Mensch, die von Steueroasen wie den Bahamas angezogen wurde wie Ameisen von Picknickkrümeln), als plötzlich Thorpe erschien. Die meisten Gäste waren bereits gegangen, nur ein paar wenige waren noch da, um den Bourbon aus der Vitrine zu genießen und amerikanische Songs aus der Sammlung des Herzogs zu hören, die auf dem Grammofon spielten. Mr. Wenner-Gren wollte mehr über meinen Ehemann erfahren.

»Wie lange waren Sie verheiratet?«, fragte er.

»Nur ein Jahr.«

»Also noch ein jungvermähltes Paar. Wirklich furchtbar, dieser Krieg.«

»Was hat denn der Krieg damit zu tun?«

»Oh, verzeihen Sie. Ich ging davon aus, dass er gefallen ist.«

Ich wollte etwas sagen, merkte aber, dass sämtliche Sprechmuskeln wie gelähmt waren und ich meinen rasenden Puls wie Hammerschläge bis in meinen Hals spürte. Die altbekannte Panik! Du weißt nie, wann sie wieder zuschlägt, wann sie dir durch Mark und Bein fährt, bei einem plötzlichen Geräusch, einem lauten Türenknallen … einer arglosen Frage. Und wenn sie zuschlägt, dann erinnere dich bitte daran, tief durch die Nase ein- und langsam durch den Mund wieder auszuatmen und die schreckliche Angst möglichst anders zu verpacken, wie zum Beispiel als Trauer. Wenn die Panik dann weicht, sich die Muskeln langsam lockern und du wieder sprechen kannst, redest du stockend, um deine Angst in Schach zu halten, damit auch ja keiner merkt, dass du etwas zu kaschieren hast.

»Nein«, sagte ich. »Er kam bei einem Unfall ums Leben. Einem tragischen Autounfall.«

Obwohl bereits jenseits der sechzig, war Wenner-Gren noch immer ein attraktiver Mann – silbergraues Haar, elegante Erscheinung, stechend blaue Augen, eine Art Röntgenblick. Er zog an seiner Zigarette, starrte mich an und schien völlig ungerührt von der Tatsache, dass ich Witwe war, während ich an mich halten musste, ihn nicht forsch zu fragen, ob etwas dran sei an den Gerüchten, denen zufolge er ein Nazi und enger Freund Görings war und seine wahre Mission hier in Nassau darin bestand, den Herzog dazu zu bewegen, sein gesamtes Vermögen einem siegreichen Deutschland zuzuschieben. Schließlich war das doch genau die Sorte von exklusiver Sensationsgeschichte, die das *Metropolitan Magazine* von mir wollte … und Axel Wenner-Gren die Sorte Mann, der mir gerade recht kam und den ich dringend brauchte, um meinen Job zu retten.

Er neigte sein Gesicht langsam näher. »Es muss hier schrecklich einsam für Sie sein.«

»Oh, ich halte mich ganz gut beschäftigt. Natürlich nicht so beschäftigt wie Sie, mit Ihrer Jacht und Ihrem wunderschönen Anwesen.«

»Ah. Was wissen Sie denn über mein Anwesen?«

»Dass es auf Hog Island liegt, richtig? Von meinem Schlafzimmerfenster aus kann ich gerade noch so einen Blick darauf erhaschen.«

»Ach, wirklich?«

»Ja, und Ihre Jacht kenne ich auch. Die ist schließlich nicht zu übersehen.« Ich hielt inne, um an meinem Drink zu nippen. »Wohin geht's denn als Nächstes? Nach Mexiko? Das Land hat es Ihnen angetan, wie man munkeln hört. Haben Sie nicht auch eine Bank dort gegründet? Die Banco Continental?«

Er hob die Brauen, drehte sich höflich zur Seite, um einen langen Strom von Zigarettenrauch auszublasen, wobei sein Blick kurz nach unten schlenzte, um mein wohlgeformtes, tiefes Dekolleté zu taxieren. »Sie scheinen ja ganz schön viel über mich aufzuschnappen, Mrs. Randolph.«

»Oh, was man halt so hört, wenn man die Ohren offen hält. Hier in Nassau wird schrecklich viel getratscht. Ist wohl der bevorzugte Zeitvertreib vor Ort. Jeder scheint hier knietief in den schmutzigen Geschäften anderer Leute zu stecken.«

»Das sagt meine Frau auch immer. Und was haben Sie sonst noch über mich gehört?«

»Nun, so allerlei.« Ich zuckte die Schultern. »Das meiste weiß ich schon gar nicht mehr. Aber erzählen Sie von Mexiko. Da wollte ich schon immer mal hin.«

Er nahm einen langen, tiefen Zug an seiner Zigarette, begutachtete das heruntergebrannte Ende und sagte dann mit weicher Stimme: »Vielleicht wollen Sie uns auf unserer nächsten Seereise begleiten. Es geht auf eine archäologische Expedition nach Südamerika und danach rauf nach Mexiko, rechtzeitig zu Weihnachten.«

»Sehr freundlich von Ihnen. Wann stechen Sie in See?«

Wenner-Gren öffnete den Mund, doch die Antwort gab ein anderer.

»In Kürze, stimmt's? Ich würde selbst mitkommen, wenn ich nicht bereits anderweitig verplant wäre.«

Die Stimme kam von rechts hinter mir. Wir fuhren beide herum, wo Mr. Thorpe in der Tür stand – weißer Smoking, groß, breitschultrig, schlank. Die Brille saß ihm weit vorne auf der Nase. Er rückte sie zurecht und lächelte.

»Thorpe, mein Lieber«, sagte Wenner-Gren. »Wo kommen Sie denn her? Dachte, Sie hätten sich längst verzogen, wie üblich.«

»Hab im Hinterzimmer noch eben meine Einnahmen gezählt.«

»Und? Alle Taschen geplündert?«, fragte ich.

»Jeder Shilling verbucht.« Thorpe hielt mir den angewinkelten Ellbogen hin. »Darf ich Sie kurz entführen, Mrs. Randolph?«

Mir blieb der Mund offen stehen. Den ganzen Abend über hatte er nicht ansatzweise erkennen lassen, dass er mich überhaupt wahrgenommen hätte, und obwohl ich hier und da immer wieder einen flüchtigen Blick auf ihn erhaschen konnte, hatten sich unsere Wege nie direkt gekreuzt, als hätten wir vertraglich beschlossen, einen Bogen umeinander zu machen. Ich dachte, er hätte mich längst vergessen, hätte den Vorfall im Flieger vergessen oder zumindest mein Gesicht. Und nun bot er mir seinen Ellbogen, um mich zu »entführen«.

»Thorpe, altes Haus«, sagte Wenner-Gren in dem unter den feinen Herren der vornehmen Gesellschaft typisch distinguierten Ton, der zwar witzelnd klingen soll, aber das Gegenteil ausdrückte. »Ich wusste gar nicht, dass Sie Mrs. Randolph kennen.«

»Wir haben uns im Flieger kennengelernt«, sagte Thorpe, während er die beiden Silben des Wortes *Flie-ger* betonte, »und uns auf Anhieb gut verstanden, nicht wahr, Mrs. Randolph?«

Sein Gesicht war ernst, seine helle Haut um die Sommersprossen leicht gerötet, und seine blauen Augen, die hinter der Brille leicht verhangen wirkten, strahlten, wie ich fand, eine große Tiefe aus. Ich drehte mich wieder zu Wenner-Gren und blickte in eine kühle, fahle Miene mit starren Reptilienaugen.

Ich stellte mein halb leeres Whiskeyglas auf dem herzoglichen Schreibtisch ab. »Eine wunderbare Frage, Mr. Thorpe. Sie können es ja mal versuchen.«

Wir sprachen kein einziges Wort, bis wir in der Vorhalle angelangt waren, genau zwischen Treppenaufgang und Haupteingang, als mich die Panik erneut befiel. Abrupt zog ich meine Hand von Thorpes Ellbogen.

»Vielen Dank, dass Sie mich hierhin gerettet haben. Ich will Sie nicht länger stören.«

»Nein, warten Sie, Mrs. …«

Doch da stieß ich bereits die Tür auf und eilte quer durch den Portikus hinaus, auf die Freitreppe zu. Wenige Schritte weiter hatte er mich eingeholt, fasste mich am Ellbogen. Ich hielt an und fuhr herum.

»Ich habe Sie nicht um Ihre Gesellschaft gebeten, Mr. Thorpe.«

»Hören Sie. Sie können sich nicht einfach so davonstehlen, so ganz alleine.«

»Aber in Ihrer Begleitung sehr wohl, oder wie?«

»Warum nicht?«

»*Warum nicht?* Ich kenne Sie nicht einmal. Soviel ich weiß, sind Sie ein gemeingefährlicher Irrer. Oder noch Schlimmeres.«

»*Noch Schlimmeres?* Was könnte denn *noch schlimmer* sein als das?«

Ich sah auf, fixierte ihn mit stierem Blick. Er schenkte meinem offenkundigen Unmut seine volle Aufmerksamkeit, während irgendwo ein Vogel aus Leibeskräften sein nächtliches Lied trällerte. Es brauchte ganz schön viel Kraft, einem wildfremden Menschen in die Augen zu schauen, ohne dabei zu blinzeln, zumal einem Mann wie Thorpe, einem hochgewachsenen, blendend aussehenden Mann, und ich weiß bis heute nicht, wie oder warum ich es geschafft habe, seinem Blick standzuhalten. Aus den Fenstern des Government House drang gedämpft Musik, irgendeine fetzige Tanznummer, die ich nicht kannte, dazwischen fröhlich krakeelende Stimmen. Die dunkle Nachtluft umflorte seine Haut. Seine Augen waren zusammengekniffen und grau, als hätte die Nacht ihnen alle Farbe genommen. Wenigstens ließ er ein Seufzen vernehmen, blickte kurz gen Himmel und machte eine halbe Drehung Richtung Government House.

»Taylor!«, rief er laut.

Erst jetzt bemerkte ich den Wachmann, oder besser gesagt den Türsteher, der stramm und weiß uniformiert vor dem rosafarbenen Haus stand, beleuchtet vom Schein der Fenster hinter ihm.

»Ja, Sir?«, erwiderte der, den Blick starr geradeaus gerichtet.

»Sie haben mich doch eben in Begleitung von Mrs. Randolph aus dem Haus gehen sehen, richtig?«

»Jawohl, Sir.«

»Und gesetzt den Fall, dass hier irgendetwas Ungehöriges passiert, würden Sie das auch vor Gericht bezeugen?«

»Ohne Weiteres, Sir.«

Thorpe drehte sich wieder zu mir. »Sehen Sie? Sie haben nichts zu befürchten. Meine Absichten sind durchwegs ehrbar.«

Ich lief weiter auf die Treppe zu. Mit Einbruch der Nacht hatte sich die Luft nicht merklich abgekühlt, aber immerhin war die sengend heiße Sonne versunken. Die Atmosphäre war dunstig, die Sterne am Himmel über dem nahen Ozean milchig-trüb. Ich musste mich nicht umdrehen; ich wusste auch so, dass Thorpe sich an meine Fersen geheftet hatte.

»Das beweist gar nichts«, sagte ich. »Wenn Sie mich fragen, haben Sie die Sache geschickt eingefädelt.«

»Sie sind ganz schön misstrauisch, Mrs. Randolph.«

»Das sollte man auch sein als Frau, Mr. Thorpe, und nichts und niemandem über den Weg trauen, erst recht, wenn man allein reist. Eine Frage des Überlebens.«

»Nicht alle Männer sind Bestien, Mrs. Randolph.«

»Aber viele. Selbst *ein* Mistkerl ist einer zu viel. Und wer einmal auf einen hereingefallen ist, ist doppelt auf der Hut.«

»Verstehe«, sagte er. »Sprechen wir etwa gerade von Mr. Randolph?«

In kleinen, schnellen Schritten trippelten wir die endlosen Stufen hinunter, vorbei an der Kolumbusstatue. Unter uns die Straße, dunkel und ruhig. Abrupt blieb ich stehen, wartete, bis Thorpe an mir vorbei war, zwei Stufen unter mir anhielt und sich umdrehte. Wenigstens waren wir jetzt auf Augenhöhe.

»Im College gab es ein Mädchen«, sagte ich. »Nach einer Party ging sie mit einem Jungen mit, wie ein kleines Unschuldslamm. Es nahm kein gutes Ende.«

»Verstehe.«

»Nein, tun Sie nicht. Sie haben nicht die geringste Ahnung. Sie waren nie das Opfer.«

»Stimmt nicht.«

Ich hob die Brauen, starrte in sein ernstes Gesicht und seine Augen hinter den Brillengläsern. Ich dachte, er würde weiterreden, mir irgendeine Geschichte erzählen, auch wenn sie geflunkert wäre. Aber seine Lippen bewegten sich nicht. *Stimmt nicht* waren die einzigen zwei Worte, die aus seinem Mund gekommen waren – zwei Worte, die alles und nichts heißen konnten.

»Na gut«, sagte ich. »Aber ich wette, Sie waren immer allem und jedem gewachsen, nicht wahr? Ein starker Löwe wie Sie. Sie stehen Ihren Mann.«

»Da haben Sie nicht ganz unrecht. Aber das Gleiche könnte ich auch von Ihnen sagen.«

»Von mir?«

»Nun, ganz so stark sind Sie vielleicht nicht, aber Sie erscheinen mir durchaus der Typ Frau zu sein, der sich zu wehren weiß.«

Die Straßenlaternen warfen einen weichen, warmgelben Schein auf sein Gesicht. Er stand vor mir auf den Stufen, ein

Bein höher gestellt als das andere, eine Hand auf den Oberschenkel gelegt. Mein offenherziges Dekolleté, meine bloße Haut, meine nackten Arme, meine zugeschnürte Kehle und mein donnerndes Herz waren mir sehr wohl bewusst. Die Gänsehaut auf meinen Armen kribbelte, was bestimmt nicht der tropischen Luft geschuldet war.

»Dieser Mann im Flugzeug«, sagte ich. »Was haben Sie mit ihm gemacht?«

»Gar nichts.«

»Ach nein? Irgendetwas müssen Sie doch mit ihm angestellt haben. Was genau es war, dürfen Sie mir gerne beibringen, damit ich weiß, wie ich mich gegen den nächsten aufdringlichen Kerl wehren kann.«

Thorpe rieb die Hand auf seinem Knie, blickte zur Seite und reckte den Hals, als betrachtete er den Himmel über dem Meer. Seine Nase war markant, klassisch-römisch fast, und doch war da etwas Verletzliches in seinem Profil, in der Art und Weise, wie er sich mir gegenüber gab. »Sie sprachen vom College«, sagte er. »Das heißt, Sie waren auf der Universität?«

»Ja.«

»Und dieses Mädchen. War sie eine Freundin von Ihnen?«

Ich stierte auf seine Wangenknochen. »Wir waren unzertrennlich.«

»Verstehe.« Er drehte sich wieder zu mir. »Vor ein oder zwei Wochen saß ich an der Bar im Prince George. Da fiel mir eine junge Frau auf, die dort ganz alleine saß, bei einem Glas Scotch, glaube ich, ohne Eis. Sie las ein Buch, während ihr immer wieder ein paar Strähnen in die Stirn fielen, die sie dann ein ums andere Mal zurückschob. Schließlich sah sie auf und schaute zu mir herüber – ich denke mal, sie hat meine Blicke gespürt –, und ich erkannte sie sofort. Die Frau aus dem Flieger.«

Ich streckte ihm die Hand entgegen. »Leonora Randolph. Aber Sie können mich Lulu nennen.«

»Lulu. Ich bin Benedict.«

»Benedict?«

»Ich wurde nach meinem Vater benannt. Nach seinem zweiten Vornamen.«

»Ich kann Sie unmöglich Benedict nennen.«

Er zuckte mit den Schultern. »Dann nennen Sie mich, wie Sie wollen.«

Er begleitete mich die George Street hinunter zum Hotel. Wir berührten einander nicht und wechselten kein einziges Wort, bis wir in die Bay Street einbogen und anhielten. Thorpe steckte die Hände in die Hosentaschen und schaute Richtung Hafen. »Immer noch im Prince George?«, fragte er.

»Immer noch im Prince George.«

»Klingt wie eine Zwischenlösung.«

»Ja, ich schaue mich vielleicht bald nach etwas Dauerhafterem um.«

Er drehte den Kopf. »Ach, wirklich?«

»Wenn alles klappt, habe ich bald eine Festanstellung.«

»Glückwunsch. Großartige Neuigkeiten.«

»Sie scheinen nicht sonderlich überrascht.«

»Könnte daran liegen, dass ich ein paar Erkundigungen über den Zweck Ihres Aufenthalts eingeholt habe.«

Ich schnalzte mit den Fingern. »Jack! Dieser alte … Hätte ich mir doch gleich denken können.«

»Ich fürchte, ich kann meine Quellen nicht preisgeben.«

»Nicht nötig. Sein Geruch klebt förmlich an Ihnen. Sagen Sie …«

Thorpe hob eine Braue und sah mich abwartend an. Die Straße hinter ihm war leer bis auf das British Colonial, das sich glamourös gen Himmel reckte. Die Luft roch wunderbar süß nach Nachtblumen, nach dem nahen Meer und immer noch leise nach den Autoabgasen vom Tage. Am Abend entfaltete Nassau einen ganz bestimmten Geruch, einen Wohlgeruch, dem ich seither nirgendwo sonst mehr begegnet bin. Ich umklammerte meine Handtasche und sagte: »Dann waren Sie das also, richtig? Der spendierte Drink neulich abends.«

»Ich habe nicht die leiseste Ahnung, wovon Sie sprechen.«

»Jack sagte, Sie seien eher von der schüchternen Sorte.«

»Da hat der gute Jack ganz recht. Ich bin praktisch ein Eigenbrötler.«

»Also schüchtern wirken Sie nicht gerade. So wie Sie vorhin hereingeplatzt sind, in die Bibliothek, und mich aus Wenner-Grens Krallen befreit haben. So wie Sie diesen Kerl im Flugzeug behandelt haben.«

Thorpe blinzelte erneut hinauf in den Sternenhimmel, die Hände noch immer in den Hosentaschen, wodurch seine breiten Schultern leicht steif wirkten. »Na ja, was blieb mir auch anderes übrig? Diesem Kotzbrocken meinen Platz überlassen?«

»Warum nicht? Hätte manchen Ärger erspart.«

Er sah mir wieder direkt ins Gesicht, und ich schwöre bei Gott, seine Blicke durchbohrten mich, durchdrangen meine Haut, meine Knochen, meinen ganzen Körper. Diese sanften Augen! Ich konnte mich nicht bewegen. Ich stand da wie die letzte Idiotin, sog alles in mich auf, die glänzende Brille, die Augen, die blasse Haut, den dunstigen Mond, seine kahle Kopfhaut. »Verraten Sie mir eins, Mrs. Randolph«, sagte er leise. »Weshalb sind Sie wirklich hier in Nassau? Und erzählen Sie mir bloß keinen Blödsinn von wegen verstorbenem Ehemann. Wir wissen beide, dass das nicht stimmt.«

Ich öffnete den Mund und brachte nichts weiter heraus als ein ersticktes Keuchen.

»Hatte ich es mir doch gleich gedacht. Sie sind eine schlechte Lügnerin, Mrs. Randolph. Überhaupt nicht gemacht für dieses Geschäft.«

»Was für ein Geschäft, bitte?«

»Sagen Sie es mir.«

Ich klemmte mir die Handtasche unter den Arm. »Ich bin Journalistin. Und hier, um den Skandal des Jahrhunderts zu enthüllen, sofern mir das gelingt.«

»Sie meinen wohl irgendeinen beliebigen Skandal. Um mit einem Blick in das Privatleben der Windsors aufwarten zu können und die Gier der sensationslüsternen Leserschaft des *Metropolitan Magazines* zu befriedigen?«

»Sieh einer an! Woher kennen Sie denn den Namen der Zeitschrift?«

»Wie gesagt, ich habe ein paar Erkundigungen eingeholt.«

Ich warf die Hände in die Luft. »Jack!«

»Jack weiß, dass meine Absichten rundum ehrenwert sind.«

»*Ehrenwert*. Es gibt so etwas wie einen Pakt, wenn Sie verstehen, einen stillschweigenden Pakt der Diskretion zwischen Barbesucherin und Barkeeper …«

»Jetzt geben Sie nicht Jack die Schuld. Ich war nur hartnäckig, und außerdem zahle ich gut.«

»Ohne Zweifel. Aber ich gewinne langsam den Eindruck, dass Sie nicht der Einzige sind, der unseren Freund Jack zum Singen bringt, darum geht's.«

»Ah ja?«

»Auch die Herzogin weiß offenbar über mich Bescheid.« Ich machte eine Handbewegung in Richtung Government House, das oberhalb der George Street noch immer hell erleuchtet war. »Nicht dass es mir irgendwie geschadet hätte.

Sie hat mich stattdessen eingeladen in ihre heiligen Hallen. Die Chance, auf die ich gewartet habe.«

»Hat sie das?«

»Ja, hat sie. Sie ist besorgt um das öffentliche Bild des Herzogs und der Herzogin von Windsor, die Arme. Sie möchte daher sicherstellen, dass es stets im bestmöglichen Licht gezeigt wird, und zwar von einer hauseigenen Journalistin, die gelernt hat, ihr direkt aus der Hand zu fressen.«

»Und diese hauseigene Journalistin …?«

»Meine Wenigkeit. Die Idee dabei ist, mir nur die feinsten Leckerbissen zu servieren, um Leib und Seele zusammenzuhalten. Und genau das war die Absicht des Magazins. Wenn ich meine Trümpfe richtig ausspiele, habe ich meine eigene Kolumne, ein hübsches Gehalt und ein kostenfreies Leben in einem tropischen Paradies. Was will man mehr als junge Frau, und alles just in dem Moment, wo ich kaum mehr einen Cent in der Tasche hatte. Fast zu schön, um wahr zu sein, meinen Sie nicht?«

»Und das ist alles?«

»Das ist alles.«

»Das ist die Wahrheit?«

»Das ist die Wahrheit.«

»Verstehe«, sagte er erneut. Er griff nach einer blumenbepflanzten Korbhängeampel, die über uns von der Straßenlaterne hing, und pflückte eine kleine rosa Blüte ab, deren Namen ich nicht kannte. »Nun, einige könnten sich bemüßigt fühlen, Sie zur Vorsicht zu warnen, was den Herzog und die Herzogin anbelangt. *Caveat emptor – Möge der Käufer sich in Acht nehmen* – oder so ähnlich.«

»Nur dass ich nicht Käuferin bin, sondern Verkäuferin.«

Er sah mich einfach nur an, ein schwarz-weißes Dunkelschattenbild im fahlen Halbmondschein. Ich nahm die Blüte entgegen.

Um uns herum die schlafende Stadt. Die Luft lau und still. Wenn man aufmerksam lauschte, hörte man leise das fröhlich gesellige Gesumm aus den Fenstern des British Colonial und von irgendwoher das laute Brummen eines Autos. In der Ferne bellte ein Hund, nicht lauter als das Klopfen unserer Herzen.

»Wo sind Sie zu Hause, Thorpe?«, fragte ich sacht.

»Zu Hause? Gute Frage. Ich bin überwiegend in Schottland aufgewachsen, in den Highlands, bei meiner Großmutter, die zum Fürchten war …«

»Nein, ich meine hier«, sagte ich. »Hier, in Nassau …«

»Ach so. Momentan wohne ich in Shangri-La.«

»Shangri-La? Meinen Sie Hog Island? Auf Wenner-Grens Anwesen?«

»In einem kleinen Landhaus auf seinem Grundstück, ja.«

»Dann sind Sie sein Gast? Wieso haben Sie nichts gesagt? Vorhin, oben im Arbeitszimmer, meine ich.«

»Wieso sollte ich?«

»Weil es … weil er …« Ich schnupperte an der Blüte. Kurioserweise duftete sie nicht. »Woher kennen Sie ihn?«

»Er war so nett, mir sein Landhaus als Basis für meine Forschungen anzubieten, als ich zum ersten Mal herkam.«

»Ihre Forschungen?«

»Ich bin Botaniker, Mrs. Randolph.«

»Botaniker! Natürlich. Ein Botaniker von Weltruf, laut unserer Gastgeberin.«

»Eine nette Übertreibung.«

»Es ist nur … der junge Mann im Flieger … Ja, ich hätte ihn in eine andere Schublade gesteckt. Hätte ihn eher in der Kampfkunst gesehen.«

»Ich fürchte, da stünde mir meine Sehkraft im Wege«, sagte er mit einem Fingerzeig auf seine Brille. »Für meine Forschungen jedenfalls brauche ich etwas Platz.«

»Wie kommen Sie zurück?«

»Auf dem gleichen Weg, auf dem ich hergekommen bin. Mit dem Boot.«

»Mitten in der Nacht?«

»Warum nicht? So weit ist es nicht.«

Er sagte das ohne Ironie, war allenfalls verwundert über meine Frage, als wäre eine nächtliche Fahrt über das Meer das Gleiche, wie die Straße entlangzuradeln. Keine Ahnung, vielleicht war es das auch, hier in dieser Gegend. *Nicht weit*, sagte er, und für einen kurzen Augenblick meinte ich, ein Bild vor mir zu sehen – er, ein Boot, Mondschein, Paradies –, und in einem Bruchteil dieses Augenblicks verselbstständigte sich das Bild, und ich stieg in ein Segelboot und verliebte mich.

Dann war dieser Augenblick auch schon verflogen und ich wieder ich, Lulu. Lulu, mit festem, trockenem Boden unter den Füßen, die Rippen zusammengehalten von dickem Narbengewebe, undurchdringlich.

»Na gut«, sagte ich, »aber seien Sie vorsichtig.«

»Das werde ich sein. Gute Nacht, Mrs. Randolph.«

»Gute Nacht, Mr. Thorpe.«

Ich ging die Bay Street hinunter in Richtung Prince George Hotel, ein kurzes Stück weiter. Vor mir erhob sich die Royal Bank of Canada, ein monumentaler Backsteinbau, in dem jetzt kein Licht mehr brannte. Während ich mich zwang weiterzugehen, hörte ich ihn hinter mir rufen.

»Was haben Sie auf der Universität gemacht?«

»Gemacht?«

»Studiert, meine ich. Was war Ihr Studienfach?«

»Französische Literatur«, rief ich zurück. »Und im Nebenfach Musik.«

»Musik? Interessant. Meine Mutter hat Musik studiert.«

Ich seufzte genervt auf, trat unter das Vordach des Hotels.

Von der Straße her, aus einer Bar vielleicht, drang ein Pfeifen, dann Thorpes Stimme, als ich schon fast durch die Tür im Hotel war.

»Sie haben sich über die Musik kennengelernt. Meine Eltern. Mein Vater hatte sie Klavier spielen hören und sich in sie verliebt.«

Wie üblich steuerte ich geradewegs auf die Bar zu, mit der festen Absicht, Jack den Kopf abzureißen. Ich war stinksauer und eingeschnappt nach allem, was Thorpe gerade ausgeplaudert hatte, dort, an der Ecke Bay Street, als das fahle Sternenlicht sein kahles Haupt erhellte und die Möwen kreischten … als die salzige Luft meinen Kopf verwirrte und ich dachte, ich würde gleich platzen … als Erleichterung, Enttäuschung oder sonst was auf mein dickes Narbengewebe drückte und meine armen Rippen knacken ließ.

»Jack, alter Hundesohn«, rief ich ihm entgegen.

Er fuhr herum. »Ach, da sind Sie ja, Mrs. Randolph. Ein Mann war da, hat nach Ihnen gefragt. Ist vor einer halben Stunde gegangen.«

»Was für ein Mann?«

Jack griff in seine Westentasche und zog einen Zettel hervor. »Hier, lesen Sie selbst.«

Ich nahm den Zettel entgegen und faltete ihn auf.

Meine liebe Mrs. Randolph,
sollten Sie sich doch dazu entschließen, Ihren Aufenthalt in Nassau zu verlängern, möchte ich Sie ergebenst auf ein komfortables Ferienhaus am Cable Beach aufmerksam machen, das Ihnen zu angemessenen Konditionen ab sofort zur Verfügung steht.
Hochachtungsvoll – Ihr Vermieter
A. de Marigny

Teil II

Lulu

DEZEMBER 1943

London

Miss Thorpes Wohnung. Um die Ecke vom Basil Hotel liegt sie nicht gerade, so zumindest mein Eindruck, der aber auch daher rühren mag, dass Miss Thorpe einen etwas kuriosen Weg genommen hat, hier herum, dort herum und wieder zurück, bis wir schließlich an ein Haus kommen, das ringsum von Schutt und Trümmern umgeben ist.

»Vom *Blitz*, der Luftschlacht der Deutschen«, sagt sie nur und springt die Stufen hinauf. Den Schlüssel hat sie bereits in der Hand und steckt ihn ins Schloss. Gott sei Dank, die Tür geht sofort auf. Sie schwenkt zur Seite und winkt mich rasch hinein. »Dritter Stock«, ruft sie leise.

Ich bin bereits auf der Treppe, als die Tür hinter mir mit einem lauten Scheppern ins Schloss fällt. Miss Thorpe kommt mir nach, steigt leichtfüßig hinauf, als wären die vielen Stufen ein Klacks. Oben angekommen, stehen wir vor einer einzelnen Tür. Sie sperrt auf, lässt mir den Vortritt und führt mich dann in eine Diele, wo es nach feuchter Wolle riecht. Alles wirkt so selbstverständlich, als wäre ich ein gewöhnlicher Gast, der sich zur nachmittäglichen Teestunde einfindet, um geschäftliche Dinge zu besprechen.

»Wenn du Mantel und Hut dort drüben an den Haken hängen willst«, sagt sie. »Neben der Heizung trocknen die Sachen schnell wieder. Ich hoffe, du hast nichts Wichtiges im Hotel gelassen.«

»Nein, habe ich nicht. Obwohl dieser Kerl bestimmt davon ausgeht, was ihn eine Weile beschäftigt halten dürfte. Sofern ich ihn nicht gerade umgebracht habe.«

»Hast du nicht«, sagt sie trocken. »Dieser Kerl ist nicht totzukriegen. Ich setze den Kessel auf, wenn's recht ist. Du trinkst doch Tee?«

»Wenn es sein muss.«

Sie verschwindet durch eine schmale Tür in eine Art Küche, wie es mir scheint. Ich hänge zuerst den Hut an einen Haken, dann den Mantel. Bevor ich mich umdrehe, klopfe ich noch leicht gegen die Innentasche auf der linken Brustseite, und die Steifheit des Papiers, das in dieser Tasche steckt, scheint wie ein Wunder.

»Nimm Platz«, ruft Miss Thorpe mit einem Schulterblick. Ich setze mich auf einen der vier Stühle um den Tisch, sinke förmlich zusammen, und erst jetzt merke ich, dass meine Arme und Beine zittern. Mein Atem ist dermaßen flach, dass ich kaum mehr Luft zu kriegen scheine. Ich lege den Kopf auf die Holztischplatte. Der Raum ist dämmerig wegen des kriegsbedingten Blackouts und weil übermäßiger Stromverbrauch ohnehin nicht erlaubt ist, da jedes Quäntchen an Energie für Kriegsanstrengungen gebraucht wird. *Neben der Heizung trocknen die Sachen schnell wieder*, hat Miss Thorpe zuversichtlich gesagt, doch von Heizung ist gerade nicht viel zu spüren, denn in der Wohnung ist es kaum wärmer oder trockener als draußen.

Als ich Miss Thorpes nahende Schritte auf dem knarzenden Holzdielenboden höre, nehme ich mich zusammen und hebe den Kopf vom Tisch. Wie ihr Bruder ist sie groß und schlank, und nun, da sie den Hut abgelegt hat und ihre leicht rotstichigen Haare zum Vorschein kommen, ist ihre Verwandtschaft mit Thorpe und den unbekannten Eltern, die beide hervorgebracht haben, unverkennbar. Sie hat ein markantes, klares Profil und eine wunderschöne Haut, die so sanft und blassweiß durch das Halbdunkel dieser Londoner Wohnung schimmert wie draußen der Mond. Ob mit Milch und Zucker oder ohne, fragt sie, während sie die Tassen auf den Tisch stellt und mich auch gleich warnt, dass der Zucker so gut wie alle ist und die Milch aus Milchpulver besteht. Ich weiß nicht mal mehr, was ich geantwortet habe, ob mit Zucker oder ohne. Der Tee jedenfalls kommt. Ich hebe die Tasse an, nehme einen ersten Schluck; sie hebt die Tasse an, nimmt ebenfalls einen ersten Schluck, während sich unsere Blicke über den Tassenrand hinweg begegnen. Miss Thorpe und Mrs. Thorpe.

Sie stellt die Tasse ab. »Leonora …«

»Lulu.«

»Lulu«, wiederholt sie, als zerginge ihr gerade etwas Zuckersüßes auf der Zunge.

»Nur meine Mutter nennt mich Leonora.«

»Dann also Lulu. Ich bin Margaret. Margaret Thorpe, aber das weißt du ja bereits.«

»Dann hast du meinen Brief bekommen.«

»Ja. Ich war heute früher zu Hause und fand ihn zwischen der Post.« Sie warf einen flüchtigen Blick auf meine linke Hand. »War erst mal ein Schock. Er hat nie ein Wort über dich verloren. Und nun bist du hier, und er ist … er ist …«

»… im Gefängnis.«

Sie flucht leise in sich hinein und greift nach ihrer Handtasche. »Stört es dich, wenn ich rauche?«

»Wenn ich auch eine bekomme?«

Sie gibt mir Feuer und steckt sich dann ebenfalls eine Zigarette an. Der Tee, die Zigarette, das alles beruhigt meine Nerven. Vielleicht liegt es auch an Margaret, die diese besondere englische Ruhe ausstrahlt, als gäbe es nichts, was sich bei einer guten Tasse Tee nicht lösen ließe. Wie aus dem Nichts springt eine Katze auf ihren Schoß. Eine schwarze mit weißen Flecken. Sie streichelt sie gedankenverloren.

»Wie heißt sie?«, frage ich.

»Was? Oh, dieser kleine Racker hier? Tuxedo. Nicht sehr einfallsreich, ich weiß. Benedict hat ihn eines Tages angeschleppt, mitten im *Blitz*.«

»Thorpe hat hier gewohnt?«

»Wir haben uns die Wohnung geteilt. Es war gut, dass ich ihn um mich hatte, als die Bomben fielen. Das hat mich davor bewahrt, in Panik zu verfallen.«

»Komisch, du wirkst auf mich gar nicht wie jemand, der schnell panisch wird.«

»Wenn du heimkommst, nach einer Nacht auf dem Bahnsteig irgendeiner U-Bahn-Station mitten in London, und sämtliche Nachbarhäuser in Schutt und Asche liegen«, sagt sie spröde, während sie die Asche in den Aschenbecher schnippt und die Katze streichelt, »dann zerrt das an deinen Nerven.«

»Wurde euer Haus auch schon einmal getroffen?«

»Nein. Gar nie. Ich nehme an, die Bomben haben Sinn für Ironie.«

»Na ja, wie man's nimmt«, sage ich. »Alles nur ein menschliches Trugbild. Wir stellen uns vor, dass es eine höhere Ordnung in allen Dingen gibt, weil wir die Beliebigkeit des Schicksals für unerträglich grausam erachten würden.«

»An ein vorgegebenes Schicksal habe ich nie geglaubt.«

Ich lege die Zigarette ab und nehme einen Schluck Tee. »Es muss trotzdem wunderbar gewesen sein, in Zeiten wie diesen deinen Bruder bei dir gehabt zu haben, jemanden, dem du vertrauen kannst.«

»*Wunderbar.*« Sie zieht das Wort genüsslich in die Länge. »Ja, das war es. Und dann war er weg. Ab nach Nassau. Das freute mich für ihn, denn ich dachte, nun ist wenigstens einer von uns in Sicherheit.«

»Hast du dir je einen anderen Mitbewohner gesucht?«

Der Kater springt von ihrem Schoß auf den Fußboden und beginnt, sich am Tischbein zu reiben. Sie langt hinunter und krault ihn unterm Kinn. »Nein. Könnte ja sein, dass er irgendwann mitten in der Nacht wieder heimkommt.«

»Ah, ja.«

Sie zieht eine Braue hoch und stiert auf den Kaminsims. Ein paar kleine gerahmte Fotos hängen links davon, zu weit weg, um irgendetwas darauf richtig erkennen zu können. »Aber ich glaube nicht, dass er etwas dagegen hätte, wenn du für eine Weile hier Unterschlupf findest.«

Stille macht sich breit, doch es ist keine verlegene Stille, wie sie zwischen zwei Frauen schnell entstehen kann, die sich gerade erst kennenlernen und sich gegenseitig beschnuppern, die versuchen, irgendeinen Faden zu finden, um herauszufinden, wo ihre Gemeinsamkeiten liegen. Gemeinsam zu schweigen. Gemeinsam die Stille zu teilen. Sie hat ihre Zigarette vor mir zu Ende geraucht und drückt sie im Aschenbecher aus, langsam und kraftvoll. Erst dann wandert ihr Blick wieder zu mir, verweilt ein paar Sekunden lang auf meinem Gesicht. Ich habe das Gefühl, sie versucht, mich durch die Augen ihres Bruders zu sehen, versucht, mich so zu sehen, wie ihr Bruder mich sieht. Das Licht in der Glühbirne geht aus, flackert, geht wieder aus und brennt schließlich wieder – eine Unterbrechung im Stromnetz. Der flackernde Schein wirft eigenartige Schatten auf ihr Gesicht, was sie gar nicht zu bemerken scheint.

Der Kater, der unterm Tisch zwischen Tischbeinen und Stühlen hin und her schleicht, stupst mit seiner Nase an meinen Rock und schnuppert daran. Ich beuge mich etwas nach unten, halte ihm die Fingerspitzen hin und spüre die zarte Textur seines Fells auf meiner Haut.

»Du hast mich noch gar nicht gefragt, was passiert ist«, sage ich.

»Was in Nassau passiert ist, meinst du? Nein.«

»Warum nicht?«

»Wieso sollte ich? Ist ohnehin Geheimsache, nicht wahr?«

»Aber du willst es doch wissen.«

»Nur wenn du meinst, du musst es mir erzählen.«

Tuxedo stellt sich auf die Hinterpfoten, macht sich lang und springt auf meinen Schoß.

»Interessant«, sagt Margaret. »Normalerweise mag er keine Fremden.«

»Hast du oft fremde Leute zu Besuch?«

Sie steckt sich eine zweite Zigarette an. »Nein, nicht oft. Aber gelegentlich.«

Tuxedo indes tritt auf meinem Schoß herum und schnurrt dabei. Er hat langes, flauschiges Fell und einen Schwanz wie ein Staubwedel. Ich streichle ihn vom Kopf über den ganzen Rücken bis zum Schwanz.

»Es hat einen Mord gegeben«, sage ich. »Im vergangenen Juli wurde ein Mann namens Harry Oakes ermordet, in seinem Bett, mitten in der Nacht.«

Mord. Allein das Wort klingt so schauderhaft wie die Tat selbst. Gewiss, es schockiert mich, es so laut auszusprechen, wenngleich ich dieses Geschehnis seit Monaten mit mir und in mir trage, wenngleich mich dieses schreckliche Ende von Sir Harry Oakes verfolgt wie an jenem ersten Tag, da ich davon erfuhr. *Es hat einen Mord gegeben* – so eine Aussage würde doch jeden bis ins Mark erschüttern. Auch Miss Thorpe. Möchte man meinen. Wenn man wie ich kurz mal nicht bedenkt, dass alle Welt über den armen Oakes Bescheid weiß. Dass die Leute selbst mitten im Krieg an der Tötung (noch so ein grausames Wort) eines derart reichen und berühmten Mannes wie Sir Harry Oakes, an einem exotischen Ort wie den Bahamas, auf eine so grausame Weise (und das war es!), natürlich großen Anteil nehmen. Insofern sollte es mich nicht wundern, dass Miss Thorpe keine Miene verzieht, nicht einmal die Augenbraue hebt.

»Der Oakes-Mord? Was hat der denn mit Benedict zu tun?«

»Du hast davon gehört?«

»Davon gehört? Die Zeitungen waren voll davon. Was man so *Zeitungen* nennt, heutzutage, wo das Papier rationiert ist.« Sie reibt mit dem Daumen an ihrer Zigarette herum. Aus dem Haarknoten in ihrem Nacken hat sich eine Strähne gelöst. Sie schiebt sie hinters Ohr. »Haben sie nicht jemanden verhaftet? Irgendeinen Franzosen, meine ich. Es gab doch einen Prozess. Einen Sensationsprozess.«

»Nein, es war kein Franzose«, sage ich. »Ein Mauritier.«

»Ja, klar.«

»Doch. Die Beweise waren fabriziert. Alles eine riesige Vertuschungsaktion. Und bestimmt nicht, um zu verdecken, wer den Mord verübt hat. Jeder in Nassau weiß, wer Harry Oakes getötet hat.«

»Was wollte man dann vertuschen?«

»Den *Grund*«, sage ich. »*Warum* er ermordet wurde.«

»Oh, verstehe. Das *Warum* ist immer viel komplexer als das *Wer* oder *Wie*. Es ist viel spannender und vor allem viel heikler.«

»Insbesondere in diesem Fall.«

»Und wusste Benedict, *warum*?«

»Ja.«

Tuxedo, der mit seinen Samtpfoten meine Beine ganz weich getreten hat, schmiegt sich jetzt in meinen Schoß und fängt an zu schnurren, brummt wie ein kleiner Motor. Ich kraule ihn hinter den Ohren und unterm Kinn. Er schließt die Augen und scheint zu lächeln. Margaret zieht an ihrer Zigarette und stiert auf die Fotos auf dem Kaminsims, deren Motive ich nicht erkennen kann.

»Ich hätte es wissen müssen«, sagt sie. »Er hat mir gesagt, er würde nur kurz nach dem Herzog sehen, der eine Art Verbindungsoffizier war. Ich hätte wissen müssen, dass mehr dahintersteckte.«

»Oh, ich denke, das wusstest du. Stimmt's?«

Margaret erhebt sich von ihrem Stuhl, drapiert den Kragen ihres Hausmantels so, dass er sich kuschelig warm um ihren schlanken Hals schmiegt. Tuxedo hebt blinzelnd den Kopf hebt, während Margaret sich hinüber zum Kaminsims begibt, wo sie mit dem Daumen um den Rahmen eines der Fotos fährt. Nur mit Müh und Not kann ich zwei schwarzweiße Personen erkennen, unter einem freien Himmel, von dem die Sonne lacht. Ob das ihre Eltern seien, frage ich sie.

»Nein. Benedict. Benedict und ich. In Deutschland, irgendwann mal im Sommer, vor dem Krieg.« Sie zieht an ihrer Zigarette. »Unsere Mutter war Deutsche.«

»Ja, ich weiß.«

Sie nimmt das Foto hoch, streicht über den Rahmen, als wollte sie etwas wegreiben. »Wir waren so gerne in Deutschland, fühlten uns wie zu Hause. Ist das nicht eigenartig? Jeden Sommer waren wir dort, und immer schien die Sonne, nicht so wie in Schottland. Benedict liebte es, nach neuen Pflanzen zu suchen. Das war seine Leidenschaft, schon damals.«

»Ja, die Botanik«, sage ich.

»Er war immer draußen. Gleich hinterm Garten gab es

einen See. Ich habe ihm das Schwimmen beigebracht. Er war sechs.«

»Ist das nicht ein bisschen alt, um schwimmen zu lernen?«

»Meine Großmutter hätte nie zugelassen, dass er sich dem Wasser nähert.«

»Ach, wirklich? Warum denn nicht?«

Sie schnippt Asche in den Kamin und stellt das Foto zurück auf den Kaminsims, wobei das Metall ein kurzes schürfendes Geräusch macht, als es auf den Marmor trifft. Dann dreht sie sich zu mir um. »Großmütter haben so ihre Gründe«, sagt sie und verschränkt die Arme. »Hast du schon was gegessen?«

»Seit dem Mittagessen nichts mehr.«

»Dann lass uns mal Abendbrot machen.«

Es gibt Schwarzbrot, Margarine, Erbsensuppe mit winzigen Speckwürfeln. Dazu dünner Tee. Ich frage sie, wie Benedict als Junge war, nach den Sommern in Deutschland, nach ihrer Großmutter, aber sie will mir nicht antworten. Stattdessen fragt sie mich nach meiner eigenen Kindheit, nach Amerika, nach meinen Eltern und hört interessiert zu. »Wie seltsam«, sagt sie immer wieder, als wäre Amerika etwas Exotisches und meine Eltern eine seltene Spezies, die man im Zoo bestaunen kann.

Wir machen uns an den Abwasch. Anschließend zeigt sie mir das Bad, sucht eine Zahnbürste für mich. Dann führt sie mich in mein Zimmer, Benedicts Zimmer. Etwas verlegen wünschen wir einander Gute Nacht, während sie sich zum Gehen wendet. Doch dann, sie ist schon fast aus der Tür, kann ich nicht anders, als sie erneut über ihre Kindertage auszufragen.

»Vermisst du Deutschland? Meinst du, du kannst mal wieder hin?«

»Nach Deutschland? Bist du verrückt?«

Fragend hebe ich eine Schulter. Margaret bückt sich und nimmt Tuxedo vom Boden auf, der mit einem anbiedernden Miauen um meine Beine streicht. Sie streichelt ihn sanft zwischen den Ohren und redet weiter, aber nicht mit mir, sondern mit der Katze.

»Ich fürchte, es gibt bestimmte Orte, an die man niemals mehr zurückkehren kann«, sagt sie schließlich.

Elfriede

OKTOBER 1900

Deutschland

Auf dem Himmelbett, auf dem Gerhard von Kleist einst im Schein zweier Dutzend Bienenwachskerzen seine Hochzeitsnacht vollzog (auf Schloss Kleist gab es damals noch kein elektrisches Licht), liegt er nun im Dunkeln, im Beisein von einem Arzt, den man eigens aus Berlin hat kommen lassen, einem Juden, dem führenden Experten auf dem Gebiet der Infektionskrankheiten, der einst des Kaisers Sohn quasi von den Toten auferweckt hat.

Gerhard hat Typhus. Es ist nicht hoffnungslos, wie ein jeder beteuert, der dunkel gewandet, mit gedämpfter Stimme und zerfurchter Stirn durch die Korridore geht. Und überhaupt nicht aussichtslos. Er ist stark, ein großer, kräftiger Mann. Wie sollte ein winziger Bazillus dem Baron von Kleist etwas anhaben können?

Elfriede weiß, wie. Es ist fünf Uhr morgens. Sie sitzt an seinem Bett und liest ihm aus *Faust* vor – Gerhard verehrt Goethe –, aber sie nimmt ihre eigenen Worte nicht wahr. Im Stillen bittet sie Gott, ihren Ehegatten am Leben zu lassen, Gerhard nicht zu bestrafen, weil sie, Elfriede, sich in einen anderen Mann verliebt und in ihrem Herzen Ehebruch begangen hat. Sie denkt an die letzte Unterhaltung mit Wilfred, hört jedes einzelne Wort durch ihren Schädel hallen: *Wenn meinem Ehemann irgendetwas zustoßen würde* … und: *Das wäre, als wünschte ich mir, er wäre tot.* Fast als hätte sie es gewusst, als hätte sie eine unbewusste Ahnung davon gehabt, was in Westfalen gerade geschah, während sie oben auf dem Berggipfel mit ihrem Liebhaber beisammensaß und von Gerhard in der Vergangenheitsform sprach … *wo er mich doch so sehr liebte. So schrecklich liebte.*

Alle schlafen bis auf Elfriede, und wohl auch Gerhard, der fiebernd im Halbschlaf vor sich hin dämmert. Als sie vorhin ankam, sich neben ihn ans Bett setzte und zu lesen begann, wurde er ruhig, als wirkte der Klang ihrer Stimme besänftigend auf ihn. Doch jetzt beginnt er wieder zu zucken. Wirft den Kopf unruhig hin und her. Murmelt vor sich hin. Zweimal schon hat Elfriede ihn mit einem Schwamm und Lavendelwasser abgewaschen, gestern Morgen und gestern Abend, und immer noch haftet ihm ein scheußlicher Geruch von Krankheit an, ein faulig säuerlicher Gestank. Sie unterbricht ihr Vorlesen und befühlt seine trockene, warme, blasse Wange. Wie anschmiegsam er war. Ein perfekter Ehemann. Nie hat er einen warnenden Finger gegen sie erhoben oder gar seine Stimme. Nein, sie konnte sich bestimmt nicht beklagen, es lag an ihr, alles lag allein an ihr. Sogar als sie ihm eröffnete, dass sie sich niemals mit dem Gedanken an ein zweites Kind abfinden könnte – noch einmal von diesem schwarzen Vorhang umfangen zu sein, unabwendbar in dieses alles verschlingende innere schwarze Loch zu fallen –, redete er nicht dagegen an, sondern schenkte ihr nur einen langen Blick. Gerhard schlief von da an im Vorzimmer, wo Doktor Rosenblatt Quartier bezogen hat. Armer Gerhard. Jetzt muss er abermals leiden, wegen ihr. Seinem Engel.

Elfriede legt das Buch beiseite und nimmt das Leinentuch vom Rand der Schüssel mit dem Lavendelwasser, die auf dem Nachttisch steht. Sie tränkt es, wringt es aus, legt es ihm auf die Stirn. Am Fenster glimmt eine Öllampe, wirft einen schwachen Schein. Die feuchtkühle Stirnkompresse wirkt beruhigend auf ihn. Leise stöhnend, entringen sich einzelne Silben und Laute seinen Lippen, deren Bedeutung Elfriede erst im zweiten Moment erfasst: ihr Name.

Sie tritt ans Fenster. Nicht an das, an dem die Lampe steht, sondern an das andere, das dunkle, obgleich ihre Seele sich nach etwas verzehrt, das hell ist, rotblond, heiterbeschwingt. Nach Wilfred. Nach seiner großen, hageren Gestalt, dem rotblonden Schopf auf langen, spindeldürren, sommersprossigen Gliedern. Nach seinem Lachen, das hell war wie der Sonnenschein. Ihre Gedanken fliegen ihm zu wie die Vögel gen Himmel. Nein, halt. Für sie gibt es keinen Himmel. Keinen Sonnenschein. Nur die hasserfüllten Blicke ihrer Schwägerinnen, die ihr die Schuld für diese Katastrophe geben, für alle Katastrophen: Sie verdient es nicht anders.

Elfriede hebt den Vorhang und starrt durch die Scheibe. Dämmriges Dunkel, kurz vor Sonnenaufgang, die kälteste Zeit des Tages. Das große Schlafzimmer des Schlossherrn ist nach hinten gelegen, in einem ruhigen Trakt auf der Rückseite von Schloss Kleist, mit Blick auf die symmetrisch angelegten Gärten und den See dahinter, über den Gerhard so oft mit ihr gerudert ist. Ein tiefer, glasklarer, fischreicher See. Am gegenüberliegenden Ufer beginnt der Wald, ein mehrere Morgen weites, immer dichter werdendes, unberührtes Dickicht, wo Gerhard hin und wieder auf Wildschweinjagd gegangen ist. Das gesamte Anwesen stammt aus einer anderen Zeit, aus der Feudalzeit. Durch dieses Fenster kann man gut und gerne fünfhundert Jahre in die

Vergangenheit blicken. Nur nicht zu dieser frühen Stunde, dann nämlich kann man überhaupt nichts sehen.

Wobei … doch …

Da. Da ist es wieder. Ein winziger weißer Blitz. Ganz unten, dort im Garten, unterhalb der Terrasse, spiegelt sich das Licht der Öllampe vom anderen Fenster.

Eine seltsame Angst ergreift Elfriedes Herz. Ihre Augen passen sich langsam an. Der Blitz formt sich zu einem Ding, das zwischen den Schatten hin und her schwenkt. Elfriede dreht sich um und rennt aus dem Zimmer, den Korridor entlang, die Hintertreppe hinunter und durch die Flügeltür hinaus auf die Terrasse (… während sie bemerkt, dass die Tür einen Spaltbreit offen steht).

Als Elfriede nach Schloss Kleist zurückkehrte, nachdem sie das Hospital außerhalb Berlins verlassen hatte, waren die Nähte an ihren Handgelenken entfernt, die Narben noch frisch und rosa und sie, laut ihren Ärzten, auf dem besten Wege, wieder ganz gesund zu werden. Ihr Baby war inzwischen sechs Monate alt und nicht wiederzuerkennen. Der Kleine war groß geworden, ein pausbäckiges Pummelchen, das aufrecht sitzen konnte, sein Breichen aß und schon mit aller Kraft zu krabbeln versuchte. Auf seinem einstigen Glatzköpfchen spross ein feiner, weicher Flaum, so hell, dass er fast weiß erschien. Sie würden sie niemals mit ihm alleine lassen, natürlich nicht. Das Kindermädchen war die ganze Zeit mit im Zimmer, immer in unmittelbarer Nähe. Es war um die dreißig, blond und kräftig und seit dem Tag in Diensten, da man Elfriede in wilder Hast in das Sanatorium gebracht und eine Stelle ausgeschrieben hatte: *Kindermädchen für Kleinkind gesucht, drei Monate alt. Mutter eines vor Kurzem verstorbenen Säuglings bevorzugt. Nur liebevolle und zuverlässige Bewerberinnen. Referenzen erforderlich. 5 Mark*

Wochengehalt. Seine Tanten wünschten sich eine trauernde Mutter, die ihr eigenes Kind verloren hatte, weil sie dachten, so würde sie Johann ihre ganze Liebe und Zuwendung schenken, was unübersehbar der Fall war. Ihr fester Blick, leiderfüllt und besitzergreifend, ließ Johanns weißblondes Köpfchen nicht eine Sekunde aus den Augen. Sie beäugte Elfriede mit einem Argwohn, der an Hass grenzte. Elfriede, die Johann zärtlich an ihre Brust schmiegte und hilflos ein kleines Guckguck-Spielchen mit ihm machte, fühlte sich wie ein Eindringling. Als der Kleine zu weinen begann, weil er Hunger hatte, riss Charlotte ihn mit fast schon herrischer Miene an sich, während sie sich das Mieder aufknöpfte und eine große, blau geäderte Brust zum Vorschein brachte, um ihn zu stillen. Gierig saugte er daran, schloss in seliger Wonne die Augen, krallte die winzigen, wunderschönen Fingerchen in Charlottes Haut. Elfriede schaute zu, wie er mit seinen Händchen die Brust knetete, und spürte, wie es ihr das Fleisch von der eigenen Brust riss, wie es ihr das Blut aus dem eigenen Herzen saugte. Sie hatte nichts, was sie ihm geben könnte.

Ich habe ihn verloren, dachte Elfriede.

Er war nie mein.

Sein Bild aber, das Bild dieses molligen, süß duftenden Köpfchens mit dem weichen weißen Flaum, trug sie mit sich in die Schweiz. Sie trug es in ihrem Herzen, immer und überall, auf dem Sessel in Herrn Doktor Hermanns Sprechzimmer, auf der Bank im Hof, auf den schmalen Ziegenpfaden durch die Berglandschaft, abends im Bett und tags am Tisch, im Wiesengras neben Wilfred.

Und auch jetzt, wo sie barfuß über den kalten steinernen Terrassenboden rennt und seinen Namen ruft.

Johann.

Johann.

Du kleiner weißhaariger Junge – wo bist du?

Es ist ihr nicht erlaubt, ihn zu sehen. Wegen der Bazillen, klar. Johann und das Kindermädchen schlafen oben im Kindertrakt, nehmen die Mahlzeiten in der Kinderküche ein, die eigens mit Lebensmitteln aus der Stadt beliefert wird. Herr Doktor Rosenblatt nimmt es damit sehr genau. Am liebsten hätte er Johann samt Kindermädchen ganz aus Schloss Kleist verbannt, nur wohin mit ihnen, außer zu Elfriedes Familie, doch *das* steht offenbar überhaupt nicht zur Debatte. Und so hat Elfriede ihren kleinen Johann in den drei Tagen seit ihrer Rückkehr nach Westfalen noch kein einziges Mal gesehen. Immer wieder hat sie aus dem Fenster ihres Schlafzimmers oder das Treppenhaus hinuntergespäht, in der Hoffnung, einen Blick auf ihn zu erhaschen, vergebens. Doch nun scheint das Glück ihr hold. Vielleicht aber hat es auch gar nichts mit Glück zu tun. Vielleicht hält das Kindermädchen Johann strikt aus Elfriedes potenziellem Blickfeld heraus, entweder aus eigenem Betreiben oder auf Geheiß von anderen Personen. Von den Tanten des kleinen Johann, Elfriedes Schwägerinnen – von Ulrika, die mit dem Grundbesitzer des Nachbaranwesens verheiratet ist, oder von Helga, einer Jungfer, die seit eh und je unter dem Dach ihres Bruders wohnt.

Doch trotz allem, das Herz ihres Sohnes schlägt allein in ihrer Brust. Sie trägt sein Bild unter ihrer Haut. Sie ruft seinen Namen, tritt von der Terrasse hinaus auf die dunklen Wege der symmetrisch angelegten Gärten mit den Parterres, dem stillen Brunnen, den Lindenalleen und so weiter, sucht jeden Schatten nach einem kleinen weißen Blitz im Widerschein des Halbmonds ab. Sie lauscht nach einem Rascheln im feinen Kies, nach jedem Knistern im welken Laub, nach einem keuchenden jungen Atem, nach jedem noch so leisen

Geräusch, das sie beim donnernden Beben ihres angstvollen Herzens hören kann. Nein, bis zum See ist es zu weit, dorthin hat er es sicherlich nicht geschafft.

Auch wenn sie es noch nicht bemerkt hat, aber dieser Oktobermorgen ist knackig kalt. Von Nordosten her, aus dem Baltikum und den Russischen Ebenen, wo bereits Herbst ist, dringt kalte Luft vor. Elfriedes Hände und Wangen sind bereits eisig, was sie aber gar nicht spürt. Und wenn, es wäre ihr egal. In ihrem Kopf ist nur Platz für einen Gedanken. Für ein einziges Gefühl. Und das ist nicht Angst, nicht Schrecken, nicht Panik – nichts dergleichen beschreibt ihre Gemütslage beim Gedanken daran, dass Johann sich verirrt haben und in den dunklen Wald gelaufen sein könnte, dass er hinunter zum Steg getapst und in den See gefallen sein könnte, dass er vielleicht gestolpert sein und sich die speckigen kleinen Knie aufgeschlagen haben könnte. Ob er blutet? Der Gedanke ist ihr unerträglich.

Johann.

Johann.

Wo bist du?

In der kalten Luft merkt sie nicht, dass ihre Worte klar und weithin hallen. Nach jedem Rufen reckt sie den Kopf, spitzt die Ohren und lauscht … und lauscht. Doch keine Antwort, kein dünnes Stimmchen im großen Dunkel. Der Halbmond hat sich inzwischen hinter einer Wolke versteckt. Er lugt kaum hervor, streut einen Hauch von Silberglanz über Blätter und Steine, wandelt die Schatten von tiefem Schwarz in dunkles Grau, sodass mögliche Stolperfallen auf dem Weg gerade so aufscheinen. Elfriede erreicht die steinernen Stufen, die hinein in den See führen. Am Fuße dieser Stufen, wo das Wasser seicht ist, liegt den Sommer über ein flachbodiges Boot vertäut. Im Sommer lässt es sich auch wunderbar am See entlangspazieren, wo das Wasser tiefer und das Ufer mit Hausteinen befestigt ist, wo es wunderschöne Plätzchen gibt, um zu verweilen, die Beine im Wasser baumeln zu lassen, zu angeln (sofern man die Angelrute dabeihat), Picknick zu machen oder schwimmen zu gehen. Gerhard ist für sein Leben gern geschwommen. Er ist ins Wasser getaucht, bis hinüber zum anderen Ufer und wieder zurück gekrault, um sich gesund und fit zu halten. Aber der Sommer ist vorüber, der Herbst ist da, und die Sonne, die nun über der Südhalbkugel lacht, zeigt sich seltener. Der Halbmond streut ein klein wenig Licht über die Oberfläche des Sees, der ansonsten gar nicht zu sehen wäre. Wüsste man nicht, dass hier das Wasser kommt, so könnte man auch einfach über die Uferkante ins kalte schwarze Nichts spazieren.

Elfriede steht auf der letzten Stufe und steigt hinein in das seichte Nass. Sie formt eine hohle Hand, legt sie an den Mund:

Johann.

Johann, bitte!

Ich bin es, deine Mutter!

Deine Mama.

Wo

bist

du?

Ein Echo wogt zurück zu ihr. Es sind ihre eigenen Worte, die sich gegen sie selbst richten. Jetzt erst bemerkt sie die Kälte, beginnt zu zittern. *Vielleicht*, so denkt sie, *ist er schon wieder zurück im Haus, vielleicht war er ja gar nicht hier draußen.* Vielleicht habe ich ihn mir nur eingebildet, im Mondschein, im Lampenschein des Fensters. Vielleicht war es ein Geist, ein kleiner Junge, der vor hundert Jahren starb, ein glückloses Knäblein von Kleist, das sich Typhus oder so etwas eingefangen hatte.

Elfriede sagt sich vor, vernünftig zu sein. Sie müsste doch

kleine Wellenschläge sehen, ein wogendes Auf und Ab. Ein kräftiger, kleiner Junge kann doch nicht einfach so ins Wasser fallen, ohne es aufzurühren?

Du hast dir alles nur eingebildet.

Du hast nicht geschlafen, du bist erschöpft, dein Verstand spielt dir Streiche.

Du bist gerade ein einziges Nervenbündel.

Du bist verrückt.

Was zum Teufel macht das schon, du kennst ihn nicht mal. Er kennt dich nicht. Er denkt wahrscheinlich, dass das Kindermädchen seine Mutter ist. Nennt es wahrscheinlich Mama. Wahrscheinlich …

Ein leises Schluchzen.

Elfriede fährt herum und lauscht. Ihre Nerven flattern. Nein, nicht *Nerven*; ein einziger, riesiger Nerv ist es, der sie vor Kälte … vor Aufregung erzittern lässt.

Kleine Wellen plätschern leise hinter ihr. Sie traut sich nicht, sich zu bewegen, zu atmen, hat Angst, eine winzige Regung in ihrer unmittelbaren Nähe zu verpassen. Ihr Herz pocht wahnsinnig laut, ihr verdammtes Herz, das allem im Wege steht. Warum hört es nicht einfach auf? Elfriede schließt die Augen. In den stummen Millisekunden zwischen zwei Herzschlägen windet sie sich, schiebt sich langsam voran.

Schluchzen.

Nach rechts, nach rechts. Urplötzlich wird eine Erinnerung wach … *Dort, im Sommerhaus …*

Gut möglich, dass Johann dort im Sommerhaus gezeugt wurde. Zugegeben, auch andere Orte kommen infrage, aber dieser hier ist der spannendste. Ein heißer, traumhaft schöner Nachmittag Ende August. Elfriede, die sich mittlerweile an ihren Ehemann gewöhnt hat, schaut zu, wie er sich nach seiner täglichen Schwimmrunde durch den See aus dem Wasser hievt und ans Ufer steigt. Für einen kurzen Moment sieht er aus wie ein Gott. Sein Haar glänzt in der Sonne, über seine beachtlichen Muskeln rinnen glitzernde Wasserperlen. (Und natürlich schwimmt er nackt, er ist Romantiker!) Er bemerkt ihren Blick. Lässt sein Handtuch fallen, umfängt sie, trägt sie hinüber ins Sommerhaus und liebt sie zweimal hintereinander in der drückenden Sommerhitze. Zweimal. Die schwitzende Elfriede, in ein paar Kissen gedrückt durch einhundertzwanzig Kilo schwere heroische Körper- und Muskelmasse, blinzelt durch die verschwommenen, feucht-schlierigen Fensterscheiben in den Himmel. Eine Traumwelt, vor langer Zeit.

Etwa einen Monat später bemerkte sie, dass ihre Monatsblutung ausblieb. Die ganze restliche Schwangerschaft, wann immer sie und Gerhard am Sommerhaus vorbeigingen, Arm in Arm, lächelte er und sagte: *Schau, hier haben wir unseren Sohn gezeugt, meine Herzallerliebste, mein Liebling, weißt du noch?* Elfriede senkte dann immer nur den Kopf, sagte weder Ja noch Nein. Immerhin hatten sie und Gerhard Ende August damals häufiger Geschlechtsverkehr und nur einmal – gut, vielleicht auch zweimal – auf der Chaiselongue im Sommerhaus. Und außerdem, was, wenn das Kind ein Mädchen wäre?

Auf der anderen Seite behielt Gerhard recht, und es wurde ein Junge. Und vielleicht lag er auch richtig, was den Ort seiner Empfängnis anging. Wie auch immer, es ist jedenfalls eine schöne Geschichte.

Jetzt aber ist nicht August. Es ist Oktober, und Gerhard liegt im Sterben, oben in seinem Bett. Das alles ist auch kein Traum mehr, es ist die Wirklichkeit. Der Sohn, den sie kaum kennt, dieses Kind, dessen Frucht sie einst im Sonnenschein empfing, weint jetzt irgendwo im nahen Dunkel, und Elfriedes Gesicht, ihre Arme und Füße sind taub vor Kälte. Sie schwenkt Richtung Sommerhaus. Sie hört das leise Wimmern und Weinen nicht mehr, aber vielleicht hat sie es auch nie gehört. Vielleicht ist es nur ihrem Geist entsprungen, weil dieser es unbedingt hören wollte, hören musste. Vielleicht erwartet sie auch gar nicht, im Sommerhaus irgendetwas zu finden außer ein paar alte Kissen, ein paar alte Träume.

Dennoch, als sie die Tür nach einigem Umhertasten schließlich findet, hineinhuscht und ein weißes, wackelndes Köpfchen sieht, ein leises Stimmchen weinen hört, ist sie nicht überrascht.

Sie kniet sich vor ihn hin, auf den Steinfußboden, und fragt ihn, was denn los sei.

»Mein Soldat«, sagt er.

Im ersten Moment ist Elfriede etwas irritiert. »Dein Soldat?«

»Mein Soldat. Ich habe ihn hier liegen lassen, und jetzt ist er weg.«

»Ach herrje. Das ist ja schrecklich. Ist er weggelaufen, was meinst du? Hat er seinen Posten verlassen?«

»Nein, nein. Er ist ein tapferer Soldat. Das würde er niemals tun.«

»Dann wollen wir ihn mal suchen, was?«

»Ich habe schon überall gesucht.«

»Dann suchen wir eben noch einmal. Na komm.«

Auf allen vieren robben sie über die Steinplatten, Elfriede und Johann, suchen jeden Zentimeter ab, jede Fuge am Boden und in der Wand, bis Elfriedes Finger einen kleinen metallenen Gegenstand ertasten, der sich zwischen den Kissen auf der Chaiselongue versteckt hat. Es ist immer noch viel zu finster, um ihn richtig zu sehen, aber Johann, der die kleine Figur schnappt und fest umklammert hält, jubelt vor Freude.

»Jetzt aber schnell zurück ins Bettchen, bevor das Kindermädchen merkt, dass du dich davongeschlichen hast«, sagt Elfriede.

Johann reibt sich bereits die Äuglein. »Ich … müde«, brabbelt er vor lauter Müdigkeit.

So hebt Elfriede das kleine warme Bündel kurzerhand hoch und nimmt es auf ihre Hüfte. »Dann trage ich dich.«

Vor dem Sommerhaus empfängt sie ein feiner rosa Lichtstreif am Horizont, ein rauchgrauer Dunst in der Luft. Die Morgenröte zieht herauf. Elfriede dreht ihr Gesicht so, dass sie nichts als den Duft der Haare ihres Sohnes atmet. Vor ihnen erhebt sich das Schloss grau in grau. Im großen Schlafzimmer brennt Licht, und Elfriede wird angst und bange, da sie Gerhard allein gelassen hat, bereuen aber tut sie es keineswegs. Selbst wenn ihr Gatte just am Typhusfieber verstorben sein sollte, wird sie niemals bereuen, ihn in der Stunde seines Todes allein gelassen zu haben. Denn in dieser Stunde hat sie ihren Sohn gerettet, ihren gemeinsamen Sohn.

Die Lichter im dritten Stock brennen, weil die Dienerschaft ihren Dienst im Morgengrauen beginnt. Welches ist nur der Kindertrakt? Elfriede weiß es nicht genau. Sie trägt Johann die Stufen zur Terrasse hoch (er schläft bereits, sein kleiner Körper schlaff an ihren geschmiegt), hastet zur Flügeltür, die noch immer offen steht, als ihr eine Frau in wallend weißem Nachtgewand und fliegenden Schrittes entgegeneilt.

»Oh! Oh! Was haben Sie getan?«, schreit sie.

Elfriede bleibt ruhig. »Das könnte ich Sie genauso gut fragen, wertes Kindermädchen? Wie kommt es, dass mein Sohn nachts draußen allein umherirrt?«

Das Kindermädchen baut sich empört vor ihr auf. »Sehr ungezogen von ihm. Geben Sie ihn her, bevor Sie ihn noch umbringen, wenn Sie das nicht schon getan haben.«

Die Frau streckt die Arme aus. Im schwachen Licht kann Elfriede ihr Gesicht kaum sehen, aber sie erkennt ihre Kopfform, die blonden Flechtzöpfe. Johann regt sich, hebt das Köpfchen.

»Guck mal!«, ruft er. »Ich habe meinen Soldaten gefunden.«

»Na so was«, sagt das Kindermädchen und wedelt ungeduldig mit den ausgestreckten Armen. »Frau von Kleist. Geben Sie ihn her, sofort.«

»Nein …«

»Sie müssen. Haben Sie ihm nicht schon genug wehgetan?«

Elfriede packt die blanke Wut. Eine Frechheit!, denkt sie. Ich sollte sie auf der Stelle entlassen, ich sollte ihr eine scheuern, was fällt ihr ein!

Trotzdem. Sie weiß, das Kindermädchen hat vollkommen recht. Und genau deshalb packt sie die blinde Wut. Weil das Kindermädchen recht hat. Elfriede ist voller Bakterien. Möglicherweise hat sie das tödliche Bakterium bereits auf ihr Kind übertragen. Und ja, es ist Gott weiß wahr, sie hat Johann schon genug wehgetan. Wie soll ein kleiner Junge es verwinden, dass seine Mutter ihn verlassen hat? Er streckt die Ärmchen nach dem Kindermädchen aus, bettelt wimmernd, dass sie ihn nimmt.

Elfriede drückt ihre Lippen in Johanns Haare. »Bis bald, mein Liebling«, sagt sie und legt ihn vorsichtig in die Arme des Kindermädchens. Dabei weht ihr ein Hauch von Atemluft in die Nase – der Geruch von Schnaps.

Wieder im Haus. Elfriede verschwendet keine Zeit, rennt flugs die Treppe hinauf (nicht umsonst ist sie die letzten zwei Jahre auf und durch die Schweizer Berge gelaufen), den Korridor hinunter zu Gerhards Schlafzimmer. Es ist hell erleuchtet. Ihre Schwägerin weht ihr wie ein Gespenst im fliegenden Nachtgewand entgegen.

»Komm sofort her«, blafft sie, macht kehrt und geht wieder in das große Schlafzimmer.

Elfriede, erschrocken, aber reuelos, folgt Ulrika hinein. Doch Gerhard ist gar nicht tot. Im Gegenteil. Er ist hellwach, das Fieber ist gesunken. Er sieht sie in der Tür und hebt den Kopf, ruft ihren Namen, als wäre er von den Toten auferstanden.

Lulu

DEZEMBER 1941

Bahamas

Jeder hat einen Traum. Und ich meine nicht irgendeinen Traum von der Zukunft, irgendeinen großen Herzenswunsch. Ich meine genau den Traum, der im Dunkel der Nacht zum Vorschein kommt. Ich meine genau den Traum, der immer und immer wiederkehrt, der dich heimsucht, ungebeten, der aus deinem Unbewussten kriecht, während du schläfst, den Traum, der genau weiß, wie er dich zum Schreien bringt. Und der meine geht so:

Ich bin in einem schäbigen Zimmer in einem schindelgedeckten Holzhaus, in einem heißen, staubigen Kaff, irgendwo im Nirgendwo der amerikanischen Prärie, und ich muss den nächsten Zug erwischen. Den einzigen Zug, der von hier wegführt. Doch wie es aussieht, kann ich den Raum nicht verlassen. Meine Finger kriegen die Bluse nicht zu. Meine Kleider bleiben nicht im Koffer. Meine Haarbürste, meine Zahnbürste, mein Lippenstift – alles ist immer wieder weg, und ich muss es suchen, kann es aber nicht finden. Das Zimmer wird immer kleiner und heißer. Die Uhr tickt schneller. Der Zug kommt. Und während ich noch qualvoll am Packen bin, um das ich nicht herumkomme, das mir aber nicht gelingt, muss ich mich lautlos bewegen, um ja kein Geräusch zu machen, weil ein Fremder im Nachbarzimmer auf dem Metallbett seinen Rausch ausschläft und jede Sekunde wach werden kann, jede Sekunde, jede Sekunde, gottverdammt, irgendwer muss mich hier rausholen, irgendwer muss mich aus diesem Zimmer hinausschleifen, aus dieser Szenerie, diesem Traum, von dem ich *weiß*, dass es ein Traum ist, gottverdammt, es ist bloß ein Traum, aber ich kann ihm nicht entkommen, kann nicht aufwachen, bin hier für immer gefangen, wie eine schwarze Fliege in einem Glas – und dieser Typ wird gleich wach, jede Sekunde, jede Sekunde.

Poch. Poch.

Heilige Maria, nein. Lass ihn bitte nicht wach werden.

Poch. Poch.

Sei leise, Herrgott noch mal, und hör mit diesem Klopfen auf, du weckst ihn nur auf.

Poch. Poch. Mit aller Macht kämpfe ich mich aus dieser stickigen, staubigen, schrecklichen Szenerie in meinem Kopf hinaus. *Poch. Poch.*

Eine Stimme. *Miss Lulu? Miss Lulu? Sind Sie wach?*

Schlagartig öffnete ich die Augen. Ein kleines weißes Zimmer. Keine Prärie, kein Zug, kein Fremder, der im Bett nebenan lag und seinen Rausch ausschlief. Es sei denn, dieser Fremde war ich selbst.

Von der hinteren Terrasse meines kleinen Bungalows am Cable Beach aus konnte ich den Leuchtturm von Hog Island sehen, der sich so friedlich, so hell und weiß aus dem türkisfarbenen Meer erhob, dass man kaum glauben mochte, dass sich gerade die ganze Welt im Krieg befand.

Ich erinnere mich, dass der Terrassenboden mit einem bildschönen Gemisch aus Muschelsplittern und Beton gefliest war. Und ich meine, es gibt auch einen Namen dafür, aber den habe ich vergessen. Egal. Ich liebte es, diesen Boden unter meinen nackten Füßen zu spüren, zumal es zu Hause nichts Derartiges gab, nichts, was mich so wie dieser Boden mit dem Strand verbunden hätte. Ich mochte dieses Gefühl, in meinem Gartenstuhl zu sitzen, dem rundgebogenen Hochlehner aus kunstvoll geschmiedetem Metall, die Ellbogen auf das schmiedeeiserne Tischchen zu stützen, meine morgendliche Zigarette zu rauchen, den morgendlichen Kaffee zu trinken, als wäre ich der einzige Gast in einem Pariser Café (das es hier nicht gab), während ich hinaus aufs Meer blickte und über Gott und die Welt sinnierte.

An diesem Morgen hatte ich darüber nachgedacht, ob ich den unangekündigten Angriff der Japaner auf Pearl Harbor in meiner monatlichen Rubrik erwähnen sollte (es war das Heft mit der »Lady von Nassau« auf der hinteren Umschlagseite), und wenn ja, dann vielleicht zwischen dem Artikel über den »Silver Slipper Ball« und dem über die allgemeinen wilden Spekulationen rund um die Einladungen zum Debütantinnenball im British Colonial Hotel, mit der offiziellen Einführung von Nancy Oakes in die feine Gesellschaft.

Es war nicht etwa so, als hätten wir hier diesen schockierenden Vorfall, diesen barbarischen Luftangriff auf amerikanischen Boden ignoriert. Weiß Gott nicht, Miami lag nur knapp dreihundert Kilometer östlich von uns, London dagegen gut sechseinhalbtausend Kilometer weit weg. Im Großen und Ganzen waren die Bahamaer amerikanischer als die meisten New Yorker. Doch dann wiederum gab es da dieses türkisfarbene Meer, diese Palmen und Meertraubenbäume, diese Hitze und Trägheit. Als die Nachricht vom Luftangriff auf Pearl Harbor im Radio kam, wechselten alle beim Roten Kreuz und im Segelclub entsetzte Blicke, schüttelten fassungslos die Köpfe. Zwei Wochen später hatte sich nichts großartig verändert, außer dass die Amerikaner mehrheitlich geflüchtet waren und die Hotels halb leer und irgendwie verlassen und verloren in der Landschaft standen. Doch was nun, wo es keine amerikanischen Touristen mehr gab, um die man sich kümmern konnte? Die nach Nassau gekommen waren, um dem Krieg zu entfliehen, und nun doch von ihm eingeholt wurden – als ob eine japanische Bombe mit unbekannter Sprengkraft, die jeden Moment hochgehen könnte, mitten in Nassau eingeschlagen hätte. Was sollte ich tun? Dieses explosive Ding thematisieren? Oder auf Zehenspitzen drum herumschleichen und so tun, als existierte es gar nicht – hier im Paradies, verflucht noch mal.

Hinter mir hörte ich ein Knarren. Die Tür ging auf, und Veryl erschien mit der Kaffeekanne in der Hand. »Telegramm für Sie, Miss Lulu«, sagte sie.

»New York?«

»New York.« Sie schenkte mir Kaffee nach, in einem dünnen, langsamen Strahl, langte dann in ihre Schurztasche und zog einen gelben Umschlag hervor, den sie auf den Tisch neben die Untertasse legte. »Wissen Sie schon, was Sie zum Fest heute Abend anziehen werden?«

»Noch nicht.«

»Denken Sie daran, ich bin ab Mittag weg, Spätschicht im Hotel. Kann also kein Kleid bügeln, wenn ich kein Kleid zum Bügeln habe.«

»Mir schwebt das dunkelblaue Samtkleid vor.«

Hmm, hmm, machte Veryl nur, was sowohl Zustimmung als auch Missfallen bedeuten konnte – da war ich mir nie so ganz sicher. Aber ich wusste, dass Veryls Geschmack in Sachen Kleidung und Mode unfehlbar war (im Gegensatz zu meinem). Ihre Mutter war Damenschneiderin, hatte sie mal erwähnt. Von ihrem Vater erzählte sie nie etwas, aber ich hatte die Vorstellung, dass er ein Weißer war, ein Kaufmann von der Bay Street (wie ich darauf kam, weiß ich gar nicht mehr, vielleicht hatte Jack mal etwas in der Richtung fallen lassen) – auf den Bahamas damals keine Seltenheit. Jedenfalls würde es Veryls feine, weltgewandte Art erklären.

»Gefällt es Ihnen nicht?«

»Niemand in Nassau trägt Samt, meine Liebe. Dieses Kleid sieht aus wie aus Omas Mottenkiste.«

Ich schnippte die Zigarette am Aschenbecher ab. »Was schlagen Sie dann vor?«

»Das rote Seidenkleid. Das mit dem tiefen V-Ausschnitt, es betont Ihr Dekolleté ganz wunderbar.«

»Veryl, es ist nur ein Debütantinnenball! Aber gut, wird sowieso niemand da sein, der sich für mein Dekolleté interessiert.«

Veryl machte nur wieder *Hmm, hmm*, diesmal aber in einem ganz anderen Tonfall. Sie hob einen Schurzzipfel und wischte einen unsichtbaren Schmierfleck von der Kaffeekanne.

»Was?«, hakte ich nach.

»Habe läuten hören, der Franzose ist zurück in Nassau.«

Ich rührte Sahne und Zucker in meinen Kaffee. »Er ist kein Franzose, Veryl. Er kommt aus Mauritius.«

»Er spricht Französisch. Also Franzose.«

»Wie auch immer, *ich* jedenfalls habe läuten hören, dass er bis Neujahr um die Inseln schippert. Segeltörn oder so was.«

»Nein, Ma'am. Er ist in Nassau. Gestern mit der PanAm hier gelandet.«

»Dann hat er seine Pläne wohl geändert. Aber ich wüsste nicht, was das mit mir zu tun hat. Oder mit meinem Dekolleté.«

»Miss Lulu«, sagte Veryl, als spräche sie mit einem Kleinkind. »Sie werden nicht jünger.«

Ich hob die Tasse an, schlang die Finger um die runde Form. Veryl stand abwartend da, die Arme vor der Brust verschränkt. Hinter ihr weiß gischtende Wellen, die im Sand von Cable Beach sanft ineinanderliefen und ein wohliges Rauschen erzeugten. Veryl war eine erstaunliche Frau mit vielen großen Talenten. Sie war Zimmermädchen im Prince George, wo wir uns gleich in meinen ersten Tagen dort kennengelernt und auf Anhieb gut verstanden hatten. Als Alfred de Marigny mit mir in seinem riesigen Lincoln Continental hinaus zum Cable Beach gefahren war, um mir sein Anwesen dort zu zeigen (etwa eine knappe Woche nachdem ich vom *Metropolitan Magazine* einen Scheck über zweihundert Dollar für meine erste Kolumne mit dem Titel »Lady of Nassau« erhalten hatte) und mir diesen wunderhübschen kleinen Bungalow zu quasi einem Spottpreis zur Miete anzubieten, hatte Veryl gefragt, ob ich nicht vielleicht eine Haushälterin brauchte. Mal sehen, hatte ich geantwortet. Nicht weil ich der Ansicht gewesen war, ich brauchte eine (ich komme weiß Gott ganz gut ohne zurecht), sondern weil ich gedacht hatte, es könne generell nicht schaden, in einem fremden, komplizierten Land wie diesem jemanden an der Seite zu haben, dem ich vertrauen konnte, jemanden, der sich auskannte mit Land und Leuten, jemanden, der die geheimnisvollen Tropenpflanzen hegte und pflegte, der mir den Kaffee genau richtig kochte, die Falten aus den Klamotten bügelte und nebenbei noch kostenlose Ratschläge erteilte. *Mal sehen*, hatte ich also gesagt. Daraufhin Veryl: *Gut, Chefin, dann arbeite ich morgens bei Ihnen und nachmittags im Prince George, Montag bis Samstag, dreißig Shilling pro Woche.* Daraufhin ich: *Abgemacht.* Und so konnte ich gar nicht anders, als ihren Rat anzunehmen. Auch in so intimen Angelegenheiten wie meinem Liebesleben, ob ich eines hatte oder nicht. Dies war zwischen den Zeilen unausgesprochen klar. Ich stellte die Kaffeetasse zurück auf den Untersetzer und wuschelte durch meine Haare.

»Wir leben in modernen Zeiten, Veryl. Ich muss mich um meine Karriere kümmern.«

»Die Karriere hält Sie aber nachts nicht warm. Die Karriere macht Ihnen keine Babys.«

»Ich will keine Babys, und die Nächte sind hier schon warm genug. Zugegeben, Freddie ist ein lieber Kerl, ich habe nur wirklich keinerlei romantisches Interesse an ihm.«

Veryl neigte sich nach vorn. »Habe munkeln hören, die kleine Oakes hat ein Auge auf ihn geworfen.«

»Nancy? Und Freddie?« Ich lachte. »Veryl, Nancy Oakes ist siebzehn. Sie geht noch zur Schule. Sie besucht das Lyzeum in New York City, wo denken Sie hin? Und er ist kein Franzose.«

»Kennen Sie das Mädchen?«

»Nur flüchtig.«

»Sie ist hübsch, nicht wahr?«

»Na ja, einigermaßen. Aber sie ist ein Kind.«

»Sie ist kein Kind, Miss Lulu. Sie weiß, was sie will. Sie will ein großes, gestandenes Mannsbild. Keinen, der es auf das Brautgeld vom Vater abgesehen hat. Und die kleine Miss Nancy wird kriegen, was sie will, warten Sie nur ab!« Veryl schnappte sich die Kaffeekanne und schwenkte zur Tür. »Sie ziehen das *rote* Kleid an, Miss Lulu. Keine Widerrede.«

Was meine geschäftliche Vereinbarung mit S. Barnard Lightfoot anbelangt, eine Sache vorweg (die, wie ich finde, nicht ganz unwichtig ist). Vor einigen Monaten, als ich in meinem besten Kleid (für meinen Geschmack jedenfalls) in seinem Büro vor ihm saß und ihn um einen Job anbettelte, gab er mir einen guten Rat mit auf den Weg. Und zwar folgendermaßen:

Es war der zweite Montag im Juni, und elf Stockwerke unter uns schoben sich einige Tausend schwitzende Einkaufsbummler die Gehsteige der Madison Avenue entlang. Drinnen, in Lightfoots Büro, war alles still, kein Laut zu hören. Ein ruhiger Raum mit maskulinem Charme – Ledersessel mit leichten Sitzdellen, Tabletts mit etlichen Flaschen bernsteinfarbener Spirituosen, Echtholzmobiliar in der gleichen Farbe mit einem goldbraunen Glanz wie von Ahornsirup. Meinem Auge bot sich eine ganze Palette brauner Farben dar, bis auf seinen Anzug, der war dunkelgrau und hatte Nadelstreifen. Lightfoot steckte sich eine Zigarre an, stieß ein-, zweimal ein genüsslich übertriebenes Paffen aus, um mir dann zu erzählen, dass der Havanna-Korrespondent des *Metropolitan Magazines* seine Sache in Nassau sehr gut mache, was also könnte ich groß zu bieten haben? Ich beugte mich nach vorn, sagte, dass dort irgendwelche oberfaulen Geschäfte vonstattengingen, die zum Himmel stänken, und er solle mir bitte schön nicht weismachen, dass er die nicht riechen könne. Jeder wusste, dass die Windsors mit Hitler sympathisierten; jeder wusste, dass Wallis ihre angeheiratete Verwandtschaft hasste wie die Pest, was auf Gegenseitigkeit beruhte; jeder wusste, dass die Königlichen Hoheiten, bei allen Unterschiedlichkeiten in Sachen Temperament, Intellekt, Erziehung oder was auch immer, doch eines gemein hatten: Beide verkauften ihre Seelen für eine Kiste Golddublonen. Und davon mal ganz abgesehen: Eine Lady aus den Südstaaten, die im Domizil des Gouverneurs einer britischen Kolonie residierte, bei fünfundachtzig Prozent Schwarzer Bevölkerung – war da nicht Ärger vorprogrammiert?

Und was sagte der gute alte Lightfoot daraufhin? Er lachte nur! Lachte hinter seiner Zigarre. Lehnte sich in seinem stinkvornehmen Sessel zurück und erklärte mir, dass die Leser seines Magazins sich nicht die Bohne für irgendetwas dergleichen interessieren würden, weder für Politik noch für Krieg oder Rassenfragen. Darüber könne man sich in der *New York Times* beim morgendlichen Kaffee informieren. Nein. Seine Leserschaft, die *après-midi* bei einem Gin Tonic oder einem trockenen Sherry durch das *Metropolitan Magazine* schmökerte, wolle den neuesten Klatsch, wolle Skandale, ansprechend aufbereitet, hübsch verpackt mit Witz und Esprit und bestimmt nicht so trostloses Zeug wie Tod, Armut und soziale Probleme. (An dieser Stelle nahm er seine Zigarre aus dem Mund, hielt inne, um die weiß glänzende Decke zu betrachten, wohin gerade ein blauer Rauchkringel aufstieg.) Eben drum. Ich könnte meinen ganzen Charme spielen lassen, um in die innersten Kreise vorzudringen, und wenn es mir dann gelänge, den einen oder anderen pikanten Leckerbissen aufzudecken, ein royales Geheimnis vielleicht oder zwei, und diesen so in eine zündende Story zu verpacken, dass es die Leserschaft des *Metropolitan Magazines* mitreißen und begeistern würde, dann … ja, dann wäre das *Metropolitan* eventuell bereit, mir zweihundert Dollar plus Spesen für eine Kolumne zu bezahlen.

Nachdem ich die letzten zwölf Stunden nichts runtergebracht hatte außer einer Tasse Kaffee und einem trockenen Brötchen, dachte ich, ich hätte mich gerade verhört. Ich räusperte mich, denn ich brachte nur ein Piepsen heraus und dehnte dann jede einzelne Silbe mit heiserer Stimme: *Zweihundert Dollar?*

Lightfoot klopfte das Ende der Zigarre im Aschenbecher ab und sagte: *Plus Spesen.*

Ich ballte die Hände versteckt auf meinem faltig verknitterten Schoß und meinte: *Abgemacht!*

Lightfoot streckte seinen nadelgestreiften Arm zur Gegensprechanlage auf seinem Schreibtisch und drückte den Rufknopf. Seine Sekretärin Miss Brown würde alles

Weitere veranlassen, sagte er, Flugticket, Spesenkonto, vielleicht auch einen kleinen Vorschuss (und an diesem Punkt schweifte sein abschätziger Blick über mein Kostüm) für eine tropentaugliche Garderobe. Ich bedankte mich und stand auf. Er stand ebenfalls auf, ließ sich tatsächlich herab, um den Schreibtisch herumzukommen … und drückte mir einen feuchten, zigarrengeschwängerten Kuss auf die Wange, der bezeichnenderweise gefährlich nah an meinem Mundwinkel landete. Für einen kurzen Moment stieg mir der Geruch seines Haaröls in die Nase. Dann wich er zurück, griff nach meiner Hand, umschloss sie mit beiden Händen und kräuselte die Stirn über seinen blauen Augen. Lightfoot war damals zweiundsechzig Jahre alt, und es waren ihm nur noch fünf weitere Jahre beschieden, ehe ein schwerer Schlaganfall ihn aus der Bahn werfen sollte (in der Badewanne oder im Bett seiner Geliebten, je nachdem, wen man fragte, aber ich würde auf die Geliebte wetten). An jenem Tag im Juni 1941 jedoch war er noch ungehemmt in der Lage, dich in Grund und Boden zu stieren, damit du das Gewicht seiner letzten Worte auch ja begreifst:

Also, Lulu, keine Politik. Politiker ja, aber keine Politik.

Auch jetzt, ein halbes Jahr nach jenem Treffen, hatte sein Ratschlag nichts an Gewicht verloren. Ich trank meinen Kaffee aus, drückte die Zigarette aus und starrte auf den gelben Umschlag unter der Untertasse. Die Sonne stieg langsam höher. Sogar noch im Dezember, wo die hochsommerliche Hitze längst abgeklungen war, umfing einen die Sonne über Nassau mit einer lähmenden Schwüle, wie ich sie anderswo nie erlebt habe. Nur ich und die Sonne, die meine Knochen durchströmte, während ich auf einen gelben Western-Union-Umschlag stierte, der geöffnet werden musste, wohl oder übel. Die neueste Lightfoot-Salve.

Ich zog den Umschlag heran und öffnete ihn.

Ich hatte mich, wie gesagt und wohl überlegt, an die Absprache gehalten und den niederträchtigen Luftschlag der Japaner in meiner Dezemberkolumne »Lady of Nassau« mit keinem Wort erwähnt, obgleich es für den Herzog und die Herzogin auf der Abendgesellschaft vom achten Dezember im Government House kein anderes Gesprächsthema gab. (Die Einladungskarte habe ich bis heute aufgehoben.) Gewiss, der Einmarsch der Nazis in Polen war eine Sache. Aber ein feiger Überraschungsangriff durch irgendein dahergelaufenes Volk aus dem Fernen Osten! Der Herzog kochte an jenem Abend vor Wut – *die verdammte gelbe Krankheit breitet sich quer über den ganzen Pazifik aus*, schäumte er. *Am liebsten würde ich diese verfluchten Nippon-Horden höchstpersönlich mit Bomben bewerfen.* Die Raserei in seiner Stimme reichte aus, um den roten Jahrgangswein in unseren Gläsern zum Kochen zu bringen. Am nächsten Morgen saß ich vor meiner Schreibmaschine und tippte diese Szene exakt so, wie eben beschrieben, exakt so, wie ich sie erinnerte. Warum? Weil sie einzigartig war. Kein Akt nationalsozialistischer Barbarei hatte den Herzog von Windsor jemals derart in Rage versetzt, zumindest soweit ich das weiß. Es entstand der deutliche Eindruck, die Juden hätten es nicht besser verdient, hatten sie doch immer wieder versucht, die Weltfinanzmärkte zu kontrollieren. Doch warum der schmähliche Pakt mit den Japanern? Ich für meinen Teil fand das alles einfach nur interessant, mehr nicht. Es war eine angeregte Unterhaltung in geselliger Runde, nichts Schöneres könnte die Herzogin von Nassau ihren Lesern berichten. Ich stierte auf die brutalen Worte, den elegant ausformulierten Textabsatz, den Bleistift zwischen die Zähne geklemmt. Dann drehte ich das Blatt Papier aus der Walze, zerknüllte es und fing noch einmal an …

Und nun? Eine Woche war vergangen, S. Barnard Lightfoot hatte besagte Kolumne erhalten (in der ich die »Japaner« wohlgemerkt rausredigiert hatte) und wieder einmal eines seiner Telegramme abgefeuert. Sah ganz danach aus, als hätte er sich eine Meinung gebildet. Denn Lightfoot würde niemals Mühen und Kosten für ein Telegramm aufwenden, wenn er nicht etwas Gewichtiges zu sagen hätte.

Also nahm ich das Papier aus dem Umschlag, hielt es hoch in die Luft, zwischen mich und das Meer:

GUTE LEISTUNG STOPP VERDAMMT GUT STOPP NÄCHSTE KOLUMNE BERICHT OAKES FESTBALL ODER SO WAS STOPP
S. B. LIGHTFOOT

In Anbetracht der Umstände hätte ich eigentlich merken müssen, wie ein Mann um die Hausecke bog und anmarschiert kam, aber ich tat es nicht. Ich sah auf meine Armbanduhr und stopfte das Telegramm zurück in den Umschlag. Um zehn Uhr sollte ich im Rotkreuzhauptquartier sein, um die Einnahmen vom Weihnachtsbasar zu zählen. Mein Bungalow aber lag an der West Bay Street, knapp fünf Kilometer vom Stadtzentrum entfernt, und das bedeutete, dass ich allerhöchstens noch eine Viertelstunde hatte, um eine Runde schwimmen zu gehen, bevor die Pflicht rief. Ich erhob mich aus meinem Stuhl, um meinen Kimono abzulegen, und da erst sah ich ihn vor mir, wie aus heiterem Himmel – einen Mann mit Filzhut (wer in drei Gottes Namen trug hier auf den Bahamas bitte schön einen Filzhut? Und erst recht im Dezember!), einen Ausdruck kalter, furchterregender Entschlossenheit im Gesicht.

»Wer zum Teufel sind Sie?«

Der Mann war klein, untersetzt, mittleren Alters, gediegen. Er trug einen marineblauen Anzug aus leichter Sommerwolle, der fast ein bisschen wie eine Uniform wirkte. Auf meine Worte hin straffte er die Schultern. »Verzeihen Sie. Ich suche Mrs. Randolph.«

»Ich bin Mrs. Randolph. Und Sie sind hier widerrechtlich eingedrungen.«

»Ah … ja. Bitte entschuldigen Sie. An der Haustür hat niemand geöffnet.«

»Dann sollte man normalerweise später wiederkommen.«

»Ich fürchte, es ist dringend.«

»Dringend, soso.«

»Sehr dringend.«

Ich stand da, in meinem seidenen Kimono, taxierte seine Schultern, die bitterernste, beunruhigende Miene – und musste irgendwie an die Fabel vom Hasen und dem Fuchs denken, wobei er mich eher an den Hasen als an den Fuchs erinnerte. Vielleicht lag es auch an seinen Ohren, die in einem fast unnatürlich großen Winkel von seinem Kopf abstanden. Und an seinen Augen, ein großes rundes Silbergrau hinter einer dicken runden Brille. Die Luft, die ihn umwogte, roch nach Zigarren. Wo zum Teufel steckte Veryl?

»Darf ich nach Ihrem Namen fragen?«

Der Blick des Mannes schweifte kurz zur Tür hinter mir. »Smith«, sagte er. Er griff in die Innentasche seiner Jacke, und ich gestehe, dass mir mulmig wurde, ich mich innerlich bereitmachte für eine Szene wie aus einem Krimi. Seine Hand aber, als sie wieder hervorkam, hielt lediglich ein kleines braunes Kuvert von der Sorte, wie man sie üblicherweise im Büro gebraucht.

»Für mich?«, fragte ich.

Er nickte, streckte es mir hin, tat aber keinen weiteren Schritt auf mich zu. Es war an mir, einen Schritt auf ihn zuzugehen, um den runden Tisch herum, ihm meine Hand entgegenzustrecken und ihm den Umschlag aus den dicken Fingern zu nehmen. Die Umschlagklappe war versiegelt. Kein Absender auf der Rückseite, kein gar nichts.

»Hätten Sie ihn nicht einfach durch den Türschlitz einwerfen können?«

Er schüttelte den Kopf. »Ich fürchte, nein. Sehen Sie, ich wurde angewiesen, Ihnen dieses Kuvert *persönlich* zu übergeben.«

»*Persönlich?* Warum?«

»Sie sind doch Mrs. Randolph, oder nicht? Mrs. Leonora Randolph?«

»So heiße ich, ja.«

»Nun, irgendwer will ganz sichergehen, dass Sie die Nachricht auch ja erhalten.« Er nickte Richtung Umschlag. »Streng vertrauliche Informationen, Sie verstehen.«

»Oh! Oh, verstehe. Streng vertrauliche Informationen. Wie spannend. Mal überlegen … Soll ich die Namen in meiner nächsten Kolumne verschleiern oder die Frevler vor der Welt an den Pranger stellen?«

Smiths Brauen bewegten sich nach oben. Er schien im Begriff zu gehen, hatte die Schultern fast schon in Richtung der roten Frangipani gedreht, um mir zu bedeuten, dass er es ausgesprochen eilig hatte. »Kolumne?«, fragte er.

»Darum geht es doch hier, oder etwa nicht? Um die ›Lady von Nassau‹?«

Während der gesamten Zeit unserer kleinen Unterredung saß Mr. Smiths Hut fest auf seinem Kopf (wie gesagt, ein adretter grauer Filzhut, wie man sie in New York City überall sieht, in den Tropen aber wohl äußerst selten). Hätte man mich nach seiner Haarfarbe gefragt, in einem Polizeiverhör zum Beispiel oder vielleicht an der Bar im Prince George, wäre ich nicht imstande gewesen, sie zu nennen. Braun wahrscheinlich. Egal, er hob kurz den Hut, zunehmend ungeduldig, bereit davonzustürzen. »Ich habe keinen blassen Schimmer, wovon Sie reden, Ma'am«, sagte er. »Ich sollte nur den Brief aushändigen, das ist alles.«

»Von wem?«, fragte ich.

Aber er hörte schon nicht mehr zu. Mit ausgreifenden Schritten eilte er davon, nach rechts um die Frangipani herum, und war verschwunden, vermutlich in Richtung Straße vor dem Haus. Und obwohl ich drauf und dran war, ihm hinterherzulaufen, besann ich mich eines Besseren. Es hatte sowieso keinen Zweck. Hier, der Umschlag, darum ging es. Ich führte ihn an die Nase und schnupperte daran. Ich weiß nicht, was ich mir davon versprach. Vielleicht roch er nach einem Parfüm, nach irgendetwas, das auf den Absender hindeutete. Aber nichts, nur der Geruch von Papier.

Ich zog eine Haarnadel aus meinem Nackenknoten, stach sie vorsichtig in den Falz, trennte das Kuvert an der Kante entlang auf, griff hinein und zog den Inhalt heraus, während sich just in diesem Moment eine Wolke vor die Sonne schob, was selten genug vorkam. Vielleicht aber hatte ich es mir auch nur eingebildet, dass es auf meiner Terrasse eine Spur dunkler wurde, während ich auf die Anweisungen starrte, die in Druckbuchstaben auf der Rückseite des versiegelten Briefpäckchens geschrieben waren:

PERSÖNLICHE AUSHÄNDIGUNG NUR AN D/D WINDSOR …

und darunter, unterstrichen:

<u>VERTRAULICH</u>.

Ich stand auf, schwang mich in meine Uniform vom Roten Kreuz, sah Veryl in der Küche hantieren und schlich mich still und leise aus dem Haus. Schließlich musste ich um zehn Uhr im Hauptquartier sein. Wäre ja noch schöner, mich von so einer Lappalie wie einem geheimen Briefkuvert von meinen vaterländischen Pflichten abhalten zu lassen.

Hatte ich erwähnt, dass Heiligabend war? Ich weiß es nicht mehr. Ist auch kein Wunder. Zum einen musste ich mich über diesen Eindringling auf meiner Terrasse ärgern, zum anderen kam es mir unter der Sonne, den Palmen und dem ganzen Drumherum, im luftigen Kimono und Strohhut, auch gar nicht so vor. Die weihnachtlichen Vorbereitungen hatten die Ladys vom Roten Kreuz nicht von ihren üblichen Pflichten abhalten können, oh nein. Das Hauptquartier war festlich geschmückt mit Gebinden, Girlanden und Gehängen aller Art (allerdings fehlten echte Tannenzweige, denn die konnte man zu Kriegszeiten nicht importieren, dafür gab es reichlich Lametta), dazu Weihnachtskarten, Zierschleifen, Bilder von rotbackigen Weihnachtsmännern, von Klingelglöckchen, umrahmt von Weihnachtsliedern und einer fast ekstatischen Verzückung allerseits, sodass man den Duft nach Zuckerplätzchen, nach Tannen- und Fichtenharz, der gar nicht real existierte, fast schon zu riechen glaubte. Doch es mussten noch Päckchen geschnürt, Geschenke verpackt und Socken gestrickt werden, und darüber hinaus stand Miss Nancy Oakes kurz davor, ihr gesellschaftliches Debüt zu geben … Und wer an diesem Abend nicht zum Ball im British Colonial Hotel geladen war, um die Aufnahme des reichsten Mädchens in die Gesellschaft und seine Entlassung in das Erwachsenendasein mitzufeiern sowie ein paar Shilling zu spendieren … nun, der gehörte nicht dazu.

Die Ladys hatten kein anderes Thema mehr, ganze vier Stunden lang, während wir nebenbei die restlichen Geschenke für die armen Kinder in Nassau einpackten (von denen es sehr viele gab). Was ziehe ich nur an ... was für ein Kleid Miss Oakes wohl tragen wird ... und stimmt es denn, dass der Count de Marigny sich als ihre Begleitung anerboten hat? Ja, das stimmte! Vor zwei Wochen hatte Miss Oakes ihn an der Bar des Prince George einfach angesprochen und gefragt, einen Mann, der fast doppelt so alt war wie sie selbst, bereits geschieden, ein berühmt-berüchtigter, sexsüchtiger Playboy. Jeder kannte die schmutzigen Umstände seiner ersten Ehe, wie er die Frau seines besten Freundes verführt hatte, wie diese sich leidenschaftlich in ihn verliebt hatte und nach Reno, Nevada, gefahren war, um eine schnelle Scheidung zu erwirken – nur um ihn wenige Jahre später wegen seiner Sexsucht wieder zu verlassen. Insofern waren die Ladys einhellig der Meinung, dass Sir Harry Oakes und Lady Oakes diese erste amouröse Anbahnung rigoros unterbinden sollten. Doch Miss Oakes hatte ihren eigenen Kopf.

Gegen vierzehn Uhr war der letzte Spielzeuglaster verpackt. Mrs. Gudewill würde alle Päckchen in ihrem Buick ins Government House bringen. Ich schob die Haare unter meine Rotkreuzhaube und bot ihr meine Hilfe an.

Mitten am Nachmittag, von allen Seiten in das glänzende Kleid der bahamaischen Sonne gehüllt, hatte das Government House einen ganz anderen Charakter, wirkte nicht ganz so formal – die rosa Farbe zerlaufen und etwas blässlich, wie ein vergessenes Bonbon in der Sonne. Die Sonne brannte gnadenlos auf die Palmen mit ihren teils braunen Blattspitzen und auf die Frontscheibe von Mrs. Gudewills Buick. Dann waren wir da, rollten die Auffahrt zum Westeingang hinauf. Unterwegs hatten wir nett geplaudert, und sie hatte mir gestanden, dass sie anfänglich nicht viel von der Herzogin gehalten habe. Wie *ich* sie denn fände, wollte sie wissen.

Darüber hätte ich nicht groß nachgedacht, sagte ich, Königshäuser hätten mich nie wirklich interessiert.

»Oh. Nun, unter uns gesagt, und das dürfen Sie auch gleich wieder vergessen, Mrs. Randolph, ich fand sie immer ein bisschen überdreht.« Mrs. Gudewill kicherte nervös. Sie war Kanadierin, wie die Oakes, und eine wohlhabende Witwe. Sie hatte zwei Töchter. Die jüngere, ein wunderschöner Rotschopf namens Marie, sollte verlobt oder so gut wie verlobt sein, mit keinem Geringeren als dem Baron George af Trolle, dem persönlichen Sekretär von Axel Wenner-Gren. Ein toller Fang für Marie. Und genau der Grund, wunderschöne rothaarige Töchter an einen Ort wie Nassau zu bringen. Wie auch immer, Marie war dick befreundet mit Nancy Oakes, ebenfalls eine Rothaarige. Mrs. Gudewill hatte also allerlei zu erzählen, und ich ließ sie gerne reden. Es gehörte zu meinem Job, die Leute fröhlich drauflosplappern zu lassen.

»Ach, wirklich? *Überdreht?*«

»Nun, anfänglich, bevor ich sie persönlich kannte. Jetzt sehe ich all das Gute, das sie hier bewirkt, und wie hart sie dafür arbeitet. Und die Liebe, die die beiden füreinander hegen, ist ja auch nicht zu übersehen.«

»Wohl wahr«, sagte ich. »Einfach herzergreifend.«

Mit offenen Fenstern fuhren wir also die Auffahrt hinauf, und während ich den Ellbogen in das offene Fenster stützte, meinte ich, den feuchten, goldwarmen, salzigen Geruch des Sommers zu schmecken. In New York würde die Luft nach Müll und Autoabgasen schmecken, wäre erfüllt von Kohlenrauch, Schnee und Graupel. Vor dem Tor zum Westeingang hielten wir an. Ein Wachmann trat aus seinem Unterstand.

Mrs. Gudewill streckte den Kopf aus dem Fenster. »Guten Tag! Mrs. Gudewill und Mrs. Randolph vom Roten Kreuz. Wir bringen die Weihnachtspäckchen.«

Er warf einen Blick auf sein Klemmbrett. »Ja, natürlich. Geradeaus durch. Den Weg kennen Sie ja.«

»Freilich.«

Wir fuhren durch die Tore auf den Portikus zu, wo ein mattgrünes Motorrad samt Sozius am Bordstein stand. Während wir langsam zum Stehen kamen, erschien ein großer, spindeldürrer Mann in der Tür, schwenkte mit einem lässig militärischen Salut am Wachmann vorbei und stieg auf. Die Sonne ließ sein Haar kurz glitzern, bevor es unter dem Lederhelm verschwand und er sich die Schutzbrille vor die Augen zog. Mir stockte das Herz. Mrs. Gudewill zog die Handbremse an. »Was will der denn hier? Ist das nicht Mr. Thorpe?«, fragte sie.

»Mr. Thorpe?«

»Ja, ganz sicher, das ist er. Er war wohl beim Herzog zu Besuch. Na gut. Beeilen wir uns. In einer Stunde habe ich einen Friseurtermin! Sie kommen heute Abend doch auch zum Ball, Mrs. Randolph?«

»Unbedingt«, sagte ich.

Inzwischen kannten mich die Wachmänner, Lakaien und Butler Marshall schon. Marshall nahm uns einen Arm voll Geschenke ab und begleitete uns durch die Vorhalle in den Salon, wo die Herzogin wie so oft auf dem Sofa neben dem Kamin saß und uns empfing. Ihr Erscheinen war makellos – neben ihr Miss Drewes, ihre Privatsekretärin, und hinter ihr, über dem Kaminsims, ein riesiges Gemälde mit ihrem eigenen Konterfei. Der Tee stand auch schon bereit. Zur Feier des Tages trug der Kaminsims heute ein rotes Winterbeerenkleid und die Herzogin ein purpurrotes Festtagsgewand. Rechts neben der Herzogin saß Miss Drewes auf einem Stuhl, mit gespitztem Bleistift. »Wie schön, guten Tag, die Damen«, sagte die Herzogin.

Im Augenwinkel nahm ich ein paar fahrige Bewegungen

wahr. Mrs. Gudewill (die zwischen fünfundvierzig und fünfzig sein musste, eine robuste, Gesetztheit und Würde ausstrahlende Dame) wirkte irgendwie hibbelig, wenn nicht gar kippelig mit ihrem Geschenkeberg auf den Armen.

»Guten Tag, Ihre Hoheit!«, trällerte sie vergnügt.

»Guten Tag, Herzogin«, sagte ich. »Sollen wir alles einfach unterm Baum ablegen?«

»Oh, ja. Danke vielmals«, sagte sie, rührte sich aber keinen Zentimeter von ihrem Platz auf dem Sofa.

Wir trugen unsere Fracht also zur Douglastanne (einer echten natürlich, wie es sich für das Government House gehörte), die gut dreieinhalb Meter hoch in der Ecke des Raumes stand, reich beladen mit Lametta und Kerzen. Mrs. Gudewill ging voraus, ich folgte ihr, und hinter mir kam Marshall mit seinen weißen Butler-Handschuhen.

»Einfach hier auf den Boden?«, fragte Mrs. Gudewill.

»Gerne«, sagte die Herzogin.

Wir platzierten die Geschenke in ihrem bunten Papier auf der scharlachroten Samtdecke rund um den Weihnachtsbaum. Das arme Ding von Weihnachtsbaum hatte bereits genadelt, das Klima gefiel ihm offenbar gar nicht. Ich stand auf und streifte die Hände ab.

»Unseren Freund Thorpe haben Sie gerade verpasst, Mrs. Randolph. War eben auf einen Sprung da.«

»Wir haben ihn noch gesehen, auf dem Motorrad«, warf Mrs. Gudewill ein. »Ist gerade losgefahren.«

»Komisch, dass Sie ihn ständig um ein Haar verpassen.«

»Komisch, nicht wahr?«, sagte ich.

»Aber er schaut ja immer mal wieder vorbei«, sagte die Herzogin.

Da meldete sich Miss Drewes zu Wort. »Letzten Monat war er auch da, zum Tennisturnier im British Colonial, wenn mich nicht alles täuscht.«

»Ach ja? Habe ich nicht mitbekommen«, sagte ich.

Die Herzogin lachte. »Ja, stimmt. Ich glaube, ich habe ihn Hunderte Male in Ihre Richtung schauen sehen. Der Arme.«

Eine wohlgesetzte Pause entstand, unterbrochen vom Klappern einer Tasse, die irgendwer zurück auf die Untertasse stellte. Mrs. Gudewill wandte sich wieder dem Baum zu und gab ihrer Bewunderung Ausdruck.

»Herzogin«, sagte ich und langte in meine Handtasche. »Wo ich schon mal hier bin. Vielleicht hätten Sie einen Moment unter vier Augen? Natürlich nur, wenn es Ihnen nichts ausmacht.«

Die Herzogin von Windsor antwortete mit einem Blick über die Rückenlehne des Sofas in meine Richtung. »Aber sicher. Miss Drewes, würden Sie bitte Mrs. Gudewill zu ihrem Wagen begleiten?«

Miss Drewes erhob sich. »Aber gerne.«

Bevor ich nun erzähle, was weiter geschah, will ich eins klarstellen: Man konnte an der Herzogin auszusetzen haben, was man wollte, niemand ist perfekt, aber man konnte nicht behaupten, sie hätte sich vor ihren Pflichten als Gattin des Gouverneurs der Bahamas gedrückt.

»Die Leute denken, ich sei nichts weiter als ein Modepüppchen«, sagte sie einmal zu mir, als wir an Bord der *Gemini* nach Cat Island fuhren, wenige Wochen nach unserem ersten kleinen und durchaus vielversprechenden Plausch in der Bibliothek des Government House. »Sie denken, ich sei nur eine faule, frivole Partylöwin. Dinnerpartys und Kreuzfahrten. Aber nichts könnte der Wahrheit ferner liegen, Lulu.«

Wir saßen im Deckshaus, weil es draußen zu zugig war, und ich weiß noch, wie ich sie anstierte, wie sie zwischen den drapierten Kissen auf dem Sofa lehnte und ich mich an eine gewisse Dinnerparty am Abend zuvor im Haus von Fred Sigrist und Gemahlin erinnerte. Die Oakes waren da gewesen, Harold Christie, sein Bruder Frank und meine Wenigkeit. Vom Meer her hatte eine warme Brise geweht, Wein und Brandy waren reichlich geflossen, ringsum Palmen, Meertraubenbäume und so viel Beschaulichkeit, dass man fast hätte meinen können, es gebe überhaupt keinen Krieg, dort drüben, auf der anderen Seite der Welt, wo »sie« mit der Dunkelheit und Angst vor deutschen Bombern sowie dem englischen Wetter leben mussten.

Ich brauchte Wallis nicht zu fragen, wen sie mit »sie« meinte. Sie meinte Davids Familie, ihre ewigen Widersacher, jene boshaften, kaltblütigen, skrupellosen Wichtigtuer, Heuchler allesamt, stets darauf aus, sie, sprich Wallis, in ein denkbar schlechtes Licht zu stellen – *aber nichts könnte der Wahrheit ferner liegen, Lulu.* Hinter ihr schillerte das Meer unter der Sonne.

»Rein gar nichts«, sagte ich.

»Als wir uns zu einer kleinen Rundfahrt aufmachten, um die im Meer verstreuten Inseln zu besuchen, traute ich meinen Augen kaum. Diese Armut! Es ist herzzerreißend, schlimmer als alles, was ich in China gesehen habe. Und niemand half. Ich erinnere mich an einen Besuch bei einer Frau in ihrer Hütte auf einer dieser Inseln, welche genau es war, weiß ich nicht mehr, egal – sie saß auf dem Lehmboden, umringt von kleinen Kindern in Lumpen, die Bäuche aufgebläht, ein weiteres Baby unterwegs … und sie machte sich um die nahende Geburt kaum mehr Sorgen als … na ja, eine Katzenmutter um ihren nächsten Wurf.« Wallis schüttelte den Kopf. »Und da kam mir die Idee für eine Geburtsklinik. Ich wollte helfen, ganz einfach. Ich wollte diesen armen Wesen helfen, sich ihrer lieben Kleinen anzunehmen.«

»Zumal ja die Zeitungen nichts anderes berichten als die Anzahl der Überseekoffer in Ihrem Reisegepäck.«

»Oh, das ist nicht weiter verwunderlich. Genau dieses Bild soll die Welt ja von mir haben. Die haben alle ihre Instruktionen, diese Zeitungen, glauben Sie mir.« Sie drehte sich zur Seite, um durch eines der Bullaugen zu schauen. Welch schönes Profil sie hatte. Markante Kinnlinie, markante lange Nase. »Aber egal. Solange ich einen Unterschied machen kann, ist es allein das, was zählt. Und wenn die ganze Welt nichts davon erfährt, egal, das macht mir nichts aus. Ich für mich jedenfalls kann ruhigen Gewissens in den Spiegel schauen.«

»Ich bin sicher, Sie haben viel Gutes getan.«

»Man wird sehen. Man muss die Ärmel hochkrempeln und selbst tätig werden, die Babys wiegen, Windeln wechseln, Fläschchen geben und den Müttern zeigen, wie alles richtig gemacht wird.«

Mir lag schon auf der Zunge nachzuhaken, woher sie ihre Erfahrung nehme, wo sie selbst doch keine eigenen Kinder habe, ich verkniff mir die Frage aber im letzten Moment und senkte den Blick, um etwas auf meinen Stenoblock zu notieren, was genau, weiß ich nicht mehr.

»Alles hier ist so primitiv«, fuhr sie fort. »Und das in der heutigen modernen Zeit. Sie stillen ihre Babys wie Tiere ihre Jungen. Haben keine Ahnung von richtiger Säuglingsernährung. Als Erstes habe ich Johnson & Johnson angerufen und sie bewogen, bergeweise Konserven mit Säuglingsmilch zu spenden, die wir dann tausendfach unter den einheimischen Insulanerinnen verteilen konnten. Es hat wirklich sehr viel Gutes bewirkt. Doch sollten die USA in diesen verdammten Krieg hineingezogen werden, müssen sie diese Spenden wohl einstellen.«

»Sie meinen die Milchspenden? Johnson & Johnson?«

»Alles. Milch, Windeln, alles.« Sie kniff die Augen leicht zusammen, so als dächte sie angestrengt über etwas nach, über mögliche neue Bezugsquellen vielleicht, über alternative Möglichkeiten, um die bahamaischen Mütter auch weiterhin mit Milch und Windeln versorgen zu können. Ich saß da, den Bleistift in der Hand, und betrachtete sie.

Nach einer Weile drehte sie sich wieder zu mir um und deutete auf die Lederfototasche, die meine Kodak 35 enthielt.

»Stellen Sie sicher, dass Sie ein paar gute Fotos bekommen«, sagte sie. »Ein Bild sagt mehr als tausend Worte.«

Und das tat ich natürlich. Wer zufällig ein Exemplar der Ausgabe des *Metropolitan Magazines* vom Oktober 1941 in die Finger bekommt, wird auf der dritten Umschlagseite in meiner Kolumne »Lady von Nassau« zwei Fotos von Wallis sehen. Das erste und größere der beiden zeigt sie wie aus dem Ei gepellt, mit Juwelen behangen, in einem sahneweißen Haute-Couture-Kleid der Luxusmarke Mainbocher, beim Tanz mit Seiner Königlichen Hoheit auf einer Benefizgala. Das zweite zeigt sie in ihrer Rotkreuzuniform, mit zutiefst bewegter Miene, bei der Überreichung einer Milchkonserve an eine dankbare Schwarze Mutter auf Cat Island.

Seitdem gab es noch etliche weitere Touren quer über alle Inseln, etliche weitere Vormittage im Rotkreuzhauptquartier, um Spenden, Arznei- und Verbandsmittel zu verpacken, etliche weitere Nachmittage in der Geburtsklinik der Herzogin in Grants Town im Distrikt Over-the-Hill.

Doch heute war Weihnachten, und Spenden für die Wohltätigkeit hatten Hochkonjunktur. Die Herzogin von Windsor arbeitete unermüdlich, stellte sich voll und ganz in den Dienst der Sache. Sie war wie eine Löwin auf der Jagd. Die Geschenke unter dem Baum stellten nur die jüngste Beute dar.

Wir hörten Mrs. Gudewill und Miss Drewes durch die Vorhalle stöckeln. Die Herzogin selbst thronte noch immer auf dem Sofa, den Rücken stockgerade; sie drehte den langen Hals, hob ihr markantes Kinn, legte den Ellbogen auf die Sofalehne und lächelte mich an.

»Kommen Sie, setzen Sie sich zu mir. Ich habe auch etwas für Sie.«

Ich nahm neben ihr Platz, dort, wo eben noch Miss Drewes gesessen hatte, deren Sitzwärme durch das Polster noch zu spüren war. Das Parfüm der Herzogin erfüllte die Luft. Ich glaube, es war Chanel. Sie griff nach der kleinen Glocke auf dem Tisch und fragte, ob ich einen Kaffee wolle.

»Ja gerne, danke.«

»Haben Sie Ihre Kolumne dabei?«

Ich öffnete die Handtasche. »Hier, bitte. Es war ein arbeitsreicher Monat, nicht wahr?«

»Oh, er war schrecklich.« Sie zog die dezent im Tisch eingelassene Schublade auf und nahm ihre Lesebrille heraus. Nicht jeder wusste, dass die Herzogin eine Lesebrille brauchte, aber ich schon. Ich genoss offenbar ihr Vertrauen. Sie klemmte sich die Bügel hinter die Ohren und nahm mir dir getippte Seite aus der Hand. Der Butler erschien, brachte den Kaffee. Er stellte das Tablett vor uns ab, stapelte das Teegeschirr auf das bereits vorhandene Tablett und trug es weg, während die Augen der Herzogin über das Papier wanderten, hin und her … und hin und her, so wie die Walze einer Schreibmaschine, und jedes Wort genau unter die Lupe nahmen. Ich schenkte mir Kaffee ein. Spielte kurz mit dem Gedanken, mir einen »Kaffee mit Schuss« zu genehmigen, doch dazu hätte ich hinüber zu den Kristallkaraffen gehen müssen, die auf ihrem eigenen Silbertablett standen (wovon es im Zimmer viele gab), aber ich wollte die Freiheiten, die sie mir inzwischen zugestanden hatte, nicht überstrapazieren. So begnügte ich mich mit edler Sahne und wertvollem Zucker und nippte an meinem Kaffee, bis sie fertig gelesen hatte.

»Sehr schön.« Sie nahm die Brille ab und schenkte mir ein Lächeln. »Insbesondere der Absatz über den Basar. Nächsten Monat müssen Sie unbedingt über die Weihnachtsgeschenke berichten, einverstanden? Darüber, wie sehr sich die Kinder in den Armenvierteln gefreut haben, die armen Lämmchen.«

»Selbstverständlich.«

Sie reichte mir das Blatt, und ich steckte es zurück in meine Handtasche. Der Portikus schützte den Raum vor der Sonneneinstrahlung, sodass es drinnen angenehm kühl war, eine Wohltat nach der ungewöhnlichen Hitze draußen. Trotzdem rannen mir ein paar Schweißperlen den Rücken hinunter. Die Herzogin ignorierte den Kaffee und faltete die Hände auf dem Schoß.

»Wir haben so hart gearbeitet«, sagte sie. »Ich bin furchtbar stolz auf das, was das Rote Kreuz leistet. Das alles hier, dann noch die Klinik … nein, man kann weiß Gott nicht sagen, ich hätte nicht mein Bestes gegeben.«

»Eine Geburtsklinik, das ist ein solch großes karitatives Projekt.«

»Das ist großartig, nicht wahr? Und natürlich ist diese Klinik dringend vonnöten. Sie vermehren sich ja wie die Karnickel, mit Fürsorge und Pflege aber ist es nicht weit her.« Ich umklammerte meine Tasche und stierte auf ihre dünnen roten Lippen.

»Liegt noch etwas an?«, fragte sie.

In ihrem Gesicht lag ein erwartungsvoller Ausdruck, und ihre zu hohen Bogen gezupften Brauen erweckten den Eindruck höchster Aufmerksamkeit. Vielleicht hatte sie das Kuvert in meiner Handtasche rascheln hören. *Sie vermehren sich wie die Karnickel* – hörte ich ihre Stimme in meinem Kopf.

»Nein«, sagte ich. »Nichts weiter.«

»Sehr gut. Dann lassen Sie uns … Oh, da sind ja meine Süßen!«

Durch die Tür tönte ein vertrautes Japsen und Fiepen. Die Herzogin strahlte wie der Weihnachtsbaum in der Ecke. Sie streckte ihre langen, knochigen Arme aus wie eine Mutter nach ihrem geliebten Kind. Und schon sprangen Preezie und Pookie in ihre Arme, hechelnd, schleckend und zappelnd, das Fell der Terrier so glänzend wie die Frisur der Herzogin selbst, rote Festtagsschleifchen um den Hals. Detto platzierte sich zu ihren Füßen, mit schmachtendem Hundeblick. Hinter den Vierbeinern kam der Herzog herein, blieb kurz vor seiner Gemahlin stehen, schob die Hände in die Hosentaschen und betrachtete die fröhlich aufgedrehte Begrüßungsszenerie mit einem Schmunzeln.

»Schauen Sie«, sagte er, »schauen Sie, Mrs. Randolph, schön wär's, wenn die verdammte Journaille solche Bilder zeigen würde. Haben Sie je eine solche verliebte Zuneigung gesehen?«

»Kaum«, sagte ich. »Guten Morgen, Ihre Hoheit. Und frohe Weihnachten.«

»Ja, Ihnen auch. Frohe Weihnachten. Schöner Tag heute, was?«

»Der Kuchen, David, Liebling. Gibst du mir ein Stück?«

Der Herzog beugte sich nach vorn und hob ein großes Stück Rumkuchen vom Tablett. Die Herzogin nahm es entgegen und brach es in zwei Hälften. Die Hunde auf ihrem Schoß spielten verrückt. »Langsam, langsam, meine Süßen«, lachte sie, und die kleinen Racker wurden brav ruhiger, wedelten nur noch wild mit dem Schwanz, während sie sich mit Bröckchen vom Weihnachtsrumkuchen füttern ließen.

»Sind sie nicht goldig?«, sagte die Herzogin mit kehlig verzückter Stimme.

»Das sind sie«, sagte ich.

»Das hier ist aber eine Ausnahme, weil Weihnachten ist. Normalerweise sind wir sehr streng mit ihnen.«

»Ja, wirklich streng«, wiederholte der Herzog.

»Die armen Lieblinge, sie waren arg geplagt. Mit diesem schrecklichen, wirklich schrecklichen Krieg.«

»Immerhin sind sie jetzt hier in Sicherheit, so weit weg von Europa«, sagte ich.

Sie drückte ihr Gesicht in das seidige Fell hinter Preezies Ohr.

»Ja, Gott sei Dank. Ich wünschte nur, der Krieg wäre bald vorbei, so oder so. Damit wir unser Leben wieder genießen können, damit wir uns irgendwo niederlassen können und David eine angemessenere Tätigkeit aufnehmen kann. Als Gouverneur von Australien vielleicht, für einen Mann mit seiner Ausbildung wäre das durchaus angemessen. Wünschen Sie sich nicht auch, dass der Krieg einfach nur vorbei ist?«

»Ja, und am besten durch einen Sieg.«

»Oh, natürlich«, sagte die Herzogin. »Natürlich sehnt man sich nach dem Sieg.«

Die Hunde, die ihr Leckerli inzwischen verputzt hatten, sprangen vom Schoß der Herzogin auf den kleinen Läufer und machten es sich auf den Schuhen des Herzogs bequem. »David, wo du gerade hier bist«, sagte sie.

»Ja, Liebes?«

»Sollen wir Lulu ihr Geschenk geben?«

»Oh! Ja, natürlich.«

»Du liebe Güte, ich … ich habe nicht erwartet …«

»Natürlich nicht. Aber wir wollen Ihnen gerne etwas schenken, eine kleine Aufmerksamkeit. David, sei so gut und hol es, es liegt dort unterm Baum. Wir sind Ihnen ausgesprochen dankbar, Lulu.«

»Ja, ausgesprochen dankbar«, wiederholte der Herzog wieder und tat wie geheißen, wie immer, während die Hunde ihm auf dem Fuße folgten. Er bückte sich, um ein kleines, hübsch verpacktes Geschenk aus den reichen Gaben herauszusuchen. Ich stierte auf seinen nadelgestreiften Rücken, die makellosen Schultern, das glänzende goldblonde Haar und dachte im Stillen (wie ich es gelegentlich tat): *Mein Gott, er ist der König von England gewesen.*

»Nur eine kleine Aufmerksamkeit«, sagte die Herzogin, während sie ihrem Gatten die Schachtel aus der Hand nahm.

»Aber das ist doch überhaupt nicht nötig …«

»Papperlapp. Es gibt nichts, was David und ich mehr schätzen als Loyalität, Lulu, und Sie sind uns so verbunden, eine so gute Freundin. Und dafür möchten wir uns auf bescheidene Weise erkenntlich zeigen, wo wir hier fern der Heimat festsitzen.«

»Zu liebenswürdig. Dabei habe ich bloß meine Arbeit gemacht, das ist alles. Nur meine Brötchen verdient.«

Sie legte mir das Geschenk in die Hände. »Es ist mehr als das, und das wissen wir beide.«

Die Schachtel in grünem Folienpapier war schwerer, als sie aussah. *Für Lulu, Frohe Weihnachten, Ihre Windsors* stand auf dem Geschenkanhänger, in derselben Weise, wie man auch *Frohe Weihnachten, Ihre Browns* schreiben könnte, nur dass es sich um die elegante Handschrift der Herzogin von Windsor handelte, die eine Mrs. Brown so wohl kaum kopieren könnte. Ich löste die Schleife, das Papier fiel zur Seite, und eine kleine rote Schatulle mit der eingeprägten Aufschrift *CARTIER* kam zum Vorschein.

»Machen Sie auf«, sagte die Herzogin.

Ich hob den Deckel und … war sprachlos, als mir, in Samt gebettet, ein Paar Saphirohrringe mit Diamanten in Pavé-Fassung entgegenfunkelten. Ich brachte kein Wort heraus. Einer der Hunde stupste an meinen Knöchel, doch ich zuckte nicht einmal.

Wallis legte eine Hand auf mein Knie.

»Wie gesagt. Es gibt nichts, was wir so sehr schätzen wie Loyalität.«

Loyalität – welch ein komisches Wort. *Loyalität.* Wem oder was gegenüber? Und warum? Und vor allem: inwiefern? Große Fragen. Loyalität, so scheint mir, erfordert die Aufhebung von Vernunft, von Wahrheit gar. Man klammert sich daran, so wie an eine Religion, einen Glauben oder Aberglauben, getrost und ungeachtet all dessen, was da kommen mag. Auf der anderen Seite: Wo sollten wir Trost und Halt finden, gäbe es keinen Glauben, keinen Aberglauben, keine Liebe in dieser Welt? Wir Menschen haben die erstaunliche Fähigkeit, uns selbst etwas vorzumachen. (*Ich?* Niemals, alle anderen, ja, aber *ich* doch nicht.) Doch im Laufe dieser sechs Monate, in denen ich jetzt schon mein eigenes Geld verdiente und in höchsten Adelskreisen verkehrte, war ich in eine meiner altgewohnten Schwächen zurückgefallen, zum zweiten Mal in meinem Leben, in eine willfährige Ergebenheit, deren Ursache wohl in meiner Kindheit zu suchen ist. Aber war dies nicht zu erwarten gewesen? Die Umstände unserer Kindheit bestimmen unseren Charakter, prägen uns ein Leben lang, lenken unser Schicksal, unser vorherbestimmtes Los. Wir sind nichts weiter als Sklaven unseres Unbewussten.

Allein der Anblick dieser Ohrringe! Ihr Gewicht, ihr Funkeln. Ich wusste nicht, ob ich schreien, kotzen oder davonlaufen sollte. Schließlich setzte ich die Schatulle auf das Kissen neben mir und klappte meine Handtasche auf.

»Oh, vor lauter Aufregung habe ich es fast vergessen«, sagte ich. »Das hat vorhin jemand für Sie bei mir abgegeben. Eine Sonderzustellung und offenbar eilig.«

Elfriede

NOVEMBER 1900

Deutschland

Ein Brief für Elfriede trifft ein. Abgestempelt in London. Sie ist gerade dabei, sich einen Kaffee einzuschenken, als ihr Blick auf das obere Eck des Kuverts mit der fremden Briefmarke fällt, das halb verdeckt unter einer Serviette hervorlugt. Das Herz bleibt ihr stehen, gut, vielleicht nicht ganz, doch ihre Finger werden schlaff, und die Kanne, die wunderschöne Porzellankaffeekanne, rutscht ihr aus der Hand und knallt mit lautem Scheppern auf das silberne Frühstückstablett. Kaputt ist nichts, Gott sei Dank. Nur ein Kaffeespritzer auf ihrem Kleid. Sie nimmt die Serviette, tupft ihn ab, während die Adresse nun vollständig zu sehen ist, geschrieben in schwarzer Tinte und gestochener Handschrift: *Frau Baroness von Kleist*, und darunter: *Schloss Kleist, Westfalen, Deutschland.* Auch den Schriftzug im Poststempel kann sie nun entziffern: LON, 2. NOV 1900. Das war vor zwei Tagen. Ihre Finger zittern. Sie legt die Serviette ab, lässt das Kuvert noch einmal darunter verschwinden. Es ist jetzt einen Monat her, seit Gerhard an Typhus erkrankt ist. Es hat immer wieder Rückschläge gegeben. Rückfälle. Doch wie auf einem steilen Bergpfad ist es auch mit seiner Genesung stetig bergauf gegangen, dem Gipfel entgegen, auf dem er am Ende wieder ganz der Alte sein würde, stark und kräftig. Vor zwei Wochen fühlte er sich wohl gesund genug, um aus dem Bett zu steigen und ein paar Schritte durch das Zimmer zu gehen, gestützt von seinem persönlichen Diener. Inzwischen ist er wieder in der Lage, sich alleine zu waschen, anzukleiden und hier und da eine kleine Runde durch das obere Stockwerk zu drehen. Gestern ist er sogar die Treppe hinuntergestiegen, an Elfriedes stützendem Arm, und hat eine Stunde in seiner Studierstube verbracht.

Heute ist das Wetter wieder schöner, und Elfriede hat den offenen Landauer für elf Uhr bestellt, um zusammen mit Gerhard, Johann und dem Kindermädchen eine kleine Spazierfahrt über das Anwesen zu unternehmen. Die frische Luft und der heilsame Sonnenschein würden allen guttun. Und so soll es schließlich sein. Gerhards Genesung ist ein Zeichen Gottes, eine Erlösung vom Bösen. *Wahrhaft, die Büßerin wird zurückkehren zu ihrem Gemahl, und er wird errettet werden, und sie wird nicht mehr begehren einen anderen, nicht mehr hegen sündige Liebe, ihm nichts Böses mehr tun für den Rest ihrer Tage, Amen.*

Nein, sie denkt nicht mehr an Wilfred. Ihre Tage sind ausgefüllt. Straff durchorganisiert. Die Tür ihrer Sinne ist fest verschlossen, unempfänglich für rotblonde Haare, strahlendes Lachen, schlaksige Glieder. Aber sie hat ihn nicht vergessen. Er ist da, einfach da, wie ein Geist, wie die Luft, unsichtbar, unterbewusst, lebenspendend.

So auch jetzt. Unter der Serviette, unter ihren Fingerspitzen. Sie versucht erneut, sich eine Tasse Kaffee einzugießen, und diesmal gelingt es ihr, wenn auch mit unsicherer Hand. Sie trinkt einen ersten Schluck und hebt den Deckel von ihrem warmen, gerösteten Brot. Die Sonne fällt durch ihr Schlafzimmerfenster, wärmt ihren Nacken. Sie schläft in der großen Suite direkt neben Gerhards Schlafgemach, in dem Zimmer, das früher seine Mutter bewohnte. Als Elfriede frisch verheiratet war, nutzte sie diesen Raum nur zum Ankleiden und Baden, manchmal auch, um sich an den kleinen Sekretär neben einem der hohen Schiebefenster zu setzen, den herrlichen Ausblick auf die Gärten zu genießen und Briefe zu schreiben. Dann, als Johann geboren wurde, zog sie mit dem Kleinen in ebendieses Zimmer um, damit sein Vater vom nächtlichen Stillen nicht gestört würde. Nur vorübergehend, so ihre Idee. Nun, drei Jahre später, ist sie in dieses Schlafzimmer zurückgekehrt, hat neue Vorhänge anbringen und alles in leichten Stoffen und hellen Farben gestalten lassen. Die ausgetretenen Bettvorleger hat sie durch weichere Teppiche ersetzt. Und auch das Bad hat sie modernisieren lassen.

Im Zimmer nebenan, auf der anderen Seite der Wand, ist Gerhards Diener gerade dabei, ihm beim Waschen und Ankleiden zu helfen. Elfriede kann ihre Stimmen hören, obgleich sie die einzelnen Worte nicht versteht – sie hört Gerhards rauen Bariton, den sanften Tenor des Dieners. In jenem ersten Jahr ihrer Ehe, wo auf die Flitterwochen die Schwangerschaft folgte, stand Gerhard immer sehr viel früher auf, meist um sechs oder auch schon um fünf, während Elfriede noch im Bett verweilte, bis um acht ihre Zofe mit der gewohnten heißen Schokolade erschien. Jetzt sind ihre Rollen vertauscht. Elfriede ist um sechs Uhr auf, um Viertel vor sieben gebadet und angekleidet, um sieben oben im Kinderzimmer, um acht unten am gedeckten Tisch oder auch hier zum Frühstück, dann, wenn Gerhard aufsteht. Er folgt damit den genauen Anweisungen von Herrn Doktor Rosenblatt, denn Gerhard ist schließlich ein Kranker, der seine Ruhe braucht. Um neun klopft Elfriede dann mit dem Frühstückstablett an seine Tür. Sie serviert ihm das Frühstück gerne selbst, schenkt ihm Kaffee ein, bestreicht sein Brot mit Butter und liest ihm aus der Zeitung vor, da seine Augen noch immer schnell ermüden. Es ist das Mindeste, was sie tun kann.

Vom Zimmer nebenan dringt lautes Lachen durch die Wand. Elfriede schluckt einen Bissen Brot hinunter und schaut auf die Uhr auf dem Kaminsims. Zwei Minuten nach halb neun. Noch Zeit. Sie trinkt ihren Kaffee, köpft das gekochte Ei im Porzellanbecher. Appetit hat sie keinen, isst aber trotzdem weiter. Später wird sie sich an dieses Frühstück nicht mehr erinnern. Nicht an einen einzigen Happen, obwohl sie alles ausgetrunken und aufgegessen hat – Kaffee mit Milch, Ei, Brot und Obst. Danach schaut sie erneut auf die Uhr – acht Uhr achtundvierzig. Sie wischt sich die Finger an der Serviette ab. Erst dann nimmt sie den Brief vom Tablett.

Doch was ist eigentlich mit Elfriedes Eltern? Was ist mit ihrer Schwester, die Brautjungfer war? Was ist mit ihren beiden Brüdern und deren Familien? Wieso haben die ihr keine Unterstützung geboten, damals, gegen die einstimmige Entscheidung derer von Kleists? Elfriede hat immer geglaubt, sie würden sich für sie schämen. Aber vielleicht ist auch alles noch viel komplizierter.

Sie muss nur an den Tag ihrer Hochzeit denken: Die Hofmeisters in Reih und Glied auf der einen Seite der Festtafel, zur Feier des Tages in ihrem besten Sonntagsstaat, mit sauberen Fingernägeln, die Haare in Form gebracht, mit Granaten statt echter Rubine und Diamanten geschmückt, nervös und höflich. Auf der anderen Seite der Tafel die von Kleists, deren Vorfahren Schloss Kleist und deren Vorfahren wiederum die einst an dieser Stelle befindliche Burg erbaut hatten … deren vornehme Kleidung ganz selbstverständlich wirkte, deren Juwelen aus Schatzkammern anstatt aus Schmuckgeschäften kamen. Elfriede erinnert sich bis heute an den Schmerz, den sie empfand, als sie die lange, glanzpolierte Tafel entlangblickte und das kreidebleiche Gesicht ihrer Mutter sah, starr vor Schmach, und im Gegensatz dazu Helgas Gesicht, starr vor Missfallen. Wahrscheinlich war vor lauter Aufregung gerade irgendein Fauxpas passiert, mit einem Löffel oder so. Neben Elfriede saß Gerhard, der sich zu seiner Linken mit einem Mann unterhielt, einem Großherzog, der eigens zur Hochzeit aus St. Petersburg angereist war. Rechts von Elfriede saß die Großherzogin, die Engländerin war und kein Deutsch sprach und deren zynisch belustigte Miene sie gar noch tiefer traf als Helgas Missfallen. (Elfriede war zum Weinen zumute, was sie aber, wir erinnern uns, erst spät in der Nacht tat.)

Wie auch immer, Elfriedes Mutter starb im selben Jahr kurz vor Weihnachten an einer Lungenentzündung, und Elfriede war ihrer fünf Jahre älteren Schwester, die kurz darauf einen Geschäftsmann heiratete und nach Berlin zog, nie so nahe. Ihr Vater kam zu Besuch, als Johann gerade auf der Welt war, doch die Atmosphäre im Haus, dazu Elfriedes Nervenleiden, das herablassende Gebaren von Helga und Ulrika sowie das steife Benehmen von Gerhard, all dies schien ihm den Aufenthalt zu verleiden, denn er ist seitdem nie wieder zu Besuch gekommen. Und ihre Brüder haben mit ihren eigenen Familien und Geschäften genug zu tun. Elfriede, mit Abstand die Jüngste, die Nachzüglerin, das Nesthäkchen, fühlt sich manchmal wie ein Boot, das man losgemacht hat, damit es seine eigenen Ufer findet.

Dennoch denkt sie oft an ihre Familie, so wie auch jetzt, als sie diesen Brief in ihrer Hand hält. Sie denkt an ihre Mutter, die sie das letzte Mal Anfang Dezember sah, an die tödliche

Lungenentzündung, die mit einem leichten Husten begann, scheinbar nichts Besorgniserregendes. Elfriedes Hochzeit war damals fünf Monate her, und natürlich freute sich ihre Mutter über die Nachricht von Elfriedes Schwangerschaft, hatte jede Menge Ratschläge parat, die Elfriede allesamt ignorierte und nun auch nicht mehr weiß. (Vielleicht hätte sie sich die gut gemeinten Ratschläge ihrer Mutter doch zu Herzen nehmen sollen, denkt sie manchmal, und vielleicht hätte sie so die ganze Misere abwenden können. Wer weiß.) Sie saß mit ihrer Mutter in einem heimeligen Musikzimmer im Ostflügel, dem Teil des Schlosses, den Elfriede am liebsten mochte. Hier spielte sie oft stundenlang Klavier, während Gerhard in seiner Studierstube seinen Geschäften nachging. Sie tranken Kaffee, aßen Kuchen, und niemand störte sie. Der Blick ihrer Mutter ruhte unablässig auf dem schwangeren Bauch der Tochter, als könnte sie nicht fassen, dass darin ihr Enkelkind heranwuchs. Sie gab Ratschläge, aber wechselte dann zu anderen Themen wie dem neuesten Klatsch, dem Wetter und so weiter, und Elfriede fiel auf, dass ihre Mutter dabei irgendwie unruhig wirkte, was recht untypisch für sie war.

Die Zeit ging dahin, bis ihre Mutter, Frau Hofmeister, irgendwann die Brosamen vom Tisch wischte und sich zum Gehen schickte. Doch dann stockte sie, zog die Stirn in Falten, setzte sich wieder und eröffnete Elfriede, dass sie nicht das Kind ihres Vaters sei, dass sie, Elfriede, das Ergebnis einer Affäre sei, gezeugt während einer Kur an der Ostsee vor neunzehn Jahren, während Elfriedes Vater zu Hause geblieben war, um die Geschäfte am Laufen zu halten. Sie hatte dort einen attraktiven Studenten aus Dänemark kennengelernt, einen Künstler, der im selben Hotel gewohnt hatte und der sie nach einem gemeinsamen Spaziergang eines Tages, so erzählte sie, *genötigt* … na ja, gut, *gedrängt* …

na ja, gut, *überredet hatte,* mit auf sein Zimmer zu kommen ... und mein Gott, er war so wunderschön, so gefühlvoll gewesen – was hätte sie machen sollen? Es war nur dieses *eine* Mal gewesen ... na ja, gut, vielleicht auch ein *paarmal* mehr ... na ja, gut, vielleicht *ein Dutzend Mal* ... na ja, gut, vielleicht auch den *ganzen August* hindurch – es war wie ein Traum gewesen –, aber nein, es war nicht ihre Schuld, es war Schicksal, es war Gottes Wille gewesen, und nein, Elfriede dürfe ihrem Vater niemals davon erzählen. Es würde ihm das Herz brechen.

An den Rest der Unterhaltung erinnert sich Elfriede nicht mehr, auch nicht daran, wie ihre Mutter aus der Tür und zur Kutsche ging, und auch nicht daran, wie sie sich dieses letzte Mal verabschiedeten, bevor Elfriede dann ans Sterbebett ihrer Mutter gerufen wurde. Diese neue Wahrheit erschien ihr unwirklich, und sie hat sie lange Zeit völlig verdrängt – eine Schutzreaktion ihrer Seele auf einen psychischen Schock.

Doch nun, da sie diesen Brief mit dem Londoner Poststempel in Händen hält, kommen ihr die Worte ihrer Mutter wieder in den Sinn, klar und deutlich, ebenso wie der Glanz in ihren Augen, den sie im Nachhinein der beginnenden Erkrankung zugeschrieben hat. *Gott hat ihn mir geschickt*, sagte ihre Mutter damals. *Darum bist du so wunderschön, weißt du, du hast seine Augen, seine Haare, seine Seele.* Und dann sagte sie es noch einmal, *Gott hat ihn mir geschickt, in meinem Elend.* Welchem Elend? Elfriede wusste gar nicht, dass ihre Mutter sich elend fühlte. Warum? Wieso? Sie weiß es bis heute nicht.

Acht Minuten vor neun.

Elfriede nimmt das Buttermesser und schlitzt das Kuvert auf.

Keine Anrede. Kein Datum.

Verzeih, dass ich Dich behellige. Um nichts in der Welt würde ich Deine Seelenruhe stören. Ich wünschte nur, ich könnte zum Ausdruck bringen, wie viel mir Deine Freundschaft bedeutet und immer bedeuten wird, aber ich kann es nicht. Gott hat uns keine Worte gegeben, die groß, feinsinnig oder schön genug dafür wären, weder in meiner noch in Deiner Sprache. Auf Knien bete ich für Dein Glück. Doch wenn dieses Glück nicht möglich ist, wenn man Dich kränkt oder verletzt, wenn Du Dich in irgendeiner Weise elend fühlst, Dich, warum auch immer, nach einem treuen Freund an Deiner Seite sehnst, dann bitte, schick eine Nachricht an die unten angegebene Adresse. Eine Postkarte genügt. W.

Eine Minute nach neun Uhr klopft Elfriede, das Frühstückstablett in der Hand, an die Tür ihres Gemahls. Der ganze Raum erstrahlt im goldenen Licht der Herbstsonne, ebenso wie Gerhards Haare. Sie schenkt ihm Kaffee ein und schmiert ihm ein Butterbrot. Dann nimmt sie die Zeitung zur Hand, um ihm die Schlagzeilen vorzulesen, und erzählt ihm noch kurz, dass sie den offenen Landauer für eine Spazierfahrt über das Anwesen bestellt habe, um den warmen, wunderschönen Morgen zu genießen, der für November so ungewöhnlich ist.

Auch das Kindermädchen und Johann sind dabei, in warme Wolldecken gehüllt. Gerhard, ganz Gentleman, bedeutet den Damen, doch bitte in Fahrtrichtung Platz zu nehmen, worauf diese aber gar nicht eingehen. Anweisung vom Herrn Doktor. So sitzen das Kindermädchen und Johann mit dem Rücken zur Fahrtrichtung, aber Johann sitzt ohnehin nicht still, er ist völlig aus dem Häuschen. Er deutet auf den See, die Brunnen, die Ställe, den Wald, die fernen Hügel, den Hut des Kutschers, die beiden munteren rotbraunen Pferde.

Einmal streckt Elfriede die Hand nach ihm aus, um ihm über das helle Haar zu streichen, und ist ganz verzückt von der flaumigen Weichheit. Doch der Kleine lässt sich nichts gefallen, wehrt sich und schlägt ihre Hand fort, die sie flugs zurück unter die Wolldecke schiebt, wo Gerhards Finger sie umschließen.

So warm ist es gar nicht, allenfalls im Vergleich zum nasskalten Wetter der letzten zwei Wochen. Die Bäume haben ihre Blätter verloren, sich in kahle Skelette verwandelt, sodass Elfriede weit hindurchsehen kann, als sie am Waldessaum vorbeifahren. Die Menge der umgestürzten Bäume verwundert sie. Mit fragendem Blick dreht sie sich zu Gerhard um, doch der zieht gerade eine finstere Miene in Richtung des Kindermädchens. Wohl wegen irgendeines unbotmäßigen Verhaltens, was die Frau selbst aber gar nicht zu bemerken scheint, während sie Johann mit dem Finger auf dieses und jenes aufmerksam macht. Eine steife Brise weht ihnen entgegen, eisige Novemberkälte, und Johann klettert auf die Sitzbank, kuschelt sich eng an das Kindermädchen.

Elfriede hat sich daran gewöhnt, lässt es sich aber nicht nehmen, jeden Tag nach oben ins Kinderzimmer zu gehen und mit ihrem Sohn zu spielen. Doch sie wird sich hüten, dem Kindermädchen während dieser Stunden die Tür zu weisen. Sie wird sich hüten, sich einem kleinen Jungen von drei Jahren aufzudrängen, der gar keinen Begriff hat von Müttern oder Kindermädchen. Sie hat gelernt, den Schmerz über seinen engen Bezug zu dieser Frau zu ertragen, die während Elfriedes Abwesenheit für ihn da gewesen ist, seine Wehwehchen versorgt und all seine Bedürfnisse gestillt hat. Aber sie gibt nicht auf. Manchmal bringt sie Süßigkeiten mit. Oder ein neues Spielzeug. Manche Kriege kann man nur gewinnen, indem man zentimeterweise vorrückt, dem Feind Stück für Stück genau dort Boden stiehlt, wo er es nicht vermutet, bis man eines Tages alles eingenommen hat.

Im Moment jedoch hat das Kindermädchen ihren Johann so ziemlich für sich eingenommen, zieht die Decke über seinen müden kleinen Körper und legt den Arm um ihn. Erst als er sich ruhig an sie schmiegt, blickt sie zu Gerhard auf, zaubert ihm den finsteren Blick mit einem liebevollen Lächeln aus dem Gesicht, um dann wieder die waldige Landschaft zu betrachten. Johanns Augen fallen zu, die langen Wimpern sinken auf seine Wangen. Unter der Wolldecke drückt Gerhard sanft ihre Hand und lässt sie dann los.

Elfriede beugt sich nach vorn und weist den Kutscher an, zurück nach Hause zu fahren.

Sie nähern sich dem Schlosspark, und als der See in Sicht kommt, lässt Gerhard den Landauer anhalten. Sie wollen den Rest des Weges zu Fuß gehen, sagt er, es sei ja nicht mehr weit. *Schau, dort ist das Haus, nur wenige Hundert Meter entfernt.*

Der Kutscher tut wie geheißen und zieht die Zügel stramm. Gerhard steigt zuerst aus, reicht dann Elfriede die Hand und nimmt schließlich Johann, der vor Freude quietscht, als sein Vater ihn in hohem Bogen durch die Luft schwenkt. Zuletzt hilft er dem Kindermädchen heraus, sein Blick stier an ihr vorbei auf die fernen Hügel gerichtet.

Die Kutsche fährt davon, während Gerhard das Kindermädchen anweist (ohne sie direkt anzusehen, wohlgemerkt, denn sie ist nur eine Bedienstete), mit Johann die Pferde im Stall besuchen zu gehen. Das Kindermädchen sieht die beiden an, Elfriede und Gerhard, Arm in Arm, und ein seltsam verletzter Ausdruck tritt in ihr Gesicht.

»Ja, natürlich, Herr von Kleist«, sagt sie. Sie nimmt

Johanns kleine Hand, dreht sich um und geht in Richtung der Ställe davon, während Gerhard Elfriede am Seeufer entlangführt.

Schweigend spazieren sie nebeneinanderher. Gerhard war noch nie ein Mann der vielen Worte, auch nicht auf der leidenschaftlichen Höhe ihrer Ehe, in jenem ersten Jahr, das so vielversprechend schien, mit Emotionen, die so neu waren, so zart, dass sie besser unausgesprochen bleiben sollten. Jetzt sind es noch weniger Worte. Beschränkt auf das Wetter oder die Schlagzeilen in den Zeitungen. Sie erreichen das kiesige Seeufer. Das Knirschen unter ihren Füßen reißt Elfriede aus ihren stillen Gedanken, und sie erkennt, dass sie kein einziges Wort miteinander gesprochen haben, nicht über ihre Ehe, nicht über ihren Jungen, nicht über die letzten drei Jahre. Vor ihnen schiebt sich langsam das Haus in ihren Blick, glänzt wie ein großes Ornament in der Sonne. Elfriede ist so verzaubert von diesem strahlenden Glanz, dass sie ihre unmittelbare Umgebung völlig vergisst, bis sie Gerhards Hand auf ihrem untergehakten Arm spürt.

»Schau«, sagt er sanft. »Das Sommerhaus. Weißt du noch?«

Sie zögert. »Was genau meinst du?«

»Jetzt tu nicht so, Elfriede. So lange ist es nun auch nicht her.«

»Kommt mir vor wie aus einem anderen Leben. Und deine Frau damals wie ein anderes Wesen.«

»Und doch sieht sie für mich noch immer so aus wie damals. Dieser Arm hier, es ist derselbe Arm.«

»Wie galant von dir.«

»Sollen wir …« Gerhard löst seine Hand von ihrem Arm und fasst an seine Hutkrempe. »Was wir wohl alles vorfinden werden, wenn wir jetzt reingehen, was meinst du?«

»Geister vielleicht?«

Er reibt seine Schläfe, als überlegte er angestrengt. »Ich weiß nicht. Etwas von unseren alten Ichs vielleicht?«

»Nun, ganz so magisch wird es wohl kaum«, sagt sie mit einem leisen Lachen.

Sie bleiben stehen, dort, wo der Weg abzweigt zum Sommerhaus. Ein kalter Wind bläst ihnen ins Gesicht, nimmt den leichten Hauch von sonniger Wärme fort. Der November weiß nicht, was er will. Elfriede will nicht zum Sommerhaus gehen, sie verbindet damit ein gewisses Unwohlsein; und auch Gerhard scheint nicht so richtig zu wollen, als teilte er ihre bange Scheu. Trotzdem biegen sie vom Hauptweg ab und laufen darauf zu. Wie fremdbestimmt. Als hätte das Sommerhaus seinen eigenen Willen. Es will, dass sie kommen, ob freiwillig oder erzwungen. Gerhard öffnet die Glastür, hält sie kurz auf, bis sie beide eingetreten sind, und schließt sie dann rasch wieder hinter ihnen, damit Zugluft und Kälte draußen bleiben.

»Du solltest dich setzen und ein bisschen ausruhen«, sagt sie.

Er setzt sich brav, stakig und steif, nimmt den Hut ab und fährt sich über den hellen Stoppelkopf. Ein leidender Kranker – noch einer, sie scheint sich nicht von ihnen befreien zu können. Gerhard legt die Hände auf die großen, knochigen Knie. Die Krankheit hat an ihm gezehrt, er hat stark abgenommen, aber seine Statur hat sich nicht verändert, er ist groß und grobschlächtig wie eh und je, jetzt ist es nur deutlicher sichtbar. Elfriede setzt sich neben ihn. Auf dieselbe Chaiselongue wie damals. Die Kissen, denkt sie bei sich, sind vom Sonnenlicht verblichen. Ob sie sie mal austauschen sollte?

»Es tut mir leid, was in der Kutsche passiert ist«, sagt er.

»Was ist denn passiert, in der Kutsche?«

»Nun, dass Johann so furchtbar an ihr hängt, weißt du?«

»Du meinst am Kindermädchen? Ja, das weiß ich. Es macht mir nichts aus.«

»Es schmerzt dich sicherlich, die beiden so innig zusammen zu sehen.«

»Ein bisschen. Aber es ist ihr ja nicht vorzuwerfen. Ich bin froh, dass er sie hat, sie lieben kann und sie ihn auch liebt. Jedes Kind braucht Liebe.« Elfriede faltet die Hände im Schoß. »Ich hoffe nur, er wird mich auch einmal lieben können.«

»Wenn du willst, dass ich sie entlasse, dann tue ich das.«

Elfriede hebt überrascht den Kopf. »Sie entlassen? Nein, natürlich nicht. Es würde ihm das Herz brechen.«

Er schnauft schwer, lässt eine Art Seufzer vernehmen, einen Schluchzer fast, und steht auf, um an die Fensterfront mit Blick auf den See zu treten. »Es tut mir leid«, sagt er.

Elfriede dreht sich zu ihm um, nimmt eins der Kissen auf ihren Schoß, um etwas zu haben, woran sie sich festhalten kann.

»Schon wieder? Was tut dir denn diesmal leid?«

»Die ganzen Wochen … die ganzen letzten Wochen … die du dich um mich gekümmert hast … Du bist ein Engel …«

»Oh, das. Nun, ich bin schließlich immer noch deine Ehefrau, nicht wahr? Und von einer Ehefrau wird bekanntlich erwartet, dass sie ihren Ehemann pflegt, wenn er krank ist.«

»Ich habe es nur nicht verdient, meine ich.«

»Wer hat das schon? Niemand ist ohne Fehl und Tadel. Wir alle sind Gebende und Nehmende, nicht weil wir etwas verdient hätten, sondern weil wir sind, was wir sind. Weil wir alle Menschen sind, mehr nicht, weil wir Gottes Kinder sind. Mit all unseren Fehlern.«

Er verschränkt die Arme vor der Brust und senkt den Kopf.

»Komm.« Sie streicht über das Kissen. »Du bist müde. Lass uns zurück ins Haus gehen und Kaffee trinken.«

»Elfriede, soll das ewig so weitergehen? Haben wir uns denn gar nichts mehr zu sagen?«

»Was gibt es denn zu sagen?«

»Alles. Alles.« Nachdenklich schüttelt er den Kopf. »Alles hat sich verändert. Manchmal denke ich an unseren Hochzeitstag zurück. Dann sehe ich dich vor mir, wie du in der Kirchentür erschienen bist, ein Geschenk des Himmels, und ich dachte: *Es gibt kein schöneres Wesen auf dieser Welt.* Ich habe sogar geweint bei deinem Anblick.«

»Ach was. Daran kann ich mich gar nicht erinnern.« Elfriede hält kurz inne. »Aber ich war auch viel zu nervös, um dich anzusehen, denke ich mal. Es zog alles wie im Nebel an mir vorbei. Nicht einmal an das Ehegelübde kann ich mich erinnern.«

»Oh Gott«, sagt er gequält. »Oh Gott. Wie konnte es nur so weit mit uns kommen?«

»Was meinst du?«

»Werden wir nie wieder Mann und Frau sein? Denkst du, du wirst mich je wieder lieben können?«

Aber geliebt habe ich doch noch nie, denkt sie hilflos und antwortet mit einer Gegenfrage.

»Wirst du mich denn je wieder lieben können? Vielleicht ist das ja die eigentliche Frage?«

»Aber ich habe nie aufgehört, dich zu lieben.«

»Du hast mich fortgeschickt.«

»Das stimmt nicht … meine Schwestern dachten …«

»Willst du mir gerade weismachen, dass der Baron von Kleist unter der Fuchtel seiner Schwestern steht?« Sie erhebt sich und blickt ihn an. »Du hättest mich gegen sie verteidigen können. Du hättest sie daran erinnern können, wie sehr du mich liebst, und du hättest etwas *tun* können.«

Er hält den Kopf noch immer gesenkt, unfähig, sie anzuschauen. Sein stoppelkurzes blondes Haar, fast weiß im herbstlichen Sonnenlicht: Mehr kann sie von ihm nicht sehen.

»Ich hatte keine Ahnung, was ich tun sollte. Ich habe es einfach nicht verstanden. Ich verstehe es immer noch nicht. Wie konnte mein wunderschöner Engel sich nur so verwandeln, in eine … in eine …« Er macht eine hilflose Handbewegung. »Wie selbstsüchtig von dir, wie egoistisch … Wie konntest du deinen eigenen Sohn nicht lieben?«

»Aber das habe ich doch. Ich liebe ihn doch. Doch da war dieser schwarze … Schleier … der sich auf mich herabsenkte, mich umfing. Mich ganz und gar umhüllte. Mitsamt meinen Gefühlen. Ich konnte keine Liebe mehr empfinden. Es war grauenvoll. Da war nichts mehr in mir. Nichts, was ich hätte wiederbeleben können.«

»Du hast es ja nicht einmal versucht!«

»Nicht versucht? Mein Gott. Gerhard.«

Er steht da, starr wie eine Säule. Sein Rücken gerade, der Mantel locker um seine Schultern. Wohin stiert er denn durch diese Fensterfront? Auf den See? Auf den Wald dahinter? »Das … das sind doch alles Frauensachen«, sagt er schroff. »Davon habe ich keine Ahnung. Ich dachte, meine Schwestern würden es besser wissen als ich.«

»Wenn du für mich gekämpft hättest …«

Gerhard dreht sich endlich um, hebt den Kopf. Sein Gesicht ist schierer Schmerz, und seine ausgemergelte Erscheinung macht den Anblick nur noch schlimmer. Er sieht aus, als wäre er tausend Jahre alt. »Sie haben mir erzählt, du würdest ihn umbringen. Der Arzt … meine Schwestern … sie alle dachten, mein Sohn sei in Gefahr.«

»Johann? Du dachtest, *ich* würde Johann etwas antun?«

»Ich dachte, vielleicht liegt es an mir. Keine Mutter geht

so mit ihrem Kind um. Vielleicht will sie auch *mir* etwas antun. Vielleicht hat sie mich nie geliebt. Der Meinung jedenfalls waren meine Schwestern, schon als ich dir den Hof gemacht habe. Dass es dir nur um … um *das hier* ginge«, sagt er mit einem schweifenden Nicken nach draußen auf die Parkanlage und das Schloss.

Die Sonne steht inzwischen hoch am Himmel. Die Fensterscheiben fangen ihre Wärme ein, heizen sich gierig auf. Wie seltsam, den Winter im kahlen braunen Geäst ringsum zu sehen und doch die Wärme des Sommers zu spüren. Elfriede nimmt ein schwitziges Kribbeln auf ihrer Haut wahr. Gerhards Gesichtsausdruck wird weicher, wehmütig fast. Er geht auf sie zu, fasst sie am Ellbogen.

»Lass uns noch einmal von vorne anfangen«, sagt er. »Johann zuliebe.«

Elfriede starrt ihn an, diesen Mann, ihren Ehemann, der da vor ihr steht, blass, hager und schwitzend, lichte Stellen im blonden Schläfenhaar, und sie spürt einen Druck auf der Brust, eine panikartige Beklemmung. Eine Riesenangst und akute Schmerzen. Sie hat ihn aufopfernd gepflegt, auf Knien vor Gott ihre Treue geschworen, die sie nie wieder zu brechen gelobte. Doch jetzt, wo er vor ihr steht, sie um nichts weiter bittet als um das, was sie ihm ohnehin auf ewig versprochen hat, fühlt sie nichts als … als blanke Panik! Die Hitze im Sommerhaus erinnert sie an jenen Tag im August, als sie wie im Nebel auf dieser Chaiselongue im Schatten unter Gerhards riesenhafter Brust lag, die sich angestrengt keuchend hob und senkte, während sie selbst die Augen geschlossen hielt, sich scheute vor der hellen Sonne, die ihre intimen Stellen beschien – doch sie erinnert sich an sein Stöhnen, das marternde, rhythmische Wippen ihrer Brüste, seinen Schweiß, der ihr auf die Haut tropfte. Und an das gewaltige Brüllen, mit dem er alles beendete – wie ein siegreicher Löwe, der eine Beute erlegt hat. Genau, das trifft es. Wie ein Löwe. Fehlte nur noch die Mähne, die aber war noch nie dicht, üppig oder goldbraun genug. Er ist so blass, so knochig, und ehe sie sich erwehren kann, sind ihre Gedanken bei Wilfred, seinem rotblonden Haar, seinem Lachen, seiner Leidenschaftlichkeit, seinen sechsundzwanzig Sommersprossen, die sie so liebend gerne küssen will. Elfriede versucht, sich ihm zu entziehen, doch sein Griff ist zu fest.

»Ich muss das wissen, Elfriede. Ich muss wissen, ob noch gilt, was du mir vor drei Jahren gesagt hast.«

»Was habe ich denn gesagt?«

»Mein Gott, was schon? Was schon, Elfriede. Denk doch mal nach. Ich habe an nichts anderes gedacht.« Er kneift die Augen zusammen, wippt auf den Fersen vor und zurück, neigt den Kopf und raunt ihr fuchtig ins Ohr: »Dass du keine weiteren Kinder mehr willst, das hast du gesagt.«

»Oh! Das. Verstehe.«

»Du? Verstehen? Elfriede, du kannst dir das nicht vorstellen … Es war solch ein bitterer Schlag für mich. Du hast auf dem Bett gesessen, in deinem Morgenmantel, hast mich angeschaut und mir eröffnet, dass du keine weiteren Kinder mehr willst. Noch nie in meinem ganzen Leben habe ich einen derart vernichtenden Schlag empfunden.«

»Ich wollte dich nicht verletzen, niemals. Oh, Gerhard. Es war nicht so, dass ich nicht … nicht gewollt hätte. Ich war krank. Und mir war angst und bange davor, noch mehr Kinder zu haben, noch einmal in dieses schwarze Loch zu stürzen. Ich wollte, dass du mich tröstest, meine Angst verstehst. Stattdessen bist du vor mir davongelaufen. Heute noch höre ich die Tür hinter dir zuschlagen.«

»Was hätte ich denn tun sollen?«

»Mich halten! Mich trösten!«

»Wie stellst du dir das denn vor? Die eigene Frau in den Armen halten, aber nicht mit ihr schlafen können? Nach all den Monaten wie ein Mönch? Ich bin nur ein Mann, Elfriede. Sei's drum, ich hatte den Eindruck, meine Berührungen sind dir zuwider.«

Irgendwo in Elfriedes Kopf schreit eine wütende Stimme: *Aber es ging nicht um dich, Gerhard. Warum muss sich immer alles um dich drehen?* Doch die Stimme ist nur ein dünnes Stimmchen, ein letztes Röcheln der Wut, die sanft verklingt. Der Rest ist Mitleid. Ein Mitleid, das sie nicht in Worte fassen kann, wie auch, denn wie, bitte schön, sollte man einem Gerhard von Kleist sein Mitleid aussprechen? Ihr Mitleid zeigt sich in ihrer Miene, in ihren Augen, als sie ihren Ehemann betrachtet.

Er tritt von einem Fuß auf den anderen, weicht ihrem Blick aus. »Gut. Und nun? Hast du jetzt immer noch Angst?«

Schon wieder – Wilfreds Haare, Wilfreds Gesicht, sie kann ihn gar nicht richtig erkennen. Wie kann das sein? Wie ist es möglich, dass seine Züge in ihrer Erinnerung unscharf und verschwommen sind?

Ja, sie kann nur einzelne Teile sehen, immer nur eins, eins nach dem anderen – die schmalen, bleichen Wangen, den Wimpernkranz um seine alpinblauen Augen, die lange Nase, das kantige Kinn, all diese geliebten Dinge sieht sie immer nur einzeln vor sich, doch jedes einzelne Teil verschwindet, sobald sie das nächste wahrnimmt. Hingegen ist das Gefühl an ihn noch in aller Klarheit vorhanden. Gerhards langes Schweigen jagt ein Donnern durch ihre Brust. Sie schließt die Augen und schiebt … und schiebt … *stößt* ihn von sich, doch es ist, als versuchte sie, einen deckenhohen Pfeiler wegzustemmen – und Elfriede ist kein Samson mit übermenschlichen Kräften.

»Ich weiß nicht«, sagt sie schließlich.

»Elfriede, schau mich an.«

Sie schlägt die Augen auf.

»Ich muss das wissen. Ich muss wissen, ob du wieder gesund bist. Ich muss wissen, was deine Rückkehr für dich bedeutet.«

»Ich meine … na ja, zurückzukehren eben. Johann eine Mutter sein. Und dir eine Ehefrau.«

»Aber was *bedeutet* das, Elfriede?« Er zieht sie am Ellbogen, zieht sie noch näher an sich. »Hör mir zu. Eben, in der Kutsche, da dachte ich – und das war alles, woran ich denken konnte –, dass er dermaßen einsam ist, ein kleiner Junge unter Erwachsenen. Er braucht Brüder und Schwestern. Er braucht eine Familie, eine Mutter und einen Vater, die sich um ihn kümmern.«

»Gerhard, Schluss! Darüber müssen wir jetzt noch nicht sprechen. Lass uns warten, bis du wieder ganz bei Kräften bist …«

»Bitte, Elfriede …« Er unterbricht sich, indem er sie küsst, und zwar mit einer solchen Gier, dass sie sich nicht entwinden kann, während sein Mund und seine Arme sie gefangen halten. Sein Kuss hat nichts mit den Küssen zu tun, an die sie sich erinnert. Seine Lippen sind hart, seine Zunge schlabberig. Wo sind sie hin, Gerhards zarte, feinfühlige Küsse? Sie wehrt sich nicht, hängt teilnahmslos in seinen Armen, lässt es über sich ergehen, bis er den Kopf hebt und seinen Griff lockert. Sie weicht zurück, streicht ihre Haare glatt. Gerhard sinkt auf die Chaiselongue, keuchend.

»Es tut mir leid«, sagt er. »Ich bin zu ungestüm.«

»Du bist nur noch nicht gesund genug, das ist alles. Schau, wie du keuchst.«

Er blickt auf. »Kannst du es nicht einmal mehr ertragen, mich zu küssen?«

»Natürlich kann ich es ertragen, dich zu küssen.« Elfriede setzt sich neben ihn und tätschelt sein knochiges Knie. Beugt sich vor und küsst seine feuchten Lippen. »Aber wir können nicht einfach den Zauberstab schwenken, und alles ist wie früher. Drei Jahre sind vergangen. Und es ist viel passiert. Wir haben beide Fehler gemacht.«

»Oh Gott.« Er stützt die Ellbogen auf die Knie, den Kopf in die Hände, gräbt seine Finger in die Haare.

»Nicht doch, Liebling. Nicht verzagen. Mein Gott, manchmal bist du selbst wie ein Kind. Nur weil wir nicht zaubern können, ist es nicht unmöglich. Natürlich werden wir wieder Mann und Frau sein. Und wir sind es bereits, vergiss das nicht. Ich wüsste nicht, dass wir geschieden wären oder uns von unserem Eheversprechen losgesagt hätten.«

Statt eines Lächelns oder gar eines Lachens lässt er einen weiteren qualvollen Seufzer vernehmen.

Elfriede streicht ihm über die kurzen Haare. »Hör mir zu. Natürlich will ich nur das Beste für Johann. Ich will, dass er Brüder und Schwestern hat, mit denen er spielen kann, die seine Familie sind, wenn wir einmal nicht mehr da sein werden.«

Eine kleine Pause entsteht, in der nur Gerhards schwerer Atem zu hören ist. »Elfriede? Meinst du das wirklich so, wie du es sagst?«

»Ja, aber wir haben für diese Dinge alle Zeit der Welt. Es eilt überhaupt nicht. Ich werde dich nicht verlassen. Ich werde meinen Sohn nicht verlassen. Nie wieder, verstehst du? Ich bin nach Hause gekommen. Damit wir für all diese Dinge Zeit haben. Wir haben Zeit, ganz neu anzufangen, die Vergangenheit wegzuwischen und noch einmal von vorn zu beginnen, mit reiner Seele …«

»Ja, ja …«

»… einander zu verzeihen und neu anzufangen …«

Er hebt den Kopf und starrt sie an. »Ja, verzeih mir. Verzeih mir.«

»Natürlich.«

»Verzeih mir.«

»Gerhard, du weinst ja.«

»Schon gut. Es ist nichts.« Er nimmt ihre Hand, wölbt ihre Finger und führt sie an seine Lippen, fast so, als betete er. Als er sie wieder loslässt, sind seine Augen feucht glänzend, und seine hellen Wimpern kleben zusammen. Er hilft ihr auf und hakt sie unter, um ihr schützenden Halt zu geben.

»Komm, lass uns zurück ins Haus gehen. Wir fangen neu an, mit reinen Seelen, mit reinen Herzen. Wie klingt das, Elfriede?«

Ach, was ist er doch für ein Romantiker, dieser Gerhard!

Statt völlig erschöpft zu sein, scheint ihn die vormittägliche Ausfahrt belebt zu haben. Er begleitet seine Frau ins Haus, küsst sie zärtlich und springt förmlich den Korridor hinunter zu seiner Studierstube, um erst zum Mittagessen wieder zu erscheinen. Typhus? Welcher Typhus? Er ist wie neugeboren.

Und Elfriede? Genau umgekehrt. Sie blickt auf die Uhr. Elf Uhr dreißig. Sie hätte die Stunde bis zum Mittagessen gerne für sich gehabt. Stattdessen sucht sie die Mamsell auf, um ihr mitzuteilen, dass sie und Gerhard das Mittagessen gemeinsam im Familienspeisesaal einnehmen werden, dass sie und Gerhard das Mittag- und Abendessen fortan immer gemeinsam einnehmen werden, bis auf Weiteres. Die Mamsell reagiert mit einem schmalen Lächeln, einem winzigen Zucken der Augenbrauen, was alles heißen kann, Erleichterung, Zufriedenheit oder Zynismus – wer weiß schon, was Bedienstete wirklich denken? Denn eine gewisse Schranke zwischen Herrschaft und Bediensteten ist immer vorhanden. Elfriede beendet das Gespräch mit einem freundlichen Lächeln, geht die Stufen zu ihrem Zimmer hinauf, langsam und schleppend, um sich für das Mittagessen umzuziehen. Ein schönes Kleid soll es sein, eines, das ihrem Mann gefällt, eines, mit dem sie den Anfang macht, um die Distanz zwischen ihnen etwas aufzuheben.

Elfriede klingelt nicht nach der Zofe, damit sie ihr beim Umkleiden hilft. Sie ist es gewohnt, sich alleine anzuziehen, mag kein unnötiges Eindringen durch Bedienstete in ihre Privatsphäre. Fremde Hände, die an ihr rumhantieren, fremde Blicke auf ihrer nackten Haut. Als sie die Knöpfe aufmacht, bemerkt sie, dass ihre Hände zittern. Dass ihr irgendwie übel ist. Aber warum? Genau so hat sie es sich doch immer gewünscht. Ihre Gebete wurden erhört. Erlösung. Neuanfang. Ja, sie wird wieder eine gute Mutter sein. Ja, sie wird wieder eine gute Ehefrau sein, und Wilfred ... ja, sprich seinen Namen ruhig aus, hab keine Angst ... Wilfred hat ihr den Mut geschenkt, die Dinge anzugehen, zurückzukehren in ihr verloren geglaubtes Zuhause, die losen Fäden ihres Lebens wieder aufzunehmen und sie neu zu verweben. Sie hat eine zweite Chance bekommen! Und sie wird sie nicht ungenutzt verstreichen lassen. Was für eine schöne Vorstellung: Johann mit einem Brüderchen, einem Schwesterchen. Die Freude in Gerhards Gesicht. Eine intakte, glückliche, fröhliche Familie. Ein Wunder! Und sie allein hat es in der Hand. Also bitte, liebe Finger, haltet still. Bitte, lieber Bauch, beruhige dich. Sie öffnet einen Knopf nach dem anderen. Weiße Haut im Sonnenlicht. Oh Gott, ihr wird schwindelig. Sie setzt sich auf den Diwan und klemmt den Kopf zwischen die Knie. Ihr Tweedrock liegt zerknittert auf dem Boden, darüber ihre elfenbeinfarbene Bluse. Und auf ihrer Wolljacke sitzt sie gerade. Es klopft. Sie springt auf und starrt auf die Verbindungstür zu Gerhards Schlafzimmer nebenan, aber es klopft an der anderen Tür, an ihrer Zimmertür.

»Einen Moment!«, ruft sie.

Nacheinander sammelt sie die herumliegenden Kleidungsstücke auf, trägt sie zum Kleiderschrank, hängt sie ordentlich auf, wählt dann ein Kleid aus rosafarbener Seide für das Mittagessen aus, schlüpft hinein und streift es über Korsett und Petticoat. Hinten hat es eine durchgehende Knopfleiste, die es ihr unmöglich macht, das Kleid alleine zuzukriegen, und so schließt sie auf die Schnelle nur die Knöpfe, die sie erreichen kann, bevor sie sich dann auf den Stuhl beim Sekretär setzt.

»Herein«, ruft sie.

Und herein kommt das Kindermädchen, in demselben hochgeschlossenen, dunkelgrünen Wollkleid wie heute Morgen. Kindermädchen ziehen sich nicht mitten am Tag um. Das Kindermädchen geht auf sie zu, bleibt auf dem kleinen Teppich in der Mitte des Raumes stehen und faltet die Hände ineinander.

»Ich bin gekommen, um meine Kündigung einzureichen.«

»Ihre Kündigung?«

»Ja, Frau von Kleist. Ich kann nicht länger … ich kann nicht länger …« Sie zieht ein Taschentuch aus dem Ärmel und tupft kurz über ihre bereits rot geschwollenen Augen.

Elfriede starrt sie verwundert an.

»Warum, was ist los? Ist etwas passiert?«

»Nein, Frau von Kleist. Ich kann nur nicht länger bleiben, das ist alles.«

»Aber warum denn nicht? Liegt es an mir? Fällt es Ihnen so schwer, ihn mit mir zu teilen? Und wenn ich Ihnen versichere, dass …«

»Ihn teilen? Ihn teilen?« Das arme Kindermädchen kann

die Tränen nicht mehr zurückhalten, fängt bitterlich an zu weinen.

Elfriede vergisst ihre halb offene Knopfleiste und springt auf. »Nein, nicht doch, bitte nicht. Kein Grund, eifersüchtig zu sein. Wir lieben ihn einfach beide.«

»Oh … oh …«

»Setzen Sie sich. Kommen Sie.« Elfriede führt sie zum Diwan, lässt sie Platz nehmen. »Ich lasse Kaffee kommen. Mit Milch? Oder möchten Sie lieber …«

»Hören Sie auf. Bitte. Sie bringen mich noch um.«

»Ich? Sie *umbringen*?«

»Ich bin schwanger!«, platzt es aus ihr heraus.

Alles steht still, das Herz der Welt hört auf zu schlagen. Die Luft wird eisig, das Sonnenlicht im Raum gefriert. Elfriede kriegt mitten im Satz den Mund nicht mehr zu, und sie vergisst alles, was sie gerade noch sagen wollte.

»Ja, ich erwarte ein Kind«, fügt das Kindermädchen, jetzt etwas ruhiger, hinzu. Die ausgesprochene Wahrheit hat ihre Tränen versiegen lassen, zumindest für den Moment. Sie tupft sich noch einmal über Augen und Wangen und steckt ihr Taschentuch dann zurück in den Ärmel.

Elfriede muss irgendetwas sagen. Nur was?

»Ich nehme an …«, sagt sie stockend, »… ich nehme an, ich muss nicht fragen, von wem?«

»Jetzt wissen Sie, warum ich kündigen will.«

»Ja, jetzt weiß ich es.« Elfriede stiert auf ihre vor dem Bauch ineinander gefalteten Hände, die seltsamerweise aufgehört haben zu zittern. Ihr Magen hat sich wieder beruhigt, und schwindelig ist ihr auch nicht mehr. Sie fühlt sich ein bisschen wie in einem Tunnel, so als wären die Gebilde und Geräusche im Raum nur ein Echo ihrer selbst, weit weg und nicht wirklich real. Gerhard und das Kindermädchen. Ach du gute Güte! Der arme Gerhard. Wie unglaublich einsam er gewesen sein muss! *Verzeih mir, verzeih mir*, hat er eben im Sommerhaus noch unter Tränen gestammelt. Jetzt weiß sie, warum. »Wie lange …?«, hört sie sich fragen.

»Seit Weihnachten. Ich habe versucht, aufzupassen und vorsichtig zu sein, Frau von Kleist, aber manchmal konnte ich nicht …«

»Ich meinte eigentlich, wie lange noch, bis das Baby kommt.«

»Oh, ich glaube, im Mai. Ende Mai.«

»Dann wurde es im August gezeugt. Wie reizend!«

»Reizend?«

Elfriede sitzt auf dem Diwan und nimmt die feuchte Hand des Kindermädchens in die ihre. »Sind Sie sehr verliebt in ihn?«, fragt sie sanft.

»Ich … nein, natürlich … Ich meine … oh, Frau von Kleist …«

»Jetzt nicht weinen. Alles wird gut, das verspreche ich.«

»Wir wollten das nicht. Niemals wollten wir das.«

»Natürlich nicht.«

»Ich weiß nicht, was über uns gekommen ist.«

»Psst. Sie waren einsam, das ist alles. Beide. Und Johann dazwischen. Natürlich haben Sie sich ineinander verliebt.«

Das Kindermädchen schluchzt, lässt sich vom Diwan hinunter auf den Fußboden gleiten.

»Sie müssen mich hassen«, keucht sie. »So, wie ich Sie betrogen habe. Ihren Sohn, Ihren Ehemann. Eine Hure bin ich, eine Hure.«

»Weiß er es?«, fragt Elfriede sanft und streicht ihr über das Haar.

»N-n-nein. Ich habe es zunächst nur vermutet – und dann wurde er krank …«

»Verstehe. Natürlich.«

»Es war alles meine Schuld. Machen Sie *ihm* bitte keine

Vorwürfe, Frau von Kleist. Ich war es, die zu ihm ging. Weil er mir so leidtat. Ich wollte ihn nur trösten … weil ich ihn so sehr liebte … und nicht mit ansehen konnte, wie todtraurig er war, wie verzweifelt. Er dachte, Sie würden vielleicht nie mehr zurückkommen.«

»Und dann haben Sie ihn beglückt.«

»Nein. Nicht mal das.« Das Schluchzen des Kindermädchens lässt langsam nach. Sie dreht den Kopf zur Seite und starrt die Wand an, zufällig auf die zu Gerhards Schlafzimmer. »Er hat sich schrecklich gefühlt danach, nach diesem ersten Mal. Ganz schrecklich hat er sich gefühlt, und ich denke, das sollten Sie wissen. Er weinte in meinen Armen wie ein Kind und hat sich selbst verflucht dafür. Aber dann …«

»… dann fiel es immer leichter, nicht wahr? Beim ersten Mal ist es immer am schlimmsten, das denke ich mir. Insbesondere für einen Mann wie Gerhard, der die Treue in Person ist und selbst so hohe Ideale hat. Es muss ihm das Herz gebrochen haben, anfangs jedenfalls. Aber dann, einmal angefangen, ist es schwer, wieder aufzuhören, nicht wahr? Die Sünde ist ja schon begangen. Es ist bereits passiert. Dann kann man genauso gut weitermachen.«

»Auch ein Mann wie der Herr Baron hat *Bedürfnisse*, Frau von Kleist«, schnieft das Kindermädchen. Sie erhebt sich vom Boden und glättet ihre Haare. »Wie auch immer, ich werde gehen. Der kleine Johann ist oben beim Dienstmädchen. Ich will ihm nicht Lebewohl sagen, es würde uns beiden das Herz zerreißen. Bitte, Sie werden Gerh… Herrn von Kleist doch nichts sagen? Es ist besser so.«

»Ich verstehe nicht.«

Das Kindermädchen dreht sich zu Elfriede um. Der Ausdruck auf ihrem breiten, gebräunten, attraktiven Gesicht ist entschlossen und tragisch, vielleicht ein bisschen zu entschlossen und tragisch.

»Es ist besser, wenn er es nie erfährt. Ich werde bei meiner Schwester unterkommen. Und ich habe etwas Geld gespart …«

»Meine Liebe. Meine Gute. So dürfen Sie nicht denken.«

»Ich … ich bitte Sie um Verzeihung, Frau von Kleist.«

Elfriede erhebt sich vom Diwan. Ihr Herz ist erfüllt von … von einer so luftigen Leichtigkeit, dass sie fast schwebt. »Sie wollen, dass er nie erfährt, dass er ein Kind gezeugt hat? Dass sein armes Kind nie erfährt, wer sein leiblicher Vater ist? Wer sein *Bruder* ist?«

»Frau von Kleist, bitte!«

Sie umschließt die flehenden Hände des Kindermädchens. »Wir alle sind Sünder, meine Gute. Niemand von uns ist ohne Sünde in diesem sterblichen Dasein. Wieso also Sünde auf Sünde häufen? Sie müssen bleiben, gar keine Frage. Wir werden uns um Sie kümmern, bitte. Wenn Gerhard ein Kind gezeugt hat, dann muss er als Vater für dieses Kind da sein. Alles andere wäre unmoralisch.«

»Aber das kann ich nicht! Ich kann nicht unter diesem Dach bleiben! Das wäre nicht … nicht anständig!«

»Das zu beurteilen überlassen Sie mal mir. Schließlich bin ich hier die Betrogene.« Elfriede lächelt, als sie das sagt. *Die Betrogene.* Das klingt wie vor Gericht. Wie aus einem Schlusswort, unempfänglich gegen die seltsamen Launen menschlicher Herzen, die unverhofften Schwebeflüge, denen es unterliegt. *Die Betrogene.* Sie denkt an Gerhard, wie er im sommerlichen Dämmerlicht auf dem Kindermädchen liegt und sie heftig nimmt, sich dabei in Ekstase stöhnt. Ob sie es auch im Schlafgemach des Barons getrieben haben? Oder in irgendeiner Kammer? Am Tag oder in der Nacht? Doch nicht in der Schlafkammer des Kindermädchens, die sie sich mit Johanns Gitterbettchen teilt? Egal. Wo auch immer. Wann auch immer. Ihr Herz fühlt mit Gerhards Schuld, mit seinem Schmerz, den er gelitten haben muss, nachdem die rauschhafte Freude des Beischlafs verklungen war. *Die Betrogene.* Wenn sie jetzt doch nur lachen könnte, laut lachen könnte, ohne dass das Kindermädchen sie anstarren würde, als hätte sie eine Verrückte vor sich …

Lulu

DEZEMBER 1941

Bahamas

Ich habe die Geschichte folgendermaßen gehört: Als er zum ersten Mal nach Nassau kam, auf Einladung von keinem Geringeren als Harold Christie, der Geld an Menschen riechen konnte wie Haie Blut im Wasser, marschierte Harry Oakes (seinerzeit noch ohne den Adelstitel Baron, den er später in Anerkennung seiner Verdienste vom British Empire verliehen bekam) ins British Colonial Hotel, in derber Kleidung, mit derbem Akzent, woraufhin die Hoteldirektion ihn ebenso derb behandelte. Und so kaufte er kurzerhand den ganzen Laden. Ende der Geschichte.

Wahrscheinlich sind die wahren Vorkommnisse nicht ganz so banal, aber wir Menschen lieben nun mal nichts so sehr wie Geschichten, die bestimmte Vorurteile bestätigen, und insofern lasse ich sie einfach mal so stehen. Der Ausgang ist so oder so der gleiche. Harry Oakes kaufte das British Colonial, so viel steht fest, und im Dezember 1941 wurde seine Tochter Nancy im Ballsaal des altehrwürdigen Hauses in die Gesellschaft eingeführt. Oh, es war eine tolle Party, wirklich wahr! Und ich muss es wissen, ich war da.

Ich, der Herzog und die Herzogin und so gut wie jeder,

der auf den Bahamas Rang und Namen hatte, darunter auch Alfred de Marigny. Freddie kam ein paar Minuten zu spät, piekfein gekleidet, wie alle im Saal, schnittig, elegant, braun gebrannt. Er nahm sich eine Champagnerschale vom Tablett des nächsten Kellners, bemerkte mich, lächelte und kam auf mich zu.

»Dachte ich mir doch, dass Sie auch hier sind«, sagte er.

»Das lasse ich mir doch nicht entgehen. Wie lief die Jagd?«

»Schrecklich.«

»Ich wusste gar nicht, dass Sie mit den Oakes so eng befreundet sind.«

Freddie zog ein Zigarettenetui hervor und hielt es mir einladend entgegen. Ich schüttelte den Kopf. Er nahm sich eine Zigarette heraus, wie immer von seiner Lieblingsmarke, die besonders starken im braunen Papier, und knipste sein goldenes Feuerzeug an, das seine Ex-Frau ihm zur Hochzeit geschenkt hatte.

»Ich mag Oakes«, sagte er. »Ich mag die Art, wie er seinen Mann steht, ich mag die Art, wie er sich gegen die Typen von der Bay Street zu behaupten weiß.«

»Ja? Noch etwas, das Sie mögen?«

Er ließ den Blick schweifen. »Sie sehen bezaubernd aus heute Abend, Mrs. Randolph. Das Kleid steht Ihnen ausgesprochen gut.«

»Danke schön. Meine Haushälterin hat es empfohlen.«

»Dann hat Ihre Haushälterin ein sicheres Auge.«

»Na, Sie offenbar auch.«

Er öffnete den Mund. Ich lächelte. Wir verstanden uns gut, kamen bestens miteinander aus, Freddie und ich, Vermieter und Mieterin. Ich glaube, er hatte mir den Bungalow nicht ganz ohne Hintergedanken angeboten und sich mehr erhofft. Ja, vielleicht hatte Veryl recht. Und vielleicht hätte ich diese Hoffnungen nähren sollen, vielleicht hätte ich mein rotes Kleid anziehen, Parfüm auftragen und ihn auf ein paar Cocktails einladen sollen, ein paar schöne Platten auflegen, Kerzen anzünden und all so was tun sollen. Aber mir war nicht danach gewesen. Und ich konnte nicht einmal sagen, warum. Freddie war eine gute Partie, ein Gentleman, jemand, den ich wahnsinnig gerne mochte, in den ich mich aber nie verlieben könnte. Ideal eigentlich. Nun hatte Miss Nancy Oakes ein Auge auf ihn geworfen, und die bekam bekanntlich immer, was sie wollte. Ich fragte mich, ob der Stich, den ich zwischen meinen Rippen spürte, etwas damit zu tun hatte, dass ich es bereute, oder ob er eine andere Ursache hatte.

»Sie ist erst siebzehn, vergessen Sie das nicht«, sagte ich. »Sie hat noch verdammt viel zu lernen, auch wenn sie das natürlich niemals zugeben würde.«

»Ach, Lulu …«

In diesem Moment ging das Spektakel auch schon los: das Eröffnungsdefilee der Debütantinnen, mit dem Einzug von Miss Nancy Oakes am stämmigen Arm ihres Vaters. Alle Köpfe schwenkten herum, und jeder wich ehrerbietig zurück, während das Orchester anhob und den Saal mit seinem kraftvollen Spiel erfüllte. Miss Oakes trug ein grünes Seidenkleid, das ihre gertenschlanke Figur perfekt umschmeichelte und ihr goldbraunes Haar unter den Deckenlüstern besonders glänzen ließ. Sie lächelte über das ganze Gesicht, und ihre Freude strahlte aus allen Poren; sie schwebte im siebten Himmel, war sich ihrer Wirkung wohl bewusst und genoss die bewundernden Blicke der versammelten Gästeschar, jeden einzelnen davon.

Ich sehe ihn noch vor mir, den verzauberten Ausdruck auf Alfred de Marignys Gesicht, und dachte nur mit bemerkenswerter Abgeklärtheit: *Er ist hin und weg.*

Der erste Tanz war traditionsgemäß der von Vater und Tochter und gebührte Sir Harry Oakes. Doch kaum hatte er seine Tochter zurück an den Tisch geleitet, packte diese de Marigny an der Hand und flüsterte ihm etwas zu, das ich leider nicht hören konnte. Was auch immer es war, es zeigte sofortige Wirkung. Er drückte seine Zigarette aus, stand auf und führte sie auf den Tanzboden, oder vielleicht führte auch sie ihn, ich weiß es nicht mehr so genau. Ich hob mein Champagnerglas und kippte den Inhalt in einem Zug hinunter. Auf der anderen Seite des Saals bot der Herzog seiner Gemahlin galant den Arm und geleitete sie zum Tanz. Ich sah auf meine Armbanduhr und stellte fest, dass es mit dem Abendessen noch ein paar Stunden dauern würde.

Eigentlich hätte ich mich meinem Tischnachbarn zur Linken zuwenden, einen netten Plausch beginnen, irgendwie ins Gespräch kommen und ihn um einen Tanz oder zwei bitten müssen – immerhin war ich beruflich hier. Im Dienst sozusagen. Es war bekanntlich *das* gesellschaftliche Ereignis der Saison, und ganz Amerika wartete höchst gespannt auf meinen Artikel über diesen Abend. Die Geigen sangen, die Posaunen glitten durch die Tonleitern auf und ab, hoch hinauf und tief hinunter, hoch hinauf und wieder tief hinunter. Die Luft stank nach Zigaretten und Parfüm. Gott sei Dank ist nicht Juli, dachte ich bei mir. Ich öffnete meine elegante Abendhandtasche und holte meine Kodak 35 heraus. Die Herzogin trug eine lange, wunderschön drapierte Robe in traumhaftem Saphirblau der Marke Mainbocher, und der Herzog drehte und wirbelte sie gekonnt um die anderen Tänzer herum. Sie lächelte, den Oberkörper ein wenig nach hinten geneigt, den Kopf leicht überstreckt. Wie sie es liebte zu tanzen! Ich hob die Kamera und wartete geduldig, bis ich die beiden im Profil vor der Linse hatte, justierte das Objektiv und – *klick.* Und noch einmal. Neben mir schielte ein Mann in meine Richtung, korpulent, rotgesichtig, welker Kragen, drückte seine Zigarette aus und schickte sich an, mich anzusprechen. Ich entschuldigte mich und wandte mich zum Gehen, während ich die Kamera wieder in meiner Tasche verstaute.

Draußen roch die Luft stechend nach Meer. Ich ging in Richtung Strand, der zum Hotel gehörte und tagsüber mit Umkleidehäuschen und Sonnenschirmen übersät war. Jetzt war er leer, wirkte irgendwie geheimnisvoll, der Sand nicht geharkt, mit kleinen, kühlen Mulden, in die man leicht hineinstolpern konnte. Ich zog die Schuhe aus und setzte ganz vorsichtig einen Fuß vor den anderen, bis ich ein Plätzchen gefunden hatte, wo ich mich in meinem schicken weinroten Seidenkleid gut hinsetzen konnte und mir eine Zigarette ansteckte, während die Wellen vor mir ans Ufer schwappten. Gen Westen leuchtete ein Halbmond über dem Horizont, tauchte Hog Island in einen goldenen Schein. Links von mir sandte der Leuchtturm seinen verlässlichen Strahl hinaus in die Nacht, wie ein langsam pulsierender Stern im Universum.

Ich hörte Schritte im Sand und im nächsten Moment ein Rufen, das viel näher war, als ich es vermutet hätte.

»Schon aufgegeben?«

Ich verdrehte die Augen.

»Immer das Gleiche, was? Daddy, der eine Sause für sein armes, kleines reiches Mädchen schmeißt, und die feine Gesellschaft schmilzt dahin.«

Er ließ sich neben mich in den Sand fallen. Nicht so nah, dass er mich berühren könnte, aber nah genug, um seine Wärme zu spüren und seine Haut zu riechen. Ich hielt ihm meine Zigarette hin. Er nahm sie, zog daran und gab sie mir zurück. In der anderen Hand hielt ich das Feuerzeug fest umschlossen. Ich streckte die Finger, und das Metall fing das Mondlicht ein.

»Schönes Teil«, sagte Thorpe.

»Das hier?« Ich hob es ein Stück höher. »Mein Vater hat es mir geschenkt, als ich sechzehn war.«

»Sechzehn?«

»Er entspricht nicht dem gängigen Bild von einem Vater.«

Pause. »Verstehe.«

Rums! Hinter uns war plötzlich ein fürchterliches Krachen und Splittern von berstendem Glas zu hören, und wir fuhren beide exakt im selben Moment erschrocken zusammen, derweil schallendes Gelächter folgte. Ich sah über die Schulter, genau wie er über seine, und unsere Augen trafen sich – wie ein Blitz, wie ein Donner. Ich lenkte den Blick wieder hinaus auf den Hafen.

»Sie fragen ja gar nicht weiter«, bemerkte ich.

»Was soll ich denn fragen?«

»Nach meinem Vater. Dem Feuerzeug. Ist eine gute Geschichte.«

»Es würde mir im Traum nicht einfallen nachzubohren.«

»Natürlich nicht. Sie sind ja Engländer, nicht wahr?«

»Ein halber. Besser gesagt zu einem Viertel. Meine Großmutter ist eine resolute Schottin.«

»Und was ist die andere Hälfte?«

»Deutsch.«

»Tatsächlich?«

»Tatsächlich.«

»Nun, Ihr Geheimnis ist bei mir gut aufgehoben.« Ich kickte etwas Sand mit den Zehenspitzen auf. »Meine Geschichte ist aber auch gut, falls Sie sie hören wollen.«

»Ich komme wohl nicht drum herum.«

Ich zog an meiner Zigarette, blies den Rauch in einem langen Band langsam wieder aus. »Es geht um die Zeitschrift, für die ich schreibe. Und das bleibt jetzt übrigens auch unter uns. Niemand darf erfahren, wer sich hinter der ›Lady of Nassau‹ verbirgt.«

»Madam, ich bin die Verschwiegenheit in Person.«

»Eben deshalb. Mädchen müssen ab und zu ein bisschen tratschen, und Sie machen auf mich einen höchst vertrauenswürdigen Eindruck.«

»Fühle mich geehrt.«

»Sollten Sie auch. Es ist das höchste Lob, das ich einem Mann spenden kann. Wie auch immer, mein Vater jedenfalls ist der Verleger.«

»Vom *Metropolitan Magazine*?«

»Ganz genau. Meine Mutter war seine zweite Frau, die Sandwich-Frau, wenn man so will, zwischen der Debütantin von der Fifth Avenue und der österreichischen Gräfin.«

Thorpe nahm mir noch einmal die Zigarette aus der Hand. »Wie kosmopolitisch.«

»Nun, man hat schließlich ein Recht darauf, nicht wahr, wenn man S. Barnard Lightfoot junior heißt, Verlegerspross und Lebemann von Manhattan. Und man hat das nötige Kleingeld dazu, jedes Mädchen, das einem gefällt, zu umwerben und zu heiraten, ganz nach Belieben, wie es einem gerade ins Leben passt.«

Stille. Eine zerbrechliche, rauchverhangene Stille. Hinter uns der anhaltend laute Trubel des Festballs. Ich wartete darauf, dass Thorpe sich wand, nach Ausreden suchte, sich entschuldigte, aufstand und ging.

Stattdessen zog er noch einmal an der Zigarette und meinte: »Erzählen Sie weiter.«

»Sind Sie sicher, dass Sie es hören wollen?«

»Nur wenn Sie es mir erzählen wollen.«

»Na ja, ist ohnehin allgemein bekannt. Der liebe alte Daddy und seine anstößigen Abenteuer. Meine Mutter war

Garderobenfrau im Ziegfeld Theatre in New York. Sie wollte gerne Musicaldarstellerin werden. Ich meine, sie konnte tanzen und singen, und wie! Etwa einen Monat nachdem sie geheiratet hatten, kam ich auf die Welt. Weiter? Nicht dass ich Sie schockiere.«

Thorpe winkte ab und reichte mir die Zigarette zurück.

»Dann kamen mein Bruder und meine Schwester, Zwillinge, zwei Jahre später«, fuhr ich fort. »Kann man alles nachlesen in der *New York Post* vom September 1925. Dort steht auch, dass mein Vater in etwa um die gleiche Zeit mit der Gattin des Grafen von Enzenberg in flagranti ertappt wurde. Und zwar in der persönlichen Loge des Grafen im *Teatro La Fenice*. Also getraut haben sie sich was, das muss man ihnen lassen.«

»Im größten Opernhaus Venedigs, aha!«

»Ja. Waren Sie schon mal dort?«

»Vor ein paar Jahren einmal. Habe das übliche Jahr im Ausland verbracht, nach dem Studium. Ein faszinierender Ort, Venedig. Ziemlich schmutzig, aber auch wunderschön, wenn man den Geruch ausblendet.«

»Interessant. Klingt nach einer Metapher.« Ich starrte hinaus auf das Meer, wo am westlichen Eingang des Kanals ein Segel aufschien, das sich an der Küste von Hog Island entlangschob. Da es kaum Wind gab, hatte das Boot die Segel gesetzt, um so viel Fahrt wie möglich aufnehmen zu können. Mit den plätschernden Wellen schallte Lachen herüber, so klar und deutlich, als käme es von nebenan, ein feuchtfröhliches Lachen. Ich verschränkte die Arme. »Na ja, eine eindrucksvolle Kulisse war es allemal. Soweit ich weiß, stürmte der Graf mitten im zweiten Akt herein, von *La Gioconda* wohlgemerkt – was für ein netter kleiner Zufall, nicht wahr?«

»Sehr passend jedenfalls.«

»Es war ein Riesenskandal. Dann die Enthüllungsstory in der *Post*, reißerisch bis zum Gehtnichtmehr. Fast schon *Metropolitan*-tauglich. Hören Sie noch zu?«

»Bin ganz gebannt. Habe das Gefühl, wir nähern uns gerade dem eigentlich spannenden Teil.«

Was hatte er doch für eine wunderschöne, tiefe Stimme. Ich mochte sie, obgleich gerade ein wenig Skepsis darin schwang, wie ich fand. Aber gut, wer wollte es ihm verdenken? Meine Zigarette war fast vollständig heruntergebrannt. Ich warf den Stummel in den Sand und vergrub ihn mit den Zehen.

»Nun zurück zum Feuerzeug. An meinem sechzehnten Geburtstag führte mich Daddy Lightfoot zum Abendessen ins Oak Room aus, nur wir beide. Das Essen war köstlich. Ich hatte Fisch, er Kalb. Zum Abschluss gab er mir ein kleines Schächtelchen, ich hatte keine Ahnung, was drin sein könnte, was mir vielleicht gefallen könnte, vielleicht Schmuck oder so etwas. Eine Perlenkette zum sechzehnten Geburtstag, vielleicht schenken Väter ja so etwas.«

»Hmm … keine Ahnung.«

»Gut, Perlen waren es nicht. Es war dieses edle Feuerzeug hier. Passend zu dem, welches er meinem älteren Bruder geschenkt hatte, Barnard … Barnie, seinem Sohn aus erster Ehe, verstehen Sie, seinem rechtmäßigen Erben … Nur ist Barnies Feuerzeug golden, nicht silbern. Immerhin hat es eine schöne Gravur.« Ich spielte daran herum, während ich sprach, knipste es ein und aus und hielt es ihm dann hin, damit er im mondhellen Lichtschein die seitlich eingravierte Widmung lesen konnte. »Na los, lesen Sie vor!«

Er räusperte sich. »*Für Lulu zum Geburtstag. SBL*. Das ist alles?«

»Ja, rührselig, nicht wahr?«

Neben mir keinerlei Regung, kein Mucks. Er schien vergessen zu haben, dass ich überhaupt da war. Die Möwen kreisten wieder, stießen ihre trägen Schreie aus, so wie alles hier träge und langsam passierte, sofern überhaupt etwas passierte – ganz anders als in New York.

Ich steckte das Feuerzeug zurück in meine Satinhandtasche, wo es gegen die Kamera stieß. Vor uns flimmerte Hog Island, vom Mond umrandet.

»Erzählen Sie mir etwas über Botanik.«

»Botanik?«

»Das haben Sie doch studiert, sagten Sie. Botanik, oder nicht?«

»Ja, habe ich. Das ganze letzte Jahr war ich damit beschäftigt, die einheimische Flora zu katalogisieren. Eine spannende Arbeit.«

Ich drehte mich zu ihm um, lehnte mich nach hinten und stützte die Ellbogen in den Sand. »Aber Sie haben schon mitbekommen, dass gerade Krieg herrscht?«

Er saß da, ein Bein über das andere geschlagen, die rechte Hand locker auf dem Knie. Er stierte geradeaus, auf die flackernden Lichter des Hafens, den goldenen Ufersaum von Hog Island und das langsam im Osten verschwindende Segel. Seine Brillengläser funkelten. »Die wollten mich nicht bei der Armee. Schlechte Sehkraft.«

»Wie schade.«

»Und bevor ich in einer Amtsstube irgendwo versauere, so dachte ich mir, könnte ich meinem Land von hier aus sehr viel besser dienen.«

»Unbedingt. Wo sonst lässt es sich besser aushalten als in einem tropischen Paradies?«

Er drehte sich zu mir um, lächelte. »Was Sie nicht sagen, Mrs. Randolph. Wissen Sie denn nicht, welch große Schätze es hier überall zu entdecken gibt, mitten in der Natur Penicillin zum Beispiel. Sollte unsere Seite ein Verfahren finden,

den reinen Wirkstoff in großen Mengen zu gewinnen, dann wäre dieser Krieg binnen weniger Monate vorbei.«

»Wieso das denn?«

»Weil ein großer Anteil der Verwundeten an Blutvergiftung oder anderen Infektionen stirbt, Mrs. Randolph. Mir jedenfalls erscheint es wesentlich angenehmer, diesen Krieg dadurch zu gewinnen, dass wir neue Methoden entwickeln, um das Leben von Soldaten zu retten, anstatt immer neue Mittel und Wege zu ersinnen, es auszulöschen.« Er stockte, fuhr sich über den Kopf und lächelte wieder. »Mein Gott, so ein salbungsvolles Gerede haben Sie bestimmt noch nie gehört.«

»Mir kam schon Schlimmeres zu Ohren.«

Er drehte sich nach rechts und buddelte eine Flasche aus dem Sand. »Hab ich vorhin an der Bar mitgehen lassen«, sagte er.

»Champagner! Warum haben Sie nichts gesagt?«

»Weil ich nicht wollte, dass Sie sich aus den völlig falschen Gründen in mich verlieben.«

»Haben Sie auch Gläser dabei?«

»Natürlich.«

Er war bereits dabei, den Korken zu traktieren, während ich zu erspähen versuchte, was sonst noch neben ihm im Sand versteckt lag, aber seine langen Beine waren im Weg, und ich hatte nicht den Elan, mich aufzurichten. Der Korken löste sich mit einem spritzig feuchten Plopp aus der Flasche. Ich schaute zu, wie er eine Champagnerschale nahm, sie im genau richtigen Winkel unter die Flasche hob, sodass fast kein Schaum im Glas war, nur pures Gold. Er reichte mir das Glas, das sich angenehm kühl anfühlte, wie verlockend, doch ich wartete, bis er sich ebenfalls eingeschenkt hatte. Mit vollen Gläsern stießen wir an und nahmen den ersten Schluck.

»Oh, das habe ich jetzt gebraucht«, stieß ich keuchend hervor.

Thorpe wandte keinen Blick von mir. Er hob den Zeigefinger und stupste den Ohrring an meinem linken Ohr an. »Allerfeinst«, sagte er.

»Ein Geschenk von einem Verehrer.« Als er fragend die Brauen hob, legte ich einen Finger an meine Lippen und flüsterte: »Nicht *die* Sorte von Verehrer.«

»Verstehe. Heute Nachmittag erst erstanden?«

»Gekauft und bezahlt.«

Thorpe lehnte sich wieder zurück, stützte sich auf den Ellbogen und sah mich an. »*So* ein Aufwand für nicht viel mehr als ein bisschen öffentliche Aufmerksamkeit?«

Ich hob an, noch einmal einen Schluck zu trinken, aber das Glas war unerklärlicherweise leer. Thorpe nahm es mir aus der Hand, schenkte nach und reichte es mir zurück.

»Nein«, sagte ich. »Es hängt weit mehr daran.«

»Mehr?«

»Loyalität.«

»Ein großes Wort.«

»Ja, und noch viel mehr.« Ich trank den Champagner in einem Zug aus. Thorpe schielte auf das leere Glas und ging darüber hinweg, machte aber auch keine Anstalten, es wieder zu füllen. Vielleicht sah er mir meinen leichten Schwindel an.

»Wie viel mehr?«, fragte er mit weicher Stimme.

Ich breitete die Arme weit auseinander. »So viel mehr. Alles! Nicht nur, dass ich diese Fiktion erschaffen muss, ich muss sie selbst auch glauben. So ist das eben mit Märchen. Man hört diese wunderschöne Geschichte, erzählt in wunderschönen Worten, man sieht diese wunderschönen Bilder und weiß doch ganz genau, dass sie nicht wahr ist, diese Geschichte. Man weiß, dass es nur eine Geschichte ist, die irgendwer geschrieben hat, um einen in den Schlaf zu lullen.

Und doch will man sie *so gerne* glauben, sich *so gerne* einlullen lassen, sie mitnehmen in die eigenen Träume, und man will *träumen*, dass man selbst die Hauptfigur in diesem Märchen ist …«

»Mrs. Randolph, meine Liebe.«

»Nennen Sie mich Lulu.« Ich schluchzte fast und streckte ihm mein Glas hin. Er richtete sich auf und füllte es bis zum Rand. Inzwischen hatte ich mich wieder einigermaßen gefangen und entschuldigte mich.

»Kein Problem.«

»Ob Sie es glauben oder nicht, ich war mal ein Mädchen mit Werten und Idealen. Mit gewaltig hohen.«

»Das glaube ich.«

»Und nun gebe ich dubiose Kuverts bei dubiosen Leuten ab …«

»Wie soll ich das verstehen?«

»Ach, nichts.« Ich trank den Champagner aus, ließ mich nach hinten sinken und legte mich flach in den Sand. Dabei fiel mir die Champagnerschale aus der Hand. Wie rabenschwarz der Himmel war, mit blinzelnden Sternen übersät! Wie damals, als ich zum ersten Mal wieder Hoffnung schöpfte, nachdem ich New York in Begleitung von Mr. Randolph verlassen hatte, in irgendeiner Pension irgendwo im texanischen Nacogdoches am Fenster hockte, völlig schlapp und kaputt, geschunden an Körper und Seele, und hinaus in die Nacht blickte … und da war sie – die Milchstraße. Unfassbar schön!

Thorpe versuchte es erneut. »Kuverts? Sie sagten gerade was von Kuverts …«

»Ich sagte *nichts*.« Ich zog einen unsichtbaren Reißverschluss über die Lippen. »Sie haben nichts gehört, okay? Nur ein weinlauniges Mädel, das irgendwelchen Quatsch blubbert.«

»Also gut.«

»Erzählen Sie mir auch ein bisschen Quatsch, Thorpe. Irgendwelchen schönen Quatsch. Ein Märchen, von einem Mädchen und einem Jungen, in dem der Junge das Mädchen so sehr liebt, dass er ihr Champagner bringt und ihr Gesellschaft leistet und dem ganzen Quatsch, den sie redet, auch noch zuhört …«

»Lulu …«

»… und am Ende des Abends bringt er sie nach Hause, küsst sie, und … das war's, nichts weiter, nur ein süßer kleiner … ein süßer kleiner Kuss … So wie man sich eben küsst, in einem Märchen …«

»Aber nicht im wahren Leben.«

»Genau. Im wahren Leben nämlich will der Junge mehr als nur einen süßen kleinen Kuss.«

Wir lagen nebeneinander, blickten hinauf in die Sterne. Hinter uns heiter beschwingte Klänge, die vom Festtagsball zu uns herüberwehten. Der Sand war noch warm. Mir schwirrte der Kopf. Irgendwann fanden sich unsere Fingerspitzen. Ob wir beide danach tasteten … oder nur ich oder nur er … Ich weiß es nicht. Nur unsere Fingerspitzen berührten sich, nur die obere Hälfte unserer Finger, nicht mehr. Wir schwiegen. Mein Kleid hielt mich rundherum bedeckt, sodass im Moment auch nichts weiter passieren konnte. Für den Moment jedenfalls …

»Mrs. Randolph …«

»Lulu.«

»Lulu. Soll ich dich nach Hause fahren?«

»Ja, bitte.«

Er half mir auf den Sozius seines Motorrads, das in der Nähe abgestellt war, und los ging's, nach Westen, über eine menschenleere Straße. Der kühle Fahrtwind machte mich wieder nüchtern, sodass ich zehn Minuten später, als wir meinen kleinen Bungalow erreichten, durchaus in der Lage war, trittsicher auszusteigen, mich vor ihn hinzustellen und mit fester Stimme zu sagen: »Vergiss mein Gerede von eben, das war alles Unsinn.«

»Wenn du das sagst.«

»Obwohl … nicht alles, du darfst mich immer noch Lulu nennen. War ernst gemeint.«

»Lulu.« Er strich mir über Wange und Haar. »Alles in Ordnung?«

»Ja, alles bestens.«

»Wenn du noch etwas brauchst«, sagte er ernst, »ich bin da.«

Eine Million Dinge wären mir eingefallen. Viel später erst fragte ich ihn einmal, was er in diesem Moment gerne gehört hätte, ob er sich eine bestimmte Antwort erhofft hatte. Keine Ahnung, sagte er, er habe sich ganz nach mir gerichtet. Heißt, dass er die schreckliche Bürde der Entscheidung in diesem Moment auf mich abgewälzt hatte, was er so natürlich nicht beabsichtigt, aber dennoch genau so gemeint hatte – dass die Entscheidung bei mir lag, bei mir ganz allein. Er begab sich ganz in meine Hand, wie ein Geschenk, nur war mir das damals noch nicht klar. Ich sah dieses Geschenk gar nicht als solches. Kein Mann hatte sich je zuvor nach *mir* gerichtet. Vielmehr hatten es alle immer umgekehrt von mir erwartet.

Ich schlug die Hand vor den Mund. »Meine Handtasche!«, rief ich.

»Hier.« Er hob die linke Hand, an der meine Handtasche baumelte. Sie war nicht nur leicht lädiert vom Sand, sondern auch von Kamera, Zubehör, Lippenstift und Feuerzeug ziemlich ausgebeult.

Mit einem Dankeschön nahm ich sie ihm ab, neigte mich vor und hauchte ihm einen Kuss auf die Lippen.

Er drehte sich um und fuhr davon. Später fand ich in meiner Handtasche einen zusammengefalteten Zettel, auf dem seine Telefonnummer stand, darunter der Buchstabe *T.*

Aus irgendeinem Grund hallte das Geräusch des Motorrads noch durch meinen Kopf, als es längst im Dunkel der Nacht verklungen war. An Einschlafen war nicht zu denken, natürlich nicht, und so setzte ich mich hinaus auf die Veranda mit dem schönen Boden aus Muschelsplittern und sah zu, wie der Mond langsam sank, lauschte dem Meer und den Möwen, fühlte den Atem der Welt auf den Wangen. Ich hörte nichts anderes, sah nichts anderes, fühlte nichts anderes, weshalb mir das Herz stehen blieb, als mich Mrs. Gudewill tags darauf im Weihnachtsgottesdienst in der St.-George-Kirche fragte, ob ich denn die neueste Neuigkeit schon gehört hätte. Was denn für eine Neuigkeit, fragte ich sie. Die schrecklichste überhaupt, antwortete sie. Der gute Mr. Thorpe, so fuhr sie fort, sei vergangene Nacht am Hafen von unbekannten Schlägern brutal überfallen, aber zum Glück noch rechtzeitig vom Barkeeper aus dem Prince George entdeckt und mit dem Rettungswagen ins Krankenhaus nach Nassau gebracht worden. Niemand wisse, ob er überleben würde.

Teil III

Lulu

DEZEMBER 1943

London

Auf der Kommode in Thorpes Schlafzimmer steht ein Foto der schönsten Frau, die ich je gesehen habe. Sie sitzt an einem Flussufer, ein Buch auf dem Schoß, und lacht ein wenig überrascht in die Kamera, als hätte der Fotograf sie eben beim Namen gerufen und aus ihrer Lektüre gerissen. Sie trägt ein schlichtes pastellfarbenes Kleid, und ihr Haar, das im Nacken zu einem lockeren Knoten zusammengesteckt ist, sieht aus wie fein gesponnenes Sonnengold. Sie hat große, helle Augen (blaue wahrscheinlich), hohe Wangenknochen und einen schönen vollen Mund mit einem ausgeprägten Amorbogen. Ihr Hals ist lang, ebenso wie ihre schlanken, feingliedrigen Arme, und auch wenn sich die Form ihrer Nase nicht erkennen lässt, da sie frontal in die Kamera blickt, will man doch meinen, dass sie genauso schön, wohlgeformt und perfekt proportioniert ist wie sonst alles an ihr. Wenngleich es mir niemand gesagt hat, weiß ich, dass es Thorpes Mutter ist. Erstens steht das Bild in einem silbernen Rahmen auf seiner Schlafzimmerkommode. Und zweitens kenne ich die Augen auf diesem Foto in- und auswendig, auch wenn Thorpe sonst äußerlich eher seinem Vater gleicht.

Margaret bestätigt meine Vermutung, als wir am Morgen bei Tee und Eipulver sitzen. »Das Bild habe ich ihm geschenkt«, sagt sie. »Damit er wenigstens weiß, wie sie ausgesehen hat. Es ist die einzige Fotografie, die wir von ihr haben.«

»Was ist mit all den anderen Fotos passiert?«

Sie steht auf und räumt ihren Teller ab. Ihre Augen sind weich und geschwollen, und ihre Haut sieht aus, als hätte man sie gebleicht und über Nacht zum Trocknen rausgehängt. »Ich fürchte, ich muss los. Ins Büro.«

»Ins Büro?!«

»Wenn ich nicht auftauche, wirkt das verdächtig. Wir können von Glück sagen, dass B mich im Hotel nicht bemerkt hat.«

»Woher weißt du, dass er dich nicht bemerkt hat?«

Sie streift sich die Handschuhe über. Ihre Finger sind lang und schlank, wie alles an ihr. »Weil er uns schon längst verfolgt und aufgespürt hätte. Ich vermute, uns bleibt nicht viel Zeit, bis irgendwer sich erinnert, dass Thorpe eine Schwester hat, und auf die Idee kommt, mir dumme Fragen zu stellen.«

»Aber was *machen* wir denn jetzt? Wenn das Kriegsministerium – deine Spezialeinheit oder wie auch immer sie heißt – uns nicht helfen wird …«

»Sie heißt Special Operations Executive, Lulu. SOE. Und in der bin ich bloß eine unbedeutende Angestellte, eine kleine Sekretärin, die Dokumente transkribiert und im Bedarfsfall deutsche Übersetzungen anfertigt. Machen kann ich also nicht viel, und heute schon gar nicht, wo ich nicht einmal dort bin, nicht wahr? In der Zwischenzeit verhalte dich bitte möglichst leise. Und falls es klopft, nicht aufmachen! Wenn jemand versucht einzubrechen, kannst du durch das Fenster in Benedicts Schlafzimmer abhauen und am Regenfallrohr hinuntersteigen. Das schaffst du doch, oder?«

»Wenn es unbedingt sein muss.«

»Alles klar!« Sie setzt den Hut auf. »Wenn alles gut geht, bin ich gegen sechs wieder da.«

»Und wenn nicht?«

»Dann nimm die Beine in die Hand und lauf. Jetzt leg dich noch mal hin, wenn du kannst. Du siehst aus, als hättest du es nötig.«

Nachdem sie aus der Tür ist, gehe ich zurück ins Schlafzimmer. Letzte Nacht war es viel zu finster, um mich richtig umzusehen, und Margaret hätte mich sowieso gehört, egal, wie leise ich die Schubladen oder die Schranktüren geöffnet oder im Bücherregal gestöbert hätte.

Nicht dass Thorpe viel hinterlassen hätte, als er nach Nassau aufbrach vor zweieinhalb Jahren. Außer dem Foto steht nichts auf der Kommode. Die oberen zwei Schubladen sind leer, und in der unteren liegen nur ein halbes Dutzend Mottenkugeln und ein paar Strickpullis. Ich hole sie heraus, grabe die Nase in die Wolle, doch sein Geruch ist längst verflogen, verdrängt von Holz und Kampfer.

Im Kleiderschrank gibt es mehr zu entdecken. Thorpe hat mehrere Winteranzüge dagelassen, ordentlich gebügelt, und als ich in die Taschen des einen lange, habe ich zwei Theaterkarten in der Hand – *Apple Sauce*, im London Palladium, 15. August – sowie einen Zettel, auf den irgendwer eine kurze Nachricht geschrieben hat, dahinter eine Nummer, wie es aussieht, eine Telefonnummer. Es ist nicht Thorpes Handschrift, und ich brauche eine Weile, um die kleinen Buchstaben im matten Licht, das durch das Fenster fällt, zu entziffern. Doch mein Herz klopft wie verrückt, wahrscheinlich ganz ähnlich wie das eines Archäologen, der ein neues Artefakt entdeckt, Spuren einer verlorenen Zivilisation. Könnte von einer Frau geschrieben sein, überlege ich, seiner Geliebten vielleicht, oder aber einer Kollegin, einem Informanten, einer Kontaktperson. Von irgendwem, den er vor mir kannte, der in seinem Leben war, bevor ich überhaupt von Thorpes Existenz wusste. Und jetzt, genau in diesem Moment, sitzt Thorpe an irgendeinem Ort, den ich nicht kenne, umgeben von Leuten, die mir fremd sind, und auch die Details seiner Existenz entziehen sich meiner Kenntnis, dafür blüht meine Fantasie. Unser gemeinsames Leben basiert auf Vertrauen. Ich vertraue ihm, er vertraut mir.

Wie sich herausstellt, ist der Zettel nur der Rechnungsbeleg aus einem Restaurant: 2 Spargelsuppe, 1 Steinbutt, 1 Rinderfilet englisch, Stilton & Birne, 1 Flasche Margaux, 1 Brandy, 1 Anisschnaps. Und die »Telefonnummer« darunter ist lediglich der Rechnungsbetrag. Ein Abendessen für zwei Personen, möglicherweise vor dem Theaterbesuch, um *Apple Sauce* zu sehen, ein netter Abend in Kriegszeiten. Ich stecke den Zettel wieder in die Anzugtasche und schnuppere am Kragen, aber auch der riecht nicht mehr nach ihm.

Im Zimmer steht ansonsten ein kleiner Schreibtisch, der nicht mehr bietet als mehrere Füllfederhalter, einen Stapel Schreibpapier sowie ein schmales Bücherbrett mit Werken von Trollope, Ovid, Goethe und ein paar anderen, mir unbekannten moderneren Autoren. Im Nachttischchen liegen noch ein Füllfederhalter, eine Wäscheliste, eine Streichholzschachtel, halb voll … und ich nehme den leisesten Hauch von Tabak wahr.

Nun zum Bett. Auf dem ich nun sitze und in dem ich letzte Nacht geschlafen habe wie ein Stein. Es gleicht eher einer unbequemen Mönchspritsche, ein schmaler Rahmen aus Eisen, weiß gestrichen, eine harte Matratze – für einen Kerl, der mit seiner Schwester zusammenwohnt, gerade richtig. Tuxedo rollt sich mitten auf dem Kissen zusammen. Es gibt in diesem Bett also keine Geister außer Thorpe, und für dieses kleine Geschenk des Allmächtigen bin ich sehr dankbar.

Als Margaret nach Hause kommt, um fünf vor sechs, habe ich das Abendessen vorbereitet. In den Töpfen köchelt es, auf dem Tisch steht eine entkorkte Flasche Wein. Sie hängt den Hut an den Garderobenständer und blickt erstaunt auf die Teller, die Gläser und die gefalteten Servietten. Tuxedo springt ihr entgegen und schmiegt sich um ihre Beine – *miaaauu*.

»Du warst doch nicht etwa draußen?«

»Doch, hier drinnen wäre ich sonst durchgedreht. Ich hoffe, du magst Hase. Wildfleisch ist anscheinend nicht rationiert.«

»Du bist nicht ganz bei Trost und kannst froh sein, dass du noch lebst. Ist das ein Bordeaux?«

»Ich konnte nicht widerstehen.«

Sie wirft mir einen vernichtenden Blick zu und geht den kleinen Flur hinunter in ihr Schlafzimmer, die Katze hinterher. Die Wohnung selbst erstreckt sich über eine ganze Etage und befindet sich in einem mehrstöckigen Haus, das einem geräumigen Einfamilienhaus gleicht. Es gibt eine kleine Küche mit Gasherd und Backofen, aber ohne Kühlschrank, eine Wohnstube, in der wir gestern Abend beisammengesessen haben, und einen Flur, der zu den beiden Schlafzimmern und einem winzigen Badezimmer führt. Die ganze Wohnung ist schlicht und blitzsauber, ohne überflüssigen Tand, wie man ihn sonst oft bei allein lebenden Frauen findet. Ich bin gerade dabei, die Kartoffeln in eine Schüssel zu geben, als Margaret wieder erscheint, den schnurrenden Tuxedo auf dem Arm, in einem marineblauen Hauskleid aus feinem Wollgewebe, darüber eine dicke Strickweste, die mit einem Gürtel lose um die Taille gebunden ist.

»Hübsche Klamotten«, sage ich. »Hast du die bei *Apple Sauce* angehabt?«

Sie lässt die Katze springen und setzt sich. »*Apple Sauce?* Was ist das, ein Restaurant?«

Ich stelle die Kartoffeln auf den Tisch. »Vergiss es. Wein?«

»Was für eine dumme Idee!«

»Eine ausgezeichnete Idee unter diesen Umständen, wenn du mich fragst.« Ich nehme die Flasche und fülle ihr Glas, dann meines. »Hebt die Stimmung.«

»Mit meiner Stimmung ist nichts verkehrt.«

Ich setze mich und erhebe mein Glas. »Auf Thorpe!«

»Auf Benedict«, sagt sie, schließt die Augen, trinkt und stellt das Glas wieder ab, haut es fast auf den Tisch. »Apropos. Wirklich komisch. Rate mal, wer heute Morgen bei mir im Büro stand.«

»Schlichter Typ. Pockennarbiges Gesicht. Beule am Schädel?«

»Ganz genau. Sagte, er habe die furchtbare Nachricht über meinen Bruder gehört, versicherte mir, dass man alles täte, um seine Freilassung zu verhandeln. Wer's glaubt. Niemand kommt aus Colditz frei, und Geheimagenten erst recht nicht.«

»Nein?«

»Nein. Politische Gefangene bekommen die denkbar schlimmste Behandlung. Der einzige Grund, warum man sie am Leben erhält, ist der, ihnen immer mehr Informationen abzupressen.«

»Thorpe wird überhaupt nichts preisgeben.«

»Ach nein? Nicht einmal, wenn man ihm die Fingernägel herauszieht? Ihn unter Wasser taucht, bis er fast ertrinkt? Ihn mit einem heißen …«

Bumm – meine Faust schlägt auf den Tisch.

Margaret hebt die Brauen. »Tut mir leid, wenn ich dich über ein paar Wahrheiten aufklären muss, meine Liebe, aber so ist es nun mal. Das genau blüht Männern wie Thorpe. Auch Frauen. Wusstest du das nicht?

»Es gibt keinen Beweis …«

»Himmelherrgott, Lulu. Sei doch nicht so naiv! Selbst wenn sie ihn nicht foltern oder nach einem Scheinverfahren nicht gleich erschießen, wird er den Winter nicht überleben, nicht in Colditz. Klingt hart und grausam, ist aber die Realität. Nach Colditz kommen die allerschlimmsten Verräter. Die Unbelehrbaren. Dort gibt es nichts. Keine Essensreste, kein Brennmaterial, um sich warm zu halten. Und die Wärter sind allesamt brutale Schinder. Er hat keine Chance.«

»Er hat immer noch uns.«

»*Uns?* Was zum Teufel redest du da?«

»Ich meine dich und mich, und wir tun alles, um ihn zu retten.«

»Ihn *retten*? Was in aller Welt …«

»Ja. Wenn das Kriegsministerium uns schon nicht hilft … deine Sondereinheitstruppe oder wie die heißt … dann müssen wir beide es versuchen, in gemeinsamer Anstrengung …«

»In gemeinsamer Anstrengung? Bist du wahnsinnig? Was schwebt dir denn vor, Frau Benedict Thorpe? Willst du dich per Fallschirm über Deutschland absetzen lassen, um die Tore dann mit einer Panzerkanone aufzuschießen?«

»Natürlich nicht. Ich dachte, du hättest eine bessere Idee.«

»Ich? Warum ich?«

»Weil du dort arbeitest. Darum.«

Margaret legt Messer und Gabel beiseite. »Meine Liebe. Da täuschst du dich aber gewaltig, und zwar in völliger Verkennung der Tatsachen, wie man so schön sagt. Mein

Bruder ist der Agent, nicht ich. Ich sitze an meinem Schreibtisch und schiebe Papiere hin und her. Nehme Diktate auf, tippe Berichte und übersetze irgendwelche Sachen.«

»Aber warum nicht? Ihr seid doch Bruder und Schwester. Ihr seid gleichermaßen fähig und kompetent, da bin ich sicher.«

»Ja, ganz recht, rekrutiert haben sie uns beide. Ein gemeinsamer alter Freund aus Kindertagen hat diese Sondereinheit im Kriegsministerium aufgebaut und sich an uns gewendet, da wir beide fließend Deutsch sprechen und, wie du ja weißt, unsere Sommer oft auf dem Anwesen meines Bruders verbracht haben. Ich jedoch wurde für die Arbeit als verdeckte Ermittlerin ausgemustert. Aus welchen Gründen, habe ich natürlich nie erfahren. Da kann ich nur spekulieren.« Sie greift nach der Flasche und schenkt sich nach. »Du siehst, ich bin nicht nur *nicht* in der Position, mich an einem Fallschirm über Deutschland absetzen zu lassen, selbst wenn ich das wollte, sondern für so einen Job anscheinend auch völlig ungeeignet.«

»Quatsch. Du bist genau der Typ von …«

»Zudem verstieße es gegen die Politik des Ministeriums, ganz einfach. Verstehst du das nicht? Und ich müsste mich über meine Chefs hinwegsetzen.«

»Das tust du doch bereits, indem du mich hier versteckst.«

»Das ist etwas anderes. Das tue ich Benedict zuliebe.«

Ich beuge mich nach vorn. »*Willst* du ihn denn gar nicht retten?«

»Wie kannst du so etwas sagen. Natürlich will ich das.«

»Warum tust du dann nichts dafür?«

»Was denn *tun*? Begreifst du es nicht? Ich *kann* nichts tun, nicht das Geringste. Du hast keine Ahnung. Du sonnst dich in deinen Tropen. Hast nicht den blassesten Schimmer, was Krieg bedeutet, du Dummerchen. Wir sitzen hier in der

Falle wie die Ratten im Käfig und warten auf unser Ende. Wir sind nicht besser dran als Benedict.«

»Was, wenn ich mich weigere, untätig abzuwarten?«

»Nun, die Antwort *darauf* kennen wir ja. Du hast beschlossen, die Dinge in die Hand zu nehmen, du mutiges, schlaues Mädchen. Dein Erpressungsversuch eben ist gescheitert, und jetzt befindest du dich in nicht minder großer Gefahr wie Benedict selbst. Was immer du auch glaubst, gegen die Windsors in der Hand zu haben, es ist ihnen mehr wert als dein kleines Leben.« Sie nimmt Messer und Gabel wieder zur Hand und widmet sich dem Hasen. Ich habe das Gefühl, sie weicht meinem Blick aus. Sie kaut ein bisschen herum, hoch konzentriert. Trinkt ihren Wein, als wäre sie am Verdursten.

Ich indes schiebe das Fleisch auf dem Teller im Kreis. Besteckgeklapper. Feuchter Essensdunst. Verkrampfte Verzweiflung. In der Ferne heult eine Sirene. Margaret reckt den Kopf und lauscht. Ihre Augen verengen sich, und ich sehe in ihrem Gesicht, dass sie das Geheul, das Totengeheul, zu lesen weiß. Mit einem Schulterzucken wendet sie sich wieder dem Abendessen auf ihrem Teller zu.

»Schmeckt richtig gut. Wo hast du kochen gelernt?«

»Meine Mutter hat es mir beigebracht. Sie ist Italienerin, es liegt ihr im Blut. Außerdem hatten wir nicht viel Geld, und so blieb mir gar nichts anderes übrig.«

»Viel Geld hatten wir auch nie. Mummys gesamtes Geld wanderte in den Trust, und ich habe nicht die geringste Ahnung, was daraus geworden ist. Fehlinvestitionen, nehme ich an. Wann immer ich Oma danach fragte, wich sie aus. Sie tat gerne so, als existierte Mummy gar nicht. Die Scham und die Schande, du weißt schon.«

»Sie war so schön.«

»Ja. Bildschön. Ich habe sie immer als Engel gesehen. So

ruhig, so gelassen. Sie ist nie laut geworden, kein einziges Mal. Ich hatte immer das Gefühl, dass … Aber … ich war erst neun, als sie starb.«

»Was für ein Gefühl?«

Margaret hält das Weinglas am Stiel, schwenkt es hin und her. Es ist fast leer, ebenso wie die Flasche, und ich bin versucht, die nächste aufzumachen. Oh, hoppla, sie wippt auf der Stuhlkante hin und her, nicht, dass sie noch hintenüberkippt. Von der Außenwelt abgeschottet, hocken wir in diesem kalten Raum, in dieser kalten Wohnung, die Fenster verdunkelt, die Vorhänge zugezogen, im funzelnden Licht einer einzigen Glühbirne.

»Keine Ahnung. Dass sie eine tiefe Traurigkeit in sich trug. Irgendeinen furchtbaren Verlust. Wirklich glücklich war sie nur, wenn Daddy da war.«

»Die beiden haben sich sehr geliebt, was?«

Margaret hebt den Kopf, und die Sanftheit in ihrer Miene erschrickt mich. Ich sehe ihre Mutter am Flussufer, in ihrem goldblonden Glorienschein, und frage mich unwillkürlich, wer eigentlich hinter der Kamera gestanden und das Foto gemacht hat.

»Ich war erst neun«, sagt sie, »aber ich werde nie vergessen, wie sie ihn angesehen hat und er sie. Es war mehr als Liebe. Eine spirituelle Liebe, eine religiöse Liebe fast.«

»Welch ein Trost für dich.«

»Trost?«

»Zu wissen, dass so eine Liebe in dieser Welt überhaupt möglich ist. Und zu wissen, dass deine Eltern diese Liebe füreinander empfanden.«

Margaret hebt die Flasche an, hält sie kopfüber fast senkrecht über das Glas, um auch ja noch den allerletzten kostbaren Tropfen herauszubekommen. *Tropf, tropf, tropf …* Wir schauen zu, wie sich nach und nach ein schimmernder

Weinfilm in ihrem Glas bildet, bis auch der allerletzte Tropfen vom Flaschenmund darin gelandet ist und sie die leere Flasche knapp vor der Tischkante wieder abstellt.

»Was glaubst du, warum ich nie geheiratet habe?«, fragt sie.

Der Abwasch ist erledigt, das Geschirr steht wieder im Schrank. Margaret dreht sich zu mir um und verschränkt die Arme, als würde sie überlegen, was sie jetzt mit mir machen soll. Wir stehen in der beengten Küche mit dem grauen Linoleumboden; über dem Waschbecken gibt es ein Fenster, wenn auch ein winzig kleines, das ebenfalls verdunkelt ist, und in der Luft hängt noch immer der Geruch nach gegartem Fleisch und Fett.

»Apropos B. Du hast mich vorhin nicht ausreden lassen«, sagt sie.

»Oh, das habe ich gar nicht bemerkt.«

»Er hat ganz offensichtlich versucht, mir auf den Zahn zu fühlen und mich auszuhorchen, um herauszufinden, was ich weiß. Zum Glück habe ich keine Miene verzogen.« Sie trommelt mit den Fingern auf ihrem Arm herum. »Von dir hat er nichts gesagt. Er meinte nur, das mit Thorpe seien schreckliche Nachrichten. Sehr schreckliche, sagte ich darauf, aber hätten wir irgendetwas dagegen tun können? Und er versprach, sie würden sämtliche aktiven Agenten in der deutschen Sektion in Alarmbereitschaft versetzen, auch die Informanten, damit sich alle bereithielten, um bei Bedarf einzugreifen, und so weiter und so fort. Das ganze Blabla.«

»Du glaubst ihm nicht?«

Wir sprechen leise und gedämpft, im Flüsterton, im matten Licht der einzigen Glühbirne, das aus der Wohnstube um die Ecke in die Küche scheint. Margaret stiert auf den Vorhang, der das Küchenfenster bedeckt.

»Wenn B entschieden hat«, fährt sie fort, »und so sieht es für mich aus – also wenn B entschieden hat, dass es zu gefährlich ist, dich mit diesen Informationen, welche auch immer das sind, am Leben zu lassen, wird er in Bezug auf Benedict wahrscheinlich ganz genauso denken.«

»Aha.«

»Ich will dich nicht ängstigen.«

»Mit anderen Worten, er schert sich einen feuchten Dreck darum, Thorpe zu helfen. Die Deutschen tun ihm eigentlich nur einen Gefallen. Und wenn es Thorpe gelingt zu entkommen …«

Vom Stockwerk unter uns dringt Telefongebimmel herauf, dann stapfende Tritte, gefolgt von einer verärgerten, dumpfen Stimme. Margarets Augen sind wie zwei klare Scheiben, die sich zu mir drehen. Der Wasserkocher pienst.

»Du musst verstehen«, sagt sie. »Es herrscht Krieg. Es geht um den Zweck, nicht um die Mittel. Sie müssen skrupellos sein, das ist ihr Job.«

»Und all diese Skrupellosigkeit wegen … wegen dieser verdammten …«

»Schsch. Nicht laut sagen.«

Ich stiere auf meine Füße, die in dicken Wollsocken stecken, welche Margaret mir geliehen und allem Anschein nach auch selbst gestrickt hat; sie haben die klobige, unebene Textur, wie ich sie aus meiner Zeit im alten Rotkreuzhauptquartier in der George Street in Nassau bestens kenne, wo ich dergleichen hundertfach verpackt habe. Hässliche, brauchbare Socken, die inzwischen wohl in ganz England verteilt worden sind, vielleicht auch über halb Europa und möglicherweise sogar in Colditz.

»Was hast du zu B also gesagt …?«, flüstere ich.

»Was hätte ich groß sagen können? Ich wollte ja keinen Verdacht erregen. Also sagte ich, ich würde die Situation hier im Auge behalten und wäre natürlich bereit, alles in meiner Macht Stehende zu tun, um meinem Bruder zu helfen. Und er sagte …«

»Ja?«

Ich schaue auf. Sie lehnt mit verschränkten Armen am Küchenschrank und mustert mich. Als sie meinen fragenden Blick bemerkt, strafft sie den Rücken und stakst aus der Küche in die Stube, wo sie Zigaretten und Streichhölzer vom Kaminsims holt. Sie steckt sich eine Zigarette in den Mund, entfacht ein Streichholz, und während die Zigarette zwischen ihren Lippen klemmt und das Streichholz brennt, spricht sie weiter: »Er sagte, falls mich irgendwer auf Benedict anspricht, egal wer, soll ich zuallererst zu ihm kommen. Benedict sei in Nassau in ziemlich prekäre Geschäfte verstrickt gewesen, und es gebe dort äußerst gefährliche Leute, die notfalls alles tun würden, um an diese geheimen Informationen zu gelangen …« Sie wirft das abgebrannte Streichholz auf die kalten Kohlen im Kamin, nimmt einen langen Zug an ihrer Zigarette, während sie mich unverwandt anstarrt. »… und die wohl auch versuchen könnten, sich mein Vertrauen zu erschleichen, um hinter Benedicts Geheimnisse zu kommen.«

»*Das* hat er gesagt?«

»Er behauptete, sie würden mir alles Mögliche erzählen, mir alle erdenklichen Lügen auftischen, und ich müsse jedweden Versuch eines Fremden, sich bei mir einzuschleichen, unterbinden.« Sie bläst eine dicke Rauchwolke aus. »Oder auch einer Fremden.«

»Das hat er gesagt? Einer Fremden?«

»Das waren seine Worte.«

»Und was hast du darauf gesagt?«

Wie bereits geschildert, ist das Licht in der Wohnung schwach, wegen der Tarnbeleuchtung und kriegsbedingten

Stromeinsparungen. Es ist kalt und muffig, und ich habe das Gefühl zu ersticken, kann mich nicht bewegen und sie auch nicht. Sie hat die Arme verschränkt, und der Zigarettenstummel glimmt orangerot zwischen ihren Fingern auf. Ich meine, ein Zucken unter der Haut an ihrem Hals zu sehen. Ihr Puls, der im gleichen Rhythmus pocht und klopft wie meiner.

Ich denke an Thorpe in seiner kalten, feuchten, aus Stein gemauerten Zelle. Ob sein Puls auch in diesem Rhythmus schlägt? Ob dieser Pulsschlag uns drei verbindet?

Sie schnippt Asche in den Kamin.

»Natürlich sei ich auf der Hut, sagte ich zu B. Danach habe ich ein paar Schluck Rizinusöl genommen, damit ich mich übergeben muss und mich ein paar Tage krankmelden kann.«

»Du hast *was* gemacht?«

»Wir müssen dich aus London hinausschaffen. Er wird dich überall suchen, und ich wage zu behaupten, dass es nicht lange dauern wird, bis er hier bei mir auf der Matte steht.«

»Aber wo sollen wir hin?«

»An einen sicheren Ort«, sagt sie. »Irgendwohin, wo wir in Ruhe überlegen können, was wir tun können. Auf einen Bauernhof, wo wir Eier und Butter zu essen bekommen, ohne uns für eine verfluchte Lebensmittelkarte registrieren zu müssen.«

»Und wo soll das sein?«

»Daheim.« Margaret wirft die Kippe in den Kamin. »Genauer gesagt in dem Haus, in dem Benedict und ich geboren wurden.«

Elfriede

JUNI 1905

Florida

An dem Tag, an dem Wilfred zu ihr zurückkehrt, ist das Wetter heiß und vielversprechend, sodass Elfriede sich mit den Kindern zum Strand aufmacht, während Charlotte mit Kopfschmerzen zu Hause bleibt. Kopfschmerzen, von wegen. Ein Kater, um bei der Wahrheit zu bleiben. Aber, so sagt sich Elfriede, das ist nun mal Charlottes Art, mit ihrem Kummer umzugehen.

Und es ist ihr auch egal. Soll Charlotte ihren Kummer ruhig im Whiskey ertränken, so hat sie, Elfriede, die Kinder wenigstens für sich. Johann liebt den Strand. Er kann bereits in der Brandung schwimmen, ohne fortgeschwemmt zu werden, obgleich Elfriede sehr darauf bedacht ist, dass er am sandigen Ufer bleibt, wenn die Wellen bei rauer See allzu hoch schlagen. Er ist groß und kräftig wie sein Vater; tatsächlich ist er so groß und so kräftig, so weißblond und ihr so zugetan, dass er beinahe der leibhaftige Gerhard sein könnte. In den Momenten, da sie ihren Sohn in den Armen hält, spürt sie den Schmerz über den Verlust seines Vaters kein bisschen.

Die Mädchen geben sich eher zufrieden damit, nur am

Ufer zu spielen, außer Ursula, ein Wildfang und die Älteste der Mädchen. Aber was kann sie dafür? Genau wie ihr Vater und ihr Bruder ist sie von kräftiger Statur. Elfriede sieht sie manchmal an und fragt sich, wo zum Teufel sie später mal einen Ehemann herkriegen will. Gewiss, sie hat den Makel, als uneheliches Kind geboren zu sein, aber es wird wohl eher an Ursulas Körpergröße und Kraft scheitern. Nur ein ungewöhnlich großer, ungewöhnlich starker Mann wird es mit ihr aufnehmen können. Oder aber ein sehr kleiner, der sich gerne an die Leine nehmen lässt? Wer weiß. Ihre jüngeren Schwestern sind zierlicher und anmutiger. Blond, blassrosa Haut. Gut, die Kleinste ist erst elf Monate alt, und man kann noch nicht viel sagen. Gerade sitzt sie am Rand ihrer Decke unter einem gestreiften Schirm und schaufelt sich mit den Händchen Sand in den Mund. Das arme Schnuckelchen. Charlotte war im siebten Monat mit ihr schwanger, als plötzlich Gerhards Blinddarm platzte. Die Kleine hat das Gesicht ihres Vaters nie gesehen, seine Stimme nie gehört, seine großen Hände nie gespürt, die sie gewiegt hätten, so wie all ihre Geschwister. So etwas passiert. Das Leben ist ungewiss. Als bei Gerhard die Peritonitis einsetzte, zog sich Charlotte, überzeugt, dass diese Tragödie die Strafe eines rachsüchtigen Gottes sei, in ihr Bett zurück. Dort blieb sie, bis Gertrud geboren wurde (einen Monat später, aber vier Wochen zu früh), und in ihre Augen kehrte wieder ein bisschen Leben zurück. Kein Wunder, beim Anblick eines so süßen Babys! *Der Herr gibt, der Herr nimmt*, sagte Charlotte, legte das Baby an ihre Brust und nannte es Gertrud, nach der weiblichen Form zu Gerhard, dem verstorbenen Vater des Kindes. Und Elfriede spürte, wie der Anblick dieser kleinen traurigen Wesen, die sie jetzt mehr liebten und mehr brauchten als je zuvor, ihren eigenen Schmerz linderte.

Gut! Aber das alles ist Vergangenheit. Die kleinen traurigen Wesen sind jetzt wieder glücklich. Kinder sind robuster als Erwachsene, zumal ihre Erinnerungen flüchtig sind. Selbst Ursula ist noch viel zu klein, um sich an ihren Vater bewusst erinnern zu können, dessen Tod jetzt ein Jahr her ist, und Johann … gut, Johann ist wie Gerhard und trägt seine Gefühle nicht vor sich her, und er versteht es meisterlich, so zu tun, als ob alles in Ordnung wäre, als ob bestimmte Wahrheiten gar nicht existierten.

Mittagsstunde. Die pralle Sonne hat die letzten Dunstschleier des Morgens zerstreut. Elfriede, in einem Badeanzug aus dunkelblauem Serge, hat das Gefühl, vor lauter Hitze zu verdampfen. Und da an diesem unberührten Fleckchen Strand niemand sonst zu sehen ist, streift sie die Strümpfe ab und steckt sie in den Korb. Die Kinder sind naturgemäß ganz unbefangen. Elfriede rappelt sich hoch und nimmt Gertrud auf den Arm. Johann ist gerade mitten in einer anbrandenden Welle verschwunden. Ursula jagt einer fröhlich kreischenden Frederica im seichten Wasser nach. Elfriede kneift die Augen zusammen, um sich zu versichern, dass die beiden auch ja ihre Sonnenhütchen aufhaben, damit die süßen Gesichtchen nicht verbrennen. Mit Gertrud auf dem Arm geht sie hinunter zum Wasser. Elfriede kann zwar ein bisschen schwimmen, aber mit einem Baby auf der Hüfte ist daran nicht zu denken. Und so watet sie nur hinein in die anbrandenden Wellen, genießt den starken Sog des rückströmenden Wassers, der an ihrem Badeanzug zerrt, das Brennen von Meersalz auf ihren Waden, das erfrischende Nass. Sie schwingt Gertrud hinab, sodass die Kleine mit den Beinchen im Wasser strampelt und lacht, während Elfriedes wachsame Augen hin und her wandern, mal zu Johann links von ihr, der hinter der Welle gerade wieder auftaucht und sich das Wasser aus dem weißblonden Schopf schüttelt, dann zu den Mädchen rechts von ihr, die am Rand des Wassers entlangtollen. Sie hat alles im Blick. Immerzu. Hat die Augen überall, bei allen Kindern gleichzeitig. Wie das Summen einer Hummel, das anstrengend und nicht abzustellen ist, lebensnotwendig. Spätabends, wenn sie todmüde ins Bett fällt, schläft sie die ganze Nacht so tief und fest, dass sie nicht mitbekäme, wenn draußen ein Gewitter rumpeln, toben und knallen würde; beim kleinsten Mucks aus dem Kinderzimmer am anderen Ende des Korridors aber ist sie sofort glockenwach. Die Freuden des Mutterseins!

Elfriede blinzelt kurz hinauf in den Himmel. Die weiße Sonne steht im Zenit. Zeit, den Picknickkorb zu öffnen? Johann taucht wieder. Gertrud strampelt so fest mit den Beinchen, dass Schaum aufwirbelt und sich auf ihre Bäckchen setzt. Keine hundert Meter weiter laufen die beiden Mädchen fröhlich aus dem Wasser, rennen im Kreis über den weit und breit menschenleeren Strand – Moment, er ist gar nicht menschenleer!

Elfriede reckt sich. Nimmt Gertrud wieder auf die Hüfte. Lenkt den Blick auf die Mädchen, die noch immer über den Strand tollen, Sand aufwirbeln, Seegras vor sich herkicken … Eigentlich aber schaut sie an ihnen vorbei auf die weiße Gestalt, die dort hinten am Rand im Dünengras sitzt, keine vierhundert Meter entfernt.

Ein Hund vielleicht? Ein heller Fleck, und er sitzt einfach nur da.

Nein, ein Hund ist es nicht. Eindeutig. Es ist ein ausgewachsener Mann in einem hellen Anzug. Als er bemerkt, dass sie ihn beobachtet, steht er auf, winkt und geht in langen Schritten auf sie zu.

Elfriede ist wie angewurzelt. Die Mädchen krakeelen, die Möwen kreischen. Gertrud zuppelt an ihrem Kleid, verlangt nach Muttermilch, die sie nicht hat. Wie sie da steht, regungslos, gräbt der Sog ihre Füße tiefer in den Sand. Um sie freizubekommen, bedarf es einer immer größeren Kraft, einer Kraft, die sie nicht hat, zumal sie sich kaum noch aufrecht halten kann und alle Mühe hat, Gertrud nicht fallen zu lassen. Da packt sie eine feuchte Hand.

»Mama, was ist los?«, fragt Johann. »Wer ist der Mann?«

Die Mädchen sausen unbekümmert vorbei. Der Mann zieht seinen Hut, einen einfachen Strohhut, und plötzlich steht der ganze Horizont in Flammen.

»Sein Name ist Mr. Thorpe«, sagt sie. »Er ist Engländer.«

Als sie vor sechs Monaten zusammen mit Charlotte und den Kindern nach Florida aufbrach, reiste Elfriede mit kleinem Gepäck. Sie packte nur einige tropentaugliche Kleidungsstücke zusammen. Ein paar Sommerkleider, einen Hut, Unterwäsche, Nachthemden. Dazu ihre Englischbücher, um die Sprache zu üben. Persönliche Gegenstände nahm sie so gut wie gar keine mit. Das »Tuch der Tränen« (sie ist abergläubisch) sowie ein paar Briefe aus den geheimsten Schubladen ihres Schreibzimmers. Nicht viele. Es war eine unausgesprochene Abmachung zwischen ihnen, monatelang zu warten, bis sie sich gegenseitig antworteten. Und ihre Briefe waren auch nie sonderlich lang. Eine Seite vielleicht, höchstens zwei. Sie enthielten nicht den üblichen Austausch von Neuigkeiten, waren nicht einmal datiert, und auch Namen kamen darin nicht vor, nicht einmal ihre eigenen. Die Zeilen lasen sich wie Gedichte, vom Himmel erschaffen. Sie konnte nicht sicher sein, wie Wilfred ihre Ergüsse aufnahm, für Elfriede aber waren Wilfreds Briefe einmalig, leidenschaftlich und wunderbar. Letzte Nacht erst hat sie versucht, sich an den genauen Wortlaut einer bestimmten Passage aus einem Brief vom Frühjahr 1902 zu erinnern. Sie hat ihn aus ihrem Bündel gezogen und die Zeilen noch einmal gelesen:

Hinten, im kleinen Innenhof, blüht in einem Topf diese eine Blume, und jeden Morgen schwirrt ein winziges Vögelchen mit Namen Sonnenvogel herbei, sie zu besuchen und süßen Nektar aus ihr zu saugen. Klar, ich kann nicht sicher wissen, ob es immer derselbe Sonnenvogel ist, aber ich fühle es. Er fliegt zielstrebig auf diese Blume zu, schwebt eine Weile über ihr, um ihre Blüten zu betrachten (was es für eine Blume ist, willst Du natürlich wissen, während Du in Deinem kurzbeinigen Sessel in der Ecke Deines Schlafzimmers sitzt und diese Zeilen liest, draußen der kühle Regen gegen die Fenster prasselt … doch ich Dummerchen weiß diese Blume nicht zu benennen; sie ist außergewöhnlich und wunderschön, huldigt dem Sonnenschein, hat winzige, röhrenförmige Blütenbüschel in allen Farben, von Gelb über Orange bis hin zu einem leuchtenden Rosarot), nun, wie gesagt, das Vögelchen besieht sich die Blüten liebevoll, verliebt fast, möchte ich sagen, wählt aus, wo es beginnen will, bis es plötzlich steil nach unten fällt, den langen Schnabel in eine der Knospen versenkt, dann in die nächste … und die nächste … und schließlich, nachdem es sich am süßen Saft gelabt hat, flattert es trunken davon. Der Hof ist heiß, trocken und staubig, und so habe ich mir angewöhnt, eine Schale mit frischem Wasser bereitzustellen, eine kleine Vogeltränke quasi, aber sie bleibt unberührt. Ich glaube, das Vögelchen ist menschenscheu. Wie auch immer, ich erzähle Dir das alles, weil ich letzte Nacht von Dir geträumt habe … Du hast schlafend auf einem Kissen im Hof gelegen, gänzlich unbekleidet wegen der glühenden Hitze, gebadet im hellsten Sonnenschein, von einhundert winzigen Vögelchen umschwirrt, die sich alle nicht trauten, Dich zu berühren, obwohl sie das sehnlichst wollten. Ich war nicht sicher, ob ich einer dieser Sonnenvögel war oder bloß ein Betrachter, der versucht, Dich durch das lebhaft wirre Flügelgeflatter hindurch zu erblicken. Mach aus diesem Traum, was Du willst, meine Liebste. Doch heute Morgen sitze ich hier am Tisch im Hof, mit Stift und einem Blatt Papier, der Sonnenvogel ist soeben über die Mauer davongeflogen, und ich bin von der feurigsten Sehnsucht gepackt, die man sich nur vorstellen kann. Der verdammte kleine Piepmatz! Tagtäglich verkehrt er mit seiner auserwählten Blume. Ich frage mich, wie weit er wohl jeden Morgen fliegt, um zu ihr zu gelangen, und ob er vielleicht noch andere besucht. Dabei sollte eine so außeralltägliche Blume einem einzigen treu ergebenen Sonnenvogel ausreichend sein, wie ich finde. Aber ich bin kein Experte, weder für Vögel noch für Blumen.

Als sie diese Worte erst letzte Nacht noch einmal gelesen hat, ist eine glühende Hitze über ihre Haut gewogt, so wie immer. Sie möchte wissen, wie sie in seinem Traum aussah, wie sie aussah, als Wilfred sie unbekleidet vor sich sah. Sie möchte wissen, wo genau dieser heiße, staubige Hof liegt – sicherlich nicht in England –, doch wenn nicht in England, wo dann und warum? Der Poststempel ist immer der gleiche, London. Er weist nie einen anderen Ortsnamen auf. Wo liegt dieser Hof? Gibt es ihn überhaupt irgendwo? Oder nirgendwo? Oder vielleicht überall?

Oder auch hier. An diesem Strand in Florida. Er kommt ihr mit langen, gemächlichen Schritten entgegen. Barfuß, wie ihr auffällt. Sein Leinensakko hängt locker an zwei Fingern über seiner Schulter. Wie heiter und gelöst er wirkt. Wie schmal er ist, fast zu schmal, aber immerhin hat er wieder etwas Fleisch auf den Rippen. Sein kupferblondes Haar ist sichtlich gewachsen. Dieser schöne, große Kopf. Zuerst sieht sie sein Lächeln, dann seine Sommersprossen, dann einen schmucken, rötlich braunen Oberlippenbart und ganz zuletzt seine hellblauen Augen, die im goldenen Licht von

Florida leicht grünlich schimmern. Ihre Füße stecken noch immer im Sand, und ebenso reglos ist ihr Gesicht; ein Ausdruck von Schock, denkt sie. Er watet hinein ins Wasser, direkt auf sie zu und kommt vor ihr zum Stehen.

»*Hello*«, sagt er auf Englisch.

Elfriede kriegt kein Wort heraus.

»*Hello*«, piept Johann, ebenfalls auf Englisch. Er tritt vor und streckt die Hand aus. »Ich heiße Johann von Kleist. Ich bin aus Deutschland.«

Wilfred lässt sich in die Hocke sinken und ergreift Johanns Hand. »*Hello,* Johann. Ich kann dir gar nicht sagen, wie sehr ich mich freue, dich kennenzulernen. Ich bin …«

»Du bist Mr. Thorpe. Stimmt's, Mama?« Sein Blick wandert hinauf zu Elfriede, ebenso wie der von Wilfred, und wie sie die beiden so nebeneinander sieht, den kleinen Blondschopf und den Rotschopf, verliert sie endgültig den Halt im weichen Sand.

»Hier«, stößt sie mit fast tonloser Stimme hervor und streckt Wilfred das Baby entgegen. Der schießt auf, schnappt Gertrud mit dem einen Arm, Elfriede mit dem anderen um die Taille und fängt ihren langsam taumelnden Fall ins Meer gerade noch ab. Er scheint an solche Notfälle gewöhnt, hebt Gertrud auf die Schultern und kniet sich neben Elfriede, während die Brandung sie umspült und seinen Anzug ruiniert. Johann schaut völlig entgeistert drein.

»Heiß heute, was?«, sagt Wilfred.

»Sehr heiß.«

»Zum Glück gibt es diesen schönen Strand hier.«

»Ja.«

Auch die Mädchen haben ihr Spiel abrupt unterbrochen, stehen am Rand des Wassers, stumm vor Staunen, was Elfriede nicht entgeht. Ich muss irgendwie auf die Füße kommen, denkt sie. Gertrud jauchzt vor Freude, während sie durch Wilfreds Haare wuschelt, sie büschelweise packte und in ihren Fäustchen knetet. Im nahen Wasser treibt etwas Weißes, wogt auf und ab. Wilfreds Jacke. Mit einer Hand hält er Gertruds Beinchen fest umklammert, mit der anderen greift er nach Elfriedes Fingern. »Und … hoch!«

Sie zieht sich hoch. Seine Hand. Sie kann sie nicht loslassen, will sie nicht loslassen. Aber sie muss. Die Kinder. Um sich davon abzulenken, bückt sie sich und fischt seine Jacke aus dem Wasser. »Ich fürchte, die ist hin«, sagt sie, diesmal auf Deutsch.

»Nicht der Rede wert.«

»Gertrud, Schätzchen, hör auf. Du kannst nicht an Mr. Thorpes Haaren ziehen. Du tust ihm weh.«

»Im Gegenteil.«

Sie stiert auf seinen Mund. Ein breites Lächeln umspielt seine Lippen. Weiter oben gräbt Gertrud ihr Gesicht in seinen rotblonden Schopf, plappert vergnügt. Die Jacke rutscht Elfriede aus der Hand.

»Du … hier«, sagt sie.

»Deine letzte Postkarte hat mich neugierig gemacht. Florida. Wie könnte ich da widerstehen? Obwohl es nicht ganz einfach war, ein paar Tage Urlaub zu bekommen.«

»Urlaub? Wovon?«

Er streicht sich über den Bart. »Von der Armee.«

»Der Armee?«

»Lange Geschichte. Komm, wir sind schon ziemlich nass.«

»Oh Gott. Ja.«

»Mein Herr.« Johann zupft an Wilfreds Hemd. »Mein Herr. Entschuldige bitte. Aber in welcher Armee bist du denn?«

»In der britischen Armee.«

Johann runzelt nachdenklich die Stirn. »Hast du viele Buren getötet?«

»Mmh. Ein paar wohl schon …«

»Afrika!«, stößt Elfriede hervor. »Der Innenhof … der Sonnenvogel … das war in Afrika?«

Wilfred sieht sie an. »In Südafrika. Ein Blockhaus in der Provinz Transvaal.«

Elfriede packt immer zu viel in den Picknickkorb. Keine Ausrede also, Wilfred nicht unter den Sonnenschirm einzuladen und sich zu belegten Broten und Obst zu ihnen zu gesellen. Und Wilfred nimmt die Einladung gerne an. Elfriede sitzt am Rande des Schattens, hält Gertrud auf dem Schoß, füttert sie mit winzigen Brot- und Käsestückchen, während Wilfred mühelos auf Deutsch mit Johann und den Mädchen parliert und dazwischen immer wieder in sein Schinkenbrötchen beißt. Die Kinder sind hellauf begeistert von Wilfred, zumal sie ihn ganz für sich zu haben scheinen, da sich die beiden Erwachsenen, Wilfred und Elfriede, kaum anschauen. Elfriede richtet ihre Aufmerksamkeit auf Gertrud und passt nebenher auf, dass auch ja kein Sand in die Limonade weht, die sie eben aus der Kanne in die kleinen Becher gegossen hat. Innerlich aber staunt sie darüber, wie umgänglich er mit den Kindern ist, die ihm munter alles erzählen, was es zu erzählen gibt – was sie gerne essen, gerne machen, gerne anziehen, wie oft sie baden, und sie reden von »Hund«, dem zottigen Mischling, der sich öfter mal vor der Küchentür rumtreibt, um sich mit einer höflichen Verbeugung ein paar Leckerli abzuholen, und besonders gerne die Hand des Kindermädchens abschleckt. Wilfred erkundigt sich näher nach dem Kindermädchen, was Elfriede aus ihren trägen Gedanken reißt, und sie erklärt das Picknick für beendet.

»Wann bist du in die Armee eingetreten?«, fragt sie ihn auf dem Weg zurück zum Haus, das gut anderthalb Kilometer entfernt liegt.

»Ungefähr einen Monat nach meiner Entlassung aus dem Sanatorium«, antwortet er. »Gleich nachdem ich die ärztliche Tauglichkeitsuntersuchung bestanden hatte. Ich habe ein paar Beziehungen spielen lassen und wurde zum Second Lieutenant der Royal Highlands Cavalry ernannt.«

»Hätte ich nie gedacht.«

»War eine spontane Idee. Der Gedanke an Wien machte mich krank. Also kehrte ich nach Hause zurück und war kurz davor, den Chambers beizutreten, als die Nachricht von Herbert Kitchener und dem Burenkrieg nach London schwappte. Eine gute Möglichkeit, sich umzubringen, dachte ich.«

»Sag so was nicht!«

Er lacht. »Na ja, vielleicht nicht gleich sterben da draußen. Und wenn schon, es war mir damals irgendwie egal, und es klang nach viel mehr Abenteuer als ein Dasein als angehender Londoner Anwalt, zumal in strengen Winterzeiten.«

»Wieso hast du mir nichts davon erzählt?«

»Ich wollte dich nicht beunruhigen.«

»Natürlich ...«

Johann zupft ihn abermals am Hemd. »Mr. Thorpe! Mr. Thorpe! Warum trägst du keine Uniform, Sir?«

»Warum? Weil ich gerade auf Urlaub bin und weil wir außerdem in Amerika sind.«

»Hast du sie dabei? Kann ich sie mal sehen?«

Elfriede fällt ein oder zwei Schritte zurück, lässt Johann gewähren. Ihre Gefühle schlagen sowieso gerade hoch, und ihre Gedanken wirbeln durcheinander – Wilfred in Südafrika, auf dem Rücken eines Pferdes, unter einer glühenden Sonne jagt er quer durch die Steppe, wird von Buren hinterrücks angegriffen, und Fliegen schwirren über offenen Schusswunden. Der staubige Innenhof, die Blume, der Sonnenvogel – all das unter höchster Lebensgefahr! –, während Elfriede in ihrem kurzbeinigen Sessel im Schlafzimmer sitzt, seine Briefe liest und ihn in Sicherheit wähnt! Sie stiert auf sein feuchtes weißes Hemd, die bis zum Ellbogen hochgekrempelten Ärmel. Gertrud sitzt wieder oben auf seinen Schultern und krallt sich in seine Haare; mit der einen Hand hält er sie fest, mit der anderen trägt er den Picknickkorb. Darin seine Jacke und sein Strohhut. Wilfred! *Wilfred!* Er ist es leibhaftig! Seine Schultern, sein Rücken, sein Arm, seine Hand, die den Picknickkorb umklammert, seine Beine, die über den Boden schreiten, hier, direkt vor ihr. Es ist wie ein Traum. Elfriede hält Fredericas Hand, um mit der Realität verbunden zu bleiben. Ursula trollt voraus, gibt den Weg vor. Sie erreichen das Haus, und Wilfred wendet sich um, eine Augenbraue hochgezogen, und Elfriede dreht fast durch. Mein Gott, wohin mit ihm? Was soll sie nur tun? Dann fällt ihr ein, dass sie Witwe ist. Dass alles jetzt möglich ist. Dass Wilfred jetzt möglich ist.

Gut, ein Haus voller Kinder kann vielleicht ein bisschen problematisch sein. Wie soll das mit Wilfred gehen, wenn private Minuten kaum möglich sind? Sie entschuldigt sich und bringt die kleineren Kinder zum Mittagsschlaf ins Bett, während Johann und Wilfred bei Kuchen in der Küche sitzen und weiterplaudern. Charlotte ist nicht da (trotz Kopfschmerzen?), sie sei in der Stadt, sagt die Mamsell mit einem Schulterzucken. Wahrscheinlich besorgt sie noch ein paar Flaschen von dem Kentucky Bourbon, den sie neu entdeckt hat. Elfriede wartet, bis die Kinder nacheinander eingeschlummert sind. Dann geht sie geradewegs an der Küche vorbei, aus der geschäftiger Lärm dringt, raus in den Garten, mit wild pochendem Herzen, wo sie im Gras unter dem Orangenbaum zusammenbricht. Oder, weiß Gott wie, vor lauter Nervenflattern auch in den Schlaf sinkt. Wie auch immer, beim Klang von Wilfreds Stimme schreckt sie auf.

»Da bist du. Stört es dich, wenn ich mich zu dir setze?«

Stören? Sie schüttelt den Kopf.

Er setzt sich neben sie ins Gras und steckt sich eine Zigarette an. »Tut mir leid, dass ich dich hier so überfalle. Ich wollte dich nicht unangenehm überraschen.«

»Das hast du geschafft. Hast wohl gedacht, besser so, als an der Tür zu klopfen und Guten Tag zu sagen.«

»Komm, du zitterst ja.« Er streckt die Hand aus, umfasst ihr Knie. »Hab keine Angst.«

»Hab ich nicht.«

»Wenn ich dich aufgerührt habe ...«

»Nein, gar nicht. Nicht aufgerührt. Eher geschockt.« Sie versucht zu lachen. »Du bist es *wirklich*, oder? Ich habe keinen Sonnenstich oder so?«

»Ja, ich bin es wirklich. Leibhaftig.« Seine Hand gleitet von ihrem Knie, sein Gesicht nahe vor ihrem, seine Augen in ihren versunken, und seine schmalen, fahlen Wangen ... Wenn sie ihn nur berühren könnte.

»Deine Haare sind ordentlich gewachsen«, sagt sie.

»Und rotblond wie eh und je, fürchte ich.«

»Du, in der Armee. Mein Gott. Was, wenn du im Kampf gefallen wärest?«

»Wie gesagt, mein eigenes Überleben war zu dem Zeitpunkt überhaupt nicht wichtig für mich.«

»Aber für mich, für *mich* ist es wichtig.«

»Ja, ich weiß. Ich wusste es wohl auch damals, aber ich musste nun mal tun, was ich tun musste. Ich habe gelitten, verstehst du, und es schien nur recht und billig, dich durch meinen Tod auch ein bisschen leiden zu lassen.«

»Ein bisschen? *Ein bisschen?* Wie hätte ich mich deiner Meinung nach denn fühlen sollen? ... Wie hätte ich denn überhaupt von deinem Tod erfahren sollen?«

»Oh, für diesen tragischen Fall habe ich bei einem treuen

Freund einen kleinen Umschlag hinterlegt mit der Aufschrift: *Nur im Falle meines Todes zu öffnen.* Ist lächerlich und melodramatisch, ich weiß, aber ich war damals einfach nicht ich selbst. Ich hatte das sichere Gefühl, langsam verrückt zu werden, und das wäre ich wohl auch geworden, hätte ich nicht die Aufgabe gehabt, meine Männer am Leben zu erhalten und Kampfeinsätze zu befehligen.« Er schnippt die Asche von seiner Zigarette. »Doch wie sich zeigt, wird man im Krieg auch verrückt, nur vermittelt er dir wenigstens noch das Gefühl einer gewissen Sinnhaftigkeit.«

»War es so furchtbar?«

Sein Blick wandert rechts an ihr vorbei und bleibt dann vermutlich am Orangenbaum hängen, an dessen Stamm Elfriede mit dem Rücken lehnt. »Kommt darauf an, was du unter *furchtbar* verstehst.«

»Hast du Menschen getötet?«

»Ja.«

»Sehr viele?«

»Schau«, sagt er, »wir können gerne über die Anzahl der Männer, Frauen und Kinder sprechen, die ich zum Schutz und für die Sicherheit des britischen Vaterlandes getötet habe, doch dein süßer kleiner Sohn ist jeden Moment mit seinen Rechenaufgaben fertig, also lass uns lieber über … über das Wesentliche sprechen.«

»Aber ich möchte es wissen. Ich möchte alles wissen. Alles, was du erleiden musstest. Es war allein meine Schuld, es geschah nur meinetwegen.«

»Nein, war es nicht. Ich habe das um meiner selbst willen getan.«

Er stützt sich nach hinten auf eine Hand und zieht an seiner Zigarette. »Ich würde viel lieber über dich reden. Du hast deine Zeit sehr viel besser verbracht. Hast Leben erschaffen, anstatt es zu zerstören.«

»Das stimmt … so nicht ganz.«

»Ich meine deine Kinder. Komm, du darfst mich ruhig anschauen. Dafür musst du dich nicht schämen. Als ich sagte, dass ich dir alles Glück der Welt wünsche, habe ich das auch so gemeint. Gott weiß, dass ich dir immer Kinder gewünscht habe, wenn du sie haben kannst, ohne dunkle Qualen zu …«

»Es sind nicht meine.«

Wilfred nimmt die Zigarette aus dem Mund. »Nicht deine?«

Elfriede gibt sich einen Ruck, hebt den Blick und schaut ihm direkt ins Gesicht. Die leichte Verwirrung darin ist nicht zu übersehen. Zwischen seinem Daumen und Zeigefinger brennt die Zigarette unbeachtet vor sich hin. »Die Mädchen, meine ich. Ich bin zwar ihre Mutter, aber es sind nicht *meine* Mädchen. Nicht meine leiblichen.«

Er drückt die Zigarette im Gras aus. »Wessen dann?«

»Charlottes.«

»Wer zum Teufel ist Charlotte?«

»Das Kindermädchen. Johanns Kindermädchen. Sie schliefen miteinander, sie und Gerhard. Schon bevor er krank wurde. Bis er sich wieder erholt hatte, war sie im dritten oder vierten Monat schwanger. Und anstatt sie hinauszuwerfen, behielt ich sie. Ich dachte damals … es sei für alle die beste Lösung.«

»Die beste Lösung? Für wen, für was?«

»Weil Gerhard sich so sehr weitere Kinder wünschte und weil ich nicht mehr mit ihm schlafen wollte. Wie hätte ich das gekonnt, *nach dir*? Ich fühlte mich überhaupt nicht mehr zu ihm hingezogen. Ekelte mich fast. Und da war *sie*, unsterblich verliebt und noch dazu schwanger von ihm.«

Wilfreds Miene verrät keinerlei Erstaunen. Nur die gewohnte sanfte Neugierde. Er muss die ganze Sache wohl erst wirken lassen, hin und her wälzen, sie in einen Zusammenhang bringen. Drei Kinder! Eins davon ein Säugling! Er richtet sich auf, zieht das Zigarettenetui aus seiner Hosentasche – klappt es mit geübter Hand auf, nimmt eine Zigarette und ein Streichholz heraus, entfacht es und gibt sich Feuer. »Du musst verrückt gewesen sein«, meint er.

»Nicht verrückter als du mit deiner fixen Idee, Oberleutnant zu werden.«

»Aha. Verstehe. Und wie lange hat es gedauert, bis du dieses nette ... dieses nette kleine Arrangement bereut hast?«

»Keine Ahnung. Ich weiß es nicht mehr. Es ist alles nur noch verschwommen. Schien damals aber vollkommen logisch. Als sie mir erzählte, dass sie Gerhards Kind unter dem Herzen trage, genau in dem Moment, da er sich gerade wieder so weit erholt hatte, um von mir zu erwarten, dass ... dass ich mein altes Leben wieder aufnehmen müsse ... Ja, ich wusste, dass ich das müsste, wusste, dass es meine eheliche Pflicht wäre, in sein Bett zurückzukehren und Kinder mit ihm zu zeugen. Es war schließlich das, was ich vor Gott gelobt hatte, als er halb tot mit Typhus darniederlag – *mach ihn bitte einfach wieder gesund, und ich werde ihm eine gute, treue Ehefrau sein*. Doch das Herz, weißt du, das Herz folgt dieser Logik nicht so einfach.«

»Wohl wahr«, sagt er leise. »Das tut es nicht.«

»Ich hatte panische Angst. Ich wusste, ich könnte es nicht ertragen, könnte *ihn* als meinen Liebhaber nicht ertragen, aber was blieb mir anderes übrig? Und dann – wie von Zauberhand – ging diese Tür für mich auf. Und ich fühlte eine so große Erleichterung. Als hätte man mich durch Begnadigung aus einer lebenslangen Haft entlassen. Verstehst du, was ich meine? Findest du ... findest du, ich bin kaltherzig?«

Noch während Elfriede spricht, steht Wilfred auf und geht ein paar Schritte auf und ab, stiert den leicht geneigten

Hang des Gartens hinab, der weiter unten in einem undurchdringlichen, dornig morastigen Dickicht endet. Als sie ihn fragt, ob er sie kaltherzig findet, schüttelt er nur wortlos den Kopf.

Elfriede rappelt sich auf die Knie. Das Sprechen fällt ihr leichter, wenn sie nicht sein Gesicht, sondern nur seinen Hinterkopf vor sich hat – und die Worte, das schreckliche Selbstbekenntnis, sprudeln nur so über ihre Lippen. »Also bat ich Gerhard hinzu, und wir haben die Situation besprochen, wir alle drei. Ich habe meinem Mann gesagt, er müsse die Verantwortung für dieses Kind übernehmen, es sei nicht mehr als recht, das kleine unschuldige Wesen könne ja nichts dafür. Ich sagte, ich würde das Kind zusammen mit Johann im Kindertrakt betreuen, so als wäre es unser eigenes. Natürlich waren die beiden völlig verblüfft. Mit so viel Verständnis seitens einer Ehefrau rechnet wohl keiner. Man rechnet damit, dass sie ihre Nebenbuhlerin entlässt und so tut, als wäre nichts passiert. Stattdessen habe ich gesagt, was ich sagen wollte, mich dann entfernt und die beiden allein gelassen.«

Wilfred wirft einen Blick über die Schulter, sieht sie an. »Allein, sagst du?«

»Ja, allein. Nur dass er meinen Vorschlag nicht gleich annehmen konnte. Er war sehr starrsinnig, weißt du, oder besser gesagt moralisch, er verlangte nach Ordnung, nach sauberen, klaren Linien zwischen Tugenden und Sünden. Wahrscheinlich war er über sich selbst entsetzt, über das Chaos, das er angerichtet hatte, über die Lust, die er für diese Frau empfand. Kurze Zeit später kam sie aus dem Zimmer, wirkte noch verstörter als zuvor. Also drückte ich mich noch deutlicher aus. Sagte ihm eines Abends, er könne ruhig hinauf zu ihr gehen, zu Charlotte, um nach ihr zu sehen. Nein, meinte er, doch ich bestand darauf, sagte, es sei seine Verantwortung, sich um sie zu kümmern, um diese

Frau, die ihn so sehr begehrte, die sein Kind gebären würde. Er ging schließlich zu ihr. Zwei Stunden später kam er wieder nach unten, ich war extra aufgeblieben, um ganz sicherzugehen – dann war mir klar, was zwischen den beiden passiert war.«

»Großer Gott.«

»Er ging methodisch vor. Gerhard. Immer dienstags und freitags, ganz nach Plan, ging er hinauf zu ihr, wann immer er zu Hause war. Zuerst blieb er nur ein bis zwei Stunden. Um seine körperlichen Triebe zu befriedigen, das war alles, wie ein Juckreiz, dem man nur durch Kratzen beikommt. Die restliche Zeit verbrachte er auf gewohnte Weise, mit mir und Johann, mit seinen eigenen Angelegenheiten, und Charlotte ignorierte er meistens, sie war schließlich nur eine Bedienstete. Dann kam das Baby auf die Welt. Wir freuten uns alle mit ihr, waren begeistert. Gerhard war ganz vernarrt in die Kleine. Er hatte sich immer eine Tochter gewünscht. Stundenlang trug er sie herum, saß im Kinderzimmer, schaute Charlotte beim Stillen zu und machte keinen Hehl daraus, dass er gerne noch weitere Kinder hätte. Und so war ich nicht gerade überrascht, dass er eines Nachts wieder hinauf zu Charlotte ging, als Ursula ein paar Monate alt war.«

»Mein Gott«, sagt Wilfred.

»Nur dass es jenes Mal anders war als vorher. Er blieb nun länger bei ihr und ging auch gleich den nächsten Abend wieder zu ihr. Es geschah vier- oder fünfmal die Woche. Sie war inzwischen in ein separates Zimmer im oberen Stockwerk gezogen, hatte dort ihren privaten Bereich, gleich neben dem Kinderzimmer, damit sie hörte, wenn eins der Kinder nach ihr rief. Letztendlich ließ er ein Doppelbett reinstellen. Dort schlief er dann mit ihr und kam erst frühmorgens wieder runter. Kurz nachdem sie Ursula abgestillt hatte, war Charlotte mit Frederica schwanger, im null Komma nichts.« Elfriede schnipste mit den Fingern. »Und dann kam Gertrud.«

»Und du hast dem Ganzen nie ein Ende gesetzt?«

»Wie denn? Was hätte ich denn sagen sollen – dass ich es erst ganz in Ordnung fand, dann aber nicht mehr? Dass ich meine Meinung geändert hätte? Und dann waren ja auch die Kinder da. Ich konnte gar nicht anders, als sie zu lieben. Hier waren diese wonnigen Kleinen, und fort waren Trübsal, Dunkelheit, Verrücktsein. Sie nennen mich Mutti, weil Johann mich so nennt und er ihr großer Bruder ist. Wie könnte ich sie im Stich lassen? Also ließ ich alles laufen wie gehabt. Sagte mir, dass *sie* ihn liebte und ich nicht, dass *sie* ihn beglücken konnte und ich nicht. Sie durfte ihn gerne in der Nacht haben. Ich hatte ihn bei Tage. Er war mir gegenüber immer fürsorglich, immer liebevoll.«

Wilfred wirft sich neben sie zurück ins Gras, starrt in den Himmel. »Wie Bruder und Schwester?«

»Ja.«

»Zu jeder Zeit?«

»Ja.«

Wilfred dreht den Kopf zu ihr, während die Zigarette ihm locker im Mundwinkel hängt. Er starrt sie unverwandt an, ohne Scham. »Oh, meine Herzallerliebste.«

»Eines Tages dann, es war ungefähr ein Jahr, nachdem Frederica geboren wurde, ging ich in seine Studierstube, Gerhards Studierstube, weil ich irgendetwas zum Tagesablauf mit ihm besprechen wollte. Ich vergaß anzuklopfen. Wozu auch? Ich war schließlich seine Frau. Und da war sie, Charlotte, und die beiden ... sie saßen zusammen auf einem Stuhl, und du ahnst es wahrscheinlich, ihr Kleid stand offen, ihre Haare hingen lose herab, und sie saß auf ihm. Sie haben mich nicht einmal bemerkt. Ich stand in der Tür, und mein erster Gedanke war: Es ist Mittwoch, Mittwochnachmittag, Herrgott noch mal, ein Mittwochnachmittag. Was fällt ihnen ein! Hatten sie in der Nacht nicht genug bekommen?« Elfriede kichert. »In diesem Moment wurde mir klar, wie schrecklich verliebt er in sie war, nicht in mich. Ich war für die beiden unsichtbar.«

»Elfriede ...«

»Oh, ich weiß, es war dumm von mir. Und es war ausgeschlossen, dass ich dich jemals wiedersehen würde. Dabei sind wir alle doch aus Fleisch und Blut. Und die Monate vergingen, die Jahre vergingen, und es war nicht etwa so, als hätte ich dich weniger begehrt oder Gerhard plötzlich wieder gewollt. Aber du warst nicht da, du warst nicht real, du warst ein Gedanke, eine Erinnerung, ein Herzschlag, ein Stapel Briefe ... und Gerhard war real. Und ich liebte ihn, nicht als meinen Liebhaber, aber ich sorgte noch immer für ihn, und doch habe ich ihn verloren. Im Morgengrauen hörte ich ihn, wie er in sein Zimmer schlich, hörte sein Bett quietschen, wenn er sich hineinlegte und vorgab, die ganze Nacht darin geschlafen zu haben, während ich mich weiß Gott danach verzehrte, einfach nur wieder mal berührt zu werden, gut, vielleicht nicht von ihm, aber eben *berührt* zu werden...«

»Elfriede.« Wilfred schnellt hoch, hilft ihr auf, legt einen Arm um ihre Schultern und führt sie ins Haus. Sein Hemd, ihr »Tuch der Tränen«.

Am Nachmittag kehrt Charlotte zurück. Hängt den Hut an den Haken im Hausflur und staunt nicht schlecht, als sie den fremden Mann im Salon erblickt, bevor sie sich dann für einen kurzen Mittagsschlaf in ihr Zimmer begibt.

Das Abendessen ist missraten. Es ist viel zu heiß, und alle sind schlecht gelaunt. Wilfred versucht tapfer, die kleine Gesellschaft bei Laune zu halten, was ihm mit seinem natürlichen Charme auch fast gelingt. Aber es bleibt verkrampft und angespannt. Die Kinder sind sauber gewaschen und ordentlich angezogen, doch die Kleinen sind quengelig, und auch Johann blickt verdrossen drein. Seine kindliche Neugierde für diesen tapferen britischen Soldaten hat sich schlagartig in argwöhnisches Misstrauen gewandelt, als er mit seinen Rechenaufgaben in den Garten gelaufen ist und seine Mutter in Mr. Thorpes Armen unterm Orangenbaum vorgefunden hat. *Mama, warum weinst du?*, hat er gefragt, und Elfriede, die sich prompt hochgerappelt und sich über Haare und Augen gewischt hat, hat sich beeilt, ihn zu beschwichtigen: *Weil ich glücklich bin, mein Liebling.* Johanns verstörte und verwunderte Augen sind indes zu Wilfred gewandert, der seine Arme inzwischen wieder bei sich hatte. Aber es war zu spät. Das ehrfurchtsvolle Strahlen in Johanns Augen ist bereits geschwunden. Johann, für den sein Vater der Held aller Helden gewesen ist, der dessen Siechtum mit hat ansehen müssen und dabei so schwer und tränenlos gelitten hat, ist nicht zu jung und unbedarft, um nicht zu begreifen, was es mit den beiden unter dem Orangenbaum auf sich gehabt hat. *Weil ich glücklich bin, Liebling.* Wie dumm von ihr! Hat sie denn nicht gewusst, dass ein kleiner Junge seine Mutter ganz bestimmt nicht glücklich in den Armen eines fremden Mannes sehen will? Es ist das Letzte, was er gebrauchen konnte.

Nach dem Dessert versucht Elfriede, die Stimmung zu lockern. Sie legt eine Schallplatte auf den Phonographen, eine Tanzmusik, und Wilfred fordert Charlotte zu einem Tänzchen auf. Sie sind beide ausgezeichnete Tänzer, bewegen sich durch das Wohnzimmer, das groß wie ein Tanzsaal ist. Richtig groß. Wie das ganze Haus. Groß und geräumig. Elfriede ist schließlich eine wohlhabende Frau, die Witwe eines Barons, die Mutter eines Barons. Sie hat das Haus für ein ganzes Jahr gemietet, von einem reichen Großunternehmer aus Chicago – oder stammt er aus Cleveland oder Pittsburgh, sie weiß es nicht mehr, aus einer dieser amerikanischen Städte jedenfalls, die Millionäre wie am Fließband hervorbringen. Es ist ein schönes, gut aufgeteiltes Haus, mit vielen luftigen Räumen, wo es an einem sonnigen Tag wie diesem aber trotzdem heiß wie im Backofen werden kann, zumal wenn draußen kein Lüftchen weht. Und so lösen sich die beiden bald wieder voneinander, keuchend, schwitzend. Wilfred zieht ein Taschentuch hervor und wischt sich über die Stirn. Charlotte schenkt sich einen Drink ein. Elfriede steht auf und trommelt die Kinder zusammen, um mit ihnen nach oben zu gehen und sie in die Wanne zu setzen.

Regelmäßige Rituale, wie die Kinder allabendlich zu baden, sind für Elfriede besonders kostbar. Sich den Kindern vollauf zu widmen gibt ihr das gute Gefühl, die verlorene Zeit mit Johann sowie ihr Versagen als Ehefrau und Mutter wieder wettzumachen. Heute Abend jedoch ist sie mit ihren Gedanken woanders. Zum einen unten im Wohnzimmer bei Wilfred und Charlotte, wo sie die beiden, sich im Paartanz wiegend, vor sich sieht; zum anderen in ihrem Schreibzimmer, einem kleinen Raum neben der Bibliothek, wo mit der Nachmittagspost ein Brief angekommen ist, abgestempelt in Schloss Kleist, versehen mit der vertrauten, gestochen scharfen Handschrift ihrer Schwägerin Helga.

Elfriede hasst es, diese Briefe zu öffnen. Normalerweise überfliegt sie sie nur, um sicherzugehen, dass kein Notfall vorliegt, denn auf Helgas Meckereien, die sie ständig an ihre Pflichten erinnert und ihr Versäumnis, selbigen nachzukommen, kann sie gut und gerne verzichten. Es ist einfach absurd, zumal Helga durchaus in der Lage ist, den Betrieb auf Schloss Kleist ohne Elfriede am Laufen zu halten, und dies mit Begeisterung auch tut (wie Elfriede vermutet). Nicht zu vergessen die grenzenlose Freude, die sie offenbar daran hat, sich in der Opferrolle zu ergehen, sich auf ein moralisches Podest zu stellen, um Elfriede von oben herab als nichtsnutzige Egoistin abzustempeln, die in ihrem amerikanischen Paradies ein lustiges Leben führt (und nicht wertzuschätzen weiß, was sie, Helga, für sie tut).

Meine liebe Baronin-Witwe! – mit dieser mahnenden Erinnerung an Elfriedes gesellschaftliche Stellung beginnt sie all ihre Briefe –, *das Maß ist voll! Dein Sohn, der Baron, gehört auf sein angestammtes Anwesen, nicht auf irgendeinen amerikanischen Spielplatz für faule Reiche …* und so weiter und so fort. Dann, im zweiten Absatz, folgt die unvermeidliche Hymne auf Elfriedes verstorbenen Ehemann, auf die Pflicht und Schuldigkeit, die Elfriede ihm zu tun habe, auf immer und ewig. Im dritten Absatz dann klingt Helgas Verdacht durch, wonach Elfriede nur deshalb nach Florida gegangen sei, um ein unmoralisches Leben zu führen, denn aus welch anderen Gründen sollte man sonst auf so eine dumme Idee kommen. (Und Helga hat offenbar besonders große Freude daran, die Auswüchse, die ein solches Leben möglicherweise annehmen kann, alle einzeln aufzulisten, worüber sich Elfriede kaputtlachen könnte.)

Am Ende aber ist es immer der vierte Absatz, der Elfriede ins Herz trifft. *Wenn du dich schon nicht bequemen kannst, deine Pflichten zu erfüllen, so werde ich gezwungen sein, dich dazu zu nötigen. Mach keinen Fehler, Elfriede. Ich werde nicht zulassen, dass du den guten Namen und Ruf der Familie zerstörst, den Generationen von Frauen, die weitaus würdiger waren als du, mit Stolz repräsentierten. Der junge Baron muss auf der Stelle nach Hause zurückkehren, um seine Pflichten zu erlernen. Er ist immer noch der Sohn seines Vaters und das einzige Vermächtnis, das meinem lieben Bruder geblieben ist.*

Über Johanns Schwestern verliert Helga kein Wort, versteht sich. Für sie existieren sie nicht einmal.

Als Elfriede zurück ins Wohnzimmer kommt, mit Gertrud auf dem Arm, spielt der Phonograph eine etwas melancholischere Weise. Charlotte sitzt steif im Lehnsessel, nippt an einem kristallenen Longdrinkglas. Wilfred steht an die Wand gelehnt daneben, die Arme vor der Brust verschränkt. Im Zimmer riecht es nach Hitze und Schweiß, nach Parfüm und schwülem Muff. Elfriede hält ihr die kleine Gertrud entgegen. »Wären Sie dann bitte so gut.«

Charlotte seufzt und trinkt aus. »Ja, natürlich. Sie entschuldigen mich.« Sie erhebt sich, nickt Wilfred beiläufig zu und nimmt Elfriede die schläfrige Gertrud ab – umwogt von einer stechenden Whiskeyfahne.

»Alles in Ordnung?«, fragt Elfriede halblaut.

Aber Charlotte ignoriert sie. »Dann wollen wir mal, mein Liebling«, säuselt sie und steigt mit Gertrud auf dem Arm die Treppe hinauf, während Elfriede den beiden einen besorgten Blick hinterherschickt, bis Charlottes Rock aus ihrem Sichtfeld gerät. Dann wendet sie sich Wilfred zu, der immer noch an der Wand lehnt, sich keinen Millimeter von der Stelle gerührt hat. In seinem Blick liegt eine Frage, doch Elfriede ist zu erschöpft, sie aufzunehmen. Sie ist müde von der abendlichen Tortur, die Kinder ins Bett zu bringen, völlig durcheinander und schuldgeplagt. Johann hat gebettelt, ihm bitte, bitte noch eine Gutenachtgeschichte vorzulesen und noch eine und noch eine. Und als sie ihn dann zugedeckt und ermahnt hat, nun endlich zu schlafen, hat er sich noch einmal aufgesetzt und die Arme um ihren Hals geschlungen. *Du gehst nicht weg, oder?*, hat er gefragt. Sie hat ihn auf seine feuchten Bäckchen geküsst und ihm beteuert, dass sie ganz bestimmt nirgendwo hingehen würde, niemals.

Sie hat das Fenster offen gelassen, das mit einem Moskitonetz versehen ist, und bei sich gedacht, dass es vielleicht an der Zeit sei, abzureisen und nach Deutschland zurückzukehren. Im Sommer ist es in Florida für die Kinder sowieso viel zu heiß. Jetzt ist Juni, wie wird es dann erst im Juli sein?

»Ich dachte, du bist bestimmt schon gegangen«, sagt sie.

Er macht einen Schritt auf sie zu und löst die verschränkten Arme. »Ich schätze mal, deine Charlotte gehört zu der Sorte, die ihren Kummer gerne im Alkohol ertränkt?«

»Seit Gerhards Tod ist sie am Boden zerstört, fürchte ich.«

»Sieht ganz so aus. Aber ich mache mir mehr Sorgen um dich. Wie geht es *dir* denn damit? Bist du auch am Boden zerstört, meine Liebste?«

»Es war ein furchtbarer Schock, natürlich. Wir haben wohl alle geglaubt, wenn er den Typhus besiegt hat, kann ihn nichts und niemand mehr umhauen. Ich dachte, wir würden alle zusammen alt werden.«

Ihre Stimme wird in diesem letzten Satz brüchig, was er wohl bemerkt. »Aber das wolltest du nicht wirklich, hm? Zusammen alt werden?«, fragt er liebevoll.

»Ich weiß es nicht. Es war das, womit ich fest gerechnet habe. Es war die Zukunft, die ich gesehen habe.« Sie hält inne. »Er war ein guter Mann. Er hätte länger leben sollen.«

»Hätte er? Niemand von uns weiß, wie viel Zeit ihm auf dieser gesegneten Erde beschieden ist. Gott hab ihn selig.« Wilfred macht eine nickende Kopfbewegung in Richtung Treppe. »Oben scheint alles ruhig? Alles in Ordnung mit den Kindern?«

»Ja. Charlotte stillt die Kleine gerade und bringt sie danach ins Bett.«

»Um dann im Suff zusammenzubrechen?«, fragt er trocken.

»So etwas in der Art.«

»Elfriede. Du hast mehr verdient als das hier, weißt du das?«

Die Güte in seinem Gesicht ist zu viel. Elfriede ist mit den Nerven am Ende, völlig erschüttert und von einer Erwartung erfüllt, die sie nicht in Worte fassen kann, einer Mischung aus Angst und Begehren, die unter ihrer Haut Flammen schlägt. Gleich wird er gehen, zurück in sein Hotel – oder doch nicht? In der Ecke des Wohnzimmers kratzt der Phonograph sinnlos vor sich hin. Elfriede geht darauf zu, stellt ihn ab, bleibt kurz am Tisch stehen, die Hand an der Tischkante. Sie schüttelt den Kopf – aber was genau will sie verneinen? Wilfred nähert sich ihr von hinten, legt eine Hand auf ihre Schulter.

»Wie wäre es mit einem kleinen Spaziergang durch den Garten, bevor ich zurück ins Hotel gehe?«

Es ist Juni, und die Tage sind lang. Die Abenddämmerung zieht langsam herauf, färbt den Himmel in ein weiches, tiefes Blau, und die warme Luft ist durchströmt vom süßen Duft der Blüten. Wilfred schiebt die Hände in die Hosentaschen. Sie stehen etwa hundert Meter vom Haus entfernt, gleich hinter dem Lichtschein aus den Fenstern, wo ein langer, grasbewachsener Hang zum unteren Rand des Gartens hin sanft ausläuft. Weiter als bis dorthin traut sich Elfriede nicht. Irgendwo auf halbem Weg mitten im grasigen Dickicht gibt es einen Teich, wo sich Schlangen und Krokodile tummeln sollen. Davon erzählt sie auch Wilfred.

»Hast du schon welche gesehen?«, fragt er.

»Bis jetzt nicht. Aber ich will es nicht darauf ankommen lassen.«

Er holt sein Zigarettenetui hervor, fingert daran herum, als überlegte er noch, ob er eine rauchen soll oder nicht. »In

Südafrika gab es allerlei räuberisches Getier. Dagegen ist die englische Fauna harmlos, was mir bis dahin nie so richtig klar war.«

»Wann musst du zurück?«

»Nach Südafrika? Ich hoffe, gar nicht mehr.« Er wendet sich ihr zu und lächelt. Seinen Bart findet sie immer noch leicht gewöhnungsbedürftig. »Mein Regiment wurde vor zwei Jahren in die Heimat abberufen. Aber wenn du wissen willst, wann ich mich wieder zum Dienst melden muss …«

»Ja?«

Wilfred dreht sich zum Dunkel hin. »Nächsten Monat. In viereinhalb Wochen, gute zehn Tage Überfahrt eingerechnet.« Er klappt das Etui auf und nimmt eine Zigarette heraus. »Tut mir leid, die Zigaretten, meine ich. Eigentlich war ich nur noch Gelegenheitsraucher, bis ich dann zur Armee kam.«

Sie schaut ihm zu, wie er die Zigarette anzündet, die Augen schließt und den ersten langen, genüsslichen Zug nimmt. Sie liebt diese Art an ihm. »Du musst nicht im Hotel übernachten. Wir haben drei freie Schlafzimmer.«

»Das wäre ausgesprochen unangemessen, wenn du mich fragst.«

»Wen sollte es kümmern?«

Schweigen. Wie gebannt starrt er auf das orangerote Glimmen der Zigarette, auf die Choreografie seiner Finger und Lippen. »Ich fürchte, ich bin nicht so stark wie du«, sagt er schließlich. »Es hat nach dir auch andere Frauen gegeben.«

»Klar.«

»Ist eben nicht leicht, wenn man sich in eine verheiratete Frau verliebt.« Er stockt. »*Sich verlieben* – mein Gott, was für eine dämliche Phrase. Wenn ich daran denke, was ich gefühlt habe, nachdem ich erfuhr, dass der gute Baron entgegen aller Wahrscheinlichkeit genesen war, zumal von einer Krankheit … ich schäme mich fast, es zuzugeben … von einer Krankheit, von der ich eigentlich erwartet, ja sogar *gehofft* hatte, dass sie einen tödlichen Verlauf nehmen würde. Plötzlich musste ich mich damit abfinden, dass ich dich niemals haben würde und dich von vornherein auch gar nicht verdient hätte. Doch dann. *Dann* … kam jener Tag vor einem Jahr, und ich erinnere mich an das Gefühl, das mich befiel, als ich durch Zufall vom erschütternden Tod deines Mannes erfuhr und damit eben auch, dass Elfriede von Kleist endlich wieder frei war.«

Er verstummt, wartet, dass Elfriede in irgendeiner Weise reagiert. Aber sie kann nicht. Was will sie darauf sagen? Und keine Antwort ist auch eine Antwort. Keine höfliche vielleicht, dafür aber eine ehrliche.

»Wie dem auch sei«, sagt er schließlich. »Da die Zeit gekommen scheint, unsere Sünden zu bekennen, lass uns nochmals kurz an den Anfang zurückkehren, zu jenem entsetzlichen Moment im Oktober 1900, als Baron von Kleist den Typhus besiegte und sich vor mir eine rabenschwarze Zukunft auftat. Ich begann zu trinken, aber offenbar nicht genug, als dass ich daran gestorben wäre, trotz größter Bemühungen. Also ging ich zur Armee. Wenn schon nicht der Alkohol, dann bringen mich bestimmt die Buren um, womit wenigstens ein Zweck erfüllt gewesen wäre.«

»Sag so etwas nicht.«

»Wenn es doch wahr ist. Wir alle müssen unseren Beitrag leisten. Man dient seinem Land, jeder, wie er kann, auch wenn es bedeutet, alles zu töten, was den Kopf aus dem staubigen Boden streckt, um nicht selbst getötet zu werden und die Dienstpflicht hochzuhalten mit dem leichtsinnigen Mut der Verzweifelten. Aber vielleicht ist das auch gar kein Widerspruch. Vielleicht war es gerade mein Leichtsinn, der mich gerettet hat, und es erwischt nur die Vorsichtigen. Doch ich wühle dich damit nur auf.«

»Ja. Aber rede weiter. Ich will die Wahrheit wissen. Ich will alles wissen.«

»Die Wahrheit? Meine Liebe, dafür gäbe es gar nicht genug Zeit auf dieser Welt.« Er hebt die Hand und reibt seine Augenwinkel mit dem Daumen. »Immerhin bin ich nicht gestorben, wie du siehst. Jedoch habe ich erfahren, wie viele Dinge es gibt, die schlimmer sind als der Tod. Oder vielmehr, wie viele Möglichkeiten es gibt zu sterben. Und dann, gerade noch rechtzeitig, habe ich einen süßen kleinen Brief von dir erhalten, wie ein Glas Wasser in der Wüste, und für einen kurzen Augenblick war ich froh, am Leben zu sein.«

»Haben dir meine Briefe so viel bedeutet? Sie waren doch immer nur kurz. Ich wusste nie, was ich schreiben sollte, dachte, was ich zu Papier bringe, ist alles nur Unsinn.«

»Sie haben mich am Leben erhalten, ob ich wollte oder nicht.«

»Dann wünschte ich, ich hätte Tausende geschrieben.«

»Zeitverschwendung. Ich habe sie nicht verdient.«

Sie widerspricht. Er geht ein paar Schritte nach vorn, dreht sich dann um. Sie kann ihn in der Finsternis nicht richtig sehen, bemerkt weder den Glanz seiner Haare noch das feuchte Schimmern in seinen Augen. Nur die Form seines runden, großen Kopfes vor dem tiefblauen Himmel.

»Tausende Briefe hätten nichts daran geändert. Du warst verloren für mich, verstehst du? Du warst verheiratet mit einem anderen Mann. Und ich muss dir sagen, dass ich in meiner Verzweiflung oft versucht habe, dich zu vergessen, in einer Weise, wie es nur die fleischliche Begierde vermag.«

»Gewiss. Ich hätte auch nie erwartet, dass du enthaltsam bleibst.«

»Nein? Dann habe ich dich also nicht enttäuscht?« Die Zigarette ist abgebrannt. Er wirft sie ins Gras und tritt sie aus. »Mein Gewissen habe ich natürlich damit beruhigt, dass ich mir sagte, du würdest ja das Gleiche tun. Und nun merke ich, dass *ich* der Treulose war.«

»Das macht nichts. Du hast mir nichts geschuldet. Ich hatte kein Recht, deine Treue zu erbitten, die ich dir selbst auch nicht schenken konnte.«

»Und doch hast du sie mir geschenkt.«

»Nur durch Zufall. Wie auch immer, woher solltest du das wissen?«

»Trotzdem habe ich das Gefühl, dass ich es irgendwie hätte wissen müssen.«

Elfriede sinkt auf das raue, kurze Gras. Die Nächte in Florida sind alles andere als still. Die Ochsenfrösche quaken, die Krokodile stöhnen auf. Die Vögel zwitschern und tirilieren. »Gab es eine besondere Frau?«, fragt sie leise.

»Eine besondere? Sie waren alle besonders, Elfriede. Wie menschliche Wesen, Gottes Geschöpfe, wie du und ich es sind.« Er legt sich neben sie ins Gras. »Sie waren alle das genaue Gegenteil von dir. Als hätte ich nach einem Gegenmittel gesucht. Und vielleicht tat ich das auch. Doch selbst wenn es eins gegeben hätte, ich hätte es nicht gefunden.«

Er riecht nach Zigaretten und Orangenblüten. Oder ist es die Luft selbst? Nur … er ist da, ja, er ist da! Und mit ihm dieser andere, ihm ganz eigene Geruch, der sich nicht in Worte fassen lässt. Der spezielle Geruch von Wilfred. Seit den Tagen in der Schweiz hat sie ihn nicht mehr gerochen. Sie hebt die Hand und berührt die stoppeligen Bartspitzen. »Wann hast du dir einen Bart wachsen lassen?«

»Gleich nachdem ich meinen Einberufungsbefehl bekam. Heeresdienstvorschrift. Ein Offizier muss sich irgendwelche Haare im Gesicht stehen lassen, weißt du. Wahrscheinlich um sich die notwendige Autorität zu verschaffen. Magst du ihn nicht?«

»Ach woher. Ich liebe alles an dir, was auch immer es ist.«

Er schließt die Augen. Sie streicht ihm über die frisch rasierte Wange. »Du bist da«, sagt sie und kann es immer noch nicht glauben.

»Ja.«

»Und *es* ist da. Es ist immer noch da, dieses Gefühl, unverändert. Wie ist das möglich?«

»Ich weiß es nicht. Ich habe es selbst nie begriffen. Warum eine Frau wie du sich mit einem einfachen, unschönen Rotschopf wie mir auch nur ansatzweise abgeben sollte? Ich habe nichts, was ich dir bieten könnte. Einen Dienstsold, ein kleines Erbe. Vielleicht noch eine Schulter zum Ausweinen, aber …«

Dann küsst sie ihn. Die Berührung seiner Lippen überrascht sie. Das seltsame Kitzeln seiner Barthaare. Sie schmeckt Tabak und den Wein vom Abendessen, einen kühlen weißen Riesling, passend zur sommerlichen Hitze. Seine Zunge umspielt zart die ihre. Sein Mund umschließt ihre Lippen. Unter ihren Händen ist er nicht mehr das Skelett, das er einmal war. Er hat wieder mehr Fleisch auf den Rippen, ist kräftiger geworden. Als er die Lippen wieder von ihren löst und den Kopf hebt, hat sie Helga mit ihren Gift spritzenden Briefen vergessen, sie hat ihre Ehe vergessen, sie hat die Kinder vergessen, die, ach du gütiger Himmel, im Haus hinter ihnen schlafen. Im Moment gibt es nur Wilfred.

»Herrje«, flüstert er.

Elfriede fasst ihn an den Schultern und zieht ihn mit sich hinunter ins Gras. Er lässt es willig geschehen. Streift seine Jacke ab und legt sie unter ihren Kopf. Ihre Finger zittern, als sie sein Hemd aufknöpft.

»Ich will dir unbedingt noch etwas sagen«, flüstert er. »Ab dem Moment, da ich vom Tod deines Mannes erfahren habe, Gott hab ihn selig, habe ich keine andere Frau mehr angerührt. Habe gewartet und gehofft, das ist alles, was ich getan habe. Und ich glaube, es hat sich gelohnt, oder nicht?«

Inzwischen hat sie sein Hemd aufgeknöpft, zieht es aus seiner Hose, zusammen mit dem weißen Leinenunterhemd. Auf seine blasse Haut fällt ein wenig Licht, ob vom aufgehenden Mond, vom erleuchteten Haus oder vom letzten Glimmen der untergehenden Sonne, wer weiß. Sie legt die Hände in die weichen Höhlungen zwischen Brustbein und Schultern und küsst ihn dort hinein.

»Warte kurz«, sagt er. »Eines noch …«

Aber sie will nicht warten. Sie ist zu ungeduldig. Hat sie nicht lange genug auf ihn gewartet? Jahre über Jahre. Sie knöpft seine Hose auf. Sein Glied ist steif und fest. Es gibt kein Zurück mehr. Nur der Tod kann sie jetzt noch scheiden.

Im Garten lieben sie sich. Schnell und ungestüm. Verzehren sich in körperlicher Liebe. Danach liegen sie benommen vor Erleichterung im Gras, lauschen dem Quaken und Zwitschern, während ihre Herzen wie Trommeln schlagen und ihnen der Schweiß von der Haut perlt. Sie haben keine Worte. Was für Worte auch? Die ganze Welt ist nass und heiß und zusammengeschweißt. Schließlich bewegt er sich sacht aus ihren Armen, hilft ihr in ihr Höschen, in ihre Kleider. Sie reicht ihm sein Hemd. Wie betäubt schlendern sie zurück zum Haus. In der Küche bricht Elfriede etwas Eis aus dem gefrorenen Block im Gefrierfach und füllt einen Krug mit Wasser, um ihn mit nach oben zu nehmen. Wilfred folgt ihr auf leisen Sohlen.

Elfriedes Schlafzimmer ist hell, gediegen und heiß. Die Fenster sind mit Sonnenblenden versehen, die sie öffnet, um kurz durchzulüften. Langsam entkleiden sie einander. Sie haben die ganze Nacht. Sie löst ihre Haare, und Wilfred nimmt die üppige Pracht mit beiden Händen, reibt sie um seine Wangen und Lippen. Er entblößt ihre Brüste, ihren Bauch und sinkt auf dem kleinen Webteppich vor ihr auf die Knie. Der Mond ist über dem nahen Meer nun vollständig aufgestiegen, und Wilfred wird nicht müde, ihr zu sagen, wie wunderschön sie im Mondschein erstrahlt. Er küsst jede ihrer Rundungen, jede ihrer Mulden. Er leckt das Salz von ihrer Haut. Wie ein reuiger Sünder verehrt er sie. Zweimal erbebt sie auf dem Gipfel der Lust – wie eine Bogensehne, so gespannt, kurz bevor der Pfeil davonfliegt –, und noch während sie das zweite Mal in der Süße ihrer Lust versinkt, scheitelt er ihre feuchten Haare, streicht sie von ihren Schultern und entschuldigt sich.

»Wofür?«

(Sie flüstern nur, wegen der Kinder.)

»Ich wollte dich schon vorhin etwas fragen, draußen im Garten, habe mich dann aber völlig hinreißen lassen.«

Elfriede wälzt sich auf seine Brust, drückt ihm eine Fingerspitze auf den Mund.

»Die Antwort lautet Ja«, sagt sie und setzt sich mit gespreizten Beinen auf ihn, so wie Charlotte damals auf Gerhard gesessen hat, in seinem Stuhl in der Studierstube … damals, in fernen Zeiten … Und sie reitet ihn so, wie Charlotte damals Gerhard geritten hat, energisch, schwitzend, ekstatisch, wild und intensiv, und als er sich in sie ergießt, wenige Augenblicke später, mit weit aufgerissenen Augen, brüllt er wie ein Löwe. Er nimmt ihr Gesicht in seine Hände, wiegt es sanft, während er sie mit einem Blick voller Lust durchbohrt und inbrünstig stöhnt, als würde er sterben. *La petite mort*, wie die Franzosen sagen – der »kleine Tod«.

Schlafen! Vielleicht auch träumen? Dösig. Befriedigt. Sie liegen eng umschlungen, schwitzen in die Nacht und ineinander hinein. Eine Hand von Elfriede ist in Wilfreds Haaren vergraben. Ein Finger der anderen streicht an seinem Schnurrbart entlang. Endlich kennt sie die Textur seiner Haut, das Gewicht seiner Knochen, die schwerer sind, als sie gedacht hätte. Seine schlaksige Statur birgt erstaunlich viel Fleisch zwischen den Rippen. *Shanks* – ein englisches Wort, das ihr einfällt, eins von vielen englischen Wörtern, die sie in den letzten fünf Jahren aus ihren Büchern gelernt hat. *Longshanks*. Ein langes schweres Bein liegt über ihren Schenkeln, ein Arm locker über ihrer Hüfte. Wilfred! Höchste Glückseligkeit durchströmt sie. So, genau so würde sie heute einschlafen und die ganze Nacht in Wilfreds Armen liegen. Dabei war sie noch am Morgen desselben Tages allein aufgewacht, nicht ahnend, was dieser Tag für sie bereithalten würde.

»Wie fühlst du dich, meine Liebste?«, flüstert er auf Englisch.

Sie kann ihre Erregung nicht aufhalten, wie sollte sie? Sein Bart, der sie abermals süß kitzelt. Sie fährt mit der Spitze ihrer Zunge über seine Unterlippe, von links nach rechts, und schmeckt … sich selbst.

Wery vell, wispert sie.

An ihrem Bauch regt sich sein Glied, wird hart und steif. Die nächtlichen Träume müssen wohl noch warten.

Kurz vor Sonnenaufgang steht Wilfred auf und zieht sich so leise an, dass Elfriede ihn kaum hört. Nur ein leiser Hauch von Abschied weht durch ihre Träume, und sie schlägt die Augen auf.

»Psst«, sagt er und küsst sie. »Ich bin bald wieder da.«

Lulu

JUNI 1942

Bahamas

Nicht ohne Grund finden die meisten Revolutionen in den Sommermonaten statt, doch die heiße Jahreszeit beginnt auf den Bahamas früher als an vielen anderen Orten der Welt.

Schon am 1. Mai herrschten Temperaturen wie im Backofen, und die Luft war schwer, stickig und mörderisch heiß. Und bis zum 31., als ich mich vor der nachmittäglichen Hitze an die Bar im guten alten Prince George flüchtete, wo sämtliche Jalousien heruntergelassen waren und die Ventilatoren wie wild rotierten, konnte man keine fünf Meter gehen, ohne dass einem die Lunge brannte und die Haut von den Knochen schmolz.

»Warum liegen Sie denn nicht irgendwo am Strand und genießen die frische Meeresbrise, Mrs. Randolph?«, fragte Jack und polierte an einem Glas herum, das es gar nicht nötig hatte. »Besser noch. Warum sind Sie nicht in Amerika bei Ihrer Busenfreundin?«

»Meiner Busenfreundin? Sie meinen die Herzogin?«

»Sie beide sind doch ganz dicke miteinander, nicht wahr? Wie Pech und Schwefel.«

»Das heißt noch lange nicht, dass ich ihre Freundin bin, glauben Sie mir.«

Jack schüttelte den Kopf und stellte das Glas in eine makellose Reihe. »Könnte mich auch täuschen.«

»Was wissen Sie denn so, Jack? Sie haben die Herzogin nie in Ihrem Leben kennengelernt.«

»Was man so hört.«

Ich ließ die Eiswürfel schmelzen, schwenkte sie im Glas, *klimper-kling*. Die Limettenscheibe wurde fast zermalmt, ehe sie wieder an die Oberfläche schoss, knallgrün. Sie ließ sich nicht unterkriegen, was mir sehr imponierte.

»Jack, mein Lieber«, sagte ich, »zuallererst müssen Sie verstehen, wie Freundschaft zwischen zwei Frauen funktioniert. Es ist durchaus möglich, dass ich die Herzogin täglich treffe, zum netten Plausch tagsüber und zum Cha-Cha-Cha abends, wenn Sie wissen, was ich meine, ohne auch nur im Entferntesten intime Dinge über sie zu erfahren.«

»Ach, kommen Sie, Mrs. Randolph, Sie können mir nichts vormachen. Wie ich höre, sitzen Sie andauernd auf ihrem Sofa und tauschen Geheimnisse aus.«

»Nee.«

»Ich habe verlässliche Quellen.«

»Klar sitzen wir gemütlich beisammen und plaudern. Aber mit bestimmten Frauen kann man stundenlang quatschen und weiß letztendlich gar nichts über sie.« Ich neigte das Glas, hielt es in seine Richtung, um meine Worte zu unterstreichen. »Und wir zwei sind vom gleichen Schlag.«

Jack griff hinter sich, nahm, ohne auch nur hinzusehen, das nächste Glas aus der Reihe und begann wieder zu polieren.

Und so stand Jack einfach da, polierte Gläser hinter seiner Theke, während ich meinen Gin Tonic trank und der Schweiß sich auf meiner Haut sammelte.

Ich probierte es anders. »Alles rein geschäftlich. Eine rein geschäftliche Beziehung zwischen der Herzogin und mir.«

»Es ist immer eine rein geschäftliche Beziehung zwischen ihr und sonst wem, höre ich.«

»*Hören?* Von wem?«

»Von vielen Leuten.«

»Sie hören wohl eine ganze Menge, was, Jack?«

Er zuckte die Achseln und stellte das Glas zurück. »Ist mein Job, Mrs. Randolph. Ich höre den Leuten zu. Schenke ihnen einen Drink ein oder auch zwei, aber meistens höre ich zu.«

Inzwischen hatte ich mein Glas so gut wie leergeschlürft. Nur das Eis war noch übrig, schmolz rasch dahin, neben dem armen, lappigen, bezwungenen Limettenschnitz. Ich stupste mit den Fingern leicht gegen das Glas, und Jack, Profi, der er war, verstand den Wink sofort – frisches Eis, frische Limette, frischer Gin, frischeres Tonic. Am Glas bildete sich Kondenswasser, so feucht war die Luft.

»Erzählen Sie mir etwas, was ich noch nicht weiß«, sagte ich.

»Und das ist so gut wie nichts, Mrs. Randolph. Sie wissen derzeit fast so viel wie ich.«

»Bin ja auch eine Klatschkolumnistin. Ist mein Job.« Ich hob einen Finger vor die Lippen. »Schsch.«

»Na gut.« Er verdrehte die Augen und schaute an die Decke. »Haben Sie auch von dieser jungen Erbin gehört, die sich einem französischen Grafen an den Hals geworfen hat, vor ein paar Wochen? Zwei Tage nach ihrem achtzehnten Geburtstag.«

»Wenn Sie Nancy Oakes meinen, davon habe ich gehört. Besagter Graf aber ist kein Franzose, Jack. Er ist Mauritier. Und genau genommen ist er auch kein Graf, nicht nach englischen Maßstäben jedenfalls. Was er aber *ist* …«, und an dieser Stelle nahm ich das kleine Holzstäbchen, mit dem ich die ganze Zeit das Eis in meinem Glas gerührt hatte, und zeigte damit auf Jacks rundes, rosa glänzendes, verschwitztes Gesicht, »… er ist zweiunddreißig Jahre alt und bereits geschieden.« Ich nippte an meinem Drink. »Davon abgesehen ist er ein ganz netter Kerl.«

»Ihre Eltern sind darüber nicht so glücklich.«

»Natürlich sind sie nicht *glücklich* darüber. Nancy ist gerade mit der Schule fertig, hat dieses tolle französische Internat in New York City besucht, das die Füchse vom Wildern unter den Häschen abhalten soll, um es einmal so zu sagen. Und jetzt hat er sie offenbar in die Flitterwochen nach Florida entführt, während Lady Oakes in Bar Harbor vor sich hin schmort.«

Jack ließ ein leises Pfeifen vernehmen. »Das wusste ich nicht.«

»Oh, ich habe meine eigenen Quellen. Alle sind in hellem Aufruhr. Wenn es etwas gibt, das sämtlichen Reichen dieser Welt gehörig gegen den Strich geht, dann sind es Mitgiftjäger.«

Während ich sprach, blinzelten Jacks Augen nach links, zum Durchgang in die Hotellobby. Es war kurz nach vier Uhr nachmittags, doch in Nassaus bevorzugter Bar war es weitgehend leer, nachdem die ehemalige Riege amerikanischer Touristen im British Colonial Hotel – dank Pearl Harbor und Präsident Roosevelt – von Mitarbeitern der Pleasantville Construction Company aus New Jersey abgelöst worden war, um hier den Bau zweier Flugfelder zur Nutzung durch die neu formierten alliierten Streitkräfte voranzubringen. Der übliche alte Mann saß an seinem üblichen alten Tisch, in seine übliche Zeitung vertieft, in der Ecke ein Pärchen in trauter Zweisamkeit und an der Bar meine Wenigkeit, die sich vom geschäftigen Morgen beim

Roten Kreuz erholen musste. Ich saß mit dem Rücken zur Tür, sodass ich den neuen Gast, der hereinkam, nicht sehen konnte. Jacks Blick wanderte wieder zu mir.

»Mitgiftjäger?«, wiederholte er. »Wenn Sie das sagen.«

»Nicht *ich* sage das. Ich gebe nur wieder, was man so hört.«

»Zunächst einmal ist er nicht mittellos, dieser Fred de Marigny.«

»Aber er ist auch kein Krösus wie Sir Harry Oakes.«

»Und zweitens würde es seinem Charakter auch nicht entsprechen.«

»Ach ja?«

»Er liebt die Frauen viel zu sehr, um eine zu heiraten, nur weil ein paar klingende Münzen im Spiel sind, glauben Sie mir.«

Ich schielte auf meinen Daumennagel, der sich fest gegen das Glas drückte. »Ja, das glaube ich sogar.«

Jack spazierte zu dem neuen Gast, der am anderen Ende der Bar stand, Ellbogen und Hut auf dem Tresen. Ich öffnete meine Handtasche, kramte Chesterfields und Feuerzeug hervor – *Für Lulu zum Geburtstag – SBL* –, um unter dem Vorwand, mir eine Zigarette anzuzünden, einen flüchtigen Blick auf den Mann zu erhaschen. Und er war in der Tat ein echtes Mannsbild: mittelgroß, Halbglatze mit feucht glänzenden Schweißperlen, eine schlaffe Jacke über dem Arm, eine rundum sonnengeplagte Erscheinung. Niemand, den ich kannte. Ich wandte mich wieder meinem Drink und meiner halbherzigen Zigarettenaktion zu, betrachtete den faszinierenden Anblick von Jacks Gläsern und Flaschen, makellos in Reih und Glied, die Massivholztheke, den Glanz der Spiegel, die blauen, wohlriechenden Kringel des Tabakqualms, den kreiselnden Ventilator über mir, der meine Haare auffliegen ließ, dazu eine alles durchdringende, triefende Hitze, die bis in jede noch so winzige Ritze kroch. Ich stürzte meinen Drink hinunter, drückte die Zigarette aus und schickte mich zum Gehen an. Dann ging ein Riss durch die Stille. Und Jack stand plötzlich wieder vor mir.

»Sie wollen schon aufbrechen?«

»Meine Kolumne muss fertig werden. Sie werden mich nicht vermissen.« Ich öffnete die Handtasche und wühlte nach ein paar Shilling.

»Seien Sie vorsichtig da draußen, Mrs. Randolph«, mahnte Jack. »Sie wissen ja, was dort auf den neuen Flugfeldern, die sie gerade bauen, gerade passiert.«

Ich legte drei Shilling, hübsch aufeinandergestapelt, auf den Tresen und machte die Handtasche wieder zu. »Soweit ich weiß, fordern die einheimischen Arbeiter das gleiche Gehalt, das die Amerikaner beziehen, und ich kann es ihnen nicht verdenken. Den ganzen Tag unter der heißen Sonne schuften. Noch dazu auf dem Bau. Kann ich ihnen kein bisschen verübeln.«

Jack legte die flachen Hände auf die Thekenkante und beugte sich nach vorn. »Wie ich höre, könnte es morgen ziemliche Randale geben. Also hören Sie auf mich und bleiben Sie bitte einfach in Ihrem schönen Bungalow, versprochen?«

»Was für Randale denn?«

»Das Übliche. Wenn die Jungs es drauf anlegen«, sagte Jack und fixierte mich mit starrem Blick. Ich wusste, dass er von irgendwo aus dem Süden kam – und man hörte es ihm auch deutlich an –, aber ich hatte ihn kein einziges Mal auch nur ein Wort gegen die Schwarzen Arbeiter sagen hören. Man konnte nie so genau wissen, mit wem Jack es nun wirklich hielt. Für die Jungs von der Bay Street hatte er nicht viel übrig, was ich gut verstehen konnte, auch wenn er ihnen Drinks servierte und ihr Trinkgeld gerne nahm. Aber wo genau stand er in der komplexen und großen Frage der sogenannten Rassentrennung? Das wussten wohl nur Jack und der liebe Gott.

»Alles klar, Jack«, sagte ich. »Ich bleibe zu Hause.«

Sein Gesicht entspannte sich. »Gut. Und schließen Sie die Haustür ab.«

»Mach ich sowieso.«

»Und was ist mit Ihrer Haushälterin?«

»Veryl?«

Er nickte. »Könnte sie nicht so lange bei Ihnen unterkommen, bis die Wogen sich wieder geglättet haben?«

»Oh, um Himmels willen, Jack. Das kann ich nicht von ihr verlangen. Wo soll sie denn schlafen außer auf dem Sofa? Das hier sind immer noch die Bahamas, nicht die Karibischen Inseln. Wir haben doch keine gewalttätigen Brandstifter unter uns.« Ich klemmte die Handtasche unter den Arm. »Bleiben Sie einfach bei Ihrer Arbeit hinterm Tresen, Jack, aber geben Sie keine guten Ratschläge, okay? Halten Sie weiterhin die Ohren offen, aber behalten Sie Ihre Meinung für sich.«

Ein Moment der Stille trat ein, eine kurze, brüchige Pause, Auge in Auge. Gerade lang genug, dass ich Jacks übergroße Pupillen bemerkte, ehe er sich wegdrehte und sich mit den Kondenstropfen beschäftigte, die mein Gin-Tonic-Glas auf seiner schönen, sauberen Theke hinterlassen hatte. Er zog ein Spültuch hervor und brummte in seinen Bart: »Wie Sie wünschen.«

»Ganz genau. Einen schönen Abend noch.«

Ich wandte mich zum Gehen, leicht wackelig auf den Beinen. »Da fällt mir noch etwas ein, was ich gehört habe, Mrs. Randolph!«, rief er mir leise hinterher.

Ich stockte und seufzte auf. Alles um mich herum schien stillzustehen.

»Was gibt es denn noch Wichtiges, Jack?«

»Ich habe gehört, ein gewisser Herr ist in Miami entlassen worden und jetzt wieder im Krankenhaus in Nassau. Sie kennen ihn.«

Schlagartig begann der Raum sich wieder zu drehen, diesmal in eine andere Richtung, in einem anderen Takt. Ich blickte hoch zur Decke, um einen Fixpunkt zu haben, doch alles, was es dort zu sehen gab, waren diese verfluchten Ventilatoren, die surrten und surrten und surrten.

»Mrs. Randolph? Wussten Sie das schon?«

»Nein«, flüsterte ich. »War mir noch nicht zu Ohren gekommen.«

Natürlich wusste ich, wen er meinte. Es war im vergangenen Winter *das* Stadtgespräch in Nassau, über Wochen hinweg, selbst zwischen all den anderen Aufregern wie Pearl Harbor oder Nancy Oakes' Debütantinnenball. Und auch wenn es während des Frühjahrs etwas ruhiger um ihn wurde, tauchte sein Name von Zeit zu Zeit immer mal wieder auf.

Sofort stand mir jener Dezembertag vor Augen, als ich von dem Raubüberfall auf ihn erfahren hatte. Die Wände um mich herum zogen sich damals zu einer Art Tunnel zusammen, binnen Sekunden wurde mir heiß und wieder kalt, und ich dachte, ich würde gleich ohnmächtig werden. Irgendwer fragte mich, ob alles in Ordnung sei, doch die Stimme klang weit weg, als käme sie aus einem anderen Raum, aus einem anderen Land; nein, es gehe schon wieder, stammelte ich, nur ein kleiner Schock, wie schrecklich. Thorpe. Dann fing ich an nachzuhaken – wie es passiert sei, wie und wo er sich verletzt habe, wer ihn gefunden habe, ob es sich ganz gewiss um Thorpe handele –, aber keiner schien Genaueres zu wissen. Und so widmete ich mich wieder dem Gesangbuch in meinen Händen und der Liturgie des Weihnachtsgottesdienstes, lauschte den Orgelklängen, die den

Gläubigen vom Wunder der Heiligen Nacht kündeten. Das beruhigte meine zittrigen Hände und brachte mich zurück zur dinglichen Welt um mich herum. Außer dass mir jedes Mal, wenn ich anhob zu singen, Atem und Stimme versagten. Die Luft war weg. Und die Stimme.

Als der Gottesdienst beendet war, schlug ich Mrs. Gudewill vor, Bücher und Süßigkeiten zusammenzupacken, ein paar Rotkreuzpäckchen, wenn man so will, und diese dann im Krankenhaus abzugeben. Es wäre nicht *so* außergewöhnlich, dachte ich, wenn ich mit einer Freundin hinginge. Bis wir so weit waren und mit unserem Korb im Krankenhaus ankamen, war der Nachmittagstee bereits vorbei, und die diensthabende Krankenschwester teilte uns mit, dass Mr. Thorpe seit Mittag wieder bei Bewusstsein und außer Lebensgefahr sei. Aber, so fuhr sie fort, wir kämen leider etwas zu spät mit unserem Geschenkkorb, denn just in diesem Moment sei er auf einem Schiff in Richtung Miami ins Krankenhaus, alles organisiert von der Herzogin von Windsor höchstselbst.

Alles wunderbare Nachrichten, möchte man meinen, die Art von Nachrichten, die einen unwillkürlich aufatmen lassen. Und dem war auch so. In den ersten Stunden jedenfalls fühlte ich mich, als wäre mir ein riesiger Stein vom Herzen gefallen, und ich erkannte die wahre Bedeutung des Wortes *Erleichterung*. Ich verabschiedete mich von Mrs. Gudewill und machte mich auf den Weg zu meinem Bungalow, um die gute Nachricht mit einem Gin Tonic zu feiern. Doch kaum hatte ich den ersten Schluck genommen, merkte ich, dass meine anfängliche Erleichterung zerstoben war, sich irgendwie aufgelöst hatte. In eine Leerheit. In den Verlust aller Materie, aller Atome und Moleküle, von denen ich gar nicht gewusst hatte, dass ich sie besaß. Da war einmal etwas. Und jetzt war da nichts. Weg …

… auf einem Boot nach Miami: auf der *Gemini*, der Privatjacht der Windsors.

Der erste Juni dämmerte dunstig und heiß herauf, und er versprach Unruhen. Ich fuhr regelrecht aus dem Schlaf, mitten in einem Traum, im festen Glauben, dass es gerade an meiner Haustür geklopft habe. Doch während ich noch im Bett lag, die Decke anstarrte, im milchig morgendlichen Licht, störte kein Geräusch die Stille bis auf das Zwitschern der Vögel draußen vor dem Fenster.

Den Versuch zu unternehmen, wieder einzuschlafen, hatte keinen Sinn. Also kroch ich aus den Federn und wandelte den Flur hinunter ins Wohnzimmer, wo auf der Anrichte das Radio stand, eingestellt auf die Wellenlänge des einzigen Senders in Nassau. Ich drehte es an. Ein Rauschen von Barockmusik wogte durch den Raum, Bach oder so, begleitet von den üblichen knisternden Störgeräuschen. Keine neuen Nachrichten. Ich kontrollierte das Schloss an der Haustür und lief über den Flur wieder zurück, um mir ein Bad einzulassen.

Eine Stunde später war Veryl immer noch nicht da. Ich kochte mir ein Ei, machte Toast und einen Kaffee in der elektrischen Kaffeemaschine. Aus dem Radio klimperte Klaviermusik. Immer noch keine neuen Nachrichten. Das Frühstück nahm ich in der Küche ein, im Stehen, da kein Platz für einen Tisch war. Dann spülte und trocknete ich das Geschirr ab, schenkte mir noch eine Tasse Kaffee ein und vertiefte mich in meine Arbeit, soweit vorhanden.

Eine geraume Zeit saß ich vor meiner Schreibmaschine, stierte aus dem Fenster auf das kleine Eckchen Meer, das zwischen den umliegenden Häusern vorlugte, und versuchte, irgendeinen guten Faden zu finden, um die Geschichte von Nancy Oakes und Alfred de Marigny zu erzählen, die als

Skandalpärchen heimlich durchgebrannt waren, während im Radio blechern und knisternd Beethoven spielte, die Vögel draußen in den Bäumen munter weiterzwitscherten und die Sonne in den diesig blauen Himmel stieg. Also Lulu, keine Politik – Politiker, ja, aber keine Politik, hatte Lightfoot gemahnt. Ich hatte mich danach gerichtet und getan wie geheißen, ihm einmal monatlich reißerische Häppchen geliefert. Er würde auch diese Klatschgeschichte über Nancy Oakes und Alfred de Marigny lieben. Ich müsste mich nur wieder zurück zur Schreibmaschine bewegen, mich auf den Hosenboden setzen, in die Tasten hauen und sie zu Papier bringen, in einen der braunen Briefumschläge stecken, sie zur Post tragen und meine zweihundert Dollar abholen, um Leib und Seele zusammenzuhalten.

In die Vase neben der Schreibmaschine, die gerade in wunderschönes Sonnenlicht getaucht war, hatte Veryl einen kleinen Strauß rosaroter Frangipani aus dem Garten gestellt. Ein berauschender Duft. Der elektrische Ventilator blies mir die Haare in die Stirn. Ich nahm die Kaffeetasse in die Hand, klemmte mir die Zeitung unter den Arm, den *Nassau Observer*, und mein Blick fiel auf die Schlagzeilen, die mir förmlich entgegenstarrten. Die Arbeiterfrage kochte hoch, ebenso wie die Wut der Arbeiter, dazwischen das aktuelle Weltgeschehen im fortfließenden Strom der Weltgeschichte. Draußen vor meinem Fenster stieg die Sonne höher und höher über Nassau, brannte heißer mit jeder Minute.

Und von Veryl immer noch keine Spur.

Ich stellte die Kaffeetasse ab und holte mein Fahrrad aus dem Schuppen. Während ich ohne Hut auf dem Kopf in die Stadt radelte, war es ringsherum still, unheimlich still, als hätte eine unsichtbare Kraft alle lebendigen Kreaturen verschlungen und nichts hinterlassen außer Sonnenschein, Hitze, Furcht und Grauen.

Burma Road, so lautete der Name der frisch gerodeten Schneise durch das Buschland und den Pinienwald, um das im Bau befindliche Flugfeld an der Westspitze der Insel mit Oakes Field in Nassau zu verbinden. Der Name war eine ironische Anspielung auf die legendäre 1154 Kilometer lange Route durch den Himalaya, über welche die Briten vor den japanischen Streitkräften in China jüngst zurückgewichen waren. So hatte jeder seinen Sinn für Humor. Wie auch immer, die Flugfeldarbeiter hatten die Burma Road selbst gebaut, auf der Burma Road waren sie tagtäglich zur Arbeit gefahren, und auf der Burma Road sammelten sie nun ein paar wohl duftende Pinienäste als Schlagstöcke zusammen, um damit zurück nach Nassau zu marschieren, direkt am Government House vorbei (man erinnere sich, die Windsors weilten gerade in Washington), zur Bay Street, dann die Bay Street hinunter zum Rawson Square, wo das House of Assembly stand. Sie zogen direkt vor mir her, und ihre wütenden Rufe und die Sprechgesänge waren nicht zu überhören – irgendetwas mit Conchie Joe: *Burma Road, Krieg dem Conchie Joe. Burma Road, Krieg dem Conchie Joe …*

Und da begriff ich, dass der Krawall in vollem Gange war, denn Conchie Joe war der weiße Mann, Conchie Joe waren die fünfzehn Prozent der bahamaischen Bevölkerung, denen Zugang in die erstklassigen Luxusschuppen wie das British Colonial oder das Emerald Beach Hotel gewährt wurde, vom Eingang ins Government House ganz zu schweigen. Conchie Joe, das war der Bauführer im Flugfeldprojekt, der Kaufmann auf der Bay Street, der Anwalt, der Arzt, der Besitzer praktisch aller Grundstücke und Immobilien. Der Gesetzgeber im Parlament, der Gesetze zu seinen Gunsten und zum Nachteil der übrigen fünfundachtzig Prozent der Bevölkerung beschloss. Conchie Joe … Bis jetzt hatte ich diesen Begriff immer als Frotzelei verstanden. Aber Wörter führen manchmal ein seltsames Eigenleben. Man wacht eines schönen Morgens auf, der schwül ist und wutbeladen, und ihre Bedeutungen kehren sich um. Lauter und immer lauter skandierten die Arbeiter – *Burma Road, Krieg dem Conchie Joe, Burma Road, Krieg dem Conchie Joe*. Und das waren noch die harmloseren Rufe.

Eine Horde wie diese konnte man hören, riechen und spüren, bevor man sie sah. Der Gestank von Schweiß, das Brodeln reizbarer Energie. Ein Hauch von frischem Pinienholz in der Luft. Die Nassau Street war menschenleer. Ebenso wie die George Street, die sich bis zum rosafarbenen Government House auf dem Hügel erstreckte. Erst an der Ecke Parliament Street, als der Platz sich vor mir öffnete – der mit Palmen bestandene Parliament Square mit dem Regierungsgebäude, seiner rosa Fassade und dem weißen Säulenportikus –, entdeckte ich sie, die lärmende Menge: Hunderte, wenn nicht gar Abertausende von Schwarzen Männern, darunter auch ein paar Frauen. Ich bremste, hielt an und stützte mich mit den Fußspitzen am Boden ab. Die Turmuhr zeigte kurz nach neun Uhr. Die Sprechgesänge waren verstummt, und so etwas wie eine erwartungsvolle Stille breitete sich aus, so als würden die Massen, die mitten hinein ins herrschaftliche Reich von Conchie Joe marschiert waren, die Ohren spitzen, um gleich jemandem zu lauschen. Großartig! Aber wer war dieser Jemand? Wer zum Teufel hatte hier während der Abwesenheit des Herzogs das Sagen? Der Kolonialminister vielleicht? Die Menge, durch die ein Raunen und Murren ging, hatte sich einem kastigen rosaroten Gebäude Ecke Bank Lane zugewandt, wo einige weiße Männer auf den Stufen standen und in ihren Uniformen schwitzten.

Mit meinem Fahrrad stand ich unten an der Hafenpromenade und blickte die Parliament Street hinauf, zu weit weg, um genau zu verstehen, was gesagt wurde. Ich meinte aber, einen der weißen Männer sprechen zu hören – wenn ich mich anstrengte, konnte ich eine schrille, erboste Stimme hören –, doch die Worte gingen zwischen all den schwitzenden Körpern, den rosafarbenen Mauern und der schwülen Luft unter.

Meine Haare klebten an den Schläfen. Die Sonne brannte in meinem Nacken, pappte mir das Kleid an den Rücken. Ich stieg vom Fahrrad, schob es ein Stück die Parliament Street hinauf, an ein paar Nachzüglern vorbei und versuchte, eine günstigere Stelle zu finden. Einer dieser Nachzügler sah mir kopfschüttelnd nach und rief mir hinterher (mit einer überraschend weichen Stimme): »Mach, dass du heimkommst, Miss. Du hast hier nichts zu schaffen. Geh nach Hause!«

Natürlich ließ ich mich davon nicht aufhalten, schob mich stattdessen am Rand der Menge entlang, reckte mich, um besser sehen und auch irgendetwas hören zu können. Wer auch immer dieser Kerl war, was auch immer er sagte, den Protestierenden schien es nicht zu gefallen. Ein Raunen wogte wie ein Donnergrollen durch die aufgeputschte Menge, ringsum schwelender Unmut, heiße, schwitzende Körper, blank liegende Nerven. Wieder Rufe und Schreie, und irgendwer stimmte die ersten Takte des Sprechgesangs an – *Burma Road, Krieg dem Conchie Joe. Burma Road, Krieg dem Conchie Joe* … und plötzlich: *WUMM*. Großer Gott! Eine laute Explosion geborstener Scheiben, urplötzlich, so abrupt, dass man nicht einmal hätte sagen können, aus welcher Richtung sie gekommen war.

Ich fuhr zusammen, duckte mich, um im nächsten Moment den Hals zu recken … was zum Teufel … wo zum Teufel … Der ganze Platz erzitterte unter lautem Geschrei und Gestampfe, alle schwenkten gleichzeitig herum, stürmten die Bay Street hinunter, wo sich die Läden und Büros von Conchie Joe aneinanderreihten, und die Hölle brach los, die Menge war außer Rand und Band, bewaffnet mit Pinienknüppeln von der Burma Road.

Wer Krawalle und Straßenschlachten schon einmal hautnah miterlebt hat, der weiß, wie sich das anhört und anfühlt. Es ist das blanke Chaos. Ein Kaleidoskop der Gefühle, die alle auf einmal durch die Gedanken wirbeln, sodass man sich am Ende nicht mehr erinnert, was, wann, wo und wie passierte. Ich wurde von der Massenpanik förmlich mitgerissen, irgendwer packte mich am Arm und schleifte mich mit, und als ich aufblickte, sah ich den Mann, der mir zuvor hinterhergerufen hatte, ich solle nach Hause gehen. Seine Augen waren weit aufgerissen und weiß umrandet, seine Haut schwärzer, als ich es in Erinnerung hatte. Er schob mein Fahrrad am Lenker auf mich zu und schrie: »Hau ab, hab ich gesagt! Hau ab, bevor du totgeschlagen wirst!«

»Was hat der denn gerade gesagt?«, fragte ich nach. »Der dort oben?«

»Hau endlich ab, du verrückte Lady!« Er schob mich von hinten an. »Los, mach schon!«

»Aber was …«

Und dann war er weg, einfach so, warf sich mitten hinein ins Gewühl und verschwand. Zitternd, den Schreck in allen Gliedern, stand ich unter dem Portikus, und doch spürte ich bei aller Angst auch eine gewisse Begeisterung. Eine Energie, die mich vorwärtstrieb, Schritt für Schritt, unter dem Portikus hervor, um einen besseren Überblick zu erhalten, um dieses außergewöhnliche Geschehen zu verfolgen, diesen Aufruhr, diese Massen aufgebrachter Menschen, diese sonst so friedfertigen Bahamaer *(oh, die würden hier niemals revoltieren, sie kennen ihren Platz, die Schwarzen hier)*, die ihrem Zorn freien Lauf ließen. Männer brüllten, Scheiben zerschmetterten, Tausende Füße stampften auf dem sonnengebleichten Pflaster der Bay Street, und alle trommelten, schrien, johlten wie verrückt, weil sie für vier Shilling am Tag unter der brütend heißen Sonne schufteten, die weißen Arbeiter dagegen zwölf Shilling bekamen, alles per Vertrag festgelegt und ausgehandelt von der bahamaischen Regierung, von Conchie Joe. Und genau davon hatten sie die Nase voll. Gestrichen voll.

Eine Sensation, dachte ich. Herzklopfen.

Ich überlegte. Vielleicht würde ich es schaffen, mich heil durch die aufgepeitschte Menge zu schieben, um über die Parliament Street etwas höher hinaufzugelangen und die Krawalle so zu umgehen (es war offensichtlich, dass die Arbeiter es darauf angelegt hatten, die Bay Street zu verwüsten, Symbol von Conchie Joes Macht); ich könnte dann rasch nach Hause radeln, meine Kodak holen, wieder zurückkommen und Fotos schießen, aufschlussreiche Fotos; ich könnte einen exklusiven Augenzeugenbericht über noch nie da gewesene Rassenkrawalle auf den Bahamas verfassen, hier in Nassau, wo der kleinste Funke genügte, um einen Haufen zundertrockener Holzbauten zu entflammen, und diesen Bericht dann meinem Chefredakteur in New York schicken. Echte Nachrichten. Wichtige Nachrichten. Ungefilterte Nachrichten, die das Geschehen nicht durch die vorgesetzte Linse königlicher Privilegien betrachteten, sondern die unbearbeitet, echt und notwendig waren.

Den Fahrradlenker fest umklammert, schob ich mich durch die Menge.

Nun könnte man vielleicht meinen, dieser Drang zum Abenteuer oder die journalistische Neugier an sich lägen mir im Blut. Und vielleicht ist das auch so. Ich käme ganz nach meinem Vater, hieß es nicht selten. Beziehungsweise meine Mutter sagte mir das schon immer, und zwar jedes Mal, wenn sie mich bei irgendeinem Unfug erwischte, wie zum Beispiel, unschuldige kleine Kinder dazu anzustiften (sprich meinen kleinen Bruder und meine kleine Schwester), sich mit mir in Nachbars Obstgarten zu stehlen, wo ich auf sämtliche Bäume kletterte und die geklauten Äpfel dann in einen Korb warf, den meine ängstlichen Helfer unten bereithielten. Oder ein andermal, als ich mich mit dreizehn ganz allein in die Bahn von Long Island nach Manhattan setzte und dort in die Büros des *Metropolitan Magazines* stürmte, um meinen Vater zu besuchen und ihn zu bewegen, sich nach einem häuslichen Streit, wie man es wohl nennen könnte, endlich wieder mit meiner Mutter zu vertragen. (Wie sich herausstellte, war mein Vater aber gerade in einem sehr wichtigen Meeting und nicht zu sprechen. Seine Sekretärin rief mir ein Taxi und ließ mich nach Hause bringen.) Und was meine Zeit der Kennenlernpartys in Columbia anbelangte, die mit einem gewissen Mr. Randolph endeten, nun, da war sie nicht mehr da, um mich zu schelten. Aber ich bin mir sicher, dass sie die Schuld dafür ebenfalls meinem Vater zugeschoben hätte. Und jeder Seelenklempner hätte ihr sicherlich beigepflichtet.

Egal. Wo war ich gerade? Ja genau, bei meiner journalistischen Neugier, meinem Hang, mir Ärger einzuhandeln, oder wie immer man es nennen will. Was es auch war, das mich an jenem Morgen auf meinem Fahrrad vorwärts und nicht rückwärts trieb; was es war, das mich drängte, mich mitten in die Krawalle hinein- anstatt hinauszubegeben: Ich weiß es nicht. Ich weiß nicht, was mich trieb, ob journalistische Neugierde oder irgendein angeborener Drang, aber egal. Wenn ich die Szenerie heute im Rückblick betrachte und mich selbst aus der Distanz beobachte, ein naiv tollkühnes Mädel auf einem Fahrrad inmitten kriegsähnlicher Zustände in Nassau, muss ich an die Worte meiner Mutter denken, als mich das Taxi vor unserer Haustür absetzte, nachdem ich ausgebüxt war und Lightfoots Sekretärin mich zurückgeschickt hatte. Nein, sie schloss mich nicht überglücklich in die Arme, und sie überhäufte mich auch nicht mit Küssen. Dieser Typ Mutter war sie nicht. Sie ging auf den Taxifahrer zu, gab ihm sein Geld und bugsierte mich ins Haus, in die Küche, wo Leo und Vanessa im Schlafanzug und mit Augen so groß wie Pfannkuchen saßen. Sie nahm meinen Abendbrotteller aus dem Ofen und stellte ihn vor mich hin. Hackbraten und Erbsen aus der Dose, daran erinnere ich mich bis heute. Ebenso wie an das vertraute blaue Blumenmuster im Rand des Tellers mit dem leicht angeschlagenen Porzellan, gleich neben den Erbsen. Sie sah mir beim Essen zu, und als ich fast fertig war, sagte sie einen Satz, einen sehr sinnigen Satz, wie ich im Nachhinein finde – sie sagte: *Ich weiß nicht, wonach du suchst, Lulu, aber was auch immer es ist, es wird dich noch mal umbringen, bevor du es gefunden hast.* Und ihr Ton dabei war der von jemandem, der gerade seine eigene Grabrede verlas.

An diese Worte meiner Mutter denke ich oft. Sie begleiten mich seit jenem Tag und kommen mir immer wieder in den Sinn, so auch jetzt, wenn ich an die Krawalle auf der Burma Road zurückdenke. Gewiss, ich habe mich nie zuvor in meinem Leben so verletzlich gefühlt wie damals, als ich mein Fahrrad durch die aufgebrachte Horde Schwarzer bahamaischer Männer schob, die mit ihren Schlagstöcken und ihrem Zorn die Bay Street hinunterzogen. Und nie zuvor in meinem Leben habe ich mich lebendiger und wichtiger gefühlt.

Den Kopf geduckt, radelte ich tapfer voran, konzentrierte mich auf den Laternenpfahl auf der anderen Straßenseite, während um mich herum Männer drängten, lärmten, brüllten und skandierten und unter lauten Knallgeräuschen Glasscherben wie Bombensplitter durch die Luft flogen; wohl kaum einer nahm groß Notiz von mir, ihr Tumult galt schließlich einem höheren Ziel als einer selten dämlichen weißen Frau auf ihrem Fahrrad. Jemand stolperte in mein Hinterrad, fluchte, rannte weiter, und von der Seite rempelte mich eine Schulter an. Endlich war ich auf der anderen Straßenseite angelangt. Ich schaute auf und verfolgte den Strom der Menschenmassen, der durch die Bay Street zog. Keine Hundert Meter entfernt parkte ein Coca-Cola-Laster dicht am Bordstein. In der offenen Hecktür stand ein Mann und verteilte kistenweise Getränkeflaschen, welche die Randalierer mitten durch Fensterscheiben warfen. Ich schlug mir die Hand vor den Mund und drehte mich weg, doch just in diesem Moment der Unaufmerksamkeit riss irgendein Kerl mein Fahrrad an sich. Ich schaute in sein blindwütiges Gesicht und schrie ihn wütend an: »Das ist meins!«

Das kümmerte ihn allerdings herzlich wenig. Wozu auch? Er war zweimal so groß wie ich und zornentbrannt. Ohne jede Anstrengung riss er mir das Fahrrad aus den Händen, hob es hoch über seinen Kopf und trug es mit sich fort. Ich schoss ihm hinterher, schrie irgendwelches zusammenhangloses, lachhaftes Zeug von wegen Eigentum und Besitzrechten. Eine Coca-Cola-Flasche flog haarscharf an meinem Ohr vorbei. Der Mann blieb stehen, als hätte er sein Ziel gefunden, und schleuderte mein Fahrrad mit heftigem Schwung durch eine wunderschöne Schaufensterscheibe, die bis eben noch unversehrt geblieben war.

»Oh, du Dreckskerl, du elender!«, kreischte ich. Der Gehsteig war übersät mit Scherben, rasiermesserscharf, und mein Fahrrad lag mitten im kaputten Fenster, in der Auslage feiner Lederwaren. Und schon bahnte sich ein Mann seinen Weg hinein. Blut rann ihm über das Gesicht und besudelte sein Hemd. Er bückte sich, trat mein Fahrrad beiseite und klaubte einen ganzen Arm voll Handtaschen zusammen.

Nicht mit mir. Das da war immer noch *mein* verdammtes Fahrrad. Und ich hatte noch eine Menge zu tun, musste meine Kamera holen, musste über die neuesten Nachrichten berichten, schließlich wartete die ganze Welt auf diese Geschichte! Ohne zu überlegen, stapfte ich über den Scherbenhaufen und beugte mich durch den zerstörten Fensterrahmen, um das verbogene Vorderrad zu fassen zu kriegen.

Und das gelang mir so weit auch ganz gut. Ich bekam es zu fassen, hatte es sogar schon einen guten halben Meter angehoben … Doch dann: ein Pyrrhussieg. In meiner Hast, Wut und Entschlossenheit hatte ich den Glassplittern im Rahmen gar keine große Beachtung geschenkt und das glitzernde Unheil erst bemerkt, als es schon zu spät war und eine Scherbe ihre scharfe Kante quer über meinen Unterarm zog, die Haut in einem sauberen Schnitt aufschlitzte, wie bei einem Schmetterlingsschnitt durch zartes Fleisch.

Schmerzen spürte ich keine. Ich stand einfach nur da, starrte auf das Blut, das über mein Handgelenk lief und auf den Asphalt tropfte. Wie kann man nur so kreuzdämlich sein, Leonora Randolph, dachte ich nur. Oder hörte ich es jemanden sagen? Gut möglich, denn mir war leicht schwindelig, als ich das ganze Blut sah, und alles verschwamm vor meinen Augen. Wäre die gute alte Veryl nicht plötzlich aus dem Nichts aufgetaucht und hätte sie mich nicht kurzerhand gepackt, fest gepackt und geschüttelt, mich angeschrien und mir irgendein weiches Knäuel in die klaffende Wunde gedrückt (ihre Schürze, wie sich herausstellte), wäre ich wohl im nächsten Moment umgekippt.

Vielleicht war es wirklich Veryls Stimme, die ich hörte,

die durch meinen Kopf dröhnte und mich anschrie: *Wie kann man nur so kreuzdämlich sein, Leonora Randolph!* Und *ja*, sie hatte recht.

Die Scherbe hatte die Arterie an meinem Handgelenk nur knapp verfehlt, also die Pulsader, die, wenn man sie aufschlitzt, einen innerhalb kürzester Zeit verbluten lässt. »Noch mal gut gegangen«, sagte der Arzt im Krankenhaus, der die Wunde vernähte, ein gut aussehender Kerl. Auch die Krankenschwester, die mir danach eine Mullbinde um den Arm wickelte, machte drei Kreuze: »Dem Himmel sei Dank, Sie hätten dort draußen auch getötet werden können.« Anschließend setzten sie mich in einen Rollstuhl und schoben mich in ein Einzelzimmer, um mich noch ein, zwei Nächte zur Beobachtung dazubehalten. Warum, habe ich bis heute nicht verstanden.

Ich hatte erst zweimal in meinem Leben in einem Krankenhausbett geschlafen. Das erste Mal mit acht, um meinen entzündeten Blinddarm loszuwerden. Das zweite Mal in Amarillo, Texas, worauf ich aber nicht näher eingehen möchte. Warum sie mich über Nacht hierbehielten, kapierte ich nicht, wenngleich ich auch nicht gewusst hätte, wie ich bei den Tumulten und Unruhen in den Straßen zurück nach Cable Beach hätte kommen sollen. Alles in allem blieb mir also nichts weiter übrig, als das Beste aus der Situation zu machen. So lehnte ich mich in meinem blauen OP-Hemdchen zurück, neben mir eine Zeitschrift und ein Glas Eistee. Doch einfach die Füße hochzulegen und abzuschalten wollte mir nicht so recht gelingen, denn mein Blick wanderte immer wieder zum Fenster, das eine teilweise Sicht auf den Hafen bot, und ich fragte mich in einer Tour, wie ich wohl irgendwie an meine Kamera kommen könnte und was zur Hölle dort draußen los sein mochte. Ob New Providence

Island in einem Zustand des Aufstands war, oder ob die Weißen die Oberhand gewonnen hatten?

Es klopfte.

»Herein«, sagte ich.

Ein rotblonder Kopf schob sich durch den Türspalt.

»Hallöchen«, sagte Thorpe. »Ich habe Kuchen mitgebracht.«

Besagter Kuchen stellte sich als Veryls hausgemachte Rumtorte heraus. Ich quietschte vor Freude, fragte, woher er den denn hätte. Er habe kurz am Bungalow vorbeigeschaut, erzählte er, um sich zu vergewissern, dass ich heil und sicher zu Hause sei und nicht auf die dumme Idee käme, mich aufs Rad zu schwingen und mitten hinein in die Krawalle zu fahren ... Zum Glück habe er Veryl angetroffen, die gerade dabei gewesen sei, ein paar Sachen für mich zusammenzupacken, und ihn ins Bild gesetzt habe. Thorpe hatte ihr, ganz Gentleman, natürlich angeboten, sie nach Hause zu begleiten und Kuchen und Zahnbürste anschließend meiner Wenigkeit ans Krankenbett zu bringen.

Ich hörte ihm zu, während er mit steifem Bein und Krückstock geschickt hantierte, Kuchen und Teller aus dem Korb nahm, fast wie bei einem Picknick, und alles auf den Tisch stellte.

»Nun, mein verehrter Herr ... Ich weiß gar nicht, wie ich dir danken soll«, sagte ich.

»Da wird uns schon noch was einfallen. Kuchen?«

Er hob das Messer über die Ringform des Rumkuchens, den Veryl am Tag zuvor gebacken hatte. Ganz rund war der Kuchen allerdings nicht mehr, da ich mir gestern Abend bereits ein Stück genommen hatte. Wer wollte es mir verübeln? Dieser Kuchen war ein Traum aus Vanille und gezuckertem Rum, und ich meine wirklich Rum. Allein daran zu schnuppern machte mich schon beschwipst. Ich sah zu, wie Thorpe das Messer vorsichtig in der weichen Masse versenkte. Aus irgendeinem Grund zogen mich seine Knöchel in Bann. Sie waren groß und knochig und, zumindest im Vergleich zum Rest seiner Erscheinung, ziemlich hässlich. Und doch führten sie das Messer mit enormer Präzision. Ein Kuchenchirurg. Er gab ein hübsches, rundliches Stück auf einen Teller, fügte eine Gabel hinzu und hob eine Augenbraue.

»Schaffst du das?«

»Ob ich ein Stück Kuchen schaffe, meinst du? Denke schon.«

»Weil du etwas blass aussiehst.«

Ich richtete mich ein Stück auf. »Jetzt gib schon her, bitte.«

Er reichte mir den Kuchenteller, und während ich aß, schnitt er sich ebenfalls ein Stück ab, goss Eistee aus der Kanne in sein Glas und ließ sich schwerfällig im Sessel nieder. Ach ja, sein Bein, ich hatte es ganz vergessen und starrte nun förmlich darauf. Er streckte alle Glieder von sich, die stocksteif waren und ebenso geschunden. Im Dezember noch war ich von seiner angenehm schlanken Statur sehr angetan gewesen, die kräftig, aber nicht sonderlich muskulös gewesen war. Nun war er geradezu ausgezehrt. Seine Wangenknochen traten spitz hervor. Und an seinem Kinn war eine lange, gerötete Narbe zu sehen.

»Apropos Verletzungen«, sagte ich mit einem Nicken in Richtung seiner Knie.

»Ist schon viel besser, danke. Alles in allem.«

»Alles in allem?«

»Schau, es gibt nichts Langweiligeres, als jemanden in aller Ausführlichkeit über seine Wehwehchen lamentieren zu hören. Ich bin gesund und munter. Ende gut, alles gut.«

»Haben sie den Kerl geschnappt? Den Täter, meine ich?«

»Nein«, sagte er. »Ich glaube nicht.«

»Eine Schande.«

»Was genau? Dass ich überfallen wurde? Oder dass sie den Bengel nicht geschnappt haben?«

»Na ja, beides.«

»Ich muss zugeben, es war ein ziemlicher Schock. Auf der anderen Seite war ich nicht ganz so umsichtig, wie ich es hätte sein müssen. Ich war mit meinen Gedanken woanders.«

»Aha, und wo?«

Er zuckte mit den Schultern, öffnete den Mund, um den nächsten Happen Kuchen hineinzuschieben.

»Weißt du«, sagte ich, »ich werde den Gedanken nicht los, dass ich schuld daran bin.«

»Du? Wie das?«

»Weil unser gemeinsamer Abend neulich etwas anders endete, weißt du nicht mehr? Er hätte für uns beide sehr viel angenehmer enden können.«

Er stellte den Teller ab, legte die Unterarme auf seine Knie, neigte den Kopf näher zu mir. Zwischen uns die Kuchenkrümel, die Teegläser.

»Schuld erfordert Vorsatz«, sagte er. »Und du hattest sicherlich keine Ahnung, dass mir unten am Hafen ein Kerl mit einem Schlagstock auflauern würde.«

»Einem Schlagstock!«

»Ja.«

»Wie grauenvoll. Du kannst dir gar nicht vorstellen, wie mich das mitnimmt. Gott sei Dank lebst du noch.«

»Unser ganzes Leben besteht aus vielen kleinen Wegkreuzungen«, sagte er. »Sie begleiten uns tagtäglich, tausendfach.«

Ich studierte seine Augen hinter den schimmernden Brillengläsern. Irgendetwas darin ist anders, dachte ich. Klar, wie könnte es anders sein – irgendwie war der Glanz, das jungenhafte Strahlen darin verloren. Jener schelmisch verschämte Übermut.

Er legte die Hände auf die Armlehnen, um sich aufzustemmen. Ein breiter Sonnenstrahl streifte sein Gesicht. Anstatt nach seiner Gehstütze zu greifen, humpelte er aufrecht und alleine hinüber zum Fenster. Die eine Hand schob er in die Hosentasche, die andere stützte er gegen den oberen Fensterrahmen, während er durch die Scheibe hinaus auf die Straße blinzelte.

»Verfolgst du den Aufstand?«, fragte ich.

»Wie es scheint, ist er großenteils vorbei. Der gute alte Sir Leslie hat mit den Anführern gesprochen, vor dem Regierungsgebäude, und zugesichert, die Sache zu überprüfen. Dann hat die Polizei alle über den Hügel zurückgeschickt.«

»Wirklich? Das ist alles?«

»Nicht ganz. Ich habe keine Zweifel daran, dass es heute Nacht Ärger geben wird. Aber es geht darum, den Ärger dort zu lassen, wo er hingehört, zumindest was die Polizei anbelangt.«

»Natürlich. Ich bin mir sicher, dass man beim Roten Kreuz über nichts anderes reden wird. Über die Schwarzen Menschen, wie dankbar sie sein sollten, dass sie überhaupt Jobs haben, oder dass man von einem Schwarzen Menschen eben nichts anderes erwarten kann, als Eigentum zu zerstören, für dessen Aufbau andere so hart gearbeitet haben.«

Thorpe drehte sich um. »Höre ich da eine gewisse Bitterkeit heraus? Eine gewisse radikale Grundhaltung?«

»Ich bin keine Radikale. Ich denke nur einfach, dass diese Menge in der Bay Street eine Horde von Fanatikern ist, das ist alles. Und dass die Arbeitslage schlichtweg unfair ist.«

»Und deshalb hat es dich heute in die Stadt gezogen?«

»Ich bin heute in die Stadt gegangen, weil es eine Story ist und ich Journalistin bin.«

»Weil du Journalistin bist«, sagte er. »Sonst nichts?«

»Was meinst du mit ›sonst nichts‹? Was soll ich denn sonst noch sein?«

Das Sonnenlicht fiel durch das Fenster quer über sein Gesicht, sodass es halb erhellt, halb schattig erschien. Das weiße Hemd hing an ihm herunter, die Schultern breit und knochig, aber auch stark, was ihm eine gewisse Aura der Autorität und Vertrauenswürdigkeit verlieh: Es waren Schultern, die eine große Last tragen konnten, starke Schultern zum Anlehnen, sofern man groß genug war, sie zu erreichen. Und seine Haare … hell erleuchtet, im Lichterglanz der Sonne. Und die tiefsinnigen Augen … oh! Es war unmöglich, sich diesem hintergründigen Blick zu entziehen. Ich musste ihn einfach aushalten, auf mich wirken lassen, während er meine Falten und Fältchen betrachtete, jede noch so kleine Mimik, meine Verletzungen, und sich ein Urteil über mich bildete, über das, was mich in meinem innersten Wesen ausmachte.

»Die Insel«, sagte er schließlich. »Diese verdammte kleine Insel. Nur ein karges Stück Kalkstein, nur ein paar Hundert Quadratkilometer groß.«

Über uns surrte der Ventilator. Mein Arm pochte, mein Kopf schmerzte. »Seit wann bist du zurück?«, fragte ich.

»Seit zwei Tagen.«

»Und wohnst du noch bei Wenner-Gren?«

»Ja.«

»Aber der ist doch in Mexiko, oder nicht? Das FBI hat ihn auf irgendeine schwarze Liste gesetzt, und zwar unmittelbar nach unserem Kriegseintritt, wegen seiner Nazifreunde. Daher sitzt er seit Dezember in Mexiko fest.«

»Das hast du gehört?«

»Das habe ich gehört.«

»Nun, Wenner-Gren ist kein Nazi. Er ist Geschäftsmann, das ist alles.«

»Warum hat das FBI ihn dann auf die schwarze Liste gesetzt?«

Thorpe zog ein zerknülltes Taschentuch aus seiner Hosentasche und nahm die Brille ab. »Da musst du wohl das FBI fragen. Ich bin nur Wissenschaftler. Ich habe mit Pflanzen zu tun, nicht mit Menschen.«

»Mit einigen aber schon.«

»Oh, ich weiß nicht. Menschen enttäuschen einen oft. Pflanzen hingegen nicht. Sie sind einfach da, verstehst du. Es liegt an dir, ihr Wesen zu entdecken.« Er schob sich die Brille zurück auf die Nase. »Wie geht's denn deinem guten alten Arm?«

»Dem guten alten Arm geht's prima, danke.«

»Nichtsdestotrotz, ich werde heute die Nacht mit dir verbringen.«

»Du wirst *was*?«

»Ich meine, auf dem Sofa. Irgendwer muss ja auf dich aufpassen.«

»Auf dem Sofa? Welchem Sofa?«

Das Grinsen in seinem Gesicht strahlte wie die aufgehende Sonne. »In deinem Bungalow natürlich. Ich hole dich hier raus.«

»Was?«

»Ich hatte so das Gefühl, dass du keine bist, die gerne in Klinikbetten herumliegt.« Er schwang den Korb auf das Bett. »Na, dann mal los. Falls du mit deinem Kuchen fertig bist. Hier im Korb findest du etwas zum Anziehen.«

»Aber, wie hast du … die Ärzte …«

»Die Ärzte in Nassau, ebenso wie die übrige Bevölkerung hier, erweisen sich immer wieder sehr anfällig für Bestechung.« Er griff nach seinem Krückstock und humpelte zur Tür. »Und natürlich habe ich ihnen versichert, dich nach Kräften im Auge zu behalten.«

So fuhr Thorpe mich im Sozius seines Motorrads nach Hause zu meinem Bungalow und wärmte das Abendessen auf, das Veryl für uns vorbereitet hatte. Er gestattete mir weder Zigaretten noch Alkohol, obwohl ich ihn, nachdem er mich mit einem Glas Wasser und ein paar Aspirin ins Bett geschickt hatte, durch das Fenster auf dem Verandastuhl erspähte, wo er beides gänzlich ungeniert genoss.

Wir beide … wach und ruhelos um Mitternacht … einander suchend … einander begehrend … bis wir uns heiß und leidenschaftlich liebten, im sanften Schein des tropischen Mondes. Nein, so war es nicht, leider nicht. Es gab kein nächtliches Wachen, keine nächtliche Ruhelosigkeit. Wir waren viel zu erschöpft. Dazu körperlich gehandicapt.

Stattdessen schlief ich wie ein Stein. Und als ich am nächsten Morgen aufstand, war das Sofa leer, das Wohnzimmer ordentlich aufgeräumt, die Decke lag quadratisch gefaltet über der Sessellehne.

Elfriede

JULI 1904

Florida

Eine Woche vor Wilfreds Rückkehr nach England bemerkt Elfriede, dass sie nicht schwanger ist. Als sie mit ihm allein ist, auf ihrem üblichen Spaziergang durch den Garten, nachdem die Kinder im Bett sind, sagt sie es ihm.

Er atmet auf. Ob vor Erleichterung oder Enttäuschung, sie kann es nicht sagen.

»Ah. Ich habe mich schon gewundert. Bist du dir sicher?«

»*Ganz* sicher.«

Am Orangenbaum bleibt er stehen, legt einen Arm um ihre Schulter. Sie lehnen sich zusammen an den Stamm. Der Baum hat seine Blüten abgeworfen, die Bienen sind weitergezogen. Es ist heißer geworden (soweit das überhaupt möglich ist), die Luft erfüllt vom sinnlichen Duft welkender Knospen. »Ich wollte dich darauf ansprechen, in unserer ersten Nacht.«

»Auf weitere Kinder? Und meine Antwort war Ja.«

»Nun, ich war mir nicht ganz sicher, ob du meine Frage richtig verstanden hast. Aber ich könnte auch was machen, um zu verhüten, weißt du?«

»Ja, ich weiß.«

Wilfred drehte sich zu ihr, betrachtete ihr Gesicht im Dämmerschein. »Und? Soll ich etwas machen? In der Stadt gibt es eine gute Apotheke.«

»Eine Apotheke?«

»Na, wie nennst du es denn? Eine Drogerie? Der Apotheker sollte in der Lage sein, irgendetwas für mich zu finden, ich muss ihm nur die richtige Frage stellen. Und natürlich gibt es auch Alternativen.«

Sie lächelte. »Du sagst das, als wäre es …«

»Als wäre es was, meine Liebste?«

»Als wäre es wichtig.«

Er streicht ihr über das Haar. »Natürlich ist es wichtig. Ich würde es mir nie verzeihen, dir ein Kind aufzubürden, das du gar nicht haben willst. Ich habe nicht vergessen, aus welchem Grund du in der Schweiz warst, damals.«

Und hier ist er wieder, dieser Balanceakt. Warum können sie sich nicht einfach darauf einigen, zu heiraten und Kinder zu bekommen? Oder, anders herum gefragt, warum können sie sich nicht einfach darauf einigen, als Freunde auseinanderzugehen, wenn die glückliche Zeit einmal zu Ende ist? Vielleicht wäre es einfacher, wenn Elfriede schwanger wäre – nicht unwahrscheinlich, nach Wochen stürmischer Leidenschaft, jede Nacht und manchmal auch jeden Tag, im Bett und außerhalb davon, um Elfriedes Schoß mit seinem Lebenssaft zu füllen. Doch die Natur hat ihr keine Frucht geschenkt. Wenn er will, kann Wilfred in acht Tagen in einen Zug steigen und mit schönen Erinnerungen und reinem Gewissen zurück nach New York fahren.

Aber wird er das tun? Wieso haben sie über seine Abreise nie gesprochen? An Gelegenheiten dazu hätte es ihnen nicht gemangelt. Am Tag nach seiner Ankunft stand Wilfred, wie versprochen, zum Mittagessen wieder vor Elfriedes Tür. Bis zum Abendessen quartierte er sich im größten der Gästezimmer im Haus ein. Und des Nachts dann in Elfriedes Bett. In den traumhaften Tagen danach verbrachten er und Elfriede kaum eine Stunde ohne einander. Er gewann die Zuneigung von Gerhards Töchtern, wenn auch die von Gerhards Sohn nicht ganz. Er aß und lachte mit ihnen, ging mit ihnen spazieren, schwimmen und picknicken, er lauschte Elfriedes Klavierspiel und hörte zu, wenn sie die Kinder darin unterrichtete. Er war fast schon Teil der Familie. Aber eben nur fast. Im Prinzip ist er ein ganz normaler Feriengast. Und ein Feriengast hat nun mal ein Rückreiseticket im Koffer. Nur sprechen sie nicht darüber, aber dennoch ist es so.

Soll sie ihn genau jetzt darauf ansprechen? Wilfreds Gesicht ist an das ihre geschmiegt, ist ihr so vertraut, so lieb geworden, dass sie es nicht mehr missen will. Das blöde Dampfschiffticket. Sie könnte es einbehalten, aber bringt sie das fertig? Will sie das? Hat er überhaupt vor, es einzulösen? Will sie, dass er es einlöst? Hat sie immer noch Angst?

Der Grund, warum Elfriede Schloss Kleist vor Monaten geradezu fluchtartig und nur mit dem Allernötigsten verließ, war Helga.

»Ich habe beschlossen, mit den Kinder Ferien zu machen«, eröffnete sie ihrer Schwägerin eines schönen Morgens im vergangenen Herbst. »Es wird ihnen guttun, denke ich, nach dieser schweren Zeit.«

Helga war entsetzt. Was dachte sich Elfriede eigentlich? Johann von zu Hause wegzubringen? Weg von seinen Tanten, Onkeln und Cousins? Weg von seiner Erziehung? So kurz nach dem Tod seines geliebten Vaters? Wo, in drei Gottes Namen, wollte sie denn hin mit ihm?

»Oh, irgendwohin, wo es warm ist, jetzt, wo der Winter bevorsteht«, erwiderte Elfriede. »Florida vielleicht.«

Florida! Florida war die schlechteste Idee überhaupt, ein

genusssüchtiger Sumpf am anderen Ende der Welt. Johann würde vergessen, dass er Deutscher sei! Nein, für Helga stand außer Frage, dass Elfriede mit den Mädchen samt Johann *überhaupt* irgendwohin fuhr, wie sie ihr mit aller Bestimmtheit entgegenzischte. Indiskutabel. Ein Verstoß gegen alle guten Sitten. Johann sei jung, beeinflussbar, und er war Baron. Er hatte das Vermächtnis seines Vaters zu wahren, so Helga. Was sollten die Leute denken, wenn er die drei Mädels als seine Schwestern ansehen würde?

»Aber sie *sind* seine Schwestern«, betonte Elfriede, obwohl sie wusste, wie Helga auf diese Wahrheit reagieren würde. (Mit sechsundzwanzig war Elfriede nicht mehr die, die sie damals mit achtzehn gewesen war, als ihr vor Ehrfurcht starrer Blick auf ihren neuen Verwandten gehaftet hatte, die sich um ihre Hochzeitstafel versammelt hatten.) »Gerhard höchstpersönlich hat sie als seine Kinder anerkannt«, fügte sie hinzu, wohl wissend, dass sie sich damit auf noch dünneres Eis begab. Gerhard, der sich selbst für unsterblich gehalten hatte, war gar nicht auf die Idee gekommen, sich die Mühe zu machen und ein Testament zu verfassen, um Vorsorge für seine unehelichen Töchter und deren Mutter zu treffen. Und Helga war sich dessen durchaus bewusst. Die Trauernden hatten sich kaum zerstreut, da unternahm sie den ersten von vielen Versuchen, die Kuckuckskinder aus dem Nest zu treiben, auch wenn ein Kuckuckskind noch ungeboren war. Elfriede jedoch hielt allen Attacken stand. Sie wusste, der Tag würde kommen, da Helgas Einwände ins Leere laufen würden. Und so ließ sie Helga in Sachen Florida zunächst in gutem Glauben. Sie sollte annehmen, dass sie gewonnen hätte, doch als Helga in der folgenden Woche aufbrach, um ein paar Tage mit ihrer Schwester zu verbringen, packte Elfriede die Kinder samt Charlotte und war auf und davon.

Sie hinterließ nur eine kurze Notiz. Auf der Reise über den Atlantik hatte sie ihre helle Freude daran, sich Helgas Gesicht vorzustellen, wenn sie diese Nachricht las.

Helga ihrerseits hat daraufhin jede Menge Nachrichten losgelassen. Doch Elfriede denkt gar nicht daran, ihre Mädchen und ihre Freiheit aufzugeben, noch nicht. Auch wenn sie weiß, dass sie es irgendwann tun muss. Denn in gewisser Hinsicht hat Helga das Recht auf ihrer Seite. Johann ist der Baron, er wird irgendwann zum Schloss Kleist zurückkehren und lernen müssen, seinen Aufgaben als Schlossherr gerecht zu werden. Aber jetzt noch nicht. Jetzt soll er erst einmal Kind sein dürfen. Er soll seine Schwestern kennenlernen, damit er sie eines Tages nicht vom Hof verbannt, wenn er die Macht dazu besitzt. Die Sonne soll ihre Herzen, ihr Blut und ihre Haut wärmen. Und sie sollen ein bisschen von einem Mann wie Wilfred kennenlernen.

An all dies denkt Elfriede, während sie den Arm um den Hals ihres Liebsten legt.

»Nein, es macht nichts«, sagt sie. »Ich bin nicht schwanger.«

»Noch nicht …«, hebt er an.

Doch sie schneidet ihm das Wort ab. Auf die gewohnte Weise. Indem sie ihn küsst.

Und so klammern sie aufs Neue das Thema aus.

Gerhard, fromm und gläubig, folgte stets und strikt dem Gebot, wonach eine menstruierende Frau nicht berührt werden solle. Von daher ist Elfriede höchst erstaunt, als Wilfred ihr wie an den Abenden zuvor auf ihr Zimmer folgt, sie stürmisch an sich zieht und ihr Kleid aufknöpft, während sie sich halbherzig ziert.

»Willst du, dass ich gehe?«, fragt er mit einem Staunen in der Stimme, das auch Elfriede verdutzt.

»Wieso … Nur wenn du gehen willst.«

»Warum sollte ich?«

»Weil es unrein wäre.«

»Schau«, sagt er und knöpft ihr Kleid weiter auf. »Wenn du nicht willst, dass ich dich berühre, dann tue ich es nicht. Aber ich wüsste nicht, wo ich sonst schlafen soll außer bei dir. Und außerdem gibt es da einen bestimmten Hubbel in deiner Matratze, ohne den ich einfach nicht einschlafen kann.«

Sie lacht. Er bleibt. Sie flüstern, kuscheln, küssen sich. Sie kann sich nicht erinnern, eingeschlafen zu sein. Doch dass sie jäh aus dem Schlaf fährt, wird sie so schnell nicht vergessen. Und zwar deshalb, weil das ganze Haus plötzlich wackelt.

»Was zum Teufel ist denn jetzt los?«, murrt Wilfred auf Englisch und schießt kerzengerade neben ihr hoch.

»Kommt von der Tür unten.«

Er blickt aus dem Fenster. »Herrgott, es ist noch nicht mal hell draußen. Warte hier.«

»Nein, du kannst nicht …«

Aber zu spät, er springt aus dem Bett, streift den Morgenmantel über (ja, er hat es sich gemütlich gemacht und einen Morgenmantel in Elfriedes Schrank) und stampft wild entschlossen aus dem Schlafzimmer, als ob er der Herr im Hause wäre.

Elfriede starrt ihm erschrocken hinterher, die Bettdecke hoch vor die Brust gezogen. Soll sie ihm nachgehen? Oder besser im Bett bleiben und auf Wilfreds militärische Ausbildung vertrauen? Sie wirft die Decke beiseite. Das Stampfen seiner Schritte ist verstummt. Stimmen dringen herauf. Von Wilfred.

Und von einer Frau. Sie spricht Deutsch.

Helga ist die Tochter eines Barons, die Schwester eines Barons, die Tante eines Barons. (Durch Heirat ist sie auch die Schwester eines Prinzen in untergeordneter Stellung, obgleich man irgendwann aufhört zu zählen.) Für Helga ist es ein Skandal, ihren schlimmsten Albtraum bewahrheitet zu sehen, nämlich die Witwe ihres Bruders *beinahe* in flagranti mit einem englischen Liebhaber zu erwischen, dazu in einem Haus, in dem obendrein die Geliebte ihres verstorbenen Ehemanns mit dessen unehelicher Brut weilt, noch dazu im fernen Florida. Doch Helga verliert nicht die Fassung. Sie ist dazu erzogen, auch angesichts eines so ungeheuerlichen Verstoßes gegen Anstand, Sitte und Moral eisige Contenance zu wahren.

»Es tut mir ausgesprochen leid, dass ich zu so unpässlicher Stunde hier auftauche«, sagt sie mit einem blasierten Seitenblick auf Wilfreds Morgenmantel, »aber die Weiterfahrt des Zuges hat sich kurz hinter einer Stadt namens Savannah beträchtlich verzögert, ansonsten wäre ich gestern Abend schon hier erschienen.«

»Keine Ursache, Fräulein von Kleist«, sagt Wilfred. »Möchten Sie Tee? Oder vielleicht Kaffee? Ich denke, die Mamsell ist schon auf.«

»Nein danke. Elfriede, du darfst mir gerne ein Gästezimmer zeigen. Falls du eines frei hast.« (Der Nachsatz kommt mit einer hochgezogenen Augenbraue, die Bände spricht.) Dann wendet sie sich an Wilfred und sagt herablassend und ohne ihn anzusehen: »Wenn Sie bitte mein Gepäck hinauftragen wollen, Sir.«

Elfriede führt Helga nach oben. Zeigt ihr das Badezimmer, während Wilfred Helgas Gepäckstücke bereits am Fußende ihres Bettes im zweitbesten Gästezimmer stapelt. (Denn offiziell bewohnt Wilfred immer noch das erstbeste Gästezimmer.) Als er das Zimmer wieder verlässt, kommt es im Flur zu einem unangenehmen Moment, da sie sich alle irgendwie aneinander vorbeizwängen müssen. Zum Glück sind die Kinder von all dem Lärm nicht aufgewacht. Und Charlotte schläft vermutlich noch immer ihren Rausch aus.

»Na dann, gute Nacht, Fräulein«, sagt Wilfred betont ernst und kann sich ein Lachen doch kaum verkneifen, während sich Elfriede müht, seinen Blicken möglichst auszuweichen.

»Gute Nacht, Mr. Thorpe.«

Helga und Elfriede gehen weiter zum zweitbesten Gästezimmer. An der Tür bleibt Helga stehen.

»Morgen früh besprechen wir alles Weitere«, sagt sie und macht Elfriede die Tür vor der Nase zu, noch ehe Elfriede begreift, dass der Uhrzeit nach eigentlich schon früher Morgen ist. Sie kehrt in ihr Schlafzimmer zurück und hofft, all dies vorab mit Wilfred besprechen zu können. Doch draußen wird es bereits hell, der neue Morgen tut sich kund, und Wilfred hat sich in sein eigenes Zimmer verzogen. Er hat eben Anstand.

Elfriede hofft auf eine kleine Atempause, da Helga sicherlich nicht vor Mittag aufstehen wird. Aber Helga ist Helga und erscheint um Punkt halb neun im Frühstücksraum. Die Kinder sind bass erstaunt. Tante Helgas Gesicht ist zerknittert, ihre Augen aber strahlen.

»Guten Morgen, mein lieber Bub«, sagt sie zu Johann, geht um den Tisch herum, drückt ihrem Neffen einen Kuss auf die erstaunte Stirn, zieht ihm den Kragen straff. Die übrige kleine Kinderschar übergeht sie mit einem schnellen Blick und sagt dann kurz: »Guten Morgen, Elfriede. Mr. Thorpe. Liebe Kinder. Liebes Kindermädchen.« Elfriede klingelt nach der Mamsell.

»Guten Morgen, Tante Helga.«

»Guten Morgen, Fräulein«, sagt Wilfred freundlich. Er erhebt sich von seinem Stuhl am Kopf des Tisches, gegenüber von Elfriede am anderen Ende. Es ist der Platz, der in der Regel dem Familienoberhaupt vorbehalten ist. Charlotte sitzt links von Elfriede. Der Stuhl rechts von ihr ist leer. Helga eilt darauf zu, in der Absicht, Wilfred zuvorzukommen, der sich anschickt, ihr diesen Stuhl vom Tisch zu ziehen, um ihn ihr anzubieten. Doch Wilfred ist schneller. Sie schluckt ihren Ärger herunter und bringt ein gezwungenes Dankeschön über die Lippen.

»Nach dem Frühstück drehen wir eine Runde durch den Garten«, sagt sie zu Elfriede, während die Mamsell mit dem frischen Kaffee kommt.

Helgas Wut bricht sich schließlich Bahn. Elfriede, die mit ihrer Gartenschere zwischen den Hibiskussträuchern neben ihr hergeht, tut so, als hörte sie zu. Helga ergötzt sich an ihren Moralpredigten, verschafft sich mit ihren frömmlerischen Schimpfkanonaden größte Genugtuung. Derweil schneidet Elfriede eine Hibiskusblüte nach der anderen, schnipp-schnapp, legt sie in den Korb und nickt hin und wieder. Sie sinniert über dieses unbedingte menschliche Verlangen nach moralischer Autorität, das vielleicht stärker ist als das Verlangen nach Sex. Warum? Was haben wir davon, die eigene Moral für absolut wahr zu halten, sie ständig zu verfechten, sie unermüdlich aufzupolieren? Um andere mit Scham und Schuldgefühlen zu belegen, genau darum geht es. Als Helga innehält, um Atem zu schöpfen (es ist an diesem Morgen sehr früh schon heiß), reicht Elfriede ihr eine Hibiskusblüte mit den Worten: »An meiner Freundschaft mit Mr. Thorpe ist nichts Unanständiges. Er ist ein Feriengast, das ist alles. Er bewohnt das Gästezimmer.«

»Willst du mich für dumm verkaufen?«

»Deine Fantasien will ich haben. Du kennst dich wohl besonders gut mit derlei Dingen aus, was?«

Helgas Gesicht ist von der Hitze bereits leicht gerötet und läuft nun erst recht zornesrot an. Sie reißt die Augen auf und kneift sie dann zusammen. »Was bildest du dir ein, derart unverschämt mit mir zu reden«, geifert sie.

Doch Elfriede zuckt nur mit den Achseln und dreht sich um. »Nicht minder unverschämt als du gerade mit mir. Der Tod meines Mannes ist über ein Jahr her, Helga. Ich ziehe lediglich meine Kinder groß, wie ich es für richtig halte.«

»Kinder?! Du hast *ein* Kind, Elfriede, und deine Sorgfaltspflicht, deine einzige Pflicht, gebührt allein ihm.«

»Gerhard hat aber vier Kinder, und er hat mir die Verantwortung für alle vier übertragen. Er wollte nicht, dass seine Töchter im Schatten deiner Missbilligung aufwachsen. Ich handle also nur nach seinem Wunsch und Willen.«

»Seinem Wunsch und Willen! Was weißt du schon davon?«

»Herrgott noch mal. Weit mehr als du. Ich war schließlich seine Ehefrau.«

»Seine Ehefrau. Wenn du ihm eine bessere Ehefrau gewesen wärest, würden wir uns jetzt nicht in dieser skandalösen Situation befinden.«

Noch etwas zur moralischen Autorität: Es ist sinn- und zwecklos, mit jemandem darüber zu diskutieren, der sie so vehement für sich in Anspruch nimmt. Elfriede stiert auf die Blumen im Korb, auf die lange, scharfe Gartenschere in ihrer Hand. »Was für ein Pech aber auch, dass du nie jemanden zum Heiraten gefunden hast, Helga.«

Im oberen Stockwerk ist Wilfred dabei, die Schubladen der Kommode auszuräumen.

»Du willst doch nicht etwa abreisen!«, ruft Elfriede.

»Noch nicht, nein. Ich räume nur das Feld für Fräulein von Kleist. Das kleine Gästezimmer am Ende des Flurs ist für meine Zwecke mehr als ausreichend.«

»Oh, natürlich. Sehr nett von dir.«

Er legt einen Stapel Hemdkragen auf das Bett. »Ich kann mich nicht überall breitmachen. Außerdem hat mir das gute Fräulein einen Wink mit dem Zaunpfahl gegeben, als sie vom Garten hereinkam.«

»Ha. Das sieht ihr ähnlich.«

»An Dreistigkeit fehlt es ihr nicht. Sie hat sogar Auskunft darüber verlangt, ob ich mit meiner Gastgeberin eine körperliche Beziehung pflege oder nicht.«

Elfriedes Hand gleitet langsam vom Türknauf ab. »Was hast du ihr gesagt?«

»Was ich ihr gesagt habe?«

Er dreht sich zu Elfriede um. »Ich habe es natürlich abgestritten und ihr ins Gesicht gelogen. Ein Gentleman tut alles, um die Ehre seiner Frau zu schützen.«

»Danke schön.«

»Dann hast du ebenfalls nicht vor, ihr reinen Wein einzuschenken?«

»Ich … ich wüsste nicht, wozu. Sie hätte damit nur einen Grund mehr, uns zurück nach Deutschland zu zitieren. Und einen Pfeil mehr im Köcher.«

»Zurück nach Deutschland? Das hast du vor?«

»Ja, natürlich. Jetzt noch nicht, aber irgendwann schon. Wegen Johanns Erbe, du weißt.«

»Klar.« Wilfred macht sich wieder an der Schublade zu schaffen. »Dann werden wir uns ab jetzt wohl an die Anstandsregeln halten müssen.«

»Was?«

»Oder willst du riskieren, dass die Dielen im Morgengrauen knarzen? Oder die Bettfedern quietschen, Gott bewahre. Sie wird uns im null Komma nichts auf die Schliche kommen.«

»Aber … aber wir werden doch noch einen Weg finden, bevor …«

»Bevor was?«

»Bevor du abreist«, sagt sie. »Bevor du zurück nach England gehst.«

Die oberste Schublade ist leer, der Inhalt auf das Bett gestapelt. Hemdkragen und Hemden und Wäsche. Wilfred zieht die zweite Schublade auf. Das Holz ist von der Hitze leicht aufgequollen, sodass er die Schublade etwas hin und her ruckeln muss, um sie vorsichtig aus der Führung zu ziehen. Und er ist mit seiner ganzen Aufmerksamkeit bei der Sache.

»Außerdem«, fährt Elfriede verzweifelt fort, »ist sie ohnehin bald wieder weg. Sobald sie einsieht, dass alles nichts nützt.«

»Dass was nichts nützt?«

»Mich zurück nach Deutschland zu zwingen, wenn ich noch nicht will.«

»Meine Herzallerliebste«, sagt er, »ich widerspreche dir nur ungern, aber deine Schwägerin macht auf mich nicht den Eindruck, als würde sie die Segel streichen, bevor sie nicht ihren Kopf durchgesetzt hat. Sofern du sie nicht gewaltsam vertreibst, wird sie das Haus ohne dich und den kleinen Baron auf dem Arm nicht freiwillig verlassen.«

»Ich kann sie nicht rausschmeißen. Sie ist Gerhards Schwester.«

»Eben.« Wilfred lässt einen Stapel gestärkter Hemden auf das Bett fallen. »Aber auch diese Wolke hat einen Silberstreifen.«

»Und der wäre?«

»Wenigstens ist sie nicht einen Monat früher aufgetaucht.

Dann hätte sie uns um unser kleines amouröses Abenteuer gebracht.«

»Sag so was nicht. Sag nicht ›amouröses Abenteuer‹.«

»Aber was ist es sonst, meine Liebste? Welche Zukunft haben wir denn?«

»Ich weiß es nicht!«

»Willst du mich etwa mitnehmen, zurück nach Deutschland mit dir?«

Am hinteren Ende des Flurs ist Charlotte dabei, die Kinder anzuziehen. Elfriede kann ihre süßen Stimmchen hören, ihre juchzenden Schreie, wenn sie ihnen die Badeanzüge über die Köpfchen streift und den Sand aus den Schühchen leert. Johann ist alt genug, sich alleine anzuziehen, was er in seinem eigenen Zimmer auch sehr ordentlich tut. Wenn Elfriede die Augen schließt, sieht sie seine ernste, konzentrierte Miene, mit der er sich Knöpfen und Schnürsenkeln widmet, förmlich vor sich. Aber sie kann ihre Augen nicht schließen. Sie ruhen schmerzvoll auf Wilfreds Gesicht. Versunken in seinen festen, traurigen Blick.

»Hör auf«, flüstert sie.

Wilfred geht auf sie zu, legt eine Hand sanft an ihren Hinterkopf, knapp oberhalb des Nackens, in die kleine Mulde dort, die er so gerne küsst. »Niemals würde ich dir wehtun, meine Liebe, nicht um alles in der Welt«, sagt er. »Du hast die Wahl.«

»Was für eine Wahl? Es gibt keine Wahl. Ich hatte nie eine Wahl.«

»Nur weil du denkst, du hättest keine, Elfriede.« Er nimmt seine Hand zurück.

Dann dreht er sich wieder zum Bett um und fängt an, seine Sachen zusammenzusammeln. »Willst du mir vielleicht helfen?«

Schweigend nimmt sie ein paar Hemden und Unterhosen auf den Arm. Wie ordentlich alles aussieht, gewaschen und gefaltet, anstatt schandbar und völlig verknittert auf dem Boden in ihrem Schlafzimmer herumzuliegen. Sie folgt ihm den Flur entlang zum kleinen Gästezimmer, das hinter dem Kinderzimmer liegt, vorbei an Charlottes strenger Stimme und dem lauten Gegacker der Mädchen. Wilfreds neues Zimmer ist winzig. Bett, Kommode, schmales Fenster. Elfriede sortiert Hemden und Unterwäsche in die Kommode und macht das untere Flügelfenster auf.

»Noch ein Silberstreif«, sagt Wilfred, während er seine Kleidung in die oberste Schublade räumt. »Wenigstens bist du nicht schwanger.«

Als Elfriede am nächsten Morgen erwacht, beschleicht sie eine dunkle Ahnung. Sie schlägt die Augen auf, spürt ihr Herz pochen. Sie dreht sich zur Seite, blinzelt in das blassgraue Licht der Morgendämmerung und schließt das leere Kissen neben sich in die Arme. Von unten dringen leise Geräusche an ihr Ohr, aber vielleicht bildet sie sich das auch nur ein. Sie setzt sich auf und sieht den Umschlag auf dem Boden, ein kleines weißes Rechteck auf dunklen Bodendielen. »Nein!«, stößt sie keuchend hervor. Mit einem Satz ist sie aus dem Bett, fliegt förmlich die Treppe hinunter, doch dort ist niemand, alles ist dunkel und leer. Sie stößt die Haustür auf, nur im Nachthemd bekleidet, aber auch die Straße ist leer, die Luft warm und still, der Horizont rosa. Auf der Holzveranda vor dem Haus fällt sie auf die Knie, kann nicht mehr auf den Beinen stehen.

Der Brief. Der Brief. Wie lange wird es dauern, bis sie es schafft, ihn zu lesen? Nicht lange. Sie schleppt sich zurück ins Haus, schließt die Tür hinter sich, doch überall sind seine

Spuren, jeder Winkel voller Erinnerungen. Sie steigt die Treppe hinauf, geht zurück in ihr Schlafzimmer (den prüfenden Blick in Wilfreds kleine Kammer am Ende des Flurs kann sie sich sparen, denn sie wird schmerzhaft leer sein), doch das Loch in ihrer Brust ist so gewaltig, dass sie kaum Luft bekommt, dass ihr alles recht ist, um es nur zu füllen. Und sei es mit diesem Brief.

Wie all seine Briefe davor beginnt auch dieser ohne grüßende Anrede.

Da sind wir wieder, bei Stift und Papier, meine Liebste, nur wird es diesmal noch schlimmer sein als zuvor. Vielleicht ist es besser, wenn wir uns gar nicht mehr schreiben. Ich habe die ganze Nacht wach gelegen und mich an jeden einzelnen Moment der letzten drei Wochen erinnert. Weißt Du noch, als wir zum Eisessen mit den Kindern in der Stadt waren? Ein so schöner, so normaler Nachmittag. Frederica ist auf meinen Schoß geklettert und hat ihr halbes Eis auf meiner Jacke verkleckert. Die Kleinste hatte sich das ganze Gesicht mit klebrigem Zuckersaft verschmiert, den Du versucht hast abzuwischen. Es war alles sehr chaotisch und laut, und ich denke mal, der Inhaber des Eissalons hätte uns am liebsten rausgeschmissen. Aber ich kann mich nicht entsinnen, Dich jemals mehr geliebt zu haben. Habe ich Dir das unmissverständlich klargemacht? Ich fürchte, nein. Gewiss, alle Entscheidungen über unsere Zukunft sollen allein Dir überlassen bleiben – bin ich mir doch schmerzlich bewusst darüber, wie wenig ich Dir zu bieten habe, wie ungleich unser gesellschaftlicher Stand ist, wie groß Deine Pflicht Deinen Kindern gegenüber, wie unüberwindlich all die Hindernisse zwischen uns –, doch bei alledem habe ich Dir nie gesagt, welche Zukunft ich mir erträume, ich für mich ganz allein. Vielleicht ist dies der denkbar falscheste Moment für einen Heirats-

antrag, aber hier kommt er: Von dem Moment an, da wir uns zum allerersten Mal begegnet sind, habe ich mir nichts sehnlicher auf dieser Welt gewünscht, als vor Gott zu stehen und Dein Ehemann zu werden. In sechs Tagen werde ich aus New York auslaufen, an Bord der RMS Cedric. *W.*

Und wie geht es eigentlich Charlotte? Mit all diesen unerwarteten Hausgästen aus Übersee? Ein Jahr ist der Tod ihres Geliebten und Geldgebers nun her, jener schwere Schock, den sie nach wie vor wie üblich zu betäuben sucht. In Deutschland war es der Schnaps, den sie klammheimlich vor dem Schlafengehen süffelte. Und hier in Amerika, wo Schnaps nicht gerade billig und auch nicht überall zu haben ist, ist es der Whiskey. Kentucky Bourbon, um genau zu sein, eine nur in Kentucky gebrannte Variante aus Maismaische, soweit Elfriede das weiß. Zum Abendessen trinkt Charlotte zuerst etwas Wein, was noch durchaus akzeptabel wäre, um sich danach an der Hausbar zu bedienen und die bernsteinfarbenen Flaschen zu leeren, eine nach der anderen. Da Charlotte abends in aller Regel sturzbesoffen ist, ruft Elfriede sie nur, wenn es an der Zeit ist, Gertrud zu stillen. (Dass Elfriede abends die Kinder alleine badet und ins Bett bringt, hat sich seit Gerhards Tod, seit die hochschwangere Charlotte vor Kummer gar nicht mehr aus dem Bett kam, so eingespielt.) Manchmal macht sich Elfriede Sorgen, dass die Maismaische, gut vergoren, destilliert und in Eichenfässern gereift, über die Muttermilch in Gertruds kleinen Körper gelangt, doch die scheint gesund und munter. Und außerdem, was könnte Elfriede dagegen tun?

Zurück zu Wilfred.

Charlotte mag sich über die unerwarteten Ereignisse im Haus wundern, doch wenn, zeigt sie es nicht. Sie urteilt nicht. Sie fragt nicht. Da taucht dieser charmante, seltsam aussehende rotblonde Engländer auf und vergnügt sich fröhlich mit Charlottes Herrin in deren Schlafgemach. Wo kommt der auf einmal her? Charlotte kümmert es nicht. Bedienstete fragen so was nicht, auch wenn sie längst keine Bediensteten mehr sind. Sie nimmt einfach Wilfreds Hand und dreht sich gehorsam im Tanz mit ihm durch das Zimmer. Vielleicht kann sie nie wieder aufhören zu trinken, manche Gewohnheiten werden zu einer biologischen Notwendigkeit, so scheint es jedenfalls. Aber Wilfreds Fröhlichkeit ist ansteckend, wogt und strömt durch alle Räume, und das Glück im Haus ist fühlbar. Wie kann sie da griesgrämig im Sessel sitzen und Kentucky Bourbon trinken, wo das ganze Haus vor Sonnenschein und Leben nur so sprüht? Sie trinkt ein Glas oder auch zwei, kickt die Schuhe von den Füßen, tanzt und lacht sogar ein bisschen, als wäre ihr wirklich danach zumute. Dann erzählt sie Wilfred von ihrem einfachen Leben, bevor sie nach Schloss Kleist kam, von ihrer französischen Mutter, die von einem preußischen Soldaten vergewaltigt und am Ende auch geheiratet wurde, von ihrem Baby, einem Jungen, der gleich nach der Geburt starb, was ihr eine Anstellung auf Schloss Kleist bescherte, um den neugeborenen Johann zu stillen, dessen Mutter verrückt geworden war. (Vom Vater ihres verstorbenen Babys spricht sie nicht, und niemand hat sie je danach gefragt.) Dann kommt Elfriede, drückt ihr Gertrud in den Arm. Sie nimmt ihre Tochter und winkt den beiden Turteltäubchen nach, die sich auf den Weg in den Garten machen. Am nächsten Morgen klagt sie nicht allzu sehr über Kopfschmerzen. Vielleicht ist ja alles doch nicht ganz so trostlos. Vielleicht sieht sie ja doch einer helleren Zukunft entgegen, wer weiß. Einem Ausweg aus ihrem schrecklichen Dilemma.

Genug von Wilfred.

Zurück zu Helga.

»Wo ist Mr. Thorpe?«, fragt Charlotte eine blasse Elfriede, als sie sich um den Frühstückstisch versammeln und der Stuhl des Hausherrn leer bleibt.

»Ich fürchte, Mr. Thorpe wurde frühzeitig nach Hause abberufen.«

In diesem Moment verschüttet Frederica ihre Milch, sodass Elfriede weitere Erklärungen erspart bleiben. Sie greift nach der Serviette, wischt so viel wie möglich davon auf, beruhigt die weinende Frederica, wobei sie sich nicht sicher ist, ob die Kleine um die verschüttete Milch weint oder um Wilfred. Vielleicht ein bisschen um beides. Bis alles aufgewischt und neue Milch eingeschenkt ist, erscheint Tante Helga in der Tür, und schon sind die lieben Kleinen abgelenkt und haben die Aufmerksamkeit verloren. Nicht so Johann. Immer wieder wandert sein Blick zu dem Stuhl, als ob er seinen Augen nicht traute, bis zu dem Moment, da Tante Helga sich genau dorthin setzt, auf den Platz, auf dem sonst immer Mr. Thorpe gesessen hat.

Charlotte aber lässt sich nicht abwimmeln, nicht in einer so wichtigen Angelegenheit wie dieser. Sie muss schließlich an ihre Zukunft denken. Als die älteren Kinder nach dem Frühstück nach draußen dürfen, um im Garten zu spielen, folgt sie Elfriede mit Gertrud auf dem Arm in ihr Zimmer.

»Was ist passiert?«, fragt sie. »Warum ist Mr. Thorpe abgereist?«

»Das geht Sie nichts an, Charlotte. Warum weint das Baby?«

»Sie will gestillt werden.«

»Haben Sie sie denn heute Morgen nicht gestillt?«

»Nein, ich bin gerade dabei, sie abzustillen, sie ist fast ein Jahr alt.«

Charlotte nimmt Gertruds Händchen, die an den Knöpfen ihres Kleides spielen, und die Kleine fängt an zu weinen. »Kommt er zurück?«

Elfriede zögert. »Nein«, sagt sie, dreht sich zum Fenster, um den Kindern draußen zuzusehen. »Er kehrt heim nach England, denke ich mal.«

»Aber was ist ... Verzeihung, gnädige Frau, aber ...«

»Herrgott noch mal, Charlotte, könnten Sie jetzt bitte das arme Kind stillen? Das *ist* Ihre Aufgabe, nicht wahr?«

»Gnädige Frau!«

Elfriede dreht sich wieder zum Fenster. »Meine persönlichen Angelegenheiten gehen Sie nichts an, Charlotte. Sorgen Sie für die Kinder, sonst hat Sie nichts zu kümmern.«

Die fassungslose Charlotte lässt sich in Elfriedes Sessel fallen und knöpft ihr Mieder auf. Und Gertrud, die den ganzen Morgen über jegliche Nahrung verweigert hat, aus Protest gegen das Abstillen, versenkt sogleich die Brustwarze in ihrem kleinen Mund und saugt gierig daran. Das Licht, das durch das Fenster flutet, taucht die beiden in einen sanften Schein, und Gertrud schließt selig die Augen. Im Zimmer ist es ruhig und still, nur Gertruds Schmatzen ist zu hören, während sie lustvoll saugt und ihre Fingerchen die Brust kneten. Sofort melden sich die altbekannten ziehenden Schmerzen in Elfriedes Unterleib. Wehenschmerzen. Sie dreht sich zur Kommode, schiebt die oberste Schublade auf und gibt sich beschäftigt.

»Nein, nicht ganz«, sagt Charlotte leise.

»Wie bitte?«

»Ich habe ein Anrecht auf ... Es sind meine Kinder.«

»Ich weiß nicht, was Sie meinen.«

»Ihre persönlichen Angelegenheiten. Ihre Angelegenheiten sind auch meine Angelegenheiten, gnädige Frau. Egal, wo wir leben werden, ob hier, in England oder in Deutschland, wenn wir mit diesem schrecklichen Weib leben müssen, diesem Weib, das mich hasst …«

»Machen Sie sich darum mal keine Gedanken. Was Sie anbelangt, so ist für alles gesorgt, wo immer wir hingehen. Sie bleiben bei uns. Sie und die Kinder.«

»Was ist mit Mr. Thorpe? Will er wirklich …«

»Mr. Thorpe geht Sie nichts an.«

»Aber Sie können nicht einfach … Sie können nicht einfach …« Charlotte senkt den Blick, schaut auf den flachsblonden Flaum auf dem Köpfchen ihrer Tochter. »Wir sind keine Gepäckstücke.«

»Natürlich sind Sie keine Gepäckstücke. Sie sind Familie. Und Sie wissen, dass ich an den Mädchen genauso sehr hänge wie an Johann.«

Charlotte schüttelt den Kopf. »Es ist wahr«, sagt Elfriede. »Ich liebe die Mädchen so, als wären sie meine eigenen Kinder. Ich würde alles für sie tun, um …«

»Die Mädchen. Die Mädchen. Ja, die Mädchen.« Charlotte hebt den Blick wieder. Ihre Augen funkeln wütend und sind gerötet. »Aber was ist mit mir, gnädige Frau? Was soll denn aus mir werden?«

»Warum … warum fragen Sie das … was auch immer Sie wollen, natürlich. Sie sind die Mutter der Mädchen.«

Charlotte steckt den Zeigefinger in Gertruds Mundwinkel, unterbricht das Stillen, packt ihre Brust zurück ins Mieder und knöpft ihr Kleid kalt lächelnd bis obenhin wieder zu. Gertrud quengelt, krallt die Fingerchen in den Stoff. Doch Charlotte steht entschlossen auf.

»Das bin ich, in der Tat, gnädige Frau«, sagt sie. »Das bin ich.«

Beim Abendessen lächelt Helga von Wilfreds Stuhl aus in die Runde. Die Kinder machen keinen Mucks, sind alles andere als quietschvergnügt. Das Baden geht gleichermaßen tonlos vonstatten, fast wie auf einer Beerdigung, nur dass die Nachthemden der Mädchen schneeweiß sind und keiner trauern muss, denn schließlich ist niemand gestorben. Als Elfriede Ursula und Frederica in ihre Bettchen legt, fängt Frederica an zu weinen. »Ich will, dass Mr. Thorpe kommt! Ich will, dass Mr. Thorpe mich ins Bett bringt!«

»Mr. Thorpe ist wieder nach Hause gefahren, Schätzchen. Er war nur auf Urlaub hier.«

Doch Frederica mit ihren zwei Jahren versteht das alles nicht. Für sie ist »zu Hause« hier in Florida, bei ihnen, bei ihr. Sie gibt keine Ruhe, fragt in einem fort nach ihm, bis sie plötzlich mitten im Satz einschläft, die Wangen tränenfeucht. Elfriede sieht nach Ursula, deren Augen fest geschlossen sind, auch wenn sie noch nicht schläft. Sie drückt ihr einen Kuss auf die Stirn, zieht ihr die dünne Sommerdecke um die Schultern. »Gute Nacht, meine Liebe«, flüstert sie …

… und ganz kurz macht Ursula die Augen auf. »Wo wohnt Mr. Thorpe denn?«

»In England, meine Süße.«

»Wo ist England? Ist das weit weg von Florida?«

»Ich fürchte, ja. Es liegt auf der anderen Seite des Ozeans, so wie Deutschland auch. Man muss mit einem großen Schiff fahren, um dort hinzukommen. So wie wir es gemacht haben, auf unserer Reise hierher. Und das dauert viele Tage.«

Ursula macht die Augen wieder zu. »Ich will ein Boot bauen und nach England segeln.«

»Das ist eine wunderbare Idee, mein Liebling. Er würde sich riesig freuen, dich zu sehen.«

Sie macht das Licht aus und hebt Gertrud hoch, die friedlich auf dem Boden hockt und mit Bauklötzchen spielt. Als sie leise aus dem Zimmer schlüpft, trifft sie auf Johann, der im Schlafanzug vor der Tür steht und ziemlich verzagt wirkt.

»Na, Johann! Ich dachte, du liest noch ein bisschen in deinem Zimmer.«

»Kann nicht.«

»Warum denn nicht? Was ist los?«

Johann zuckt die Schultern. »Ach, nichts.«

Elfriede bringt ihn zurück in sein Zimmer, deckt ihn zu und gibt ihm sein Buch über Afrika. »Bist du traurig, dass Mr. Thorpe nach Hause gefahren ist?«, fragt sie sanft.

»Nein!«

»Dann ist ja gut«, sagt sie. »Aber ich denke, er wird dich vermissen. Sehr sogar.«

Johann zuckt erneut die Schultern. »Ist mir egal.«

»Weißt du noch, wie er dir gezeigt hat, wie man einen Drachen baut? Und wie ihr ihn zusammen am Strand habt steigen lassen?«

Wieder zuckt Johann die Schultern und versenkt sich in sein Buch. Doch als Elfriede sich aufrichtet und Gertrud auf die Hüfte nimmt, sieht sie im Schein der Nachttischlampe ein feuchtes Glänzen in seinen Augen.

»Ich komm gleich noch mal zu dir, um das Licht auszumachen«, sagt sie.

Während sie langsam die Treppe hinuntersteigt, mit Gertrud auf dem Arm, ruft sie sich noch einmal den Drachensteigen-lassen-Tag in Erinnerung und dann all die anderen Tage, all die anderen Stunden, die Minuten, alle einzeln und alle auf einmal, so wie der liebe Gott Milliarden von Herzen gleichzeitig sieht und kennt. Ihr Geist wird so groß und so klar wie das Universum. *Mein Gott, wie konnte ich nur? Warum habe ich nicht gesehen, was mir zu Füßen lag?*

Weil du Angst hast.

Was, wenn ich jetzt keine Angst mehr habe? Was dann?

In diesem Fall läuft der Dampfer in sechs Tagen aus New York aus.

Inzwischen ist sie an der Treppe unten angekommen, und die Entscheidung, die sie in den ganzen zwanzig Tagen davor nicht imstande war herbeizuführen, scheint ihr binnen Sekunden nun sonnenklar.

»Charlotte!«, ruft sie. Keine Antwort. Sie geht sie suchen und findet sie im Salon, stumm und stocksteif auf einem Stuhl, während Helga einen Stuhl auf der anderen Seite des Zimmers eingenommen hat. Auch der Phonograph ist stumm. Keine fröhliche Tanzmusik für Helga. Nur Stille. Eisige Stille. Man möchte meinen, dass selbst die Luft unter dem Gewicht dieser schweren Stille zusammenbricht, die mit friedlicher Stille nichts, aber auch gar nichts zu tun hat. »Charlotte«, sagt Elfriede. »Das Baby ist fertig.«

Charlotte erhebt sich und geht zur Tür, wo Elfriede mit Gertrud steht, die sich unruhig windet und ihr die Ärmchen entgegenstreckt. Anstatt sich zu Helga in den Salon zu gesellen, folgt Elfriede Charlotte und Gertrud die Treppe hinauf in das kleine Kinderzimmer, direkt neben Charlottes Zimmer. Charlotte schaut verwundert auf, als Elfriede die Tür hinter sich schließt.

»Frau von Kleist? Ist etwas passiert?«

Ja, kann man so sagen! Elfriede glüht vor Begeisterung, strahlt vor Freude, als würde sie gleich platzen.

»Wir reisen ab«, sagt Elfriede. »Morgen früh packen wir zusammen. Ich werde auf dem Fahrplan nach passenden Zügen suchen. Ich hoffe, bis Donnerstag um die Mittagszeit sind wir weg.« (Heute ist Dienstag.)

»Wir reisen ab?!«

»Ja.«

»Und wohin?«

»Nach England«, sagt Elfriede. »In New York werden wir uns Mr. Thorpe anschließen und mit ihm nach England gehen.«

Es ist erstaunlich, wie viele Dinge sich ansammeln, wenn man ein Haus für mehrere Monate mit mehreren Kindern bewohnt. Kaum denkt man, alles beisammenzuhaben, entdeckt man noch etwas und noch etwas … ein Spielzeug, ein Buch, einen Schuh, einen Bleistift. In Florida angekommen sind sie mit so wenig, doch jetzt ist es so viel – wo kommt das alles her? Bis zum Abend des nächsten Tages ist Elfriede erschöpft, aber ihr Herz hüpft und lacht noch immer. Immer wieder stellt sie sich Wilfreds Gesicht vor, wenn er sie sieht, sie alle, Charlotte, die vier Kinder und Elfriede, Koffer noch und nöcher, auf dem Pier in New York, wo sie stehen und auf ihn warten. Und sie werden in England leben, Hunderte Kilometer von Helga in Deutschland entfernt, weg von der Steifheit und Förmlichkeit auf Schloss Kleist. Die Kinder sind noch jung; Englisch werden sie rasch lernen und bald so gut sprechen wie ein Engländer. Natürlich werden sie ihre Heimat im Sommer besuchen, in den Ferien, denn Johann ist schließlich der Baron von Kleist. Aber England wird ihr neues Zuhause sein. Wilfred wird ihr Papa sein. Elfriede sieht sich in einem weitläufigen Fachwerkhaus auf dem Land, in einem wie das von Shakespeare, voller Leben, voller Kinder. Und sie werden noch mehr Kinder haben. Sie hat keine Angst mehr davor. Sie wird Wilfred an ihrer Seite haben, und wie könnte es bei so viel Sonnenschein tiefstes Dunkel geben? Sie wird Wilfred eigene Kinder gebären, wonnige rotblonde Babys, zwei oder drei mindestens, und diesmal wird sie sie auch selbst stillen, sie wird sie selbst umsorgen, im Schlafzimmer, das sie mit Wilfred teilt, im Haus, das sie mit Wilfred teilt. Die Mädchen werden sich riesig über so süße neue Geschwisterchen freuen! Und alle zusammen werden sie eine große, glückliche Familie sein! Es ist so einfach! Warum hat sie solche Angst gehabt? Sie will laut lachen.

Bis sie sich schlafen legt, ist es kurz vor zwei Uhr morgens, aber alles ist gepackt und bereit. Inzwischen hat sie auch Helga über ihre Entscheidung unterrichtet, und Helga war ausnahmsweise einmal sprachlos. Helgas Gesicht, ein herrlicher Anblick! Elfriede greift nach dem Kissen neben sich, nach Wilfreds Kissen, auf dem er immer gelegen und tief und fest geschlafen hat, während sie ihm verzückt dabei zugesehen hat, und drückt es fest an sich. Sie liegt eine Weile wach, ist viel zu aufgekratzt, um zu schlafen oder zur Ruhe zu kommen, denkt sie jedenfalls, bis sie am nächsten Morgen wach wird, weil Johann auf ihrem Bett herumspringt und wie wild an ihr rüttelt, während eine helle Sonne durch die Fenster strahlt.

»Wach auf, Mama! Wach auf!«

Elfriede richtet sich auf, stützt sich auf die Ellbogen, und es dauert ein bisschen, bis sie einen klaren Gedanken fassen kann. »Johann! Liebling. Wie spät ist es denn?«

Aber das weiß Johann nicht. Welches Kind kennt schon die Uhrzeit? Mit schreckensgroßen blauen Augen sieht er sie an, reißt so fest an ihrem Arm, dass der fast auskugelt.

»Meine Schwestern!«, sagt er. »Wo sind meine Schwestern?«

In den Jahren danach, wenn Elfriede an jenen schrecklichen Tag zurückdenkt, erinnert sie sich zuallererst an die Leere im Haus. An das Fehlen von all den vielen Dingen, das staubverhangene Fehlen von Leben, das ihr als ein Fehlen von Licht überhaupt erscheint, wenngleich die offiziellen Wetteraufzeichnungen belegen, dass die Sonne von früh bis spät so warm und hell wie immer vom strahlend blauen Himmel lachte.

Helga ergötzt sich förmlich daran, ihr die ganze Geschichte auseinanderzusetzen: Am Abend zuvor, während

Elfriede die Kinder badete, habe sie Charlotte zehntausend Mark geboten unter der Bedingung, mit ihren Töchtern am nächsten Morgen abzureisen, niemals mehr nach Deutschland zurückzukehren, keine weiteren Ansprüche gegen die Familie Kleist geltend zu machen und niemals mehr mit ihr in Kontakt zu treten. Nach kurzer Bedenkzeit habe Charlotte zwanzigtausend Mark gefordert, worauf Helga gerne eingegangen sei. Noch im Salon habe sie ihr einen entsprechenden Scheck ausgestellt. Charlotte habe dieses wertvolle Stück Papier just in dem Moment in ihre Tasche gesteckt, als Elfriede mit Gertrud im Salon erschien, erzählt Helga, während sie an ihrem Kaffee nippt und an ihrem Toast knabbert. Elfriede ist fassungslos, kocht vor Zorn, sodass sie keinen Ton heraus- und schon gar keinen Bissen hinunterbekommt. Wortlos verlässt sie das Haus, läuft fünf Kilometer zu Fuß zum Bahnhof, mit Johann im Schlepptau, der die Welt nicht mehr versteht. Der Fahrkartenverkäufer, der seine Schicht erst um zehn antritt, weiß nichts von einer Frau mit drei kleinen Mädchen, die einen der Züge am frühen Morgen genommen haben könnte. Doch damit lässt sich Elfriede nicht abspeisen und beharrt darauf, dass er sämtliche Belege, die der Kollege aus der Frühschicht im Fahrkartenprotokoll abgelegt hat, noch einmal durchgeht. Es tue ihm schrecklich leid, sagt er, aber er könne das nicht tun, das sei vertraulich.

Doch Elfriede ist nicht umsonst so schön, wie sie nun mal ist. Sie heftet ihre großen, engelsgleichen Augen auf den Fahrkartenverkäufer, einen Mann Mitte vierzig, schütteres Haar, dickbäuchig, zerknitterte marineblaue Uniform, der in Gegenwart einer so himmlischen Augenweide wie Elfriede ohnehin schon ins Stottern geraten ist, der Arme. In ihrem holprigen Englisch verklickert sie ihm, dass *sie* eigentlich die Mutter besagter Mädchen sei, das Kindermädchen mit ihnen durchgebrannt sei, sie absolut verzweifelt sei und diese Frau unbedingt finden müsse. Mag sein, dass zwischen ihren langen Wimpern auch ein, zwei Tränchen glänzen, und wer will behaupten, dass sie nicht echt seien? Fest steht, Elfriede ist verzweifelt, ihr Herz gebrochen. Sie steht am Fahrkartenschalter in dieser stickig heißen, engen, schmutzigen Bahnhofshalle, mitten in Florida, bei schwüler Hitze und Kohlegestank, dabei will sie einfach nur ihre Mädchen zurück, ihre geliebten und durch nichts zu ersetzenden Mädchen, die sie braucht wie die Luft zum Atmen. Und siehe da, im nächsten Moment erfährt Elfriede, dass eine gewisse Charlotte Kassmeyer mit ihren drei minderjährigen Kindern den Zug mit Abfahrt sieben Uhr fünfunddreißig nach Savannah in Georgia) bestiegen habe, mit durchgehendem Fahrschein nach New York City.

Doch dann hebt er den Blick, schaut zuerst auf die Uhr, dann auf Elfriede. Es tue ihm schrecklich leid, sagt er mit Bedauern, aber der nächste Zug nach Norden gehe erst am nächsten Tag und erst gegen Mittag.

Fünf Tage später.

Elfriede steht abermals an einem Fahrkartenschalter, an einem ungleich luxuriöseren, an dem der Holland America Line, einer transatlantischen Dampfschifffahrtslinie in der State Street, ganz am unteren Zipfel von Manhattan. Zurück in der Zivilisation muss sie nicht mit ihrer Schönheit kokettieren. Ihr Titel reicht aus. Die Baronin von Kleist und ihr Sohn werden in einen nicht öffentlichen Raum geführt, wo ein dienstbeflissener Angestellter sie bereits erwartet. Ob sie vielleicht die Passagierlisten der letzten Fahrten nach Rotterdam einsehen könne? Einen Augenblick bitte, Frau von Kleist. Wir werden sehen, was wir tun können.

Auf zwei Sesseln, die nebeneinanderstehen, nehmen sie Platz, sie und Johann, und harren tapfer der Dinge. Es ist mittlerweile das vierte Büro einer Schifffahrtslinie, in dem sie an diesem Morgen warten. Gestern haben sie die Hotels abgeklappert, sämtliche großen, namhaften Hotels in New York City und auch ein paar kleinere. Es kann doch nicht so schwierig sein: Eine blonde Frau Mitte dreißig, die kaum Englisch spricht, zumal mit einem starken deutschen Akzent, zusammen mit drei kleinen, ebenfalls blonden Mädchen, muss doch auffallen! Auf der anderen Seite ist New York ein guter Ort, um unterzutauchen. Es gibt hier alles in Hülle und Fülle. Tausende von Hotels. Tausende Züge, die von hier aus in alle Richtungen unterwegs sind. Tausende Dampfer, die kreuz und quer durch den Hafen fahren, sich den mächtigen Hudson River rauf und runter schieben, bis zu den Anlegestellen. Wer hat da Zeit, auf alles und jeden zu achten, wie etwa auf eine Frau mit ihren drei Töchtern? Wie sagt man in Amerika so schön? *A dime a dozen* – »Wie Sand am Meer«. Doch es zählt jede Minute, denn mit jeder Stunde schwinden die Chancen, und die Wahrscheinlichkeit wächst, dass Charlotte und die Mädchen für immer verschwunden sein werden.

Gestern, um ein Uhr mittags, hat Elfriede den völlig ermatteten Johann in eine Imbissstube unweit des Madison Square Garden geschleppt und überlegt, welche Möglichkeiten ihr noch bleiben. Sie hat nachgedacht, was sie an Charlottes Stelle tun würde, wohin sie gehen würde. Hat Charlotte nicht selbst das Versprechen gegeben, nie wieder in Deutschland zu leben, überall sonst, nur nie wieder in Deutschland? Würde sie es halten? Nein, natürlich nicht. Charlotte würde keine neue Sprache lernen. Sie würde sich nicht an einem fremden Ort niederlassen. Und sowieso deutet nichts in Charlottes Charakter darauf hin, dass ihr irgendwelche Versprechen schon mal hoch und heilig gewesen wären, wie Elfriede glasklar erkennt, als sie die vergangenen fünf Jahre Revue passieren lässt. Charlotte würde also sehr wahrscheinlich tun, was ihrem Charakter am ehesten entspricht. Zudem hat sie noch Helgas Scheck über zwanzigtausend Mark in der Tasche. Und wo sonst ließe sich eine so enorm hohe Summe an deutschem Geld leichter einlösen als auf einer deutschen Bank?

Ganz klar, Charlotte kehrt nach Deutschland zurück. Elfriede ist sich sicher.

Und so sitzen sie nun hier, Elfriede und Johann, in den Büros der Holland-Amerika-Linie. Zuvor an diesem Morgen haben sie die Hamburg-Amerika-Linie besucht, die Cunard Line und die White Star Line, wo man ihnen nicht weiterhelfen konnte. Hier hingegen heißt es, man könne natürlich keine Auskunft zu Passagierdaten für anstehende Abfahrten geben, für bereits ausgelaufene Schiffe aber sei dies durchaus möglich, Frau von Kleist.

Das Büro ist heiß, riecht nach kaltem Zigarrenrauch. Es ist Hochsommer in New York, eine besondere städtische Hitze, die Luft steht vor Staub und Schmutz. Und auch in diesem Büro scheint die Luft eingefangen von hohen Wänden, während Elfriede der Schweiß den Rücken hinunterläuft. Johann lässt die Beine baumeln. Elfriedes Herz schmerzt, wenn sie sein Gesicht betrachtet, das so jung ist und so voller Angst, umrahmt von schweißfeuchten blonden Locken. Er sollte draußen sein, mit seinen Schwestern spielen, am Strand tollen, sich gegen die atlantische Meeresbrandung stemmen, anstatt in Jacke und kurzen Hosen in einem stickigen Dampfschiffbüro in New York City festzusitzen. Elfriede hat ihre Handschuhe abgestreift, gräbt die Fingernägel in ihre Handflächen. Ihr Kiefer schmerzt, da sie die Zähne gegeneinander mahlt, ein Reflex, den sie anscheinend nicht unterbinden kann. Ihre Mädchen, ihre Mädchen. Gertruds wohl duftende Härchen. Fredericas Patschhändchen. Ursulas Kichern. Sie wird noch sterben vor Sorge und Kummer.

Ihre Mädchen. Sie niemals wiedersehen? Nein, unmöglich.

Was, wenn sie krank sind? Verletzt? Wird Charlotte sich gut um sie kümmern, wird sie die kleinen Anzeichen erkennen, wenn ein Fieber mehr als nur ein Fieber ist, ein Husten mehr als nur ein Husten, ein kleiner Kratzer sich vielleicht entzündet? Niemand wird ihre Mädchen so inniglich lieben können wie sie selbst.

Und Johann? Sollte er seine Schwestern niemals wiedersehen?

Nein, unmöglich.

Die Tür geht auf. Der Schifffahrtsbeamte kommt herein, mit ein paar Papieren und diensteifriger Miene. »Da haben wir was für Sie, Frau von Kleist. Gehen Sie die Listen gerne in Ruhe durch. Darf ich Ihnen eine kleine Erfrischung bringen?«

»Vielleicht etwas Wasser für meinen Sohn? Oder Limonade, wenn Sie welche haben? Es ist schrecklich heiß.«

»Ja, Frau von Kleist. Tut mir sehr leid. Einen Moment.«

Der Beamte verschwindet wieder, und Elfriede beugt sich über die Papiere. Sie ist dermaßen angespannt, dass sie Mühe hat, sich auf die Namen zu konzentrieren, auf jeden einzelnen Eintrag. Sie liest, ohne zu lesen – *langsam, ganz ruhig, konzentrier dich*. Die SS *Statendam*, 10 000 BRT, ausgelaufen vor drei Tagen vom Hoboken Pier mit Ziel Rotterdam. 902 Passagiere, 147 in der ersten Klasse, weitere 147 in der zweiten Klasse, alle übrigen im Zwischendeck. Elfriede fährt mit dem Finger auf dem Papier die Namensliste entlang, um sicherzugehen, auch ja keine Zeile zu überspringen.

Es sind hauptsächlich niederländische Namen, aber auch deutsche und englische sind darunter. *Mr. und Mrs. Josef Kuipers, 5 Kinder, 1 Säugling. Mr. Andrew Harrison. Mr. Leopold Meisner. Mr. und Mrs. Willem Janssen. Mr. und Mrs. Rutger De Jong, 3 Kinder.*

Die Tür geht auf. Herein kommt eine Frau, ein Tablett mit zwei Gläsern Limonade in der Hand. Sogar mit Eiswürfeln. Johann greift gierig danach und erinnert sich gerade noch daran, Danke zu sagen. Auch Elfriede hat vor Durst einen ganz trockenen Mund, doch sie kann jetzt nicht aufhören, um zu trinken.

Mr. Kaspar Ryskamp. Mrs. Thomas Beecham, 3 Kinder.

Das waren sie, die Namen der Passagiere der ersten Klasse. Sie hält inne, um ihr Glas Limonade vom kleinen runden Tisch zu nehmen, der zwischen den beiden Sesseln steht. Johann hat sein Glas bereits ausgetrunken, sitzt im Sessel und schwingt die Beine vor und zurück und vor und zurück. »Nur noch ein paar Minuten, mein Schatz«, sagt sie. »Wir werden sie finden, versprochen.«

»Ja, Mama«, antwortet er.

Elfriede wendet sich wieder der Liste zu. Jetzt die Passagiere der zweiten Klasse. Denn eigentlich hat sie nicht wirklich erwartet, dass Charlotte für viel Geld eine Erste-Klasse-Kabine buchen würde, es sei denn, der unverhoffte Geldregen hat sie leichtfertig gemacht. Nein, bestimmt nicht. Charlotte ist besonnen. Sie hat schon für die Zugfahrt nach New York keine Erste-Klasse-Fahrscheine gekauft und wird es jetzt genauso wenig tun.

Mr. Jacob Müller. Dr. und Mrs. Henrik Schönbrun, 1 Kind. Fräulein Roelfein Vandercamp.

Ein Durcheinander an Sorgen und Gedanken – und natürlich der Gedanke an Wilfred, dessen Worte durch ihren

Hinterkopf trommeln. *In sechs Tagen werde ich aus New York auslaufen, an Bord der* RMS Cedric. Also morgen. (Noch heute kommt sein Schiff im Hafen an, wie ihr das Büro der White Star Line bestätigt hat; sie hat nachgefragt, um ganz sicherzugehen, denn Verspätungen sind nicht ungewöhnlich.) Aber wo kann sie ihn bis dahin finden? Sie hat ja noch nicht einmal Zeit, nach ihm Ausschau zu halten. Sie kann die fehlenden Teile ihres Herzens weiß Gott nicht alle auf einmal zusammensuchen.

Zumindest weiß sie, wo sie ihn morgen Nachmittag finden kann. Pier 51, Hudson River. Dort wird er aus einem Taxi steigen, mit einem Koffer und einem Zweite-Klasse-Ticket nach Liverpool, England.

Mr. und Mrs. Nicolaas Cloet. Mr. und Mrs. John Middleton, 2 Kinder.

Mrs. Charlotte Kassmeyer, 3 Kinder.

Elfriede setzt ihr Limonadenglas ab, klingelt nach dem Beamten.

»Die *Statendam*«, sagt sie, kaum dass er in der Tür erscheint. »Ist sie pünktlich ausgelaufen?«

»Ja, Frau von Kleist. Auf die Minute.«

»Und wann kommt sie in Rotterdam an?«

Er blickt auf die Uhr, dann in das Kalenderbuch auf seinem Schreibtisch. »In acht Tagen, gnädige Frau, nach einem Zwischenstopp in Boulogne. Am 23. Juli.«

Elfriede sieht wieder auf die Liste auf ihrem Schoß. Sie liest noch einmal den Namen, nur um sicherzugehen, dann hebt sie den Kopf und blickt in Johanns fragende Augen.

»Sind sie das?«

»Ja, Liebling. Sie sind vor drei Tagen nach Holland abgefahren.«

Sie bemerkt ein leichtes, verzweifeltes Zucken um Johanns Mund. Auch seine kleinen Nasenflügel zittern. Er dreht sich weg, stiert aus dem Fenster, und Elfriede zerreißt es fast das Herz. Ihr Junge, ihr kleiner Junge. Alle verlassen ihn. Angefangen mit Elfriede, seiner eigenen Mutter. Er hat die Lippen fest in den Mund geklemmt, um seinen zittrigen Kiefer tapfer stillzuhalten. Nein, er wird nicht weinen, Gerhards Sohn wird bestimmt nicht um ein paar Mädchen weinen, die von ihm fort sind, weit weg, auf einem Schiff im Ozean.

Elfriede wendet sich wieder dem Beamten zu, der förmlich die Hände ineinandergelegt hat. »Wann gehen Ihre nächsten Schiffe?«, fragt sie ihn. »Zu welchen Zeiten?«

»Ähm. Ähm.« Er blättert die Papiere auf seinem Schreibtisch durch, findet schließlich die entsprechende Tabelle mit den Abfahrtszeiten und fährt mit dem Finger die einzelnen Spalten entlang. »Die *Ryndam* kam vor zwei Tagen an, soweit ich das hier sehe, und fährt morgen früh wieder ab. Die *Rotterdam* wird nächste Woche erwartet und läuft am 26. wieder nach Rotterdam aus.«

»Verstehe«, sagt sie. »Und sind Sie ganz sicher, dass die *Ryndam* am frühen Morgen ausläuft?«

»Ja, gnädige Frau. Planmäßige Abfahrt vom Pier ist um zehn Uhr.«

Elfriede gibt ihm die Passagierliste zurück und streift die Handschuhe wieder über. Ihr Herz schlägt wie wild in diesem überhitzten Raum, und doch friert sie ein bisschen, muss aufpassen, dass sie nicht anfängt zu zittern.

»Mama?«, fragt Johann.

»Vielen Dank für Ihre Hilfe, Mr. Patterson«, sagt Elfriede.

»Es war mir ein Vergnügen, Frau von Kleist. Kann ich sonst noch etwas für Sie tun?«

»Gerne. Ich möchte eine Erste-Klasse-Kabine auf der

SS Ryndam reservieren, für mich und meinen Sohn, falls noch welche verfügbar sind.«

Und Mr. Patterson nimmt die Reservierung natürlich gerne für sie vor.

Lulu

JUNI 1942

Bahamas

Für eine Frau, die im amerikanischen Süden geboren und aufgewachsen war, konnte Wallis Windsor der großen Hitze des bahamaischen Sommers nur wenig abgewinnen und hatte stets ihren Fächer zur Hand. Er war aus chinesischer Seide, erworben in ihrem »Lotusjahr« im Orient, wie sie es nannte (zwischen Ehemann Nummer eins und zwei, als sie auf einer Art Seelensuche war). Und auch jetzt fächelte sie sich damit kräftig Luft zu, während wir in der Limousine saßen, auf dem Weg zur Geburtsklinik in Grants Town, und den Hügel hinauffuhren. »Ich weiß wirklich nicht, wie um alles in der Welt Sie es hier aushalten, Lulu«, sagte sie. »Wir haben keine Wahl, aber Sie müssen sich diesem Brutkasten doch nicht freiwillig aussetzen. Sie könnten nach Maine gehen.«

»Ich kenne niemanden in Maine.«

»Die Familie Oakes?«

»Die haben gerade schon genug zu bewältigen.«

»Ah ja. *Damit.* Aber wissen Sie was? Ich verschwende an diese unsittliche Affäre keinen einzigen Gedanken mehr.« Sie drehte den Kopf und starrte aus dem Fenster. »Dieser Lump. Haben Sie ihn mal kennengelernt?«

»Ja, das habe ich. Auf mich wirkte er wie ein Gentleman.«

»Lulu, sie ist noch ein Schulmädchen.«

»Nancy ist achtzehn und gerade mit der Schule fertig.«

»Und er Mitte dreißig. Geschieden. Es ist so schrecklich!«

Zu meiner anderen Seite sah Miss Drewes, die Privatsekretärin der Herzogin, vom Terminkalender auf, und ich fragte mich, ob sie wohl das Gleiche dachte wie ich. Immerhin war Wallis selbst auch geschieden, von gleich zwei Ehemännern. Doch wenn, ließ sie sich nichts anmerken, klopfte nur leicht mit dem Bleistift gegen ihre Lippen und wandte sich wieder ihrer Arbeit zu. Miss Drewes war Amerikanerin, durch und durch, ein Mädchen vom Lande, aus dem Dorf Mamaroneck, Absolventin des Mount Holyoke College. Eine sehr freundliche Person, die ihre Arbeitgeberin jeden Morgen mit *Ihre Königliche Hoheit* begrüßte und diese stilvolle Umgangsform den ganzen Tag über wahrte, was Wallis überaus zu schätzen wusste.

»Ich sage Ihnen mal, was er getan hat«, fuhr Wallis fort. »Sie wissen doch, dass er diese Villen in Cable Beach besitzt…«

»Ja, das weiß ich. Ich lebe zufällig in einer davon.«

»Ach wirklich? Ihr Bungalow ist einer von denen?«

»Ich muss sagen, er ist ein sehr anständiger Vermieter.«

»Nun gut. Anscheinend hat er draußen auf dem Clubgelände beim Golfplatz ein Apartmenthaus der Luxusklasse bauen lassen, und wer sich dort einmietet, darf den Golfplatz mitbenutzen mit allem, was dazugehört, seine eigene Cabaña mieten und so weiter. Und wissen Sie, was noch?«

»Nein, aber ich wette, es ist etwas Schreckliches.«

»Ich weiß nicht, ob ich es schrecklich nennen würde. Provozierend trifft es wohl eher. Er kassierte, ich weiß nicht wie, viele Tausend Dollar von jüdischen Pärchen aus New York dafür, dass er ihnen diese Apartments vermietete. Eine ganze

Saison lang! Er kam nicht mal auf die Idee, uns Clubmitglieder um unser Einverständnis zu bitten.«

»Was Sie nicht sagen. Eine Unverschämtheit!«

»Ein Halsabschneider, das ist er, Lulu. Immer schön die Hand aufhalten. Nie auch nur einen Gedanken an das Wohl der anderen verschwenden. Und diesen Mietern gegenüber war das auch nicht fair. Ich bin mir sicher, die hatten sich Einladungen zu Partys und Dinners und so weiter versprochen. Nun gut. Es gibt eben bestimmte Dinge, die man für Geld nicht kaufen kann, egal wie reich man ist.«

Die Herzogin wedelte dezent energisch mit ihrem Fächer, als wollte sie ihren Zorn darüber vertreiben. Inzwischen waren wir fast oben angekommen, von wo aus man rechter Hand einen schönen Blick auf den Cable Beach und den Golfplatz hatte, der sich wie eine sattgrüne Oase erstreckte, auf drei Seiten von dichtem Buschwerk umstanden, auf einer Seite zum Meer hin geöffnet.

»Und das ganze Geld fließt am Ende in Hitlers Taschen«, sagte ich. »Wäre es nicht praktisch, wenn man das Schmiergeld … na ja … sagen wir mal, einfach *konfiszieren* könnte, um es dann dem Gemeinwohl zuzuführen? Und sie dann alle in Arbeitslager und Ghettos stecken und diejenigen erschießen könnte, die etwas dagegen einzuwenden haben? Aber den Mumm hat wohl keiner.«

Miss Drewes hielt die Luft an. Die Herzogin klappte ihren Fächer zusammen. Die Landschaft zog am Fenster vorbei. Die Cabañas unten am Strand erschienen mir von hier oben wie kleine bunte Taschentüchlein auf weißem Sand. Wie ruhig und friedlich alles aussah. Neben mir hörte ich Papier rascheln und ein Feuerzeug knacken. Die Limousine verringerte ihre Geschwindigkeit, bog um eine Kurve, sodass die Sonne nun durch die Heckscheibe fiel und uns heiß im Nacken brannte.

»Das ist nicht das Gleiche, Lulu«, murmelte die Herzogin leise.

Ein kleiner Rauchkringel zog vor meinem Gesicht vorbei.

»Wie auch immer, die meisten dieser Geschichten sind von den Zeitungen frei erfunden, und die werden, wie Sie wissen, alle kontrolliert ...«, sagte ich, schaute sie an und hob eine Braue.

Die Herzogin presste die Lippen zusammen und drehte den Kopf zur Seite, wo Miss Drewes mit hochrotem Gesicht saß und geschäftig Notizen machte.

»Ich vergesse immer, dass Sie aus New York kommen«, sagte Wallis.

Das Auto ließ die Kurve hinter sich und fuhr weiter den Hügel hinab. Die Herzogin zog an ihrer Zigarette, während sie in der anderen Hand mit ihrem chinesischen Fächer klapperte. Ich starrte auf das Weiß ihrer Fingerknöchel unter ihren leuchtend roten Nägeln.

»Der ist wirklich hübsch«, sagte ich. »Ihr Fächer.«

Wallis unterbrach ihr Wedeln und öffnete ihn in seiner ganzen Pracht. »Nicht wahr? Ein Geschenk von einem Verehrer. Und diesen kleinen Kerl hier mag ich am liebsten.« Sie deutete auf einen dicklichen, frivol lächelnden nackten Mann hinter einem Baum. »Wenn man noch genauer hinschaut, sieht man, dass das hier auch kein kleiner Zweig ist.«

»In der Tat!«

Mit einem kurzen Schwenk klappte der Fächer wieder zu. »Aber wir wollen Miss Drewes nicht unnötig schockieren. Na, Miss Drewes? Nicht bevor Sie verheiratet sind. Wissen Sie, einen meiner chinesischen Paravents habe ich Sir Harry geschenkt, um ihm für seine Gastfreundschaft zu danken, als damals das alte Regierungsgebäude renoviert wurde. Ich glaube, er hat ihn in sein Schlafzimmer gestellt.«

»Wenn er ähnliche Motive wie der Fächer aufweist, kann ich es ihm nicht verdenken.«

Sie lachte. »Sie waren noch nie im Orient, oder, Lulu?«

»Nein, noch nie. Aber ich möchte gerne mal hin.«

»Das sollten Sie. Es verändert Ihr Leben.« Sie klappte den Fächer wieder auf und begann erneut zu fächeln. »Manchmal wünsche ich mir …«

»Was wünschen Sie sich denn?«

»Ach, nichts. So, da wären wir. Schauen Sie sich diese armen, lieben Wesen an.«

Mit »armen, lieben Wesen« meinte sie die Schwarzen Frauen, die in einer langen Schlange vor dem Eingang zu dem kleinen weißen Gebäude standen, vor dem wir gerade in unserer riesengroßen Staatskarosse vorfuhren, an der kleine Union Jacks flatterten. Jede von ihnen trug ein Baby auf dem Arm oder in einem Tragetuch um den Körper gebunden, Neugeborene und Verletzte, Schreihälse und Schlafmützen, manche mehr und manche weniger angekleidet, manche mehr und manche weniger gereizt.

»Erschreckend, nicht wahr?«, sagte Wallis. »Sie vermehren sich wie die Karnickel.«

Während wir uns anschickten, gleich auszusteigen, kam mir der Gedanke, dass einige dieser Babys möglicherweise die Kinder der Männer waren, die am Aufruhr vor drei Wochen beteiligt gewesen waren und zwölf Shilling Lohn pro Tag gefordert hatten. Was sie am Ende bekommen hatten, waren fünf Shilling pro Tag plus Mittagessen, und das auch erst nach einer beschwichtigenden Radioansprache des Herzogs von Windsor, um die aufgebrachten Gemüter zu beruhigen, nach endlosen Zeitungspredigten und Tagen zäher Verhandlungen. Fünf Shilling pro Tag, um eine Familie durchzubringen. Wir, die Herzogin und ich, trugen beide unsere blütenweiße Rotkreuzuniform, dazu Halbschuhe aus poliertem braun-weißem Echtleder. Wir eilten durch den Eingang hinein, gefolgt von Miss Drewes, die eine dicke Mappe mit sorgfältig angefertigten Protokollen trug. Nachdem das offizielle Foto erledigt war, gingen Wallis und Miss Drewes zum geschäftlichen Teil über, notierten Körpergewichte, vermerkten Impfungen und derlei mehr, während ich im Wartezimmer verweilte, mit den Babys spielte und den Müttern plauderte.

Ich weiß noch, wie seltsam fröhlich alle waren, in diesem stickig heißen Wartezimmer in der Klinik der Herzogin von Windsor, mit wie viel Zuversicht die Herzogin von Windsor alles daransetzte, die Dinge zum Besseren zu wenden, vergangenes Unrecht gutzumachen und ein neues Kapitel in der Geschichte der Rassenverhältnisse auf den Bahamas und vielleicht auch der ganzen Welt aufzuschlagen. Am Tag nach den Krawallen in der Bay Street hatte einer der Schwarzen Anführer eine wunderbare Rede gehalten, im Anbau des Government House vor dem Herzog höchstselbst. Ob ich davon gehört hätte? Dieser Mann, so erzählten sie mir, habe alles zur Sprache gebracht, was den Schwarzen Menschen der Inseln auf dem Herzen liege, habe kein Blatt vor den Mund genommen und dem Herzog von Windsor, ehemals König des British Empire und der Kronkolonien, ordentlich den Marsch geblasen. Er habe sogar dasMatthäusevangelium zitiert und wortwörtlich gefragt: »Bist du der, der kommen soll, oder müssen wir auf einen andern warten?« Der Herzog, so erzählten sie, habe verständig genickt und gelächelt. Oh ja, die Dinge würden sich ändern, Mrs. Randolph.

Auf dem Heimweg erzählte mir Wallis, sie habe vor, für alle angeworbenen Männer aus Großbritannien, Amerika und den Kronkolonien, die als Teil der britischen Luftwaffe nach Fertigstellung der Flugfelder in Nassau stationiert würden, eine Kantine einrichten zu lassen.

»Lassen die Daughters of the Empire nicht schon eine bauen?«, fragte ich. »Unten an der Bay Street, nicht zu übersehen, in der Nähe des British Colonial.«

Wallis zog eine finstere Miene. »Sicherlich ein lobenswertes Unterfangen. Aber ohne Alkoholausschank? Was will denn ein gestandener Berufssoldat mit einer Kantine, in der es kein Bier gibt? Wenn die Jungs sich nicht in geselliger Runde auf ein Bier in der Kantine einfinden können, gibt es nur einen Haufen Ärger in den Straßen und Nachtclubs.«

»Das ist wohl wahr«, sagte ich.

»Ich habe bereits mit Fred Sigrist gesprochen. Sein Club draußen am Cable Beach wäre ideal dafür. Er steht sowieso gerade leer, nachdem die amerikanischen Touristen alle zurück in die Heimat geflüchtet sind. Ist etwas heruntergekommen, aber das lässt sich beheben. Nicht wahr, Miss Drewes?«

Miss Drewes schaute auf. »Die Kantine? Ja, eine prima Idee, wie ich finde. Zumal bei Ihrem Händchen für Gestaltung und Amüsement, Ihre Königliche Hoheit. Genau Ihr Fall, wenn ich das so sagen darf.«

»Wir werden Sie umhauen, diese Daughters of the Empire«, sagte Wallis spitz, beherrschte sich dann aber. »Die Moral der Truppe ist schließlich hochwichtig, unerlässlich. Ich habe bereits alles durchdacht. Ich kenne den Kameraden von der amerikanischen Militärbasis in Miami. Er wird mir mit der Güterversorgung im Rahmen des Leih- und Pachtgesetzes helfen. Es wird also echten Schinken, Speck und Eier geben. Und ich werde höchstpersönlich eine aktive Rolle einnehmen. Es wird die Männer freuen und die Moral der Truppe enorm stärken, wenn die Herzogin von Windsor höchstpersönlich in der Kantinenküche steht und die Eier brät, nicht wahr?«

»Ich sehe es schon bildlich vor mir«, sagte ich.

»Denken Sie nur an all die Fotos, die Sie an Ihr Magazin übermitteln können. Zur offiziellen Eröffnung wird es eine große Gala geben. Bis Weihnachten dürfte es so weit sein, meinen Sie nicht, Miss Drewes?«

»Wenn nicht schon früher«, entgegnete Miss Drewes.

Wallis lächelte, trommelte mit spitzen Fingernägeln auf ihrem Knie und wedelte mit ihrem chinesischen Fächer. Sie warf einen Blick aus dem Fenster auf die vorbeiziehende Landschaft. Wir fuhren wieder bergauf, zurück zum Government House. Die ärmlichen Hütten von Grants Town hatten sich bereits gelichtet, und das Nassau der Weißen mit seinen sonnendurchtränkten Villen und Bungalows schob sich langsam in den Blick. Dann, wie aus einer spontanen Eingebung heraus, drehte sich Wallis wieder zu mir um.

»Natürlich werden wir auch eine Kantine für alle Schwarzen Soldaten einrichten«, sagte sie. »Wo sie ihre eigene Musik hören und ihre eigenen Speisen essen können. Es wird großartig werden, nicht wahr?«

Bis ich nach Hause zurückkehrte, war Veryl bereits weg, auf dem Weg zur Nachmittagsschicht im Prince George. Alle Türen und Fenster des Bungalows waren fest verschlossen. Ich schaltete die elektrischen Ventilatoren ein, öffnete die Fenster, aber keine noch so große Menge an Zugluft oder Frischluft, soweit überhaupt vorhanden, konnte die mittägliche Junihitze Nassaus vertreiben. Ebenso wenig wie den Geruch, diese Mischung aus faulenden Blumen und Moder – ein Gestank, der mir ewig in der Nase hing.

Veryl hatte die Morgenpost auf den Tisch gelegt, wie stets seit September, als immer öfter Einladungen durch den Briefschlitz fielen, zu Dinnerpartys, Tennispartys und Rotkreuzveranstaltungen oder auch mal zu der einen oder anderen Hochzeit. Ich fragte mich manchmal, woher die Paare wussten, wo die Leute gerade wohnten, auf welchem Kontinent, mit wie vielen Kindern oder gar keinen. An diesem speziellen Abend sollte ich sowohl an einem Tanzabend für RAF-Offiziere im Emerald Beach Hotel als auch an einer Dinnerparty bei Lady Annabelle Taylor teilnehmen. Der Tanzabend klang nach mehr Spaß, die Dinnerparty nach Klatsch und Tratsch. Ich nahm den Hut ab, hängte ihn auf den Ständer und strich mir die Haare glatt. Im Spiegel sah ich den Tisch hinter mir mit dem Stapel an Karten und Einladungen und unter all diesen kleinen cremefarbenen Umschlägen einen etwas größeren, ein Päckchen, einfarbig braun, zugeschnürt – das Päckchen, vor dem mir graute.

Ich zauderte, wartete noch kurz. Manchmal musste man sich sammeln, sich wappnen, gegen was auch immer es sich zu wappnen galt. In diesem Moment der Leere erinnerte ich mich an einen Traum, den ich in der Nacht zuvor gehabt hatte, an eine kurz aufblitzende Szene, in der ich durch einen Hotelkorridor irrte, irgendetwas suchte, nicht wissend was, irgendetwas Besonderes – wie das eben in Träumen so ist.

Aber langes Warten war noch nie meine Stärke gewesen. Manche Menschen konnten angesichts schlechter Nachrichten ewig warten, das Unvermeidliche vor sich herschieben und die Wirklichkeiten dieser Welt beharrlich verdrängen, aber ich konnte das nicht. Ich zog also das dicke braune Päckchen unter dem Stapel hervor, der dabei in sich zusammenfiel, und sah meine Befürchtung bestätigt – das Päckchen kam aus New York, von der Hauptgeschäftsstelle des *Metropolitan Magazines* in der Madison Avenue, per Luftpost für teures Geld. Miss Brown, Lightfoots Sekretärin, hatte es wie immer fest verknotet. Ich nahm das Paket mit ins Arbeitszimmer und holte die Schere aus der Schublade. Schnipp, schnapp. Die Schnur fiel herunter. Ich zerriss das

Packpapier, und zum Vorschein kam die neueste Ausgabe des *Metropolitan Magazines* – druckfrisch, wie man sagt, noch an keinem Kiosk erhältlich. Sogleich blätterte ich zu meiner Kolumne »Lady of Nassau« auf der dritten Umschlagseite.

Und was hatte ich anderes erwartet! Da hatten wir, meine Remington und ich, eine brillante Kolumne über den Aufstand in der Burma Road vom letzten Monat verfasst, dass die Tasten nur so klapperten; ich hatte aus der Radioansprache des Herzogs zitiert, die Szenerie beschrieben, Fotos der Krawallnacht geschossen, von Feuer, Rauchwolken und den Zerstörungen am nächsten Morgen, und das Ganze überschrieben mit »Jetzt sind wir dran – Schwarzer Krawallsommer«; zusätzlich und in weiser Voraussicht hatte ich eine zweite Kolumne über einen »alternativen Juni« geschickt, in dem Nancy Oakes auf Liebesflucht mit Alfred de Marigny die Fantasien anheizte – und offenbar war dies die größere Sensation!

Gott sei Dank hatte ich wohlweislich zwei Artikel abgeliefert. Gott sei Dank hatte ich die ganze Nacht wach gelegen, nachdem die Kolumne über die Burma Road fertig gewesen war, und ruhelos hin und her gerechnet, wie viele Dollar mir noch blieben, sollte der gute alte Daddy beschließen, meine Kolumne diesen Monat nicht zu veröffentlichen. Gott sei Dank war ich mit dem ersten Vogelgesang am frühen Morgen aufgestanden und hatte auf die Schnelle noch den üblichen Klatsch und Tratsch in die Tasten gehauen (wie gesagt über die skandalöse Affäre, das Getuschel und Gemunkel) und beide Artikel zusammen in die Madison Avenue geschickt, damit Lightfoot sie gegeneinander abwägen konnte. *Ein Glück!*

Denn die Kolumne »Lady of Nassau«, die für die kommende Ausgabe des *Metropolitan Magazines* vorgesehen war, las sich, als wäre nie etwas passiert, als hätte die »Lady von Nassau« überhaupt nichts von der Krawallnacht in der Burma Road mitbekommen, als wäre sie an jenem heißen Vormittag vom 1. Juni nicht durch die Straßen gegangen, um sich ein Bild vom Ausmaß der Krawalle zu machen. Nein. Die »Lady von Nassau« hatte in ihrer Kolumne vom Juli 1942 nichts weiter zu erzählen als ihre kleinen Anekdoten über Thronfolgerinnen und Playboys.

Zwischen den Seiten zweiundachtzig und dreiundachtzig flatterte mir ein Scheck über zweihundert Dollar entgegen, ausgestellt auf Leonora Randolph. Gott sei Dank.

Weil Samstag war, hatte die Bank geschlossen. So legte ich den Scheck in meine Schreibtischschublade, schloss sie ab (was nicht heißen sollte, dass ein kühner Einbrecher nicht das ganze Möbelstück ruckzuck zu Kleinholz hätte machen können) und sah auf die Uhr. Viertel nach eins. Immerhin noch fünf Stunden bis zum frühen Abend, bis ich mich frisch machen und anziehen, passende Schuhe und Handtasche auswählen würde, um mich auf den Weg zu Lady Annabelles Dinnerparty zu machen, von dort aus dann weiter zum Emerald Beach Hotel zur Party der RAF-Offiziere, mit Musik und Tanz bis Mitternacht. Und danach? Wer weiß. Schließlich war ich die »Lady von Nassau«. Und Samstagabende waren ein wichtiger Teil meiner Arbeit. Zweihundert Piepen, um durch das Paradies zu paradieren, mit den Helden der Lüfte zu flirten, den stolzen Gockeln schönzutun … Hätte schlechter laufen können.

Ich ging in die Küche, schenkte mir ein Glas Limonade aus der Kanne im Kühlschrank ein und nahm es mit hinaus, wo eine gnädige Kokospalme den Gartentisch beschattete. Es war die Tageszeit, die einen aus dem unerträglich heißen Haus trieb, hinunter ans Wasser in einen der Strandclubs am

Cable oder Emerald Beach, in die eigene luftige Cabaña oder irgendwohin, um jede noch so flaue Meeresbrise zu genießen. Auch das war Teil meiner Arbeit. Die delikatesten Gerüchte kochten auf, wenn die Leute am Strand saßen, sich zu Tode langweilten und kurz vor dem Sonnenstich waren. Über mir dröhnte ein Flugzeug Richtung Oakes Field, dröhnte lauter und lauter, ein Flugschüler in Ausbildung vielleicht – der ursprüngliche Grund für all die Unzufriedenheit hier, wenn man so wollte. In Oakes Field, auf dem Flugfeld, das sich auf der anderen Seite der Insel abzeichnete, entlang der Burma Road, hatten die Männer die Arbeit unter der sengenden Sonne wieder aufgenommen, für fünf Shilling pro Tag plus Mittagessen. Und auch auf der Bay Street, wo alles wieder instand gesetzt war, hatte das Leben in seinen gewohnten Takt zurückgefunden. Ich trank meine Limonade aus und stand auf, um das leere Glas in die Küche zu bringen. Frisch gespült und abgetrocknet, stellte ich es zurück in den Küchenschrank, ging zum Telefon und wählte die Nummer auf dem Zettel, den Thorpe mir letzten Dezember zugesteckt hatte.

»Wie geht es deinem Arm?«, fragte er anstelle einer Begrüßung nach nur drei Freizeichen in der Leitung.

»Woher weißt du, dass ich dran bin?«

»Weil du die Einzige bist, die diese Nummer hat.«

Ich spielte an der Telefonschnur und erhaschte einen Blick im Spiegel auf mein Gesicht, hochrot vor Hitze, kurz vor dem Sonnenstich. »Dem Arm geht's gut. Und die Fäden sind auch gezogen.«

»Freut mich zu hören. Irgendeine Nervenschädigung?«

»Haben sie nichts von gesagt. Wie fühlt sich so eine Nervenschädigung denn an?«

»Das willst du nicht wissen, glaub mir.«

Mein Blick wanderte vom Spiegel zum Fenster und

hinaus auf die menschenleere Straße. »Hast du gerade viel zu tun?«

»Und wie!«

»Also, wenn ich einen Picknickkorb packe und nach Hog Island rüberrudere, wimmelst du mich ab und schickst mich samt Picknick gleich wieder retour?«

»Kommt ganz darauf an. Kannst du rudern?«

»Nicht wirklich.«

»Dann ist es wohl besser, ich springe rasch ins Motorboot und hole dich am Hafen ab. Halbe Stunde?«

Das Blut rauschte brennend heiß durch meine Adern. Ich ließ den Vorhang los, drehte mich wieder zum Spiegel um und war erstaunt zu sehen, dass mein Gesicht recht normal wirkte, ein kleines Funkeln um die Augen, ein leichtes Rosa um die Wangen, auch wenn der donnernde Puls in meinen Ohren mich schier umhaute.

»Abgemacht«, sagte ich.

Ein Motorboot, hatte er gesagt. Was er meinte, war Axel Wenner-Grens Motorboot. Ein langes, wunderschönes Schnellboot mit hochglanzpolierten Holzplanken, dessen Bug das Wasser messerscharf zerteilte. Am Steuerrad ein großer Mann, weißes Hemd, Khakihose, ohne Kopfbedeckung, das helle Haar vom Wind platt gedrückt. Er schwenkte längs an den Pier heran und warf mir eine Leine zu, die ich um den nächstbesten Poller legte. Mit einer Leichtfüßigkeit, die mich überraschte, sprang er über den kleinen Spalt zwischen Bootsrumpf und Pier an Land.

»Wie geht's dem Bein?«, fragte ich.

»Schon viel besser. Ist das dein Picknickkorb?«

»Kein großer, wie du siehst.«

»Macht nichts. Mein Vorratsschrank ist voll.«

Schwungvoll hob er den Korb ins Heck, wickelte die

Leine los und reichte mir die Hand. »Vorsicht, es schaukelt«, sagte er und half mir an Bord. Dass das Einsteigen eine wackelige Angelegenheit würde, darauf war ich gefasst, aber dass es derart heftig schaukelte, erschreckte mich dann doch. Thorpe machte die Leine los und fasste beherzt ins Steuerrad.

»Los geht's«, sagte er fröhlich.

Wir landeten am östlichen Ende von Hog Island, dem privaten Shangri-La von Axel Wenner-Gren, in vornehmer Entfernung von den öffentlichen Bootsanlegern des Paradise Beach. Ich war bislang noch nie hier gewesen, hatte Wenner-Gren seit jener Dinnerparty im Juli im Government House nicht mehr gesehen, was wohl daran lag, dass das FBI ihn ja auf die schwarze Liste gesetzt hatte und er den Bahamas deshalb fernblieb. Letzten Monat erst hatte der Herzog (wenn auch widerstrebend) die Beschlagnahmung seiner sämtlichen Geldmarktpapiere, seiner Bank, seines Bau- und Baggerunternehmens sowie seiner Paradise Beach and Transportation Company verfügt. Und da Wenner-Gren sich nicht mehr ständig auf der Insel aufhielt, war es mit seinen legendären Partys in Shangri-La ebenfalls vorbei.

»Außer ein paar wenigen Hausbetreuern und deiner Wenigkeit natürlich ist keiner mehr hier«, sagte Thorpe, während er mich die kleine Straße hinunterführte. »Ziemlich gespenstisch.«

»Dann hast du das alles für dich alleine!«, sagte ich und schwenkte den Arm in einer weit ausholenden Bewegung in Richtung der Kokospalmen und Meertraubenbäume, wo das Wasser klar und in türkisblauen Facetten durch sattgrüne Blätter schimmerte.

»Ist trotzdem manchmal ganz schön einsam hier.«

Die kleine Straße verlief inzwischen fast gerade, war zu beiden Seiten von einer langen Reihe Kokospalmen gesäumt. Ich hob die Hand wie ein Sonnenschild über die Augen und erblickte ungefähr zweihundert Meter entfernt eine ringförmige Auffahrt, einen Steinbrunnen (wahrscheinlich trocken) sowie ein großes Gebäude im gewohnten Kolonialstil, die Fensterläden wie üblich fest verschlossen.

»Einsam?«, fragte ich. »Und was machst du dann, wenn du einsam bist, Benedict Thorpe?«

Er blieb kurz stehen und drehte sich zu mir. »Ich arbeite.«

»Ja, natürlich. Du arbeitest.«

»Es ist wahr.«

»Keine Frauenbesuche?«

»Überhaupt keine Besuche.«

Wir sahen einander an. Vogelgezwitscher. Meeresrauschen. Ich hob erneut die Hand an die Stirn und blinzelte noch einmal gegen die Sonne hinüber zu der kleinen Hütte. »Weißt du, was ich gerade denke?«

»Nein. Keine Ahnung.«

»Ich denke, dass ich deine Hütte samt botanischer Sammlung sehen will, mit meinen eigenen zwei Augen.«

Die Hütte war größer, als ich es erwartet hatte, was aber wohl an meinen hochgesteckten Erwartungen lag. Ein so steinreicher Mann wie Axel Wenner-Gren würde seine Gäste ja wohl kaum in einem armseligen, schäbigen und baufälligen Strandschuppen unterbringen! Thorpe führte mich am Haupthaus vorbei, einen breiten, gepflegten Weg hinunter, der von tropischen Pflanzen umstanden war, von Palmen, Bougainvilleen, Meertraubenbäumen und dergleichen, bis sich das Grün lichtete und sie plötzlich erschien, die »Hütte«: ein Haus aus weißen Schindeln, im typischen Holzbungalowstil der britischen Kolonien. Ein riesiges, tief hängendes Dach, eine umlaufende Veranda sowie ein direkter Blick auf den Strand und den weiten Atlantik dahinter.

»Und sei sie noch so bescheiden, deine Hütte«, sagte ich.

»Ich fürchte, sie ist nicht ganz besuchertauglich. Überall liegen Sammlungen und Gerätschaften herum.«

»Klingt, als fehlte eine Frau im Haus.«

»Die müsste aber arg ambitioniert sein, fürchte ich«, erwiderte Thorpe, während wir an der vorderen Veranda angelangten. Er stieg die kleine Treppe hinauf, etwas steifbeinig, das Knie noch nicht ganz so gelenkig, wie es sein sollte. Ich folgte ihm wortlos durch die Tür, die er mit seinem Krückstock für mich aufhielt und die, ohne Eingangsdiele oder Ähnliches, direkt in einen großzügigen Raum führte.

»Du meine Güte«, sagte ich. Mein Blick wanderte hoch hinauf zur weit entfernten Decke. Ein Zwischengeschoss war nicht eingezogen, überall nur weiter, freier Raum; lediglich vier elektrische Ventilatoren hingen vom mittleren Deckenbalken herab, das war's. Ansonsten nahm ich den Geruch von Holz wahr, von eingefangenem Sonnenlicht, von Grün und von noch etwas anderem … etwas Chemischem.

»Wie gesagt.« Er bahnte sich seinen Weg um ein paar aufgestapelte Holzkästen herum. »Ich kriege kaum Besuch.«

»Hand aufs Herz, Thorpe. Du kriegst überhaupt keinen Besuch.«

»Ich war ein halbes Jahr lang weg, vergiss das nicht, während meine Kollegen mir munter weiterhin Herbarproben und derlei Dinge hierhergeschickt haben.«

Ich fuhr mit dem Zeigefinger durch die Staubschicht, die sich auf dem Deckel einer Ananaskiste abgesetzt hatte. FRAGILE – SPECIMENS – DO NOT OPEN. »Derlei Dinge?«

»Hm.« Thorpe hatte den Picknickkorb auf einen Tisch

gestellt und öffnete ihn. »Mal sehen. Äpfel. Sandwiches … oha, Schinken?«

»Schinken und Käse.«

»Und Limonade, ausgezeichnet. Und das hier …« Er zog einen Teller heraus, der mit einem Seihtuch umwickelt war.

»Veryls Rumkuchen.«

»Du bist eine Göttin. Gehen wir zum Strand, was meinst du? Es gibt dort ein schattiges Plätzchen am Rande der Dünen.«

Ich strich über mein Kleid, drehte mich langsam um und ließ den Blick durch den Raum schweifen. Ich nahm mir Zeit. Ein Haus mit rein praktischem Nutzwert – keinerlei Gemälde, keinerlei Bilder, keinerlei Spiegel, keinerlei Krimskrams. Ein einfaches Rechteck, dessen vordere und hintere Wand die kurzen Seiten bildeten. An den beiden längeren Seiten gab es jeweils zwei Türen, die geschlossen waren. An der hinteren Wand entdeckte ich eine weitere Tür, eine Schwingtür, die vermutlich in die Küche führte.

»Gefällt es dir?«, fragte Thorpe lapidar. Ich drehte mich zu ihm um. Er stand dichter neben mir, als mir bewusst gewesen war, hatte seinen Stock auf eine Kiste gelegt und trat direkt neben mich. Ich hob die Hände und nahm ihm die Brille von der Nase. Er sagte kein Wort. Ich hielt die Brille gegen das spärliche Licht und blinzelte durch die Gläser. »Wusst ich's doch«, sagte ich.

»Wie bitte?«

Ich warf die Brille auf die Kiste. »Raus mit der Sprache. Arbeitest du für die Alliierten oder für die Deutschen?«

Sollte meine Frage ihn verwundert haben, zeigte er es nicht. Seine dichten, gerade verlaufenden Augenbrauen, die ein paar Nuancen dunkler waren als sein Haupthaar, zuckten kaum. Allenfalls zeichnete sich eine leichte Stirnfalte dazwischen ab, als wäre er eher verstört denn schockiert.

»Ich fürchte, ich kann dir nicht ganz folgen. Für *wen* soll ich arbeiten? Ich arbeite für mich selbst.«

»Mein Bester. Bist du etwa einer von den Engländern, die glauben, alle Amerikaner seien blöd? Oder nur ich?« Mit einer Handbewegung wies ich auf die Kisten. »Erinnert mich irgendwie an eine Filmkulisse. All diese hübschen Holzkisten mit ihren hübschen Etiketten. SPECIMEN – FRAGILE. Und alle hübsch unangerührt.«

»Entschuldige, willst du mir gerade sagen, ich sei so was wie ein … Agent? Ein Verräter?«

»Das habe ich so nicht gesagt. Ich habe nur gefragt, für welche Seite du arbeitest. Damit sage ich nicht, dass du ein elender Nazi bist.«

»Das meinst du nicht im Ernst, oder?«

»Wieso nicht?«

»Aus welchen Gründen sollte ich?«

Ich hob die Hand und zählte einen Finger nach dem anderen ab. »Erstens, du hast dich hier auf einem Stück Land einquartiert, das, um es milde zu sagen, strategisch äußerst günstig liegt, zum einen für den transatlantischen Nachrichtenverkehr, zum anderen versteckt vor neugierigen Blicken aus Nassau. Zweitens, dieses Stück Land hier ist zufällig im Besitz eines Mannes, der, neben anderen Verfehlungen, von der US-Regierung wegen möglicher Naziverbindungen auf die schwarze Liste gesetzt wurde …«

»Stimmt nicht. Wenner-Gren ist ein geschäftiger Unternehmer, aber bestimmt kein Nazi.«

»Drittens, du hast die Angewohnheit, wochenlang zu verschwinden und dann ohne Vorwarnung plötzlich wieder aufzutauchen.«

»Weil ich überfallen wurde, Miss Randolph …«

»Lulu.«

»Ich werde dich erst wieder Lulu nennen, wenn du aufhörst, mir lächerliche Anschuldigungen an den Kopf zu werfen …«

»Viertens, dein Sehvermögen ist ausgezeichnet.«

Er öffnete den Mund, klappte ihn wieder zu.

»Schau dich an«, sagte ich. »Du bist schon leicht rot geworden.«

»Da hast du verdammt recht, da schießt mir die Röte ins Gesicht.«

Ich trat auf ihn zu, fasste ihn am Kinn, wo ich leichte Stoppeln fühlte, was mich an die feine, raue Oberfläche einer Katzenzunge erinnerte. Ich drehte seinen Kopf nach links, um die kurze, wulstige Narbe zu begutachten, die noch immer gerötet war. »Und warum wurdest du überfallen, hm? Ich, Lulu, will die Wahrheit hören, und zwar jetzt.«

»Ich weiß es nicht. Denke mal, der Typ hatte es auf mein Geld abgesehen.«

»Und diesen Typ, diesen angeblichen Dieb, den haben sie nie geschnappt, richtig?«

Sein Mundwinkel zuckte leicht. Er verschränkte die Arme vor der Brust. »Soweit ich weiß, nicht.«

»Was für ein Zufall aber auch. Ich frage mich, ob sie ihn überhaupt jemals schnappen werden.«

»Die Polizei von Nassau ist leider Gottes nicht gerade für ihre Kompetenz in solchen Dingen bekannt.«

»Aber du, du dagegen weißt, wie man mit so einem Kerl umgeht, der einen kleinen Denkzettel braucht, was? So wie mit diesem Mann im Flieger.«

Es gab nicht viel Licht im Raum. Die Fenster waren alle beschattet, und Thorpe hatte keine einzige Lampe angeknipst, wo auch immer sich eine befand. Der Raum war in eine schummrige Farbe getaucht, die der Haut, dem Gesicht und Haar einen gedämpften Ton verlieh, wie in einer Traumwelt. Thorpe starrte mich durch zig Millionen in der Luft schwebende Staubteilchen hindurch an, die jedes für sich genommen unsichtbar waren. Rechts neben ihm reichte ein Kistenstapel bis unter seine Achsel. Er hob die Ellbogen und lehnte sich dagegen.

»Du spinnst doch«, sagte er leise. »Ist dir jemals der Gedanke gekommen, dass ich, sollte ich tatsächlich ein Agent sein, oder wie auch immer du es nennst … Ich meine, wenn du damit recht hättest, was du nicht hast … Also, dass ich …«

»Ich höre …«

»… dass ich dich einfach umbringen könnte?« Mit der anderen Hand schwenkte er durch den Raum. »Würde kein Mensch je erfahren.«

»Ich habe Veryl einen Umschlag hinterlegt mit der Notiz, ihn im Falle meines spurlosen Verschwindens oder Todes zu öffnen.«

Er warf den Kopf in den Nacken und lachte.

»Oh, glaub mir, wenn Veryl hinter dir her wäre, wärst du ein toter Mann«, sagte ich.

»Daran habe ich keinen Zweifel.« Er entfernte sich ein paar Schritte zur Fenstertür an der hinteren Wand, durch die man einen flüchtigen Blick auf das Meer erhaschen konnte. Seinen Krückstock hatte er auf einer der Kisten liegen gelassen und humpelte vorsichtig um die verschiedenen Hindernisse herum. Welch schöne Proportionen er hatte, sein Rücken, die Beine … und die Leichtigkeit, mit der er sich bewegte, trotz seiner Verletzung. Als er in Reichweite der Türgriffe kam, blieb er kurz stehen, stöhnte gedankenvoll auf.

»Was ist los?«, fragte ich.

»Ich überlege gerade, wie ich dir antworten kann. Du hast deine Schlüsse klar gezogen, und egal, was ich jetzt sage, ich werde dich wohl nicht davon abbringen können. Also frage ich mich, was du von mir hören willst. Welche Reaktion auf deine Anschuldigung du von mir erwartest.«

»Du könntest damit beginnen, die Wahrheit anzuerkennen.«

Er drehte sich zu mir um. »Und was, wenn ich mich weigere?«

»Du hast jedes Recht dazu. Ebenso wie ich das Recht habe, dir nicht zu glauben.«

»Meinetwegen.« Er griff an seine Jackentasche, tastete von außen und zog die Stirn in Falten. Er suchte seine Zigaretten, vermutete ich. »Aber dann drehen wir uns nur endlos im Kreis, nicht wahr? Der Punkt ist, was willst du mit diesem Gespräch bezwecken, Mrs. Randolph? Was willst du mit deinen Verdächtigungen anfangen? Sie in deine Kolumne packen?«

»Mein Gott, wo denkst du hin. Ich bin eine Patriotin. Ich würde sie an das FBI weitergeben oder so etwas in der Art.«

»An das FBI! Um Himmels willen.« Er schüttelte den Kopf. »Nein, im Ernst, sag. Wenn ich, nur mal rein hypothetisch, zugeben würde, dass du recht hast mit deinen Vorwürfen – was auch immer es ist, das du mir vorwirfst … Wenn ich also sagen würde: *Okay, ja, ich bin ein Agent der britischen Regierung …*«

»Oder der deutschen.«

»Was macht das für einen Unterschied?«

»Einen gewaltigen. Wenn du ein britischer Agent wärest, würde ich dich fragen, ob ich mich dir anschließen kann.«

»Du willst dich mir anschließen?«

»Glaub mir, Thorpe, in Nassau passiert nichts ohne mein Wissen. Ich habe Kontakte in der ganzen Stadt. Ich habe die perfekte Titelseite. Und ich traue mich was, das hast du selbst gesagt …«

Er hob die Hand. »Stopp. Bitte. Das ist absurd.«

»Und wenn du ein deutscher Agent wärest, müsste ich dich wohl um die Ecke bringen.«

»Mich umbringen? Mit welchen Mitteln denn?«

»Ich könnte noch ein Ass im Ärmel haben, sozusagen.«

Thorpes Blick schweifte erst auf meinen rechten, dann auf meinen linken Ärmel. »Wollen wir uns setzen?«, fragte er angestrengt. »Mein Bein.«

»Nur zu, tu dir keinen Zwang an.«

Anstatt sich zu setzen, lehnte er sich an der nächstbesten Kiste an, ging halb in die Hocke und stützte die Hände auf die Knie. Doch sich feige wegzuducken, wie seine Körperhaltung es vermuten ließ, war offenbar nicht seine Art.

»Ich will dir eine kleine Geschichte erzählen«, sagte er. »Im Sommer 1936 war ich zufällig in Berlin, ein paar Jahre nachdem die Nazis an die Macht gekommen waren. Ich besuchte einen Freund, einen alten Studienfreund, er war Jude. Eigentlich hatte ich es auf seine Schwester abgesehen, und da ich fließend Deutsch sprach – nein, lass mich ausreden –, da ich Deutsch sprach, mit Deutschland vertraut war, etliche Male die Ferien dort verbracht oder meinen Bruder besucht hatte – nein, bitte, unterbrich mich nicht –, dachte ich, ich könnte mein Glück bei ihr versuchen. Ein hübsches Mädchen, sehr gescheit, ein Mathe- und auch ein Musikgenie.«

Mit den Daumen rubbelte er in einem fort an seiner Khakihose herum. Die Worte erstarben mir im Hals. Ich setzte mich auf eine der Kisten, auf die Kante wohlgemerkt, um den Staub zu meiden.

»Sie hieß Anke«, fuhr er fort. »Anke Müller. Sie war vernünftig genug, meine Avancen von vornherein abzublocken, zumal auf eine sehr nette Weise, sodass ich die tiefe Wunde kaum fühlte. Wir schrieben uns noch eine ganze Weile, nachdem ich längst wieder zu Hause in England war. Ich drängte meinen Freund Müller, auszuwandern und auch seine Familie dazu zu bewegen, aber er lehnte ab, denn Auswandern bedeutete für sie, alles aufzugeben, all ihr Vermögen, ihre Freunde und Verwandten und auch dieses verfluchte Land, das sie trotz allem so sehr liebten. Alles, was ihnen vertraut war. Und dann, eines schönen Tages, kam einer meiner Briefe an mich zurück. Man hatte ihn geöffnet und ziemlich schludrig wieder verschlossen, mit dem Vermerk ›Empfänger unbekannt‹. Von da an kamen keine Briefe mehr, von Anke nicht, von Freund Müller nicht. Ich stellte Nachforschungen an. Wie sich herausstellte, war alles, das Geschäft ihres Vaters samt ihrer schönen Wohnung in der Friedrichstraße, vom Staat beschlagnahmt worden. Meine Freunde selbst waren verschwunden. Ich ging nach Berlin, suchte überall, doch niemand wusste, wohin sie gegangen waren, und obendrein fingen die Behörden auch noch an, mir Ärger zu machen. Verhafteten mich, konfiszierten meinen Pass, nahmen mich ins Verhör, solche Dinge eben, bis ich schließlich Kontakt mit der britischen Botschaft aufnehmen und sie dazu bringen konnte einzugreifen.«

»Wann … wann ist das passiert?«, fragte ich.

»Im Januar 1939«, antwortete er. »Nur Wochen nach der Kristallnacht. Du weißt, was es damit auf sich hatte, oder?«

»Ja, jeder weiß das.«

Thorpe senkte den Blick, stierte auf die Hände auf seinen Knien. »Jedenfalls habe ich nie wieder etwas von den Müllers gehört. Ich habe es versucht, habe weitergeforscht. Schwebte in tausend Ängsten. Nach Kriegsbeginn habe ich ein paar meiner Freunde gebeten, alles in ihrer Macht Stehende zu tun, um sie zu finden und sie um Himmels willen irgendwie aus Deutschland hinauszuschaffen. Aber ich habe nie wieder etwas gehört. Anke …« Er stockte. Seine Daumen hatten aufgehört, an seiner Hose herumzurubbeln. Sein Gesicht konnte ich nicht sehen. Ich hatte den Eindruck, dass er es absichtlich vor mir verbarg, dass er mehr preisgegeben hatte, als er wollte, und jetzt konnte er nicht mehr zurück.

»Bist du immer noch in sie verliebt?«, flüsterte ich.

Er hob den Blick, schaute mich an, als hätte ich nicht ein Wort von dem verstanden, was er gerade gesagt hatte, als hätte ich überhaupt gar nichts begriffen. »Lulu, das ist Jahre her. Ich war ein junger Kerl.«

»Aber sie hatte es dir angetan, nicht wahr?«

»Ja. Aber sie hat mir auch klar gesagt, dass es unmöglich sei, und ich … na ja, ich vergötterte sie dermaßen, dass ich ihr glaubte.«

Ich brachte keinen Ton heraus. Ich saß stumm da, sah ihm nicht ins Gesicht, da ich es nicht fertigbrachte, sondern starrte auf seine Haare, auf denen das Sonnenlicht vom Fenster her schimmerte und die irgendwie verwuschelt aussahen, als wäre er zuvor schwimmen gegangen und hätte sich danach nicht die Mühe gemacht, sie durchzubürsten. Es tut mir leid, dachte ich im Stillen und hatte das Gefühl, die Bedeutung dieser Worte erst jetzt verstanden zu haben.

Thorpe stellte sich wieder aufrecht hin, ließ den Blick durch die Glastür und auf das Meer dahinter schweifen. Er schob die Hände in die Hosentaschen. »Ich weiß nicht, woran ich noch glauben soll«, sagte er. »An einen gerechten Gott im Himmel? Ich weiß es nicht. Aber wenn irgendwer die Gnade des Allmächtigen verdient, dann sie.«

Ich blickte hinunter auf meine Hände, die ineinander verschlungen in meinem Schoß lagen, auf meinem blutorangeroten Kleid. Ich hatte dieses Kleid wohlbedacht ausgesucht. Es passte, wie ich fand, sehr schön zu meinen hellbraunen Augen, meinem olivfarbenen Teint und meinen Haaren, die von der bahamaischen Sonne mit ein paar hellen Strähnen durchzogen waren. Ich wollte für solch ein wichtiges Treffen perfekt aussehen. Wie mein Herz gepocht hatte, als ich am Pier gestanden und gewartet hatte, bis er mit seinem Boot gekommen war, um mich abzuholen.

»Ich habe meinen Ehemann umgebracht«, sagte ich.

Er fuhr herum. »*Was* hast du gesagt?«

»Ich habe ihn eigenhändig umgebracht. Eine Art Unfall, aber eigentlich auch nicht. Wir wohnten damals in Bakersfield. Alle vier bis fünf Monate eine neue Stadt, bis Rechnungen aufliefen, und damals war es eben Bakersfield in Kalifornien. Du kennst den Ort wahrscheinlich nicht. Ein malerisches Fleckchen. Heiß und trocken. Wasser wird über Gräben zugeleitet, um Landwirtschaft und Viehzucht betreiben oder Oliven- und Mandelhaine bewässern zu können. Andernfalls könnte man dort kaum überleben.«

Thorpe starrte mich entgeistert an, wartete auf den Rest der Geschichte. Ich versuchte mein Gesicht vor ihm zu verbergen, so wie er es zuvor auch getan hatte, aber ich schaffte es nicht. »Ich war neunzehn, als wir uns kennenlernten. Im zweiten Jahr auf dem Barnard College. Auf einer Party, wie gesagt, und da war er! Der ältere Bruder von irgendwem. Ausgesprochen gut aussehend, das muss man ihm lassen. Für mich der best aussehende Junge, den ich je gesehen hatte, als wäre er direkt einer Kinoleinwand entstiegen. Wunderschöne dunkle Haare, wunderschöne dunkle Stimme. Er war sechsundzwanzig, sehr wort- und redegewandt. Ich war hin und weg. Er spendierte mir ein paar Drinks, starkes Zeug, und umgarnte mich mit allerlei Schmeicheleien. Als ich ziemlich angetrunken war, nahm er mich an der Hand und sagte: *Komm, lass uns hier raus*, und ich sagte nur: *Klar, warum nicht.*«

»Oh, Lulu«, meinte Thorpe betroffen.

»Na ja, ich war noch ein halbes Kind. Ein naives junges Ding, auf der Suche nach irgendwas, was auch immer es war.

Und gerade hatte ich es gefunden, wie ich dachte. Thomas Randolph. Für seine Freunde Tommy. Er wohnte in einem billigen Hotel im Westen der Stadt, weil er – wie ich später herausfand – das schwarze Schaf einer sehr angesehenen Familie war, die genug davon hatte, dass er immer nur in die Stadt kam, um sich zu betrinken und sie um Geld anzupumpen. Wie auch immer, ich ging mit ihm mit, unschuldig wie ein Lämmchen, folgte ihm auf sein Zimmer in diesem billigen Hotel, Bad und Toilette im Flur; wir fingen an, uns zu küssen, und dann weiß ich nur noch, dass ich morgens um neun in seinem Bett aufgewacht bin. Um es abzukürzen, ich bin deswegen vom College geflogen. Mein Vater schäumte vor Wut. Vielleicht wollte ich auch seine Aufmerksamkeit gewinnen, ich weiß es nicht. Ist mir jedenfalls geglückt. Er hat mir den Geldhahn abgedreht, und Tommy sagte: *Lass uns abhauen, zwei schwarze Schafe wie wir.* Und ich dachte nur: *Klingt nach einem echt schönen Abenteuer.*«

Meine Stimme wurde brüchig. Ich machte einen Satz von der Kiste, auf der ich saß, und ging zum Picknickkorb, um mir eine Zigarette zu holen. Meine Hände zitterten so sehr, dass ich Mühe hatte, sie anzustecken, doch schließlich klappte es. Ich nahm einen tiefen Zug, fasste mich langsam wieder und drehte mich zu Thorpe um.

»Wo war ich stehen geblieben?«

»Du bist mit diesem Mistkerl durchgebrannt.«

»Ja. In der Tat, das bin ich. Auf und davon, nach Niagara County, damals sehr angesagt. Wir hatten eine bombastische Zeit, haben eine Woche lang oder so durchgevögelt, um es mal ganz unverblümt zu sagen. Die Landschaft war atemberaubend schön, gar keine Frage. Doch dann begann der Zauber langsam zu schwinden. Und seine dunkle Seite trat zum Vorschein. Die alte Geschichte. Immer öfter war ich grün und blau geschlagen. Er versoff alles Geld, sofern wir mal welches hatten. Nicht von ungefähr wollten die Randolphs nichts mehr mit ihm zu tun haben. Und nun musste ich ihn ertragen, weil ich mich viel zu sehr schämte, wieder zu Hause angekrochen zu kommen, völlig abgebrannt, zumal er mir drohte, mich umzubringen, sollte ich es versuchen.«

Thorpe hob an, mich zu unterbrechen, doch ich winkte ab.

»Es vergingen ein paar Jahre. Dann lebten wir in Bakersfield. Ich hatte mir eine kleine 22er-Kleinkaliberwaffe zugelegt, die ich heimlich im Nachttisch verwahrte. Für mich, nicht für ihn. Ich hatte die fixe Idee, er würde mich mit irgendeiner Krankheit anstecken oder mich eines Nachts erwürgen, und um ihm zuvorzukommen, wollte ich mir lieber selbst eine Kugel in den Schädel jagen. Eines Abends ging er aus dem Haus, zum Saufen und mal wieder in den örtlichen Puff, was weiß ich. Um drei Uhr morgens dann hörte ich ihn unten randalieren. Anscheinend hatte er seinen Hausschlüssel vergessen und war dabei, ein Fenster einzuschlagen. Brüllte und drohte, jemanden umzubringen. Er meinte mich … Um Himmels willen, was soll ich nur machen, dachte ich. Ich stürmte nach unten und schoss ihm zweimal in den Kopf, ja, das habe ich getan, direkt hinter das linke Ohr, dorthin, wo es unmittelbar tödlich sein soll. Dann ließ ich die Waffe fallen, schrie um Hilfe, und das war's. Libertas, Freiheit.«

Ich sah mich nach etwas um, in das ich die Asche von der Zigarette schnippen könnte. Meine Beine zitterten. Thorpe humpelte los, schwenkte quer durch den Raum an mir vorbei und verschwand durch die Schwingtür, von der ich dachte, dass sie in die Küche führte, um Sekunden später wiederzukommen, eine Untertasse in der Hand, die er neben mich auf die Kiste stellte.

»Danke«, sagte ich. »Komischerweise hat niemand meine Geschichte jemals infrage gestellt. Ein erfundener Einbrecher, der das Fenster einschlug, meinen Mann erschoss und dann flüchtete. Weder der Sheriff noch die Leute in der Stadt. Und die Randolphs schon gar nicht, herrje, man merkte ihnen die Erleichterung förmlich an. Sie ließen die Leiche zu sich nach Hause überführen und organisierten ein angemessenes Begräbnis am Familiengrab auf Long Island. Ein fürchterliches Unglück, wie es allseits kopfschüttelnd hieß. Ich denke, sie waren mir dankbar, dass ich ihr kleines Problem gelöst hatte, wenngleich sie kein Wort mit mir redeten, auch später nicht, nicht ein einziges, als hätte ich nie existiert. Einer ihrer Anwälte bot mir Geld, aber ich nahm es nicht an. Danach wusste ich erst mal nichts mit mir anzufangen. Ich schlief nicht, ich aß nicht. Hatte schreckliche Albträume. Mir war klar, dass ich einen Neuanfang brauchte, einen beruflichen Neustart, einen anderen Wohnort. Und so habe ich meinen Vater gebeten, mich einzustellen.«

»Ach herrje!«, sagte Thorpe. Er stand jetzt direkt neben mir, an eine Kiste gelehnt, sodass sein Hemdsärmel meinen Ellbogen streifte.

»Na? Ganz schön krasse Geschichte, was?«

Er nahm mir die Zigarette ab und ließ sie in die Untertasse fallen. Eine hübsche Untertasse, Wedgwood vielleicht. Ich war etwas wehmütig, als ich daran dachte, wie viel ich als kleines Mädchen über chinesisches Porzellan gelernt hatte. Doch für derartige Erinnerungen war dies weder der Ort noch die Zeit. Jetzt gab es nur eins. Seine blauen Augen, seine goldblonden Wimpern, seine samtene Haut unter meinen Handflächen.

»Gütiger Himmel, man glaubt es nicht«, sagte er.

Nachdem die Tränen getrocknet waren, nahmen wir unser

Picknick in den Dünen ein, fütterten einander, Happen für Happen, während die Sonne direkt über uns strahlte. An diesem Punkt waren wir beide noch angezogen, sittsam und anständig, obgleich es zwischen uns immer mehr knisterte. Irgendwann schlief ich ein, den Kopf an seiner Schulter. Als ich wieder erwachte, lag er auf dem Rücken und starrte in den Himmel, einen Arm als kleines Kissen nach hinten unter den Kopf geschoben. Die Form seiner Nase raubte mir den Atem. Trotz der atlantischen Brise spürte ich, wie mir der Schweiß aus allen Poren rann, von der Stirn, aus den Achseln, zwischen meinen Brüsten. Ich erhob mich, stupste mir mit den Zehen die Espadrilles von den Füßen, öffnete die Knöpfe an meinem Kleid.

»Ich gehe schwimmen«, sagte ich.

Ich war noch nie nackt schwimmen gegangen, schon gar nicht im warmen, salzigen Meer. Ich kann es nur wärmstens empfehlen. Das Wasser rauschte über meine Haut, die Gischt umspielte mich. Kurz darauf war auch Thorpe im Wasser. Ich bemerkte seine nackten Schultern, seine Taille, die strampelnden Beine, seine Finger, die über meine Rippen wanderten, hinunter an mein Kreuzbein, an die Rundungen meines Pos. Ohne seine Brille stachen die Sommersprossen rechts und links von seiner Nase umso mehr hervor, und ich schlang die Beine um seine Taille, um sein Gesicht zwischen meine Hände zu nehmen und jede einzelne davon zu küssen. Eine Welle traf uns und noch eine, und wir lachten, hielten uns an den Händen, bis sie uns zurück an den Strand spülte, nackt, wie Gott uns schuf, Adam und Eva im Paradies. Ich leckte das Salzwasser von seinen Wangen, überrascht von mir selbst, da ich keinerlei Anflug von Panik verspürte, auf geheimnisvolle Art und Weise geläutert schien, wieder heil und rein. Er solle sich besser in den Schatten begeben, meinte ich zu ihm, bevor er noch einen Sonnenbrand bekäme, denn seine helle Haut sei für die pralle Sonne nicht gemacht.

»Aber deine«, sagte er.

»Meine Mutter ist Italienerin.« Ich stand auf, zog ihn an der Hand. »Komm. In den Schatten mit dir.«

In den Schatten. Auf die Picknickdecke. Die keine echte Picknickdecke war, sondern irgendeine alte Decke, die wir auf die Schnelle aus einem Schrank gezogen hatten und die ganz schön kratzig war, aber dem Zweck diente. Wir küssten uns, immer wieder, immer weiter, bis Hitze und Wind auch den letzten Tropfen von unserer Haut getrocknet hatten, dann saugte er das Salz von meinen Brüsten, meinem Bauch, zwischen meinen Beinen, während ich schrie vor Lust. Er setzte sich auf mich, stützte sich auf die Ellbogen, neigte sich nach vorn und küsste mich erneut. Eine halbe Ewigkeit lang wogten wir auf dieser Welle der Leidenschaft, ein Dutzend Leben, in denen wir uns inniglich liebten, uns verliebten, mit jedem Mal tiefer, uns einander öffneten, mit jedem Mal mehr. Schließlich lagen wir reglos nebeneinander, und es schien, als sollten sich unsere Körper nie mehr voneinander lösen.

Zum Abendessen gab es Bohnen mit Speckstreifen, meisterhaft gebraten in einer gusseisernen Pfanne, dazu Tomaten, junge Karotten und irgendein grünes Gemüse, das ich nicht kannte, alles frisch aus Thorpes hauseigenem Garten, den er selbst angelegt hatte. Er hatte mir ja erzählt, er sei Botaniker, und vielleicht stimmte das auch. Er würde es entsprechend belegen, wenn ich mal nach England käme, sagte er. Zweimal Bestnote an der Cambridge University, meinte er verlegen. Ich trug eines seiner alten Hemden, sonst nichts, da mein Kleid verschwitzt und vom pulverfeinen, rosaweißen Bahamas-Sand ganz krustig war. Das Hemd roch nach ihm, nach seiner Waschseife. Nach dem Essen half ich ihm beim Abwasch, während die Sonne versank und die Sterne durch einen gigantischen purpurroten Himmel stachen. Wir liebten uns auf der Veranda, in einem Korbstuhl … später in seinem Schlafzimmer, auf seinem schmalen Bett, unter einem surrenden Ventilator, schweißnass, fiebrig, Schreie auf dem Höhepunkt der Lust – wie Todesstöhnen. Als Thorpe in den Schlaf sank, war es fast Mitternacht. Wir lagen eng ineinander verschlungen, grotesk verdreht. Seine Arme hielten mich wiegend umfangen, während sein Kopf auf meinem Bauch lag. Ich fühlte seine Haare zwischen meinen Fingern, seine wunderschönen Haare, vom Salz verklebt; unter schweren Lidern blickte ich auf seine milchweiße Haut, die Wölbungen seiner Wirbelsäule, die seinen breiten Rücken in zwei symmetrische Hälften teilte, seine narbige Wange, sein Gesicht, entspannt in süßem Schlummer.

Ich kann nicht sagen, warum ich eine Stunde später wieder wach wurde. Eigentlich hätte ich schlafen müssen wie ein Stein, so ausgelaugt, wie ich war. Aber man sagt ja, dass das Gehirn auch im Schlaf auf bestimmte Reize reagiert, ohne dass wir sie bewusst wahrnehmen. Was auch immer der Grund gewesen war, jedenfalls schreckte ich aus dem Schlaf, fuhr hoch und war von äußerster Panik gepackt. Ich dachte, ich sei im falschen Raum, mit dem falschen Mann, dass die letzten zwei Jahre ein Traum gewesen seien, aus dem ich eben gerade erwacht war, und wäre das Mondlicht nicht gewesen, das Thorpes rötliche Haare beschien, hätte ich geglaubt, er sei tot – ebenso tot wie Mr. Randolph. Ich ließ mich nach hinten ins Kissen fallen, schaute aus dem Fenster und bemerkte just in diesem Moment ein eigenartiges orangerotes Glühen am Horizont, das Thorpes Haare in ein feuerrotes Licht tauchte. Für die Morgenröte ist es noch viel zu früh, dachte ich. Außerdem schaute ich nicht nach Osten, wie ich erkannte, sondern nach Süden. Ich rüttelte Thorpe wach.

»Feuer«, keuchte ich.

Thorpe schoss blitzschnell auf, so wie ich gerade eben, starrte mich an, und in seinem Gesicht spiegelte sich die gleiche Verwirrung, die ich kurz zuvor verspürt hatte, bis er dann zur gleichen Erkenntnis kam. Ich deutete zum Fenster. Er fluchte und war mit einem Satz aus dem Bett.

»Los, zieh dich an«, sagte er, während er mit seinem Humpelbein aus der Tür eilte. »Ich rufe im Government House an.«

Als wir Nassau erreichten, in Wenner-Grens Schnellboot durch den Hafen stoben, hatte das Feuer bereits einen Teil der Bay Street erfasst und breitete sich in Richtung George Street aus. Asche wirbelte durch die Luft, und dichte Rauchschwaden stiegen empor. Meine Zunge schmeckte es, meine Nase roch es. Ich sprang vom Boot und half Thorpe, es zu vertäuen. Er schnappte sich seinen Stock, und wir eilten vom Pier aus quer über die Bay Street, wo er nach meiner Hand griff.

»Geh nach Hause!«, schrie er.

Ich schüttelte den Kopf. »Aber das Rote Kreuz …!«

Er öffnete den Mund, als wollte er vehement protestieren, und küsste mich stattdessen, kurz und heftig. »Wenn das Feuer näher kommt, dann lauf«, raunte er mir ins Ohr. »Ich schau mal nach den Feuerwehrleuten.«

Er ließ meine Hand los, und ich zog mir das Hemd, Thorpes Hemd, über Mund und Nase, kämpfte mich durch den dicken grau-orangefarbenen Qualm die George Street zum Rotkreuzgebäude hinauf, wo im hinteren Teil stapel-

und stoßweise sämtliche »Früchte« unserer harten Arbeit eingelagert waren – Vorräte, Inventar, Päckchen und Pakete, versandfertig für den Weg nach Übersee. Vor dem Gebäude erblickte ich die herzogliche Limousine, schief geparkt, die Hecktür weit offen. Auf der Straße davor vier Männer, die hektisch mit einem Feuerwehrschlauch hantierten, klatschnass und rußschwarz. Einer von ihnen hob den Kopf, der Herzog von Windsor höchstpersönlich. Wie vom Schlag getroffen rannte ich die Stufen hinauf zum Eingang und durch die Tür hinein, wo mir Mrs. Gudewill kreidebleich mit einem Bündel Wolldecken auf dem Arm entgegenkam.

»Mrs. Randolph! Schnell, wir laden das Auto voll! Sie ist hinten.«

Mit *sie* war natürlich Wallis gemeint. Ich rannte den Korridor entlang nach hinten, wo unser Magazin lag, und da stand sie, erteilte Miss Drewes sowie ein paar weiteren Ladys knappe Anweisungen, packte Kisten voll und stapelte sie aufeinander. Sie war nicht wiederzuerkennen. Sie war nicht geschminkt und nicht frisiert. Ihre dünnen Lippen waren fast unsichtbar, die Haare von einem Haarnetz zusammengehalten. Ihr Hausmantel war um die Taille gegürtet. Zu erkennen war sie nur an ihren gewohnten braun-weißen Lederhalbschuhen.

Meiner zerzausten Erscheinung schenkte sie keinerlei Beachtung. Sie sprach mit stoischer Ruhe. »Mrs. Randolph, Gott sei Dank. Wären Sie so lieb und würden Sie das hier zum Auto tragen? Wie weit hat das Feuer sich denn schon ausgebreitet?«

»Die halbe George Street hinauf.« Ich schnappte mir eine der größeren Kisten, trug sie über den Flur durch die Tür und die Stufen hinunter zur Limousine. Immer mehr Menschen strömten herbei, starrten mit Bestürzung auf das rasch vorrückende Feuer, das bereits an der seitlichen Fassade des

Charlotte Hotels züngelte, unmittelbar neben der Christ Church Cathedral und gegenüber des Rotkreuzgebäudes. Ich warf die Kiste ins Heck des Wagens und hielt einen Moment inne, starrte die halb verheerte George Street hinauf, bis zum Government House, das ganz am hinteren Ende auf seinem Hügel thronte. Der Wind, dicker, treibender Qualm, schien zuzunehmen, doch es war die Luftbewegung des Feuers selbst, die die Flammen immer weiter aufpeitschte. Irgendwer drückte mir eine weitere Kiste in die Hand, es war Miss Drewes in einem gestreiften Pyjama.

»Wohin bringen wir das alles?«, fragte ich.

»In den Ballsaal. Los, kommen Sie. Schnell.«

Wir liefen zurück ins Gebäude, während das Feuer immer näher kroch und wir durch die dicken Rauchwolken die Rufe der Feuerwehrleute hörten. Als wir aus dem Rauch heraustraten, sah ich, dass der Herzog und die übrigen Männer den Feuerwehrschlauch positioniert hatten und damit begannen, die Backsteinmauern des Gebäudes zu bespritzen. Ich erkannte Oakes unter ihnen, sein raues Gesicht rußverschmiert. Da fiel mir ein, dass er der Besitzer des Gebäudes war, dass er es dem Roten Kreuz für die Dauer des Krieges verpachtet hatte. Mit stapelweisen Decken, Kisten und Paketen nach London liefen wir hin und her, immer weiter … wo war Thorpe? … hin und her, bis mir die Arme wehtaten und ich kaum atmen konnte, da mir der Rauch mit jedem Schritt in Hals und Lunge brannte. Auf der anderen Seite der Straße brannte das Charlotte Hotel jetzt lichterloh, meterhoch schlugen die Flammen aus dem Dach, glühende Asche flog durch die Luft. Die Limousine war voll beladen, und ein weiterer Wagen aus dem Government House fuhr vor. Ich hörte ein Ächzen, schaute zum Dachstuhl hinauf und sah auf der rechten Seite Rauch aufsteigen. Ich preschte los, die Stufen hinauf und hinein.

»Alle raus!«, schrie ich. »Alle raus! Rauch im Dachstock!«

Die Herzogin kam mit einer kleinen Kiste, gefolgt von Miss Drewes, ebenfalls bepackt mit einer Kiste.

»Noch jemand dort hinten?«

»Nein, niemand mehr«, sagte die Herzogin mit ihrer ruhigen Stimme. »Und das hier ist auch schon die letzte Kiste. Miss Drewes, fahren Sie den Morris? Ich nehme die Limousine.«

In der Tür stießen wir auf einen völlig aufgelösten Herzog von Windsor. In aller Eile nahm er seiner Gattin die Kiste ab und rief: *Gott sei Dank.*

»David. Ach du großer Gott.« Draußen blinzelte die Herzogin in ein flammenhelles Szenario. »Ist das Marshall dort oben auf der Cathedral?«

Wir drehten uns um, folgten ihrem Blick hinauf zum Spitzdach der Kathedrale, wo ein großer Mann zu sehen war, der sich wie eine orangerote Schattenfigur nahe der Kirchturmspitze abzeichnete.

»Ja«, erwiderte der Herzog. »Gott schütze ihn. Er prüft das Dachwerk. Wenn die Durchbiegung nicht standhält, werden wir sprengen müssen.«

»Dynamit!?«

»Liebling, daran führt kein Weg vorbei. Ansonsten fegt das verdammte Feuer bis oben zum Hügel hinauf!«

Kaum hatte er ausgesprochen, erschütterte ein leichtes Beben den Boden. Jetzt erst fiel mir auf, dass ich dieses dumpfe Grollen und Zittern des Bodens vorhin schon einmal wahrgenommen hatte, als ich das letzte Mal aus dem Gebäude nach draußen getreten war, nur hatte ich es im allseitigen Lärm der tosenden Feuersbrunst nicht weiter beachtet. Nun aber hörte ich hin. Ein lautes Knacken, dann ein dumpfes Bröckeln, ein donnerndes Krachen.

Das Gesicht der Herzogin verzerrte sich im Schock.

Damit hatte sie nicht gerechnet, dass das Feuer sich bis zum Government House durchfressen würde, bis zu ihrem Zuhause, wo in diesen Minuten gerade die Autoladungen mit den Rotkreuzkisten in den Ballsaal verfrachtet wurden. Ihr Blick wanderte wieder hinauf zum Dach der Kathedrale, und sie hob die Hand an die Stirn, so als wollte sie die Augen gegen die gnadenlose Sonne schützen. Auch ich schaute noch einmal hinauf, und der Anblick war kurios: Das große eherne Kreuz über der Stirnseite der Kathedrale, hoch oben auf der Spitze des Hügels, wirkte gegen den lodernden Flammenschein so, als käme das Feuer aus dem Kreuz selbst, von innen heraus.

»Oh, es wird halten«, hörte ich jemanden sagen, drehte mich nach links und sah Miss Drewes, die wie ich gebannt nach oben starrte, ihr Gesicht rot glühend im Feuerschein – *glückselig*, hätte ich fast gesagt, aber das Leuchten in ihrem Gesicht stammte ja nur vom Feuerschein. Ich packte sie am Ellbogen. »Nicht wenn es nicht sofort unter Kontrolle kommt. Los. Steigen Sie ein.«

Sie kletterte in den Morris, die Herzogin in die Limousine. Der Herzog küsste seine Gattin noch rasch durch das offene Fenster und bedeutete dem Chauffeur loszufahren. Dann drehte er sich um, sah mich und war fassungslos.

»Was ist mit Ihnen, Mrs. Randolph?«

Ich schüttelte den Kopf und hob an zu fragen, wie und wo ich mich nützlich machen könnte, als hinter mir ein Höllenlärm losbrach – wie das laute Brüllen einer Horde wilder Tiere. Ich wirbelte herum. Flammen schossen aus dem Eingang des Rotkreuzgebäudes, wo ich so viele Stunden verbracht hatte, mit so vielen Frauen geplaudert hatte, ihnen so viele delikate Leckerbissen entlockt hatte, banale und hochspannende.

Wie einige sagten, gab es just in dem Moment, da das Rotkreuzgebäude in Flammen aufzugehen drohte, einen Regenschauer, der mithin die Kathedrale sowie den noch unversehrten Rest Nassaus vor den Flammen rettete. Ich selbst kann mich daran nicht erinnern. Unter den Löschwasserfontänen aus den Feuerwehrschläuchen, mitten im allgemeinen Trubel und Gewusel, im Donnerhall der Dynamitexplosionen, unter denen die Gebäude in Schutt zusammenfielen, eines nach dem anderen, und in der panischen Angst um Thorpe – wo steckte er nur, wohin war er gelaufen – hatte ich auf das Wetter nicht achtgegeben. Erst im frühen Licht des Morgens nahm ich wahr, wie die ganze Welt zu glimmen und zu qualmen schien. Die Kathedrale jedoch hatte dem Feuer getrotzt, und hoch oben ragte das Kreuz vor einem kohlschwarzen Horizont stolz gen Himmel. Die Flammen waren erloschen.

Ich hatte ein bisschen gebraucht, aber bis Thorpe wieder in Nassau auftauchte, eine Woche später, war bei mir der Groschen gefallen. In der Krawallnacht auf der Bay Street, während ich nach meiner Schnittverletzung durch eine Glasscherbe, die mich reichlich Blut gekostet hatte, in tiefem Schlummer gelegen hatte, hatte er meinen Schreibtisch aufgebrochen. Er hatte die gefalzten Papiere, die ich in einem speziellen Fach ganz hinten in der Schublade aufbewahrte, herausgenommen, die Inhalte abfotografiert und danach alles wieder an Ort und Stelle gelegt, ohne dabei irgendwelche verdächtigen Spuren zu hinterlassen.

Nur fürs Protokoll, ich war deshalb nicht sauer auf ihn.

Elfriede

AUGUST 1905

Berlin

Jeden Tag machen sie einen Spaziergang durch den Tiergarten, Elfriede und Johann, denn er braucht viel frische Luft und Bewegung und sie auch. Und es hilft gegen den schmerzvollen Verlust. Heute ist das Wetter nicht so schön, doch sie gehen trotzdem raus, nehmen vorsichtshalber Regenschirme mit, als vorkehrende Maßnahme sozusagen, damit es gar nicht erst anfängt zu regnen (was meistens dann passiert, wenn man den Regenschirm vergessen hat, nicht wahr?).

Das Reichstagsgebäude wirkt verlassen. Das Parlament hat Sommerpause. Johann kickt Kieselsteinchen vor sich her. Wer kann es ihm verdenken? Keine Freunde. Keine Familie. Keine Ponys zum Reiten, keine Wälder zum Erkunden, keine Möglichkeit zum Tennisspielen. Nur die korrupte Stadt. Ein Junge mit seiner Mutter im hektischen Trubel von Berlin. Darauf wartend, dass sich die Dinge zum Guten wenden mögen.

»Sollen wir die Tiere im Zoo besuchen gehen?«, fragt Elfriede.

»Vielleicht.« Johann kickt noch mehr Kieselsteinchen. Er ist ein stattlicher Junge, groß und kräftig wie sein Vater.

Kaum hat er neue Kleider, ist er auch schon wieder rausgewachsen. Die Jacke, die er trägt, hat sie ihm in Rotterdam gekauft, da seine alte Jacke aus Florida vom salzigen Sprühnebel auf dem Schiff völlig ruiniert ist. Und es würde sie nicht wundern, wenn auch diese ihm schon wieder um die Schultern herum spannte, auf dem Fahrrad etwa, wenn er sich nach vorn zum Lenker streckt.

»Wir können hinlaufen«, sagt Elfriede. »Ist zwar ein langer Spaziergang, tut aber gut.«

»Ja, gern.«

Der Kies knirscht leise unter ihren Schritten. In der Nähe füttert eine Frau ein paar Tauben, die sich aufgeregt um sie scharren, gurrend und kampflustig, dreckig und überfüttert. Warum tut sie so etwas?, fragt sich Elfriede. Die Tauben brauchen das Futter ganz bestimmt nicht. Vielleicht aus einem Mutterinstinkt heraus? Oder um sich gebraucht zu fühlen? Um sich wichtig zu fühlen? Um der Nabel der Welt zu sein, irgendeiner Welt, und sei es bloß die von diesem Haufen dreckiger, dämlicher Berliner Tauben? Genau darum geht's.

Plötzlich platzt es aus Johann heraus. »Wir werden sie niemals finden, nicht wahr?«

»Wie kommst du denn darauf? Natürlich werden wir sie finden. Warum sagst du so etwas?«

»Aber sie wollen doch gar nicht gefunden werden. Sie wollen uns nicht mehr.«

»Das ist …« Elfriede hält inne, ehe sie fortfährt. »Das ist nicht wahr, mein Schatz. Sie sind deine Schwestern.«

»Aber nicht meine richtigen Schwestern«, bricht es aus ihm heraus.

»Johann!«

»Stimmt doch. Oder etwa nicht?«

In den letzten drei Worten schwingt ein klagender Ton.

Eine Frage, immerhin, keine feste Aussage. Elfriede geht weiter, drängt vorwärts, mit schleifenden Schritten auf dem kiesigen Weg. Ein Mann in einem hellen, knitterigen Anzug, eine Zigarette rauchend, kommt ihnen entgegen.

»Wer hat dir das denn erzählt?«, fragt Elfriede leise.

»Tante Helga, sie sagte …«

»Tante Helga. Na klar.« Elfriede bleibt stehen, dreht sich zu ihrem Sohn und kniet sich vor ihn in den Kies. Über ihnen schweben dichte Wolken, die für drückende Luft an diesem schwülheißen Augusttag sorgen. »Hör mir mal zu. Was Tante Helga sagt, spielt keine Rolle. Ihr alle vier seid die Kinder deines Vaters, hörst du, vor Gott seid ihr alle vier seine Kinder, und vor ihm seid ihr alle gleich, ohne Unterschied, und Gott … Gott irrt sich nicht, Johann, er macht keine Fehler. Wir Menschen, ja, wir machen manchmal schreckliche Fehler, aber Gott nicht. Die Mädchen sind also deine Schwestern.«

Der Mann geht an ihnen vorbei, und beim Geruch seiner Zigarette durchfährt Elfriede ein heftiges Zucken.

»Dann ist Tante Helga eine Lügnerin?«, fragt Johann mit leiser Stimme.

Ruhig bleiben, denkt sie, jetzt nur die Ruhe bewahren! Elfriede packt ihren Sohn an den Schultern. »Sag so etwas nicht. Natürlich ist deine Tante keine Lügnerin. Sie weiß es nur nicht besser, sie erkennt die Wahrheit nicht. Sie denkt … ja, sie denkt, ich habe einen Fehler gemacht, einen schrecklichen Fehler, und vielleicht habe ich das, wir alle machen Fehler, aber sag … Wäre es dir lieber, ich hätte diesen Fehler nicht gemacht? Wäre es dir lieber, du hättest gar keine Schwestern? Wäre es dir lieber, sie wären gar nicht da?«

»Nein!«

»Liebst du deine Schwestern, Johann?« Sie schreit die Worte fast heraus.

»Ja!« Er fängt an zu weinen, zu heulen vielmehr, was er sich sonst stets verwehrt. »Ja, Mama!«

»Na siehst du, mein Schatz! Nur darauf kommt es an. Dass man sich liebhat! Und das tust du einfach, ja? Mehr will dein Vater gar nicht. Und Gott auch nicht.«

Rechts von ihr, ein paar Meter entfernt, fährt der Mann herum. »Hören Sie auf, Ihr Kind so anzuschreien! Was sind Sie bloß für eine Mutter, die ihr Kind zum Heulen bringt?«

»Ich wollte nicht … Ich habe nicht …« Elfriede ringt nach Luft, kämpft gegen ihre eigenen Tränen an, doch dann strafft sie den Rücken, dreht sich um, und allein durch diese Entschlossenheit kehrt die Kraft in ihren Körper zurück. Die Kraft kehrt zurück, die Tränen in ihren Augen trocknen. Zornmütig stiert sie dem Mann ins Gesicht.

»Was fällt Ihnen ein«, sagt sie, nimmt Johann an der Hand und läuft stracks davon in Richtung Zoo.

Gegen dreizehn Uhr sind sie zurück im Hotel Adlon, mit einem Bärenhunger. An der Rezeption reicht der Empfangschef Elfriede zwei Briefe: einen von Helga, die inzwischen zurück auf Schloss Kleist ist und offenbar nichts anderes zu tun hat, als ihre kleinen Giftpfeile fast täglich abzufeuern, und einen von dem Privatdetektiv, den sie angeheuert hat. Den reißt sie zuerst auf. (Helga kann warten.)

Verehrte Frau von Kleist,
Ihren weiteren Anweisungen folgend, haben wir die mögliche Spur in Hamburg eingehend untersucht, bedauern jedoch, Ihnen mitteilen zu müssen, dass die betreffende Frau zweifelsfrei nicht identisch ist mit der zu ermittelnden Person.
Wir werden unsere Ermittlungen weisungsgemäß fortsetzen.
Hochachtungsvoll
L. S. Schulmann

Das Hotel Adlon ist bekanntlich die erste und exklusivste Adresse in Berlin, der einzige Ort, der einen (notgedrungenen) Aufenthalt in der Stadt annehmlich macht, zumal für eine verwitwete Baronin mit ihrem Sohn, die hier allergrößte Aufmerksamkeit und Gastlichkeit erfährt. Elfriede schiebt den enttäuschenden Brief von Herrn Schulmann zusammen mit Helgas unbeachtetem Giftpfeil in ihre Jackentasche, wendet sich zum Gehen, und sogleich trägt ein uniformierter Page ihr höflich an, sie zum Mittagessen an ihren gewohnten Tisch ins Restaurant zu geleiten (worüber sie sich nicht sonderlich wundert, da sie an derlei Aufmerksamkeit durch Bedienstete ohnehin gewöhnt ist).

Auch ist Elfriede gerade dermaßen enttäuscht und verärgert über die beiden Briefe, dass sie keinen klaren Gedanken fassen kann. So folgen sie dem Pagen quer durch die elegante Marmorlobby, sie und Johann, und betreten das Restaurant. Dort, in einer ruhigen Ecke, etwas abseits der anderen Tische und Stühle, Golddekore und Palmenbepflanzungen, steht ihr angestammter Tisch, an dem sie und Johann ihre Mahlzeiten einnehmen, wenn sie mal nicht den Zimmerservice in Anspruch nehmen und sich das Essen direkt in ihre Suite im Obergeschoss bringen lassen.

Doch der Tisch ist nicht unbesetzt. Ein Mann in adretter khakifarbener Uniform erhebt sich, als er sie kommen sieht … tadellose Erscheinung, gesteifter Kragen, exakte Bügelfalten, perfekter Krawattenknoten, sauber zurückgekämmtes glänzendes Haar mit einem Tüpfelchen Haaröl … Elfriede braucht einen Moment, um zu begreifen, dass *er* es ist, dass er es tatsächlich ist.

Johann indes, in kindlichem Gemüt, hat es sofort begriffen. Er stößt Freudenschreie aus und stürmt los, von missmutiger Verdrossenheit keine Spur mehr, schlingt wie wild die Arme um Wilfreds Taille.

»Hast du sie gefunden? Hast du sie gefunden?«, löchert er ihn.

Wilfreds Lächeln schwindet. Er schließt Johann in die Arme und sagt: »Ich fürchte nicht, mein kleiner Freund, aber Kopf hoch. Wir geben nicht auf, bis wir die Mädchen gefunden haben, ja?«

»Alles klar, Sir.«

Elfriede bringt kein Wort heraus. Der Ober, der seine teilnahmsvolle Freude kaum verbergen kann, rückt Elfriede ihren Stuhl zurecht. Wilfred sucht ihren Blick, fängt ihn auf, und schon erhellt wieder ein kleines Lächeln seine Miene.

»Ich habe deinen Brief auf dem Schiff erhalten«, sagt er.

»Ich hatte schon Sorge, er hätte dich nicht erreicht.«

»Doch, das hat er. Und ich entschuldige mich für mein spätes Kommen. Aber viel früher konnte ich um keine weitere Urlaubsgenehmigung bitten.«

»Ich ... ich habe natürlich nicht erwartet, dass ...«

»Aber ich habe mir erlaubt, dem Foreign Office dringlich anzutragen, dass ich überglücklich wäre, wenn ich mit dabei sein dürfte, sollten Militärbeamte nach Deutschland entsendet und meine Dienste als erfahrener Militärattaché benötigt werden.«

»Oh.« Sie setzt sich. »Oh.«

Der Ober steht bereit, die Bestellungen entgegenzunehmen. Johann, völlig aus dem Häuschen, möchte eine Limonade. Elfriede allerdings braucht etwas Stärkeres.

Am letzten Tag des Monats heiraten sie, Elfriede und Wilfred. Nicht in Berlin und auch nicht in England, sondern in einem kleinen Dorf in Schottland, wo Wilfreds Regiment stationiert ist. Vor der versammelten Gästeschar – seinen ergriffenen Eltern, seiner schottischen Verwandtschaft (einer Heerschar presbyterianischer Tanten), einigen vergnügten

Offizierskameraden sowie dem britischen Diplomaten, dessen kurzfristige Entsendung nach Berlin ihr Wiedersehen überhaupt erst möglich gemacht hat – geben sie sich das Jawort. Mr. Cholmondeley, so der Name des Diplomaten, ist um die vierzig, dunkelhaarig, herzlich und intelligent. Er hält Wilfred für einen erstklassigen Mann, einen Pfundskerl, einen Frauenschwarm und freut sich königlich, dem Glück der beiden ein Stück weit den Weg bereitet zu haben. Im Rahmen der schlichten Trauung in der Regimentskapelle führt er die Braut zum Altar und übergibt sie dort dem Bräutigam. Und Johann trägt feierlich die Ringe.

Beim Hochzeitsfrühstück nach der Trauung unterhält sich Elfriede angeregt mit Mr. Benedict Thorpe, Wilfreds Vater, einem steifen, reservierten braunhaarigen Mann, der wohl lieber ein Buch lesen oder mit dem Hund Gassi gehen würde. Abgesehen von seiner Körpergröße scheint Wilfred eher nach seiner schottischen Mutter zu kommen, auch wenn ihre Haare noch heller sind als seine und ihre Augen eher grün als blau. Und für eine Schottin ist sie äußerst exaltiert, überhaupt nicht griesgrämig, ganz anders, als Elfriede sie sich nach Wilfreds Erzählungen vorgestellt hatte. »Und er hat nie auch nur ein Wort gesagt, kein einziges verliebtes Wort«, ruft sie auf der Terrasse der Offizierskantine, die man ihnen zum feierlichen Anlass des Tages großmütig überlassen hat, während Elfriede ihre liebe Mühe hat, sie überhaupt zu verstehen. »Natürlich hatte er Freundinnen und war immer schon beliebt bei den Frauen, aber du meine Güte, ein deutsches Mädel! Entschuldige bitte, ich habe nichts gegen Deutschland, großartige Musik, aber ich hätte nie gedacht, dass … na ja, und noch dazu eine Witwe! Eine Baronin! Und kein Wort, bis wir vor zwei Wochen das Telegramm aus Berlin bekamen. Was für eine Schönheit du bist, fabelhaft. Und ein bisschen Schönheit kann unsere

Familie weiß Gott gebrauchen. Ich war so sauer, als Wilfie sich als Rotschopf entpuppte. Dabei hatte ich gehofft, durch die Heirat mit einem dunkelhaarigen Engländer würde sich dieser Makel der Familie erledigt haben, aber es ist wie mit dem Wahnsinn, hat man den in der Familie, dann sprießt er wie Unkraut. Eine Tochter mit einer Haarpracht, wie du sie hast, hätte mir gefallen. Wie sanft und bezaubernd du bist! Ich sehe ihm an, wie verliebt er in dich ist. Er ist völlig verzaubert! Wie ausgewechselt. Trotzdem ganz schön frech von ihm, uns einfach nichts zu sagen, gar nichts!« … und so weiter.

Wenig später, als Wilfreds Offizierskollegen die Toasts ausbringen und jeder sich kugelt vor Lachen, sieht Elfriede kurz hinüber zu ihrer neuen Schwiegermutter und bemerkt, dass sie überhaupt nicht mitlacht. Die nämlich starrt wie gebannt auf ihre neue Schwiegertochter, so jedenfalls Elfriedes flüchtiger Eindruck, denn urplötzlich schaut sie weg und schüttet sich aus vor Lachen. Elfriede fühlt sich für einen kurzen Moment begafft wie ein Rennpferd, knallhart und gnadenlos beäugt.

Weil Wilfred nur noch sechsunddreißig Stunden bis zum Dienstantritt bleiben und sie Johann nicht bei fremden Leuten lassen wollen, verbringen sie ihre Hochzeitsnacht in einem eilends angemieteten kleinen Steinhäuschen, das ihnen als vorläufiges Zuhause dienen soll. »Unsere Flitterwochen hatten wir ja schon«, hebt Wilfred hervor, als sie vor dem Kamin am Feuer sitzen und die Flasche Champagner öffnen, die Mr. Cholmondeley ihnen am Ende des Tages überreicht hat. Johann schläft oben in seinem Zimmer. Und weil Schottland eben Schottland ist, prasselt selbst im August ein sanfter Regen gegen die Fenster.

»Ja, wir hatten wunderschöne Flitterwochen«, sagt Elfriede.

Wilfred stellt sein Glas ab, drückt seine Zigarette aus und kniet vor ihr nieder. Seine Hände, groß und herb wie Bärenpranken, umschließen die ihren.

»Sei nicht traurig, meine Liebste. Wir werden auch so sehr glücklich sein. Nicht ärgern.«

Ja, was soll sie darauf sagen? Wo und wie nur soll sie in diesem Moment das Wörtchen *glücklich* zwischen den zerrissenen Stücken ihres Herzens finden, es aus dem Knoten herauslösen und hervorbringen – wie ein Chirurg, der sich an einen schwierigen Eingriff wagt.

»Ich ärgere mich ja gar nicht«, sagt sie. »Ich könnte nicht glücklicher sein.«

Wilfred, der stets weiß, wie er Elfriede rühren kann (und hat sie sich nicht genau deshalb in ihn verliebt, und liebt sie ihn nicht genau deshalb von ganzem Herzen), führt ihre Hände an seinen Mund und küsst sie entlang der Innenseite ihrer Finger. »*Du*, du allein hast *mich* heute glücklich gemacht. So glücklich, dass ich es kaum aushalten kann. Wie wenn man in die Sonne schaut.«

In ihrem Kopf formuliert Elfriede das englische Wort für Ehemann, *husband*. Zwei Silben nur, unvertraut und innig zugleich, die nun an dieses Gesicht gebunden sind, diese Augen, diesen Mund, diese leuchtend roten Haare, an all das, was jetzt einzig und allein ihr gehört. An Wilfred. Er ist nicht ihr *Mann*. Er ist ihr *Ehemann*. Sie muss das Wort erst noch üben und ein ganz neues Vokabular rund um ihre so außergewöhnliche, so beglückende, regenreiche Heirat in Schottland lernen.

Elfriede löst ihre Hände aus den seinen und gräbt sie in sein Haar. »Bring mich nach oben«, flüstert sie.

Seit Florida haben sie nicht mehr miteinander geschlafen, und so ist der Liebesakt selbst ein bisschen zu überhastet, eher tiefe Erleichterung als höchste Lust. Aber es genügt. Es ist alles, was sie will, gehalten und geliebt zu werden. Danach verharren sie noch eine ganze Weile ineinander, und selbst als sein Glied aus ihr herausgleitet, bleiben ihre nackten Körper verschlungen, unfähig, sich voneinander zu lösen, unfähig zu sprechen. Eng und fest aneinandergeschmiegt. Feuchte Haare, warme Haut, der intime Geruch nach Moschus. Himmlisch. An ihrer Hüfte spürt sie Wilfreds Glied, noch immer steif, so voller Lebenssaft, ein junger Mann, gut gerüstet für seine Hochzeitsnacht. Aber dazu später mehr. Im Augenblick lauscht Elfriede dem Takt seines Atems. Er würde jetzt bestimmt gerne eine rauchen, denkt sie, und sie liebt es, dass er nicht aufsteht, um das Fenster zu öffnen und sich eine Zigarette anzustecken, dass er sie mehr begehrt als alles andere.

»Wäre es dir genug?«, flüstert er in ihre Haare.

»Was genau?«

»Wenn wir die Mädchen nicht finden. Und dann unsere eigenen Kinder haben. Würde dir das helfen?«

Sie antwortet nicht, und Wilfred fragt behutsam nach, ob sie überhaupt weitere Kinder möchte. Ob sie Angst davor habe, dieses große Wagnis einzugehen.

»Nein«, sagt sie. »Ich habe keine Angst. Nicht mehr. Zum einen, weil du jetzt da bist. Und mit dir kann ich alles bewältigen.«

Er nimmt ihre Hand und küsst den neuen goldenen Ring an ihrem Finger.

»Ja, du hast jetzt mich. Den glücklichsten Mann der Welt. Und zum anderen?«

»Weil ich das Schlimmste schon hinter mir habe«, sagt sie. »Ich habe schon alles verloren.«

An diese Worte wird Elfriede sich in den folgenden Jahren noch erinnern.

Teil IV

Lulu

DEZEMBER 1943

Schottland

Die Morgen sind schrecklich. Tagsüber schaffe ich es gerade so, die Gedanken an Thorpe in Schach zu halten, denn das Überleben in einem fremden Land zu Kriegszeiten ist schließlich anstrengend genug. Doch nachts hole ich Erinnerungen an ihn hervor (zwinge sie notfalls auch herbei), die hauptsächlich um den Akt unserer heißen Liebe kreisen. Doch kaum wach, geht die Fantasie mit mir durch, und das Kopfkino fängt an. Ich liege noch in den Kissen, schlage die Augen auf, und da ist er:

Mal liegt er auf einem Feldbett, einem Strohballen, einer dünnen Decke oder auch in einer Wanne mit Madenbrei, unter dem lauten Gebrüll der Wachen. Mal sehe ich ihn verletzt, seine Wunden unversorgt, Blut und Eiter, seine Haut fieberheiß. Mal sehe ich ihn halb verdurstet, während die Wachen durch die Gitterstäbe seiner Zelle ihre Scherze mit ihm treiben. Gut, ich kenne ihn nicht, diesen Ort namens Colditz. Auf Burg Colditz soll er sein, mehr weiß ich nicht. Also sehe ich ihn in einem mittelalterlichen Kerker, ungefähr so, wie man es aus Grimms Märchen kennt (aber ich sehe nicht jeden Morgen das gleiche Bild, es ist nie die gleiche Zelle, und es sind nie die gleichen Wärter). Vielleicht sieht die Realität ja auch ganz anders aus. Vielleicht sitzen die Gefangenen dort mit ihren Wärtern vor einem behaglichen Kaminfeuer und spielen eine Partie Dame. Aber es ist nicht das, was ich sehe. Ich sehe ihn leiden. Die Angst erfüllt mein Herz und fließt aus meinen Augen, bis ich die Decke zurückschlage, aufstehe, zitternd am ganzen Körper, und den Tag beginne … und den nächsten … und den nächsten.

Nur noch zwei Wochen bis Weihnachten, aber niemand im Zug scheint in vorweihnachtlicher Feststimmung zu sein. Margaret und ich teilen uns ein Abteil mit einer Frau und zwei Jungen, vielleicht drei oder vier Jahre alt. Der allgemeine Trübsinn scheint auch auf den Seelen der lieben Kleinen zu lasten. Wir fahren Richtung Norden, und während London trüb und düster war, erscheint im Vorbeirattern die Landschaft hier wie tot.

Margaret bemerkt meine triste Miene und blickt auf die Uhr. »Nur noch etwa eine Stunde«, sagt sie im Flüsterton, denn die beiden Buben kauern schlafend auf ihrem Sitz, zusammengerollt wie zwei kleine Welpen. Die einzige Lampe wirft einen fahlen Schein, und in der Luft hängt der hartnäckige Geruch nach kaltem Zigarettenrauch und feuchtem Moder. Vor unseren Füßen sitzt Tuxedo in seinem Reisekorb und lässt ein verängstigtes *Miaaauu* vernehmen.

Ich widme mich wieder meiner Zeitung. Und da ich jeden Artikel schon zweimal gelesen habe, blättere ich zu den Kontaktanzeigen – *Witwe, 26, ein Kind, erfahrenes Kindermädchen, sucht älteren Herrn zum Zwecke der Gesellschaft und Heirat.*

In Edinburgh steigen wir um, fahren weiter nach Inverness. Die Sonne ist längst versunken, und dunkel, wie es ist, hätten wir genauso gut durch Timbuktu rollen können. Wir haben ein Abteil für uns allein. Margaret zündet sich eine Zigarette an und stiert aus dem Fenster auf die vorbeiziehenden Schatten, Schwarz auf Schwarz, während ich mich in die Ecke lehne und dem rhythmischen Rattern lausche, Metall auf Metall. Die Lider werden ihr schwer, genau wie mir. Ich hole mir wieder Thorpes Gesicht vor Augen, so wie immer, wenn sich die Langeweile der Reise in mein Gemüt frisst – sein sonnenbestrahltes Gesicht in Shangri-La, kurz bevor er mich küsst.

Zu meiner Verzweiflung kann ich seine Züge nicht richtig erkennen. Nur die Farbe jenes goldenen Lichts, während die Sonne sich anschickt, hinter dem Horizont zu versinken.

Ich wache auf. Das Zimmer ist groß und schäbig, mit blauem Feinbatist tapeziert und von Sonnenschein durchflutet. Einen Moment lang weiß ich nicht, wo ich bin. Ich bilde mir ein, ich wäre in Nassau, in Kalifornien, in Texas … Die Verwirrung ist so heftig, dass ich fast das Gefühl habe, zwischen zwei Welten hin und her zu schweben, den beiden Abschnitten meines Lebens, einmal vor Thorpe und einmal nach ihm.

Dann merke ich, dass meine Nasenspitze eiskalt ist, und da fällt es mir wieder ein – ich bin in Schottland, und der Sonnenschein ist nicht selbstverständlich, sondern ein kleines Wunder. Ich erinnere mich an die Nacht zuvor – an die Ankunft am Bahnhof in Inverness, an die schweigsame grauhaarige Frau, die uns dort abholte, in einem stickigen Morris, an die holprige Schlitterfahrt quer durch die anscheinend komplett tiefgefrorenen Highlands, ehe wir ankamen, in Pile, wie Margaret das »Häuschen« nannte, in dem Thorpe vor siebenundzwanzig Jahren geboren wurde und das eigentlich den Namen Dunnock Lodge trägt, wie ich vom Hauswart, der mir mein Zimmer zeigte, erfuhr. An den Namen des Hauswarts kann ich mich nicht erinnern. Er muss mir über Nacht entfallen sein.

Thorpes Bild hat sich wieder in meinen Kopf gedrängt und alles andere ausradiert. Thorpe – sein milchweißer, wunderschöner Rücken kreuz und quer mit blutigen Striemen überzogen. Irgendwas springt auf meinen Bauch, beginnt zu schnurren. Tuxedo. Ich greife nach ihm, aber er duckt sich weg, will wahrscheinlich gefüttert werden und springt davon. Ich werfe die Decke zurück und eile den Flur hinunter zum Badezimmer (ich habe mir gemerkt, wo es sich befindet), das noch aus der Zeit *vor* Thorpe zu stammen scheint. Das Wasser ist eiskalt, und der metallisch rostige Geruch erinnert mich an Blut. Durch die Wände höre ich ferne Stimmen und Tellergeklapper. Ich wasche mich rasch, ziehe mich an, werfe mir zusätzlich meinen Mantel über und gehe die Treppe hinunter, den Zeichen menschlichen Lebens folgend.

Das Lustige an Margaret ist, dass sie sich keinen Deut für Nassau, die Windsors und den ganzen Glamour interessiert. Gestern Nacht, im Zug, habe ich ihr erzählt, wie wir uns kennenlernten, Thorpe und ich, dass ich für das *Metropolitan Magazine* arbeitete und meine Brötchen damit verdiente, auf Partys zu gehen; ihr Gesicht hat dabei einen ziemlich abwesenden Ausdruck angenommen, und ihr Mund hat sich abfällig, wenn nicht gar verächtlich verzogen. Na dann. Margaret Thorpe schert sich einen feuchten Kehricht um Partys und Herzoginnen. Hätte ich mir denken können.

Das Einzige, was sie interessiert, ist Thorpe. Als ich ihr erzählt habe, wie er eines Nachts am Pier überfallen wurde, hat sie glasige Augen bekommen und nach ihren Zigaretten gegriffen, so wie jetzt, als sie bei Rührei (aus echten Eiern) und einer Tasse Tee am Küchentisch sitzt. Am riesigen, uralten Küchenherd steht eine hagere silbergraue Frau und werkelt emsig herum. Es dauert einen Moment, bis mir dämmert, dass es dieselbe Frau ist, die gestern Abend am Steuer des Morris gesessen hat und jetzt Margaret schilt, sie nicht beizeiten vorgewarnt zu haben.

»Annie, dort draußen ist Krieg«, entgegnet Margaret. »Ich kann nicht einfach … Oh, da bist du ja, Lulu. Ich dachte schon, du willst den ganzen Morgen verschlafen.«

Annie schwenkt herum, um mich anzusehen, und wischt sich die Hände an ihrer Schürze ab. Aus ihren runden Augen spricht ehrfurchtsvolle Scheu, in ähnlicher Weise, wie die Ladys vom Roten Kreuz die Herzogin von Windsor immer angesehen haben.

»Mrs. Thorpe. Möchten Sie … Was darf ich Ihnen zum Frühstück anbieten?«

»Ich nehme nicht an, Sie haben Kaffee?«

Ein Anflug von Panik huscht über Annies Gesicht. Der Platz am Tisch ist bereits für mich gedeckt – Teller, Tasse und Untertasse (ziemlich angestoßen) und Besteck. Ich ziehe mir einen Stuhl heran und nehme Platz. »Macht nichts. Tee ist auch in Ordnung, danke.«

»Wir haben Eier«, sagt sie stolz. »Und Toast.«

Nur Toast bitte, will ich schon sagen, bis mir einfällt, dass ich ja gesünder essen sollte und mir ein kräftiges Frühstück mit Ei sicherlich guttun würde. Und so lege ich mir die Serviette auf den Schoß und sage mit einem Lächeln: »Danke, Annie. Gerne ein Spiegelei dazu, wenn es keine Umstände macht.«

Gegenüber am Tisch zieht Margaret an ihrer Zigarette und mithin die Augenbrauen hoch. Ich schüttle nur den Kopf. Doch sie geht achselzuckend darüber hinweg und raucht weiter, stochert in den Eiern auf ihrem Teller herum.

»Früher, als wir klein waren, haben wir an diesem Tisch immer gefrühstückt, Benedict und ich«, sagt sie. »Nicht wahr, Annie? Du hast uns dann immer gekochte Eier und Toastsoldaten gemacht. Ach, früher war alles so viel besser. Er saß immer dort, wo du jetzt sitzt. Und ich erinnere mich, dass die Sonne direkt durch das Fenster auf seine Haare schien und die ganze Küche erleuchtete … wenn sie mal schien, natürlich, was nicht oft vorkam.«

Margaret drückt ihre Zigarette aus und steckt sich gleich die nächste an. Ihre Lippen sind blass, ohne Lippenstift. Auf ihrem Schoß regt sich etwas. Tuxedo, nehme ich an. Sie führt die Hand nach unten und streichelt ihn, lehnt sich ein Stück zurück und fixiert Annie. »Er war der süßeste Junge überhaupt. Nachdem Mama gestorben war, zog unsere Oma samt ihrer Schwester hier bei uns ein, um sich um uns zu kümmern. Damals war ebenfalls Krieg, klar, und man musste mit allem sparsam sein, doch ganz die geizigen Schotten, die sie waren, machten sie das Feuer nur an, wenn draußen Minusgrade herrschten. Und wenn wir uns mal über die Eiseskälte beschwerten, bekamen wir nur zu hören, dass wir einen Pulli mehr anziehen und durch das Haus toben sollten. Ich glaube nicht, dass ich überhaupt wusste, was Wärme ist, bevor Johann uns im Sommer nach Deutschland einlud.« Sie unterbricht sich, um an ihrer Zigarette zu ziehen. »Nein, Benedict hat sich nie beschwert, nicht das kleinste bisschen.«

»Das überrascht mich nicht.«

Margaret schnippt die Zigarettenasche in den Aschenbecher neben sich. »Ich erinnere mich, dass er ein richtiges Riesenbaby war, doch nach Mamas Tod wurde er spindeldürr. Jedes Mal wenn er krank war, dachte ich, das war's mit ihm. Aber kleine Kinder sind offenbar stärker, als sie scheinen.«

»Sind sie das? Oder nur er?«

»Woher soll ich das wissen? Ich habe nie mit kleinen Kindern zu tun gehabt, außer mit ihm. Annie? Kann ich noch einen Tee haben?«

Annie kommt mit einer frisch aufgebrühten Kanne Tee herbei, schenkt zuerst mir und dann Margaret ein, dreht sich wieder um und murmelt: »Mehr Tee und weniger Zigaretten, wenn du mich fragst.«

»Aber dich fragt keiner, Annie«, sagt Margaret keck.

Ich suche nach Zucker, sehe aber keinen. Nur einen Topf Honig. Ich gieße mir Milch in den Tee und rühre noch etwas Honig hinein. »Vielleicht musste er das, stark sein. Vielleicht ist er auch von Natur aus stark. Vielleicht war es ja ganz gut, dass das Haus immer so kalt war.«

»Das würden wir gerne glauben, nicht wahr? Wir würden gerne glauben, dass er das alles jetzt aushalten kann. Weil die Alternative so furchtbar wäre, dass wir sie uns erst gar nicht ausmalen wollen.«

Annie serviert mir einen Teller mit zwei Spiegeleiern, die aneinandergebacken sind, sodass die Eigelbe wie ein Paar gelber Augen erscheinen, die mich aus einem weißen Gesicht anschauen. Dazu braun geröstetes Toastbrot mit Butter.

»Wieso bekommt Mrs. Thorpe zwei Eier, Annie?«, fragt Margaret. »Noch dazu ein Toastbrot, dick mit Butter beschmiert, ganz schön übertrieben.«

Ganz kurz kreuzen sich unsere Blicke, Annies und meiner. »Einfach so«, sagt sie gedämpft und kehrt an den Herd zurück. Margaret schaut auf die Uhr an der Wand gegenüber und trommelt mit den Fingern auf ihrer Untertasse herum. Da spitzen ein Paar schwarze Ohren über die Tischkante, gefolgt von einem neugierigen Katzengesicht, das nach dem übrig gebliebenen Ei auf Margarets Teller spechtet.

»Komm, beeil dich«, sagt sie. »Ich würde gerne noch ein bisschen spazieren gehen, bevor es wieder anfängt zu regnen … Mist! Hat schon angefangen. Wie ich das Wetter hier hasse!«

»Ich verstehe gar nicht, wie du in London wohnen und dich anderswo übers Wetter beschweren kannst.«

»Weil das Wetter hier sich nie entscheiden kann, darum. Zuerst hü, dann hott.«

»Regenmäntel hängen in der Stiefelkammer, Miss Margaret«, meint Annie mit einem Schulterblick, während sie am Spülbecken steht und den Abwasch macht.

Margaret seufzt auf, drückt ihre Zigarette aus, nimmt Tuxedo hoch und steht auf. Ich stiere aus dem Fenster und höre ihre Tritte auf dem Holzdielenboden. Der Nieselregen wird stärker. Als sich ihre Schritte entfernen, drehe ich mich zu Annie um.

»Kein Wort zu ihr, verraten Sie ihr bloß nichts.«

Annie dreht den Wasserhahn ab und schaut mich an. »Sie können es nicht mehr lange verheimlichen.«

»Oh, woher wissen Sie …?«

»Weil Mrs. Thorpe den gleichen Ausdruck hatte, wenn sie in anderen Umständen war.« Sie legt die Hände ineinander. »Dann stimmt es also? Ein kleines Baby? Ein süßes, kleines Baby, Benedicts Baby?«

»Warum fragen Sie, wenn Sie sich doch so sicher sind?«

»Jaja, man darf sich nie ganz sicher sein, Mrs. Thorpe, bis die werdende Mutter es selbst erzählt.«

Ich schlage mir gegen die Stirn. »Noch ist es ein Geheimnis. Bitte verhalten Sie sich entsprechend!«

»Was? Was ist ein Geheimnis?«

Margaret steht in der Tür, mit einem Arm voller Regenmäntel und völlig verdattert. Einzelne Strähnen lösen sich aus dem Knoten in ihrem Nacken. Ihr Blick wandert hin und her, von mir zu Annie und wieder zurück, dann hinunter auf meine Brüste und noch tiefer. Die Regenmäntel gleiten zu Boden, und Tuxedo, der um ihre Beine streicht, macht gerade noch rechtzeitig einen Satz.

»Verdammt! Wann ist das denn passiert?«

»Im Juli«, sage ich. »In der Nacht, als Oakes ermordet wurde.«

Lulu

JULI 1943

Bahamas

Jeden Morgen hoben die Liberators von Oakes Field ab und flogen im Formationsflug hoch über dem Meer – wie eine Schar plumper Vögel. Formationsflüge gehörten zur Grundausbildung der Kampfpiloten und machten einen Höllenlärm. Ich saß dann an meinem Schreibtisch, kniff die Augen zu und biss die Zähne fest zusammen, wenn jedes Flugzeug einzeln unter einem Mordsgetöse über die Startbahn hinaus aufs offene Meer zuschoss – vier Rolls-Royce-Motoren, die unisono erbebten und das vorzeitliche Klackern meiner museumsreifen Remington-Schreibmaschine übertönten.

Manchmal zählte ich sie, wenn sie über dem Dach meines Bungalows röhrten. Doch meist neigte ich mich nach vorn, um mich krampfhaft auf den Text vor mir zu konzentrieren, denn Fehler sind schnell gemacht, wenn man nicht aufpasst, und die kann man sich als Klatschkolumnistin nicht erlauben, weiß Gott nicht. Ein falscher Buchstabe, Gott bewahre, eine falsche Zahl, und das war's, aus die Maus, bildlich gesprochen. Schlimmer noch wäre es gewesen, sich Wallis' Zorn zuzuziehen. Also konzentrierte ich mich auf das Tippen und blendete nicht nur den Lärm der Liberators aus, sondern auch alle Gedanken daran. An ihre Existenz überhaupt. So tat ich mich leichter.

Ab und zu stand ich auf und sah nach dem Mann, der in meinem Bett schlief. Er musste doch aufwachen, bei so einem Lärm. Doch der arme Thorpe war derart erschöpft, dass er nicht einmal zusammenzuckte. Also widmete ich mich wieder meiner Arbeit, während die Sonne langsam hoch über die Palmettopalmen von Hog Island stieg. Punkt acht fing meine Morgenschicht in der neu eröffneten Militärskantine der Herzogin an, und meine Kolumne »Lady of Nassau« musste bis Mittag auf der Post sein. Pausen konnte ich mir also keine erlauben.

Doch ich schaffte es, meine Kolumne früher fertig zu schreiben als gedacht, und so blieb mir noch ein bisschen Zeit. Im Schlafzimmer lag Thorpe noch immer im Tiefschlaf. Ich streifte den Hausmantel ab, ließ mich auf die feuchten Laken sinken und umschlang ihn inniglich. Er war hier, und das war die Hauptsache. Mitten in der Nacht hatte er plötzlich dagestanden, in meinem Schlafzimmer, quicklebendig, sein Körper noch feucht vom Bad und nach Seife duftend (nachdem ihn der heftige Regen auf der Fahrt quer durch den Hafen völlig durchnässt hatte). Er habe kurz Halt auf Hog Island gemacht, um seine Ausrüstung abzuladen und sich frisch zu machen, hatte er gesagt, um dann gleich hierher zu mir zu kommen, zu Lulu, seiner Lulu – *endlich, mein Gott*. Und kaum war er da gewesen, war er auch schon in Tiefschlaf gesunken, in meinen Kissen. Einfach so. Wo er die Nacht zuvor geschlafen hatte? Keine Ahnung. Wo er die letzten zwölf Nächte geschlafen hatte? Erst recht keine Ahnung. Jetzt aber war er da, mehr wollte ich gar nicht. Sein Herz schlug noch, Gott sei Dank. Ein Schnarchen krächzte in seiner Nase. Er war am Leben. Ich schloss ihn in meine Arme, lauschte seinen Schlafgeräuschen, die – anders als der

Lärm der Flugzeuge draußen – mir und nur mir allein gehörten.

Alles war gut.

Ich war gerade dabei einzudösen, als er aufwachte. Für einen kurzen Moment erstarrte sein Körper, bis er das Zimmer erkannte, das Bett, die Liebesdame in seinem Rücken. Ich spürte seine Erleichterung wie einen Wolkenbruch. Er drehte sich in meinen Armen zu mir um und entschuldigte sich.

»Wofür?«

»Für letzte Nacht.«

»Letzte Nacht? Ach woher. Nette Abwechslung vom täglichen Einerlei.« Ich strich ihm über die Haare, die Gott weiß warum stoppelkurz waren. Der Geruch seiner Waschseife, wie ich ihn vermisst hatte. Diese feuchte, traute Zweisamkeit im Bett bei Tagesanbruch.

»Vom täglichen Einerlei, hm?«, fragte er.

»Ja, vom täglichen Trott. Den die meisten Menschen bekanntlich haben. Wenn ein Tag dem anderen gleicht, man im immer gleichen Bett mit der immer gleichen Frau schläft, Nacht für Nacht. Manch einer findet das bestimmt ein bisschen langweilig.«

Wie er mich anlächelte mit seinem breiten roten Mund. Ich erinnere mich noch gut an dieses große, breite Lächeln. Er rollte mich auf den Rücken, küsste meine Lippen, meinen Hals, meine Brüste.

»Ich glaube, das kriegen wir beide besser hin«, sagte er. Draußen heller Sonnenschein, der Duft des Meeres, der durch das Fenster strömte, der Liebste, der nach einiger Zeit der Abwesenheit wieder zurückgekehrt war, sein Körper, den ich kannte wie meinen eigenen, jeden Knochen, jede Sehne, jeden Muskel, jedes Haar, jeden Geruch, jeden seiner Gedanken, jedes Wort, bevor er es aussprach. Als wir beide dem Höhepunkt entgegensteuerten, warf ich den Kopf in den Nacken, durchwogt von einem nicht enden wollenden Strömen, während er den Rücken wölbte und seine Flut unter heftigen Stößen direkt in mich hinein ergoss. Wir kamen gemeinsam, erschauderten vor Lust, schwitzten aus allen Poren. Das Zimmer, ruhig und fahl. Das Laken feucht. Der Ventilator surrte über uns.

Das Schaudern ebbte ab, war nur mehr ein leichtes Zittern, dann wohlsame Ruhe. Wir lagen da, Bauch an Bauch, während sich über unseren Köpfen das Licht sammelte. Ich vertraute ihm, nach wie vor. Er stützte sich auf die Ellbogen, löste sich langsam von mir. »Geh nicht weg, bin gleich wieder da«, sagte er. Als er wiederkam, stand ich an der Tür zur Terrasse, sah aufs Meer hinaus und rauchte. Er umschlang mich von hinten, sein Kinn auf meinen Kopf gestützt.

»Warum, was ist?«, fragte ich.

Es dauerte etwas, bis er antwortete, während die Sonne sich über dem Meer erhob, die Brandung toste und weiße Gischt aufschleuderte.

»Man hat mich zurück nach London beordert«, sagte er.

Keine Ahnung, warum mich just in diesem Moment alles einholte, was war. Während der ganzen Zeit seiner jüngsten Abwesenheit hatte ich keine einzige Träne vergossen. Ich war daran gewöhnt, dass er oft nicht da war. Mal war er eine Woche lang weg, mal mehrere Wochen. Mal kam er für ein bis zwei Tage zurück, mal für ein bis zwei Wochen. Einmal – im schönen Februar – war er fast einen ganzen Monat lang hier bei mir gewesen. Er ließ nie etwas durchblicken, nicht im Geringsten. Er tauchte auf und verschwand ohne Vorankündigung. Gewiss, er konnte seine Vorhaben schließlich nicht in alle Welt hinausposaunen. Also hatte ich gelernt, alles spontan so anzunehmen, wie es war – jeder Besuch ein unerwartetes Ereignis, jeder Kuss, jedes heimliche Stelldichein in Shangri-La, jede heimliche Nacht in meinem Bungalow, stets darauf bedacht, uns nie zu verraten; auf Partys begrüßten wir uns förmlich, flirteten mit anderen, gingen getrennt nach Hause, nur um geradewegs nach Cable Beach zu brettern, wo Thorpe unter einem der riesengroßen immergrünen Meertraubenbäume, die um die Terrasse wogten, auf mich wartete. Er hatte das Rauchen wieder angefangen (möglicherweise aufgrund der zusätzlichen Anspannung, eine Geliebte vor der Welt verstecken zu müssen), und den Zigarettenqualm sah ich stets zuerst, ehe dann seine Haare und seine Haut im Mondlicht erschienen. Manchmal, wenn eine Party sich als besonders unerträglich entpuppte, baute sich die erotisch knisternde Spannung zwischen uns derart qualvoll auf, dass wir es kaum aushielten und nicht weiter als bis zum nächsten Strauch kamen, unter dem wir uns dann eine geraume Zeit lang liebten, und ich spüre bis heute das Kratzen der Meertraubenstiele auf meinem Rücken, das mir ein gewisses sadistisches Vergnügen bereitete.

Dann verschwand er wieder, und ich versuchte, überhaupt nicht an ihn zu denken. Ich stürzte mich in die vielen karitativen Projekte in Nassau. Als Freddie und Nancy de Marigny aus ihren Flitterwochen zurückkehrten (soweit man es so nennen konnte), lud ich die beiden auf eine Dinnerparty in meinen Bungalow ein, die angesichts der Umstände, wie ich fand, ganz gut verlief. Nancy war in Mexiko schwer an Typhus erkrankt und hatte sich hinterher zahllosen Zahnbehandlungen unterziehen müssen. Schrecklich. An Heiligabend eröffneten wir die Militärskantine der Herzogin im alten Bahamian Club von Fred Sigrist mit einer großen Party, auf der sich jede Menge gut aussehender junger Soldaten tummelten. Seither arbeitete ich dort fast jeden Morgen im Schichtbetrieb. Ich war also mehr als beschäftigt, sodass ich keine einzige freie Minute hatte, mich in Selbstmitleid zu ergehen.

Insofern schockierte mich diese Tränenflut, die sich gerade Bahn brach. Was löste Thorpe nur in mir aus? Ich weinte nie, außer bei ihm.

Ich fuhr herum, sah ihn an. »Was hast du gesagt?«

Aus seinen Augen sprach Bedauern. »Man hat mich zurück nach London beordert.«

»Und du hast zugestimmt?«

»Lulu, hör zu«, sagte er. »Du weißt, dass ich darauf keinen Einfluss habe.«

»Ich weiß!« Mit dem Handrücken wischte ich mir die Tränen ab. »Klar weiß ich das. Aber du weißt nicht, wie es ist, ständig zurückgelassen zu werden. Ohne ein Wort. Einfach machtlos zu sein. Du könntest in Timbuktu sein oder tot, und ich würde es nie erfahren. Niemand weiß von uns, außer Veryl. Auch deine Familie weiß nichts von mir. Oder?«

Er runzelte die Stirn. Ich warf die Hände in die Luft.

»Siehst du? Was mache ich, wenn du nie mehr wiederkommst? Wohin soll ich mich wenden? Für dich gibt es mich gar nicht, vor allen anderen jedenfalls.«

Thorpe ließ mich los, setzte sich auf die Bettkante. Er starrte mich an, mit seiner Denkermiene, wie ich sie nannte, die genau genommen gar keinen Ausdruck hatte, sondern nur ein abwesender Blick ins Leere war, bekrönt von einer krausgezogenen Stirn. Im vergangenen Jahr hatte er diese Miene oft aufgesetzt, meist direkt, nachdem wir miteinander geschlafen hatten. Vermutlich haftet dem außerehelichen Geschlechtsverkehr etwas an, das einen nachdenklich stimmt. Seine Augen, die das gelbe Sonnenlicht auffingen, schimmerten fast grün.

Ich ging hinüber zum Aschenbecher auf der Kommode

und drückte meine Zigarette aus. »Wenn der Krieg vorbei ist …«, hob er an.

»Wenn der Krieg vorbei ist, Thorpe, wirst du tot sein und ich ganz allein oder gar schwanger. Schwanger mit einem Baby, das keinen Vater und keine vollständige Familie hat.« Ich setzte mich und nahm das Kissen auf meinen Schoß. »Und bei meinem Pech wird es auch noch deine beschissenen Haare haben!« Thorpe stand auf, nahm seine Hose vom Boden. »Moment mal, meine Liebe. Ich dachte, du magst meine Haare.«

Ich warf das Kissen nach ihm. Er duckte sich weg und langte nach seinem Hemd.

»Wo zum Teufel willst du jetzt hin?«, schrie ich.

»Aus dem Haus natürlich. Veryl wird jeden Moment durch die Tür schwingen.«

»Veryl weiß sowieso über uns Bescheid, du Blödmann.«

»Geht das auch leiser? Die Nachbarn werden uns hören.«

»Es kümmert mich einen Dreck, was die Nachbarn hören!«

Er beugte sich zu mir hinunter und küsste mich auf die Stirn. »Ich werde wiederkommen, meine Schöne.«

»Das sagst du immer.«

»Ja, und das tue ich auch. Irgendwann.«

Im nächsten Moment starrte ich auf die Tür. Ich konnte und wollte nicht glauben, dass er schon wieder fort war.

Jahre später, in ihrer Autobiografie, bezifferte die frühere Mrs. Wallis Simpson die Zahl der Eier, die sie in der Küche der Militärskantine in Nassau mit ihren eigenen tüchtigen Händen gebraten hatte, mit rund dreißigtausend, wenngleich ich diese Zahl bezweifeln möchte. Zum einen, weil sie nicht jeden Tag vor Ort war. Zum anderen, weil sie von Zahlen nicht wirklich einen Begriff hatte.

Dennoch, sie trug ihren Teil bei. Erfüllte ihre Pflicht. Sie übernahm Sigrists alten, heruntergekommenen Club und machte aus der Bruchbude eine Luxuskantine. Und ja, sie briet für Hunderte dieser jungen Männer Eier und Speck, das kann ich bestätigen, und bezauberte sie alle mit ihrem legendären Charme. Sie organisierte Tanzabende, Konzerte und so weiter, alles erdenklich Mögliche, um die Moral aufrecht und die Soldaten bei Laune zu halten, damit sie in ihren Briefen nach Hause davon schwärmten, wie die Herzogin von Windsor ihnen eigenhändig Eier in jeder gewünschten Weise servierte.

Im vergangenen Jahr, zu Weihnachten, gab es eine große Eröffnungsfeier. Und was für eine! Ich hatte zuvor noch einen kurzfristigen Termin mit der Herzogin (weshalb, weiß ich nicht mehr) gehabt und fuhr anschließend mit in der standartengeschmückten Staatslimousine der Windsors zum Ort der Veranstaltung. Wenn mich die Leute in Bakersfield jetzt hätten sehen können! In der Kantine ging es bereits hoch her, wo die Ladys vom Roten Kreuz in einem wunderbaren Geist des Miteinanders für eine heitere weihnachtliche Stimmung sorgten. Draußen, in einer ungeordneten Schlange, fanden sich erste Gäste in Galauniform ein, behutsam aufgehalten von einem toleranten Polizeibeamten in feierlich weißen Handschuhen. Der Herzog und die Herzogin fuhren vor, winkten ihnen zu – mit einer langsamen, leicht drehenden Handbewegung, so als schraubten sie Glühbirnen in eine Fassung. Schon brach das Blitzlichtgewitter der Kameras los – *klick-klick-klick-klack* –, ebenso wie die lauten Rufe der Zeitungsjournalisten: *Ihre Hoheit, Ihre Hoheit,* während Miss Drewes und ich eilends über die Vordertreppe ins Haus huschten, in die luxuriöse Militärskantine der Herzogin. Irgendwer warf mir eine Schürze zu und drückte mir einen Gin Fizz in die Hand. Wir nahmen ungefähr eine Million Bestellungen entgegen, und danach verteilten Miss Drewes und ich die Geschenke, die unter dem Weihnachtsbaum lagen, da der Herzog und die Herzogin gleich nach ihrem offiziellen Auftritt wieder gegangen waren.

Und das Beste an diesem Abend: Als ich nach Hause kam, wartete jemand unter dem Meertraubenbaum auf mich, mit einer Flasche Champagner und einer kleinen weißen Schachtel in der Hand. Ein Ring? Nein, ein Diamantanhänger, den ich seit jenem Tag immer um den Hals trug, als Talisman quasi, auf dass er seine magische Wirkkraft entfalten, mich vor Unheil bewahren und meinen Geliebten herbeilocken würde, wie weit weg auch immer er war.

Auch jetzt baumelte er zwischen meinen Brüsten, während ich mit ordentlich gebundener Schürze auf dem Rad saß und durch die feuchtwarme Luft zur Acht-Uhr-Schicht in die Kantine strampelte, in meiner flotten Uniform die Stufen hinaufstieg und Richtung Küche steuerte.

Eine halbe Stunde später liefen die Bestellungen ein. Spiegeleier mit Speck, Speck mit Spiegeleiern und noch mehr Speck mit Spiegeleiern, denn die Jungs waren offenbar nur granulierte und pulverförmige Lebensmittel gewohnt, während es bei uns hier in Nassau nach wie vor echte Eier und echten Speck gab, direkt geliefert vom Leih- und Pachtbüro in Miami, und zwar in großen amerikanischen Mengen von großen amerikanischen Farmen. Der Dunst von gebratenem Speck erfüllte die ganze Küche. Meine Arme flogen. Einen Pfannenwender in jeder Hand, mit der rechten wendete ich Eier, mit der linken Speck – ein Rhythmus, an den ich mich noch gut erinnere, ebenso wie daran, dass es in dieser Küche immer dampfig und heiß war, egal, welche Jahreszeit gerade herrschte. Und ich weiß noch, wie sich der Schweiß auf meiner Stirn sammelte und mir die Schläfen und den Rücken hinunterlief. Ich erinnere mich an den Lärm der Männer, die ihr Frühstück genossen, an das Geklapper von Geschirr und Besteck, als wäre diese Kantine noch irgendwo in meinem Kopf lebendig. Und vielleicht ist sie das auch.

An diesem Tag allerdings war die Herzogin nicht vor Ort. Zu ihrer Ehre sei gesagt, dass sie an den Vormittagen fast immer auftauchte, ihre Pfannenwender zur Hand nahm und wie alle anderen Eier briet, doch da es um ihre Gesundheit noch nie zum Besten bestellt gewesen war, war es heute mal wieder so weit, und sie ließ sich per Telefon vom Government House aus entschuldigen. Ihre Königliche Hoheit sei unpässlich und bedauere dies mit Grüßen an das Kantinenpersonal zutiefst (hörte ich da ein Kichern?).

Zu diesem Zeitpunkt hatte ich noch keine Ahnung, dass der Grund für ihr Nichterscheinen ein anderer sein könnte. Wie gesagt, gesundheitlich war sie öfter mal angeschlagen. Mrs. Gudewill nahm den Anruf entgegen (sie hatte einen Hang zu klingelnden Telefonen, der sich mir nicht erschloss, für mich waren klingelnde Telefone die Vorhut nahender Katastrophen) und tat die Nachricht kund. Ich machte mir nicht viel daraus, zuckte nur die Achseln, wischte mir den Schweiß von den Schläfen und wandte mich wieder den brutzelnden Eiern zu. Es brauchte etwas Geschick, das fertig gebratene Ei unversehrt auf den Teller zu bringen, ohne dabei das Weiß umzuklappen oder, Gott bewahre, das Eigelb zu zerstören. Man musste sich schon ein bisschen konzentrieren, zumal in dieser Hitze. Da blieb keine Zeit, sich gedanklich mit abwesenden Herzoginnen, ermordeten Ehemännern oder Liebhabern aufzuhalten, die in Kriegszeiten heim ins gute alte England schipperten, keine Zeit, um schwere Gedanken zu wälzen. Vielleicht ist das der Grund, warum ich mich mit Leib und Seele dieser Kantine verschrieben hatte. Nicht für die Moral der Truppe, nicht um meinen Beitrag zur Kriegswirtschaft zu leisten oder die hungrigen jungen Männer nebenan im Speiseraum zu sättigen. Es ging mir einzig darum, dass ich etwas zu tun hatte und beschäftigt war. So waren die endlos langen Stunden wenigstens ausgefüllt, die Leere in meinem Kopf, in der sich andernfalls die Angst hätte breitmachen können.

Um halb zwei am Mittag hängte ich die Schürze an den Haken, wusch mir im Waschraum Gesicht und Hände und stieg wieder auf mein Fahrrad. Die Luft draußen war trüb und heiß, und der wolkenverhangene Himmel verhieß einen wenig erfrischenden Regen. Hin und wieder schlug mir ein Windstoß vom Meer her entgegen. Ich radelte tapfer weiter, an meinem kleinen Häuschen und am Golfplatz vorbei, dann ein langatmiges Stück Straße die Küste entlang. Donner grollte. Vor mir das altehrwürdige British Colonial, in brütender Hitze. Am Sandstrand kaum eine Menschenseele. Dann kam der Hafen in Sicht. Geschäftiges Treiben. Ein Dampfschiff war gerade dabei, am Dock anzulegen. Vorsichtig radelte ich durch das Gewühl und stieg vor dem Prince George Hotel ab. Es war jetzt kurz nach zwei, viel zu spät für einen Drink. Ich lehnte das Fahrrad gegen die Wand, ging hinein und steuerte geradewegs zur Bar.

Zu meiner Überraschung stand Jack hinter der Theke. Überraschung deshalb, da Jack normalerweise erst am späteren Nachmittag eintrudelte, weil er sich die ganze Nacht um die Ohren schlug und jedermanns Geheimnisse erfuhr. Um das Getränkewohl der Mittagessensgäste kümmerte sich dann ein jüngerer Kollege (seinen Namen konnte ich mir nie merken). Der stand heute mit dem Rücken zum Gastraum, ein sauberes weißes Tuch in der Hand, und polierte die Gläser, während Jack die Bar im Blick hatte, acht Finger und zwei knochige Daumen auf der Holztheke, blütenweißes Hemd, schwarze Weste. Direkt über seinem Kopf surrte der Deckenventilator. Er wirke heute etwas schlapp, ob alles in Ordnung sei, fragte ich ihn, während ich mich auf einen der Barhocker schob.

Er trat einen Schritt zur Seite und griff nach einem Glas. Ich legte die Arme auf den Tresen, einen über den anderen, und sah ihm zu, wie er mir einen Gin Tonic machte. Ohne den üblichen Limettenschnitz, denn Limetten waren gerade Mangelware. Es gab nur einen Spritzer Limettensaftkonzentrat aus der Flasche. Ein unzulänglicher Ersatz, der metallisch schmeckte. Er servierte mir den Drink und nahm seine gewohnte Pose ein.

»Haben Sie jemals daran gedacht, zurück in die Heimat zu gehen? Nach Hause?«

»Nach Hause? Mein Zuhause ist hier.«

»Ich meine dorthin, wo Sie ursprünglich herkommen, Mrs. Randolph. Wo Sie aufgewachsen sind. Zurück zu Ihrer Familie, zu Ihren Freunden.«

Ich stellte das Glas ab. »Ich komme nirgendwoher, mein Lieber. Ich habe niemanden.«

»Sie haben eine Mutter und einen Vater. Einen Bruder und eine Schwester.«

»Wie kommen Sie darauf?«

»Weil Familie Familie ist, Mrs. Randolph. Und die könnte Ihnen helfen zu finden, wonach Sie suchen.«

»Ach ja? Wusste gar nicht, dass ich auf der Suche bin.«

»Jeder ist auf der Suche. Wer das nicht ist, versucht, vor irgendetwas davonzulaufen. Ist doch so, meinen Sie nicht?«

Er hatte das Gesicht leicht gesenkt, sodass sich unsere Blicke auf halber Höhe begegneten, als ich meinen Kopf leicht hob.

»Sie haben vielleicht Ideen, Jack!«

»Ich sage nur, dass Sie möglicherweise raus aus der Stadt wollen, Mrs. Randolph. Mehr sage ich gar nicht. Packen Sie vielleicht das Nötigste zusammen, und dann nichts wie raus aus Nassau.«

»Was ist denn los?«, fragte ich. »Was hören Sie denn munkeln?«

Jack straffte den Rücken und warf einen flüchtigen Blick hinüber zum Eingang. »Nur dass jemand aus dem letzten Loch pfeift, das ist alles. Und es gibt einen Haufen Trottel, die auf diesen Jemand angewiesen sind, wenn Sie verstehen, was ich meine?«

»Trottel wie mich?«

Auf der anderen Seite des Raumes nahe dem Eingang, wo Jack eben kurz hingeschaut hatte, kam Unruhe auf. Er sah mich ein letztes Mal eindringlich an, drehte sich dann um, zog seine Weste glatt und stupste seinen Kollegen vor dem Gläserregal an. Ich kippte den Gin Tonic hinunter (die Hitze machte ganz schön durstig), griff in meine Handtasche, um nach Zigaretten zu kramen, und warf dabei einen kurzen Blick nach hinten durch den Gastraum. Doch da waren nur Freddie de Marigny und sein Cousin Georges de Visledou, die sich kugelten vor Lachen. Ich drehte mich wieder um und steckte mir meine Zigarette an.

»Hallo, Mrs. Randolph!«

»Freddie. Na, so eine Überraschung!«

Der Barhocker neben mir kratzte über den Boden, als er ihn zurückzog. De Marigny nahm Platz. Eine Hand ruhte auf der Theke, die andere winkte nach Jack. Sein Cousin Georges nickte mir salutierend zu und griff sich einen Aschenbecher.

»Wie ist es denn so, das Eheleben?«, fragte ich.

»Etwas einsam gerade. Nancy ist den Sommer über in Vermont, sie lernt tanzen.«

»Tanzen? Kann sie das nicht längst?«

»Sie will es richtig lernen. Nimmt Stunden bei dieser berühmten Tänzerin, dieser, ähm … Miss Graham. Ist die Ihnen ein Begriff? Sie ergreift quasi die Flucht …« Er hielt kurz inne, um sich eine Zigarette anzuzünden. »… vor der Hitze hier. Die mag sie nicht so.«

»Warum sind Sie nicht mit?«

»Weil ich geschäftlich hier zu tun habe, Mrs. Randolph. Ich bin ein arbeitender Mann. Und ich will den Sommer nicht mit Tanzen verbringen. Georges, wie sieht's aus?« Er stupste ihn mit dem Ellbogen an, und Georges, der bislang nur durch den Raum gestiert und gelangweilt seine Zigarette gehalten hatte, schrak förmlich zusammen. »Georges, altes Haus. Was ist mit dir? Warum machst du es nicht wie Nancy und versuchst dieser Gluthölle zu entkommen?«

Georges schaute zuerst mich an, dann auf den Boden. Schließlich drehte er sich um und fingerte nach dem Aschenbecher. Seine Wangen waren leicht gerötet. Er sah unverschämt gut aus: gallischer Typ, dichtes dunkles, glänzendes Haar.

Freddie lachte nur und neigte sich näher an mich heran. »Mein lieber Cousin hat eine *amour*, Sie verstehen? Deshalb bleibt er hier. Und was ist Ihre Entschuldigung, Mrs. Randolph? Diese Kolumne, die Sie schreiben? Oder gibt es interessantere Gründe, so was wie bei unserem Georges hier vielleicht?«

»Die pure Gewohnheit, denke ich mal. Die Hitze macht mir nicht so viel aus.«

Jack stellte den beiden Männern jeweils ein Glas hin. Ich fing seinen Blick kurz auf, der allerdings nicht verriet, was er gerade dachte, vielmehr hatte sein mattes weißes Gesicht gar keinen Ausdruck. Trotzdem hatte ich das vage Gefühl, dass er mir irgendetwas mitteilen wollte, irgendeinen

Gedanken. *Nur dass jemand aus dem letzten Loch pfeift,* hatte er gesagt.

Ich ließ den Finger um den Rand meines Glases kreisen. »Sagen Sie, Ihr Schwiegervater ist im gleichen Geschäft, richtig? Und seine Gemahlin weilt ebenfalls in kühleren Gefilden?«

»Ja, Mrs. Oakes ist in Maine, wie immer.«

»Der arme Sir Harry. Ohne seine bessere Hälfte wirkt er irgendwie verloren. Und eigentlich sollte man immer füreinander da sein.«

Freddie zuckte zusammen. »Ich fürchte, ich habe Sir Harry eine ganze Weile nicht mehr gesehen.«

»Wohl schlecht auf ihn zu sprechen, was?«

»Gerade schon. Er führt sich ein bisschen auf wie ein Autokrat, verstehen Sie …«

»Was Sie nicht sagen!«

»Und ich … nun ja …« Freddie legte die Hand aufs Herz. »Ich bin eben nicht so leicht rumzukriegen. Er weiß, dass ich sein Geld nicht will, und das ärgert ihn.«

»Ärgert ihn? Es müsste ihn doch freuen, dass Sie nicht hinter Nancys Geld her sind?«

»Keinesfalls. Ein Mann wie er kennt nur Geld, und Geld bedeutet Macht. Ohne es wäre er ein stinknormaler Kerl. Und ein Schwiegersohn, der sich nicht kaufen lässt – *na ja.* Aber wir werden unsere Unstimmigkeiten schon ausbügeln. Er ist ein echter Hitzkopf, dieser Oakes, aber er ist aus dem gleichen Holz wie ich. Der Sturm geht vorüber, und alles ist wie vorher.« Freddie nippte an seinem Whiskey. »Wie auch immer, in ein oder zwei Tagen fährt er nach Maine. Das sollte sein Gemüt kühlen.«

»Bis dahin ist er noch hier, in Westbourne, wie seine Villa heißt. Mit Harold Christie zusammen.«

»Christie ist hier?«

»Habe ich gehört. Übernachtet dort in einer vornehmen Gästesuite und säuselt Oakes die Ohren voll. Was ist?«

Freddie schüttelte den Kopf. »Christie. Sie wissen, dass er Harry ganz schön über den Tisch gezogen hat, voriges Jahr, als es um den Landkauf für dieses neue Flugfeld ging? Er sollte lieber aufpassen. Sir Harry hat einen langen Atem. Und Christie schuldet ihm eine Menge Geld.«

»Ach ja?«

»Eine richtig große Menge Geld.« Er schaute zu Georges de Visledou, der sich mit Getränk und Zigarette zu ein paar Frauen an einem der kleinen runden Tische gesellt hatte. »Und ich sage Ihnen noch etwas. Vor ein paar Monaten, kurz vor unserer letzten kleinen Meinungsverschiedenheit, erzählte mir Sir Harry, dass er Nassau verlassen würde.«

»Oh, das macht hier schon seit Ewigkeiten die Runde.«

»Nein, aber er meint es ernst. Zum einen mag er es nicht, wie die Frauen hier seine Gattin behandeln. Er hat diese ganze Kontrolle satt, diese britische Überwachung seiner Angelegenheiten. Sein Geld überweist er schon seit Längerem auf diese Bank in Mexiko, und eins können Sie mir glauben, Mrs. Randolph, nächstes Jahr um diese Zeit wird Oakes die Bahamas endgültig verlassen haben.«

All das erzählte er mir mit gedämpfter Stimme, den Kopf nahe an meinem Ohr. Ich warf einen Blick hinüber zu Jack, der hinter dem Tresen stand, in aller Ruhe seine Flaschen arrangierte, uns derweil beobachtete, sich ertappt fühlte und schnell wegschaute. Ich musste an die Papiere in meiner Schreibtischschublade am Cable Beach denken.

»Auf welche Bank?«, fragte ich. »Seine Bank in Mexiko?«

»Natürlich, die Banco Continental. Wenner-Grens Laden.«

Ich drückte meine Zigarette aus. »Spannend. Und auch illegal, nehme ich an? Vermögenswerte in Kriegszeiten auf eine Bank in Übersee zu verschieben?«

»Was kümmert das Männer wie ihn? Moment, Sie wollen jetzt doch nicht etwa gehen?«

»Ich war nur auf einen Drink hier.«

Er berührte meine Hand. »Wir haben heute Abend eine kleine Dinnerparty, Georges und ich. Sie müssen unbedingt kommen.«

Ich öffnete den Mund, um mein Bedauern auszudrücken, da ich anderweitig beschäftigt sei, aber das war ich ja gar nicht. Anderweitig beschäftigt, oder doch? Ja, ich war beschäftigt mit meinen Gedanken an Thorpe. Soweit ich wusste, war er gerade auf dem Weg zurück nach London. Soweit ich wusste, würde ich ihn so schnell nicht wiedersehen. Der schmerzhafte Gedanke an Thorpe, an sein Verschwinden, schob sich gerade in den Vordergrund meines Bewusstseins, durchdrang jede Faser meines Körpers, riss eine tiefe Wunde, von ganz oben in meinem Kopf bis ganz hinunter in meinen Bauch, riss mich entzwei – als ginge ein scharfes Filetiermesser durch mich hindurch.

Ich legte ein paar Shilling auf die Theke und stand auf. »Gerne, lieber Freddie, schön, dass Sie an mich denken. Acht Uhr? Würde das passen?«

Er nahm meine Hand und küsste sie, und während er den Kopf leicht über meine Finger neigte, schimmerte sein Haar im Licht.

»Acht Uhr ist perfekt.«

Als ich hinaus in die schwülheiße Luft trat, fiel mein allererster Blick auf die Limousine des Government House, die am Straßenrand parkte. Über den Scheinwerfern hingen die aufgesteckten Union-Jack-Fähnchen schlaff herab. Der Chauffeur stand daneben, an den Radkasten gelehnt, und sah auf die Uhr. Als er mich erblickte, richtete er sich auf.

»Mrs. Randolph?«

»Na so was.«

»Ihre Königliche Hoheit hätte Sie gerne gesprochen, wenn Sie einen Moment Zeit hätten.«

Ich schaute kurz durch die Heckscheibe, dann wieder zurück zum Chauffeur, der mich mit durchdringendem Blick betrachtete, so wie eben Jack an der Bar. Ich spürte die drückende Hitze im Gesicht und in der Brust, und mein Kleid klebte fast an meinen Beinen.

»Wenn mein Fahrrad in den Kofferraum passt?«, meinte ich.

Es ist ein seltsames und fast ein bisschen leeres Gefühl, allein in einer Limousine zu sitzen und chauffiert zu werden, in einer riesigen Staatskarosse, in der sonst nur der Gouverneur und seine Gemahlin befördert werden. Ich musste an jenes Titelblatt des *Life*-Magazins denken, das die beiden so einträchtig zwischen ein paar Union-Jack-Kissen in ihrem Salon zeigte, den ich inzwischen sehr gut kannte.

Wir fuhren den Hügel hinauf zum Westeingang, vorbei an den Wachhäuschen. Vor dem Portikus hielten wir an, dort, wo ich einst die Bekanntschaft von Sir Harry Oakes gemacht hatte (wenn man es so nennen kann). Nun trug sich Sir Harry Oakes ebenfalls mit dem Gedanken, Nassau zu verlassen, sofern es stimmte, was de Marigny sagte. Ich versuchte, mir das vorzustellen – die Bahamas ohne Sir Harry –, nein, unmöglich. Er war nicht wegzudenken, war Teil dieser Landschaft. Wenn ich auf meinem Fahrrad über die Insel strampelte, um ein bisschen Sport zu machen und mich von meinem abwesenden Geliebten abzulenken, entdeckte ich ihn immer irgendwo. Er rodete Land, steuerte eine Planierraupe hin und her, riss den Boden auf, hob Gestrüpp oder kleine Palmettopalmen aus und so weiter; dabei trug er stets eine jungenhafte Freude an der Zerstörung zur Schau. Und immer hob er die Hand zum Gruß, wenn er mich sah. Erst neulich hielt ich kurz an, um ein bisschen mit ihm zu plaudern, weil ich wusste, dass Nancy und ihre Mutter gerade nach Neuengland aufgebrochen waren, um der Hitze in Nassau zu entfliehen. Ob es nicht manchmal langweilig sei, ohne die beiden, wollte ich wissen. Es war später Nachmittag, und wir schwitzten beide wie verrückt, doch das schien ihm nicht einmal aufzufallen oder unangenehm zu sein. Wie es seiner Frau gehe, fragte ich. Gut, meinte er, sie sei in Bar Harbor. »Und Nancy?«, fragte ich etwas vorsichtiger. »Danke, es geht ihr sehr viel besser …«, sagte er, »… ohne ihren sexbesessenen Ehemann.«

»Ach, nicht doch, Sir Harry«, erwiderte ich. »Die beiden sind frisch verheiratet.«

»Hmm«, sagte er nur.

»Kein Grund, sauer zu sein. Ja, er ist schon ein hübscher Kerl. Und sie ist wohl seinem Charme erlegen.«

Er schob die Unterlippe etwas vor, aber er war mir nicht böse. Wir verstanden einander, Oakes und ich, wie zwei Außenseiter, die sich verbunden fühlten, zumal an einem fremden Ort wie diesem, einem Ort wie Nassau.

»So schlimm ist er gar nicht«, fuhr ich fort. »Und er liebt sie. Er ist verzaubert von ihr. Ums Geld geht es ihm bestimmt nicht.«

»Natürlich geht es ihm nicht ums Geld. Der Blödmann hat mir einen notariell beglaubigten Brief zukommen lassen, direkt nachdem die beiden durchgebrannt waren, in dem er auf alle Ansprüche verzichtete. Er ist … verdammt noch mal …«

»Er ist Ihr Schwiegersohn und genauso eigensinnig und stur wie Sie.«

»Hmm«, sagte er erneut.

»Sir Harry. Nancy ist neunzehn, nicht wahr? Sie ist kein

Kind mehr. Und es hätte sie schlimmer treffen können, glauben Sie mir. *Viel* schlimmer.«

Er wusste wohl, was ich meinte. Für mich hatte dieser Mann mehr Menschenkenntnis, als die meisten Leute ihm zubilligten. So gingen wir an jenem Tag im Guten auseinander, verabschiedeten uns fast freundschaftlich, obgleich mir nicht ganz klar war, warum ich ausgerechnet jetzt, wo ich unter dem Portikus vor dem Government House aus der Limousine stieg und wo Miss Drewes mich mit nervös zuckenden Mundwinkeln bereits erwartete, an ihn denken musste. Vielleicht lag es an Freddies Andeutungen kurz zuvor. Vielleicht war es auch eine flüchtige Ahnung der bevorstehenden Katastrophe.

Miss Drewes und ich wurden nie richtig warm miteinander. Keine Ahnung, warum. Ich mochte sie, mochte ihren trockenen, intelligenten und feinen Sinn für Humor, der immer wieder durchblitzte, und ich glaube, sie mochte mich ebenfalls. Trotzdem verband uns keine Freundschaft – wir waren eher wie zwei kleine Zahnräder in einem Getriebe, die nicht wirklich rundliefen. Für mein Empfinden lag dies wohl hauptsächlich an ihrem schrecklichen Schutzinstinkt der Herzogin gegenüber, und in ihren Augen hatte ich wohl insgesamt viel zu viel Macht anvertraut bekommen.

Und dennoch, als sie mich im Vorraum begrüßte und mich nach oben in die Suite der Herzogin führte, schien es mir ganz so, als unterdrückte sie ein Kichern. Wie gesagt, um ihren Mund spielte ein Zucken. Sie war erstaunlich schweigsam, wo sie doch sonst so eifrig plapperte. Ich fragte sie, was der Grund sei, dass die Herzogin mich spontan einbestellt habe. Eine persönliche Angelegenheit, sagte sie nur, die Herzogin würde mir alles erklären. Oben angekommen, war die Luft warm und miefig, roch nach dem üblichen

Moder auf den Bahamas, nach feuchtem Holz und stark duftenden Blumen. Als wir vor dem Salon der Herzogin standen, schien Miss Drewes etwas zu zögern, bevor sie die Hand hob, um an die schwere Holztür zu klopfen. Sie warf mir ein kurzes, nervöses Lächeln zu und klopfte noch einmal. *Herein*, ertönte von drinnen die tiefe Stimme der Herzogin.

Miss Drewes drehte den Türknauf und trat einen Schritt zur Seite, damit ich vorgehen konnte.

Die Herzogin mochte sich unwohl gefühlt haben, dennoch ging sie auf dem Teppich in ihrem weiß-blau gehaltenen Ankleidezimmer mit beschwingter, uramerikanischer Heiterkeit auf und ab. Das Zimmer war im exklusiven französisch-provenzalischen Stil eingerichtet, furchtbar elegant, mit Spiegeln ringsum, aus denen einem das eigene Bild von allen möglichen und unmöglichen Seiten entgegensprang. Über das Plüschsofa war eine ganze Reihe herrlicher Kleider drapiert. Sie begrüßte mich gar nicht groß, sondern wedelte nur begeistert in Richtung der Kleider und sagte: »Da sind Sie, liebste Lulu. Ich bin dabei, meinen Kleiderschrank auszumisten. So viele Kleider! Ich habe mich gefragt, ob Ihnen wohl welche davon passen würden.«

Ich muss sie völlig entgeistert angeschaut haben, denn sie fing an zu lachen.

»Oh, nur nicht so schüchtern. Wir sind ungefähr gleich groß, nicht wahr?«

»Das war's dann aber auch mit der Ähnlichkeit, wie jeder mit gesunden Augen unschwer erkennen kann.«

»Lassen Sie es uns trotzdem mal versuchen, hm?«

Ich verschränkte die Arme. »Wirklich, ich bin Ihnen schrecklich dankbar, aber ich wüsste nicht, wozu.«

Doch die Herzogin hob bereits eines der Kleider hoch, in einem satten Sonnengelb, aus Seide und mit weit auslaufenden Ärmeln wie Sonnenstrahlen. Sie legte es über ihre Unterarme und präsentierte es mir mit einer Miene, die ich inzwischen bestens kannte und die keinen Widerspruch duldete.

»Ich mag kein Gelb. Gelb steht mir nicht«, sagte ich.

Sie hielt mir die Ärmel an und legte den Kopf schief. »Probieren Sie es mal, Lulu. Bitte!«

Ich nahm ihr das Kleid ab und begab mich hinter den Paravent in der Ecke, allerdings nicht, bevor ich die Winkel der Spiegel um mich herum geprüft hatte. Und was das Kleid anbelangte, erwartete ich nicht allzu viel. Neben meinem olivbraunen Teint und den braunen Augen hatte ich von meiner italienischen Mutter auch üppige weibliche Kurven geerbt, die ich so manches Mal lieber versteckt hätte – ein Problem, das Wallis mit ihrer weniger weiblich anmutenden Figur wohl gänzlich unbekannt war. Ich stieg also in das Kleid, atmete tief ein, hielt die Luft an, langte nach hinten und zog den Reißverschluss hoch.

Und was soll ich sagen? Ich hatte nichts einzuwenden. Dieses ausrangierte Kleid von Wallis Simpson, deren Figur eher einem Kleiderbügel als einer lebendigen Frau glich, schmiegte sich perfekt in und um jede meiner Rundungen. »Ich fasse es nicht!«, murmelte ich und trat vor den Paravent. Wallis klatschte erfreut in die Hände.

»Oh, ich wusste es«, sagte sie. »Es passt perfekt. Gelb ist Ihre Farbe, meine Liebe, es harmoniert wunderschön mit Ihrer Haut. Sie sehen traumhaft aus. Kommen Sie, wir führen es dem Herzog vor!«

»Dem Herzog?!«

»Er sieht gerne Frauen in schönen Kleidern.«

»Ich kann doch unmöglich …«

»Nur nicht so schüchtern. Er hat gerade nicht viel zu tun.«

Sie nahm mich an der Hand (Miss Drewes war verschwunden), führte mich aus dem Zimmer, den Korridor entlang, die Treppe hinunter und zum privaten Arbeitszimmer des Herzogs. Das Kleid war Gott sei Dank bodenlang und verdeckte die derben braunen Schuhe, die ich noch von meiner Schicht am Vormittag in der Kantine trug. Die Herzogin wirkte seltsam aufgekratzt, leicht verschmitzt, was auch immer, von Unwohlsein jedenfalls keine Spur, und langsam dämmerte mir, dass irgendetwas faul war, oberfaul sogar. Die ganze Sache stank zum Himmel. Doch erst als die Herzogin die Tür zum Arbeitszimmer des Herzogs öffnete (ohne zu klopfen, versteht sich), mich unterhakte und in den Raum zog, war mir klar, was da so stank.

Er stand neben dem Herzog, an dessen Massivholzschreibtisch gelehnt, in einem fein säuberlich geglätteten Anzug aus hellem Leinen, eine Hibiskusblüte im Knopfloch. Mit einem breiten, verlegenen Lächeln im Gesicht und einer kleinen, edlen weißen Schachtel in der Hand stand er vor mir.

Und diesmal enthielt sie wirklich einen Ring!

Elfriede

JUNI 1916

Schottland

Nach Angaben des Arztes kommt das Baby in zehn Wochen auf die Welt. Andererseits ist der Arzt fast achtzig Jahre alt und wohl auch schwerhörig, sodass Elfriede (die Hunderte Male schon die Tage bis Ende November zurückgerechnet hat, als Wilfred das letzte Mal auf Urlaub bei ihr war) nun überlegt, ob es nicht möglicherweise auch früher kommen könnte.

»Spielt das denn wirklich eine Rolle?«, fragt Wilfred. »Ob eine Woche früher oder später? Am Ende entscheidet das Baby, wann es kommen will.«

»Natürlich spielt es eine Rolle. Du musst doch hier sein, wenn es so weit ist, und um den Urlaub zu beantragen …«

»Meine Herzallerliebste. Das meinst du nicht im Ernst.«

Elfriede stützt sich auf einen Ellbogen und starrt ihn an. In Schottland scheinen die Tage im Juni nie zu enden, und das Licht, das durch das Fenster fällt, erhellt die Denkerfalten quer über seiner Stirn und in den Augenwinkeln sowie die feinen Linien, die sich wie ein Klammernpaar um seinen breiten Mund schließen.

Sie umschließt die eine Hälfte seines Gesichts mit ihrer

Hand und streicht mit dem Daumen über seinen Schnurrbart.

»Aber du musst. Du musst hier bei mir sein.«

Wilfred seufzt einmal tief auf und steigt aus dem Bett. Außer an Gesicht und Händen ist seine Haut so hell, dass sie fast schneeweiß ist. Er sucht nach seiner Jacke, die verkrumpelt auf dem Boden liegt, bückt sich und hebt sie auf, schüttelt sie aus und hängt sie über die Stuhllehne, um dann seine Zigarettenschachtel aus der Brusttasche hervorzuziehen. Elfriede, immer noch auf einen Ellbogen gestützt, schaut ihm vom Bett aus zu, inspiziert seinen Körper wie eine Ärztin, die nach Symptomen sucht. Er ist so schlank wie immer. Seine langen, spinnenhaften Gliedmaßen blitzen hell auf, während er sich durch den Raum bewegt, eine Zigarette im Mundwinkel, und in militärischer Manier die verstreut herumliegenden Kleider aufsammelt.

»Liebling, du musst verstehen, dass dort draußen Krieg ist«, sagt er. »Ich kann nicht einfach nach Lust und Laune mal eben nach Blighty abrauschen.«

»Nach Lust und Laune? Deine Ehefrau bekommt ein Baby!«

»So wie die Ehefrauen meiner Untergebenen auch, und das in auffallender Regelmäßigkeit und ohne jede Hoffnung oder gar Aussicht auf Sonderurlaub.«

»Aber du bist Major, nicht wahr? Bedeutet das denn nichts?«

»Doch.« Er nimmt die Zigarette aus dem Mund und stemmt die Handflächen auf den Sims am offenen Fenster. »Es bedeutet, dass ich verpflichtet bin, mit gutem Beispiel voranzugehen. Es bedeutet, dass ich verpflichtet bin, von meinen Männern nichts zu verlangen, was ich mir nicht selbst abverlangen würde. Es bedeutet, dass ich der Letzte bin, der dafür Urlaub genehmigt bekäme.«

»Das ist nicht fair. Schau dich an, du hast abgenommen. Dein Gesicht ist um zehn Jahre gealtert, seit ich dich das letzte Mal gesehen habe …«

»Sehr nett.«

»Spar dir deine Witze. Deine Tochter braucht dich. Und deine Frau – deine Frau braucht dich unbedingt …«

»Ja, so wie all die Frauen und Kinder von meinen Männern, wie schon gesagt, und einige dieser Männer, dieser Ehemänner und Väter, sie sind tot, Elfriede, tot, gestorben, begraben unter weißen Kreuzen in Frankreich, oder hast du davon nie gehört? Weit weg in einem schönen, warmen, trockenen Haus, mit reichlich zu essen und ohne eine einzige Waffe vor Augen. Hast du nicht mitbekommen, dass Krieg herrscht, ein verfluchter Krieg?«

Zum Ende seiner Rede dröhnt Wilfreds Stimme durch das offene Fenster hinaus und lässt die Bäume erzittern. Seine Ellbogen sind durchgestreckt, die Zigarette glimmt in seiner rechten Hand.

»Du weckst noch das ganze Haus auf«, sagt Elfriede.

Er richtet sich auf und zieht kräftig an seiner Zigarette. »Tut mir leid.«

»Natürlich weiß ich, dass Krieg herrscht. Herrgott noch mal. Wie viele Socken habe ich gestopft, wie viele Verbände angelegt, wie viele Stunden mit all den Witwen verbracht, Wilfred? Wie viele Stunden war ich im Hospital und habe Wunden versorgt?«

»Ich weiß, ich weiß.«

»Mein Sohn. Mein Sohn kämpft in irgendeinem Regiment in Polen, ich weiß nicht einmal, wo, und er könnte in dieser Minute gestorben sein. Johann könnte tot sein, und Gott weiß, wann und wie ich davon erfahren würde. Durch einen Brief vom Roten Kreuz vielleicht oder von Helga, was es noch schlimmer machen würde. Und mein eigener Ehemann ist der erklärte Feind meines Sohnes. Wenn du ihm im Kampf gegenüberstehst, Wilfred, was wirst du tun? Ihn töten?«

»Nicht wenn er mich zuerst tötet. Dann selbstverständlich nicht.«

Elfriede schwingt die Beine über die Bettkante, steht auf und greift sich ihren Morgenmantel vom Boden vor dem Bett.

»Elfriede?«

Sie schlüpft hinein und bindet ihn unter ihrer drallen Brust und um ihren schwangeren Bauch. Die Tür ist zu; sie schwenkt sie auf, läuft den Flur hinunter zur Treppe und nach draußen, auch wenn die Luft kühl und feucht ist, denn sie hält es gerade keine Minute länger mehr mit ihrem Ehemann aus. Nicht mit *diesem* Ehemann. *Ehemann* – das Wort hat in den vergangenen zwei Jahren eine seltsam neue Bedeutung angenommen.

Dunnock Lodge haben sie vor zehn Jahren, kurz bevor Margaret geboren wurde, von einem wohlhabenden Engländer gekauft, der sich mit Eisenbahnaktien kräftig verspekuliert und Bankrott gemacht hatte. Dass der Großteil des Geldes für diesen Kauf von Elfriede kam (die in Gerhards Testament großzügig bedacht worden war), blieb unausgesprochen. Das Haus mit seinen geräumigen Zimmern war eigentlich viel zu groß für nur vier Leute, für Wilfred, Elfriede, Johann und das baldige Neugeborene. Und so nahmen sie die Hoffnung wieder auf und beschlossen, hier eines Tages auch Johanns drei Schwestern und natürlich auch allen weiteren Kindern, die Gott ihnen in besseren Tagen noch schenken würde, ein Zuhause zu bieten. Wie hoffnungsfroh!

Wenn man hochschwanger ist, die Ehe glücklich und harmonisch, scheint alles möglich. Doch das war einmal, vor

Margarets Geburt, die der blanke Horror war. Endlose Wehen, Steißlage und eine verpfuschte Geburtshilfe hätten Mutter und Kind beinahe das Leben gekostet. Und das Dunkel, das sich danach auf Elfriedes Seele senkte, just als der düstere, nasskalte schottische Winter Einzug hielt, gab ihr den Rest. Wie heißt es in einem alten Sprichwort so schön? Der Mensch denkt, Gott lenkt. Die Jahre zogen ins Land. Charlottes Aufenthaltsort blieb weiterhin ein Rätsel. Johann wuchs heran, wurde vom Jungen zum Mann, und Deutschland forderte seinen Baron zurück, was zu erwarten war. Weitere Schwangerschaften blieben aus.

Bis jetzt. Und die Entbindung steht kurz bevor.

Eines weiß Elfriede ganz sicher – es wird ein großes Baby. Nach sieben Schwangerschaftsmonaten fühlt sie sich so dick, so unschön. Und sie fängt bereits jetzt an zu »watscheln«, wie sie festgestellt hat. Im Krankenhaus drehten die kriegsverwundeten Männer erschrocken die Köpfe nach ihr um, als würde sie jeden Moment niederkommen. Und jetzt, wo sie versucht, über die Wiese zum Fluss hinunterzulaufen, merkt sie, dass sie kaum richtig atmen kann, weil der dicke Babybauch gegen ihre Lunge drückt. Sie geht langsamer. Aber zügig. Als sie das Flussufer erreicht, überquert sie den Steg hinüber zur kleinen baumbestandenen Insel mit dem Gartenpavillon, den der englische Vorbesitzer dort errichtet hat (wie Engländer es gerne tun), wo sie und Wilfred so oft miteinander geschlafen hatten, dass sie es unmöglich mehr zählen kann. Als sie drüben ankommt und vom Steg hinunter auf den Rasen tritt, im blauen Dämmerlicht eines schottischen Juniabends, erinnert sie sich daran, wie sie vor zehn Jahren, ungefähr im gleichen Monat schwanger wie jetzt, mit Wilfred und dem Immobilienmakler hier über das Grundstück stapfte, wie sie und Wilfred diesen Pavillon in derselben Sekunde erspähten und mit demselben Gedanken im Kopf heiße Blicke wechselten. Am Abend des Einzugs, kaum dass Johann eingeschlafen war, rannten sie Hand in Hand durch den Regen, weihten zuerst die Polsterbank auf der Ostseite ein und dann, nach etwa einer Stunde, die Stufen, die hinunter ans Flussufer führten. Völlig durchnässt, fröhlich lachend, verzehrt von glühendem Verlangen. Acht Tage später bekam Elfriede schwere Blutungen, verblutete fast. *Der Herr gibt, der Herr nimmt.* Es verging fast ein Jahr, bis sie und Wilfred wieder miteinander schliefen. Dann wurde sein Regiment nach Indien verlegt. Für zwei lange Jahre. Siebeneinhalb Monate nach seiner Abreise gebar Elfriede einen Jungen, eine Totgeburt.

Sie verzieht sich in den Gartenpavillon, setzt sich auf die Polsterbank an der Ostseite, nicht um in guten alten Zeiten zu schwelgen, sondern weil ihre Füße sie keine weitere verfluchte Sekunde mehr tragen können.

Die Sonne geht langsam unter, und das Licht schwindet – welch eine Wohltat!

Elfriede schließt die Augen und lässt den Kopf nach hinten gegen einen Pfeiler sinken. Ein Rotkehlchen zwitschert, pfeift der sinkenden Sonne zum Zapfenstreich entgegen. Und wie sie zwitschern, die Rotkehlchen um Dunnock Lodge! Ihr morgendliches Konzert hat sie auch heute mit dem ersten Sonnenstrahl geweckt. Doch sie war viel zu aufgekratzt, um wieder einzuschlafen, denn Wilfred würde heute kommen. Am Abend zuvor hatte er ein Telegramm aus Boulogne geschickt, er habe ein paar Tage Urlaub bekommen. Endlich. Und völlig unerwartet, nach all den Monaten an der Front! Und sie war wach vom Gezwitscher der Rotkehlchen in aller Herrgottsfrühe. Sie probierte fünf Kleider durch, doch keines vermochte ihren Bauch zu kaschieren. Armer Wilfred! Da kommt er endlich nach

Hause und findet statt seiner hübschen Ehefrau ein dickes, unförmiges Nilpferd vor!

Natürlich sind sie an diese häufigen und langen Abwesenheiten gewöhnt. Das bringt der Militärdienst so mit sich. Als Wilfred für drei Monate auf Heimaturlaub aus Indien war, sprachen sie darüber, ob Elfriede und die Kinder ihn zurück nach Indien begleiten sollten. Ständig getrennt zu leben war einfach unerträglich. Gewiss, Margaret war alt genug. Aber Johann? Er hatte sich im Internat in Winchester gut eingelebt und wurde in den Ferien zu Weihnachten und im Sommer in Deutschland erwartet. Außerdem war das indische Klima für kleine Kinder nicht gerade geeignet, und Krankheiten waren weit verbreitet. So blieben Elfriede und Margaret am Ende nur sechs Monate in Indien. In dieser Zeit erlitt Elfriede zweimal eine Fehlgeburt, das zweite Mal vor der Küste von Ceylon, auf dem Schiff während der Heimreise. Sie hat Wilfred nie davon erzählt. Wozu auch? Die Nachricht hätte ihn nur betrübt. Ein weiteres Jahr verging. Ein weiterer Heimaturlaub. Eine weitere schmerzhafte Trennung. Dann der Krieg. Das Regiment zog eilends ab nach Hause, nur um gleich weiter nach Frankreich entsendet zu werden. Nun trennten sie nicht mehr etliche Tausende, sondern nur noch Hunderte Kilometer. Aber was machte das schon für einen Unterschied? Gut, die Briefe kamen schneller an. Und theoretisch hätte Wilfred binnen weniger Stunden zu Hause sein können, statt mehrere Wochen reisen zu müssen. Aber im Austausch für diese Segnungen hat Elfriede nun diese gewaltige, alles erdrückende Angst, Panik gar, die sie bisweilen lähmt; es ist eine mehrschichtige Angst, denn Johann, der im Sommer 1914 wie üblich in Deutschland zu Besuch war, entschied sich, mit Ausbruch des Krieges als Oberleutnant der deutschen kaiserlichen Armee in

Dienst zu treten. Nun ist er irgendwo an der Ostfront. Wo genau, weiß sie nicht. Auf irgendeiner blutgetränkten Steppe. Seine Briefe, so sie überhaupt ankommen, treffen erst Monate später bei ihr ein und lesen sich immer gleich – er sei gesund und trage sie alle im Herzen bei sich, seine Mutter, seine Schwester und seinen Stiefvater. Wie heißt es in der Bibel? *Liebe deine Feind*e.

Insofern ist es nur allzu verständlich, welch ungeheure Macht dieses kleine Wörtchen *Urlaub* in Elfriedes Leben hat. Die letzten zehn Jahre hat sich ihre Welt einzig und allein darum gedreht. Sie hat diese Sonne namens Urlaub umkreist, hat ihren Aufgang an ihrem kleinen Himmel erhofft und ihren Untergang erwartet, hat alles Leben, alles Licht und alle Nahrung aus der vertrauensvoll ersehnten Rückkehr ihres Ehemannes geschöpft. Im November ist die Sonne in Schottland natürlich selten zu sehen, und so kam Wilfreds kurzfristig genehmigter Urlaub völlig überraschend, wie ein Feuerwerk mitten in der Nacht. Das Telegramm aus London erreichte sie kurz nach dem Mittagessen, mit Verspätung, denn die Jungs im Telegrafenamt hatten mit den Nachrichten von der Front alle Hände voll zu tun, und so hatte sie gerade genug Zeit, um Margaret in den Wolseley zu packen und nach Inverness zu fahren, um ihren Mann am Bahnhof abzuholen. Margaret entdeckte ihn zuerst. (Elfriedes Kurzsichtigkeit wird mit jedem Jahr ein bisschen schlechter.) Sie kreischte vor Freude, rannte ihm auf dem Bahnsteig entgegen, und irgendwo im Gewimmel aus khakifarbenen Armen und Beinen hob ein Mann sie hoch in die Luft, dieses spindeldürre, neunjährige blonde Mädchen, und wirbelte sie herum, drückte und herzte sie. Elfriede stand reglos da, wie gelähmt vor Freude. In ihrem Kopf hörte sie eine Frau sagen: *Die Liebe zwischen Vater und Tochter ist eben etwas ganz Besonderes.* Wilfred, der seine

Tochter noch immer im Arm hielt, flüsterte ihr irgendetwas ins Ohr, woraufhin Margaret in Richtung ihrer Mutter zeigte, und Elfriede, die zum ersten Mal seit Ende Frühjahr wieder das Gesicht ihres Mannes erblickte, spürte, wie die Sonne an ihrem kleinen Himmel endlich wieder aufging. So wie jedes Mal, wenn er Urlaub hatte!

Trotzdem. Gut, es war November, aber trotzdem. Irgendetwas stimmte nicht so richtig. Die wunderbare Strahlkraft von Wilfreds Charisma schien irgendwie gedämpft, so ihr Eindruck, als sie auf dem Heimweg waren, sie am Steuer des Wolseley saß, Margaret von hinten in einer Tour munter schnatterte und Wilfred nur ab und zu ein mechanisch halbherziges *Ja, meine Süße* oder *Oh, wie schön* verlauten ließ. Später, als Margaret schlief, liebten sie sich, doch er sprach kein einziges Wort, rollte von ihr ab, fiel in Tiefschlaf, wachte irgendwann in der Nacht auf, stellte sich ans Fenster, rauchte eine Zigarette, kehrte zurück ins Bett … und so ging es die ganze Nacht. Am nächsten Morgen zählte Elfriede dreizehn Zigarettenstummel im Aschenbecher. Und auch in den nächsten fünf Tagen tat er nichts als essen, ruhen und mit ihr schlafen. Gut, nicht ausschließlich. War Margaret um ihn, gab er sein Bestes, um sein altes sonniges Gemüt aufzubieten, was ihm mitunter auch gelang, aber es kostete ihn alle Kraft, sodass für Elfriede nur wortloses Schweigen blieb. Nur lange, stille Spaziergänge über das Gelände. Nur leere, abwesende Blicke beim Frühstück und Abendessen, die ziellos durch den Raum und an Elfriede vorbei durch die Wände streiften, zu einem Ort, weit weg von ihr. Nur sein stummer, gnadenloser, nach Tabak riechender Liebesakt mitten in der Nacht, manchmal auch mitten am Tag, der Elfriedes Schoß mit dem Saft des Lebens füllte, während sie sich an seinen Hals, seine Schultern, sein Gesäß krallte, sich ihm entgegenreckte, um diese selten geschenkte Essenz tief in sich aufzunehmen. Sie wartete bis Ende Februar, um ihm zu sagen, dass sie schwanger sei. Sie war nicht sicher, ob er sich über diese Nachricht freuen würde oder nicht. Seine Antwort kam per Telegramm:

> GELIEBTER ENGEL STOPP HABE DEINEN BRIEF VOR EINER STUNDE ERHALTEN STOPP HABE NICHT AUFGEHÖRT ZU WEINEN STOPP VERZEIH DIESEM SCHEUSAL DAS DU DEINEN EHEMANN NENNST STOPP PASS BITTE GUT AUF DICH AUF STOPP ALLES LÄSST SICH ERTRAGEN NUR NICHT DEIN VERLUST STOPP NENNE IHN NACH MEINEM VATER STOPP IN ALLER LIEBE VON MIR DER DICH IMMER VEREHRT ABER NIE VERDIENT HAT STOPP
> WILFRED

Kurzum, daraus sprach mehr Zuneigung, als sie seit ... ja, wohl seit seinem vorletzten Urlaub von ihm bekommen hatte.

Doch jetzt, wo sie auf der Bank sitzt, den Kopf nach hinten gelehnt, und dem Rotkehlchen lauscht, geben ihr seine Worte doch zu denken – *ehrliche Zuneigung? Oder eher ein schlechtes Gewissen?*

Durch die feuchte Luft hört sie eine Männerstimme rufen. Sie schlägt die Augen auf. Ihr Herz macht einen Satz: *Johann!* (Als Mutter hört sie keinen Mann, sondern immer noch ihren kleinen Jungen rufen.) Dann fällt ihr ein, dass Johann vermutlich in Polen ist und diese Stimme ihrem Ehemann gehören muss. Diesem neuen Wilfred, der so ganz anders ist als der alte, dieser neue Ehemann, der nur isst, schläft und mit ihr Liebe macht. Doch, da ruft jemand. Etwas lauter jetzt, voller Sehnsucht und Verzweiflung.

Elfriede!

Er kommt näher. Klar, wenn er sich schon die Mühe macht, sie zu finden, dann sucht er natürlich zuerst hier, im Gartenpavillon. Und vielleicht hat Elfriede es längst gewusst. Vielleicht ist sie nur aus diesem einen Grund hierhergekommen: um gefunden zu werden. *Hier* gefunden zu werden, in ihrem alten Liebesnest, wo jeder einzelne Quadratzentimeter Bank, Fußboden, Treppenstufe und auch Wand durch den einen oder anderen Liebesakt in allen möglichen Stellungen geweiht ist. Der Ort ist wie ein Album ihrer Ehe, ihrer fleischlichen Ehe jedenfalls, mit Fotos aus Erinnerungen. Genau *hierher* ist Elfriede gekommen, um von ihrem Ehemann gefunden zu werden. Aber was war der Grund?

Hatte Lucy MacLeod vielleicht doch recht? Mrs. MacLeod, deren Ehemann (Lieutenant unter Wilfreds Kommando) im vergangenen Winter fiel, in Stücke gerissen von einer Granate, an einem trüben Tag im Februar, irgendwo in der Nähe von Albert. Wie man sich denken kann, blieb von Lieutenant MacLeods Leiche nicht viel übrig, was man hätte begraben können. Nur seine Erkennungsmarken, ein paar abgetrennte Knochen und verbranntes Fleisch. (Lucy kennt diese Details natürlich nicht; Wilfred hat sie Elfriede in einem seiner mitteilsameren Briefe anvertraut.) Elfriede hat Mrs. MacLeod in den letzten Monaten oft besucht, um ihr Beistand und Trost zu schenken, wie es als Gattin des befehlshabenden Lieutenants ihre Pflicht ist. Pflicht ist das eine, ihre leise Angst das andere, denn Elfriede weiß nur allzu gut, wie es ist, wenn das Unglück zuschlägt. Und ist es nicht so, dass man sich eine Linderung des eigenen Leids verdient, indem man das schwere Los eines anderen mitträgt? Nein, so eine kühle Berechnung stellt Elfriede gewiss nicht an, wenn sie den kleinen MacLeods Bücher und Spielzeug mitbringt und sich neben Mrs. MacLeod auf das Sofa setzt und ihre Hand hält. Es ist vielmehr ein Instinkt, der sie leitet, ein moralischer Instinkt, der tief in ihrem Unbewussten verankert ist.

Jedenfalls saßen sie letzte Woche erst zusammen auf dem Sofa, Elfriede und Lucy MacLeod. Mrs. MacLeod hatte einen ihrer schlechteren Tage, die nun häufiger scheinen als in den ersten Tagen, als die schreckliche Nachricht vom Tod ihres Mannes noch frisch war. Trauer ist manchmal so. Sie verlor die Nerven, während Elfriede ihre Hand hielt, stand auf, trat ans Fenster (Margaret spielte draußen mit den MacLeod-Kindern) und zündete sich eine Zigarette an. Sie stierte auf das Foto ihres Mannes auf dem Tisch, steif und förmlich in seiner Uniform, und erzählte Elfriede von einigen Liebesbriefen, die sie zwischen seinen persönlichen Sachen fand, die man ihr zusammen mit seiner Lieutenant-Uniform geschickt hatte.

»Ein kleiner Trost wenigstens«, sagte Elfriede in ihrem bedächtigen Englisch.

Mrs. MacLeod lachte. »Ja, das wären sie, würden sie mir gelten.«

Elfriede stellte ihre Teetasse auf den Untersetzer. »Ihnen?« Eine dumme Frage.

»Natürlich weiß ich, wie das läuft«, sagte Mrs. MacLeod. »Wir alle wissen, wie das läuft, wenn sie in der Ferne sind. Aber es ist trotzdem ein Schock, die Handschrift einer anderen Frau zu sehen. Einer Frau aus Paris. Immer das Gleiche. Sie tun es doch alle.«

Elfriede fand keine Worte, so entsetzt war sie. Sie betrachtete Mrs. MacLeod, die ihre Hand zum Mund führte, um an ihrer Zigarette zu ziehen, und dabei auf das Foto ihres verstorbenen Mannes starrte. Und obwohl sie bereits mehr als zehn Jahre in diesem Land lebt, versteht Elfriede diese Engländerinnen immer noch nicht. Gewiss, es gibt einen freundlichen Umgang miteinander und gegenseitige Hilfsbereitschaft. Trotzdem, die Ehefrauen der Regimentsoffiziere haben sie nie als eine von ihnen angesehen. Sie ist zu fremd, zu deutsch – ein Fehler, der schier unverzeihlich ist. Dies zum einen. Zum anderen ist sie von Natur aus eher schüchtern, und Schüchternheit, gepaart mit Schönheit, wird unter Frauen immer als Arroganz gewertet. Insofern mögen die meisten Frauen sie nicht leiden, laden sie auf keine Party und zu keinem Mittagessen ein, wo sie in einem fort über sie lästern. Und das weiß Elfriede natürlich, Frauen haben ein Gespür dafür. Dennoch versucht sie, diese Antipathie, die ihr immer wieder entgegenschlägt, zu ignorieren, sich dennoch tapfer in die große Tradition der Soldatenfrauen zu stellen, ihren abscheulichen Tee zu trinken und echtes Interesse an Wetter und Rosenzucht zu heucheln. Doch vielleicht hat der Umgang mit diesen Frauen am Ende ein bisschen auf sie abgefärbt. Denn während Mrs. MacLeod das treulose Gesicht ihres Mannes auf dem Foto studierte, ertappte sich Elfriede dabei, wie ihr Blick zum Fenster schweifte, in einer fruchtlosen Suche nach irgendeinem Wetter dort draußen, über das man sprechen könnte.

»Sie tun es doch alle«, sagte Mrs. MacLeod noch einmal, diesmal mehr zu sich selbst.

»Nein … nicht alle, sicherlich nicht«, wisperte Elfriede.

Mrs. MacLeod drehte sich um. »Oh, Sie arme Maus. Denken Sie wirklich, Ihr Mann sei die rühmliche Ausnahme?« Sie lachte.

»Er … er würde nie …«

»Er würde nie …?« Noch ein Lachen. »Zweimal zwei Jahre in Indien, und Sie glauben im Ernst, er hätte sich keine Inderin gesucht, mit der er seine Lust befriedigt hätte, so wie all die anderen es tun? Was glauben Sie denn?«

»Ich glaube, das gehört hier nicht …«

»Mein Gott, sehen Sie sich doch an, so glücklich, so makellos. Der Gatte am Leben, ein Baby unterwegs. Wie schön. Major Thorpes hübsche Frau, die zu Hause blieb, als das Regiment nach Indien ging, und sich einbildet, ihr Göttergatte hätte keinerlei Bedürfnisse, hätte zwei Jahre darauf verzichtet?«

»Worauf?«, fragte Elfriede zaghaft.

»Darauf. Sie wissen schon, Schätzchen. Wie es eben so läuft zwischen Ehemännern und Ehefrauen. Zwischen Ehemännern und anderen Frauen, wenn sie *es* zu Hause gerade nicht kriegen können, und nicht selten auch, wenn sie es kriegen.«

Na gut! So viel zum Thema Wetter und Rosen. Während Mrs. MacLeod redete, erhellte ein gräuliches Licht, das durch das Fenster fiel, den Qualm ihrer Zigarette, der wie ein Geist ihrer Hand entstieg. Wie rosa und verquollen ihr Gesicht war, wie schwammig ihre Worte. Sie stand da, hielt sich an der Tischkante hinter sich fest, eine befremdliche Gehässigkeit in ihrer Miene. Als Elfriede sie das erste Mal besuchen kam, dachte sie, eine von Trauer zerquälte Mrs. MacLeod vorzufinden und sie vielleicht zu stören, doch im Nachhinein (als ihr irgendwann auffiel, dass es im ganzen Zimmer immer stark nach Eau de Cologne roch) fragte sie sich, ob sie sie nicht beim exzessiven Trinken von Whisky gestört hatte. Es war erst elf Uhr vormittags, aber trotzdem. Das würde alles erklären. Ihr Aussehen, ihre Stimme, ihre bissigen Worte.

»Nun, Mrs. MacLeod«, sagte Elfriede in ihrem versöhnlichsten Ton, »es ist ganz normal, dass wir Zweifel haben, während unsere Ehemänner fort sind …«

»Zweifel?! Herrgott. Zweifel, in der Tat. Mein Schätzchen, sie tun es alle, wann und wo immer sie können. Mein

Ehemann, Ihr Ehemann. Es ist schließlich Krieg. Krieg weckt tierische Instinkte, und in ihrem Innersten sind alle Männer wilde Tiere, nicht wahr? Männer eben!«

Elfriede erhob sich vom Sofa. »Vielleicht sollte ich jetzt besser gehen, Mrs. MacLeod. Ich komme wieder, wenn es Ihnen besser geht.«

»Oh mein Gott. Sie halten sich wohl für etwas Besseres, was? Wahrscheinlich weil Sie so wunderschön sind. Unsere edle, kleine deutsche Prinzessin, die glaubt, dass ihr Ehemann sie niemals betrügen würde. Ihr Ernst? Arme Mrs. Thorpe. Sie tun es alle.«

»Mrs. MacLeod …«

»Und ich sage Ihnen noch etwas. Sie sollten Ihren Mann mal nach *seinem* Mädel fragen, das er in Paris hat. Nach seinen Vierundzwanzig-Stunden-Passierscheinen, seinen ach so wichtigen Besprechungen. Jeder wusste Bescheid. Mein Mann hat mir in seinen Briefen davon erzählt, bevor er starb. Es war der Dauerwitz im Regiment schlechthin. Major Thorpes Geliebte in Paris. Jeder wusste davon.«

Damit drückte sie ihre Zigarette direkt auf dem Holztisch aus, gleich neben dem Foto ihres toten Mannes, und wandte sich ab.

Lucy MacLeod hat also ihre ganz eigene Meinung von Elfriedes Eheleben und von der Bedeutung des Wörtchens *Urlaub*.

Eigentlich hätte Elfriede (in ihrer Ehe die Erste und Einzige, was Mrs. MacLeod von sich nicht behaupten kann) auf diese Worte wohl nicht viel gegeben, hätte sie als unbedacht oder auch gehässig abgetan und sie Mrs. MacLeods mehr als verständlichem Zustand der Verbitterung zugeschrieben. Trauer ist manchmal so.

Aber bestimmte Worte, einmal ausgesprochen, sind

nur schwer zu ignorieren. Und Elfriede geht es da nicht anders.

An jenem Nachmittag also, als sie ihren Mann am Bahnhof abholte, suchte sie daher nach irgendetwas in seiner Miene, was Mrs. MacLeods merkwürdige Behauptungen widerlegen könnte. Am Abend dann, in der intimen Zweisamkeit ihres Schlafzimmers, als Wilfred ihr aus Kleid und Petticoat half, fühlte sie sich erst recht wie ein Dickbauch-Nilpferd. Auch als er sie behutsam vor sich auf die Bettkante setzte und sie direkt nahm, hatte sie quälende Bilder im Kopf, wie er es mit irgendeiner anderen Frau in Paris trieb.

Und danach, als er schluchzend in ihre Arme sank und seine Schultern bebten, fragte sie sich einmal mehr: *ehrliche Zuneigung? Oder schlechtes Gewissen?*

Wilfreds Rufen wird lauter. Wie fest seine Stimme im Laufe ihrer Ehe geworden ist, wie gebieterisch, wie harsch. Liegt wohl am Alter und den vielen Zigaretten, denkt Elfriede. Wir werden alle älter, rutschen von einer traumtänzerischen Jugend in ein Erwachsenendasein voller Kompromisse, Zwänge und Pflichten. Zwischen seinen verzweifelten Rufen – *Elfriede! Elfriede!* – zwitschert fröhlich das Rotkehlchen. Dann schwingt es die Flügel und ist weg. Wilfred betritt den Gartenpavillon, entdeckt sie im Dämmerlicht. Den Rücken an einen Pfeiler gelehnt, sackt er in sich zusammen – *Gott sei Dank*, flüstert er.

»Geh weg!«, herrscht sie ihn an.

Er starrt sie nur an, ohne besonderen Ausdruck, es sei denn, seine nicht existierende Emotion ist Ausdruck in sich. Das funzelnde Licht glättet die Linien auf seiner Haut. Er trägt ein Leinenunterhemd, das ihm über die Hose hängt und um die Schulter herum spannt. Er ist barfuß, ein Detail, das Elfriede am äußeren Rand ihres Sichtfelds wahrnimmt.

»Ich entschuldige mich«, sagt er. »Ich hätte das eben nicht sagen sollen. Ich vergesse, dass du an solch einen Galgenhumor nicht gewöhnt bist.«

Elfriede muss kurz überlegen, was er meint, bevor es ihr wieder einfällt – *nicht wenn er mich zuerst tötet.* Ach das. Sie sucht nach einer Antwort, schüttelt dann aber nur den Kopf.

»Meinst du nicht, es schmerzt mich?«, sagt er. »Ich liebe Johann wie meinen eigenen Sohn. Habe ihn wie meinen eigenen Sohn großgezogen. Und allein mir nur vorzustellen, wie er in irgendwelchen feindlichen Schützengräben liegt …«

»Ihn großgezogen? *Du? Ich* habe ihn großgezogen. Ich habe sie beide großgezogen, Wilfred. Du warst auf der anderen Seite der Welt.«

»Er war auf dem Internat, Elfriede, und wir beide hatten ihn gemeinsam, Monate und Jahre, und haben unser Bestes gegeben. Die Armee ist mein Job, Elfriede, und wir beide waren uns einig, dass ich mich nicht freistellen lassen sollte. Erinnerst du dich, als das Regiment nach Indien beordert wurde? Ich war derjenige, der den Gedanken an die Abreise kaum ertragen konnte. Du warst diejenige, die mich überredet hat zu gehen.«

»Weil ich dachte, dass du es eines Tages bereuen würdest, wenn du dich hättest freistellen lassen. Weil ich wusste, wie sehr du das Abenteuer liebst. Weil ich wusste, dass du in einer Bank oder Anwaltskanzlei nicht glücklich sein würdest. Weil ich dich viel zu sehr geliebt habe, um dich ans Haus zu fesseln. Und weil ich deiner Liebe vertraut habe.«

»Du hättest jederzeit nachkommen können. Jederzeit, ich hätte mich … Ich wäre geplatzt vor Freude, dich bei mir zu haben.«

»Ach ja? Wirklich? Bei so viel Auswahl vor Ort?«

Er gafft sie an. Seine eben noch verschränkten Arme fallen seitlich an ihm hinunter. Das Rotkehlchen ist wieder da, beginnt zu singen. Wilfred macht auf der Hacke kehrt und stapft davon, hinaus in die Dunkelheit.

Elfriede schnauft tief durch, senkt den Kopf, sinkt in sich zusammen, krallt ihre Finger um die Kante der Bank unter sich, in einem ungefähr genauso großen heiligen Zorn wie Mrs. MacLeod die Kante des Tisches, auf dem das Foto ihres Mannes stand. Oh, dieses verdammte Foto! Wieso hat Mrs. MacLeod es angesichts der offenkundigen Belege für seine Untreue nicht einfach verbannt? Wieso hat sie es nicht einfach zerschmettert, zerstört oder seine treulosen Augen herausgeschnitten? Nur weil er tot ist? Haben sein Tod und sein Leiden seine frevlerische Missachtung eines vor Gott gegebenen Versprechens, keine andere Frau als Mrs. MacLeod allein zu lieben, in irgendeiner Weise gesühnt?

Und Gerhard? Hat Gerhard nicht ebenfalls sein Eheversprechen gebrochen, damals, als Elfriede in der Schweiz weilte? Und hat sie ihm seine eheliche Untreue nicht verziehen? Ist es nicht eine weit verbreitete Schwäche unter Männern, loszuziehen und ihren Samen überall zu verbreiten, während die Frauen dazu verdammt sind, zu Hause zu bleiben und die aufgegangene Frucht zu ernten?

Dabei liebte Gerhard sie doch so sehr. Kein Mann könnte eine Frau leidenschaftlicher und inniger lieben als Gerhard seinerzeit Elfriede. Und doch warf er sein Gelübde über Bord und flüchtete sich in die Arme eines verständnisvollen Kindermädchens, das ihm noch dazu seine sexuellen Bedürfnisse erfüllte.

»Elfriede.«

Sie hebt den Kopf. Wilfred ist zurückgekommen, steht in der Tür zum Gartenpavillon. Hinter ihm der Bach, ein kleiner Eindruck von lebendiger Bewegtheit, fast unsichtbar gegen den purpurroten Himmel.

»Deine Geliebte in Paris«, sagt sie. »Wie heißt sie?«

»Meine *was*?«

»Deine Geliebte in Paris. Die, die du mit deinem Vierundzwanzig-Stunden-Passierschein besuchst, der für eine Stippvisite nach Schottland natürlich nicht ausreichen würde, also musst du ja …«

»Ach du lieber Himmel!«

»Verstehe. Ich war so dumm, so naiv. Du hast mir selbst erzählt, vor vielen Jahren einmal, dass ein Mann, der im Krieg ist … Warte, was war es noch mal, was er braucht? Momente des Vergessens. Ja, so hast du es genannt. Momente des Vergessens in fleischlicher Lust. Er braucht weiblichen Trost …«

»Herrje.«

»Ich will nur ihren Namen wissen, das ist alles. Ihren Vornamen. Wie heißt sie? Marie? Josephine?«

»Und ich dachte eben, es ginge um unseren Sohn, um Johann und mich auf der jeweils anderen Seite des Kriegs, um deine gottverdammte schmerzerfüllte Angst um ihn …«

Elfriede springt auf. »Natürlich geht es mir darum! Für dich habe ich alles aufgegeben, mein Land, meine Sprache und auch meinen eigenen Sohn! Habe dir eine Tochter geschenkt und dabei fast mein Leben verloren! Jeden Tag sitze ich zwischen all diesen englischen Frauen, die mich hassen, trinke ihren Tee und höre sie über die barbarischen Deutschen reden, über dieses schreckliche Land, diese Männer, die Babys aufspießen und Frauen vergewaltigen – Barbaren, wie mein eigener Sohn! Ich tue das alles für dich, Wilfred. Für dich bin ich gezwungen, gegen mein Heimatland zu beten. Gegen das aus meinem eigenen Leib geborene Kind. Und jetzt, jetzt setze ich noch einmal mein Leben aufs Spiel, um dir ein weiteres Kind zu schenken. Und das ist der Dank dafür? Der Dank für meine Treue? Ich dachte, meine Treue würde mir die deine garantieren, ähnlich wie bei einem Vertrag zwischen zwei Ländern, aber wir sehen ja, was dabei herauskommt.«

»Elfriede, hör auf …«

»Wenigstens wirst du dann frei sein, wenn dieses Baby mich das Leben kostet. Dann kannst du alle Frauen haben, so viele du willst, dann musst du dich nicht mehr zurückhalten …«

Er kommt auf sie zu, fasst sie an den Schultern. »Jetzt sei doch mal still, Herrgott noch mal, es reicht.«

»Lass mich los. Lass mich los.«

»Du wirst nicht sterben, hörst du? Was soll das? Du bist stark und kerngesund. Du wirst nicht sterben. Elfriede, du darfst nicht sterben.«

Sie hat, ihr völlig unerklärlich, die Arme um seinen Hals geschlungen und scheint sie auch nicht mehr davon lösen zu können.

»Ist auch egal«, flüstert sie. »Schon gut. Es ist egal. Es ist Gottes Wille.«

»Du wirst *nicht* sterben!«

»Ich bin achtunddreißig. Ich bin nicht mehr das junge Mädchen, das ich einmal war. Und du bist nicht mehr der Mann, der du einmal warst. Du hast dich verändert, du bist nicht mehr der Wilfred, der …«

»Doch, der bin ich.«

»Bist du nicht. Der Krieg hat dich verändert.«

Seine Brust hebt sich leicht, als wollte er Einwendungen machen. Doch er bleibt stumm. Keine Widerworte.

Stattdessen legt sich die Wahrheit wie ein großes schwarzes Tuch über sie. Über Wilfred und Elfriede.

Ein Tuch der Tränen.

Elfriede erzählte ihrem Ehemann von diesem Tuch ungefähr eine Woche nach Margarets Geburt. Die Ärzte hatten die

Blutung stoppen können, doch sie war so bleich und entkräftet, dass sie den Kopf nicht vom Kissen heben konnte, und dann bekam sie auch noch Fieber. Alle zwei Stunden hieß sie die Schwester, ihr das neugeborene Baby zu bringen, damit sie es stillen konnte, obwohl sie Margaret nicht aus eigener Kraft halten konnte, da sie es einfach nicht schaffte, die Arme zu bewegen. Die Schwester musste ihr die Kleine an die Brust halten, während Wilfred vor der Tür den Korridor auf und ab ging. Elfriede erinnert sich, wie es sich anfühlte, als sie fieberkrank darniederlag, als Margarets kleines Mündchen kräftig an ihrer Brust saugte, so als wäre es das Einzige, was sie noch mit der lebendigen Welt verbunden hielt. Doch bald schon drohte auch dieses Gefühl zu schwinden und sich ein tiefes Dunkel auf ihre Seele zu legen, so als wäre ihre Seele von ihrem Körper getrennt, und sie rief nach Wilfred.

Er kam ins Zimmer, schlohweiß, knochendürr und voller Reue. Geschah ihm recht, er war es schließlich gewesen, der ihr all das angetan, der dieses Kind gezeugt hatte, das ihr alles Lebensblut aus den Adern gezogen hatte. Sein helles Haar stand ihm stoppelkurz vom Kopf ab und auch von Kinnbacken und Kinn, denn er hatte sich die ganze Woche nicht rasiert. Als er Elfriedes Gesicht sah, fiel er neben ihrem Bett auf die Knie und rang nach Worten. Er wusste nicht, dass sie nicht wirklich etwas hören konnte, dass ihre Ohren sich von dieser Welt bereits verabschiedet hatten. Nur mit äußerster Kraftanstrengung gelang ihr ein Kopfschütteln. In gebrochenen, flüsterleisen Worten erzählte sie ihm von diesem Tuch in der Schublade ihrer Kommode, welches ihr Gesicht bedecken sollte, wenn sie begraben würde.

Die Reue in seinem Gesicht wich blanker Angst. Er verstand die Welt nicht mehr. Dieses Relikt aus ihrer ersten Ehe? Aus ihrer Ehe mit dem Baron? Damit wollte sie begraben werden?

Elfriede versuchte ihm zu erklären, dass dieses traditionelle Relikt alles war, was ihr von ihrem alten Leben geblieben war, von ihrer Familie, von Deutschland. Sie habe es in ihrer Schublade aufbewahrt, so erzählte sie ihm, um Leid und Trübsal abzuwenden, doch Leid und Trübsal hätten sie trotzdem ereilt, darum müsse sie das Tuch der Tränen mit in ihr Grab nehmen. So wolle es der Brauch, und Bräuche dürfe man nicht brechen.

Nein, sagte er. *Nein*. Er legte seine Hand auf ihr Gesicht, als wollte er sich versichern, dass sie noch atmete. *Du wirst nicht sterben, meine Liebe, du darfst nicht sterben. Elfriede, du darfst nicht sterben.*

Obwohl sie mit ihren Ohren bereits weit weg war, hörte sie seine Worte. Vielleicht waren es die Klangwellen seiner Worte, die Bewegung seiner Lippen oder etwas, das tiefer ging, das zwischen seinen Worten schwang, denn sein Herz schlug trotz allem noch in ihrer Brust, so wie das ihre in seiner schlug.

Wie auch immer, an all dies erinnert sie sich in diesem Moment, da sie im Gartenpavillon auf der Bank sitzt und Wilfred zuhört, der sie hält, ihr einen Finger auf die Stirn drückt und eine flache Hand vor den Mund legt. *Aber ich bin bereits tot.*

Dies ist mein Tuch der Tränen.

Doch dieser Gedanke, bereits tot zu sein, war offenbar verfrüht. Von jenem Tag an, vielleicht von jener Stunde an, ging es mit Elfriede unaufhaltsam bergauf, und das Blut kehrte langsam wieder in ihre Adern zurück. Einen Monat später schaffte sie es, aufrecht im Bett zu sitzen und ihre Tochter ohne fremde Hilfe zu stillen. Was für ein zarter blonder Flaum auf ihrem Köpfchen spross! Zärtlich streichelte sie die runden, hungrigen Bäckchen, als könnte sie so irgendeine emotionale Regung in sich wecken, einen winzigen Funken, etwas, was das Dunkel ihrer Seelennot erhellte, das sie umfing. Als könnte sie durch zärtliches Berühren dieses kleinen unschuldigen Wesens, das sie gebrochen hatte, ihr eigenes zerbrochenes Selbst heilen. Aber das konnte sie nicht, natürlich nicht.

Nimm sie, sagte sie manchmal zu Wilfred, der kaum von ihrer Seite wich, nicht einmal, um sich zu waschen. *Nimm sie fort. Geht einfach, alle beide. Du verdienst das alles nicht, du verdienst etwas Besseres als mich.*

Aber er ging nicht. Dieser standhafte, sittenlose Soldat ... *mit einem Kopf wie ein Kürbis*. Im Gegenteil. Er blieb. Woche für Woche. Monat für Monat. In ihren dunkelsten Stunden war er da, kroch neben sie ins Bett, schloss sie fest in die Arme, damit sie sich geborgen und bedingungslos gehalten fühlen konnte. Manchmal rief er auch Johann dazu, und so lagen sie alle vier zusammen in diesem Bett, während Wilfred auch immer mal mit Johann alberte, um ihn zum Lachen zu bringen. Und dann kam schließlich der Tag, da Elfriede unwillkürlich mitlachen musste. Am nächsten Morgen stand sie auf und sah, dass es mittlerweile Frühling geworden war.

So blieb das Tuch der Tränen dort, wo es war, in ihrer Schublade, unangerührt und fast vergessen.

Und nun, ein Jahrzehnt später, sind diese Worte zurück – *Elfriede, du darfst nicht sterben*. Die Eheleute stehen einander gegenüber, im dämmrigen Gartenpavillon, umhüllt von der Wahrheit. Und bei Anbruch der Nacht ist auch das Rotkehlchen verstummt. Elfriedes Kopf senkt sich langsam und schwer auf Wilfreds Brust.

»Dieser grausame Krieg«, sagt sie.

»Ja.«

»Wir können ihn nicht unbeschadet überstehen.«

»Niemand kann das.«

Aus irgendeinem Grund und obwohl sie sich schon Millionen Male an Wilfreds Brust gelehnt hat, muss sie an jenen Morgen in der Schweiz denken, als sie auf diesem umgestürzten Baumstamm saß und ihr Kopf zum ersten Mal Wilfreds Brust berührte. Daran, wie sie dem Schlag seines Herzens lauschte, das Heben und Senken seiner Brust spürte, den Atem in seiner kranken Lunge, die Vitalzeichen seiner Existenz. Und auch jetzt lauscht sie ihnen, als wären sie ihr gänzlich neu, als gehörten sie zu einem anderen Mann, und während das dumpfe Schlagen und Rauschen durch ihren Kopf wogt, fällt ihr auf, dass sie und Wilfred zum ersten Mal in zwei Jahren wieder Deutsch miteinander gesprochen haben. Seit Beginn ihrer Ehe haben sie in der Öffentlichkeit natürlich immer Englisch gesprochen, auch mit dem Dienstpersonal und mit Wilfreds Familie. Doch Deutsch ist ihre nicht öffentliche, ganz private Sprache geblieben, ihre Sprache für intime Stunden. Bis zu jenem verhängnisvollen Sommer 1914, als sich ein Major der britischen Armee gegen jeden Verdacht erheben musste (wie dereinst Cäsars vermeintlich untreue Geliebte), schwand Elfriedes Muttersprache aus ihrem gemeinsamen Leben, als hätten sie diese nie gesprochen. Und nun kehrt sie zurück, just als der letzte Sonnenstrahl am Firmament verschwindet und sie einander nichts mehr zu sagen haben.

Oder doch? Elfriede spürt eine Regung in Wilfreds Brust, als wollte sich ihm dort etwas entringen. Nein, denkt sie, nein, sag nichts, bitte keine dämliche, beschwichtigende, elendige Entschuldigung. Und doch. Irgendetwas *muss* gesagt werden.

»Ich hätte sie aufgeben sollen, meine Stellung, nicht wahr? Ich hätte meinen Abschied vom Militär nehmen müssen, schon als wir geheiratet haben. Hätte eine Stelle bei einer Bank annehmen sollen.«

Elfriede braust auf. »Nein. In einer Bank wärest du verkümmert. Du bist viel zu gut in dem, was du tust.«

»Wie auch immer, das ist Schnee von gestern.«

»Ganz recht.«

Elfriedes Füße schmerzen. Sie tun ihr ständig weh, vom Tragen dieses riesigen Babybauchs. Sie hängt sich mit ihrem ganzen Gewicht an Wilfred, sie kann nicht anders, doch er hält stand. Und hat er das nicht immer getan?

»Wo hast du von dieser Sache gehört?«, fragt er leise in ihre Haare hinein.

Von welcher Sache?, könnte sie fragen. Dabei ist klar, was er meint.

»Von Frau MacLeod. Du erinnerst dich? Ihr Mann ist letzten Winter gestorben. Anscheinend hatte auch er eine Geliebte in Paris. Aber ich gehe davon aus, dass du darüber mehr weißt als ich.«

»Oh Gott. MacLeod. Armer Teufel.«

»Man könnte auch sagen, er hat es nicht anders verdient.«

Wilfred lässt ein leises, whiskyschwangeres Räuspern vernehmen. »Fremdgehen wird also damit bestraft, bis zur Unkenntlichkeit zerfetzt zu werden?«

»Ist doch ein gnädiger Tod. Er musste nicht leiden. Und Schmerzen blieben ihm erspart.«

»Aber seine Witwe leidet, das meinst du, nicht wahr?«

»An die habe ich gerade nicht gedacht. Eher an mich.«

»Elfriede …«

»Nein, nicht daran. An das Baby. An meinen eigenen Kampf. Ich weiß, es ist egoistisch. Aber sieh mal, ich habe keine Truppe oder eine Kompanie. Ich habe nur mich, und ich kämpfe gegen einen Feind, der seine helle Freude daran hat, mir größtmögliches Leid zuzufügen …«

Er rührt sich, umfasst sie, doch seine Arme reichen nicht um sie herum, der riesige Bauch ist im Weg. »Ich weiß es, ich weiß«, sagt er.

»Ich habe Margaret nur überlebt wegen dir.«

»Das ist nicht wahr.«

»Du warst es, der mich all die Monate gehalten hat. Du hast nicht zugelassen, dass ich sterbe.«

»Da irrst du dich. Es ist genau umgekehrt. Ich habe überlebt wegen *dir.*«

»Ach was, dummes Zeug.«

»Nein, es ist wahr. Ich bin der Schwache. Ja, ich. Das war ich von Anfang an. Ich war derjenige, der sich verzweifelt an dir festgehalten hat.«

»Der sich wo auch immer festgehalten hat, was soll's.«

Wilfred antwortet nicht. Elfriede hat den Eindruck, dass er an ihren Worten schwer zu schlucken hat. Sie spürt die kleinen, leisen Krämpfe in seiner Brust. Wie seltsam, dass sie es noch immer aushalten kann, ihn so zu berühren, dass sie es aushalten kann, ihren Kopf so inniglich auf seine Brust zu legen, wo doch der Kopf einer anderen Frau dort gelegen hat. Aber vielleicht ist sie nur matt und müde. Und irgendwer muss sie schließlich halten. Warum also nicht Wilfred, warum nicht der Mann, der sie überhaupt erst ins Wanken gebracht hat.

»Elfriede«, sagt er schließlich, »es gibt keine Geliebte in Paris. Es gibt keine andere Frau außer dir.«

Nun ist es Elfriede, die schweigt.

Wilfred löst ihre Arme von seinem Hals und rückt etwas von ihr ab. »Gut?«

»Gut? Was ist gut? Was soll ich jetzt sagen? Soll ich dir glauben?«

»Wieso nicht?«

»Du hast selbst einmal gesagt – *ein Gentleman tut alles,*

um die Ehre seiner Frau zu schützen … und notfalls auch lügen …«

»Willst du mir sagen … oh mein Gott, willst du mir wirklich sagen, dass du mir nicht vertraust? Glaubst du im Ernst, ich lüge dich an?«

»Anscheinend war ich naiv«, fährt sie fort. »Es war naiv von mir zu glauben, dass ein Mann zwei Jahre nach Indien geht, ohne … mit einer Frau zu schlafen. Ich war so naiv zu glauben, mein Ehemann könnte die Schrecken des Krieges verwinden, ohne sich die Möglichkeit zu eröffnen, seine fleischliche Lust im Körper einer Frau zu befriedigen.«

»Das hat dir Mrs. MacLeod erzählt?«

»Ja.«

»Wie kommt sie denn darauf?«

»Sie sagt, jeder wusste es. Es sei der Dauerwitz im Regiment, sagt sie.«

»Jeder wusste es? Aha. Jeder also. Und weiß auch jeder … weiß auch Mrs. MacLeod … was zwischen uns beiden ist, zwischen dir und mir? Weiß sie, wie wir uns kennengelernt haben? Wie wir uns verliebt haben? Weiß sie von diesem einzigartigen, diesem besonderen Band unserer Liebe, das uns zusammenhält? Von dieser Leidenschaft? Weiß sie davon auch? Glaubt sie wirklich – und glaubst du –, dass sich ein Mann so verhält, wenn er anderswo seine Befriedigung hat?«

»Sie sagt, du bist regelmäßig nach Paris gefahren, genau wie ihr Ehemann, mit einem Vierundzwanzig-Stunden-Passierschein, um deine Geliebte zu sehen, oder auch mehrere Frauen …«

Wilfred dreht sich weg und schlägt mit der Faust gegen die Wand. »Ich kann es nicht hören, Elfriede. Ich kann dieses Geschwätz von dieser verdammten Mrs. MacLeod nicht länger hören. Es reicht.«

»Du kannst mir nicht erzählen, dass sie lügt. Du kannst mir nicht erzählen, dass ein Mann über Monate und Jahre nicht den Drang verspürt, sich mit einer Frau zu vergnügen.«

»Ein *Mann*? Und was ist mit der Frau? Bist du nicht genauso heiß wie ich? Glaubst du, ich leide nicht? Glaubst du, ich frage mich nicht, ob nicht irgendein Freier um dich herumschwarwenzelt ... mein Gott, Elfriede, du bist die schönste Frau der Welt ... und dich vögeln will?«

»Mich?! Wie kannst du so etwas sagen?«

»Ja, *dich* vögeln will? Herrgott noch mal, ja. Und du nicht? Ja, ich hatte weiß Gott Lust dazu, in all den langen Monaten, die ich getrennt von meiner Ehefrau verbracht habe, irgendeine andere zu vögeln. Ja, das hatte ich wirklich. Und ja, ich habe im Laufe dieser Monate durchaus Frauen kennengelernt, mit denen ich vielleicht gerne ins Bett gegangen wäre – aber in einem anderen Leben. Und ich wage mal zu behaupten, dass auch du dem einen oder anderen Gentleman nicht abgeneigt gewesen wärest. Aber in diesem Leben – in diesem *meinem* Leben – habe ich dich getroffen, mich in dich verliebt, dich angebetet, dich geheiratet und vor Gott geschworen, mir keine anderen Frauen zu nehmen, und auch du hast vor Gott geschworen, dir keine anderen Männer zu nehmen, und so bin ich – erstaunlich, aber wahr – mit keiner anderen ins Bett gestiegen, bin stattdessen immer alleine nach Hause gegangen und habe von dir geträumt, Elfriede, habe davon geträumt, was wir machen würden, wenn wir uns wiedersehen. Herrje. Eine Geliebte in Paris. Und nun bin ich hier, lag vor einer Stunde schluchzend und weinend in deinen Armen, Elfriede, vor Dankbarkeit und Glück, weil ich seit sieben Monaten mit keiner Frau geschlafen habe. Habe mich in dir ergossen, Elfriede, in nicht einmal zwei Minuten, wie ein Schulbub. Ich dachte ... und jetzt lach nicht ... Ich dachte, dass ich dem

Herrgott danken kann für diese meine Frau, die mich versteht und mir verzeiht, die meine leidenschaftliche Liebe empfängt und mir die ihre gleichwohl schenkt ...«

Er unterbricht sich, gerade als Elfriede in die Knie sackt. Ihre Füße können sie keine Sekunde länger tragen. Ihre Knöchel sind dick geschwollen. Wilfred stützt sie, führt sie zur Bank wenige Schritte hinter ihnen und lässt sich keuchend neben sie fallen.

»Ja, ich bin nach Paris gefahren«, sagt er. »Aber nicht, um eine Frau zu sehen.«

»Warum dann?«

»Aus einem anderen Grund. Es ist eigentlich ein Geheimnis, im Moment noch.«

»Ein *Geheimnis*?«

»Ich war ein Mistkerl, ich weiß, ein Stoffel, egoistisch, tyrannisch. Du kannst mich alles nennen, geschieht mir recht. Nenn mich sonst was, aber keinen Ehebrecher.« Das Baby in ihrem Bauch bewegt sich. Streckt ein Ärmchen oder ein Beinchen, als wollte es schon mal vorfühlen. Elfriede faltet die Hände über ihrem Bauch und starrt hinaus auf die flimmernden Schatten am Fluss.

»Das Problem am Heimaturlaub ist«, sagt Wilfred leise, »dass du erkennen musst, was du vermisst hast. Was du verloren hast. In Frankreich, an der Front, ist das alles halbwegs erträglich. Dein Zuhause ist dein Traum, ist dein anderes Leben, ist wie der Himmel. Und den Himmel kannst du nicht berühren. Dann bist du plötzlich wieder da. Daheim. Zu Hause. Und du denkst, ich habe das hier nicht verdient. Ich sollte bei meinen Männern sein, den Tod vor Augen, anstatt mit meiner eigenen Frau zu schlafen. Ich sollte zurück in dieser Hölle sein. Für mich ist im Himmel kein Platz mehr.«

Elfriede nimmt den süßen Duft des Flusses in sich auf,

den leisen Wohlgeruch der nächtlichen Jasminblüten. Aus ihrem linken Auge treten ein paar Tränen, tropfen über ihre Wangen. Dann, aus ihrem rechten Auge, eine weitere, eine einzelne. Sie wischt sie ab.

»Dann weißt du ja«, sagt sie, »wie es ist, wie es sich anfühlt.«

»*Es?*«

»Das schwarze Dunkel.«

»Elfriede. Liebling, meine Liebste. Das habe ich immer gewusst. Ich habe dein Dunkel in meinem eigenen Herzen gespürt, glaub mir. Wenn die Schatten auf deiner Seele lagen, habe ich sie in mich aufgenommen. Und nun sind sie meine eigenen, nicht wahr? Nun ist es mein eigenes Dunkel.«

Wilfred streckt die Beine aus. Seine langen, staksigen Beine, ein gewohnter Anblick. Wie sein ganzer Körper. Ja, das ist Wilfred. Das alles ist Wilfred. Wie sie diesen Körper immer bewundert, wie sie ihn begehrt hat! Unzählige Male hat sie sich in all den Jahren danach verzehrt, mit dem Körper dieses Mannes zu verschmelzen, mit ihm eins zu werden, damit sie für einen kurzen Moment nur, während der körperlichen Vereinigung, seine Seele spüren könnte. Und ja, zu gewissen Zeiten hat sie diese tiefe Verbundenheit auch *wirklich* gespürt, und ja, sie *kennt* diese unterschwellige, zerbrechliche Seite als Teil seiner Existenz, *kennt* Wilfred als Teil ihrer selbst und *weiß* um diese reine Verbindung ihrer beider Seelen, die einander bewohnen. Und ist dies nicht das höchste Glück, das zwei Menschen erfahren können? Nicht die körperliche Befriedigung, so lustvoll diese auch sein mag, sondern die spirituelle, die tiefe Begegnung zweier Seelen. Man wacht am nächsten Morgen auf, und dieses Gefühl ist immer noch da. Als würde man aus einem gemeinsamen Traum erwachen. Dann dringt Licht herein und trennt dich davon. Und wenn die Nacht wiederkehrt, wirst du dieses Gefühl mit etwas Glück wiederfinden.

Und nun, da die Nacht wiederkehrt, seine Beine kaum richtig zu sehen sind, schattenhaft nur, erkennt Elfriede sich selbst darin noch, in der Biegung seines Knies. Ja, sie erkennt darin ihr eigenes Ich … und das ist so wunderschön, dass sie den Blick nicht abwenden kann, auch wenn sie das Bild nicht wirklich sieht.

»Elfriede«, sagt er. »Ich schwöre bei Gott …«

»Schon gut. Ist egal.«

»Ist *egal*? Eben noch war es ganz und gar nicht egal!«

»Es ist nur – ach egal … Ich dachte nur …«

»Mir ist es aber nicht egal! Mir macht es ganz schön viel aus, wenn ich mich für dich aufgespart habe, und du …«

»Erinnerst du dich an Florida?«

Das Knie rutscht weg. Die Luft steht still. Das Universum dreht sich um ein einzelnes Wort. Das salzige Meer umspült sie, Sand auf Haut, der Klang des Wassers, die Farbe der Dämmerung. Die heiße, einschläfernde Luft. Der Stamm eines Orangenbaums.

»Ja, ich erinnere mich an Florida«, sagt Wilfred.

»Drei so schöne Wochen. Die einzige Freude, die wir hatten, ehe wir die Mädchen verloren haben. Ich erinnere mich, wie wir jede Nacht eingeschlafen sind. Ich glaube, ich habe nie so tief in meinem Leben geschlafen.«

Draußen vor dem Gartenpavillon, am Flussufer, haben die Frösche ihr Quakkonzert angestimmt. Wobei, vielleicht quaken sie schon die ganze Zeit, und Elfriede hat es nur eben erst bemerkt. Ein unrunder Froschchor, wie in Florida die Balzkonzerte der nachtaktiven Tiere vor ihrem Fenster.

»Ich erinnere mich an jenen Morgen, als ich Blut in meinem Schlüpfer sah, und daran, wie *geschockt* ich war. Ich war so sicher, schwanger zu sein, so aktiv, wie wir waren. Und ich war tieftraurig. Ich wollte es so sehr. Ich wollte so sehr schwanger von dir sein, Wilfred, ich wollte, dass dein Kind in meinem Bauch heranwächst. Ich erinnere mich immer noch an diesen Schock, an diese Trauer, und wie ich in diesem Moment wusste, wie sehr ich dich liebte. Ich habe dich so sehr geliebt, dass ich unbedingt ein Kind von dir wollte. Ich habe dich so sehr geliebt, dass ich alles Leid vergaß. Und doch war es der Moment, in dem unser Leid begann.«

»Aber Leben ohne Leiden gibt es nicht. Und du kannst doch nicht … du willst mir doch nicht erzählen, dass du all die Jahre unglücklich warst, Elfriede? Du kannst mir doch nicht erzählen, dass wir nicht auch frohe Stunden zusammen hatten, nur weil es auch Leid gab?«

Elfriede nimmt die Hand ihres Mannes, die unter einen Arm geschoben an seiner Brust liegt, führt sie über ihren kugelrunden Babybauch bis an die Nabelgegend und hält sie dann fest. Das Baby tritt und strampelt.

»Ich weiß es nicht. Ich will nur, dass es wieder so wird, wie es mal war, mehr nicht.«

»So wie in Florida?«

»Du warst mit anderen Frauen zusammen, als wir getrennt voneinander waren, aber das kümmerte mich nicht, weil du mir gehörtest. Und vielleicht … verstehst du, vielleicht macht es auch gar nichts, solange … solange …«

Wilfred zieht seine Hand zurück, greift nach der Schleife um ihren Bauch und löst den Knoten, schiebt den Hausmantel auseinander und sinkt auf die Knie vor ihr nieder, zwischen ihre Knie, zwischen ihre Beine, nimmt ihren Mutterschoß in beide Hände.

»Ich sage dir mal, woran ich mich aus dieser Zeit erinnere«, sagt er. »Ich erinnere mich, wie ich mit dir im Gras lag. Ich erinnere mich, dass es heiß war, ich erinnere mich, wie ich das Salz von deiner Haut leckte. Ich erinnere mich, wie du mich in deine Hände nahmst. Ich erinnere mich noch ganz genau an das Geräusch, das du gemacht hast, als wir uns vereinigt haben, und ich weiß noch, wie mir all das wie ein Wunder erschien, wie kann es sein, dass diese so strahlend schöne Frau mich, ausgerechnet mich, so tief in sich aufnimmt, wie kann es sein, dass sie mich so liebt, wie sie es tut. Ich erinnere mich, dass ich mich fühlte, als würdest du mich dadurch heiligen. Als ich meinen Samen in dich ergoss, war es ein heiliger Akt. Noch nie hatte ich mich Gott so nahe gefühlt. Wir lagen im Gras, und ich dachte nur … endlich ist es wahr geworden. Ich gehöre ganz ihr. Ich habe mich ihrem Innersten hingegeben. Sie hat meine Seele in ihre Seele aufgenommen. Also lebe ich nur … ich bin nur lebendig … nun, wie soll ich sagen, ich bin eins mit meiner Seele einzig und allein in ihr.« Er drückt den Mund auf ihre Haut. Ihr Kopf sinkt nach hinten gegen die Wand. »Du magst dir nichts aus meiner ehelichen Treue machen, Elfriede, ich aber sehr wohl. Ich kann nicht leben ohne dich.«

»Aber ich habe dir nur Kummer und Leid beschert.«

»Du hast mir mein Leben geschenkt. Ich lebe nur durch dich.«

Jetzt kullern ihr die Tränen aus beiden Augen bis in ihre Ohren hinein. Sie drückt seinen Kopf an ihren Schoß, seine Lippen an ihre Haut.

»Du darfst nicht sterben, Elfriede. Du darfst nicht sterben. Ich bin tief in dir, ich lebe allein nur in dir. Lass mich bitte einfach da, in dir, bei dir. Bitte.«

Was soll sie sagen? Nichts. Sie hält seinen Kopf zwischen ihren Beinen, spürt seinen Mund an ihrem entblößten Schoß und stößt ein leises, weiches Stöhnen aus, während sich ihre Lust in tiefen, krampfartigen Zuckungen an seinem Mund entlädt.

Danach herrscht Stille.

KRIEGSMINISTERIUM LONDON
AN: MRS. ELFRIEDE THORPE DUNNOCK LODGE INVERNESS
4. JULI 1916
BEDAUERN ZUTIEFST SIE INFORMIEREN ZU MÜSSEN DASS MAJOR W. B. THORPE AM 1. JULI IM KAMPF GEFALLEN IST STOPP SCHREIBBRIEF ERFOLGT ALSBALD STOPP

Lulu

JULI 1943

Bahamas

Im Zuge meiner journalistischen Recherchen stieß ich zufällig auch auf Hochzeitsfotos des ehemaligen Königs von England und seiner amerikanischen Braut. Die kirchliche Trauung fand in Südfrankreich statt, in einer prachtvollen Villa eines gemeinsamen Freundes. (Ja, die Windsors haben viele hilfreiche Freunde!) Und wenn man die Rede des verliebten Königs mit dem berühmten Satz »… die Frau, die ich liebe« hört (die damals weltweit im Radio übertragen wurde) und all die Umstände und Fakten zusammenträgt – den lang ersehnten Bund zweier Liebender, wohlhabende Freunde, Prunkvilla im herrlichen Südfrankreich –, denkt man nur eins: Was für ein glückliches Paar, das schließlich doch noch heiraten und eine Traumhochzeit feiern konnte, mitten im Paradies, allen Widrigkeiten zum Trotz. Vor diesem Hintergrund mag ein erster Blick auf diese Fotos verwundern.

Die Herzogin trug ein Kleid des amerikanischen Designers Mainbocher, eine Kreation aus blauer Seide, passend zu ihren Augen (was auf einem Schwarz-Weiß-Foto natürlich nicht zu sehen ist) und dem Anlass entsprechend; es war bodenlang, eher dezent, aber auch figurumschmeichelnd. So weit nicht verwunderlich. Was verwundert, sind ihre Gesichter – ihr Gesicht, sein Gesicht. Keiner der beiden lächelt, weder er noch sie. Ihr Gesicht hat den Ausdruck von angespanntem Gleichmut, und er wirkt, als wäre ihm angst und bange zumute. Ich glaube, dass der berühmte englische Fotograf Cecil Beaton höchstpersönlich diese Fotos gemacht hat, und frage mich manchmal, was er wohl dachte, als er den Auslöser drückte.

Als ich meinen zweiten Mann heiratete, Benedict Wilfred Thorpe (was für ein Name!), und ihm die Treue versprach, in guten wie in schlechten Zeiten, waren keine Kameras zugegen. Die Trauung erfolgte spontan im Rahmen einer kleinen privaten Feier, bezeugt vom ehemaligen König von England und Wallis Simpson, unter Anwesenheit von Miss Jean Drewes aus Mamaroneck, die herzlich laut lachte und mir einen Hibiskusstrauß überreichte, pflückfrisch aus den Gärten um das Government House. Vom Standesamt in Niagara County bis hierher war es ein langer Weg gewesen, so viel stand fest, und mein zweiter Bräutigam war eine deutliche Verbesserung. Aber ich werde nie wissen, wie wir aussahen, Seite an Seite, zum ersten Mal als Ehemann und Ehefrau. Ich weiß, dass mein Kleid gelb war, nicht blau. Gelb. Die Farbe warmer Sonnenstrahlen … und nerviger Telegramme.

Die Herzogin, diese zauberhafte Frau, hatte im großen Speisesalon eine festliche Teetafel arrangieren lassen. Wir leerten zwei Flaschen eisgekühlten Champagner und aßen Unmengen an Kuchen. Danach nahm mich die Herzogin beiseite und wünschte mir für meine Ehe viel Glück. Sie hatte Tränen in den Augen, kein Scherz. Anschließend begaben wir uns ins Gesellschaftszimmer, wo die Herzogin und ich in den Lehnsesseln Platz nahmen, während der Herzog von Windsor und mein frisch angetrauter Gemahl am Kamin standen, Zigarren rauchten und lachten. Die üblichen Union-Jack-Kissen zierten das Sofa. Sie neigte sich zu mir und hauchte mit ihrer kehligen Stimme: »Wie fühlen Sie sich? Überrascht?«

»Schrecklich.«

Sie lachte. »Einen Moment lang dachte ich, Ihnen ist speiübel. Aber machen Sie sich nichts daraus. Mir ging es ganz genauso.«

»Ihnen? In der romantischsten Liebesgeschichte des Jahrhunderts?«

Wir hielten immer noch unser Glas in der Hand, mit den letzten paar Tropfen Champagner aus den beiden exklusiven Jahrgangsflaschen, die man gerade noch vor dem Einmarsch der Nazis in Frankreich aus dem Land geschmuggelt hatte. Wallis' Blick wanderte hinüber zu einem Porträtgemälde von ihr, das auf dem Kaminsims stand, genau zwischen unseren beiden vertraulich plaudernden Ehemännern. Wie eigenartig muss es sein, dachte ich bei mir, tagtäglich unter einem so monumentalen Abbild von sich selbst zu sitzen. Sie balancierte das Glas zwischen ihren Fingern. »Waren Sie schon mal Skifahren, Lulu?«, fragte sie.

»Nein.«

»Macht einen Heidenspaß, wirklich. Man schaut den Abhang hinunter und freut sich auf die aufregende Fahrt bergab. Man überlegt sich vorab die beste Linie für seine Schwünge, wie schnell man hinabrauschen und wie sensationell gut man dabei aussehen wird. Dann das glorreiche letzte Stück am Ende der Piste und gleich noch einmal hinauf und wieder hinunter. Dazu stürmischer Applaus vom Publikum, das unten steht und dir johlend entgegenklatscht.«

»Klingt nach einer Riesengaudi«, sagte ich.

»Nun, genau das ist Sinn und Zweck der Sache, nicht wahr? Sonst würde es ja niemand versuchen. Also stürzt du dich den Hang hinab, in deinen schönen neuen Skiklamotten, und alles läuft glatt, Nervenkitzel pur, während die Zuschauer darüber staunen, wie gekonnt du diese Piste meisterst. Zunächst wenigstens. Bis du dann auf eine vereiste Fläche triffst, der Hang zu steil abfällt, du einen falschen Schwung vollführst, und plötzlich hast du die Kontrolle verloren. Du fliegst in hohem Bogen durch die Luft, und es gibt niemanden, der dich aufhält oder auffängt, niemanden, der dich rettet. Der Hang beherrscht dich, anstatt umgekehrt du den Hang. Du rutschst dem Ende der Piste entgegen, siehst es immer näher kommen, kannst aber nichts tun, um auszuweichen. Du bist diesem Sturz ausgeliefert und musst da durch, ganz gleich, wie schlimm es dich am Ende erwischt oder wie viele Leute du auf dem Weg nach unten niedermähst.« Sie hob das Glas an ihre Lippen und trank den letzten Schluck Champagner in einem Zug, während sie die ganze Zeit auf ihr elegantes Gesicht auf dem Porträtgemälde schaute oder vielleicht auch auf die beiden Männer rechts und links davon. Aus diesem Blickwinkel war das schwer zu sagen. Thorpe hatte den Ellbogen auf den Kaminsims gestützt, die Zigarre lässig in der Hand, und hörte dem Herzog zu. Ich betrachtete das Profil meines Mannes. Den rotgoldblonden Schopf. Wie sehr ich diesen Anblick liebte! Und während ich noch nach Worten suchte, um der Herzogin zu antworten, rieb die einen dunkelroten Lippenstiftfleck vom Rand ihres Glases und fügte noch hinzu: »Aber für Sie ist das heute natürlich alles kein Thema, Sie Glückliche.«

»Bitte was?«

»Sie sind so herrlich verliebt in ihn.« Die Herzogin sah

mich an. Ihre Augen glänzten. »Lulu, meine Liebste. Darf ich Ihnen einen wohlmeinenden Rat geben?«

»Ja, natürlich.«

Sie legte ihre linke Hand auf meine linke Hand, Ring an Ring. »Heirate niemals einen Mann, den du glaubst, ändern zu können.«

Anschließend bot das Herzogspaar an, uns in der Staatslimousine nach Hause bringen zu lassen, aber ich wollte lieber im Sozius an Thorpes Motorrad in unser Eheglück starten. Das würde doch mein Kleid ruinieren, meinte die Herzogin. Das Risiko würde ich aber gerne in Kauf nehmen, erwiderte ich.

»Danke für alles. Das Kleid. Die ganze Überraschung. Die wunderschöne Feier.«

Sie winkte ab. »Oh, es war mir ein Vergnügen, Lulu. Ich bin und bleibe eben eine alte Romantikerin.«

Ich warf einen Blick auf Thorpe, der dem Herzog zum Abschied gerade herzlich die Hand schüttelte. Das Sonnenlicht tauchte beide Häupter in den gleichen goldenen Farbton.

»Ich wusste gar nicht, dass Sie eine so gute Skifahrerin sind«, meinte ich noch.

»Bin ich gar nicht«, sagte sie.

Ich wandte mich verdutzt zu ihr um, doch bevor ich nachhaken konnte, bugsierte sie mich Richtung Motorrad.

»Na dann mal los. Ihre Sachen werde ich mit einem Wagen schicken lassen. Ihr Fahrrad, Ihre anderen Sachen.«

Thorpe half mir in den Sozius, vergewisserte sich, dass auch mein Kleid gut darin verstaut war. In der Hand hielt ich den rosa Hibiskusstrauß. Der Duft erinnerte mich an meinen Bungalow, an Cable Beach, an die Meertraubenbäume vor der Terrasse. Ich schaute in Thorpes Gesicht, das sein Lächeln verloren hatte und plötzlich nervös und angespannt wirkte. Und mir erging es kaum anders. Wie gesagt, dem Himmel sei Dank, dass es hier in Nassau keinen Cecil Beaton gab, der hinter den Büschen vorsprang und diesen Moment mit seiner Kamera verewigte.

»Wohin?«, fragte ich. »Zu dir oder zu mir?«

»Zu dir. Bei mir riecht es, als wäre irgendetwas hereingekrochen und verendet.«

Thorpe ging um das Motorrad herum, stieg auf und ließ den Motor an. Unter dem Portikus standen der Herzog, die Herzogin, Miss Drewes und Butler Marshall und winkten uns nach.

»Auf geht's«, sagte Thorpe, und ich warf meinen Brautstrauß, just als das Motorrad vom Bordstein hopste – in einem Bilderbuchbogen direkt zu Miss Drewes, wie ich dachte. Doch als ich zurückschaute, sah ich die rosa Blumen in den Händen eines verdatterten George Marshall.

Am Ende der Cumberland Street hielt Thorpe das Motorrad an. Vor uns das British Colonial Hotel. Links die West Bay Street, die Uferstraße Richtung Cable Beach. Rechts das Geschäftsviertel, die Docks, daneben Schiffe und kleinere Boote, die an ihren Liegeplätzen schaukelten. In diesem Moment begriff ich, dass das Zittern, das ich spürte, nicht vom Rumpeln des Motors im Leerlauf herrührte, sondern von innen kam. Ich schaute auf, betrachtete Thorpes Profil und dachte: *Mein Ehemann.*

Als das Motorrad nach links in die West Bay Street bog, musste ich ohne besonderen Grund an Tommy Randolphs Beerdigung denken. Hatte ich erwähnt, dass es im Monat Mai gewesen war, als ich ihn getötet hatte? Anfang Mai. Und in Bakersfield, Kalifornien, wurde es langsam heiß, heiß und trocken, sodass der Gerichtsmediziner seinen

Leichnam in Unmengen Eis verpacken musste, die ausgereicht hätten, einen Elefanten tiefzukühlen, ehe er im Zug quer durch das halbe Land zu einem von seinen Eltern bestellten Bestattungsinstitut überführt werden konnte.

Am Tag seiner Beerdigung jedoch hatte das Wetter deutlich abgekühlt. Es war einer jener Maitage, wo man den weichenden Frühling noch leise spürt und die Luft nach Feuchtigkeit und Melancholie schmeckt. Nicht nach Trauer, wohlgemerkt. Wie gesagt, niemand trauerte wirklich um Tommy. Man sah die Erleichterung in den Augen aller, auch das schlechte Gewissen wegen eben dieser Erleichterung, die engen, beschämenden Blicke auf den Sarg, während die Sargträger ihn langsam in die ausgehobene Grube senkten und der Wind auffrischte, als wollte er sie antreiben, diesen Mistkerl unter die Erde zu bekommen und zur Hölle fahren zu lassen, wo er hingehörte. Die jungen Blätter erzitterten in den Bäumen. Ich weiß noch, wie der hochwürdige Pfarrer seine Worte so eilig herunterhaspelte, dass sie ein einziges Ganzes ergaben – *Wirsindzusammengekommenumunseren-BruderThomasdemallmächtigenGottanzuvertrauen* –, und wie im Sargdeckel ein letzter, schwacher Sonnenstrahl aufglomm, bevor er zufiel. Dann war zum Glück alles vorbei, und wir kehrten uns von Tommy ab, voneinander. Ich schüttelte den Randolphs die Hände, ohne irgendeinem von ihnen in die Augen zu sehen. Auch meine Mutter war da, während die Zwillinge beide auf dem College waren, Leo in Harvard (alle Lightfoot-Männer waren Harvard-Absolventen) und Vanessa in Skidmore, und nicht kommen konnten. Vielleicht hielt man es aber auch für besser, wenn sie nicht kamen, zarte Seelchen, die sie waren. Mein Vater hatte mit der ganzen Sache aus Prinzip längst abgeschlossen (er war nicht zu unserer Hochzeit erschienen, was sollte er also auf der Beerdigung). So waren von meiner Seite nur wir beide anwesend, meine Mutter und ich, unter all den vielen Randolphs. Ich möchte fast sagen, dass wir in diesem Moment ein besonderes Band knüpften, dass die Begegnung mit ihr unter diesen qualvollen Umständen uns schließlich enger zusammenbrachte.

Am Tag der Beisetzung aber war ich immer noch geschockt von mir selbst, wie betäubt vor Entsetzen. Ich war nicht imstande, mit meiner Mutter auch nur ein Wort zu wechseln. Aber ich sah ihren Blick, fing ihn kurz auf, als sie Tommys Sarg in die ewige Grube herunterließen. Während der Totenmesse hatte der Sarg die ganze Zeit offen gestanden, denn ein wohl platzierter Schuss hinter das Ohr lässt das Gesicht bemerkenswert unversehrt, und so war Tommys Gesicht das einzig Schöne an ihm. Als ich ein letztes Mal auf seine wächserne Haut und seine Augen stierte, auf seine Wimpern, die wie zu Lebzeiten unverändert lang und dicht waren, war ich erschreckend wenig ergriffen. Allenfalls spürte ich einen klitzekleinen Funken Mitleid, mehr nicht. Ich stand da, sinnierte über meine emotionale Erstarrung, meine distanzierte Teilnahmslosigkeit, während der leichte Wind in meinem Witwenschleier spielte und ich mich fragte, ob ich deshalb ein Monster war, eine Soziopathin oder wie auch immer man es nennen mochte. Ich sah kurz hinüber zu meiner Mutter, deren Blick mich ebenfalls gerade streifte, und in diesem Moment war mir klar, dass sie genau wusste, wie Tommy gestorben war. Mütter wissen immer alles, nicht wahr? Sie haben dich geboren, dich gestillt, dich rundum gehegt und gepflegt. Sie können durch deine Augen direkt in deine Seele schauen.

Also gut, das war's, dachte ich und senkte den Blick. Nach Hause konnte ich nicht zurück, nie wieder. Sie würde es so oder so aus mir herauskitzeln, doch sobald die Tat in Worte gekleidet wäre, sobald diese aus meinem Mund entlassen und in der Welt wären, würden sie Wahrheit werden. Ich hatte meinen Mann eigenhändig getötet, mit einem 22er-Kaliber-Revolver, den ich mir selbst beschafft und im Nachttisch versteckt hatte. Ich hatte Thomas Randolph getötet. Und so verließen wir den Friedhof, meine Mutter und ich, gingen nebeneinanderher, ohne ein Wort miteinander zu sprechen, nicht ein einziges wohltuendes Wort. Sie fuhr zurück nach Great Neck, in das warme Nest meiner Kindheit, und ich nahm mir ein Zimmer in einem billigen Hotel in Murray Hill. Seitdem hatte ich sie nicht mehr gesehen.

Wenn ich es mir recht überlege, mag das erklären, weshalb mich ausgerechnet jetzt, während wir die West Bay Street entlangsausten, ein Schauder der Erinnerung befiel, weshalb die Gerüche wiederkehrten, von Blättern, von faulender Erde, von Angst, vom leichten Wind an jenem Tag, der nun nichts weiter als ein tropischer Windzug war, der uns auf dem Motorrad entgegenblies. Nein, da war nichts, da war keine Angst, keine dunkle Ahnung oder Mahnung oder irgendein Nachhall an einen gewesenen Ehemann. Im Gegenteil. Ich erinnerte mich an Tommys Beerdigung, weil ich in jenem Moment, als ich dort an seinem Grab stand, beschlossen hatte, niemals zu gestehen. Niemals würde ich auch nur einer Menschenseele erzählen, was damals in Bakersfield wirklich passiert war.

Und ganz sicher würde es niemals einen Menschen geben, dem ich so sehr vertrauen konnte.

Als wir vor meinem Bungalow ankamen, stellte Thorpe den Motor aus, stieg ab und half mir aus dem Sozius. Die Hitze stieg flirrend vom Asphalt auf, der Wind sang, und das Rauschen der Brandung im Hintergrund schwoll so laut an, dass es bis zur Straße herauf zu hören war.

Zu meiner Überraschung drehte sich der Türknauf wie

von Geisterhand, und die Tür ging auf, noch ehe ich den Hausschlüssel ins Schloss schieben konnte.

»Hallo?«, rief ich.

»Miss Lulu?«

»Veryl!« Ich ging den Flur hinunter, während sie gerade aus meinem Arbeitszimmer kam, den Staubwedel in der Hand.

»Sie sind noch hier? Sollten Sie nicht längst bei Ihrer Schicht im Prince George sein?«

»Habe einen Tag freibekommen«, sagte sie. »Aber was haben Sie denn da am Finger?«

Recht irritiert, dass sie mich darauf ansprach, schaute ich hinunter auf meine linke Hand, wo ein schmaler goldener, mit Diamanten besetzter Bandring an meinem Ringfinger steckte.

Veryl legte eine Hand an ihr Herz und wich einen Schritt zurück.

»Ja, Thorpe kam letzte Nacht nach Hause, was Ihnen sicherlich nicht entgangen ist, und hat mir einen Antrag gemacht … Gut, er hat mich jetzt nicht direkt gefragt …«

»Nein, so was, Miss Lulu.«

»Ich kann es selbst noch gar nicht richtig fassen.«

»Ach du guter Gütiger. Wo ist er denn jetzt?«

»Das Motorrad abstellen.«

Ich ging in die Küche und nahm eine Flasche Champagner aus dem Kühlschrank.

»Miss Lulu?«, rief Veryl von der Tür her. »Dieser eine Bursche war heute wieder hier.«

»Welcher Bursche?«

»Der mit den Briefen für Sie.«

»Was haben Sie ihm denn gesagt?«, rief ich über die Schulter zurück.«

»Sagte, sie seien in der Kantine und erst am Nachmittag wieder daheim.«

»Na ja, für so was bin ich jetzt nicht mehr zu haben. Damit ist Schluss. Ich werde ab sofort keine Briefe mehr hin und her tragen, für niemanden.«

»Ach ja?«

»Jawohl. Ich bin jetzt Mrs. Thorpe, Veryl. Und nicht mehr für alles zu haben.«

Veryl hielt immer noch den Staubwedel in der Hand. Über uns surrte der Deckenventilator, wälzte und wirbelte die stickige Luft. Ich stellte die Flasche auf dem Abtropfbrett neben der Spüle ab. »Was ist los, Veryl? Wollen Sie mir etwas sagen?«

Sie hängte den Staubwedel an seinen Haken an der Wand und straffte ihr Kleid. »Ja, will ich, Miss Lulu. Ich kündige hiermit.«

»Kündigen? Was denn kündigen?«

»Ich gehe«, sagte sie. »Ich gebe meine Stellung bei Ihnen auf. Zum Ende des Monats.«

»Oh, verstehe.«

»Meine Cousine Iphigenia und ich haben unsere Löhne gespart. Wir werden bald einen kleinen Teeladen auf der Victoria Street eröffnen.«

Nun möchte man vielleicht meinen, dass Veryl es vermied, mir bei dieser Nachricht in die Augen zu schauen, aber nein. Nicht Veryl. Sie legte den Kopf schief, behielt mich mit ihren dunklen, ernsten Kulleraugen fest im Blick und erklärte ihre Absicht mit klarer Stimme. Ihr Kleid hatte sie glatt gestreift, und ihre Arme hingen seitlich an ihrem Körper herab, starr wie zwei Stöcke. Ohne mit der Wimper zu zucken, stand sie da. »Nun«, sagte ich. »Das kommt jetzt ein bisschen plötzlich. Damit habe ich nicht gerechnet.«

»Sie waren sehr großzügig, Miss Lulu, und das weiß ich zu schätzen. Sie zahlen dreißig Shilling, während die anderen Ladys nur fünfzehn zahlen …«

»Ist das so?«

»… und ich habe das Geld Woche für Woche zusammengespart. Und so eröffnen wir nun unseren eigenen Teeladen, Effie und ich, am 15. August.«

Die Champagnerflasche war bereits tropfnass. Ich schob mir eine Strähne aus der feuchten Stirn. »Nun«, sagte ich erneut. »Nun, das ist großartig. Ich werde ganz vorne in der Schlange stehen. Und Sie müssen unbedingt Ihren Rumkuchen verkaufen, ja?«

»Was denken *Sie* denn, Miss Lulu?«

»Dann ist ja gut. Und wenn es Ihnen nichts ausmacht, hören Sie sich gerne im Prince George nach einer neuen Haushälterin für mich um, da wäre ich Ihnen sehr dankbar.«

»Habe ich bereits getan.« Sie band sich die Schürze los. »Noch etwas, Miss Lulu.«

»Ja?«

Veryl faltete ihre Schürze sorgfältig zusammen, konzentrierte sich auf jede einzelne Falte. Wie immer waren ihre Haare in der Mitte gescheitelt und im Nacken zu einem Knoten gebunden, und obwohl sie ihre Kraushaarmähne stramm nach hinten gebürstet hatte, ringelten sich immer noch einzelne störrische Löckchen hervor. Als sie zum ersten Mal als Haushälterin zu mir gekommen war, hatte ich mich gefragt, wie diese Haare wohl aussahen, wenn sie lose um den Kopf hingen, wie lang sie wohl waren und ob sie wie Sprungfedern auseinanderwippten, sobald sie aufgebunden wurden. Natürlich hatte ich es nie herausgefunden. Aber genau hier begann wohl diese Linie, die die Rassen trennte. Und keine von uns beiden hatte den Mut, sie zu übertreten.

»Ich höre?«, sagte ich.

»Nehmen Sie sich bitte in Acht, Miss Lulu, das ist alles.«

»Mich in Acht nehmen? Wovor? Vor Thorpe?«

Veryl sah auf. »Vor allem und allen. Vor dem Government House, den Freunden dort. Es wird etwas Schlimmes passieren, Miss Lulu. Braut sich schon zusammen, wie ein Sturm.«

»Genau darum halte ich mich raus, wie gesagt«, antwortete ich. »Jetzt aber … wo sind die verflixten Champagnergläser, hmm? Ich dachte, ich hätte sie aufgeräumt.«

Veryl ging an den Geschirrschrank und holte zwei Coupégläser heraus, die sie auf den Thekentisch stellte.

»Das letzte Wort haben immer die anderen, Miss Lulu. Vergessen Sie das nie!«

Da kam Thorpe durch die Tür in die Küche. »Was soll sie nicht vergessen, Miss Veryl?«, meinte er fröhlich. »Ihrem Mann jeden Morgen das Frühstück zu machen? Oooh, Champagner. Ich wusste, dass ich die richtige Frau geheiratet habe. Ich hoffe, Sie bleiben noch ein bisschen und stoßen mit uns an, Veryl? Alles andere wäre einfach schade.«

»Jetzt ist aber gut«, sagte sie, als er ihr einen Kuss auf die Wange hauchte. »Ihr beide, ihr geht jetzt zum Strand hinunter. Ihre Veryl duldet keine Widerrede.«

»Ich kann Sie nachher heimfahren, soll ich?«

»Nein, Sir. Der Bus kommt jede Sekunde. Sie kümmern sich jetzt gut um meine Miss Lulu, wenn nicht, bekommen Sie meinen Besenstiel zu spüren.«

Kaum war sie aus der Tür, war es still im Bungalow. Auf dem Thekentisch sammelte sich ein nasser Rand unter der tropfnassen Flasche und den Gläsern, die Veryl (zusammen mit den meisten anderen Gläsern, Geschirren und Bestecken, von den Handtüchern ganz zu schweigen) nach und nach aus dem Prince George hierher geschmuggelt hatte. Der Deckenventilator drehte sich etwa einen Zentimeter über Thorpes Kopf, und während mein Blick am verschwommenen Bild der Rotorblätter klebte, spürte ich eine dunkle Vorahnung dessen, was da kommen würde. Thorpe trat näher, küsste meine Lippen. »Alles okay?«

»Ja, alles gut«, erwiderte ich.

Thorpe brach ein paar Eisstücke aus dem Block im Kühlfach und füllte den Champagnerkübel, der ebenfalls das Wappen des Prince George Hotels trug. Ich ging hinaus auf die Terrasse, stand da in meinem gelben Seidenkleid und schaute hinunter zum Strand, wo die Brandung immer stärker toste. Die Meertraubenbäume bogen sich im Wind. Ich kickte mir die Schuhe von den Füßen und trat auf den Sand vor der Terrassenumrandung. Hinter mir hörte ich Thorpe hantieren, der den Champagnerkübel und die Gläser auf den Tisch stellte. Ich dachte, wir wären die einzigen beiden Menschen unter dieser sinkenden Sonne, unter diesem unruhigen Himmel. Die einzigen beiden Menschen auf der ganzen weiten Welt.

»Guten Abend, Mrs. Thorpe«, sagte er. »Ein schöner Tag, um sich zu verheiraten, nicht wahr?«

Er stand wenige Schritte entfernt. Ich weiß noch, wie ich dachte, dass er nicht mal ansatzweise Ähnlichkeit zeigte mit dem Mann, den ich zwei Jahre zuvor auf dem PanAm-Flug kennengelernt hatte. Damals war er der alte Thorpe, der Mann, von dem ich gerne dachte, dass er der wahre Thorpe war. So wie er meiner Vorstellung nach gewesen sein musste, bevor der Krieg kam. Charmant und hager, romantischen Abenteuern nicht abgeneigt, sprühend vor Energie, die Außenstehenden bisweilen unheimlich erschien, für die Frau, die ihn liebte, aber wunderbar war. Wie lächerlich ich ausgesehen haben musste, damals, die Haare unordentlich, das Kleid voller Schweißflecken, mein Lippenstift längst nicht mehr zu sehen. Was für ein Wagnis, dachte ich, das wir beide da eingingen, er ebenso wie ich, durch einen unbekannten Raum zu fallen, um dann in einem fremden Land anzukommen.

Er hatte die Jacke ausgezogen, sein Hemd war schlaff und am Kragen aufgeknöpft, die Haut darunter gerötet. Die Hände in die Hüften gestemmt, stand er breitbeinig da, um das Kinn glitzrige kurze Bartstoppeln. Auf der hellrosa Haut traten seine Sommersprossen sichtbar hervor, und auf seinem Kopf standen kurze Flaumhaare, wie Welpenfell. Seine Lippen waren rot, rund und feucht. Ich konnte nicht begreifen, dass sie jetzt mir gehörten. Ich konnte mir nicht vorstellen, dass wir irgendwo in einem hübschen rechteckigen Haus wohnten und ein Baby knuddelten, während im Ofen der Schmorbraten garte. Ich konnte mir überhaupt keine Zukunft für uns vorstellen, was für eine auch immer. Es wird niemals funktionieren, dachte ich, wir sind zum Scheitern verurteilt und haben in dieser verrückten Welt ohnehin keine Chance.

Doch Thorpe hatte ein Lachen im Gesicht. Er schien ohne jeden Zweifel. Er zog Schuhe und Socken aus und kam zu mir auf den Sand. Ich roch seine Seife, seinen Schweiß. Ich stellte mich auf die Zehenspitzen, küsste seine Nase, seine Augen, sein Kinn, seinen Mund. Er nahm mich an der Hand und zog mich zum Wasser hinunter, wo wir uns in die tosende Brandung stürzten, uns in einem fort küssten, aufgekratzt und euphorisch, da wir jetzt verheiratet waren und uns mit gutem Recht vor aller Welt küssen konnten, wie wir wollten. Die Brandung wurde rauer, unsere Küsse heißer, und wir wankten zurück zum Strand. Ich zog mein Kleid aus, er Hose und Hemd; alles war nass und sandig. Wir verzogen uns auf die schattige Terrasse. Ich sah die blauen Flecken auf seinen Rippen, die Narbe an seinem Kinn, die Kratzer und Schrammen auf seiner Haut. Ich berührte sein Schlüsselbein mit den Fingerspitzen, dann mit den Lippen.

»Geh nicht zurück nach London«, flehte ich leiser, aber eindringlich.

Er antwortete nicht. Ich weiß nicht, ob er mich gehört hatte. Die Pupillen in seinen blauen Augen waren riesengroß, seine Haut gerötet. Er schaute mir nicht ins Gesicht, sondern auf meine Brüste und die weiblichen Rundungen meiner Taille. Er hob mich in die Hängematte, die zwischen zwei Meertraubenbäume gespannt war. Mit meinen Lippen formte ich in einem fort die Worte: *Geh nicht zurück, geh nicht zurück, geh nicht zurück*, und ich muss sagen, sie setzten einen dynamisch-rhythmischen Akzent zum Takt seiner wiegenden Hüften – *geh nicht zurück, geh nicht zurück.* Die Hängematte begann gefährlich zu schaukeln. Die heiße Luft sammelte sich in Form von Schweiß in allen Mulden unserer verschlungenen Körper. Wir waren verheiratet, eins im Fleische, geweiht durch das heilige Wasser in unserem Schweißbad. Ich umklammerte sein nasses Gesäß und bog den Rücken. Unmittelbar danach ergoss er sich. *Geh nicht zurück* – keuchte ich, doch er war schon fort, gegangen mit dem kleinen Tod. Die Hängematte schaukelte unter dem Gewicht unserer Körper … und die Meertrauben stöhnten leise mit.

Wir blieben den ganzen Abend draußen, am und im Meer, im Schatten der Meertrauben, und tranken Champagner. Thorpe hatte recht, an einem Tag wie diesem war niemand hier, zumindest nicht an diesem Strandzipfel. Die Brandung schwoll gewaltig an, baute riesige, bedrohliche Wellenberge auf. Thorpe hatte mir einmal die Physik dahinter erklärt, hatte mir beschrieben, wie eine Welle entsteht, wie eine einzelne kleine Welle meilenweit über ganze Ozeane reisen kann, aber es ist nicht das Wasser an sich, das wandert, sondern die pure Energie – in etwa so wie Schall durch die Luft oder Licht durch den Raum. Ich war völlig fasziniert. Ich grub die Zehen in den Sand und dachte nur: *Wahnsinn, diese Welle begann mit einem kleinen Windstoß, und dieser kleine Windstoß begann mit einem Sonnenstrahl, der die Luft erwärmte, und dieser Sonnenstrahl begann mit einer Kernfusion von Atomen im Innern der Sonne, und diese Kernfusion …* Zugegeben, an dieser Stelle komme ich dann nicht mehr ganz so gut mit, aber das Grundprinzip hatte ich verstanden. Diese eine Welle, die sich jetzt gerade in diesem Moment am Strand brach, hatte ihre ganz eigene Geschichte, die mir stets verborgen bleiben würde – wie so viele andere komplexe Zusammenhänge vom Leben auf dieser Erde, die für uns alle im Dunkeln liegen, im großen weiten Meer der Unwissenheit. Warum sprengten sich Menschen auf der anderen Seite dieses Ozeans gegenseitig in Fetzen? In diesem Moment lag ein Mann auf dem sandigen Wüstenboden Nordafrikas, war dabei zu sterben, zu verbluten, zu leiden, während ich es mir hier an den sandigen Stränden von Nassau gut gehen ließ und nichts wusste über ihn oder die Herzen, die mit seinem Tod brechen würden. Ich schaute hinaus aufs Meer und hatte keine Ahnung, was jenseits meiner eigenen kleinen Welt vor sich ging.

Ich erwähne das alles, weil ich mich erinnere, wie der aufziehende Sturm uns gegen halb elf Uhr zurück ins Haus scheuchte. Etwa zur selben Zeit, nur wenige Kilometer entfernt in der Villa Westbourne, ging der Spieleabend bei Oakes mit Harold Christie und zwei weiteren Gästen mit einer Partie Dame zu Ende – was ich zu diesem Zeitpunkt natürlich noch nicht wusste. Von den Ereignissen, die sich in jener Nacht dort zugetragen hatten, erfuhr ich gottlob erst später.

Thorpe und ich eilten also zurück ins Haus und schlossen die Läden gegen den platschenden Regen und tropischen

Sturm. Ein greller Blitz erhellte den nächtlichen Himmel, unmittelbar gefolgt vom Krachen des Donners. Thorpe wollte wissen, ob ich Angst vor Gewittern hätte. Ich hasste diese verfluchten Unwetter, sagte ich, da man einfach nie wusste, was so alles passieren könnte.

Wir krochen zwischen die Laken.

Nachdem wir bereits zweimal miteinander geschlafen, unsere Ehe also mehr als vollzogen hatten, verspürten wir keinen Drang, es gleich wieder zu tun. Ich lehnte mich zurück in die Kissen und wackelte mit den Zehen, während Thorpe auf die Seite gestützt neben mir lag und jeden Quadratzentimeter meines Körpers begutachtete und der Regen gegen die Läden und auf das Wellblechdach donnerte. Er legte seine flache Hand auf meinen Bauch, eine Geste, die ich aus irgendeinem Grund sehr mochte. Seine flache Hand über meinem Nabel zu spüren war ein unglaublich schönes Gefühl.

»Erzähl doch mal«, sagte ich. »Warum hat man dich nach London zurückberufen?«

Das Zimmer war dunkel und still, nur der elektrische Ventilator bewegte sich, während draußen die Hölle tobte und gegen die Hausmauern schlug. Ich trat die Laken von meinen Beinen.

»Ich höre?«, bohrte ich nach.

»Ich kann dir das nicht sagen.«

»Du kannst es mir nicht sagen? Deiner eigenen Frau?«

»Es ist keine Frage von Vertrauen.«

»Ach ja?«, erwiderte ich, und als keine Antwort kam, neigte ich mich nahe an sein Ohr und fuhr mit lauter Flüsterstimme fort, damit er mich bei all dem donnernden Krach auch ja gut hören konnte.

»Du hast sie unter Druck gesetzt, stimmt's? Deine Freunde dort in London. Weil du deine Arbeit zu gut gemacht hast.

Und weil ihnen jetzt klar ist, dass du über die ganze Sache Bescheid weißt. Dass der Herzog ein Verräter ist.«

Thorpe hob die Hand und legte mir die Finger auf die Lippen. Ich schob sie weg und verschränkte meine Finger hinter seinem Nacken.

»Lass uns irgendwohin fliegen. Du kannst nicht zurück nach London. Die werden dich nicht am Leben lassen, bei all dem, was du weißt. Komm, lass uns wegfliegen.«

»Nein.«

»Auf eine der Out Islands vielleicht, oder woandershin. Auf die andere Seite der Welt? Nach Französisch-Indochina vielleicht? Sind die Japaner dort inzwischen einmarschiert? Oder nach Tasmanien?«

»Wir können nicht nach Tasmanien, Lulu.«

»Überleg doch mal. Nur wir beide. Ich werde dich glücklich machen, ich schwöre, wir werden unsere eigene kleine Welt haben, ein kleines Häuschen, Sonnenschein, Babys …«

»Nein«, sagte er.

»Aber …«

»Nein.« Er rollte sich auf den Rücken. Eng nebeneinanderliegend, starrten wir an die Decke, während der Ventilator seine Runden drehte und Luft aufwirbelte. Draußen vor dem Fenster prasselte der Regen auf das Dach und übertönte den Lärm des Donners. Thorpes blasse Haut spannte sich über seinen Rippen. Ich musste an die Kondome in der noch ungeöffneten Schachtel denken, die gleich neben uns in der Schublade lag.

»Wann fliegst du?«, fragte ich.

»Morgen. Sie haben mir einen Platz in einer Liberator reserviert. Abflug ist am frühen Morgen.«

»Am frühen Morgen?«

»Ja.«

»*Morgen?* Morgen früh?«

»Ja.«

»Und wann hättest du mir das sagen wollen?«

»Ich sage es dir doch gerade.«

Für einen kurzen Augenblick tauchte ein Blitzstrahl das Zimmer in gleißendes Licht, als wäre es helllichter Tag. Dann erschütterte ein heftiger *Rumms* das ganze Haus. Wir lagen auf dem Bett, hielten uns an den Händen und warteten, dass es vorüberging. Dann noch ein Blitzstrahl. Noch ein Donnerschlag. Und im Hintergrund unentwegt das Trommeln des Regens auf dem Wellblech. Tränen traten mir aus den Augenwinkeln, rannen an meinen Schläfen hinunter auf das Kissen, aber nicht weil draußen gerade die Welt unterging, sondern weil ich endlich kapierte. Endlich war mir alles klar.

»Erinnerst du dich an unsere Unterhaltung damals im Flugzeug?«, fragte ich ihn.

»An jedes Wort.«

»Wirklich wahr?«

»Stell mich auf die Probe.«

»Also gut. Erinnerst du dich, wie ich die Windsors als ein romantisches Liebespaar bezeichnete und du nur meintest, die beiden wären überhaupt keine Romantiker?«

»Ich erinnere mich.«

»Du sagtest, es sei so eine neumodische Chose, die Liebe über die Pflicht zu stellen.«

»Ah, ja. Ziemlich oberflächlich von mir, was?«

»Du würdest das heute also nicht mehr so sehen?«

»Damals hatte ich auch noch nie wirklich eine Frau geliebt. Ich wusste nicht, was es bedeutet, etwas für die Liebe zu *opfern*.«

»Und der Herzog vielleicht auch nicht. Ich glaube nicht, dass er jemals wirklich König werden wollte. Du?«

Thorpe ließ meine Hand los, langte hinüber zum Nachttisch, wo ein Päckchen Zigaretten lag. Er bot mir eine an. Ich schüttelte den Kopf. Er klopfte gegen die Schachtel, zog eine heraus und griff nach den Streichhölzern. »Nun, ich kann mir vorstellen, dass er die königlichen Privilegien sehr wohl behalten wollte. Nur die Verantwortung, die mit diesen Privilegien einhergeht, die wollte er nicht.« Er entfachte das Streichholz, zündete sich die Zigarette an und nahm ein paar nachdenkliche Züge, einen Arm hinter dem Kopf.

»Ja. Er stellte fest, dass Königsein nicht bedeutet, alles haben zu können, was man will, sondern eben *nicht* alles haben zu können, was man will. Und er wollte *sie*.«

»Ja. Und er hat sie bekommen. Sie und seine Freiheit.«

Ich rollte mich auf die Seite, um ihn anzusehen. Ein weiterer Blitzstrahl zuckte durchs Zimmer, und der Wind heulte ums Haus.

»Oje«, sagte ich. »Du bist hier der Romantiker, hm?«

»Quatsch.«

»Doch, es stimmt. Ich sehe es doch.«

»Du siehst, was du sehen willst. Die Wahrheit ist, ich habe all meine Ideale, die ich jemals hatte, verraten. Ich habe Männer getötet, die damit nie gerechnet hätten. Ich habe gelogen und gestohlen. Und dann kamst du. Ich habe dich gesehen, dich gewollt und dich verführt …«

»Du hast dich in mich verliebt.«

Er zuckte die Schultern und griff nach dem Aschenbecher. »Ich habe sogar deine Papiere durchsucht, dich skrupellos als Kurierin benutzt, zur Weitergabe von Informationen, die allen Beteiligten mehr wert waren als dein Leben, auf der einen wie auf der anderen Seite.«

»Aber ich wusste das. Und habe dich gewähren lassen.«

»Ich habe dich verraten …«

»… und du hast dich dafür gehasst. Und ich habe dich dafür geliebt, dass du dich selbst dafür gehasst hast. Ich liebe beide Seiten an dir, den süßen, idealistischen Jungen, der du früher warst, und den Mann, zu dem du geworden bist.«

Thorpe griff nach dem Aschenbecher und drückte die Zigarette aus. Dann drehte er sich auf die Seite, schob sich das Kissen unter den Kopf und die Hände darunter. »Meine Eltern sind beide tot«, sagte er, und obwohl der Donner seine Worte überdeckte, verstand ich sie sehr gut. »Ich bin bei meiner Großmutter in Schottland aufgewachsen, die immer noch dort in unserem alten Haus bei Inverness lebt, zusammen mit einem der Dienstmädchen, die sich um sie kümmert. Ich fürchte, sie wird langsam ein bisschen weich in der Birne, aber sie ist von der Sorte Frau, die uns wohl alle überleben wird.«

»Warum erzählst du mir das?«

Er drehte den Kopf und starrte mich an, besser gesagt das wenige, was er im Dämmerschein von mir sehen konnte, das reflektierte Licht in meinen Augen, auf dem Nasenrücken und den Wangenknochen, so wie ich es bei ihm sehen konnte. »Mein Halbbruder lebt in Florida, an der Küste oben. Er ist der Sohn meiner Mutter mit ihrem ersten Ehemann, einem Deutschen. Er heißt Johann.«

»Johann«, wiederholte ich.

»Meine Schwester heißt Margaret. Margaret Thorpe. Sie hat nie geheiratet. Sie lebt in London, Draycott Avenue, und arbeitet für das Kriegsministerium. Sollte mir irgendetwas zustoßen, dann wende dich an einen der beiden.«

»Sollte dir irgendetwas zustoßen, werde ich jeden Winkel auf dieser Erde nach dir absuchen, bei Gott, das verspreche ich dir.«

Er schaute mich so an, wie man ein Gemälde anschaut oder einen Altar. Sein Blick schien sehnsuchtsvoll. *Nimm es dir halt einfach!* Er wirkte ganz anders als der junge Mann vom Strand eben, als wir ins Haus rannten. Er nahm mein

Kinn in seine hohle Hand. Als der nächste Blitz aufleuchtete, sah ich einen silbernen Streif entlang seiner Wange, der mit der Narbe dort verschmolz.

»Ich vertraue dir«, sagte er. Er zog mich auf seine Hüften. Als wir unsere Stellung gefunden hatten, er unten, ich oben, er die Arme um meine Taille und ich die Arme um seinen Hals schlang, verharrten wir stocksteif in den zerwühlten Laken, während draußen das Gewitter wütete und es gewaltig krachte.

Westbourne. Harold Christie hatte sich mit einer Ausgabe des *Life*-Magazins in sein Gästezimmer begeben, das an Sir Harry Oakes' Schlafzimmer grenzte. Auch Oakes zog sich kurz darauf zurück. Er drapierte das Moskitonetz um sein Bett, nahm seinen Revolver aus der Nachttischschublade, legte ihn wie üblich hinter die Lampe und ging dann schlafen.

Es dauerte noch, bis Thorpe und ich uns schlafen legten. Ich weiß nicht genau, wie lange wir uns geliebt haben, nur dass es endlos schien, dass wir Angst hatten aufzuhören. Vielleicht spürten wir so etwas wie eine leise Vorahnung, ich weiß es nicht. Vielleicht waren wir auch einfach klug genug, uns voneinander so viel zu nehmen, wie wir kriegen konnten, um uns quasi auf lange Zeit zu bevorraten, so wie Eichhörnchen vor einem langen Winter. Ich konnte nicht genug von ihm bekommen, von seiner Haut, den weichen Härchen, die in einer geraden Linie von seinem Bauchnabel nach unten wuchsen. Von seinen Fingerspitzen, seinen Schenkelknochen, seinen Wimpern, dem Geruch seiner Haare. Ich war berauscht, besessen von ihm.

Irgendwann trieb uns der Durst in die Küche, wo wir den Krug mit Wasser aus dem Kühlschrank nahmen. Als wir uns erfrischt hatten, zog er mich wieder an sich, eine Hand auf meiner Brust, die andere auf meinem Bauch, sein weicher Mund an meiner Schulter. So standen wir beieinander, in absolutem Einklang miteinander, und lauschten dem Höllengewitter.

»Wann sind deine Eltern denn gestorben?«, fragte ich.

Mein Kopf schwummerte vor Lust, vor Ermüdung und großer Angst. Ich drückte mich gegen ihn, sodass er mein ganzes Gewicht zu spüren bekam, denn ausgiebiger Sex macht bekanntlich wackelige Beine. Ich lauschte seinem Schweigen und legte schließlich meine Hand auf die seine.

»Mein Vater ist gefallen, an der Somme, in Frankreich«, sagte er. »Etwa zwei Monate vor meiner Geburt.«

»Oh. Oh nein. Nein.«

»Margaret war damals neun Jahre alt, fast zehn. Mein Vater war Berufsoffizier, Major in der Armee. Er ist ruhmreich gefallen, was sonst, für König und Vaterland.«

»Und deine Mutter?«

»Aus Erzählungen weiß ich, dass die beiden sich zutiefst geliebt haben.«

Eine lange Pause entstand. Inzwischen riss der Fensterladen vor dem Küchenfenster aus der Angel und fing laut an zu klappern. *Bumm, bumm, bumm* – als würde jemand Steine gegen die Hauswand werfen. Wir rührten uns nicht. Sein Mund war in meinen Haaren; ich fühlte seinen Atem an meinem Ohr und fröstelte ein wenig. Wir hatten unseren Geruch in der Nase, der nach Schweiß und fleischlicher Liebe roch, nach Salz und Ozon. Ich drehte mich in seinen Armen, sah in seine trüben Augen, sein blasses, sommersprossiges Gesicht mit den glitzernden Bartstoppeln.

»Sie waren zutiefst verliebt, deine Eltern?«, fragte ich.

»Ja, das waren sie. So tief sogar, dass meine Mutter sich kurz nach meiner Geburt im Fluss ertränkte.«

Wir gingen zurück ins Bett. Thorpe drehte mich auf die Seite, nahm mich von hinten und kam in schnellen, tiefen und harten Stößen. Im nächsten Moment war er eingeschlafen und ich auch.

Irgendwann um diese Zeit, entweder vor oder nach unserem allerletzten Höhepunkt – wann genau, ist nicht bekannt –, drangen eine Person oder mehrere in Sir Harry Oakes' Schlafzimmer ein, schlugen ihn mit einem ebenfalls nicht bekannten Gegenstand dreimal hinter das linke Ohr, bedeckten ihn mit Federn, übergossen ihn mit Benzin und zündeten ihn an.

Ein paar Stunden später wachte ich auf, und der Platz neben mir im Bett war leer. Ich rief nach ihm. Sofort stand er da, angezogen, nach Seife duftend.

»Was ist?«, murmelte ich und streckte den Arm nach ihm aus.

»Ich muss los.« Er küsste mich auf den Mund, nahm meinen Arm und legte ihn zurück ins Bett. »Ich komme zu dir zurück, so schnell ich kann.«

Elfriede

AUGUST 1916

Schottland

An ihrem elften Hochzeitstag liegt Elfriede mit Thorpes zweitem Kind in den Wehen. Es ist der Tag, an dem Wilfreds Armee-Seesack eintrifft, endlich. Es gab Verzögerungen, die in offiziellen Briefen und Telegrammen näher ausgeführt wurden, die Elfriede aber nie gelesen hat. Wie auch immer, nun ist er da, der Sack, liegt auf dem kleinen Teppich in der Bibliothek, nachdem ein Sonderkurier sie überbracht hat, zusammen mit einer Notiz von Wilfreds Offiziersburschen, in der dieser betont, wie sorgfältig und ehrerbietig alles verpackt worden sei, wie beliebt Major Thorpe gewesen, wie grausam und schmerzlich der Verlust für seine Männer. Zumindest für die, die nach der Schlacht an der Somme an jenem unseligen Julitag noch am Leben waren.

Elfriede wird dieses Schreiben erst später lesen. Bis dahin legt sie es auf den Stapel der anderen ungeöffneten Briefe auf ihrem Schreibtisch. Es sind Dutzende, von Wilfreds Männern, von Offizierskollegen, dem Kriegsministerium und besagtem Offiziersburschen, Soldat Collins. Er stand seit Indien unter Wilfreds Kommando und ist jetzt am Boden zerstört.

Was sie als Allererstes wahrgenommen hat, ist der Geruch. Ein Geruch wie in einem Leichenhaus, wie der Moder Tausender toter Leiber. Dann gellendes Schreien. Margaret. Sie schreit wie am Spieß. Elfriede rennt los, oder besser gesagt, sie trampelt los, in die Richtung, aus der dieser Geruch und die Schreie kommen ... und sieht es, sieht zum allerersten Mal, was von ihrem Ehemann noch übrig ist. Irgendein grober Leinensack. Margaret bricht darauf zusammen, heult und schreit sich qualvoll die Seele aus dem Leib.

Elfriede hat bislang nicht geweint. Keine einzige Träne geweint. Sie wollen einfach nicht fließen, die Tränen. Margaret weint für sie beide. Wilfreds Tochter hat nicht aufgehört, Tränen für ihren Vater zu vergießen, wie ein nie versiegender Wasserfall endloser Trauer, und Elfriede muss ihr schmerzstillender Schwamm sein. Ihr Tuch der Tränen.

Wo ist der Beweis? Nichts, rein gar nichts lässt darauf schließen, dass Wilfreds Tod real ist, oder nicht? Wenn Wilfred wirklich tot wäre, würde sie, Elfriede, seine Geliebte, seine Frau, seine Seelenverwandte, die Mutter seiner Kinder das fühlen. Sie, die Wilfreds Herz in ihrer Brust trägt und seine Seele unter ihrer Haut, sie würde es mit Herz und Seele und bis in alle Knochen spüren, wenn er tot wäre, doch sie fühlt nichts außer die Tritte von Wilfreds Baby in ihrem Mutterleib und die Feuchte von Margarets Tränen auf ihrer Brust, ihrem Arm, ihrem Schoß (... oder was von diesem Schoß vor lauter Babykugel noch übrig ist). Nein, wirklich. Seine blauen Augen, für immer geschlossen? Seine Glieder, erschaffen, sie zu umschlingen, einzig und allein für diesen einen Zweck und keinen anderen, erschaffen, sie zu halten, zu beruhigen und zu lieben – für immer nun reglos? Sein Geist, erschaffen, um anderen Lachen und Leben zu schenken – für immer nun entseelt? Nein, unmöglich. Es gibt keinerlei physische Beweise dafür, dass Wilfred Thorpe tot ist.

Außer vielleicht diesen Klumpen von Leinensack, auf dem ihre gemeinsame Tochter hockt und weint.

Elfriede geht wankend und vorsichtig auf die Knie und schließt Margaret in die Arme. So sitzt sie auf dem Fußboden, mit Wilfreds Kindern, dem geborenen und dem ungeborenen, und hält sie fest bei sich. Margarets Schluchzer formen sich zu Worten … *Ich kann nicht … kann nicht … ohne ihn leben, er darf nicht tot sein* –, und Elfriede spricht zu ihr. *Er ist nicht tot, Liebes, er wird immer bei uns sein, Daddy würde uns niemals verlassen.* Das Baby im Bauch, das nichts von der Welt dort draußen weiß, strampelt kräftig, streckt ein Ärmchen oder Füßchen aus. Elfriede denkt an Wilfred, an ihre letzte Nacht mit ihm, die letzte Nacht seines Urlaubs, als sie ihren schwangeren Bauch an ihn schmiegte, das Baby darin Purzelbäume schlug und seinen Vater wohl das erste Mal in den ganzen fünf Tagen zum Lachen brachte. *Ein kleiner Lausebengel, was?*, sagte Wilfred, und Elfriede, die auf der Seite lag, ihren Ehemann ansah, sein sanftes Lachen in sich aufsog, legte die Hand auf seine Wange und sagte: *Genau wie sein Vater.* Wieder ein fröhliches Lachen, und dann sagte er: *Bist du dir da ganz sicher, meine Liebe? Ein Mann an der Front muss sich in Vatergeschichten auf das Wort seiner Frau verlassen können.* Sie ließ ihn natürlich ein bisschen zappeln, tat, als grübelte sie, und antwortete dann: *Na ja, entweder du oder Jock Cholmondeley, alle anderen Männer sind ab nach Frankreich.* Daraufhin schlug Wilfred sich an die Stirn und meinte: *Cholmondeley, klar, dieser Schuft! Ich wusste immer, dass er ein Auge auf dich geworfen hat* – so lachten und kicherten sie wie in alten Zeiten, so wie vor dem Krieg, so wie in Florida; und so führte eins zum anderen, bis sie sich einander hingaben, Baby hin oder her, als unwiderrufliches Zeugnis ihrer leidenschaftlichen Liebe füreinander, so wie vor dem Krieg, so wie in Florida. Könnte man sich lebendiger fühlen?

Als Margarets lautes Weinen langsam nachlässt und in kleine Schluckauf-Hickser übergeht, ruft Elfriede nach dem Dienstmädchen im unteren Stock. Annie erscheint fast augenblicklich, auch sie wirkt blass und mitgenommen. Wilfred war sogar beim Hauspersonal überaus beliebt.

»Annie, ich brauche Ihre Hilfe mit Mr. Thorpes Armee-Seesack«, sagt sie nüchtern.

»Soll ich …« Das Dienstmädchen schluckt schwer. »Soll ich ihn für Sie auspacken, Ma'am?«

»Ihn auspacken? Nein. Sie sollen ihn begraben. Im Garten, ist mir egal wo. Nur einfach begraben.« Sie streichelt ihrer Tochter über die Haare und beugt sich ungelenk nach vorn, um das kleine, zitternde Ohr zu küssen. »Er jagt den Kindern Angst ein.«

»Be… begraben?«

»Ja, und zwar sofort. Worauf warten Sie? Na los!«

Und Annie gehorcht schweren Herzens.

Bald danach werden die Wehen stärker, und die sporadischen Muskelkontraktionen ihrer Gebärmutter werden regelmäßiger und tiefer. Sie bringt Margaret zur Großmutter, die seit Juli das Gästezimmer bewohnt und mit sprichwörtlicher schottischer Sparsamkeit den Haushalt höchst effizient organisiert, und bestellt dann den Arzt. »Es scheint schnell voranzugehen«, sagt sie ganz ruhig, und er verspricht, gleich da zu sein.

Auf dem Weg zurück nach oben bleibt sie vor dem Musikzimmer stehen, während eine Kontraktion sie übermannt. Unten in der Küche bereiten sie alles vor, kochen Wasser ab und legen Leinentücher bereit. Schließlich ist ein Baby unterwegs, das kleine Baby des armen Major Thorpe, und um seinetwillen haben alle ihren Beitrag zu leisten. Elfriede veratmet den Schmerz der Welle, übersteht sie, kämpft nicht dagegen an, sondern atmet gleichmäßig weiter, lässt sich von der Welle tragen. Sie lehnt aufrecht mit dem Rücken gegen den Türrahmen, starrt auf das Klavier und erinnert sich, wie Margaret an jenem letzten Abend für Wilfred und sie gespielt hat, bevor Wilfred zurück an die Front musste; wie Wilfred seine Tochter dann nach oben trug, sie ein letztes Mal ins Bett brachte, während Elfriede unten blieb, Chopin spielte und auf ihn wartete und sich auf ihren ganz besonderen zweisamen Abschiedsmoment freute. Als Wilfred wieder nach unten kam, blieb er im Türrahmen stehen, genau dort, wo Elfriede jetzt steht, im eisernen Griff einer Kontraktion. *Was ist?*, fragte sie, blickte auf und sah einen seltsamen Ausdruck in seinem Gesicht. *Dieses Stück hast du damals in der Schweiz gespielt*, sagte er. *Und es wird mich an diese Zeit erinnern*. Sie hörte auf zu spielen, und Wilfred setzte sich neben sie auf die Klavierbank, schwieg, saß einfach nur da und betrachtete Elfriedes Hände auf der Tastatur.

Als die Kontraktion nachlässt, löst sich Elfriede vom Türrahmen, geht weiter zur Treppe und hinauf zum Schlafzimmer, wo ihr Dienstmädchen Mary, die eben noch am Flickkorb saß, sie bereits unruhig erwartet, um sie in ein weißes Baumwollhemd zu gewanden.

»Es wird alles gut gehen, Ma'am«, sagt Mary schon zum dritten Mal. »Denken Sie nur daran, was für ein wunderschönes kleines Baby Sie bekommen werden, als Erinnerung an ihn, ein kostbares Geschenk des Himmels. Gott wird seine schützenden Hände über sie halten, Ma'am.«

Doch Elfriede weiß es besser. Als sie das Baumwollhemd angezogen und den Morgenmantel um ihren harten, festen Bauch gebunden hat, kontrolliert sie die Kommodenschublade, um sich zu vergewissern, dass das Tuch der Tränen am richtigen Platz liegt, ordentlich gefaltet in seiner Schachtel im hintersten Eck. In ihrem Kopf hört sie Wilfreds Stimme, immer und immer wieder.

Du darfst nicht sterben.

Ich lebe allein nur in dir.

Sie lässt sich in den Lehnstuhl sinken und wartet auf den Arzt.

Keine eineinhalb Stunden später bringt Elfriede einen Jungen zur Welt, einen Wonneproppen, groß und schwer, neun Pfund und einhundertdreizehn Gramm, rosiges Gesicht, süßes, kräftiges Stimmchen. Der zarte Flaum auf seinem Köpfchen ist heller als das Haar seines Vaters, aber unverkennbar rotblond. Elfriede streichelt es, während sie stillt.

»Nun, es besteht kein Zweifel, wer sein geliebter Vater ist«, sagt Mrs. Thorpe tränenselig und drückt dabei die verzückte Margaret mit wieder lachenden Augen fest an sich.

»Keinerlei Zweifel«, sagt Elfriede und wartet, bis die Dunkelheit herniedersinkt.

Lulu

DEZEMBER 1943

Schottland

Der Sprühregen rauscht mit heftigen Böen aus Nordosten heran, drückt uns kalt in den Rücken. Margaret gräbt ihr Kinn tief in den Kragen ihres Regenmantels und ihre Hände in die Taschen. Wir tragen beide Gummistiefel, die mit jedem Schritt im nassen Gras platschen. Und meine sind mir auch noch viel zu groß. Margaret erzählt mir, dass sie Thorpe gehörten, als er dreizehn war oder so. Kurz bevor er in die Pubertät kam und noch einmal in die Höhe schoss, sagt sie.

Hinter uns liegt Dunnock Lodge, düster, regennass und weitläufig – ein bisschen wie Wuthering Heights. Das Schieferdach gleißt im Regen. Wir stapfen über eine Wiese, die aussieht, als wäre sie einmal ein gepflegter Rasen gewesen, und tatsächlich taucht irgendwo aus dem Dickicht ein Brunnen empor. Als ich den Schacht hinunterschaue, sehe ich braunes Wasser, das wenige Zentimeter hoch auf einer Deckschicht aus toten Blättern steht.

»Hier hat unsere Mummy früher immer Gartenpartys für die Frauen der Offiziere gegeben«, sagt Margaret. »Sie hat sich so sehr bemüht, doch sie haben sie nie wirklich gemocht, bis auf ein paar vielleicht. Sie war so wunderschön. Und als Fremde im Land auch so anders, was ihr wohl viel geneidet wurde. Und natürlich war sie kein Ausbund an Herzlichkeit und guter Laune, zumindest nicht in deren Gesellschaft. Sie blieb lieber für sich.«

»Hatte sie denn gar keine Freundinnen?«

»Eine oder zwei. Ich denke, sie wussten, dass sie diesen dunklen Ort in ihrer Seele hatte, und davor scheuten sich alle. Sie hatten Angst, mit hineingesogen zu werden. Sogar unsere Oma. Nur unser Daddy nicht, er hatte keine Angst.«

Der Sprühregen hat aufgehört, und sie raucht wieder, starrt hinunter in den Schacht des Brunnens. Im Licht hier draußen sind ihre Augen tiefblau, fast so blau wie die ihres Bruders. Ihre hellen Haare peitschen um ihre Wangen.

»Für eine damals Zehnjährige weißt du noch ganz schön viel.«

»Manchmal glaube ich, ich habe all die Details ganz bewusst aufgesaugt. Ich erinnere mich noch genau an den letzten Morgen mit meinem Daddy. Er musste frühmorgens los zum Bahnhof, zurück an die Front, und eigentlich sollte ich noch schlafen. Doch es war Juni, und die Sonne ging recht früh auf. Und so stand ich am Fenster, schaute hinaus und sah die beiden unten in der Auffahrt, Mummy und Daddy. Es war erst halb fünf. Er half Mummy in den Wagen, in unseren alten Wolseley – sie war hochschwanger, mit Benedict, und kugelrund. Danach stieg er ein, setzte sich hinters Steuer. Er trug seine Uniform, keinen Mantel. Ich weiß noch, dass ich mir wünschte, er würde seinen Hut abnehmen, damit ich seine Haare sehen könnte. Er hatte die allerschönsten Haare. Viel röter als die von Benedict, flammenrot fast.« Sie wirft die Zigarette ins Wasser. »Und das war's. Sie fuhren davon. Das Telegramm kam eine Woche später.«

»Er ist an der Somme gefallen, sagtest du, nicht wahr?«

»Ja. Gleich am allerersten Tag. Einer seiner Stabshauptmänner kam beim ersten Trommelfeuer ums Leben, ebenso wie die meisten Lieutenants, also nahm er sein Gewehr und führte die Kompanie selbst an. Er war Major, Berufsoffizier. Er wusste, was Sache war, verstehst du? Er wusste, was Krieg bedeutet.« Eine heftige Windbö kommt auf, fegt den Sprühregen wie eine Welle über die Wiese. Sie blinzelt verärgert in den Himmel. »Komm. Es gibt einen Ort, wo wir uns unterstellen können.«

Eigentlich will ich ihr sagen, dass ich gar keine Lust habe, mich irgendwo unterzustellen, dass ich diesem kalten Regen durchaus etwas abgewinnen kann, doch sie stapft bereits weiter. Das Gelände beginnt sanft abzufallen, die kahlen Bäume stehen nun dichter zusammen. Ich rieche den Fluss, bevor ich ihn sehe, ein alles erfüllender Wohlgeruch aus kühler Frische und modriger Fäule. Die Zweige lichten sich, und da ist er, der Fluss – breit, braun schäumend und aufgepeitscht vom heftigen Regen. Im Schutz der Bäume ertönt der etwas trübsinnige Gesang der Lerchen, es ist schließlich Dezember und nicht die Zeit für fröhliche Weisen.

»Dort drüben hat meine Mutter sich ertränkt«, sagt Margaret. Sie hebt den Arm und zeigt auf ein rundum mit Reben umranktes, verfallenes Gebäude auf einer kleinen Insel, die durch einen Steg mit dem Flussufer verbunden ist.

»Es war im November, wenige Monate nachdem Benedict geboren war. Sie hat ihn gestillt, ins Bett gebracht und ist dann hierhergekommen, mitten in der Nacht. Das hat sie oft gemacht. Nur nicht in jener Nacht. Sie stieg diese Stufen einfach hinunter und kehrte nie zurück. Als ich morgens aufwachte, war die Hölle los. Benedict schrie nach Milch, die Dienstmädchen heulten, und unzählige Männer trampelten über unseren Rasen. Oma hatte das Kommando übernommen, dirigierte die Leute hin und her. Ich sah, wie sie Mummy in den Rettungswagen hoben. Sie starb ein paar Stunden später im Krankenhaus. Ich durfte sie nicht mehr sehen, eine schreckliche Schmach und Schande, hieß es. Und da sie auch nicht in geheiligter Erde auf dem Friedhof begraben werden durfte, mussten wir sie hier auf dem Anwesen beerdigen.«

»Wo denn?«

Margaret schwenkt den Arm und zeigt nach hinten Richtung Haus. »Irgendwo da drüben. Oma hat sich auch darum gekümmert. Wie gesagt, es war alles eine schreckliche Schande, und sie hat niemanden eingeladen. Selbst ich durfte nicht dabei sein, und so standen am Ende nur Oma, ihre Schwestern und der Pfarrer am Grab, und ich konnte mich nie richtig von ihr verabschieden. Die Stelle ist nicht einmal markiert. Mummy wollte offenbar neben dem Armee-Seesack meines Vaters begraben werden.«

»Armee-Seesack?«

»Ja, seinem Armee-Seesack. Er wurde uns nach Hause überstellt, und Mama konnte den Anblick nicht ertragen. Also wies sie Annie an, ihn zu begraben.«

»Oh, die arme Annie.«

»Es muss schrecklich für sie gewesen sein, stelle ich mir vor. Alle liebten Daddy. Er war der Beste, der Allerbeste, der Allerschönste …«

Ich bringe kein Wort heraus. Was soll ich auch sagen? Ich knie im regenduftenden Matsch neben Margaret, die gerade zusammenbricht. Die Lerchen singen weiter ihr klagendes Lied, als wäre nichts passiert.

Wieder zurück im Haus, steigt Margaret die Treppe hinauf, um sich etwas hinzulegen, und ich gehe noch einmal nach draußen. Ich bin viel zu unruhig, um ein Schläfchen zu machen, zu aufgewühlt von neuen Eindrücken und Bildern, von dieser todunglücklichen Kindheit, die Thorpe hier an diesem feuchtkalten Ort verbrachte.

Der Sprühregen hat nachgelassen, und die Landschaft zeigt sich in einem trostlosen Dezembergrau. Ich gehe am Kutschenschuppen vorbei, der mit seinen fehlenden Dachschindeln und der aufgebrochenen Tür eine fast schon geheimnisvolle Aura eines längst vergessenen Ortes verströmt. Wie er wohl vor dreißig Jahren ausgesehen hat, dieser Schuppen? Ob er schon lange leer steht? Hat Thorpe hier vielleicht das Ponyreiten gelernt? Oder war er damals schon eine Ruine? Der Boden unter meinen Stiefeln ist weich, das Gras schlaff und stumpf. Mir ist wohl bewusst, dass ich auf die Stelle zugehe, auf die Margaret gezeigt hat, die Stelle, an der Thorpes Mutter neben dem Armee-Seesack ihres Mannes begraben liegt. Doch als ich die Stelle erreiche, vielmehr die ungefähre Stelle, auf die ihr langer Finger gedeutet hat, kann ich nichts entdecken. Kein Schild, keine wie auch immer geartete Markierung. Nur das übliche Gras, am Rande eines Dickichts. Und doch liegen sie da, alle beide. Kummer und Leid, beide im Erdreich begraben.

Ich höre quatschende Geräusche von Schritten auf regenweichem Boden und im nächsten Moment eine forsche schottische Stimme. »Sie sollten bei diesem Wetter nicht draußen sein, Mrs. Thorpe.«

»Annie! Haben Sie mich erschreckt!«

»Sie sollten drinnen sein, wo es schön warm ist.«

»Die Kälte macht mir nichts aus. So fühle ich mich ihm ein Stückchen näher.«

»Nützt ihm nur nichts. Und seinem Baby schon gar nicht.«

»Liegen sie dort begraben?«, frage ich mit einem Nicken in Richtung Dickicht.«

Sie zögert. »Wer, Ma'am?«

»Margaret sagte, sie liegen hier begraben. Ihre Mutter und … na ja, nicht ihr Vater, aber immerhin sein Armeesack. Sie haben ihn doch begraben.«

»Ja, Ma'am«, sagt sie, aber in ihrer Stimme schwingt etwas mit, das mich als Klatschreporterin mit zwei Jahren Erfahrung aufhorchen lässt. Ich höre es am Klang der Stimme, wenn jemand sein Herz ausschütten will. Ich drehe den Kopf. Sie trägt einen abgewetzten Regenmantel und ebensolche Gummistiefel, die ihr mehr als eine Nummer zu groß sein dürften, einen seltsamen Regenschlapphut, der an eine Art Fischerhut gegen Wind und Wetter erinnert. Die Hände stecken in den Manteltaschen, nesteln unruhig hin und her.

»Ist was, Annie?«, frage ich.

»Der arme Master Benedict. Der arme Kerl. Genau wie sein Vater. Und Sie! Schwanger. Wie seine Mutter.«

»Ich bin nicht wie seine Mutter.«

»Oh, doch, das sind Sie. Es gibt nur ganz wenige, die so tief lieben können. Nur wenige, die das ertragen können.«

»Aber sie hat es nicht ertragen, oder? Als er starb, konnte sie es nicht aushalten.« Ich zeige Richtung Dickicht. »Sie wollte, dass Sie seine Sachen vergraben.«

»Das war die Dunkelheit in ihr, Ma'am. Ich wusste, dass sie es nicht so meinte. Sie hatte dieses Dunkel in sich, wie meine Mutter auch. Es befiel sie immer, nachdem sie entbunden hatte. Die armen Kleinen. Ich wusste, dass sie es nicht so meinte.«

Sie dreht den Kopf, schaut ins Dickicht, als würde sie darin etwas sehen. Ich drehe mich zu ihr um, blicke sie an, aber sie beachtet mich nicht, und so fasse ich sie am Ellbogen. Meine Handschuhe habe ich im Haus liegen lassen, und so sind meine Hände nass und rau, so wie Annies Regenmantel auch.

»Was hat das zu bedeuten, Annie? Was wollen Sie mir sagen?«

»Ich habe alles gut und sicher aufbewahrt, Ma'am. All die Jahre. Der arme, gute Major. Es war nicht richtig, seine Sachen im Dreck zu verbuddeln.«

Lulu

JULI 1943

Bahamas

Ich wachte auf, weil das Telefon klingelte, irgendwann kurz nach acht Uhr am Morgen. Bestimmt Thorpe, dachte ich zuerst, aber dann fiel mir wieder ein, wie ich mich vor einigen Stunden in den dämmerdunklen Sand gesetzt und zugesehen hatte, wie sich die Sonne am Horizont langsam über den Rand der Welt geschoben hatte, bis das Dröhnen der schweren Liberator-Bomber mit dem Rauschen des Meeres verschmolzen und er fort gewesen war. Thorpe war fort. Danach war ich zurück ins Haus getrudelt und wieder ins Bett gefallen.

Das Telefon schrillte und schrillte. Es war unmöglich, die Ohren vor so einem Lärm zu verschließen, zumal das Dauergeklingel offenbar deutlich vermitteln sollte, dass es dem Anrufer besonders dringlich war. Ich hob den Kopf vom Kissen. Mein Schädel brummte vor lauter Champagner und Abschiedsschmerz. Ich hielt mir die Hand vor die Augen und blinzelte gegen die Sonne, die durch die Sprossenfensterläden fiel, sah den Ring an meinem Finger und betrachtete ihn wie ein exotisches Objekt, wie ein fremdartiges Ding, das die Welt noch nie gesehen hatte – ein rundes Band aus

Gold, das um meinen Fingerknöchel spannte. Ich rollte mich herum und fiel aus dem Bett, und der Schmerz fuhr mir durch alle Glieder. Jedes Gelenk, jede Sehne, jede Fuge in meinem Körper – alles schrie vor Schmerz. Durchdringend wie das Telefon, wieder und wieder. Splitterfasernackt stolperte ich aus dem Zimmer zum Telefon im Wohnzimmer. Die Fensterläden waren noch geschlossen, das Zimmer durchzogen von streifigen Lichtbändern.

»Hallo?«, sagte ich.

Eine Männerstimme. »Mrs. Randolph?«

»Wer spricht denn?«

Es rauschte und knisterte in der Leitung, dazwischen ein Keuchen, als suchte der Mann am anderen Ende nach Worten. »Mrs. Randolph, Jack hier«, sagte er schließlich.

»Jack! Jack aus dem Prince George Hotel?«

»Richtig.«

»Da sind Sie aber schrecklich früh auf den Beinen. Ich habe ein paar Neuigkeiten für Sie …«

»Hören Sie, Mrs. Randolph. Es ist wichtig. Haben Sie eine Minute?«

»Klar. Aber ich bin jetzt nicht mehr Mrs. Randolph, müssen Sie wissen. Ich bin jetzt …«

»Ich weiß, ich weiß.« Seine Stimme hatte einen leicht grummelnden, ungeduldigen Ton. »Hören Sie. Haben Sie es schon erfahren? Das mit Oakes?«

»Sir Harry? Was ist mit ihm? Hat er die Stadt schon verlassen?«

»Kann man so sagen, ja«, sagte Jack. »Er ist tot. Wurde heute Nacht im Schlaf ermordet, in seinem Bett.«

Jack wollte mich unbedingt draußen in Lyford Cay treffen, diesem nutzlosen Land am hinterletzten Zipfel der Insel, meilenweit weg von der Stadt, wie Oakes es einmal ausgedrückt hatte. Er habe mir etwas Wichtiges zu sagen, meinte Jack, und einer Telefonleitung würde er nicht trauen, schon gar nicht, wenn jederzeit ein Operator mithören könne. Ich zitterte etwas vor Schock und Schlafmangel. Ich fragte ihn, worum es denn gehe, aber er meinte nur, das könne er mir nicht am Telefon sagen. »Aber es ist wichtig, Mrs. Rand... Mrs. Thorpe.« Ich müsse gleich los zu meiner Schicht in der Kantine, sagte ich, die Ladys dort würden fest mit mir rechnen, was auch stimmte. Ob es ihm recht sei, wenn wir uns am frühen Mittag träfen, schlug ich vor. Er zögerte kurz und willigte dann ein, aber sein Zögern gab mir zu verstehen, dass ihm das überhaupt nicht recht war. Er legte so abrupt auf, dass seine letzten Worte von der Leitung verschluckt wurden.

Manchmal frage ich mich, ob und inwiefern die Dinge einen anderen Lauf genommen hätten, wenn ich es mir in diesem Moment anders überlegt und mich krankgemeldet oder mir freigenommen hätte, was mir auch zugestanden hätte. Schließlich hatte ich tags zuvor geheiratet und meinen frisch angetrauten Ehemann wenige Stunden später ins gute, alte England verabschieden müssen. Aber es ist müßig, im Nachhinein darüber zu sinnieren, wie ich festgestellt habe. Wir können nicht in parallele Dimensionen schauen, wir können nicht wissen, was für ein Schicksal in jenen unendlich vielen hypothetischen Welten, in denen wir andere Entscheidungen träfen, auf uns warten würde. Was soll man machen? Die Entscheidung ist getroffen und vorbei, wie die Vergangenheit selbst. Aus und vorbei. Ich kann nicht einfach auf mein Fahrrad steigen und in jenen Moment zurückradeln.

Ich war in dieser meiner Welt, und in dieser Welt legte ich soeben den Hörer auf, stierte die Wand an und murmelte vor mich hin: *Harry Oakes ist tot, ermordet.* In dieser Welt ließ ich mir ein Bad ein und schrubbte mir den Schweiß und das Salz von der Haut, die Reste von Thorpe aus den Öffnungen meines Körpers, während das Wasser sich anfühlte wie Eis auf meiner Haut; in dieser Welt zog ich mich an, bürstete meine Haare und radelte zur Kantine, trat in die Pedale, während nur ein einziger Satz im Takt mit den Rädern in meinem Kopf kreiste: *Harry Oakes ist tot;* in dieser Welt servierte ich einhundertsiebzehn Männern Speck, Eier und Kaffee, während ich die Schnipsel vom Klatsch und Tratsch über das, was in der Villa Westbourne geschehen war, zusammensetzte (wovon sich das meiste später als falsch erwies), mir anschließend den Buick von Mrs. Gudewill lieh und nach Lyford Cay fuhr: Und in dieser Welt, in dieser Geschichte, die sich so schrieb, wie sie sich schrieb, werde ich niemals herausfinden, was Jack mir sagen wollte und ob das, was er mir sagen wollte, einen Unterschied gemacht hätte.

Der Himmel war wolkenverhangen, und es sah nach Regen aus, als ich in Mrs. Gudewills Buick quer über New Providence Island fuhr. Trotzdem legte ich die ganze Strecke mit offenem Verdeck zurück, den Wind in der Nase und das weite Meer vor Augen, das sich bis zum Horizont erstreckte. Ohne anzuhalten, fuhr ich an der Auffahrt zur Villa Westbourne vorbei, wo es inzwischen von Menschen nur so wimmelte. Harry Oakes ist tot, dachte ich, aber die Worte ergaben immer noch überhaupt keinen Sinn, und so fuhr ich weiter. Die weißen Strände zogen vorüber, Kilometer um Kilometer … *Wie schön es jetzt wäre, einfach anzuhalten, kurz ins Meer zu springen, mit deinem Geliebten, deinem Ehemann, dann hier am Strand zu liegen, den Sand auf der Haut zu spüren und durch seine Haare zu streichen.* Die Straße zog sich Richtung Westen am äußersten Rand der Küste entlang, während links von mir vereinzelt Palmettopalmen und wild wuchernde Gebüsche auftauchten. Das helle Schnurren des Buick-Motors wurde plötzlich übertönt von einem ganz anderen Geräusch, einem viel tieferen und lauteren. Ich sah hinauf in den Himmel, wo ein riesiges Flugzeug durch die dunklen Wolken stieß, elegant nach unten sank, das Fahrwerk ausgefahren, im Landeanflug auf Windsor Field.

Ein Höllenlärm brach los, als ginge die Welt gleich unter. Ich zog den Kopf ein, als der Flieger über mich hinwegdonnerte, und stieg im nächsten Moment auf die Bremse, dass die Reifen quietschten. Rechts vor mir, abseits der Straße am Strand, waren Menschen in heller Aufregung. Ich trat auf die Bremse.

Einen Moment hielt ich inne, ließ den Fuß auf dem Bremspedal und starrte hinüber auf den Pulk von Fischern, die ein Knäuel nasser Klamotten unter großem Einsatz und mit viel Geschick neben ihre Boote schleiften. Meine Finger am Lenkrad wurden eiskalt, obwohl der Tag bullig heiß wie immer war und die Luft nach den Gewitterstürmen der vergangenen Nacht sehr schwül. Ich stieg aus und ging näher. Ein paar Männer standen herum, die Arme verschränkt, und ich fragte sie, was passiert sei.

»Eine Leiche«, sagte einer und zeigte aufs Wasser. »Man hat eine Leiche im Hafen gefunden.«

»Wer ist es?«

Der Mann zuckte die Achseln. »Kenne ihn nicht, habe ihn noch nie gesehen.«

Ich drängte mich näher heran und sah, wie sie den toten Körper auf dem feuchten, harten Sand auseinanderbogen. Ich fragte mich, warum niemand die Polizei gerufen hatte, bis mir einfiel, dass die ja mit dem Mord in der Villa Westbourne beschäftigt war. Während sie den toten Körper auf dem Boden so halbwegs arrangierten, die klatschnassen Klamotten trieften und der Kopf zur Seite kippte, konnte ich ganz kurz, und auch nur für diesen einen Moment, einen Blick auf sein blutleeres Gesicht erhaschen. In meinem Schock dachte ich, es wäre Tommy, denn er war der einzige Tote, den ich bislang gesehen hatte. Und so schrie ich beim Anblick dieser wächsernen Haut und diesen ins Leere stierenden Augen, völlig irrational und wider besseres Wissen, in mich hinein ... *Tommy!* – und mein Körper reagierte entsprechend mit Herzrasen und Nervenflattern.

Dann sah ich seine Ohren, die wie Segel vom Kopf abstanden, und begriff, dass es nicht Tommy war. Natürlich nicht. Tommy lag unter der Erde von Queens, auf dem Familienanwesen der Randolphs, unter einem Grabstein, den niemand besuchte oder pflegte, denn Tommy war der Typ Mensch, der Liebe im Herzen eines anderen nur erweckte, um sie dann wieder kaputtzuschlagen, bis nichts mehr davon übrig war. Doch Tommy, dieser elende, attraktive Mistkerl, hatte schöne, anliegende Ohren gehabt. Nein, Tommy war es nicht. Dieses Gesicht gehörte zu einem Mann, den ich als Mr. Smith kannte, dem Mann, der mir immer die Umschläge brachte, die an den Herzog und die Herzogin von Windsor adressiert waren.

Von Lyford Cay, Harold Christies großem Traum, für den er sich bei Sir Harry Oakes viel Geld geliehen hatte, war noch nicht viel zu sehen. Er hatte ein Vermögen ausgegeben, um Rohre und Leitungen für Wasser und Elektrizität vom anderen Ende der Insel hierher zu verlegen, doch Häuser, Golfplätze und Tennisplätze mussten erst noch gebaut werden. Lyford Cay war bislang nur eine Geldanlage, ein Stück Land, das inzwischen gerodet und trockengelegt war und seiner weiteren Zukunft harrte.

Ich wartete eine geraume Weile am Eingang zu Lyford Cay, aber Jack kam nicht. Nur ein paar Arbeiter waren zu sehen, die emsig hin und her liefen, aber keinerlei Notiz von mir nahmen. Ich entdeckte einen Stein, auf den ich mich setzen konnte, und versuchte, meine angespannten Nerven unter Kontrolle zu halten. Ich fühlte mich so wie damals, nachdem ich Tommy Randolph getötet hatte, niedergewalzt von Gottes eigener Hand, und obwohl mein Körper völlig übernächtigt war, sich nach Schlaf sehnte und mein Schädel sich anfühlte, als wäre er aus Teig, drehten sich meine Gedanken wie im Karussell immer weiter. Kein Wunder. Gestern noch hatte ich im Salon des Government House gestanden und war vom Herzog von Windsor mit Benedict Thorpe verheiratet worden. Und heute hatte sich mein frisch angetrauter Ehemann nach Übersee aufgemacht, Sir Harry Oakes war tot, Mr. Smith war tot, und mir schien, als würde alles Unheil aus den Steinen ringsherum emporsickern und wie eine Giftgaswolke über mir in der Luft hängen. Ich nahm kurze, flache Atemzüge, um dieses Gift ja nicht tief in meine Lunge zu atmen. Meine Uhr tickte und tickte. Eine Stunde verging. Auf dem unbelebten, kultivierten Gelände von Lyford Cay befand sich ein Jachthafen. Was für ein abgelegener Ort, ideal, um inkognito hier auf der Insel anzulanden und ebenso inkognito wieder zu verschwinden, dachte ich – ohne viel mehr Lärm oder Aufheben zu machen als, sagen wir mal, eine Giftgaswolke.

Vielleicht erinnere ich mich aber auch falsch. Vielleicht hatte ich diesen Gedanken später, in den Wochen vor dem Prozess, als ich so viele Geschichten von der Nacht, in der Oakes ermordet worden war, munkeln hörte.

Ich stieg schließlich wieder in den Wagen und fuhr völlig erschöpft zurück zur Kantine. Von den Fischern mit der Leiche am Strand war nichts mehr zu sehen, aber die vielen Menschen an der Auffahrt zur Villa Westbourne waren immer noch da, wie ich beim Vorbeifahren registrierte. Ich hielt nicht an, fuhr geradewegs zur Kantine und gab die Autoschlüssel an Mrs. Gudewill zurück. Mir stand gar nicht der Sinn danach zu erfahren, wie Sir Harry gestorben war. Ich wollte es lieber nicht wissen. Stattdessen stieg ich auf mein Fahrrad und radelte durch die angespannte, warme Stille in die Stadt. In meiner schweißnassen Kantinenuniform betrat ich direkt das Prince George, aber Jack war nicht hinter der Bar und auch sonst nirgends. Wie so viele andere in jenen eigenartigen Monaten nach dem Mord an Sir Harry Oakes war auch er einfach verschwunden.

Der nächste Tag. Ich radelte wie immer zur Kantine, wo alle in heller Aufregung waren. Ob ich die neueste Neuigkeit schon gehört hatte? Der Generalstaatsanwalt der Bahamas hatte einen Tatverdächtigen festgenommen und des Mordes an Sir Harry Oakes angeklagt. Es war erwartungsgemäß nicht der Mann, der in der Mordnacht im angrenzenden Schlafzimmer übernachtet hatte, der die Leiche am nächsten Morgen entdeckt und dem Toten eine unermesslich hohe Summe Geld geschuldet hatte.

Nein, der Festgenommene war Alfred de Marigny, Schwiegersohn von Sir Harry Oakes. Die beiden waren schlecht aufeinander zu sprechen, so viel war bekannt, und de Marigny galt als ausgebuffter Hund, ein Mitgiftjäger, ein Blender, ein Großtuer.

Lulu

DEZEMBER 1943

Schottland

Ich verstehe es nicht«, sagt Margaret zu Annie. »Wieso hast du es mir nicht erzählt?«

»Na ja, du warst noch zu klein, Miss Margaret. Und später war ich zu alt und habe es vergessen.«

»Wie kannst du so etwas vergessen?«

Sie sinkt in das Stroh, hebt ihre Hand, um dieses Ding zu berühren, diesen braunen Armeesack aus Leinen, die Lederriemen, einen nach dem anderen, als handle es sich um ein heiliges Relikt.

Wir befinden uns auf dem Heuboden im Kutschenhaus, wobei das Heu so gut wie verschwunden ist, klar. Der Armeesack sitzt fest und gut getarnt unter der Dachtraufe. Als Annie ihn damals hier deponierte, umhüllte sie ihn mit einer gestreiften Pferdedecke, die sie jetzt in den Händen hält, faltet, auffaltet und wieder faltet. Der Regen trommelt sanft auf das Dach, tropft stellenweise durch und sammelt sich auf dem Boden.

Ich knie neben ihr auf dem alten Holzboden, im Heu, Staub und Dreck. Die Luft ist dumpfig, doch wenn man sie fest in die Nase einzieht, kann man irgendwo noch ein Pferd riechen, das vor langer Zeit mal unten in einem der Ställe stand. Auch der Geruch nach Benzin hängt in der Luft, denn der alte Morris parkt mitten im großen Schuppen, neben einem noblen geschlossenen Einspänner, der dick mit Staub bedeckt ist. Margaret ist in einer Art Trance, starrt gedankenverloren vor sich hin, schwelgt an einem Ort, den niemand sonst sehen kann, einem Ort der Erinnerung. »Soll ich ihn aufmachen?«, frage ich sacht. »Oder willst du es tun?«

»Nein, mach du es.«

Ich schnalle die Riemen los, was sich gar nicht so einfach gestaltet. Das Leder ist steif, die Metallschließen rostig, doch schließlich bewegt sich alles. Ich hebe die obere Abdeckklappe an, greife hinein und ziehe nach und nach die Gegenstände heraus, einen nach dem anderen, Socken, Verbandsmittel, Waffenöl, Gasmaske, Hemden, Seife, Kochgeschirr, Rasierbeutel …

Margaret schnappt sich den Rasierbeutel, nestelt mit ihren Fingernägeln am Knoten, *pick-pick-pick*, bis er sich endlich löst und der Beutel sich entrollt; Schere, Rasiermesser, Pinsel, alles steckt in dafür vorgesehenen, kleinen Fächern und glänzt wie neu. Sie zieht die Schere heraus und pikt mit ihrer Fingerkuppe in die Spitze. Ich muss an mein Badezimmer im Bungalow am Cable Beach denken, daran, dass ich Seife, Rasiermesser und Zahnbürste im Wandschrank aufbewahre; daran, wie gerne ich gegen das Fenster lehnte, um meinem Liebsten beim Rasieren zuzusehen, fasziniert von seinem konzentrierten Blick, den Grimassen, die er dabei schnitt, der neuen rosa Haut, die mit jedem Messerstrich zum Vorschein kam, dem Geruch der Seife, seinen nackten Schultern; daran, wie ich nach seiner Abreise manchmal mitten in der Nacht aufstand, das Rasiermesser aus seinem Glas nahm und die Klinge inspizierte, ob nicht noch winzige Härchen an der Schneide klebten, irgendeine Hinterlassenschaft von Thorpe.

Eine Stunde verstreicht. Margaret inspiziert jeden Gegenstand ganz genau, streichelt ihn, schnuppert an ihm. Sie weint nicht, spricht kein Wort. Es ist alles ein bisschen viel für sie, denke ich, zu viel, um zu weinen, zu viel, um alles auf einmal zu begreifen. Annie sitzt da, die Knie an die Brust gezogen, die Arme um ihre Beine geschlungen, und schaut uns zu. Irgendwann sieht sie auf ihre Armbanduhr – *die alte Mrs. Thorpe wartet auf ihr Mittagessen*, meint sie.

»Also gut«, sagt Margaret. »Ich denke, wir können heute Nachmittag noch einmal herkommen.«

Etwas steif vom langen Sitzen auf dem Boden, rappelt sie sich auf und ich auch. Kälte und Feuchtigkeit haben uns genauso steif gemacht wie die Lederriemen. Sie steht da, starrt auf den Armeesack und die Artefakte, die sie rings um ihn herum platziert hat, und stemmt die Hände in die Hüften.

»Kommst du?«, frage ich.

Sie bückt sich und hebt ein Bündel Briefe und ein Notizbuch auf.

»Komme.«

Die alte Mrs. Thorpe ist bettlägerig, völlig dement, neben sich eine ganze Garnitur von Fläschchen und Schachteln mit Pillen und Pülverchen. Sie hatte jung geheiratet, wie mir Margaret im Zug erzählte; ihr Sohn, Lulus Schwiegervater, sei erst nach vielen Jahren vermeintlicher Unfruchtbarkeit zur Welt gekommen – fast wie ein Wunder, an das niemand mehr geglaubt hatte!

Margaret weiß nicht genau, wie alt die alte Mrs. Thorpe ist, wahrscheinlich so um die fünfundneunzig. Ein gesegnetes Alter! Nun sitzt sie aufrecht, mit Kissen gestützt, in ihrem Bett, das wohl auch ihr Sterbebett sein wird, während

Annie sie löffelweise mit Suppe füttert und geduldig auf ihre wirren Sätze antwortet. Ich denke an meine Mutter auf Long Island, am Küchentisch sitzend, ihren Kaffee schlürfend, während ihre Küken das Nest längst verlassen haben, um hinaus in die Welt zu fliegen.

»Darf ich Sie mal ablösen?«, frage ich.

Annie sieht überrascht auf. Drüben am Fenster legt Margaret ihre Zigarette ab und lacht. »Wie herzensgut von dir, Lulu, aber es wird ihn nicht zurückbringen.«

»Ich tue das nicht für ihn.« Ich setze mich auf den Stuhl, nehme Annie die Suppenschale aus der Haut und schaue in Mrs. Thorpes erwartungsvolles Gesicht. Ihre Haare sind zwar gleichmäßig weiß, doch irgendetwas sagt mir, dass sie der Rotschopf in der Familie ist. Sie schwatzt in einem fort, wobei ich nicht wirklich verstehen kann, was sie sagt (zum einen spricht sie mit starkem schottischem Akzent, zum anderen hat sie keine Zähne mehr), aber egal, sie hat offenbar viel zu erzählen. Also warte ich ab, bis sie Luft holt, und schiebe ihr dann den Löffel in den Mund. Sie schluckt brav und lächelt ein pappig verschmiertes Lächeln, das mich an früher erinnert, als ich zu Hause die Zwillinge fütterte, als sie noch Babys waren, und eigentlich bin ich noch ganz gut in Übung, denke ich bei mir. Ich sinniere darüber, wie wir am Ende unseres Lebens doch wieder genauso hilflos sind wie am Anfang als kleine Kinder, bevor wir dann unsere letzte Reise nach Westen antreten, in ein unbekanntes Reich, um genau so vor unseren Schöpfer zu treten, wie wir ihn verlassen haben – nackt und hilflos … Sofern wir das Glück haben, alles zu überleben und überhaupt alt zu werden – Masern und Auf-Bäume-Klettern, Kindsgeburten, Kriege, Krankheiten und Hungersnöte, Hitler, Tito oder die halsbrecherische Fahrt im Stadtbus auf der Neunundfünfzigsten Straße.

Das Füttern der alten Mrs. Thorpe nimmt einige Zeit in Anspruch, und Annie und Margaret ziehen sich in die Küche zurück, wo es zumindest einen Herd gibt, der schön warm ist. Ich nutze die Zeit, um ihr ein bisschen über mich zu erzählen, wie ich ihren Enkel kennengelernt habe, was für ein toller Mann er ist, dass uns der König von England getraut hat und ich bereits in anderen Umständen bin, sprich ihr Urenkelchen unter dem Herzen trage. Colditz erwähne ich nicht. Nicht weil ich sie nicht beunruhigen will – sie versteht sowieso kein Wort von dem, was ich sage –, sondern weil ich mich selbst nicht aufregen will. Außerdem, so scheint mir, ist dies ein schöner Moment für Märchen, für eine Geschichte, die ein gutes Ende hat, für eine fiktive Geschichte, von der man weiß, dass sie erfunden ist und irgendwie Trost sein kann.

Der Löffel kratzt ein letztes Mal in der Suppenschale, und die alte Dame macht ein letztes Mal brav den Mund auf. Danach wische ich ihr mit der Serviette sorgsam den Mund ab, bette sie in ihre Kissen und frage, ob ich noch etwas für sie tun könne.

»Johann«, sagt sie deutlich vernehmbar.

»Verzeihung, wie bitte?«

»Ein lieber Junge. Haare wie seine Mama.«

(Ihr zahnloses, pfeifendes Lispeln ist kaum zu verstehen.)

»Ah, ja. Beide waren blond, nicht wahr?«

»Aber sie war verrückt, das arme Ding. Was hätte ich tun können?« Sie sieht mich mit ernsten Augen an, als wäre sie in diesem Moment völlig klar. Und sie meint ihre Frage auch völlig ernst, sie will unbedingt wissen, was sie noch hätte tun können, außer das, was sie getan hat.

»Ihr ein ordentliches Begräbnis bereiten, vielleicht?«

»Ich konnte nicht zulassen, dass die Kinder sie noch einmal sehen, so schlimm entstellt, wie sie war.«

»Das wird sie ihnen verzeihen, da bin ich sicher«, sage ich und bin mir überhaupt nicht sicher. Ist aber auch nicht weiter schlimm, denke ich bei mir, denn nach Lage der Dinge wird Mrs. Thorpe ohnehin in absehbarer Zeit aus erster Hand erfahren, wie gut oder schlecht es um die erbetene Vergebung ihrer Schwiegertochter bestellt ist.

Mrs. Thorpe kratzt mit den Fingern leicht am Saum der Bettdecke. »Ich hatte keine andere Wahl. Aber er hat es verstanden. Er ist ein guter Junge. Ein guter Sohn.«

»Meinen Sie Wilfred?«

Ihre Augen krampfen sich leicht zusammen, während sie sich angestrengt zu erinnern versucht. Sie nickt und sagt »Wilfie«, und dann werden aus den eben noch klaren Worten wieder lallende Laute. Ich streiche die Decke noch einmal glatt und stehe auf, wünsche ihr noch einen schönen Tag und sage ihr, dass Annie gleich mit dem Tee da sein wird. Und tatsächlich, als ich nach unten in die Küche komme, pfeift der Wasserkocher auf dem Herd, und Annie löffelt paar Teeblätter in eine blau-weiße Teekanne. Margaret sitzt am Tisch vor einem guten Dutzend Briefen, die sie in geordneten Reihen vor sich ausgelegt hat. Im Aschenbecher neben ihr qualmt eine Zigarette vor sich hin. Ob sie überhaupt bemerkt hat, dass ich wieder da bin? Ich trage Suppenteller und Löffel zum Spülbecken, wasche ab, trockne ab und räume alles in den Schrank. Durch das Fenster sehe ich eine kleine Wolkenlücke, einen blauen Streifen Himmel, einen hellen Sonnenstrahl auf dem nassen Gras. Ich setze mich an den Tisch, und Annie stellt mir eine Tasse Tee hin. Als ich nach einem der Briefe greife, dem mir nächstgelegenen, faucht Margaret mich, ohne aufzublicken, an: *Nicht anfassen!*

»'tschuldigung!« Ich rühre Milch und Honig in den Tee.

Margaret greift nach ihrer Zigarette, nimmt einen langen

Zug und legt sie zurück in den Aschenbecher. In ihrer linken Hand hält sie einen Brief, und obwohl ich nicht neugierig sein will, fällt mir unweigerlich auf, dass er mit der Schreibmaschine getippt ist.

»Was Interessantes gefunden?«, frage ich.

»Sind alle interessant.«

»Ich meine etwas Besonderes.«

»Annie«, ruft sie. »Tee.«

Annie verdreht die Augen, stellt die Teetasse auf dem kleinen freien Fleck neben dem Aschenbecher ab und bringt ihr noch Milch und Honig. Margaret gibt beides hinzu und rührt mit dem Teelöffel um – *kling-kling-kling* –, ohne den Blick von dem Brief zu heben, in den sie gerade vertieft ist.

»Was liest du?«, frage ich. »Die Magna Carta, oder was?«

»Ist auf Französisch, das ist alles.«

»Lass mal sehen. Französisch kann ich praktisch fließend.«

Sie wirft mir einen vernichtenden Blick zu. »Ich auch. Ich kann mir nur keinen Reim auf irgendetwas machen, was hier drinsteht. Annie?«

»Was ist, Miss Margaret?«

»Du erinnerst dich nicht zufällig an irgendwelche geschäftlichen Beziehungen nach Paris, oder? Oh Gott, natürlich nicht. Du warst ja Hausmädchen damals.«

»Dieser Brief kommt von einem Anwalt, richtig?«, frage ich.

»Ja«, faucht sie erneut.

»Hast du etwas dagegen, wenn ich …«

»Es geht dich nichts an.«

Ich umschließe meine Teetasse mit beiden Händen. »Finde ich nicht. Ich finde, es geht mich sehr wohl etwas an. Er ist schließlich mein Schwiegervater, nicht wahr?«

»Er ist *mein* Vater.«

»Und ich bin schwanger mit *seinem* einzigen Enkelkind.«

Sie schleudert den Brief auf den Tisch. »Bist du dir da ganz sicher, meine Liebe?«

»Was soll das verdammt noch mal heißen?«

Margaret greift erneut nach ihrer Zigarette und zieht daran, nimmt dann ihre Teetasse und trinkt einen Schluck. Es klappert, als sie die Tasse zurück auf die Untertasse stellt. Ihre Augen sehen ein bisschen glasig aus, denke ich.

»Es soll heißen, dass es möglicherweise *nicht* sein einziges Enkelkind ist.« Ein dünnes, bitteres Lächeln umspielt ihre Lippen. »Scheint, als hätte mein Vater einen Anwalt in Paris beauftragt, eine bestimmte Frau und ihre Töchter ausfindig zu machen.«

»Ach du liebe Zeit!«

»Und dies ist ihm wohl auch gelungen.«

»Wie … was …«

»Eine heimliche Affäre vielleicht?« Sie deutet mit der Zigarette auf den Brief. »Hier, lies halt selbst. Ist mir völlig egal.«

Ich lange über den Tisch, nehme den Brief vom Stapel der anderen Umschläge, die allesamt an *Maj. W. B. Thorpe* adressiert sind, immer in derselben eleganten Handschrift. Bis auf diesen einen, der mit der Schreibmaschine getippt ist, datiert vom 30. Juni. Der Tag, bevor er in den Krieg zog. Margaret steckt sich die nächste Zigarette an, steht auf und starrt durch das Fenster über dem Spülbecken hinaus. Sie trägt wieder eins ihrer unförmigen Hauskleider, das schlaff um ihre schmale Gestalt hängt, die mich ein bisschen an die feingliedrige, schlanke Figur der Herzogin erinnert, nur dass Margaret nicht in den neuesten modischen Kleidern steckt und nicht gerade vorteilhaft zur Geltung kommt. Margaret ist einfach das, was sie ist, eine Frau, die von Natur aus schlank ist, die sich nicht so gesund ernährt, wie sie es sollte, die zu viele Zigaretten raucht und sich zu viele Sorgen macht.

Ab und zu unterhielt sich die Herzogin gerne auf Französisch mit mir, um ihren Redefluss zu verbessern. Und obwohl es einige Zeit her ist, dass ich mir ein literarisches Werk in französischer Sprache zu Gemüte geführt oder ein paar Sätze auf Französisch geschrieben habe, kann ich alles recht gut lesen und verstehen, ohne zu stocken, um es gedanklich erst übersetzen zu müssen. Als ich den Namen der Frau lese, schaue ich auf.

»Charlotte Kassmeyer? Aber das ist kein französischer Name.«

»Nein. Sie sind Deutsche. Lies mal die Namen der Kinder.«

Ich lese weiter. »Ursula, Frederica, Gertrud. Komisch.«

»Nein, nicht komisch. Wahrscheinlich eine Frau, die er kennengelernt hat, als er irgendwo stationiert war. Noch vor dem Krieg. Er bezahlte ihr eine hübsche kleine Wohnung in Paris, wo er sie ab und zu besuchen kam. Ganz schön abgebrüht, wie Männer eben sind, was?«

»Aber warum bezahlte er dann einen Anwalt, um sie ausfindig zu machen?«

»Keine Ahnung. Interessiert mich auch nicht weiter. Passt auch so alles zusammen, nicht wahr?« Sie bläst eine Rauchwolke in die Luft. »Die arme Mama. Kein Wunder.«

»Kein Wunder?«

»Kein Wunder, dass sie so unglücklich war. Und ich habe die ganze Zeit geglaubt, die beiden wären unsterblich verliebt ineinander. Ich dachte ... ich dachte, sie wären ein Paar wie im Märchen, wie Prinz und Prinzessin in einem Kindermärchen ...«

»Aber du weißt doch gar nichts Genaues. Es könnte doch auch sein, dass er sonst was in Paris zu regeln hatte, für einen

Offizierskollegen vielleicht, der gefallen ist. Das würde erklären …«

»Stopp.«

»Aber …«

Sie fährt herum, sieht mich an. »Stopp, verdammt, stopp. Lies mir noch mal die Namen vor.«

Ich nehme den Brief und überfliege die Zeilen. »Ursula. Frederica. Gertrud.«

Margaret stapft zurück zum Tisch und reißt mir den Brief aus der Hand. »Ursula. Ursula Kassmeyer.«

»Was ist denn los?«

»Muss ein Zufall sein.«

»Miss Margaret! Die Zigarette!«, schreit Annie.

Die obere Ecke der Seite fängt an zu qualmen. Margaret flucht, lässt die Zigarette in den Aschenbecher fallen und drückt die Flamme mit den Fingern aus. Es riecht nach angeschmortem Papier.

»Was ist denn los?«, frage ich noch einmal. »Wer zum Teufel ist diese Ursula Kassmeyer?«

»Muss ein Zufall sein.« Margaret schaut auf und stiert mich an. Der glasige Glanz in ihren Augen ist verschwunden. Sie sind klar, hellblau, funkeln und sprühen vor Leben. »Es ist nur so, dass wir bei uns in der G-Sektion, also in der deutschen Abteilung, eine Agentin mit diesem Namen haben. Eine unserer besten. Sie leitet eine Fluchtlinie für abgeschossene Piloten und entkommene Juden in die Schweiz.«

TEIL V

Lulu

NOVEMBER 1943

Bahamas

Wie schon gesagt, auf den Bahamas wehte mehr als nur ein bisschen vom amerikanischen Lebensgefühl, von der typischen Art, die Dinge anzupacken, was wohl nicht zuletzt daran lag, dass sich Miami praktisch direkt vor der westlichen Haustür befand, während London auf einer Insel auf der anderen Seite eines notorisch stürmischen Ozeans lag. Dennoch. Die Bahamaer lieben und wahren bestimmte urbritische Traditionen, und so unterscheidet sich ein Gerichtssaal in Nassau kaum vom Old Bailey, dem Zentralen Strafgerichtshof in London – bis hin zu den gewellten grauen Perücken und einer abgetrennten Gitterzelle im Gerichtssaal, in welcher der Angeklagte während des gesamten Verfahrens gefangen bleibt – wie ein Tier im Käfig.

Es ist eine schwerwiegende Angelegenheit, einen Mann des Mordes anzuklagen. Schwerwiegend in der Tat. Entsprechend sollte eine Anklage nicht leichtfertig oder aus niederen Beweggründen erfolgen.

Es war der letzte Prozesstag im Verfahren gegen Alfred de Marigny, angeklagt des Mordes an Sir Harry Oakes. Die

Schlussplädoyers waren vorgetragen worden, der Richter hatte den ermittelten Sachverhalt zusammengefasst und verlesen, und die Mitglieder der Geschworenenjury hatten den Saal verlassen, um über Schuld oder Unschuld de Marignys zu beraten. Wie jeden Tag saß ich oben auf der Galerie, auf einem der Beobachterplätze, die für Presseleute reserviert waren, und harrte dem Urteil, das auf sich warten ließ. Ich starrte auf die Angeklagtenbank, die jetzt leer war, und ließ alles, was ich in den letzten Wochen hier gehört und gesehen hatte, noch einmal Revue passieren – die Zeugenaussagen, die Fakten, die ich bereits kannte, sowie die überraschenden Fakten, die ich neu erfahren hatte. Dann die Gesichter – Freddie höchstpersönlich, na klar, ruhiges Auftreten, gelassene Eloquenz. Lady Oakes, von Schmerz zerquält. Nancy de Marigny, resolut, hübsch, weiß wie die Wand. Harold Christie, mit vor Anspannung verkrampften Händen, die Knöchel weiß, heftig schwitzend, obwohl es Herbst war und im Gerichtssaal nicht sonderlich warm. Die beiden Detectives aus Miami, alte Freunde des Herzogs, die er am Morgen der Auffindung der Leiche eigens hatte einfliegen lassen, damit sie die Ermittlungen leiteten (da die bahamaische Polizei, wie er meinte, der Aufgabe nicht gewachsen sei), aalglatt, routiniert – und völlig stümperhaft. Da sie mich an die chaotischen Polizisten aus den frühen Stummfilmkomödien erinnerten, nannte ich sie in Gedanken die Keystone Cops (aber natürlich nicht in meiner täglichen Berichterstattung an die Associated Press).

Dann gab es noch Gesichter, die man buchstäblich nicht zu Gesicht bekam, da die entsprechenden Menschen dazu verschwunden oder verstorben waren oder – wie im Fall von Colonel Erskine-Lindop, dem ehemaligen Polizeipräsidenten der Bahamas, einem Mann hoher moralischer Integrität – völlig unvermittelt nach Trinidad versetzt wurden. Dass diese

Gesichter nicht erschienen, war vielleicht ein interessantes Merkmal am Rande, wie ich meinen Lesern zu bedenken gab. Man könnte auch sagen, ein sehr aufschlussreiches. Ebenfalls nicht erschienen waren der Herzog und die Herzogin von Windsor. Kurz vor Prozessbeginn war das herzogliche Paar angeblich zu einem Besuch bei Freunden in den USA abberufen worden, sodass sie weder vor Gericht erscheinen noch aussagen konnten. Gleichwohl, so hieß es weiter, scheute der Herzog weder Mühen noch Kosten, um über den Fortgang des Prozesses mit detaillierten Berichten auf dem Laufenden zu bleiben, die ihm sein guter Freund Harold Christie täglich telegrafierte. Was wollte man daran kritisieren?

Inzwischen saß ich alleine im Saal. Die anderen Journalisten waren hinaus an die Telefone geeilt, um die neuesten Enthüllungen an sensationsgierige Redakteure rund um den Globus zu übermitteln. Selbst in Kriegszeiten schienen sich die Menschen noch für einen einzelnen Toten auf einer kleinen Insel vor der Küste Floridas zu interessieren, weil er reich und wohlhabend und ein Freund des Herzogs von Windsor war. Vor mir sammelte ein Gerichtsdiener liegen gebliebene Papiere vom Tisch des Staatsanwalts auf. Im Saal war es jetzt heiß und stickig, die vielen Menschen und die elektrische Beleuchtung hatten ihn aufgewärmt. Der aufkommende Wind rüttelte an den Fenstern. Ich stand auf, ging hinüber zum Justizgebäude, wo Nancy de Marigny im zweiten Stock saß und auf das Urteil wartete.

Ich ging auf sie zu. Sie saß auf einem Sofa, aufgewühlt und angespannt, und zog nervös an einer Zigarette. Ihre Mutter war nirgends zu sehen. Sie hatte ihrer Tochter übelgenommen, dass sie dem Beschuldigten immer noch treu zur Seite stand. Der Anblick der einsamen Nancy hatte etwas zutiefst Mitleiderregendes an sich, wie ich fand.

»Oh, da sind Sie ja«, rief sie mir entgegen. »Was denken Sie?«

Ich setzte mich auf das Sitzkissen neben ihr, oder besser gesagt, ich ließ mich fast darauf plumpsen. »Was ich denke? Ich denke, zwölf gescheite Männer konnten Bonnie und Clyde schon nicht für schuldig befinden, weil die vorgelegten Beweise nicht ausreichten. Andererseits …« Ich schüttelte den Kopf, als sie mir die Zigarettenschachtel hinstreckte … »… bin ich kein Mann, nicht wahr?«

Sie lachte leicht überdreht. Kein Wunder, ihre Nerven sind sicherlich zum Zerreißen gespannt, dachte ich bei mir. Mittlerweile empfand ich größte Bewunderung für Mrs. de Marigny: Der brutale Mord am geliebten Vater, der für sich allein schockierend genug war, und dazu der bloße Verdacht gegen den eigenen Ehemann, diese Gräueltat verübt zu haben, stellten eine nervliche Belastung dar, unter der die meisten Frauen längst zusammengebrochen wären. Aber Nancy war eben nicht »die meisten Frauen«. Sie schien unter den kritischen Augen der Presse und jedes einzelnen Zuschauers im Saal förmlich aufzublühen. Keine Schauspielerin hätte ihre Rolle in diesem Zeugenstuhl heldenhafter spielen können. Sie wedelte den Zigarettenqualm beiseite und sagte: »Nun, ich hoffe, Sie behalten recht.«

»Sie haben den Richter ja gehört. Mein Gott. Was hat er in seiner Zusammenfassung noch gleich gesagt? Noch nie in all seinen Jahren als Richter habe er einen Fall erlebt, wo so viele Beweise unsachgerecht gehandhabt und Zeugenaussagen erfunden worden seien, und so weiter. Es würde mich nicht wundern, wenn es zu weiteren Ermittlungen käme, wie er es empfohlen hat, um die ganze Schweinerei aufzuklären.«

»Hoffentlich. Ich wünsche mir, dass sie jetzt alle Angst und kalte Füße bekommen, und zwar wirklich *alle*, jeder

Einzelne, der seine Hände mit im Spiel hatte. *Jeder*, der Freddie aus dem Weg räumen wollte.«

»Zum Glück waren sie dabei recht dilettantisch.«

Sie lachte spitz. »Diese Miami-Polizisten! Ein Haufen Narren. So was habe ich noch nie erlebt. Dieser Idiot namens Barker, wie er in den Zeugenstand trat, schwitzend, stotternd, immer wieder zurückrudernd. Und jeder konnte sehen, wie er seine Fingerabdrücke unter seine Aussage gesetzt hat. *Jeder*.«

Sie legte einen solchen Nachdruck in diese letzten Worte, dass ich zusammenzuckte. »Nun, es kann jetzt nicht mehr lange dauern. Er wird freigesprochen und rehabilitiert werden, da bin ich mir sicher.«

Doch selbst in meinen Ohren klangen die Worte irgendwie leer und hohl. Nancy sah auf die Uhr. Sechs Uhr sechsundfünfzig am Abend, knapp zwei Stunden, seit die Geschworenen sich zur Beratung zurückgezogen hatten. Auf der anderen Seite des Raumes saßen zwei Polizisten hinter ihren Schreibtischen und taten, als beachteten sie uns nicht weiter.

»Was werden Sie tun, wenn das hier vorbei ist?«, fragte ich sie.

»Vorbei? Mein Gott. Ich weiß es nicht. Mich irgendwo mit meinem Mann niederlassen, nehme ich an.«

»Das haben Sie auch verdient. Jeder bewundert, wie Sie das hier durchgestanden haben.«

Sie schnippte etwas Asche von ihrer Zigarette. »Außer meiner Mutter, wie es scheint. Apropos, wo um alles in der Welt ist Ihr Mann denn abgeblieben? Er hat ja den ganzen Trubel hier verpasst.«

»Wie das eben ist in Kriegszeiten, Sie wissen ja«, sagte ich. »Wenn die Pflicht ruft, um König, Vaterland und all so was zu dienen. Er lässt herzlich grüßen.«

»Ach ja? Nett von ihm.« Sie erhob sich von der Bank und ging ein paar Schritte hinüber zum Fenster mit Blick zur Straßenseite vor dem Gerichtsgebäude. »Schauen Sie sich nur all die Leute an, die dort unten herumstehen. Sie unterstützen Freddie. Sie lieben ihn.«

Ich stand ebenfalls auf und stellte mich neben sie ans Fenster. Mit »all die Leute« meinte sie natürlich »all die Schwarzen Menschen«. Die Windsors und die Clique von der Bay Street konnten Freddie vielleicht nicht ausstehen, aber der Großteil der Bevölkerung, der Schwarze Teil, jener Teil, der nicht im Parlament oder in irgendeiner Geschworenenjury saß, stand fest hinter ihm.

»Wie auch immer …«, sagte Nancy. »Wie auch immer es ausgehen wird – ich schätze Ihre Unterstützung. Und das meine ich ernst. Als wir Sie Tag für Tag dort oben auf der Pressegalerie sitzen sahen, hat uns das Mut und Kraft gegeben. Uns beiden.«

»Ich wüsste nicht, wo ich sonst hätte sein sollen. Es liegt auf der Hand, dass er verleumdet wurde. Ebenso wie jeder sehen konnte, wer der eigentliche Schuldige ist.«

Um Nancys Mundwinkel spielte ein leichtes Zucken. Sie drückte ihre Zigarette auf dem Fenstersims aus und drehte sich zu mir.

»Jeder konnte das sehen, klar«, sagte sie, »aber keiner hat den Mumm gehabt, es laut auszusprechen, stimmt's?«

Auf der anderen Seite des Raumes klingelte ein Telefon. Wir fuhren beide auf. Einer der Polizisten nahm ab, sprach leise in den Hörer und blickte in unsere Richtung. Nancy griff nach meiner Hand, krallte ihre Fingernägel so fest in≈meine Handfläche, dass mir unweigerlich die Augen brannten.

Der Polizist legte auf und erhob sich. »Mrs. de Marigny. Scheint, als wäre die Jury zu einem Urteil gelangt.«

Bis ich mich zu meinem Platz auf der Pressegalerie durchgeboxt hatte, war der Gerichtssaal gerammelt voll, die Atmosphäre spannungsgeladen. Freddie war wieder in seinem »Käfig«. Von der gegenüberliegenden Wand, an seinem Ehrenplatz, blickte der König von England von seinem Porträt aus erhaben in die Ferne, so wie während der ganzen Dauer des Prozesses. Die Ähnlichkeit mit dem Herzog verstörte mich. In manchen Momenten kam es mir vor, als hätten die Brüder die Plätze getauscht, als stierte der Herzog höchstselbst durch die leeren Augen seines Nachfolgers auf uns herab, auf Beteiligte und Zuschauer gleichermaßen, als führte er höchstselbst den Vorsitz, von einer höheren Position aus als der Richter.

Nachdem die Geschworenen hintereinander in den Saal marschiert waren, erschien Sir Oscar und nahm seinen Platz auf dem erhöhten Podium ein, in traditioneller Robe und Lockenperücke. Der Gerichtsbeamte erkundigte sich beim Sprecher der Geschworenen, einem Lebensmittelhändler namens James Sands, ob man zu einem Urteil gelangt sei.

Ja, es gibt ein Urteil, sagte Mr. Sands.

Im Saal war es still. Eine angespannte, erdrückende Stille. Kein einziger Laut. Keine einzige Bewegung. Ich erinnere mich, dass ich nicht auf Mr. Sands schaute, auch nicht auf den Richter oder das Porträt von König George an der Wand, sondern auf Freddie in seinem »Käfig«. Ich erinnere mich, dass ich Freddie ins Gesicht schaute und begriff, dass er tatsächlich sterben könnte, dass sein Leben buchstäblich an diesem Urteil hing, am Wortlaut dieses Urteils. Aber konnte es denn wirklich sein, dass man einen unschuldigen Mann für ein Kapitalverbrechen verurteilte, das er gar nicht begangen hatte? Blühte ihm denn wahrhaftig die Todesstrafe? Es war Mord, ein feiger Mord, ohne den Mut, dem Opfer ins Gesicht zu schauen und abzudrücken, die hinterhältige Tat eines Flüchtigen. Freddie starrte auf Mr. Sands, harrte seinem Schicksal, und einen furchtbaren Moment lang vergaß ich alle Gedanken an Sir Harry Oakes. An die Bahamas. An die Windsors. Einen furchtbaren Moment lang dachte ich, wir wären in Bakersfield, und es wäre der Mord an Tommy, der Gegenstand der Verhandlung wäre, und es wäre meine Tat, für die Freddie hängen würde.

Der Gerichtsbeamte erhob die Stimme:

Verehrte Geschworene! Wie lautet Ihr Urteil, ist der Angeklagte schuldig oder nicht schuldig des Verbrechens, das ihm zur Last gelegt wird?

Er wird zum Tode verurteilt, dachte ich. Gott vergib mir.

Und Mr. Sands rief aus: *Nicht schuldig.*

Ein wildes Durcheinander brach los, und ich war wahrscheinlich die einzige Person, die sitzen blieb. Während meine Kollegen wie wild an die Telefone stürmten, starrte ich auf Mr. Sands, dessen Lippen immer noch Worte formten, die aber im allgemeinen Lärm ringsum völlig untergingen. In meinem Augenwinkel sah ich Freddie aus seinem »Käfig« in die Arme seiner Ehefrau springen. Er war ein freier Mann.

Und du bist es auch, dachte ich im Stillen. Du bist auch frei, oder nicht? Freddies Freispruch ist auch deine Lossprechung.

Aber ich war nicht frei. Meine Welt kreiselte in wilden Loopings um den kleinen, zerbrechlichen Keim in meinem Mutterleib, um den Teil, den Thorpe von sich in mir zurückgelassen hatte. Ich erhob mich von meinem Platz und drängte hinaus, fand ein freies Telefon und gab der Associated Press meinen Bericht. Doch bis zum heutigen Tag habe ich keine Ahnung, was genau ich im Einzelnen vermeldet habe. Inzwischen waren alle hinaus auf den Rawson Square gestürmt, wo Freddie hoch auf den Schultern der Menge wogte, auf weißen wie schwarzen, und durch die abendliche Luft zu seinem Auto getragen wurde. Ich stand auf den Stufen des Gerichtsgebäudes und schaute dem Treiben zu. Ein Gefühl der Angst überkam mich, die leise Ahnung einer nahenden Katastrophe, und ich kämpfte mit aller Macht dagegen an. Schließlich hatte die »Lady von Nassau« noch eine Kolumne für die Dezemberausgabe zu schreiben, die spätestens bis zwei Uhr morgens übersendet werden musste, und dafür brauchte ich einen möglichst klaren Kopf und einen möglichst spitzen Bleistift, zumal Lightfoot zugestimmt hatte (murrend zwar, aber immerhin), mir tausend Mäuse für besagte Kolumne zu bezahlen. Also, keine düsteren Gedanken, kein drohendes Unheil. *Nicht schuldig, kapier es endlich.*

Der Mann neben mir blickte auf seine Armbanduhr. Es war Godfrey Higgs, Freddies Anwalt.

»Na, Mr. Higgs! Gratuliere. Der Mann der Stunde.«

Er sah auf. »Mrs. Thorpe. Ein bisschen zu viel der Ehre. Die Anklage bot ein billiges Schauspiel. Jeder fähige Anwalt hätte hier einen Freispruch erzielt.«

»Vielleicht schon. Aber nicht *jeder* Anwalt hätte die Verteidigung übernommen, nicht wahr? Nur Sie.«

»Ich habe meine Pflicht getan, das ist alles, Mrs. Thorpe.«

»Nun, zumindest waren Sie klug genug, bestimmte Fragen nicht zu stellen. Ich bin mir nicht sicher, ob wir jemals Gerechtigkeit erleben werden.«

Er schüttelte den Kopf, und ich sah, wie müde er war, kein Wunder. Der arme Kerl hatte wahrscheinlich seit Juli nicht mehr ruhig geschlafen.

»Mr. Higgs«, sagte ich. »Ich dachte, ich hätte den Sprecher der Geschworenen nach dem Urteil noch weiterreden gesehen, konnte bei all dem Lärm aber nichts verstehen. War es etwas Wichtiges?«

Mr. Higgs drehte den Kopf und schaute Freddies Auto hinterher, das sich langsam und unter freudig lautem Gehupe einen Weg durch die Menge auf dem Rawson Square bahnte. »Es war …«, sagte er. »Also ich fürchte, es gab da ein Addendum zum Urteil.«

»Ein Addendum? Was meinen Sie?«

»Mr. Sands führte im Weiteren aus, dass Mr. de Marigny und sein Cousin, Georges de Visledou, als unerwünschte Personen gelten und auf Empfehlung der Jury daher unverzüglich aus den Bahamas auszuweisen sind.«

»Ausweisung? Unerwünschte Personen? Warum?«

»Eine sehr gute Frage, Mrs. Thorpe, auf die ich so schnell wie möglich Antworten finden will, obwohl ich mir nicht vorstellen kann, dass diese Antworten noch irgendetwas ändern werden.«

Auf der anderen Seite des Platzes bog Freddies Auto um die Ecke und war verschwunden, und das helle Leuchten der Scheinwerfer malte einen weiten Bogen über die Fassade eines Gebäudes, um dann in der Finsternis zu zerfließen. »Warum nicht?«, fragte ich leise.

»Weil ich vermute, dass bestimmte Teile der Regierung Himmel und Erde in Bewegung setzen werden, damit diese Deportation unverzüglich durchgeführt wird.«

Ich drehte mich um und sah ihn an. Seine Amtsperücke hatte er inzwischen natürlich abgenommen. Und auch wenn ich diese Perücken persönlich völlig absurd finde, schien Mr. Higgs mit seiner Robe und der schulterlangen grauen Lockenpracht doch eine gewisse getragene Würde verströmt zu haben.

Er fuhr fort. »Ich habe es ihm noch nicht gesagt. Er soll sich erst mal freuen und ein paar Stunden zum Feiern haben.«

»Mr. Higgs, könnten Sie mich vielleicht nach Hause fahren?«, fragte ich freundlich.

Mr. Higgs setzte mich vor meiner Tür ab, wünschte mir eine Gute Nacht mit herzlichen Grüßen an meinen Ehemann.

»Ja, werde ich ausrichten«, sagte ich. »Und er wird sich bei Ihnen melden. Er hat den Prozess natürlich mit größtem Interesse verfolgt.«

Das war eine Lüge. Benedict Wilfred Thorpe hatte niemals irgendwelche Grüße an Alfred de Marigny oder Nancy de Marigny ausrichten lassen; überhaupt hatte er sich nicht mehr gemeldet, mit keinem Wort, weder bei seiner Ehefrau noch bei sonst irgendwem (zumindest soweit ich das mitbekam), seit er am Morgen nach dem Mord an Harry Oakes in aller Herrgottsfrühe einfach verschwunden war. Gut, in dieser Zeit verschwanden viele Leute, ohne dass irgendwer den geringsten Anstoß daran nahm. Alle machten einfach weiter wie gehabt, und da unsere Heirat eine unstreitige Tatsache war (die schnell die Runde machte, da die Windsors selbst aller Welt erzählten, wie wildromantisch diese Heirat gewesen war und welch besondere Ehre es sei, vom Gouverneur höchstpersönlich vermählt zu werden, sodass manch einer wohl recht neidisch war), war auch die Mär von Thorpes so dringlichem, gleichwohl bedauerlichem Einsatz andernorts durchaus glaubhaft (na, vielen Dank auch!). Dafür hatte jeder Verständnis. Es herrschte schließlich Krieg.

Wir verabschiedeten uns, und ich ging das kleine Wegstück zu meinem Bungalow allein hinauf. Es war die Nacht zum 14. November. Ich schloss die Haustür auf, ging in mein leeres Haus und ließ den Blick über den kleinen Teppich und das Flurtischchen streifen, so wie ich es immer tat. Nichts. Keine Notiz, kein Brief, keine sonstige Nachricht. Doch dann … Ich schrie wie wild, schlug die Hand ans Herz. Ein Mann stand mitten in meinem Wohnzimmer, ein blonder Riese von Mann in einem verknitterten Anzug und mit ernster, banger Miene.

»Wer zum Teufel sind Sie?«

Er öffnete den Mund und hob an zu sprechen. Sein Englisch war einwandfrei, wenn auch mit einem starken deutschen Akzent. »Ich bitte um Verzeihung, Mrs. Thorpe. Ihre Haushälterin war so freundlich, mich hereinzulassen. Mein Name ist Johann. Johann von Kleist.«

»Johann?«, stieß ich leise hervor.

»Ich fürchte, ich habe eine Nachricht von höchster Wichtigkeit für Sie.«

Elf Tage später, am 26. November, war ich im Government House und folgte Butler Marshall in den Salon, wo die Herzogin von Windsor gerade eine hohe, dicht benadelte Blautanne aufstellen ließ. Die Luft war erfüllt von würzigem Tannenduft. Sie stand mit dem Rücken zu mir, sodass ich einen Moment lang nur ihren Hinterkopf und ihre schmale Gestalt in einem blauen Jackett mit gelbem Taillengürtel sah. Ich war kurz irritiert, bis es mir dann einfiel. Klar, Weihnachten.

»Madam«, sagte Marshall. »Mrs. Thorpe ist da.«

Die Herzogin gab keine Antwort, reagierte lediglich, indem sie einen Finger hob. »Etwas nach links«, sagte sie, und der Diener rückte die Tanne ein kleines Stück nach links.

»Soll ich Kaffee servieren, Madam? Oder Tee?«

»Nein danke. Das war alles, Marshall.«

Marshall verbeugte sich und drehte sich um. Ich meinte, er hätte mir im Vorbeigehen einen mitleidigen Blick zugeworfen. Aber ich konnte mich auch irren. Mit seiner unbewegten Miene hätte Marshall jeden Pokertisch in Amarillo, Texas, abräumen können.

Die Herzogin stemmte eine Hand in die Hüfte und legte den Kopf schief. Nach meinem Dafürhalten hätte dieser Weihnachtsbaum für die *Saturday Evening Post* Modell stehen können, aber es war nicht meine Aufgabe, der Welt ein Bilderbuchbild vom schönen Leben im Government House zu präsentieren, nicht wahr? Es war nicht meine Aufgabe, diese Fiktion von schönem Leben zu erschaffen. Zumindest nicht mehr.

Also hielt ich mich zurück und überließ ihr gerne die herrschaftliche Bühne. Mich kostete es nichts, und ihr bedeutete es die Welt. Sie dirigierte den Diener, die Tanne ein paar Zentimeter hierhin, dann wieder dorthin zu bewegen, während Preezie die ganze Zeit an ihren Knöcheln herumstupste. Schließlich hob sie einen Finger und sagte: »So ist es schön. Danke Ihnen, Mr. Brown. Das war's, schicken Sie doch bitte das Dienstmädchen herein, damit es die ganze Unordnung wieder aufräumt.«

»Jawohl, Ma'am«, sagte der Diener. Er strich sich die Nadeln ab und eilte hinaus, während sich die Herzogin betont langsam und bedächtig zu mir umdrehte. Zu meiner Überraschung lächelte sie.

»Mrs. Thorpe. Schön, dass Sie vorbeischauen. Wir sind erst seit gestern Abend zurück aus den Staaten.«

»Ja, das habe ich gehört.«

Sie neigte den Kopf zur Seite und betrachtete mich wie eben noch den Tannenbaum.

»Ich habe Ihre Kolumne gelesen, Mrs. Thorpe.«

»Tatsächlich? Ich bin geschmeichelt, dass Sie die Zeit dafür gefunden haben bei all den Weihnachtsvorbereitungen.«

»Natürlich habe ich die Zeit dafür gefunden. Uns liegt doch aneinander, nicht wahr? Und da habe ich natürlich die Zeit gefunden, Ihre Kolumne zu lesen.« Sie wackelte mit dem erhobenen Zeigefinger, so wie man ein ungezogenes Kind schilt. »Nicht Ihre beste Arbeit, Mrs. Thorpe. Ganz und gar nicht.«

»Nein?«

»Ich weiß nicht, wie de Marigny, dieser Halunke, sich den Weg in Ihr Herz erschleichen konnte – ich kann nur mutmaßen. Aber ganz ehrlich, ich war zutiefst beschämt. Mal ganz abgesehen von all den *haarsträubenden* Anschuldigungen.«

»Und die tun mir auch leid, zumal ich gerne konkret geworden wäre, aber ich will ja nicht ermordet werden, wie jeder andere hier.«

»Wie bitte?«

In ihrem Gesicht stand das blanke Entsetzen, und ich hatte keinerlei Zweifel daran, dass sie genau so empfand. Frauen wie Wallis können sich nicht mal eine einzige Sekunde lang vorstellen, sich irgendeiner Sache schuldig gemacht zu haben. Jede ihrer Handlungen ist durchaus vertretbar, jeder Gegner ein gemeiner Lump, der verdient, was immer das Schicksal ihm Böses will.

»Schon gut«, sagte ich. »Aber deswegen bin ich nicht gekommen.«

»Ich verstehe nicht ganz.«

»Ich bin gekommen, um über meinen Ehemann zu sprechen. Und offen gesagt bin ich beunruhigt, da ich seit dem Morgen, als wir vom Mord am armen Sir Harry erfuhren, nichts mehr von ihm gehört habe.«

»Seit dem Tag, an dem Sie geheiratet haben«, sagte sie.

»Richtig. Vor elf Tagen habe ich erfahren, dass er noch am selben Morgen, anstatt unter der Obhut der Royal Air Force nach London zurückzufliegen, auf dem Weg nach Windsor Field von deutschen Agenten gefangen genommen wurde.«

»Nein!«

»Irgendwer hat ihn als britischen Agenten verraten, verstehen Sie jetzt? Seither ist er auf Burg Colditz eingekerkert.«

»In Colditz!«

»Jawohl.«

»Du meine Güte! Der arme Thorpe. Das ist ja furchtbar für Sie. Mein tiefstes Mitgefühl.«

»Ganz recht«, sagte ich.

»Aber Sie denken doch nicht etwa …«

»Nein, natürlich nicht. Gott bewahre!«

Einen Moment lang schauten wir einander an, ich in die blauen Augen von Wallis, sie in die braunen Augen von mir, sie Amerikanerin, ich Amerikanerin, beide in die Affären eines Landes verwickelt, das nicht einmal unser Heimatland war.

Mit leiser Stimme fuhr ich fort. »Wie schrecklich wäre es doch gewesen, nicht wahr, wenn irgendwer den Verdacht auf Harold Christie gelenkt hätte. Wenn, sagen wir mal, Scotland Yard die Ermittlungen an sich gezogen und geleitet hätte anstelle der zwei Stümper vom Miami Police Department, die der Herzog gleich am ersten Morgen damit beauftragt hatte. Die hätten weiß Gott was herausfinden können. Wie zum Beispiel das, was mein Ehemann herausgefunden und seinen Oberen in London bereits berichtet hatte.«

»Ich weiß nicht, was Sie meinen.«

Ich griff an mein Ohrläppchen und drehte den ersten Ohrring ab. »Wie würden Sie reagieren, Herzogin, wenn ich Ihnen sagen würde, dass ich von all den Dokumenten, die ich Ihnen weitergereicht habe, Abschriften besitze? Von all den interessanten Finanzaufstellungen?«

Sie stand da wie gelähmt und stierte auf meine Finger. Der Ohrring löste sich, und ich wechselte zum zweiten Ohrring am anderen Ohr.

»Was wären Ihnen und Ihrem Ehemann diese Dokumente denn wert? Nur mal rein hypothetisch gefragt. Es ist nicht so, dass ich Sie erpressen will.«

»Mrs. Thorpe. Lulu. Also wirklich!« Sie zwang ihren Blick

weg von meinem linken Ohrläppchen und stieß ein kehliges Lachen aus. »Das geht jetzt aber zu weit. Was sollen das denn für Dokumente sein? Ich fürchte, mein Gedächtnis lässt mich gerade im Stich.«

Ich streckte ihr die beiden Ohrringe auf der flachen Hand entgegen. Sie schaute sie an, berührte sie aber nicht. An ihren Schläfen hatten sich kleine Schweißperlen gebildet. Der Duft nach frischem würzigem Tannenbaumduft lag in der Luft.

»Und wir haben Ihnen vertraut«, flüsterte sie.

»Ich habe *Ihnen* vertraut, und jetzt sitzt mein Ehemann eingekerkert auf Burg Colditz.«

»Ich … wir hatten nichts damit zu tun. Gar nichts. Wie kämen wir dazu? Wir sind treue Diener der Krone, Mrs. Thorpe. Treue Diener.«

»Kein Zweifel. In welchem Falle Sie bestimmt mehr als bereit sein werden, mir zu geben, was ich brauche, um ihn zu retten.«

»Was brauchen Sie?«

Ich nahm ihre Hand, legte die Ohrringe mitten auf ihren Handteller und bog ihre kalten Finger darum. Unsere Blicke trafen sich. Runde Augen. Verletzlicher Blick. Ich musste an meinen schönen, leeren Bungalow denken, an meine Habseligkeiten in ein paar Holzkisten, per Seefracht auf dem Weg zurück in die USA. Ich sprach leise, um sie nicht weiter zu ängstigen.

»Was ich schnellstmöglich brauche, ist ein Platz in einer der Liberators, die von Windsor Field aus abheben.«

Teil VI

Ursula

JANUAR 1944

Deutschland

Man mag es nennen, wie man will, ob sechster Sinn, innere Eingebung, Intuition. An jenem Morgen jedenfalls, als Ursula Kassmeyer die Nachricht aus Schottland erhält, wacht sie auf und muss lebhaft an *Mutti* denken.

Ihre Schwestern können sich nicht mehr an diese Frau erinnern, die sie einmal *Mutti* nannten, Ursula aber sehr wohl. Dabei waren Frederica und Gertrud diejenigen, die so bitterlich weinten, damals, auf der langen Zugfahrt von Florida bis nach New York, die sich die Seele aus dem Leib weinten nach Muttis wohlriechenden, liebevollen Armen, während Ursula keine Träne vergoss und die beiden tröstete. Doch irgendwann trockneten die beiden kleinen Schwestern ihre Tränen und fragten immer weniger nach Mutti. Als sie schließlich in Paris ankamen, wo sie eine kleine Villa außerhalb der Stadt bezogen, in einem Dorf an der Marne, wo Mamans inzwischen verstorbener Onkel damals lebte (und sie auch kein Kindermädchen mehr hatten), war es nur Ursula, die nachts oft wach lag und an Mutti dachte, an all die kleinen Besonderheiten an ihr, an ihr Lächeln, an ihre Küsse, an ihre geduldige Anleitung am Klavier, an ihre hellen Haare, die sich anfühlten wie Seide. Nur Ursula war es, die in der Dorfkirche das Hochaltargemälde mit dem Bild der Heiligen Madonna betrachtete und dabei an Mutti dachte. Nur Ursula war es, die sich an den Strand und die Picknicks erinnerte, an diesen charismatischen Mann mit den rotblonden Haaren und dem herzlich lauten Lachen, der sie hoch durch die Luft wirbelte, dass sie kreischte, um sie in letzter Sekunde wieder aufzufangen, bevor sie ins Wasser platschte. *Mr. Thorpe*. Sie weiß sogar noch seinen Namen.

Wenn Maman weniger oft betrunken gewesen wäre, weniger lange verkatert im Bett gelegen und sich die Nächte nicht um die Ohren geschlagen hätte, manchmal bis zum nächsten Morgen, manchmal auch mehrere Tage am Stück, vielleicht hätte Ursula ihre *Mutti* dann vergessen. So aber hat sie sich all die vielen kleinen Bruchstücke der Erinnerung tief in ihrem Herzen bewahrt, sie immer wieder gedreht und gewendet, um jede noch so winzige Facette dieser schönen inneren Bilder zu beleuchten, jedes Glimmen, jedes Sprengsel. Sie schenkten ihr Kraft und Trost – ebenso wie Gott und ihr Großonkel, der aber alt und gebrechlich gewesen war. Er starb etwa ein Jahr vor Kriegsbeginn, als Ursula zwölf war. Danach zog Maman mit ihnen nach Paris, in ein paar schmuddelige Zimmer im obersten Stock eines Wohnhauses in Montparnasse, wo sie kaum zu essen, kaum Strom und auch kaum Geld hatten.

Aber ist sie nicht genau deshalb so geworden, wie sie heute ist? Jene mageren Zeiten im kriegsgebeutelten Paris, um Essen bettelnd oder um einen Platz in der Schule.

Heute Morgen jedenfalls, als Ursula ihre müden Glieder aus dem Bett zwingt, bringt die dunkle, eiskalte Luft die Erinnerung an jene kalten Nächte in Paris zurück: zusammengekauert unter einer mottenzerfressenen Decke mit ihren beiden Schwestern; bei Madame Pistou in der Boulangerie um die Ecke, wo sie endlos viel Teig zu Broten formte, um sich im wahrsten Sinne des Wortes ein paar Brötchen zu verdienen, damit sie überhaupt etwas zu essen hatten; stinkende Gossen; kriegsverletzte, humpelnde Soldaten mit leidgeprüften Gesichtern.

Heute herrscht wieder Krieg. Ein anderer Krieg, mit anderen Soldaten. Aber Kälte, Hunger und Verzweiflung sind ihr so bekannt und vertraut wie ihre eigenen wunden Finger, wie ihr eigenes Spiegelbild in der Scherbe über dem Waschtisch. Draußen, vor dem frostumrandeten Fenster, taumelt Berlin einem neuen Tag entgegen. Um neun Uhr ist sie verabredet. Eine ältere Frau in einem schlichten blauen Kopftuch wird im Tiergarten auf einer bestimmten Bank sitzen, Tauben füttern und auf sie warten. Ursula muss sie unbedingt treffen.

Und auch jetzt noch, als Ursula durch die Tür der kleinen Pension hinaus in den kalten Morgen schlüpft, kriegt sie das Bild von Mutti nicht aus dem Kopf. Tatsächlich hat sie von ihr geträumt, wie sie gerade bemerkt, als ein paar vage Erinnerungsfetzen oder auch visuelle Eindrücke aus diesem Traum aufflackern. Wahrscheinlich ist sie deshalb mit dem Gedanken an Mutti und einem Flüstern auf den Lippen aufgewacht – *Mutti, Mutti*. Aber Ursula denkt ohnehin oft an Mutti. In ihrer Fantasiewelt existiert Mutti als ein heiliger Schrein. Maman ist tot und unbeweint (sie starb kurz vor Kriegsende, brach eines Nachts im Treppenhaus einfach zusammen). Im Gegensatz zu Mutti. In Ursulas Vorstellung ist Mutti am Leben geblieben, goldblond und strahlend schön, glücklich und zufrieden, irgendwo in einem wunderschönen Zuhause.

Und eigentlich war dies der Grund, warum Ursula Frankreich nach dem Krieg verließ und die Mädchen nach Deutschland brachte. Sie hatte sich auf die Suche nach Mutti begeben, hatte eine Frau aufgespürt, deren Name gelegentlich in den Briefen auftauchte, die Maman zurückgelassen hatte. Und wie sich herausstellte, war Helga von Kleist eine hochwohlgeborene Dame, die in einem riesengroßen Barockschloss in Westfalen lebte. Sie habe keine Ahnung, wer diese Mutti sein könnte, erzählte sie Ursula, aber von Maman wisse sie, dass sie vor vielen Jahren eine Prostituierte im Dorf gewesen sei, der sie Geld gegeben habe, um sich mit ihrem liederlichen Leben fortzugesellen und anderswo neu anzufangen. Sie bot Ursula tatsächlich Geld an, damit sie das Gleiche tat, aber Ursula lehnte hocherhobenen Hauptes ab. Sie ging stattdessen nach Berlin, wo sie eine Anstellung als Kellnerin fand, um ihre Schwestern durchzubringen. In dem Café, in dem sie arbeitete, trafen sich vor allem Künstler, Literaten und Philosophen, darunter einige, mit denen sie schlief, einige, die sie malten oder in ihre Geschichten einflochten. Sie fühlte sich wohl in diesen Künstlerkreisen, unter all den Bohemiens. Sie lernte malen und zeichnen und verkaufte ihre Illustrationen an Zeitschriften und Zeitungen. Ihre Schwestern wuchsen heran, gingen zur Schule (das Schulgeld bezahlte Ursula) und heirateten, und währenddessen hatte Ursula nie aufgehört, nach Mutti zu suchen. Sie suchte sie im Gesicht jeder Frau, die ihr begegnete, im Café, in einem Bus, in einem Laden oder auch nur auf der Straße.

So auch jetzt, während sie in ihrem geflickten braunen Wollmantel und ausgetreten, uralten Schuhen auf dem Weg zum Tiergarten ist und aufpassen muss, dass der Gang über den vereisten, unebenen Schneematsch nicht zur Rutschpartie gerät. Manche Gewohnheiten lassen sich eben nicht so einfach ablegen. Auch wenn man es ihr nicht ansieht, sofern man sie überhaupt ansieht, denn Ursula ist Expertin darin, sich möglichst unbemerkt von anderen durchs Leben zu bewegen (mit ihrer ganzen Erscheinung, geduckte Haltung, die breiten Schultern nach vorne gezogen, verschmilzt sie quasi mit dem Bürgersteig, den Schaufenstern und den Laternenpfählen), aber sie studiert jede Stirn, jedes Kinn, jedes Augenpaar, das an ihr vorbeigeht. Die wachen Augen unter ihrem Wimpernkranz registrieren jedes Detail in ihrer Umgebung und legen es in ihrem Gedächtnis ab.

Und ihr Gedächtnis vermag Erstaunliches zu leisten! Wie jetzt, wo sie im Kopf einen Schnappschuss macht: dort, die Frau an der Ecke, Mitte sechzig, knochendürr, abgetragener grauer Mantel, blass, schmale Augen, Bankangestellte vielleicht oder Managerin in einer Munitionsfabrik oder Gestapoagentin. Dieses ungeheure Erinnerungsvermögen hatte Ursula schon von klein auf, die Fähigkeit, detaillierte Informationen zu speichern und auch wieder abzurufen, insbesondere menschliche Gesichter – und diese Fähigkeit hat sie in den letzten vier Jahren hier in Berlin praktisch am Leben erhalten, während sie direkt vor den Augen der Gestapo unzählige Male Hochverrat beging. Und auch vorher schon. Schon lange vor dem Krieg. Als die Nazis an die Macht kamen und 1935 ihre sogenannten Nürnberger Gesetze erließen, verschwanden viele ihrer jüdischen Freunde von heute auf morgen. Für Ursula war es gar keine Frage, ihren Freunden zur Flucht aus Deutschland zu verhelfen, und so nutzte sie ihre zeichnerischen Fähigkeiten, um unter anderem Dokumente zu fälschen. Ein Hobby, das zur Berufung wurde, als der Krieg kam und einer ihrer alten Liebhaber, ein Engländer, der vor dem Krieg in Berlin studiert hatte und jetzt für den britischen Geheimdienst arbeitete (für die sogenannte Special Operations Executive, eine britische nachrichtendienstliche Spezialeinheit), sie als Agentin für die deutsche Sektion rekrutierte. Wie sich herausstellte, besaß sie neben ihrem gewaltigen Erinnerungsvermögen auch das Talent für kriminalistische List und Täuschung sowie einen geradezu amoralischen Hang, mit jedem Mann oder jeder Frau zu schlafen, die ihrer Sache dienlich sein könnte (oder sie nötigenfalls auch zu töten); und sie besaß einen geradezu heroischen Mut, wenn es darum ging, mitten in der Nacht dunkle Wälder, Felder und Gassen zu durchqueren. Kurzum, sie war ein Naturtalent.

Und wohin hat es sie geführt?

Hierher … in diese klirrende Kälte … wo sie in diesem Moment ausrutscht, nach dem nächstbesten Laternenpfahl greift, ihren Beutel mit dem Taubenfutter fest vor die Brust presst. Der Mann an der Ecke dreht den Kopf nach ihr um und kneift die Augen zusammen, als dächte er darüber nach, wo er sie schon einmal gesehen hat. Ursula fasst sich und läuft weiter über die Straße, zwischen trägen Fahrrädern und Straßenbahnwagen hindurch, hungrig, erschöpft, in einem übermäßig »weiblichen« Berlin. Wir haben diesen Krieg so satt. Wir wollen unsere Männer zurück, unsere Lebensmittel, unsere guten alten Zeiten. Unsere Würde, unser gegenseitiges Vertrauen. Und jetzt? Wo sind sie hin, unsere Juden? Und alles andere auch? Ein neuer Mantel zum Beispiel, der im eisigen Winter auch wirklich wärmt? Ein heißer Kaffee aus echten Bohnen, kein gestreckter Ersatzkaffee. Wurst. Schnitzel. Sauerbraten, Schmalz als Brotaufstrich zum Frühstück. Alles schöne Erinnerungen.

Ursula fasst wieder Tritt und stapft ungerührt weiter. Sie hat früh im Leben gelernt, die eigenen Gedanken und Gefühle für sich zu behalten, sie sorgsam in ihrem Inneren zu verwahren, sodass niemand sie sehen, antasten oder hören kann, und auch diese Fähigkeit kommt ihr in ihrem gewählten Arbeitsfeld sehr zupass. Sie wirft einen flüchtigen

Blick über die Schulter und sieht, dass die Frau mit den schmalen Augen ihre Aufmerksamkeit bereits wieder abgelenkt hat.

Wie anders der Tiergarten aussieht. Früher, selbst in schlechten Zeiten, wimmelte es hier nur so von Leben – Männern und Frauen, mit Hunden oder Kindern, verliebt schmusenden Pärchen, Picknickern, Rollschuhfahrern, und überall grasgrüne Wiesen, dazwischen hübsch arrangierte und tadellos gepflegte Beete mit Blumen und Sträuchern, ohne ein Körnchen Erde außerhalb der Beetkanten. Juden spielten Violine für ein paar Groschen, die spärlich im offenen Geigenkasten zu ihren Füßen landeten. Jetzt aber ist hier alles kahl und verwildert. Wie ausgestorben. Die Liebespärchen haben sich getrennt, die Männer sind im Krieg und die Frauen zu abgekämpft, um hier zu flanieren oder zu verweilen; die Juden sind in Lagern, die Hunde dezent in den Suppentopf gewandert, und der gleichmäßig graue Januarhimmel scheint die ganze Welt grau zu malen. Auf einer Bank nahe des Brandenburger Tors sitzt eine alte Frau und füttert eine Schar magerer, gefräßiger Tauben. Ursula setzt sich neben sie.

Es tut gut, sich hinzusetzen. So sitzen sie beide nebeneinander, jede mit ihrer Futtertüte in der Hand, werfen Körner aus und schauen dem hektisch hüpfenden Durcheinander zu, dem aufgeregt knicksenden Auf und Ab, dem wilden, gierigen Picken. Auch die Vögel sind grau, so wie der Himmel. Keine der beiden Frauen spricht auch nur ein Wort. Eine Polizistin kommt vorbei, beäugt die beiden aufmerksam und geht weiter. Wenige Minuten später nimmt Ursula ihre Körnertüte von der Bank und zieht ebenfalls von dannen.

Bloß ist es nicht die Tüte, mit der sie gekommen ist.

Bis Ursula wieder zu Hause ist (sie ist unterwegs noch im Krämerladen und am Zeitungskiosk gewesen, ihre übliche morgendliche Runde, so wie viele Berlinerinnen es machen), wo sie die Nachricht aus der Körnertüte nimmt und entschlüsselt, hat sie Mutti und die lebhaften, dumpf erinnerten Traumbilder der letzten Nacht eigentlich schon vergessen. Umso größer ihr Schock, als sie die Nachricht liest, die ein Funker bei Bremen via Relais aus Dänemark aufgefangen hat, mit Ursprung in Schottland, von jemandem mit Codenamen Dunnock, der in der G-Sektion arbeitet. Sie muss sie dreimal lesen und kapiert immer noch nicht richtig, was sie bedeuten soll. Das aufwühlende Fazit:

Mutti und Mr. Thorpe haben einen gemeinsamen Sohn, der in Colditz inhaftiert ist.

Seit vier Jahren unterhält Ursula ein Netzwerk von Freunden, deren Loyalität zur Menschheit ihre Loyalität zu Deutschland übersteigt, die bereit und willens sind, Hochverrat zu begehen, um einem abgeschossenen Piloten, einem Juden oder einem aufgeflogenen Agenten ein Bett oder eine Mahlzeit zu bieten. Es ist eine brandgefährliche Arbeit, in allen besetzten Ländern Europas, wo der Großteil der Bevölkerung die Nazis hasst. In Deutschland aber kommt sie einem Selbstmord gleich. Ursula rechnet ständig damit, getötet zu werden, und ist eigentlich eher überrascht, dass sie immer noch lebt. Dass sie überlebt, Tag für Tag, nur weil sie Glück hat oder vielleicht weil Gott seine schützende Hand über sie hält (in dieser Frage setzt sie sich ständig mit sich selbst auseinander). Aber solange sie weiterlebt, wird sie dieses längst überfällige Leben dafür geben, andere zu retten, Männer und Frauen von einem sicheren Ort an einen anderen sicheren Ort zu schaffen, und zwar nach Süden in die Schweiz, in den Kokon politsicherer Neutralität, wo es ein paar wenige Organisationen gibt, die Flüchtlinge aufnehmen. Warum sie dies alles tut, weiß sie selbst nicht so genau. Sie weiß nur, dass sie es tun muss, alles andere wäre für sie nicht vorstellbar.

Aber einen Mann unbemerkt aus Colditz herauszuholen, das ist noch einmal eine ganz andere Geschichte. Wie soll das gehen? Ihn einfach durch die dicken Mauersteine der berühmt-berüchtigtsten Festung Deutschlands herausziehen? Um ihn dann, sobald der Alarm schrillt, über die Grenze in die Schweiz zu schmuggeln? Der reine Wahnsinn! Völlig unmöglich. Wäre der Inhaftierte irgendwer, würde Ursula die Anfrage rundheraus ablehnen.

Aber dieser Mann ist nicht irgendwer. Er ist Muttis Sohn, der gemeinsame Sohn von Mutti und Mr. Thorpe, und Mutti ist die einzige Mutter, die Ursula kennt. Und Mr. Thorpe der einzige Mann, den sie wie einen Vater in Erinnerung hat. Insofern ist dieser Inhaftierte, Benedict Thorpe, quasi ihr Bruder.

Trotzdem. Die Nachricht ist seltsam formuliert. Die Anweisungen für eine Antwortnachricht, die über Schottland und nicht über London geleitet werden soll, sind detailliert und konkret beschrieben. Eine absolut wahnwitzige Idee, von vorne bis hinten. Ohnegleichen. Ursula kapiert sofort, dass dieser Dunnock (wer auch immer sich hinter diesem Namen verbirgt) über sehr genaue Kenntnisse ihrer Vergangenheit verfügt, dass er ausgeprägte fachliche Kompetenzen in Sachen Spezialeinheiten und Sondereinsatztruppen, insbesondere die Special Operations Executive, SOE, hat und dass er keinerlei formale Amtsautorität besitzt. Objektiv betrachtet, sieht das Ganze nach einer Art Falle aus.

Andererseits hat Ursula letzte Nacht von Mutti geträumt, ist mit dem Wörtchen *Mutti* auf den Lippen aufgewacht. Wer sonst außer Mutti würde von ihrer Verbindung zu Benedict Thorpe wissen? Ist das nicht ein Zeichen? Ein

Vertrauenssiegel? Vielleicht haben all die Jahre zuvor, all ihre langen Lehrjahre in Sachen List und Täuschung und ihr fortgesetztes Überleben angesichts der schieren Unmöglichkeit, sie einzig hin zu dieser einen Operation geführt. Keiner in Deutschland wäre besser geeignet, einen Gefangenen aus Colditz erfolgreich zu befreien. Wenn es überhaupt einer schaffen kann, dann sie, Ursula.

Und noch während sie auf das Papier in ihrer Hand stiert, auf dem die Buchstaben im Schein der einzigen flackernden Glühbirne zu tanzen beginnen, ist sie sich sicher. Ja, sie wird es schaffen.

Ursula nimmt einen Zettel aus der Schublade, spitzt ihren Bleistift mit einem Messer und verfasst eine Antwortnachricht, die sie sorgfältig kodiert.

Lulu

MÄRZ 1944

Schweiz

Wie der Blick auf die Deutschlandkarte zeigt (die ich in den vergangenen neun Wochen gründlich studiert habe), liegt die Stadt Colditz in Sachsen, eingebettet zwischen Forst- und Hügelland und in beträchtlicher Entfernung zur Schweizer Grenze. Gut sechshundertfünfzig Kilometer, um genau zu sein, ziehen sich durch Felder, Wälder und Berge bis hinunter zum Bodensee. Von hier aus kann man bei klarem Wetter bis hinüber in die Schweiz auf der anderen Uferseite sehen.

Oder umgekehrt, wenn man auf der Schweizer Seite steht (so wie ich heute und in den zehn Tagen zuvor, dick eingepackt in einen Wollmantel, der um meinen Babybauch spannt), kann man Deutschland sehen.

Weil ich schwanger bin, weil ich kein Deutsch spreche und weil ich überhaupt keine Ausbildung in diesen Dingen habe, stellte Ursula Kassmeyer absolut klar, dass ich die falsche Seite dieser Grenze, die sich unsichtbar entlang des Sees erstreckt, die Deutschland von der Schweiz und damit feindliches von neutralem Gebiet trennt, auf gar keinen Fall betreten dürfe und dies auch keinesfalls versuchen sollte.

Schlimm genug, dass ich hier mit falschen Papieren leben muss, mit einem Haufen klug durchdachter Lügengeschichten. Schlimm genug, dass ich im Zug durch das besetzte Frankreich fahren musste und mit meinem gefälschten Pass die eisern verteidigten Grenzen überquert habe – mit einem Pass, der mich als Lenore Schmidt auswies, Schweizer Staatsbürgerin, geboren in Genf, verheiratet mit einem Zürcher Bankier, nach einer medizinischen Behandlung im Ausland auf der Rückreise, in Begleitung meiner Schwester Marguerite, deren Haare, Wimpern und Augenbrauen dank einer Tönung aus einer Drogerie in Edinburgh nun genauso dunkelbrünett sind wie meine. Schlimm genug, dass wir jeden Moment gefangen genommen und gefoltert werden könnten und damit auch weitere heldenmütige Männer und Frauen gefährden würden. Nein. Ich werde Deutschland bestimmt nicht betreten! Ich werde es tunlichst bleiben lassen, einen bis ins kleinste Detail durchdachten Plan zu torpedieren. Und ich werde als unbedarfte Amerikanerin bestimmt nicht in den Fehler verfallen, diesen komplexen Plan zunichtezumachen, den Ursula selbst entwickelt und vorangetrieben hat und für den sie ihr eigenes Leben geben würde. Nein, nein und noch mal nein! Ursula würde Benedict Thorpe aus Colditz herausholen, ganz sicher, allein um seines toten Vaters und seiner toten Mutter willen, die offenbar wie richtige Eltern für sie waren, aber sie hat bestimmt keine Lust, auch noch uns beide zu beschützen. Nachdem wir die Grenze in die Schweiz passiert hätten (sofern wir überhaupt so weit kämen), sah der weitere Plan vor, dass wir uns an den Bodensee begaben (aus gesundheitlichen Gründen, denn ich habe eine komplizierte Risikoschwangerschaft), um dort auf einen Mann namens Stefan zu warten, der am gegenüberliegenden Ufer, auf der deutschen Seite des Bodensees, ein sicheres Haus besitzt. Im Schutz der Nacht schmuggelt

Stefan Juden, Piloten und Nachrichten über den See. Er wird uns finden. Und er wird Benedict Thorpe in Sicherheit bringen.

Nun sitze ich also hier, auf einer schönen Bank an der Uferpromenade, wie ich es an den letzten zehn Vormittagen, den letzten zehn Nachmittagen getan habe. Der Wind ist heute lebhaft und frisch, die Tauben hungrig und aufmüpfig. Das Wasser im See kräuselt sich im Wind, reflektiert die Sonne. In weiter Ferne kann man die Alpen sehen, ihre spitzen, schneebedeckten Gipfel vor einem winterblauen Himmel. Margaret – Verzeihung, Marguerite – ist losgegangen, um ein bisschen spazieren zu gehen, zu rauchen oder auch ein Schwätzchen mit der Frau zu halten, die den Zeitungskiosk nahe der Hafenanlage betreibt und unter anderem auch schlüpfrige französische Groschenromane verkauft. Vor ein paar Tagen hat es mächtig geschneit, und nachdem die Sonne alles gegeben hat, um den Schnee zu schmelzen, staut sich überall in den Straßen das Wasser, die Wiesen und Böden sind durchweicht, und die Dachrinnen laufen über. Alles ist noch nicht weggetaut, es liegt immer noch eine matschige Schneeschicht.

Und der See selbst? Es sind ein paar Fischerboote draußen. Und Patrouillenboote, meist deutsche. In Friedenszeiten gab es hier zahllose Ausflugs- und Vergnügungsboote, aber zum Vergnügen schippert heute keiner mehr über den Bodensee. Margaret erklärte mir, dass die Grenzen um diesen See, der eigentlich ein breites Rheindelta ist, eine Besonderheit aufweisen; dass es keinen offiziellen Staatsvertrag gibt, in dem die Hoheitsverhältnisse zwischen den Anliegerstaaten Deutschland, Österreich und der Schweiz genau geklärt sind. Für die Schweiz verläuft die Grenze genau in der Mitte des Sees. Für Österreich ist der See gemeinschaftliches Hoheitsgebiet. Und Deutschland wiederum vertritt überhaupt keine offizielle Position, sodass jeder die Wasser hier befahren kann, Patrouillenboote sich provokant umkreisen, eine wahre Choreografie des gegenseitigen Argwohns vollführen. Draußen auf dem Wasser, etwa eine Viertelmeile vom Ufer entfernt, holen Fischer ihre Netze ein; sie erscheinen wie auf einem bewegten Miniaturbild, als winzige Strichmännchen, die emsig wie Ameisen mit winzigen Spinnennetzen hantieren.

»Entschuldigung, Madame. Ist hier noch ein Platz frei?«

Einer der Schweizer Wachsoldaten, denke ich im ersten Moment, die hier die Promenade auf und ab patrouillieren. Aber es ist nur ein Zivilist, ein Mann in einem grauen Mantel und Filzhut auf dem Kopf, mittelgroß und auffallend gut aussehend. Auffallend auch, dass er mich auf Französisch angesprochen hat, obwohl in diesem Landesteil der Schweiz Deutsch die Hauptsprache ist.

Ich rücke ein paar Zentimeter nach rechts. »Natürlich, Monsieur.«

Mit einer schwungvollen Bewegung nimmt er Platz. »Was ein herrlicher Nachmittag, nicht wahr? Aber ich denke, das Wetter wird bald umschlagen.«

»Meinen Sie?«

»Ja. Der See ist berühmt, oder besser berüchtigt, für seine plötzlichen Stürme. Sie merken es schon, der Wind fegt in heftigen Orkanböen von den Bergen herab. Manchmal türmen sich die Wellen dann zwei bis drei Meter hoch.«

»Ach du liebe Zeit. Richtig gefährlich.«

»Ja. Die Fischer bleiben dann im Hafen, nicht einmal die Patrouillenboote fahren raus. Nur die ganz Hartgesottenen wagen es.«

Er hat eine schöne, sonore Stimme, dieser Mann, und er scheint nicht zu bemerken, dass mein Französisch, obwohl es ganz ausgezeichnet ist (zugegeben, ein feines Ohr für

Musik zu haben schult auch den Sinn für diese melodiöse Sprache), mich als Nichteinheimische verrät. Und auch er hat einen leichten Akzent, wenn man genauer hinhört.

Wie ich, so scheint auch er hinaus aufs Wasser und das Fischerboot zu schauen. Eine feine, weiß gezackte Linie wallt und wogt über das Wasser, hebt und senkt sich und verschwindet dann wieder, als wollte sie die Worte des Mannes unterstreichen.

»Die ganz Hartgesottenen«, sage ich, »und die ganz Mutigen.«

»Die ganz Mutigen? Würde ich nicht sagen. Die ganz Verzweifelten vielleicht. Wie ein Bär im Winter.«

Ich wiederhole die Worte langsam. »Ein Bär im Winter?«

»Ganz recht, Madame. Ein Bär. *Ursus*, wenn Ihnen der lateinische Name besser gefällt.«

»*Ursus*. Ja.«

»Eine Bärin und ihr Bärenjunges. Gerade erst heute Nachmittag kam die Meldung, dass die beiden nur auf eine Sturmnacht wie diese warten, wo niemand sonst sein Leben dort draußen riskieren will.«

»Klingt gefährlich.«

»Nicht wenn das Boot es mit Sturm und Wellen aufnehmen kann. Nur Mut, meine verehrte Madame. Die Bärin wird sicher ankommen.« Damit steht er auf und hebt den Hut zum Gruß. »Einen schönen Nachmittag, Madame.«

»Ebenso, Monsieur Stefan.«

Er zwinkert mir zu. »Na dann, bis zum Morgengrauen.«

Damit ist er weg, flaniert die Promenade hinunter, pfeift ein Liedchen vor sich hin, während es mir regelrecht die Luft abschnürt und mein Herz wie wild pocht. Ich stehe schließlich auf und gehe ein paar Schritte bis zum Hafengeländer, um meine Nerven zu beruhigen. Der Wind frischt kräftig auf, die schaumgekrönten Wellen stieben nach allen

Seiten auseinander, und die Fischer steuern den Hafen an. Ich halte mich am Geländer fest und hole tief Luft, fülle meine Brust mit dieser klaren sauberen Luft, die von den Alpen niederströmt.

Nach ungefähr einer halben Stunde ist Margaret wieder da, mit rosa Wangen und ein paar losen Strähnen unter dem Hut. Brünett steht ihr, denke ich.

»Meine Güte, schau dir das Wasser an«, sagt sie. »Sieht nach heftigem Sturm aus.«

Am selben Abend, nach dem Abendessen, hole ich ein paar Papiere zwischen dem Innenfutter und der Rückwand des Koffers hervor und stecke sie in einen Umschlag. Nur die Papiere, ohne weitere Notiz. Obwohl ich sie seit meiner Abreise aus Nassau mit mir herumtrage, manchmal direkt auf meiner Haut, verspüre ich keinerlei Gefühl, kein plötzliches Aufwallen von schmerzhaftem Verlust. *Und tschüss* – ist alles, was ich denke. Ich klebe den Umschlag zu und adressiere ihn an *Mr. B – War Office, London*. Draußen wird der Wind immer stärker, und die Wolken rasen über den immer dunkler werdenden Himmel. An der Rezeption kaufe ich die entsprechenden Briefmarken, und der Portier bietet an, den Brief für mich am nächsten Morgen aufzugeben. Ich lehne höflich ab, gehe durch die Tür nach draußen und ein paar Straßen weiter zum Postamt, wo ich den Brief unwiederbringlich durch den Metallschlitz mit der Aufschrift *International* schiebe.

In jener Nacht, in der halben Stunde oder so, die mir der liebe Gott gnädigerweise an Schlaf schenkt, kehrt der alte Traum zurück: die staubige Stadt, der Zug, der Mann, die Schnapsleiche auf dem Bett. Diesmal blute ich von innen heraus und scheine den Blutstrom nicht stoppen zu können, scheine das Blut gar nicht aufputzen zu können, dabei muss ich es doch aufputzen, jeden einzelnen Tropfen, sonst wird er gleich aufwachen und es sehen. Aber ich komme einfach nicht hinterher. Ich drehe mich hierhin und wische, drehe mich dorthin und wische, sehe überall Blut, immer mehr Blut, auf dem Boden und jetzt auch auf dem Teppich …

Schlagartig bin ich wach. Herzrasen. Ich drehe den Kopf, starre aus dem Hotelfenster, hinein in die Dunkelheit dahinter. Der Wind zerrt am Fensterrahmen, lässt Scharniere klappern. Das Baby strampelt in meinem Bauch. Ich taste nach dem Diamantanhänger, der unter meinem Nachthemd zwischen meinen Brüsten liegt.

Im Bett neben mir rührt sich Margaret. Leise frage ich, ob sie wach sei.

»Herrgott, was denkst du denn?«

»War ich zu laut?«

»Ja«, sagt sie. »Wer ist denn Tommy?«

Ich lege einen Arm in den Nacken als Kopfstütze. »Nur ein alter Liebhaber.«

»Und dafür so ein lautes Theater?«

Ein weiterer Windstoß schlägt gegen das Fenster. Im Zimmer ist es stockfinster, kein einziger Lichtschimmer. Ich reiße die Augen ganz weit auf, um dieses nachtschwarze Nichts zu durchdringen, und überlege kurz, Margaret zu erzählen, wie ich Tommy einmal in flagranti dabei ertappte, wie er um zwei Uhr morgens auf dem Sofa die Miete bei der Vermieterin beglich und wie er mir vor lauter Wut darüber derart hart in den Bauch schlug, dass er sich dadurch das Geld für die Abtreibung sparte (über die wir uns kurz zuvor noch in den Haaren gehabt hatten). Danach mussten wir die Stadt Hals über Kopf verlassen. Doch schon bei den ersten Worten der Geschichte – *es war im Winter, damals, in Amarillo, Texas* – verstumme ich einfach. Nein, sie muss das nicht wissen, und ich brauche ihr Mitleid auch nicht. Ich weiß ja nicht einmal, warum Thomas Randolph ausgerechnet jetzt, in diesem Schweizer Hotelzimmer, durch meine Träume geistert, obwohl ich ihn seit Jahren los bin. Es ist nur ein Traum, ich weiß. Ein Traum, der mich im Dunkel der Nacht befällt.

»Diese Frau«, hake ich stattdessen nach. »Ursula Kassmeyer.«

»Was ist mit ihr?«

»Was denkst du über sie? Können wir ihr vertrauen?«

»Ich habe keinen blassen Schimmer. Habe sie nie kennengelernt. Ich weiß aber, dass sie für die Häuptlinge bei der Special Operations Executive eine Art Heilige ist.«

»Und du wusstest nie, dass du mit ihr verwandt bist?«

»Nein.« Sie stockt. »Dass es da noch Geschwister gibt, wusste ich natürlich. Mummy sprach nicht oft über sie, aber ich wusste, dass ich Schwestern habe, deutsche Halbschwestern, Johanns Schwestern, die mit ihrem Kindermädchen fort sind, bevor ich geboren wurde. Und ich wusste, dass Mummy sie schrecklich vermisste.«

»Aber ich verstehe das nicht. Wieso konnte das Kindermädchen sie einfach so mitnehmen?«

Es ist lange still, bis ich anfange zu glauben, dass sie eingeschlafen ist. Dann sagt sie mit spitzer Stimme, höher als ihre übliche Tonlage: »Ich glaube nicht, dass sie Mummys leibliche Kinder waren. Ich glaube, der Baron hatte sie mit einer anderen Frau.«

»Was? Wie kommst du denn darauf?«

»Ich weiß nicht. Nur so ein Gefühl. Ich war ein Kind damals, ein kleines Mädchen noch, als sie mir diese Dinge erzählte. Ich kann nicht sagen, woher ich das weiß. Eigentlich hatte ich die ganze Geschichte vergessen. Auch das mit den vermissten Mädchen. Wie eine Geschichte aus Kindertagen, die ich mal vor dem Schlafengehen gehört habe.«

»Aber deine Mutter hat sie geliebt, diese Mädchen.«

»Ja, ich wusste, dass sie sie liebte. Auch wenn sie nicht ihre eigenen waren.«

Plötzlich ein lautes Scheppern, und an einem der Fenster wackelt die Scheibe, als wäre irgendetwas dagegen gekracht, ein Stecken oder so. Ich fahre heftig zusammen vor Schreck, mein Kopf aber scheint ganz woanders zu sein, kreist um Margarets Mutter, die auch Thorpes Mutter ist und die offenbar sämtliche Kuckuckskinder ihres Mannes unter ihre Fittiche nahm, als wären sie ihre eigenen gewesen. Ich sinniere über meine eigene Mutter, die sich so weidlich in ihr Mutterdasein fügte, ihre täglichen Hausarbeiten verrichtete, das Essen kochte und uns Kinder ins Bett brachte, dabei aber auch immer ein bisschen den Eindruck erweckte, irgendwo anders sein zu wollen, irgendwas oder irgendwer anderes sein zu wollen.

»Klingt, als hätte deine Mutter ein großes Herz gehabt«, sage ich.

»Das hat sie. Sie hat uns über alles geliebt. Und genau das, glaube ich, war ihr Problem. Sie hat zu sehr geliebt und für ihre Liebsten alles gegeben. Dann waren sie weg, und sie ging daran kaputt …«

»… und hat nie erfahren, dass dein Vater die Mädchen wiedergefunden hatte.«

»Anscheinend nicht.« Neben mir im Dunkel höre ich Margaret erheitert glucksen. »Stell dir mal vor, dieser Anwalt in Paris hätte seinen Brief eine Woche früher an Papa geschickt. Oder die Generäle hätten ihn an jenem ersten Juli nicht wieder einberufen.«

»Dann würde es Ursula Kassmeyer nicht geben. Ich meine, es würde sie geben, aber sie wäre jetzt nicht unterwegs, um Benedict zur Flucht zu verhelfen.«

»Stimmt. Ironie des Schicksals, nehme ich an. Oder

Fügung? Manchmal weiß ich nicht recht, wo der Unterschied liegt.«

»Vielleicht ist es die Hand Gottes«, sage ich. »Oder auch Hoffnung.«

»So ein Quatsch, Lulu, du kannst doch nicht im Ernst glauben, dass es einen lieben Gott gibt, der sich um diese Welt schert, selbst wenn es ihn geben sollte.«

Die letzten Worte gehen im Krach des nächsten Windstoßes unter, der gegen das Fenster schlägt, im lauten Klappern und Quietschen, sodass es sinnlos scheint weiterzureden. Wozu auch, wenn der Sturm alle Worte schluckt? Doch auf diese Böe folgt Stille, eine oder zwei Minuten lang, in denen der Wind sich legt, die Fenster nicht mehr klappern, man die eigenen Gedanken hören kann und die zerstörerische Kraft des Windes vergisst.

»Erzähl mir eine Geschichte«, sage ich. »Ein Märchen.«

»Ich kenne keins.«

»Doch, bestimmt. Irgendwer hat dir bestimmt eins vorgelesen, als du klein warst.«

»Ja, Mummy hat uns Geschichten vorgelesen, aber die waren alle zum Fürchten, voller blutrünstiger Schreckgestalten, und noch dazu auf Hochdeutsch. Die hatten nie ein glückliches Ende.«

Ich lausche dem dumpfen Schlag meines Herzens. »Meine Mutter hat mir die Märchen aus Tausendundeiner Nacht vorgelesen. Ich habe mir immer vorgestellt, dass ich meinen eigenen Dschinn habe, meinen eigenen guten Geist, der sich in einer Öllampe oder so versteckte und den ich nur finden musste. Immer wenn ich eine Lampe sah, habe ich daran gerieben und gehofft, er würde zum Vorschein kommen und mir meine Wünsche erfüllen.«

»Und das genau ist der Unterschied zwischen dir und mir, Lulu. Du hast noch einen Funken Hoffnung in dir.«

Ich drehe mich behäbig zur Seite, um sie anzusehen, wenngleich sie nicht viel mehr als ein Schattenriss im Dunkel ist. »Du auch. Wenn nicht, wärst du nicht hier.«

»Da irrst du dich, Lulu. Ich bin nur deinetwegen hier. Wenn Benedict tatsächlich morgen mit unserem deutschen Freund hier auftaucht, sterbe ich vor Schock.«

Ich mache die Augen zu, und aus irgendeinem Grund, durch eine optische Täuschung vielleicht, scheint die Welt heller zu sein, wenn ich die Augen schließe. Ich höre Margarets Bett knarzen. Doch auch dieses Geräusch wird von einer heftigen Sturmbö aus den Alpen verschluckt, die das Fenster erneut klappern lässt.

Dann bemerke ich das leise Zischen eines Streichholzes, als Margaret sich eine Zigarette anzündet. »Hoff du mal schön weiter, Lulu«, sagt sie. »Du kannst für uns beide hoffen.«

An Schlaf ist nicht mehr zu denken. Die Uhr tickt, es ist bald sechs. In einer Stunde wird es hell. Ich schwinge mich aus dem Bett und ziehe mich an.

Unsere Anweisungen lauten: Bei Sonnenaufgang entlang der Promenade flanieren; irgendwo zwischen den beiden Landungsstegen begegnen wir dann einem Pärchen, Ursula und Benedict, unterm Arm die Papiere als Erkennungszeichen. Das Dumme ist nur: Wer flaniert in aller Herrgottsfrühe bei diesem Wetter die Promenade entlang? Der Sturm fegt durch sämtliche Gassen, heult und pfeift um die Ecken. Ich kann den See riechen, das Ozon, das aufgepeitschte Wasser. Wir sind drei Straßen entfernt vom Seeufer. Der Himmel wird minütlich heller. Im Osten schiebt sich eine purpurrote Scheibe über die Berggipfel. Margarets Zigarette verglimmt. Sie flucht leise und wirft sie in den Schneematsch.

Als wir die Promenade erreichen, ist aus dem Purpurrot ein Rosarot geworden, und am Himmel zeigen sich breite Wolkenbänder, die über uns hinwegrasen. Eine mächtige Welle kracht donnernd gegen die Ufermauer und wirft gischtendes Spritzwasser auf, wie ein wasserspeiendes Ungetüm.

»Mein Gott«, wispert Margaret. »Ob sie das überleben?«

»Das werden sie. Stefan hat es mir versichert. Er ist an solche Stürme gewöhnt und wartet sie extra ab, weil die Patrouillenboote dann nicht rausfahren.«

»So ein Idiot.«

»Na ja, mit den Wellen kann man fertigwerden, mit einem deutschen Patrouillenboot nicht.«

»Mist, verdammt. Ich brauche eine Kippe.«

»Hör mal zu. Wenn eine Patrouille vorbeikommt, dann sind wir beide hier, weil wir den Sturm erleben wollen. Weil wir zwei *Sturmverrückte* sind, hörst du? Weil wir Stürme aufregend finden.«

»Klar, wahnsinnig aufregend!«

Ich hake sie unter. »Komm. Lass uns zuerst ein Stück nach Süden gehen, raus aus der Stadt.«

Wir schlagen die Krägen hoch, ziehen die Hüte tiefer und halten sie fest. Hin und wieder kreische ich vor Begeisterung auf, zeige auf die eine oder andere Sturmwelle, die sich aufbäumt, sich bricht und überschlägt und ihre Wellengeschwister unter sich begräbt – ich kreische wie diese Idioten von Sturmjägern auf ihrer Suche nach dem ultimativen Kick, wenn die Natur ihren kraftvollen Zorn entlädt, die sich an den Stränden versammeln, um hautnah zu erleben, wie ein Hurrikan mit voller Wucht auf Land trifft. Wir sind keine vierhundert Meter gegangen, als sich zwei Gestalten aus dem Schatten schälen. Mein Herz bleibt stehen. Dann erkenne ich die Gewehre, die Schildmützen.

»Patrouillen«, murmele ich.

»Was sagst du?«, fragt Margaret, denn der Wind ist dermaßen laut. Dann sieht auch sie die beiden. Sie dreht sich zum Geländer hin und quiekt und kreischt. Ich mache mit, gebe mich fröhlich und lache. Die Patrouillen kommen auf uns zu.

»*Die Damen!* Sie sollten bei diesem Wetter nicht hier draußen sein. Viel zu gefährlich.«

»Oh, aber wir lieben diese Stürme. Nicht wahr, Lenore?«

»Jaaa«, rufe ich, was so ziemlich das einzige Wörtchen Deutsch ist, das ich unverfänglich äußern kann, ohne Verdacht zu erregen.

»Aber Ihre Begleitung hier ist in anderen Umständen! Gehen Sie also bitte nach Hause.«

»Unsinn, meine Herren. Wir sind natürlich vorsichtig.«

»Gnädige Frau, Sie sind sehr leichtsinnig.«

»Bitte lassen Sie uns einfach!«

Die beiden Soldaten schauen sich an, zucken nur mit den Schultern. »Auf Ihre eigene Verantwortung«, sagt der eine, und die beiden gehen kopfschüttelnd weiter. Ich atme auf, schaue an mir hinunter und merke, dass meine Hand auf meinem Babybauch ruht, wie ein Pflaster. Und ich frage mich, was zum Teufel passieren könnte, würde ein Schweizer Soldat mich für verdächtig halten. Würde er eine Kugel über diese sturmgepeitschte Promenade jagen, wo doch nur die Hartgesottenen und die Verzweifelten sich bei einem solchen Wetter hier ans Ufer wagen?

Wir verweilen noch einen Moment, schauen hinaus aufs Wasser, als wären wir in höchster Verzückung. Der Himmel hinter den Bergen ist erhellt, wirft einen unheildräuend rötlichen Schein auf den See, der jetzt eher einem rauen Ozean gleicht. Die Wellen sausen mit dem Wind über die Oberfläche, schlagen ans Ufer. Unsere Mäntel und unsere Hüte sind tropfnass von der auffliegenden Gischt. »Es ist unmöglich«, keucht Margaret.

Ich kann hier nicht länger herumstehen und nichts tun. Ich fasse sie am Ellbogen und ziehe sie weiter die Promenade hinunter. Ein paar Hundert Meter weiter ragt der zweite Landungssteg in den See hinaus, umtost vom aufgewühlten Wasser. Ich marschiere geradewegs darauf zu, suche den ganzen Steg und auch die Felsen unterhalb der Promenade nach irgendwelchen Anzeichen menschlicher Bewegungen ab. Eine weitere Gestalt kommt in Sicht, geht direkt auf uns zu, aber es ist nur ein Mann mit einem großen, zotteligen Hund irgendeiner Gebirgsrasse, welcher genau, weiß ich nicht. Der Hund springt an uns hoch, als wir aneinander vorbeigehen, während der Mann die Leine kürzer zieht und kein Wort sagt. Der Landungssteg gleich hinter mir ist leer, bis auf die Gischt, die von allen Seiten aufspritzt. Der hübsche Aussichtspavillon am Ende des Stegs, mit grünen und weißen Streifen bemalt, sieht aus, als flöge er jeden Moment davon, wie ein Regenschirm im Wind. Ich schlucke meine Panik hinunter und beiße, so gut ich kann, die Zähne zusammen, um nicht zitternd vor Angst zusammenzubrechen. Das kann es doch jetzt nicht gewesen sein, er kann doch nicht den ganzen weiten Weg gekommen und dann praktisch vor unserer Nase ertrunken sein, denke ich in einem fort.

»Vielleicht haben wir sie verpasst«, sagt Margaret.

»Nicht wenn sie hier wären, dann nicht.«

»Lass uns noch einmal kehrtmachen und den Weg ein weiteres Mal abgehen.«

Mein Blick wandert wieder über den Steg, dann drehe ich mich um. Margaret zerrt an meinem Ärmel.

»Warte kurz«, flüstert sie.

Sie kneift die Augen zusammen, späht noch einmal hinaus auf den Steg oder besser gesagt unter den Steg, dorthin, wo die Stufen sich im felsigen Boden unter der Promenade verlieren. Ich folge ihrem Blick, halte mich still oder zumindest so still, wie man sich halten kann, wenn man dermaßen zittert wie ich, wenn man eine so gottverdammte Angst hat wie ich in diesem Moment.

Und dann … da bewegt sich etwas.

Ich stoße einen leisen Schrei aus und eile nach vorn. Margaret ist hinter mir. Vorsichtig trippeln wir die Stufen hinunter und finden eine Höhlung, die in einen großen Stein direkt unter dem Holzsteg gehauen ist, in der ein Mann und eine Frau kauern; der Mann untersucht den Knöchel der Frau. Er hört uns, schaut auf, und das Herz schlägt mir bis zum Hals, als ich sehe, dass es der falsche Mann ist, seine Haare sind dunkel und nass, sein Gesicht, seine Züge – alles falsch!

»Stefan?«

»Sie ist schwer gestürzt, als wir angelegt haben«, sagt er auf Französisch. »Hat sich den Knöchel verdreht und kommt die Treppe nicht rauf.«

Ich schaue in das Gesicht einer Frau, die ich noch nie gesehen habe – blond, gereizt, mit einer Statur wie ein Ackergaul.

»Ursula?«

»Schsch! Hilf mir hinauf.«

»Patrouillen!«, ruft Margaret hinunter.

»Was ist mit Benedict? Was ist mit Benedict?«, schreie ich.

»Sonst war dort niemand. Nur sie«, sagt Stefan.

Ich fasse Ursula um die Brust und ziehe sie herauf, nicht ohne Anstrengung. Schwere Knochen, schwere Muskeln. Sie stöhnt vor Schmerzen.

»Alles in Ordnung?«, fragt Stefan.

»Warte hier«, zische ich. »Ich lenke sie ab.«

Und ich weiß nicht, woher zum Teufel ich die Kraft nehme (ich denke mal, es ist die Art von Superkraft, die im Körper just dann erwacht, wenn man sie braucht), aber irgendwie schaffe ich es, Ursula die Treppe hinauf und auf die Promenade zu hieven, wo die Patrouillen auf uns zueilen.

»*Hilfe!*«, schreie ich auf Deutsch.

Margaret schießt herbei, um Ursulas schweren, erschlafften Körper zu stützen. »Hilfe!«, schreit auch sie. »Sie ist in den See gefallen.«

Im Hotel bringen wir Ursula mit dem Aufzug nach oben. Der Page schaut uns verwundert an, tropfnass, wie wir sind, und versteht die Welt nicht mehr.

»Fünfter Stock«, sagt er stumpf. Er hält den Aufzug an, öffnet das Gitter und dann die Kabinentür. Wir treten hinaus, stützen Ursula von beiden Seiten. An der Tür fummle ich mit dem Schlüssel herum, lasse ihn fallen, versuche mich schwerfällig zu bücken. Mein Kopf ist wie benebelt, meine Finger und mein Herz wie abgestorben. »Lass, ich mach schon«, blafft Margaret, bückt sich, hebt den Schlüssel auf und öffnet die Tür. Wir taumeln zum Bett und legen Ursula vorsichtig ab. Sie zittert, hat fast blaue Lippen. Ich nehme die Decke von meinem Bett und lege sie um sie.

»Er ist tot. Gestorben, nicht wahr?«, sage ich auf Französisch.

»Ja. Es tut mir leid.«

»Wann?«

»Vor einem Monat, in Colditz.«

Ich sinke auf dem Teppich zusammen.

Margaret fasst Ursula an den Schultern und schreit – auf Englisch, auf Französisch. »Warum bist du dann hier? Du hättest auch eine Nachricht schicken können. Schau sie dir an, Herrgott. Wie konntest du ihr nur Hoffnung machen?«

»Ruhig«, sagt Ursula. »Hör mir zu!«

»Wie? Wie ist er gestorben?«, brüllt Margaret.

»Fieber, hat man mir gesagt. Hör mir doch erst mal zu! Und dann war noch die Rede von einer Frau … einer Frau …«

»Mein Gott, was denn für eine Frau?«, ruft Margaret.

Ich stiere auf den eisernen Bettpfosten, den abgetretenen Teppich, Ursulas nasse braune Schuhe. Ein leises Schluchzen entringt sich ihrer Brust … ihr, dieser Frau, die eine hart gesottene Agentin ist, verdammt, die eine Fluchtlinie durch Deutschland leitet, und ich denke: Eigentlich sollte ich doch diejenige sein, die jetzt weint. Er ist verdammt noch mal mein Ehemann.

Ich kauere immer noch auf dem Boden, höre irgendwo über meinem Kopf Ursula sprechen. »Eine Frau … eine Frau kam und hat seinen Leichnam in Besitz genommen.«

»Was? Wer? Was für eine Frau soll das gewesen sein?«

Ursula unterdrückt ein weiteres Schluchzen. *Sa mère*, sagte sie.

»Seine Mutter? *Meine* Mutter? Unmöglich! Sie ist tot, weißt du das nicht? Sie ist seit Jahren tot! Tot!«

»Nein, ist sie nicht«, flüstert Ursula. »Sie lebt in der Schweiz.«

Elfriede

MÄRZ 1944

Schweiz

An den Nachmittagen spielt Elfriede Klavier, immer noch. Sie redet sich gerne ein, dass es ihre Finger gelenkig hält, damit sie nicht versteifen, der wahre Grund aber ist sehr viel sentimentaler. Sie spielt die immer gleichen Stücke, in der immer gleichen Folge, spielt sich durch das gesammelte Werk von Chopin, nichts anderes, denn, ganz ehrlich, was kommt nach Chopin? Nichts. Nichts, was irgendwen interessieren würde. Vor zehn Jahren einmal trat eine junge Frau an sie heran und wollte wissen, ob sie auch etwas von Gershwin spielen könne. Nein, sie habe noch nie von ihm gehört, erwiderte Elfriede. Die junge Frau wollte daraufhin Noten bestellen, bei einem ihr gut bekannten Musikgeschäft in Paris, was sie aber nie tat, denn irgendwann packte sie einfach ihre Koffer und war weg. Tja, Gershwin ade!

Draußen lacht die Sonne vom Himmel. Es war warm die letzten Tage, und der Schnee ist großenteils geschmolzen. Einige der Patienten waren heute Nachmittag draußen, haben die Sonne genossen, und einer sitzt jetzt noch da, in ein Buch vertieft, dick eingepackt in einen Wollmantel. Elfriede lächelt und wendet sich wieder ihrer Musik zu. Aus dem

Speisesaal dringt das Geschirrgeklapper. Der Tisch wird gerade gedeckt. Die Kinder machen das, es ist ihre Aufgabe. Elfriede hält es für überaus wichtig, dass Kinder feste Aufgaben übernehmen, und so decken die Kinder die Tische, während die Erwachsenen das Abendessen zubereiten, und für eine kurze Zeit sind allen ihre Probleme genommen. Weil sie Frühaufsteherin ist, übernimmt Elfriede die Frühstücksschicht. *Verlange von deiner Truppe niemals etwas, was du nicht selbst tun würdest* – hat Wilfred immer gesagt.

Als sie die letzte Note spielt, verweilt sie einen Moment, die Augen geschlossen, die Finger auf den Tasten. Genau jetzt, wenn die Musik in ihrem Kopf noch nachklingt, in der Luft aber längst verklungen ist, ist sie Wilfreds Geist besonders nah, als hätte sie ihn ganz in sich aufgenommen, als wäre sie selbst zu Wilfred geworden. Dann verblasst auch die letzte Note, ebenso wie Wilfred, aber nicht ganz. Er ist nach wie vor da, nur weniger unmittelbar; erst dann ist sie in der Lage, sich von der Klavierbank zu erheben und ihre Strickjacke vom Klavier zu nehmen, die sie dort abgelegt hat. Sie schlüpft hinein, bindet sie um die Taille und geht den Flur hinunter zur Gartentür.

Jetzt, wo Elfriede das Spital leitet, das kein luxuriöses Sanatorium in den Bergen für wohlhabende Kranke mehr ist, sondern ein Zufluchtsort für alle Entwurzelten und Geächteten (mehrheitlich Juden, aber auch einige Widerstandskämpfer und abgeschossene Piloten), ist diese tägliche Musikstunde nicht selten ihr einziges Intermezzo. Doch sie versucht, jeden Tag ein wenig raus an die frische Luft zu kommen, auch mitten im Winter, und sei es nur, um den Schnee von den Wegen zu schippen. Bewegung ist für die psychische Gesundheit eines Menschen absolut unerlässlich, wie sie findet. Im Frühjahr und Sommer hat sie im Garten alle Hände voll zu tun. Er muss bepflanzt, gehegt und gepflegt werden, und auch das liebe Vieh will versorgt sein. Und im Herbst, zur Erntezeit, packen alle Bewohner, die körperlich gesund und kräftig sind, mit an. Auf diese Weise haben sie stets reichlich zu essen, auch wenn sie wochenlang eingeschneit sind, und jeder hat das Gefühl, einen Beitrag dazu geleistet zu haben, sogar diejenigen, die bei ihrer Ankunft hier nichts hatten als das, was sie am Leib trugen. Es entstehen Freundschaften, manchmal auch Liebschaften. Ein Paar hat letzten Oktober sogar geheiratet. Kurz darauf genehmigte die amerikanische Botschaft in Zürich ihre Visa. (In Ausnahmefällen wie diesem bittet Elfriede auch mal Johann – der ein paar enge Freunde in der amerikanischen Regierung zu haben scheint –, doch die eine oder andere Strippe zu ziehen.)

Tatsächlich hält sie jetzt gerade, in diesem Moment, ein Telegramm von Johann in der Hand. Es kam etwas verspätet an, da die Schneeschmelze unten im Tal Überschwemmungen und blockierte Straßen verursacht hat. Gut möglich also, dass die Nachricht darin längst überholt ist. Trotzdem möchte sie sie gerne mit dem Mann im Garten teilen und auf der Bank direkt an der Mauer etwas Sonne tanken. Er ist noch immer in sein Buch vertieft und schaut auf, als er sie kommen hört. Unter seinem Hut versteckt sich sein Haar, das sie so gut kennt, dessen Farbe sie so gut kennt, wie alles an ihm. Ob sie sich neben ihn setzen dürfe, fragt sie. Er nickt.

»Heute kam ein Telegramm von deinem Bruder«, sagt sie.

»Was steht denn drin?«

»Ich weiß es nicht. Dachte, wir könnten es zusammen lesen.«

Sie reicht ihm den gelben Umschlag, den er mit seinen

knochendürren Fingern öffnet. Sie sieht Gerhard vor sich, als er sich damals von seiner Typhuserkrankung erholte, und sie weiß, dass diese körperliche Schwäche vergehen wird, dass er das Schlimmste überstanden hat und hier, in der gesunden, klaren Frühlingsluft in den Bergen, mit reichlich natürlicher Nahrung aus dem heimischen Garten bald wieder stark und kräftig sein wird.

Sie beugt sich über seinen Arm und liest laut vor, weil Benedict auf geringe Entfernung immer noch leicht verschwommen sieht:

ENDLICH TELEGRAMM VON MRS. THORPE STOPP DERZEIT MIT MARGARET IN DER SCHWEIZ

»*Was?*«, ruft Benedict. »Was sagst du da?«

Elfriede legt die Hand auf den Ärmel ihres Sohnes. »Schsch. Hör zu!«

... MIT MARGARET IN DER SCHWEIZ IM GLAUBEN BENEDICT IST TOT STOPP MEIN ANTWORTBRIEF UNZUSTELLBAR ZURÜCK STOPP KEINE NACHSENDEADRESSE STOPP INFORMIERE US-BOTSCHAFT ZÜRICH STOPP
DEIN JOHANN

Benedict knüllt den gelben Umschlag in seiner Hand langsam zusammen, und Elfriede zieht ihn sanft aus seinen zittrigen Fingern. Er stößt einen angst- und schmerzerfüllten Schrei hervor, reißt sich den Hut vom Kopf.

»Mach dir keine Sorgen«, sagt Elfriede. »Johann wird sie finden. Überleg doch mal, sie ist hier, in der Schweiz. Wo auch immer sie ist, sie ist nicht weit.«

»Sie kann nicht hier sein. Sie ist in Nassau.«

»Nun, anscheinend ist sie das nicht. Sie ist dir hinterhergereist.«

»Das ist unmöglich«, sagt er.

»Nun, sie ist offenbar eine mutige, unerschrockene Frau.«

»Sie sollte in Nassau bleiben!«

Elfriede faltet das Telegramm zusammen, steckt es zusammen mit dem Umschlag in ihre Strickjackentasche und verflucht sich, weil sie es nicht zuerst selbst gelesen hat. Wann kapiert sie das endlich? Telegramme enthalten immer irgendeine schlimme Nachricht. Benedict stützt sich auf die Armlehne der Bank, versucht aufzustehen. Sie sieht Wilfred vor sich, und das Bild, wie er auf genau dieser Bank sitzt, während ihr junges Ich an der Wand dahinter lehnt, lässt sie fast taumeln. Aber nicht ganz. Sie behält sich im Griff, streckt den Arm nach ihrem Sohn aus und hält ihn fest.

»Benedict, nein. Wo willst du hin?«

»Sie finden.«

»Sei nicht albern. Du kannst kaum laufen.«

»Ich dachte, sie wäre in Sicherheit«, sagt er. »Ich dachte, sie wäre in Nassau.«

»Nun, wie es scheint, ist sie dir nachgereist, wie eine gute Ehefrau es tun sollte. Jetzt setz dich wieder hin.«

»Warum hat ihr niemand gesagt, dass ich am Leben bin?«

»Weil sie schon weg war, bis dein Bruder seinen alten Armeekumpel benachrichtigen konnte, dass er in Colditz was für uns drehen sollte. Setz dich bitte. Du lebst. Sie lebt. Und Johann wird sie irgendwie finden. Jetzt *setz* dich, Benedict.«

Aber Benedict hört nicht auf sie und stapft los. Wie sein Vater, denkt Elfriede, als sie ihm den asphaltierten Gartenweg hinunterfolgt. Links und rechts liegen noch jede Menge Matsch und Schnee, doch der milde Duft nach Frühling dringt schon durch die Mauern und strömt bis hinein in die Gebäude der alten Klosteranlage. Nein, man kann einen

Mann nicht fernhalten von der Frau, die er liebt. Da müsste man ihn schon in eine Zwangsjacke stecken (von denen bestimmt noch welche im Keller lagern).

So wie man es damals mit ihr gemacht hat? Gut, vielleicht ging es anfangs auch nicht anders, als die alte Mrs. Thorpe sie aus dem Krankenhaus in Inverness in eine, na ja, sagen wir mal, Irrenanstalt verbringen ließ. Mrs. Thorpe, wohlgemerkt, gehörte zu der Sorte Frau, die nicht einen einzigen sonnenlosen Tag in ihrem Leben kannte, die selbst dem Tod ihres Sohnes noch etwas Positives abgewinnen konnte. *(Er ist als Held gestorben, so wie sein Vater es gewollt hätte, denk immer daran, Elfriede, und beschmutze die Erinnerung an ihn bloß nicht mit deinen dummen Anwandlungen.)* Sie hielt es für das Beste, die verrückte Elfriede mit ihrem schweren Gemüt aus dem Leben ihrer Kinder zu entfernen, eine Frau, die versucht hatte, sich zu ertränken – was käme als Nächstes? Die Kinder ertränken?

Und vielleicht hatte sie sogar recht, wer weiß. Elfriede erinnert sich nur noch an wenig aus dieser Zeit, aus diesen Jahren dort in der Irrenanstalt, die einen, getreu ihrem Namen, mit jedem Tag noch *irrer* machte, mitten in der verregnetesten Ecke im verregnetesten Land der Welt – wer zum Teufel denkt sich so einen Ort bloß aus? Nur ein Irrer! Erst als Johann nach dem Krieg heimkehrte und der alten Mrs. Thorpe ihr Geheimnis entlockte, unter dem Versprechen, den beiden Kleinen nichts zu erzählen, sollte sich etwas ändern. Im Gegenzug willigte sie ein, dass er Elfriede zu sich nahm, sich um seine geliebte Mutter kümmerte, sie in die Schweiz brachte und sie liebevoll umsorgte, bis sie, ganz langsam und Schritt für Schritt, die Verbindung mit ihrem innersten Wesenskern wiedergefunden hätte, um ihr Leben erneut in die Hand zu nehmen. Doch wie sollte sie sich verhalten, was ihre Kinder anbelangte, damals, nach all der Zeit? Was hätte sie tun können? Sich einfach so wieder bei ihnen melden? Sie würden sie hassen, ganz sicher. Mit Johann stritt sie sich hierüber oft heftig, bis ihr Sohn dann 1938 seinen Posten im deutschen Führungsstab aufgab und in die USA flüchtete. Mit ihm mitzugehen kam nicht infrage. Sie war gerade erst wieder mutig genug zu leben, mutig genug sogar, die Klinik zu übernehmen und sie eigenständig zu leiten, um all jenen eine Zuflucht zu bieten, die entwurzelt und geächtet waren – aber sie war nicht mutig genug, sich den Kindern vorzustellen, die sie einst verlassen hatte. Sie war nicht mutig genug, diese große, glühende Liebe noch einmal zu entfachen. Wieso sollten diese Kinder ihre Liebe wollen? Eine Liebe, die alles vergiftet hatte? Nein, sie würde ihre Liebe auf immer tief in ihrem Herzen bewahren, wo sie niemandem schaden konnte.

Das war ihr fester Entschluss, bis, ja, bis Johann ihr vor vier Monaten die Nachricht von Benedict telegrafierte. Und mit einem Mal wusste sie, was sie zu tun hatte. Nämlich genau das, worauf sie die letzten zwanzig Jahre immer gewartet hatte. Genau das, was Wilfred von ihr erwartet hätte. Also tat sie es. Das Unmögliche. Sie rettete einen Mann aus dem Gefangenenlager in Colditz, ja, das hat sie getan, und dafür Johanns alte Seilschaften und ihre eigene Raffinesse genutzt. Sie hat ihn durch einen Gefangenenaustausch freibekommen (oh, der erste Anblick ihres jüngsten Sohnes, ihres Babys: fieberkrank, schwach, humpelnd, ziellos umherschweifende blaue Augen, verfilztes Haar von undefinierbarer Farbe – sie war fix und fertig) und ihn dann vorsichtig abwechselnd im Zug und im Pferdewagen in Richtung Süden geschleust, einen verwundeten deutschen Soldaten auf dem Weg in ein Schweizer Sanatorium – jedenfalls laut den perfekt gefälschten Papieren, die Elfriede in Zürich von einem Mann bekam, der ein Jahr zuvor in ihrem Spital Zuflucht gefunden hatte.

Nun hat sie ihn wieder, ihren Sohn, und sie hat ihn aufgepäppelt und gesund gepflegt. Sie hat ihren Sohn, Wilfreds Sohn, ihren gemeinsamen Sohn, mit der Kraft und Unerschütterlichkeit ihrer Liebe gerettet. Apropos Liebe.

Und nun geht er vor ihr her, der verlorene Sohn, ihre persönliche Erlösung, ihr Geschenk an Wilfred. Er wankt den Gartenweg hinunter, auf seinen Krückstock gestützt, während seine Haare in der abendlichen Sonne glänzen, und sie denkt: *Verdammt, Wilfred, hättest du nicht bitte dafür sorgen können, dass er dir nur ein klein bisschen weniger ähnlich sieht?*

Es ist so weit. Keine dreißig Meter vom alten Holztor entfernt passiert etwas Merkwürdiges. Das Drehbuch des Lebens schreibt sich fort. Das Tor schwingt auf, und eine Frau taumelt hindurch – hellblond, blaue Augen, die Elfriede so gut erinnert, dass sie wie angewurzelt stehen bleibt. Der Blick dieser Frau schweift an Benedict vorbei, der ebenfalls wie zur Salzsäule erstarrt dasteht, und bleibt an ihr, Elfriede, hängen. Sie erkennen einander im selben Moment. Als wäre der Innenhof dieses Spitals ein Schlafzimmer in Florida, eine Picknickdecke, ein Eissalon, als hätten sich all die dazwischenliegenden Jahrzehnte in Wohlgefallen aufgelöst. Als schmeckte die Luft nach Salz statt nach Frühling.

Mutti!, keucht Ursula.

So verpasst Elfriede den Moment, als ihr Sohn die Frau in die Arme schließt, die hinter Ursula geht. Sie selbst nämlich ist auf den Knien, hält Ursula fest an sich gedrückt und nimmt die brünette Frau mit dem riesigen Babybauch gar nicht wahr, die weint und weint, die auf den Steinen neben ihr zusammensinkt, innig verschlungen mit Benedict. Diese beiden müssen warten, bis sie aus ihrem eigenen Traum erwacht.

Und irgendwann mitten in diesem Traum schaut Elfriede blinzelnd auf (vielleicht durch Zufall, vielleicht aus einer inneren Eingebung heraus oder vielleicht auch leise angestupst von einer unsichtbaren Hand) und entdeckt eine weitere Frau, die am Tor steht, die Arme verschränkt. Die Sonne glänzt in ihrem brünetten Haar, und sie lächelt.

In der einen Hand eine Zigarette, in der anderen ein linnenes Taschentuch zum Trocknen ihrer Tränen.

Epilog

Lulu

JUNI 1951

RMS Queen Mary, *auf See*

In den letzten sieben Jahren habe ich nicht mehr viel an den Herzog und die Herzogin von Windsor gedacht. Gut, ich habe ihre Namen ab und zu in Zeitschriften gelesen, die aus Biarritz, Paris oder New York berichteten (niemals aber aus Nassau und schon gar nicht aus London). Aber all die Geschichten interessieren mich herzlich wenig, sie haben für mein eigenes Leben wenig beziehungsweise keinerlei Bedeutung – ob diese Party oder jene, ob dieses prunkvolle Collier oder jenes kostbare Armband, ich halte mich damit gar nicht weiter auf. Es ist mir schlichtweg egal.

Wir sind an Bord der *Queen Mary*. Ich bin gerade vollauf damit beschäftigt, die Zwillinge im Zaum zu halten, die über das Promenadendeck tollen, als bergeweise Gepäckstücke verladen werden (achtundzwanzig an der Zahl!) und das herzogliche Paar unter Blitzlichtgewitter und dem Jubel einer kreischenden Menge naiver Bewunderer aus der Limousine steigt. So bekomme ich kaum etwas mit von dem Wirbel, der sich am Rande meiner Aufmerksamkeit in einiger Entfernung abspielt, weil Maggie im Begriff ist, ihren linken Schuh in einen Lüftungsschacht zu werfen.

Erst ein paar Stunden später, als wir uns zum Dinner ankleiden, erfahre ich die Neuigkeit. Die Spitze von Long Island liegt längst hinter uns, und das Schiff nimmt Kurs aufs offene Meer. Mein Ehemann richtet seine Krawatte, blickt mir im Spiegel entgegen, und in seiner Stimme schwingt ein verkniffen fröhlicher Unterton: »Lustiger Zufall. Hast du schon gehört? Die Windsors sind an Bord.«

Im Alltag sind meine Tage ziemlich ausgefüllt. Gegen sieben wird der kleine Wilfred wach, der mit seinen sieben Jahren schon etwas vernünftiger ist. Die Zwillinge, Maggie und Jack, sind im letzten Monat drei geworden und halten uns ganz schön auf Trab. Jetzt schnell an die Schreibmaschine und einen Artikel über den Rosenberg-Prozess in die Tasten hauen – *klapper-klapper* –, doch eine gefühlte Minute später höre ich einen Mordsradau im Flur, gefolgt von einer vielsagenden Stille, gefolgt von Geplärr, gefolgt von Beruhigungsversuchen des Kindermädchens. Eigentlich, so der Plan, sollte Letztere sich um die Kinder kümmern – wie mir Thorpe immer mal wieder in Erinnerung rufen muss –, aber die Biologie ist eine Autokratin, nicht wahr, und ich als Mutter kann nicht anders, als aufzustehen und mir selbst ein Bild von der möglichen Katastrophe zu machen. Und einmal aufgestanden, setzt man sich auch nicht so schnell wieder hin. Es dauert meist eine Stunde oder länger, bis ich mich vom Muttersein lösen und mich wieder auf das Schreiben konzentrieren kann. Manchmal kommt Thorpe hereinspaziert, leicht irritiert, weil ich auf dem Küchenboden hocke, mit Jack und Maggie, und Pferdchen spiele; dann schaue ich auf und sage mit gespieltem Vorwurf in der Stimme: *Was ist, du wolltest doch unbedingt noch eins. Bitte, bitte lass uns noch ein Baby machen, das hast du gesagt.* Dann wirbelt er Maggie oder Jack (oder auch beide gleichzeitig) durch die

Luft und sagt: *Zwillinge liegen in deiner Familie, meine Liebe, nicht in meiner. Wie auch immer, welches von den beiden Blagen hier würdest du denn zurückgeben wollen?*

Und so wursteln wir vor uns hin – ich als freiberufliche Autorin für jedes Magazin, das mich haben will, und Thorpe als Professor für Botanik an einem kleinen College ganz im Westen von New Hampshire, wo wir uns niedergelassen haben, Gott weiß, warum. Jedes Jahr im Juni fahren wir mit diesem oder jenem Passagierdampfer über den Atlantik, um den Sommer in der Schweiz mit Tanten und »Omama« zu verbringen (wie der kleine Wilfred seine Großmutter nennt, seit er anderthalb ist). Und in diesem Juni ist es zufällig genau der Passagierdampfer, den auch der Herzog und die Herzogin von Windsor gebucht haben, um sich in Europa wie auch immer zu vergnügen. Was für ein Zufall!

Und wie es dieser Zufall will, kreuzen sich unsere Wege erst am fünften Abend der Reise. Dies ist hauptsächlich darauf zurückführen, dass wir, die Thorpes, in der Kabinenklasse reisen (Botanikprofessor und Journalistin mit drei kleinen Kindern in einer beengten Familienkabine auf dem D-Deck, nahe dem Maschinenraum), während Wallis und Edward eine herrschaftliche Privatsuite auf dem Hauptdeck im Mittelteil des Schiffes bewohnen, wo der Lärm weniger hörbar und das Geschaukel kaum spürbar ist. Außerdem haben wir im Gegensatz zu ihnen wohl auch ein bisschen mehr zu tun (und wer schon einmal mit drei kleinen Kindern auf einem Passagierdampfer über den Atlantik unterwegs war, weiß, wovon ich rede).

Dennoch. Am fünften Abend, der sommerlich hell und warm ist, engagiert mein Mann gegen Bezahlung eine der Schiffsstewardessen als Babysitterin für die Kinder, um mich auszuführen. Gekleidet in feine Abendgarderobe, ganz wie in alten Zeiten, tafeln wir im glamourösen Speisesaal der zweiten Klasse, genießen ein *Dinner à deux* und edle Getränke. Er sieht an diesem Abend besonders gut aus. Der Glanz seiner rotblonden Haare mag mit den Jahren etwas stumpfer geworden sein, und auch ein leichtes Hinken ist ihm geblieben, doch beim Anblick seiner eleganten Erscheinung im piekfeinen Smoking bekomme ich immer noch Herzklopfen, spüre ein Prickeln am ganzen Körper und schwelge in süßen Erinnerungen an einen bestimmten Meertraubenbaum auf einer Insel – weit weg. Nach dem Dinner gibt es Musik und Tanz, und nach dem Tanz begeben wir uns auf ein verlassenes Promenadendeck, dem idealen Ort für romantische Küsse, wie mein Ehemann gerne sagt. Beide sind wir beschwingt vom Champagner, und als mir Thorpes betörender Duft um die Nase weht, werden unsere Küsse schnell sehr intensiv, und wir stehen wie zwei heiß verliebte Teenager auf dem Deck, knutschend gegen das Geländer gedrückt, während Thorpes erregte Hand sich in den Ausschnitt meines Kleides schiebt … als plötzlich irgendwelche verflixten Knirpse dazwischenfunken, nach Mama und Papa rufen und uns jegliche Lust und Freude vergällen. Zumal es *unsere* Kinder sind, die uns da entgegentollen, wie wir schnell merken, gefolgt von einer völlig entnervten Stewardess, die wir doch eigens engagiert hatten, damit genau das nicht passiert. Ach ja.

Aber Thorpe sieht es locker und wohlgelaunt. Er nimmt Maggie schwungvoll auf den Arm, Jack an die andere Hand, während Wilfred hinterherzockelt und uns in einem fort erklärt, dass er die beiden einfach nicht dazu bewegen konnte, im Bett zu bleiben, obwohl er wirklich, aber auch *wirklich* alles probiert habe. Ich sehe mich nach der Stewardess um, doch das Schiff scheint sie verschluckt zu haben. Ich kann es ihr nicht verdenken!

Wie gesagt, es ist Juni, und da wir ziemlich weit nördlich sind, steht die Sonne auch nach zehn Uhr noch über dem Horizont, erfüllt die Luft mit einem Leuchten, einem goldenen Schein, und mein Herz lacht, als ich die vier so sehe, in wunderschönes Licht getaucht – ein beglückender Anblick. Die Schönheit dieses Augenblicks durchströmt und erfüllt mich ... und dann stockt mir fast das Herz. Denn just in diesem Moment erblicke ich sie.

Gott weiß, wie lange die beiden schon dagestanden haben, wie zwei nächtliche Schattengestalten, keine zwanzig Meter entfernt. Sie trägt ein langes, ärmelloses Abendkleid in ihrem Lieblingsblau, Hals, Dekolleté und Arme sind mit Juwelen behangen. Er trägt einen Smoking, der nahezu identisch mit dem meines Mannes ist. Die Jahre haben ihre Spuren hinterlassen. Ihre Gesichtszüge wirken verhärtet, maskenhaft geradezu. Ihre Augenbrauen sind nur mehr zwei aufgemalte, karikierte Striche. Und auch er scheint verändert. Er ist hager, die Augen verquollen, sein einst dichtes goldblondes Haar schütter und grau. Aber sie sind es! Unverkennbar. Ihre Gesichter sind wie erstarrt. Unsere Blicke begegnen sich, und ich weiß, dass sie mich erkannt haben. Ich weiß, dass sie die ganze Szene eben gesehen haben, unsere Küsse, unsere Kinder, das spätabendliche goldene Sonnenlicht, das uns durchflutet hat.

Und während wir noch verharren, still und stumm, wohl wissend, dass wir einander gesehen und erkannt haben, muss ich daran denken, was die Herzogin einmal zu mir gesagt hatte (wo oder wann, weiß ich nicht mehr); sie hoffe, hat sie damals gesagt, dass ihre Jahre im treuen Dienst der Krone hier auf »dieser Müllhalde«, wie sie es nannte, zu etwas Höherem führen würden. Ich denke, sie hatte sich ein Gouverneursamt in Australien oder Kanada ausgerechnet, irgendetwas, das ihrem gesellschaftlichen Rang und ihren eingebildeten Fähigkeiten gerecht würde. Und in ihren verlebten Gesichtern, die in den siebeneinhalb Kalenderjahren seit unserer letzten Begegnung um das Doppelte gealtert scheinen, meine ich, all diese Geschichten von enttäuschten Hoffnungen, vom vergangenen Glanz, von der oberflächlichen Müßigkeit lesen zu können. Wie ich so vor ihnen stehe, auf diesem holzbeplankten Promenadendeck, irgendwo mitten auf hoher See, erscheinen mir diese beiden geschminkten Gesichter wie Hüllen um einen hohlen Kern.

Ob ich sie ansprechen soll? Ich müsste doch zumindest irgendetwas fühlen. Aber nein. Ich empfinde nichts, gar nichts. Der schmale Träger an meinem Kleid ist über meine nackte Schulter gerutscht und kitzelt auf meiner Haut. Ich schiebe ihn wieder hinauf und gehe weiter, Thorpe und den Kindern hinterher, in Richtung der Lukentür, die zu unserer bescheidenen Kabine führt, wo Wilfred, Maggie und Jack irgendwann eingeschlafen sein werden, ich in die Koje meines Mannes schlüpfen und wir unser Liebesspiel unter der Decke fortsetzen werden, still, leise und heimlich, um die Kinder nicht zu wecken – wie es gerade unser Los im Leben ist.

Im Vorbeigehen nicke ich ihnen zu und wünsche einen guten Abend.

Guten Abend, Mrs. Thorpe, sagt der Herzog.

Seine Gattin schweigt, während die salzige Brise in ihren Haaren spielt und die untergehende Sonne ihre Juwelen funkeln lässt.

Historische Anmerkung

Die Ideen zu meinen Büchern haben viele Quellen. Ich bekomme sie aus Zeitungen, auf Partys oder bei Recherchen. Die Inspiration zum vorliegenden Buch gab mir meine Lektorin Rachel Kahan: Als ich ihr erzählte, dass mein Mann und ich einen Wochenendtrip auf die Bahamas planten, um uns eine lang ersehnte Auszeit von den Kindern zu gönnen, erinnerte sie mich daran, dass der Herzog von Windsor dort während des Zweiten Weltkriegs als Gouverneur der damaligen britischen Kolonie eingesetzt war. Wäre das nicht eine tolle Kulisse für eine neue Geschichte?

Also recherchierte ich ein wenig und sprach mit unseren Gastgebern, Sean und Kara Nottage, die das große Glück haben, in Lyford Cay zu wohnen, und entdeckte allerhand spannende Hintergründe und Geschichten rund um die Windsors und die Insel, auf der das herzogliche Paar fast fünf Jahre lang lebte. Doch es dauerte noch einige Zeit, bis die Geschichte in meinem Kopf langsam Gestalt annahm. Ganz allgemein sind meine Romane meist in einem historischen Kontext angesiedelt, aber aus der Perspektive eines fiktiven Protagonisten oder einer Protagonistin erzählt, was ich bevorzuge. Doch um alle bedeutenden Episoden zu Kriegszeiten in Nassau steuern zu können, ohne eine historische Figur als Erzähler einzubauen, musste ich hier einen besonders komplexen und kreativen Bogen spannen.

Die meisten der großen Ereignisse in diesem Roman haben tatsächlich stattgefunden, und viele der Figuren, denen Lulu begegnet, haben in der Realität existiert. Der Mord an Sir Harry Oakes ist bis heute eines der größten Rätsel in der Justizgeschichte Amerikas im zwanzigsten Jahrhundert, und ich bin nicht die erste Autorin, die sich mit diesem Thema befasst. Jedes Detail seines Lebens und seines verfrühten Todes habe ich so präzise wie möglich ausgestaltet. Wer mehr darüber erfahren möchte, den verweise ich gerne auf das ausgezeichnete Werk *Blood and Fire* aus der Feder von John Marquis (ein US-amerikanischer Journalist und gebürtig von den Bahamas) sowie auf Alfred de Marignys Memoiren *A Conspiracy of Crowns*. Beide Werke haben mir viele Einsichten in die Welt dieses Verbrechens und der darin verwickelten Personen beschert. Der Leser möge aber immer im Hinterkopf behalten, dass der vorliegende Roman eine Fiktion ist und sowohl Lulus Verwicklungen in die Angelegenheiten der Windsors als auch ihre Spekulationen über die wahre Identität des Mörders ausschließlich meiner Fantasie entsprungen sind, inspiriert von bekannten Beweislasten.

Was die Windsors selbst anbelangt, so wurde schon viel Tinte vergossen, um sie zu ergründen. Ich empfehle dazu Anne Sebbas Buch *That Woman* und Philip Zieglers *King Edward VIII*, die beide eine Fülle biografischer Informationen sowie psychologisch aufbereitete Einblicke in das Leben und die Liebe dieses wohl berühmtesten Skandalpaares des zwanzigsten Jahrhunderts geben. Andrew Morton widmet sich in seinem Werk *17 Carnations* den Ermittlungen gegen die Windsors im Zusammenhang mit ihren Aktivitäten (und der fraglichen Loyalität) während des Zweiten Weltkriegs. Die kurze Abhandlung *The Windsors I Knew*, geschrieben von Jean Hardcastle-Taylor (ehemals Miss

Drewes, die Privatsekretärin der Windsors während der Bahamas-Jahre, die in meinem Buch ebenfalls einige Auftritte hat), setzt einen eindrucksvollen Kontrapunkt zum weitgehend negativen Bild des Paares, das die historische Geschichte zeichnet. Viele der beschriebenen Details aus dem Alltag im Government House (wie beispielsweise die roten Schleifchen um den Hals der verhätschelten Cairn-Terrier der Windsors zur Weihnachtszeit) stammen aus dieser wertvollen Quelle.

Was den breiteren historischen Kontext der Bahamas anbelangt, so habe ich verschiedenste Quellen konsultiert, populärwissenschaftliche wie wissenschaftliche, um die Rassen- und Sozialgeschichte der Kolonie besser zu verstehen. Hervorheben will ich hier insbesondere Gail Saunders mit ihrem Buch *Race and Class in Colonial Bahamas, 1880–1960*, aber auch Owen Platt mit *The Royal Governor … and the Duchess* sowie Sir Orville Turnquest mit *What Manner of Man Is This? The Duke of Windsor's Years in The Bahamas.* Ich habe Stunden verbracht, alte Karten und Quellen zu studieren, um mir ein Bild von Nassau und New Providence Island in der damaligen Zeit zu machen, bevor die gewaltigen Entwicklungen der Nachkriegsjahre die Inseln verändert haben. Und auch wenn dieses Buch nicht den Anspruch hat, eine wissenschaftsgeschichtliche Darstellung der Bahamas und der Windsors zu sein, so war ich dennoch bemüht, die Szenen und die Figuren darin so lebensecht wie möglich nachzubilden.

Zum Thema Europa im Zweiten Weltkrieg will ich insbesondere zwei hervorragende und spannende Werke nennen, zum einen Lynne Olson, *Last Hope Island und Citizens of London*, das mir viele Kontexte erhellt und meine Fantasie beflügelt hat, und zum anderen Max Hastings, *The Secret War*, dem ich viele Hintergrundinformationen zu den Geheimdiensten im Zweiten Weltkrieg entnommen habe. Um mich außerdem vertraut zu machen mit den beschriebenen Fluchtlinien, abgeschossenen Piloten oder anderen Menschen auf der Flucht aus Deutschland und den besetzten Gebieten, habe ich *The Freedom Line* von Peter Eisner gelesen, ein erstklassiges Beispiel aus dem Genre des erzählenden Sachbuchs, das ich nur wärmstens empfehlen kann.

Von Anfang an wollte ich Lulus Geschichte mit einer weiteren Figur verweben, mit Elfriede von Kleist Thorpe, die zum allerersten Mal als passive Figur in einem meiner früheren Romane *(Along the Infinite Sea)* erscheint, als die (angeblich) verstorbene Mutter von Johann von Kleist. Nachdem ich ihr zunächst eine solch tragische Vorgeschichte zugeteilt hatte, wollte ich nun etwas mehr über diese deutsche Frau erzählen, die das Schicksal in diesem so hochspannenden Moment der Weltgeschichte nach Großbritannien verschlagen hatte, um dann aus einer halbherzigen nationalen Loyalität heraus einen Sohn zu gebären. Um diese Figur und Vorkriegsdeutschland besser zu verstehen, habe ich *1913: The Year Before the Storm* von Florian Illies gelesen – ein brillantes Werk, das mich geradewegs in die damalige Zeit katapultierte und absolut inspirierte. Die Figur, die in meinem Roman das moralische Rückgrat bildet, ist Elfriede – und ihre Reise ist die von vielen Frauen allerorten.

Dank

Wie bei all meinen Büchern haben auch hier so viele wunderbare Menschen zum Erscheinen von *Die goldene Stunde* beigetragen: meine Lektorin Rachel Kahan, die mir die Idee zu dieser Geschichte vor ein paar Jahren überhaupt erst in den Kopf gesetzt und sie genährt hat – wie eine Gärtnerin ihr Pflänzchen, bis es zu blühen beginnt. Ein riesengroßes Dankeschön geht deshalb an sie und den Rest des William-Morrow-Teams – Verlegerin Liate Stehlik, Marketingleiterin Tavia Kowalchuk, Werbeleiterin Lauren Truskowski, Markenagentin Kathryn Gordon und viele mehr. Sie alle haben dazu beigetragen, dass Sie, liebe Leserinnen und Leser, diesen Roman in Händen halten. Ein ganz besonderer Dank geht an meine Redakteurin Candace Levy, der die leidige Aufgabe zufiel, all meine kleinen Fehler und Unstimmigkeiten in den komplexen historischen Zeitlinien aufzuspüren und auszubügeln, sowie an Mumtaz Mustafa für ihre gelungene Umschlaggestaltung des amerikanischen Originals.

Meine Literaturagentin Alexandra Machinist von ICM war von Anfang an als treue Begleiterin an meiner Seite, als meine persönliche Managerin und Cheerleaderin in Personalunion. Ein großes Dankeschön geht an sie und ihre überaus kompetente Assistentin Ruth Landry für all die Bemühungen, von denen ich weiß, und vor allem auch für all die, von denen ich nichts weiß.

Dieses Buch erzählt von starken Frauen und Schwestern im Geiste, mit denen auch ich in meinem Leben überreichlich gesegnet bin. Mein ewiger Dank gilt allen anderen Mitwirkenden: Lauren Willig und Karen White, die sämtliche erzählerischen Pfade mit mir erwanderten, den einen oder anderen Handlungsstrang entwirrten und stets endlose Mengen an Kaffee und Wein parat hielten; Elin Hilderbrand, eine außerordentlich großherzige und talentierte Person, der ich nicht genug danken kann, sie ist ein Schatz. Es ist unmöglich, all die anderen brillanten Geister zu nennen, die sich für Autorinnen und Frauenliteratur begeistern und sie hochhalten und die im vergangenen Jahr so viele Kerzen leuchten ließen. Vielen Dank an euch alle, insbesondere auch an Andrea Katz von Great Thoughts.

Ein herzliches Dankeschön an meine neuen und alten Leserinnen und Leser, danke, dass ihr mich so treu und wunderbar begleitet, genau dann, wenn ich es am meisten brauche. Ich danke euch für eure Freundlichkeit, eure Energie und eure Treue und will euch auch weiterhin gerne Freude machen mit jedem Buch, das ich noch schreiben werde.

Ebenso dankbar bin ich Sean und Kara Nottage für ihre Freundschaft und ihre herzliche Gastfreundschaft während meiner Aufenthalte auf den Bahamas, die diesem Buch immer wieder Antrieb gaben.

Und last but not least danke ich meiner Familie, die mich mit endlos liebevoller Geduld erträgt – meine Reisen, meine regelmäßigen Ruhezeiten, meine blinden Wutausbrüche, meine wechselhaften Launen, einfach alles, was mein künstlerisch-kreativer Beruf so mit sich bringt – und die mir dennoch stets nichts als Liebe schenkt (meistens jedenfalls ☺). Ich danke euch in ewiger Liebe!